KB062852

The Best Short Stories Of *O. Henry*

O. Henry

The Best Short Stories Of *O. Henry*

오 헨리 단편집

펴낸날 2006년 3월 15일 초판 1쇄
지은이 오 헨리 **옮긴이** 박예은 **표지삽화** 이주영 **펴낸이** 이태권 **펴낸곳** 소담
출판사 서울시 성북구 성북동 178-2 (우)136-020 **전화** 745-8566~7 **팩스**
747-3238 **E-mail** sodam@dreamsodam.co.kr **등록번호** 제2-42호(1979년
11월 14일) **홈페이지** www.dreamsodam.co.kr **기획 편집** 이장선 김광자
미술 김지혜 이종훈 **본부장** 홍순형 **영업** 박종천 장순찬 이도림 **관리** 이영욱
안찬숙 장명자 윤은정

ⓒ 소담, 2006

ISBN 89-7381-863-5 04800 ISBN 89-7381-865-1 (5권세트)

●책 가격은 뒤표지에 있습니다.

Bestseller
MINIBOOK
018

오 헨리 단편집

오 헨리 지음

박예은 옮김

이주영 삽화

sodampublishingcompany

달력이 거짓말을 했다.
봄은 실제로 느낄 수 있어야 봄이 왔다는 것을 알게 된다.
시내를 가로지르는 거리에는 1월에 내린 눈이
아직도 단단한 돌처럼 얼어붙어 있었다.
손풍금은 여전히 12월의 장난기 어린 느낌으로
즐거웠던 지난여름을 연주하고 있었다.

The Best Short Stories Of O. Henry

The Best Short Stories Of
O. Henry

오 헨리

오 헨리 단편집

The Best Short Stories Of *O. Henry*

대도시

The Big City

사회적 삼각관계
The Social Triangle

아이키 스니글프리츠는 시계가 여섯 시를 알리자마자 대형 다리미를 내려놓았다. 아이키는 재단사 수습생이다. 오늘날에도 재단사 수습생이 있던가?

어쨌든 아이키는 증기 다리미 냄새가 진동하는 양복점에서 하루 종일 고생스럽게 가위질과 가봉과 다리미질과 수선과 닦아 내는 일을 한다. 일이 끝나자마자 그는 번개처럼 잽싸게 하늘의 별과도 같은 자신의 꿈을 찾아 나섰다.

토요일 밤에 사장이 아까운 듯이 꼬깃꼬깃한 지폐로 12달러를 그의 손에 건네주었다. 아이키는 정성 들여 세수를 한 후 코트와 모자, 셔츠를 갖추어 입고 낡은 넥타이에 옥수로 된 넥타이핀을 꽂은 후 이상을 향해 떠났다.

누구나 하루 일과가 끝나면 사랑이든 카드놀이든 멋진 레스토랑의 바닷가재 요리든 퀴퀴한 냄새가 나는 서가의 달콤한 침묵에 빠져 드는 일이든 각자의 이상을 찾아가게 마련이다.

악취를 뿜으며 늘어선 공장 사이를 요란하게 달리는 고가철도 아래 거리에서 느릿느릿 걷고 있는 아이키를 한번 보자. 창백한 얼굴에 구부정한 자세, 하찮고 궁상맞아 보이는 그는 몸도 마음도 가난에서 헤어나지 못할 운명이다. 그러나 싸구려 지팡이를 흔들며 지독한 담배 연기를 뿜어내는 모습을 보면 그의 작은 가슴에도 사회의 세균이 자라고 있음을 알 수 있다.

그가 걸어서 도착한 곳은 유명한 카페 맥기니스였다. 아이키의 생각에 이 술집이 널리 알려진 이유는 세상에서 가장 위대하고 멋진 남자인 빌리 맥머헌을 만날 수 있기 때문이다.

빌리 맥머헌은 한 정당의 지방 지부장이다. 그 앞에서는 맹수도 숨을 죽이고, 그의 손은 양식을 나눠 줄 만나(이스라엘 백성이 광야 생활을 할 때 하늘에서 받은 양식 : 옮긴이)를 들고 있다. 아이키가 들어갔을 때 상기된 표정의 맥머헌은 참모들과 유권자들에 둘러싸여 의기양양하고 힘이 넘치는 모습으로 서 있었다. 선거가 있었던 것처럼 보인다. 그가 압승을 거두었고, 도시는 부인할 수 없는 투표 결과로 하나가 되었다.

발소리를 죽여 술집으로 들어간 아이키는 흥분을 감추지 못한 채 자신의 우상을 바라보았다. 빌리 맥머헌보다 위대한 사람이 세상에 또 있을까. 미소를 머금은 부드럽고 멋진 얼굴, 독수리처럼 날카로운 회색 눈, 다이아몬드 반지, 소집 나팔 소리 같은 목소리, 왕자 같은 기품, 언제라도 쓸 수 있는 엄청난 액수의 돈다발, 친구나 동료들을 부르는 우렁찬 목소리. 아, 그는 거물 중의 거물이다. 짧은 오버코트 주머니에 두 손을 깊이 찔러 넣고 서 있는 당당한 풍채의 참모들도 대단해 보이지만 그의 옆에 서면 빛을 잃었다. 아이키 스니글프리츠의 눈에 비치는 빌리의 영광을 설명하기에는 말이 부족할 정도다!

카페 맥기니스는 선거의 압승을 축하하고 있는 중이었다. 흰색 코트를 입은 바텐더들이 축제의 술병과 잔을 들고서 분주히 돌아다니고 고급 아바나산 엽궐련 연기가 패러독스의 구름을 만들고 있다. 충성스런 지지자들이 빌리 맥머헌의 손을 잡고 악수를 한다. 그때 갑자기 빌리를 숭배하는 아이키 스니글프리츠의 온몸에 전율을 느끼게 하는 대담한 충동이 일어났다.

그는 북적거리는 사람 사이를 헤치고 위대한 빌리 맥머헌에게 다가가 손을 내밀었다. 빌리 맥머헌은 기꺼이 그의 손을 잡고 악수하며 미소를 지었다. 자신을 파멸시키려고 하는 신들에 의해 흥분된 아이키는 이제 칼집을 내던지며 올림포스 산을 향해 돌격했다.

"빌리, 저와 한잔 하시죠. 친구들도 다 같이요."

아이키가 마치 친한 사이라도 되는 것처럼 빌리에게 말했다.

"순전히 파티를 위해서 자네 술을 받는 거네."

위대한 지도자가 말했다.

그 말에 마지막 남았던 아이키의 이성이 날아가 버렸다.

"포도주."

아이키는 떨리는 손을 흔들어 바텐더를 불렀다.

포도주 세 병을 따서 한 줄로 길게 놓은 잔들에 따랐다. 빌리 맥머헌이 자신의 잔을 집어 들고 아이키를 향해 미소를 지으며 고개를 끄덕이자 그의 참모들과 친지들이 잔을 들어 환호로 답했다. 정신을 잃을 정도로 흥분한 아이키가 잔을 들고 "빌리를 위하여"라고 말하자 모두들 잔을 들이켰다.

아이키는 이번 주 임금으로 받은 꼬깃꼬깃한 돈을 술집에 전부 쏟아 부었다. 1달러짜리 지폐 열두 장을 펴서 확인한 바텐더가 맞는다고 말했다. 사람들이 다시 한 번 빌리 맥머헌 주위로 몰려들었다. 누군가 이 떠들썩한 무리가 아슬아슬한 고비에서 어떻게 사태를 수습했는지에 대해 말하고 있었다. 아이키는 카운터에 잠시 기대 서 있다가 밖으로 나왔다.

그는 허슬러 거리를 따라 크리스티까지 걸어 델런시를 지나 집으로 왔다. 집에서는 여자들이 기다리고 있었다. 술을 좋아하는 어머니와 평판이 안 좋은 세 여동생이 봉급을 기대하고 달려들었다가 무슨 일이 있었는지를 듣고는 거친 사투리로 소리를 지르며 욕설을 퍼부었다.

어머니와 여동생들이 쥐어뜯고 때릴지라도 아이키의 황홀한 기쁨을 빼앗아 가지는 못했다. 공중에 떠 있는 듯한 기분이었다. 그는 큰 뜻을 품고 있었다. 그가 한 일에 비하면 날아가 버린 임금이나 여자들의 잔소리는 아무 것도 아니다.

그는 빌리 맥머헌과 악수를 한 것이다.

빌리 맥머헌에게는 아내가 있었다. 그녀의 명함에는 '윌리엄 대라 맥머헌 부인'이라는 이름이 새겨져 있다. 그런데 그 명함에 관련된 괴로움이 한 가지 있다. 적은 수지만 명함을 나누어 주지 못한 사람들이 있었던 것이다. 빌리 맥머헌은 정치에서는 독재자이고 사업가로서는 철두철미한 거물이며, 사람들의 두려움과 사랑과 복종을 한 몸에 받고 있다. 부는 지금도 늘어나고 있고, 입에서 나오는 지혜로운 말을 기록하기 위해 스무 명도 넘는 신문 기자들이 매일 따라다니고 있다. 신문 만평에서는 그가 채찍을 들고 호랑이를 다루는 만화로 존경심을 표했다.

빌리는 가끔 마음이 아팠다. 그가 거리를 두는 사람들이 있기 때문이다. 그러나 그는 그런 사람들조차 약속의 땅을 바라보는 모세(이집트

를 탈출한 이스라엘 백성을 가나안 땅으로 인도한 지도자 : 옮긴이)의 시선으로 바라
보았다. 그에게도 아이키 스니글프리츠와 마찬가지로 이상이 있다.
때로 그 이상을 실현할 가망이 없어 보이면 지금까지의 탄탄한 성공
이 입 속에 든 먼지나 재처럼 느껴졌다. 윌리엄 대라 맥머헌 부인의
통통하지만 예쁜 얼굴에는 불만의 빛이 역력했고, 그녀의 비단옷 스
치는 소리는 한숨처럼 들렸다.

상류 사회 사람들이 매력을 자랑하는 저명 호텔의 만찬 모임에는
대담하고 눈에 띄는 무리들이 있게 마련이다. 그중 한 테이블에 빌
리 맥머헌과 그의 아내가 앉아 있었다. 그들은 별로 말을 하지 않았
지만 그들이 별 생각 없이 달고 나온 액세서리들은 찬사를 받아 마
땅했다. 맥머헌 부인의 다이아몬드를 능가할 장신구는 그곳에 없었
다. 웨이터가 최고급 포도주를 그들의 테이블로 가져갔다. 야회복
을 갖추어 입고 온화하고 중후한 얼굴에 수심 어린 표정을 짓고 있
는 빌리보다 인상적인 인물을 이 자리에서 찾으려 드는 것은 허사일
것이다.

테이블 네 개 정도 떨어진 자리에 어떤 사내가 앉아 있었다. 키가 크
고 마른 체격의 남자는 서른 살쯤 되어 보였다. 그는 사려 깊고 우울
한 눈빛에 끝을 뾰족하게 다듬은 턱수염이 인상적이며, 희고 가는 손
이 특히 시선을 끄는 남자였다. 그는 쇠고기 스테이크와 버터를 바르

지 않은 빵에 광천수를 마시고 있었다. 그의 이름은 코르트란트 반 뒤친크로, 800만 달러의 재산을 지닌 거부이며, 상류 사회에서 신성시되는 자리를 물려받아 지키고 있는 인물이었다.

빌리는 아는 사람이 없어 주변의 그 누구에게도 말을 걸지 않았다. 반 뒤친크는 접시에서 시선을 떼지 않았다. 그곳에 모인 사람들이 모두 자신과 눈이 마주치기를 갈망한다는 것을 알고 있기 때문이다. 그는 고개를 한 번 끄덕여 작위를 주기도 하고 위세를 부여할 수도 있지만 귀족의 수를 너무 늘리지 않기 위해 신중을 기하고 있었다.

그때 빌리 맥머헌은 그의 인생에서 가장 놀라운 동시에 대담한 일을 생각하고 실천했다. 벌떡 일어나서 코르트란트 반 뒤친크의 테이블로 걸어가 손을 내민 것이다.

"반갑습니다, 반 뒤친크 씨. 저의 선거구에 거주하는 가난한 주민들을 위해 개혁을 시작하고 싶어하신다는 말을 들었습니다. 저는 맥머헌입니다. 그 말이 사실이라면 최선을 다해 돕고 싶습니다. 그 지역에서는 제 말이 잘 통하지 않습니까? 아마 그럴 겁니다."

다소 침울했던 반 뒤친크의 표정이 밝아졌다. 그가 호리호리한 몸을 일으키더니 빌리 맥머헌의 손을 잡은 채 낮고 심각한 음성으로 말했다.

"빌리 맥머헌 씨, 그런 일에 대해 생각해 왔습니다. 도와주신다면 고맙겠습니다. 그리고 당신을 알게 되어 기쁘게 생각합니다."

빌리가 자기 자리로 돌아왔다. 그의 어깨는 왕족의 칭찬으로 들썩
거리고 있었다. 수많은 눈이 부러움과 새로운 존경을 담아 그를 향하
고 있었다. 윌리엄 대라 맥머헌 부인은 황홀한 기분으로 인해 온몸이
떨려 자신의 다이아몬드를 바라보는 것이 거의 고통스러울 정도였
다. 갑자기 여러 테이블에서 맥머헌을 알게 된 것을 즐기는 분위기가
역력해졌다. 사람들이 그를 향해 미소를 짓고 고개를 끄덕였다. 그는
자신이 위대해진 것 같은 기분에 아찔해져 선거전 때의 침착함을 잃
어버렸다.

"모두에게 포도주를!"

그가 손가락으로 웨이터에게 명령했다.

"저쪽에 포도주를 드리고 화분 옆의 세 신사분께도 포도주를 가져
가서 내가 드리는 것이라고 말하게. 좋아! 모든 사람에게 포도주를 돌
리게."

웨이터가 대담하게도 홀에 있는 귀족들과 그들의 관례를 생각하면
그런 주문이 합당하지 않을 듯하다고 속삭였다.

빌리가 말했다.

"알았소. 관례에 어긋난다면 할 수 없지. 하지만 나의 친구인 반 뒤
친크 씨에게 한 병 선사할까 하는데, 그건 괜찮겠지? 오늘은 카페에서

도 똑같이 한턱내겠어. 새벽 두 시까지 입장하는 손님들에게는 무제한으로 드리게."

빌리 맥머헌은 행복했다.

코르트란트 반 뒤친크와 악수를 한 것이다.

행상용 손수레와 쓰레기 더미들이 즐비한 맨해튼 빈민가에 어울리지 않는 연한 은빛 승용차가 천천히 달리고 있었다. 누더기를 걸친 채 목적 없이 거리를 달리는 아이들 틈에서 조심스럽게 운전하는 코르트란트 반 뒤친크의 귀족적인 얼굴과 희고 가느다란 손이 어울리지 않아 보인다. 그의 옆에 앉아 있는, 조용하고 금욕적인 아름다움을 지닌 콘스탄스 쉴러 부인 역시 마찬가지다.

"오, 코르트란트!"

그녀가 숨을 내쉬며 말을 이었다.

"사람이 이토록 비참한 가난 속에서 살아야 하는 것이 슬프지 않아요? 이 사람들에 대해 생각하고 있는 당신은 정말 훌륭해요. 이들의 형편이 나아지게 하기 위해 시간과 돈을 나누어 주니까요."

반 뒤친크가 심각한 얼굴로 그녀를 바라보았다. 그리고 슬픈 어조로 입을 열었다.

"내가 할 수 있는 일은 아무 것도 없어. 이 문제는 사회적인 것이지.

하지만 개인적인 노력이 전혀 무익한 것은 아니야. 여기를 봐, 콘스탄스! 이 거리에 무료 식당을 세우려고 해. 배고픈 사람은 누구도 그냥 돌려보내지 않는 곳이지. 저쪽 거리에 있는 오래된 건물들을 헐고 새로 지을 거야. 그 건물들은 화재와 질병으로 많은 생명을 앗아 갈 우려가 있는 곳이야."

은빛 승용차가 델런시 거리를 천천히 미끄러져 내려갔다. 차 옆으로 지저분한 머리에 씻지 않은 얼굴을 한 어린아이들이 맨발로 떼를 지어 배회하고 있었다. 차가 지저분하고 기울어진 벽돌 건물 앞에 멈추어 섰다.

반 뒤친크가 기울어진 벽을 좀 더 자세히 살펴보기 위해 차에서 내렸다. 마침 건물 층계를 내려오는 한 젊은이가 있었다. 그는 그 건물만큼이나 피폐하고 지저분하고 역경에 처한 듯이 보였다. 좁은 가슴에 창백한 얼굴을 한 불쾌한 인상의 젊은이는 담배를 피우고 있었다.

반 뒤친크는 갑자기 앞으로 나아가더니, 마치 살아 있는 자체가 비난인 듯이 보이는 그의 손을 따뜻하게 잡으며 진실되게 말했다.

"당신들을 알고 싶습니다. 최선을 다해 당신들을 돕겠습니다. 우리는 친구가 될 겁니다."

조심스럽게 차를 몰고 돌아가는 코르트란트 반 뒤친크의 마음속에 전에 알지 못했던 기쁨이 밀려들었다. 그는 행복한 사람이 되어 있었다.

아이키 스니글프리츠와 악수를 한 것이다.

토빈의 손금

Tobin's Palm

하루는 토빈과 나 둘이서 코니에 갔다. 우리에게는 4달러가 있었고, 토빈은 기분 전환을 할 필요가 있었다. 슬라이고 카운티 출신의 옛 애인 케이티 마호너가 그녀가 저축한 돈 2백 달러와, 토빈이 물려받은 땅, 보그 쉐너에 있는 멋진 시골집, 돼지 등을 팔아 마련한 100달러를 가지고 석 달 전에 미국으로 떠난 후 소식이 끊겼기 때문이다. 그녀가 그에게 돌아오려 한다는 편지를 받은 이후로 토빈은 케이티 마호너에 대한 소식을 전혀 접하지 못했다. 신문에 광고도 내 봤지만 그녀에 대한 소식은 조금도 알 수가 없었다.

그래서 나와 토빈은 코니로 갔다. 경마를 관람하고 팝콘 냄새를 맡고 나면 기분이 좀 나아질까 해서였다. 하지만 고지식한 토빈의 마음에 새겨진 슬픔은 쉽사리 사라지지 않았다. 그는 비행 기구를 향해 이를 갈았고, 영화를 보며 저주를 했고, 권할 때마다 마시면서도 술을 경멸했고, 사진사가 오면 두드려 팼다.

그래서 나는 그를 사람들이 적은 산책로 샛길로 데리고 갔다. 그가 칸막이 한 작은 노점 앞에서 좀 더 인간적인 눈빛으로 멈추어 서며 말했다.

"여기 좀 봐. 여기 한번 들어가 봐야겠어. 나일 강에서 온 대단한 손금쟁이한테 미래에 어떤 일이 일어날지 물어봐야겠어."

토빈은 징조를 믿었고 성격에 괴상한 면도 있었다. 검은 고양이, 행운의 수, 날씨 예보 등과 관련된 비합리적인 일들을 믿었다. 우리는 붉은 천과 복잡한 손금 그림들로 장식된 매혹적인 작은 방으로 들어갔다. 문에 걸린 간판에는 이집트 수상가 마담 조조의 집이라고 쓰여 있었다. 안에는 S자형 고리와 작은 동물들로 수를 놓은 붉은 드레스를 입은 뚱뚱한 여성이 앉아 있었다. 토빈은 그녀에게 10센트를 주고 손을 내밀었다. 그러자 그녀가 짐마차 말발굽처럼 단단한 토빈의 손을 잡더니 개구리 속에 돌멩이가 들어 있는지 벗겨진 편자를 구하러 왔는지 점치기 위해 들여다보았다.

마담 조조가 말했다.

"자, 운명이 어떤 말을 하고 있나 볼까?"

그러자 토빈이 끼어들어 말했다.

"이건 절대 내 발이 아녜요. 아름답지는 않지만 지금 분명히 내 손바닥을 보고 있는 겁니다."

마담 조조가 말했다.

"손금을 보니 지금까지도 나쁜 일이 없지 않았지만 앞으로 더 일어나겠군. 애정 선을 보면… 그런데 이건 돌 때문에 생긴 타박상인가? 전에 사랑에 빠진 적이 있군. 애인 때문에 인생의 고통을 겪은 일이 있어."

"케이티 마호너를 두고 하는 말일 거야."

토빈이 옆에 있는 나에게 큰 소리로 속삭였다.

손금쟁이가 자랑스러운 얼굴로 말했다.

"맞아! 슬픔과 괴로움을 많이 준 여자를 잊지 못하고 있군 그래. 손금이 그녀의 이름에 K자와 M자가 들어 있다고 말하고 있어."

"쉿!"

토빈이 손가락을 입에 갖다 대며 내게 말했다.

"지금 한 말 들었어?"

"피부가 검은 남자와 품행이 좋지 않은 여자를 조심해요. 그들은 당신에게 괴로움을 가져다줄 거야. 머잖아 물 위로 여행을 할 것이고, 경제적 손실을 입겠군. 행운을 가져다주는 손금도 하나 있어. 어떤 남자가 나타나 상당한 재산을 얻게 해 줄 거야. 코가 휘어져 있는 남자를 보면 그 사람인 줄 알아요."

손금쟁이의 말이 끝나자 토빈이 물었다.

"혹시 이름도 써 있나요? 이름을 알면 그가 나타나 큰돈을 떨어뜨려 놓고 갈 때 인사라도 할 텐데."

"이름은……."

심각한 표정을 지으며 손금쟁이가 말했다.

"손금에는 나타나 있지 않아. 하지만 이름이 길고 'O' 자가 들어 있다는군. 더 이상은 할 말이 없어. 잘 가. 나갈 때 문은 막지 말고."

우리가 좁은 문을 비집고 나설 때 한 흑인 남자가 불붙은 담배를 토빈의 귀에 꽂아 말썽이 일어났다. 토빈이 그의 목을 주먹으로 마구 때리자 여자들이 비명을 질렀다. 나는 정신을 차리고 경찰이 오기 전에 몸집 작은 토빈을 인적이 적은 곳으로 끌어냈다. 간혹 이런 일이 있을 때면 토빈은 성질이 사나워진다.

기선을 타고 돌아오는 길에 한 남자가 '멋진 웨이터 원하는 분 있으세요?'라고 소리를 지르자 토빈은 자신의 무죄를 주장하려고 했다. 맥주잔에 뜬 거품을 입으로 불고 싶은 욕구를 느꼈기 때문이다. 하지만 주머니 속을 뒤져 보니 증거 부족으로 무죄 방면되는 기분이었다. 소동이 벌어지고 있을 때 누군가 그의 주머니에서 잔돈을 슬쩍한 것이다. 우리는 말없이 의자에 앉아 스페인 사람들이 갑판에서 바이올린을 연주하는 소리를 들었다. 하지만 토빈은 처음 이곳을 향할 때보다 더 불행해 보였다. 난간 쪽에 있는 의자에 붉은색 차를 타면 어울릴 것 같은 옷을 입은 은발의 젊은 여자가 기대앉아 있었다. 곁을 지나가던 토빈이 실수로 그녀의 발을 툭 찼다. 술에 취하면 여자들에게 친절해지는 토빈이 사과를 하기 위해 모자를 벗어 들다가 그만 바람에 날려 물속으로 떨어뜨리고 말았다.

토빈이 돌아와 자리에 앉자 나는 그를 주의해 살피기 시작했다. 곤란한 일이 점점 더 자주 일어나고 있었다. 곤경에 너무 시달리면 그는 주변에서 옷을 제일 잘 입은 사람을 골라 발로 차거나 기선을 잡으려 들기 때문이다.

잠시 앉아 있던 토빈이 내 팔을 잡고 흥분한 목소리로 이렇게 말했다.

"존, 지금 우리가 무슨 일을 하고 있는지 알아? 물 위로 여행을 하고 있어."

내가 말했다.

"진정해. 배가 육지에 닿으려면 10분은 더 있어야 해."

"생각해 봐. 벤치에 앉아 있던 그 야한 여자 말이야. 그리고 그 검둥이 놈이 내 귀에 화상을 입힌 것도 그렇잖아. 돈도 잃어버렸고. 1 달러 65센트였지?"

토빈의 말을 듣고 나는 그가 자신이 겪은 재앙을 나열하고 그것을 핑계 삼아 폭력을 휘두르려는 것이라고 생각했다. 많은 남자들이 그런 식이다. 그래서 그런 일은 흔히 일어난다는 것을 납득시키려 노력했다.

하지만 토빈은 내 말을 들으려 하지 않았다.

"내 말 좀 들어 봐. 예언의 은사라든가 믿는 자들에게 일어나는 기적 같은 것은 전혀 모르는군. 내 손을 본 손금쟁이가 뭐라고 했어? 말한 대로 다 이루어졌잖아. '피부가 검은 남자와 단정치 못한 여자가 곤란을 가져다줄 테니 주의하라'고 했잖아. 그 껌둥이 녀석 잊었어? 내가 당한 것을 일부 갚아 주기는 했지만 말이야. 내 모자가 물속에 떨어지게 만든 그 은발 여자보다 더 야한 여자가 여기 있어? 그리고 우리가 사격장에서 나올 때 내 주머니 속에 들어 있던 1달러 65센트는 어디 갔느냐 말이야."

그런 일들은 코니에서 손금쟁이 말을 들어 본 적이 없는 사람들에게도 얼마든지 일어날 수 있는 일인데, 토빈의 말을 들으면 모든 일이 예언대로 이루어지는 것처럼 보였다.

토빈은 갑판 위를 걸어 다니며, 핏발 선 작은 눈으로 승객들을 하나하나 뜯어보았다. 나는 왜 그런 행동을 하는지 물었다. 토빈이 행동으로 옮기기 전에는 도대체 그가 무슨 생각을 하고 있는지 아는 것이 불가능하다.

"내 손금에 약속된 구원이 이루어지도록 하고 있는 거야. 행운을 가져다줄 코가 휜 남자를 찾고 있어. 그는 우리 둘 다를 구원해 줄 거야.

존, 지금까지 살면서 갱단의 깡패들 중 코가 제대로 된 놈 본 적 있어?'

우리가 탄 것은 아홉 시 반 기선이었다. 나는 기선에서 내려 22번가를 가로질러 모자를 쓰지 않은 토빈과 함께 주택 지구를 걸어갔다.

길모퉁이 가스등 아래서 한 남자가 달이 걸려 있는 고가도로 쪽을 바라보며 서 있었다. 키가 큰 그 남자는 옷을 말쑥하게 입고 입에 시가를 문 채 서 있었다. 가까이 가 보니 콧날에서 코끝까지 마치 뱀이 꿈틀거리는 것처럼 휘어져 있었다. 나와 동시에 그것을 본 토빈이 안장을 벗겨낸 말처럼 가쁘게 숨을 쉬기 시작했다. 토빈이 곧바로 그 남자에게 향했고 나도 그를 따랐다.

"처음 뵙겠습니다."

토빈이 남자에게 말을 걸었다. 남자가 시가를 손가락 사이에 끼더니 친절하게 응답했다. 또다시 토빈이 물었다.

"이름 좀 알 수 있을까요? 우리가 당신과 잘 아는 사이가 될지도 모르니까요."

남자가 친절하게 말했다.

"내 이름은 프리덴하우스만이오. 막시무스 G. 프리덴하우스만."

"긴 이름이군요. 혹시 이름 중에 'O' 자가 들어 있지 않나요?"

"들어 있지 않소."

토빈의 물음에 남자가 대답했다.

"정말 'O' 자가 들어 있지 않다는 말인가요?"

초조해진 토빈이 마치 추궁이라도 하듯이 물었다.

"양심상 외국어를 별로 좋아하지 않는다면 끝에서 두 번째 음절에 그 철자를 몰래 가져다 붙이시오."

코가 특징적인 남자가 말했다.

토빈이 말했다.

"좋아요. 우리는 존 말론과 다니엘 토빈이에요."

그러자 남자가 허리를 굽혀 인사했다.

"만나서 반갑군요. 지금 길모퉁이에서 철자 알아맞히기 시합을 하는 것은 아닐 테고, 그렇게 꼬치꼬치 묻는 이유가 뭐요?"

토빈이 설명하려고 노력했다.

"내 손금을 봐 준 이집트 손금쟁이가 말한 두 가지 징조가 당신에게 있기 때문이지요. 그녀가 예언한 대로 흑인 남자와 배에서 다리를 꼬고 앉아 있던 은발 여자 때문에 낭패를 봤어요. 돈도 1달러 65센트나 잃어버렸고요. 그런데 그런 손해를 모두 보상해 줄 만한 행운을 당신이 가져다주기로 되어 있거든요."

남자가 담배 피우기를 멈추더니 나를 바라보았다.

"이 사람이 한 말에 덧붙일 말 없소? 아니면 당신도 같은 생각을 하고 있는 거요? 당신 표정을 보니 당신이 이 사람을 책임지고 있는 듯한데."

내가 그의 물음에 답했다.

"아녜요. 두 개의 편자가 똑같이 생긴 것처럼 당신은 내 친구의 손금에 써 있는 행운의 그림과 너무 닮았을 뿐이에요. 아니면 토빈의 손금이 잘못되었든지요. 누가 알겠어요."

코가 특징적인 남자가 위 아래로 한 번 훑어보더니 말했다.

"당신네 두 사람을 알게 되어 정말 반가웠소. 이만 가겠소."

말을 마친 남자가 시가를 다시 입에 물더니 서둘러 길을 건넜다. 토빈이 그에게 바싹 달라붙어 걸었다. 그의 또 다른 쪽에는 내가 바싹 붙어 걸었다.

남자가 반대 쪽 인도에서 걸음을 멈추더니 모자를 들고서 말했다.

"아니! 지금 날 따라오고 있는 거요? 다시 한 번 말하는데, 당신들을 만나서 기쁘오. 하지만 이제 그만 가 주었으면 하오. 나는 집에 가는 길이란 말이오."

토빈이 생각나는 대로 말했다.

"그러세요? 집에 가세요. 집에서 나오실 아침까지 문 앞에 앉아 있을 거예요. 흑인 남자와 은발 여자의 저주, 그리고 1달러 65센트의 금전적 손해를 보상해 주는 일이 당신에게 달려 있으니까요."

좀 덜 미친 것처럼 보이는 나를 바라보며 남자가 말했다.

"뭐에 홀린 것 같군. 이 사람을 집으로 데려다 주어야 하지 않겠소?"

내가 그에게 말했다.

"내 말 좀 들어봐요. 다니엘 토빈은 전과 다름없이 지각 있는 사람이에요. 술을 좀 마셔서 정신이 혼미해지기는 했지만 그렇다고 완전히 나간 건 아녜요. 그의 맹신과 그가 처한 곤경 때문에 이러는 겁니다. 무슨 얘기인지 설명해 드리지요."

나는 그에게 손금쟁이가 한 말을 전하며, 행운을 가져다주리라고 그녀가 예언한 사람과 그가 얼마나 많이 닮았는지 말해 주었다. 그리고 결론을 내리듯 이렇게 말했다.

"지금 나의 입장을 말씀드리면, 나는 토빈의 친구입니다. 내 생각에 부자의 친구가 되는 것은 쉽습니다. 보상이 따르니까요. 가난한 자의 친구가 되는 것도 어렵지 않지요. 감사하다는 말에 마음이 우쭐해지고 한 손에는 석탄 통을 들고 다른 한 손에는 고아를 안은 채 빈민 아파트 앞에 서서 사진도 찍을 수 있으니까요. 하지만 어수룩한 사람의 친구가 되는 것은 여간 어려운 일이 아니지요. 그게 바로 내가 하고 있는 일이에요!"

나는 잠시 사이를 두었다가 말을 이었다.

"내 생각에는 내 손바닥에서 읽을 수 있는 행운의 손금은 모두 곡괭이 손잡이 때문에 새겨졌으니까요. 그리고 설사 당신 코가 뉴욕 시에서 가장 많이 휘어져 있다 해도 모든 점쟁이들이 당신이 행운을 가져다줄 거라고 말하지는 않을 겁니다. 하지만 토빈의 손금은 정말 당신을 지목하고 있어요. 당신이 그 사람이 아니라는 것을 그가 확신할 때까지 도울 겁니다."

내 말이 끝나자 남자가 갑자기 웃기 시작했다. 모퉁이에 기대서서 한참을 웃었다. 그가 나와 토빈의 등을 두드리더니 양 팔로 우리에게 어깨동무를 하며 말했다.

"내가 잘못했소. 어떻게 그렇게 멋지고 놀라운 일에 내가 결정적인 역할을 하리라고 기대했겠소? 나는 거의 가치 없는 존재가 되고 있었소. 바로 가까이에 카페가 있어요. 이늑해서 이야기를 하기에 안성맞춤이지요. 들어가 한잔하면서 절대적인 것은 없다는 것에 대해 이야기해 봅시다."

그는 나와 토빈을 데리고 술집으로 가 주문을 한 후 테이블에 돈을 올려놓았다. 그는 형제를 바라보는 눈길로 나와 토빈을 바라보았고, 함께 시가를 피웠다. 운명의 남자가 말했다.

"당신들이 알아야 할 일이 있소. 나는 소위 문학이라는 것을 하는 사람이오. 밤이 되면 군중 속에서 일어난 특이한 일이나 하늘의 진실을 찾아 먼 곳까지 다니지요. 당신들이 내게 왔을 때 나는 가장 밝게 빛나는 별과 맞닿아 있는 고가도로를 바라보고 있었어요. 고가도로

는 시이고 예술이에요. 달은 기계적으로 움직이는 지루하고 무미건
조한 행성일 뿐이지요. 하지만 이건 나의 개인적 생각이오. 문학의 세
계에서는 상황이 역전되니까요. 인생에서 발견된 이상한 일들에 대
해 책을 쓰는 것이 나의 바람이오."

"나에 대해 쓸 거군요. 책에 나에 대한 이야기를 쓸 건가요?"

토빈이 역겹다는 듯이 말하자 남자가 그의 말을 받았다.

"쓰지 않을 거요. 표지에 당신이 나오지 않을 거니까요. 아직은 아
니오. 내가 할 수 있는 최선의 일은 당신들과의 만남을 즐기는 것이지
요. 아직 인쇄의 한계를 파괴할 때가 되지 않았으니까요. 당신은 책에
서 아주 멋지게 묘사될 거요. 이 기쁨의 술을 나 혼자서 마셔야 하오.
하지만 고맙소, 젊은이들. 정말로 고마워요."

코밑수염을 휘날리던 토빈이 주먹으로 테이블을 두드리며 말했다.

"당신이 하는 말은 정말로 눈꼴시군요. 당신의 흰 코는 행운을 약속
하고 있어요. 그러나 당신은 마치 북소리처럼 열매를 맺는군요. 책에
대한 당신의 헛소리는 열린 틈으로 들어오는 바람 같아요. 좋아요. 이
제 내 손금은 흑인과 은발 여자에 대한 것만 빼고는 거짓말이라고 생
각해야겠어요."

키가 큰 남자가 말했다.

"아니! 얼굴 생김새 때문에 이런 엉뚱한 일을 하고 있단 말이오? 나

의 코는 아무 제약도 받지 않고 할 수 있는 모든 일을 할 거요. 자, 한 잔씩 더 마셔요. 괴상한 이야기에는 물을 잘 줘야 해. 메마른 도덕적 분위기에서는 말라죽고 말거든."

내 생각에 그 문학하는 사람은 손해를 배상했다. 그는 모든 것, 즉 예언대로 나와 토빈이 탕진한 돈을 기꺼이 배상했다. 그러나 토빈은 슬퍼 보였다. 눈에 핏발이 선 채 아무 말 없이 술만 마셨다.

열한 시가 되자 우리는 술집을 나와 인도에 잠시 서 있었다. 이내 남자가 집에 가야 한다고 말하면서 나와 토빈에게도 같이 가자고 했다. 두 블록쯤 떨어진 옆길에 다다르자 높은 베란다와 철제 울타리가 있는 벽돌집들이 늘어서 있었다. 남자가 그중 한 집 앞에 서서 불 꺼진 꼭대기 층의 창을 바라보며 말했다.

"보잘것없는 나의 집이오. 불이 꺼진 걸 보니 아내가 잠든 것 같소. 그래서 내가 잠시 당신들을 대접할 수 있어요. 지하에 있는 식당에 가서 간단하게 식사를 합시다. 냉장고에 닭 요리와 치즈, 그리고 맥주 한두 병이 있을 거요. 들어와서 드십시다. 당신들 덕분에 즐거운 시간을 가졌으니 말이오."

토빈은 손금에 나온 행운이 맥주 한두 잔과 식은 음식 먹는 것을 의미하는지에 대한 미신적인 생각에 골몰했지만 우리의 식욕과 양심은 이미 초대에 응하고 있었다.

코가 휘어진 남자가 말했다.

"층계를 내려가요. 내가 위에 있는 문으로 들어가서 그쪽 문을 열어 주겠소. 새로 온 가정부에게 당신들이 가기 전에 마실 커피를 끓이라고 하겠소. 케이티 마호너가 우리 딸을 위해 좋은 커피를 만든 지 석 달이 됐어요. 들어와요. 내가 그녀를 내려 보내리다."

마지막 잎새
The Last Leaf

워싱턴 스퀘어 서쪽에 있는 작은 지역은 길이 아주 복잡하다. '가街' 라고 쓰인 길이 다시 '로路' 라는 이름이 붙은 작은 길들로 나눠진다. 이 '로' 라고 쓰인 길들은 괴상한 각도와 곡선으로 연결되어 있다. 한 '가' 에 교차로가 한 번 내지 두 번 있다. 한번은 어떤 예술가가 이 거리에서 소중한 가능성을 발견했다. 수금원이 물감, 종이, 캔버스 등의 청구서를 들고서 이곳에 왔다고 생각해 보라. 길을 찾아 헤매다가 돈은 한 푼도 받지 못한 채 다시 제자리로 돌아오게 될 것이다.

따라서 기묘하면서도 옛 정취를 풍기는 그리니치 빌리지로 예술가들이 일찌감치 찾아와 북향 창문과 18세기식 지붕과 네덜란드풍의 다락방, 싼 집세 등을 구하러 다녔다. 이어 그들은 식스 애버뉴에서 백랍 머그잔, 풍로 달린 식탁 냄비 한두 개를 가지고 와서 미술가 부락을 형성했다.

나지막한 3층짜리 벽돌 건물 맨 위층에는 수와 존시의 작업실이 있

36

다. 존시는 조안나의 애칭이다. 수는 메인 출신이고 존시는 캘리포니아에서 왔다. 그들은 에잇 스트리트에 있는 델모니코 레스토랑에서 만나 예술과 치커리 샐러드, 비숍 슬리브(아래쪽이 넓고 손목 부분을 개더로 죈 소매 : 옮긴이) 등에 대한 취미가 같다는 것을 알고 기쁜 나머지 공동 작업실을 만들게 된 것이다.

그것이 5월에 있었던 일이다. 11월이 되자 의사들이 폐렴이라고 부르는 낯선 방문객이 이곳저곳의 사람들을 차가운 손가락으로 건드리면서 미술가 부락을 배회했다. 맨해튼 빈민가에서는 이 약탈자가 대담하게 활보하며 수십 명을 쓰러뜨렸지만 이끼가 자라는 좁은 미로들로 얽힌 이곳에서는 천천히 어슬렁거렸다.

폐렴은 기사도 정신을 지닌 중년 신사가 아니다. 캘리포니아의 서풍으로 피가 묽어진 가녀린 여성은 손에 피가 묻고 숨을 가쁘게 몰아쉬는 늙은 부랑자의 적당한 사냥감이 아니다. 그러나 그는 존시를 쓰러뜨렸다. 그녀는 페인트가 칠해진 철제 침대에 꼼짝 않고 누워서 네덜란드풍의 작은 창유리를 통해 옆 건물의 텅 빈 벽을 바라보고 있었다.

어느 날 아침 숱 많은 회색 눈썹의 의사가 수를 복도로 불러내 체온계의 수은을 흔들어 내리면서 말했다.

"친구가 살 가능성은 열에 하나입니다. 그것도 살고자 하는 의지가 있을 때만 그렇지요. 일단 환자가 장의사 쪽으로 줄을 서면 아무리 좋은 약도 소용이 없어요. 친구분은 회복되지 못할 거라고 마음을 정했어요. 그녀의 마음에 걸리는 일이라도 있나요?"

"언젠가 꼭 나폴리 항구를 그리고 싶어해요."

수가 말했다.

"그림? 그런 건 소용없어요! 한 번 더 생각할 가치 있는 뭔가가 있는지 말예요. 예를 들어 남자 친구라든가?"

수가 구금(입에 물고 손가락으로 타는 악기 : 옮긴이)을 튕기는 듯한 비음으로 말했다.

"남자 친구요? 아뇨, 의사 선생님. 그런 건 없는데요."

"그럼 그냥 허약해진 거군요. 내 힘이 닿는 한 의학이 할 수 있는 일은 다 하겠소. 하지만 환자가 장례식 행렬에 오는 마차 수를 세기 시작하면 약의 효력이 절반으로 줄어들어요. 이번 겨울에 어떤 외투 소매가 새로 유행하는지 한번 물어보게 만든다면 살 가망이 십분의 일에서 오분의 일로 늘어날 거라고 약속하지요."

의사가 떠난 후 수는 작업실로 돌아와 종이 냅킨이 눈물로 다 젖을 때까지 울었다. 그러고 나서 화판을 들고 휘파람을 불며 오만하게 존시의 방으로 걸어 들어갔다.

존시는 침대보가 구겨질 여지도 없이 꼼짝 않고 누워서 창 쪽을 바라보고 있었다. 수는 그녀가 자고 있다고 생각하여 휘파람을 멈췄다.

그리고 화판을 세워 펜과 잉크로 잡지 소설의 삽화를 그리기 시작했다. 젊은 화가들은 젊은 작가들이 문학계에서 이름을 내기 위해 투고하는 잡지 소설에 실을 삽화를 그려 화가로서의 길을 닦는다. 주인공인 아이다호 카우보이 위에 말 품평회에서 입는 멋진 바지와 외알 안경을 스케치하고 있을 때 낮은 음성이 여러 번 반복되는 소리를 들었다. 그녀는 재빨리 침대 곁으로 갔다.

존시가 눈을 크게 뜨고 창밖을 바라보며 거꾸로 수를 세고 있었다.

"열둘"이라고 말하더니 이어 "열하나, 열, 아홉"에 이어 여덟과 일곱을 거의 동시에 세었다.

그녀는 염려하며 창밖을 쳐다보았다. 창밖에 셀 것이 뭐가 있다는 말인가? 아무 것도 없는 황량한 뜰이었다. 그곳에서 6미터쯤 떨어진 곳에 벽돌집의 한쪽 벽이 보일 뿐이다. 아주 오래되어 뒤틀리고 뿌리가 썩은 담쟁이덩굴이 벽의 절반쯤까지 올라와 있었다. 차가운 가을 바람에 이파리를 떨어뜨린 앙상한 가지들이 부서져 가는 벽돌 벽에 달라붙어 있었다.

"뭘 세는 거니, 존시?"

수가 물었다.

존시가 거의 속삭이듯 말했다.

"여섯, 점점 더 빨리 떨어지고 있어. 사흘 전만 해도 거의 백 개쯤 붙어 있어서 세려면 골치가 아팠는데 이제는 세기가 쉬워. 또 하나가 떨어지네. 이제 딱 다섯 개 남았어."

"뭐가 다섯 개 남았다는 거야? 네 친구 수디에게 말해 봐."

"담쟁이덩굴 이파리 말이야. 마지막 잎새가 떨어지면 나도 가야 해. 사흘 전부터 그 사실을 알고 있었어. 의사가 말 안 하든?"

"오, 그런 허튼소리는 처음 듣는다."

수가 당당한 목소리로 조롱하듯이 투덜거렸다.

"늙은 담쟁이덩굴 이파리들과 네가 회복되는 게 무슨 상관이 있어? 너는 저 담쟁이덩굴을 좋아했었지, 그래, 이 나쁜 아가씨야. 바보짓은 그만 해. 에, 의사가 오늘 아침에 말하기를, 네가 금방 회복될 확률이 정확히 뭐라고 말했냐면… 확률이 열에 하나라고 했어! 에, 전차를 타거나 걸어서 뉴욕 시를 돌아다닐 때 새로운 건물을 지나치게 되는 확률과 거의 같아. 묽은 수프를 좀 마셔. 수디는 다시 그림을 그릴 테니. 그녀가 그림과 함께 편집장을 팔아넘기면 우리 아픈 아기를 위해서는 포르투갈 포도주를 한 병 사고 배고픈 그녀를 위해서는 돼지고기를 살 수 있어."

"포도주는 더 이상 살 필요 없어."

존시가 창밖에 눈을 고정시킨 채 말했다.

"또 하나가 떨어지네. 아니, 수프도 먹지 않을 거야. 이제 네 개밖에

안 남았어. 날이 어두워지기 전에 마지막 잎새가 떨어지는 것을 보고
싶어. 그러면 나도 떠날 거야."

"존시, 제발!"

수가 그녀 쪽으로 몸을 굽히고 말했다.

"내 일이 다 끝날 때까지는 눈을 감고 창밖을 내다보지 않겠다고 약
속해 주겠니? 내일까지는 그림을 가져다줘야 해. 빛이 필요해. 그래
도 계속 내다보면 차일을 칠 거야."

"다른 방에서 그릴 수 없어?"

존시가 냉담하게 말했다.

"나는 네 곁에 있고 싶어. 게다가 네가 저 어리석은 담쟁이덩굴 잎
들을 계속 바라보는 걸 원치 않아."

"다 그리면 즉시 알려 줘."

창백한 얼굴의 존시가 쓰러진 조각상처럼 꼼짝 않고 누워서 눈을
감고 말했다.

"마지막 잎새가 떨어지는 것을 꼭 보고 싶어. 기다리는 데 지쳤어.
생각하는 것도 힘들고. 불쌍하고 지친 나무 이파리들처럼 잡고 있던
것을 다 놓아 버리고 아래로, 아래로 떨어져 내리고 싶어."

존시의 말을 가만히 듣고 있던 수가 말했다.

"잠 좀 자. 나는 버먼에게 가서 늙은 은둔자 광부의 모델을 하러 올

라오라고 해야겠어. 금방 올게. 내가 올 때까지 움직이지 마."

버먼 노인은 그들이 사는 집 1층에 살고 있는 화가였다. 예순이 넘은 그는 사티로스처럼 생긴 얼굴에 미켈란젤로의 조각상 모세처럼 턱수염을 길렀고 몸집은 마치 꼬마 도깨비 같았다. 버먼은 예술에 있어서는 실패작이었다. 예술의 여왕의 옷자락을 만질 만큼도 가까이 가 보지 못한 채 40년 동안이나 붓을 사용했다. 언제나 걸작을 그리려고 했지만 아직 시작도 못했다. 지난 몇 년간은 상업이나 광고용으로 어설픈 그림만 이따금 그렸을 뿐 그림은 거의 그리지 않았다. 전문 모델료를 낼 수 없는 미술 부락의 젊은 예술가들에게 모델을 해 주고 돈을 조금씩 벌었다. 그는 진을 너무 많이 마셨고, 여전히 곧 그릴 걸작품에 대해 말하고 있었다. 그는 다른 사람의 관대함을 사정없이 비웃는 성질 고약한 작은 노인이었고, 스스로를 위층 작업실에 사는 두 젊은 예술가를 수호하는 막역한 맹견이라고 여겼다.

수가 내려갔을 때 버먼은 희미한 불이 켜진 작업실에서 두송나무 열매 술 냄새를 짙게 풍기며 앉아 있었다. 방 한구석에는 걸작의 첫 붓질을 25년 동안이나 기다려 온 빈 캔버스가 이젤 위에 놓여 있었다. 그녀는 버먼에게 존시의 망상에 대해 이야기하고 나무 잎새처럼 가볍고 연약한 그녀가 세상에 걸고 있는 기대가 점점 약해져 정말로 영영 떠나게 될까 봐 염려스럽다고 말했다.

버먼 노인은 충혈된 눈에서 구슬픈 눈물을 흘리며 그처럼 어리석은 공상에 대해 조롱하고 야유했다.

"뭐라고?"

그가 독일어 섞인 억양으로 소리 질렀다.

"괘씸한 담쟁이덩굴에서 이파리가 떨어진다고 해서 죽는단 말이야? 그런 어처구니없는 말은 들어 본 적이 없어. 당신의 명청이 은둔자 모델은 하지 않겠어. 어떻게 그렇게 어리석은 생각을 하도록 내버려 두었단 말이야? 아, 불쌍한 존시."

"존시는 몸이 많이 아프고 약해요."

수가 말했다.

"열 때문에 마음이 우울해지고 괴상한 공상으로 머리가 꽉 차 있고요. 좋아요. 버먼 씨, 내 모델이 되어 주기 싫다면 할 필요 없어요. 하지만 당신은 지긋지긋하고 말만 많은 늙은이라는 건 알아 두세요."

"영락없는 여자구먼!"

버먼이 소리 질렀다.

"누가 모델을 안 하겠다고 그랬어? 가자고, 같이 갈 테니. 기꺼이 포즈를 취하겠다는 이야기를 반 시간 동안 한 거야. 젠장! 이곳은 존시 양처럼 착한 여자가 앓아누워 있을 곳이 아냐. 언젠가 내가 걸작을 그리면 우리 모두가 여기를 떠나는 거야. 맞아, 그거야!"

그들이 위층으로 올라갔을 때 존시는 잠들어 있었다. 수는 차일을 창턱까지 내리고 몸짓으로 버먼에게 다른 방으로 옮기자고 했다. 그 곳에서 그들은 근심스러운 눈길로 창밖의 담쟁이덩굴을 바라보았다. 그들은 아무 말도 하지 않고 잠시 서로를 바라보았다. 차가운 비가 눈에 섞여 줄기차게 내리고 있었다. 낡은 파란색 셔츠를 입은 버먼은 뒤집어 놓은 솥을 바위 삼아 은둔자 광부 포즈를 취하고 앉았다.

다음 날 아침 수가 겨우 한 시간 동안 잠을 자고 일어났을 때 존시는 멍한 눈을 크게 뜨고서 내려진 녹색 차일을 바라보고 있었다.

"차일을 올려. 밖을 보고 싶어."

그녀가 힘없는 목소리로 명령했다. 수가 마지못해 그녀 말에 복종했다.

그러나 보라! 기나긴 밤 동안 창을 두드린 비와 심한 돌풍에도 불구하고 돌 벽에 담쟁이덩굴 이파리가 하나 붙어 있었다. 덩굴에 매달려 있는 마지막 잎새였다. 줄기 근처는 아직 짙은 녹색이었지만 톱니바퀴 같은 모서리는 빛이 바래고 시든 노란색으로 변해 있었다. 그 이파리는 땅에서 약 20피트 떨어진 가지에 용감하게 매달려 있었다.

존시가 말했다.

"마지막 잎새야. 틀림없이 밤새 떨어질 거라고 생각했어. 바람 부는 소리를 들었거든. 오늘은 떨어질 거야. 그때 나도 죽을 거야."

지친 얼굴을 베개 쪽으로 기울이며 수가 말했다.

"저런, 저런! 너에 대해 생각하지 않으려거든 내 생각이라도 해. 나는 어떻게 하라고."

그러나 존시는 대답하지 않았다. 미지의 먼 곳으로 여행을 준비하는 사람보다 더 고독한 사람은 세상에 없을 것이다. 그녀와 세상 사이에 묶여 있던 매듭이 하나하나 풀리면서 망상이 그녀를 더욱 강하게 사로잡는 것 같았다.

하루해가 저물었다. 심지어 석양 속에서도 이파리 한 개가 벽을 배경으로 여전히 줄기에 붙어 있었다. 그리고 밤이 되자 북풍이 다시 한번 불면서 세찬 빗줄기가 창에 부딪혀 낮은 네덜란드풍 처마에서 후드득 떨어졌다.

날이 밝자 무자비한 존시가 차일을 걷으라고 명령했다.

담쟁이덩굴 이파리가 아직도 붙어 있었다.

존시는 누워서 오랫동안 그 이파리를 바라보았다. 그리고 가스스토브에 올려놓은 닭고기 수프를 젓고 있는 수를 향해 말했다.

"내가 나빴어, 수디. 내가 얼마나 악했는지를 알게 하기 위해 누군가 저 마지막 잎새가 붙어 있도록 했나 봐. 죽고 싶어하는 것은 죄야. 이제 수프를 좀 가져다줘. 포르투갈산 포도주를 조금 넣은 우유도. 그리고 아니, 그 전에 손거울 좀 가져다줘. 그리고 베개를 등에 받쳐 줘.

앉아서 네가 요리하는 것을 보고 싶어."

한 시간 후에 그녀가 말했다.

"수디, 언젠가는 나폴리 항구를 그리고 싶어."

오후에 의사가 왔고, 그가 나가는 길에 수가 복도로 따라나섰다. 그러자 수의 가늘고 떨리는 손을 잡으며 의사가 말했다.

"회복될 확률은 반반이오. 잘 보살피면 당신이 이길 겁니다. 이제 아래층에 사는 다른 환자에게 가 봐야 해요. 이름은 버먼이고 무슨 화가라고 하던데. 역시 폐렴이에요. 늙고 약한 데다 급성이에요. 살아날 가망이 없어요. 하지만 환자가 편안하도록 오늘 병원으로 옮길 겁니다."

다음 날 의사가 수에게 말했다.

"이제 위험에서 벗어났어요. 당신이 이겼어요. 잘 먹게 하고 돌보기만 하면 됩니다."

그날 오후, 수는 아무 쓸모도 없는 파란색 모직 숄을 만족스러운 표정으로 뜨고 있는 존시에게 다가가 한 팔로 그녀를 감싸 안으며 말했다.

"너한테 해 줄 얘기가 있어, 이 흰쥐야. 버먼 씨가 오늘 병원에서 폐렴으로 죽었어. 이틀 동안 앓았대. 3일 전 아침에 아래층 자기 방에서 고통 가운데 어쩔 줄 모르고 있을 때 경비가 발견했어. 신발과 옷이 흠뻑 젖어 얼음같이 차가웠대. 그토록 무서운 밤에 그가 어디에 갔었

46

는지 아무도 상상할 수 없었대. 그런데 방에는 아직 불이 켜진 랜턴과 어디선가 끌어온 사다리, 여기저기 흩어져 있는 붓 몇 개, 녹색과 노란색이 혼합되어 있는 팔레트가 발견됐대. 그리고 얘, 창밖에 붙어 있는 마지막 담쟁이덩굴 잎새를 좀 봐! 바람이 불었는데도 왜 이파리가 떨어지거나 움직이지 않았는지 이상하지 않았어? 아, 그건 버먼이 그린 걸작품이었어. 마지막 잎새가 떨어진 날 밤에 그가 그 자리에 그려 놓은 거야."

아주 많은 학교들
Schools and Schools

늙은 제롬 워렌은 이스트 피프티 소포스 스트리트 35번지에 있는 10만 달러짜리 저택에 살고 있었다. 시의 주식 중개인이었고, 너무 부자라서 매일 아침 자신의 사무실에 나갈 때면 건강을 위해 몇 블록을 걷고 나서야 택시를 탈 수 있었다.

그에게는 양자로 들인 오랜 친구의 아들이 하나 있었다. 양아들 길버트는 그림을 그리기만 하면 날개 돋친 듯 팔리는 성공한 화가였다. 이복 조카딸인 바바라 로스도 한 가족이었다. 사람은 인생의 짐을 지고 태어나게 마련이다. 늙은 제롬은 자신의 가족은 없었지만 이렇게 다른 사람들의 짐을 떠맡았다.

길버트와 바바라는 허물없는 사이였다. 주변 사람들은 모두 언젠가는 두 사람이 꽃으로 만든 교회의 종 아래서 정오에 웨딩마치를 울리게 될 것이라고 생각하고 있었다. 제롬 영감의 돈을 계속해서 크게 불리겠다고 목사님에게 약속할 날이 올 것이라고 암묵적이고도 수완

좋게 이해하고 있었다. 그런데 예상치 못한 일이 일어났다.

30년 전, 제롬에게는 딕이라는 형제가 있었다. 딕은 자신의, 혹은 다른 누군가의 성공을 찾아 서부로 갔다. 그 이후로 그에 대해서는 아무 소식도 들을 수 없었다. 그런데 어느 날 제롬 영감이 그에게서 편지를 한 통 받았다. 소금에 절인 베이컨과 커피 찌꺼기 냄새가 배어 있는 줄 처진 편지지에 험한 필체로 쓰여 있었다. 천식 환자가 쓴 것 같은 편지는 세인트 비투 시에서 보내온 것이었다.

딕은 황금을 발견해 성공을 거두는 대신 강도를 당해 적에게 포로로 잡혀 있었던 듯싶다. 위스키도 어떻게 할 수 없는 질환의 합병증으로 죽어가고 있다는 사연이 쓰여 있었다. 30년간의 광산 생활을 통해 얻은 것이라고는 열아홉 살 난 딸이 전부였다. 뱃삯을 지불해 태워서 동부로 보내니 딸이 살아 있는 동안, 혹은 결혼해서 출가할 때까지 제롬에게 입히고 먹이고 교육시키고 보살피고 아껴달라는 부탁을 적고 있었다.

제롬 영감은 판자 산책로와도 같은 존재였다. 아틀라스가 어깨로 세계를 받치고 있다는 사실은 누구나 안다. 아틀라스는 가로장 울타리 위에 서 있고, 가로장 울타리는 거북이의 등에 세워져 있다. 이제 거북이가 어딘가에 서 있어야 한다. 거북이가 서 있는 곳이 바로 제롬 영감 같은 사람들로 만들어진 판자 산책로이다.

그에게 불멸의 명성이 생길지는 알 수 없다. 만약 그렇지 않다면 제 룸 영감 같은 사람이 언제쯤 합당한 대우를 받게 될지 알 수 없는 일이다.

그들은 네바다 워렌을 만나기 위해 역으로 마중을 나갔다. 햇볕에 그을린 예쁘장한 얼굴이 건강해 보이는 귀여운 아가씨였다. 솔직히 말하자면 예의범절을 잘 배웠다고 할 수는 없었다. 담배 행상도 함부로 건드리지 못할 만한 아가씨였다. 짧은 치마와 가죽 바지를 입고 구슬치기를 하거나 야생마를 길들이는 여자로 상상하고 있을지도 모르겠다. 그러나 흰색 블라우스에 검정 스커트를 받쳐 입은 그녀를 보면 그런 기대가 사라질 것이다. 무거운 가방을 번쩍 들어 옮기는 것을 보니 힘도 세다. 짐꾼이 그녀에게서 가방을 받아 들려 했지만 허사였다.

"우리는 단짝 친구가 될 수 있을 거야."

햇볕에 그을린 단단한 뺨에 입을 맞추며 바바라가 말했다.

"나도 그러기를 바래."

네바다가 말했다.

"우리 조카, 반갑구나. 네 아버지 집에 있다고 생각하고 편하게 지내려무나."

제룸 영감이 말했다.

"고맙습니다."

네바다가 말했다.

"나는 '사촌'이라고 부를게."

매력적인 미소를 지으며 길버트가 말했다.

"이 가방 좀 들어 줘. 수백 파운드는 나갈 거야. 아버지가 일하셨던 여섯 개의 광산에서 채취한 표본이 들어 있어."

네바다가 바바라에게 설명했다.

"굉장히 무거운 것도 있어. 하지만 가져가겠다고 아버지에게 약속했거든."

한 남자와 두 여자, 혹은 한 여자와 두 남자, 혹은 한 여자와 한 남자와 귀족 자제 간에 일상적으로 생기는 복잡한 문제를 흔히 삼각관계라고 부른다. 그러나 그들은 아무렇게나 생긴 삼각형이 아니다. 언제나 이등변 삼각형이다. 단순한 등변 삼각형이 아닌 것이다. 네바다 위렌이 도착한 후 그녀와 길버트와 바바라 로스가 그 같은 상징적인 삼각형을 만들게 되었다. 삼각형에서 바바라는 직각 삼각형의 빗변 같은 존재였다.

어느 날 아침 제롬 영감이 아침 식사 후 시내의 파리잡이 통으로 가기 전에 이 도시에서 가장 지루한 조간신문을 오래도록 읽고 있었다. 그는 네바다를 상당히 좋아하게 되었다. 은근한 독립심과 남을 의심하지 않는 솔직함이 세상을 뜬 아버지를 꼭 닮은 것이다.

가정부가 네바다 워렌 앞에 편지 한 장을 내놓으며 말했다.

"사환이 이것을 문에 두고 갔어요. 대답을 기다리고 있어요."

나지막이 휘파람을 불며 길거리를 지나는 마차와 자동차를 보고 있던 네바다가 편지를 집어 들었다. 뜯어보기 전에 겉봉 왼쪽의 위쪽에 있는 작은 금빛 팔레트를 보고 길버트에게서 온 것임을 알았다.

편지를 뜯어 한동안 집중해서 들여다보던 그녀가 심각한 표정으로 삼촌에게 다가가 팔꿈치 옆에 섰다.

"제롬 삼촌, 길버트는 마음씨 좋은 사촌이지요, 그렇죠?"

"아, 그 아이를 축복하소서!"

제롬 영감이 요란한 소리를 내며 신문을 접고 말했다.

"물론이지. 내가 직접 길렀단다."

"그는 누군가에게 무언가를… 그러니까 제 말은, 모든 사람이 알고 읽을 수 있는 것이 아닌 무언가를 쓰지는 않겠죠, 그렇죠?"

"길버트가 이 기사 좀 읽었으면 좋겠구나."

삼촌이 신문 한쪽을 뜯어내며 말했다.

"그런데 뭐라고 했지?"

"저한테 보낸 이 편지 좀 읽어 보세요, 삼촌. 괜찮은 내용이라고 생각하세요? 도시 사람들이나 도시 생활에 대해서 제가 많이 알지 못하잖아요."

제롬 영감이 신문을 아래로 던지고 두 발을 그 위에 올려놓았다. 길버트의 편지를 두 번 정도 자세히 읽고 나서 한 번 더 읽은 후 말했다.

"글쎄! 길버트를 잘 알고 있지만 그래도 자세히 읽어 봤다. 그 아이는 아버지를 꼭 닮았지. 그의 아버지는 금테를 두른 다이아몬드였단다. 너와 바바라가 오늘 오후 네 시에 차를 타고 롱아일랜드에 함께 갈 수 있느냐고만 묻고 있는데. 편지지만 빼면 문제될 것이 없는 것 같구나. 나는 저런 파란색을 언제나 싫어했거든."

"가도 괜찮을까요?"

네바다가 간절한 목소리로 물었다.

"물론이지, 물론 가도 좋단다. 안 갈 이유가 없지. 만약 네가 조심스럽고 솔직하다면 더 기쁘겠구나. 조금도 망설이지 말고 가거라."

그러자 네바다가 점잔을 빼며 말했다.

"글쎄요. 삼촌께 여쭈어 보고 싶었어요. 우리와 함께 가시겠어요?"

"내가? 아니다, 절대 아냐! 길버트가 모는 차에 한 번 탄 적이 있지. 다시는 안 탄다! 하지만 너와 바바라가 가는 데는 전혀 문제가 없단다. 정말이다. 하지만 나는 안 간다. 절대로 안 가."

네바다가 문 쪽으로 서둘러 가서 가정부에게 말했다.

"우리가 갈 거라고 말해 줘요. 바바라 대신 내가 말해 주는 거예요.

워렌 씨에게 가서 '우리가 간다' 고 전하라고 사환에게 일러 주세요."

그때 제롬 영감이 말했다.

"네바다, 끼어들어 미안하다만 당신을 적어서 보내 주면 더 낫지 않을까? 한 줄만 써 주면 될 텐데."

"아뇨, 그러지 않아도 되요."

네바다가 명랑하게 말했다.

"길버트는 이해할 거예요. 그는 언제나 이해해 줘요. 자동차를 타 본 적이 한 번도 없지만 작은 악마의 강에서 잃어버린 말의 계곡까지 배를 타 본 적이 있어요. 그보다 더 신나는지 알고 싶어요."

그로부터 두 달쯤 지났다.

바바라가 10만 달러에 달하는 저택의 서재에 앉아 있었다. 서재는 그녀에게 좋은 장소이다. 여자들과 남자들이 다양한 곤경에서 벗어나기 위해 잘못을 고칠 수 있는 장소가 세상에는 많다. 수도원, 통곡할 장소, 고해실, 은자의 집, 변호사 사무실, 미용실, 비행선, 서재 등등. 그중에서 가장 훌륭한 장소는 서재이다.

직각 삼각형의 빗변이 삼각형의 가장 긴 변이라는 것을 깨닫기까지는 대개 긴 시간이 걸린다. 이것은 굽은 데가 없는 가장 긴 선이다.

바바라는 혼자 있었다. 제롬 삼촌과 네바다는 극장에 갔다. 바바라는 가고 싶지 않았다. 그녀는 서재에 머물러 책을 읽고 싶었다. 만약 당신이 아주 매력적인 뉴욕 출신 여성인데 천진난만한 갈색 머리의 마녀가 나타나 밧줄로 자신이 원하는 젊은 남자의 발을 매일 올가미로 묶는다고 생각해 보라. 아마 당신도 뮤지컬 코미디의 그을린 은으로 된 무대에 흥미를 잃게 될 것이다.

바바라는 서재의 사각 참나무 테이블 앞에 앉아 있었다. 오른팔을 테이블에 얹고 봉인된 편지를 오른손 손가락으로 초조하게 만지작거렸다. 수신자는 네바다 워렌이었다. 봉투 왼쪽 상단에 길버트의 작은 금빛 팔레트가 있었다. 네바다가 떠나고 나서 아홉 시경에 배달되었다.

바바라는 편지의 내용을 알 수만 있다면 진주 목걸이라도 내주었을 것이다. 하지만 수증기로도, 펜대나 머리핀이나 다른 어떤 방법으로도 열어서 읽어 볼 수가 없었다. 그녀의 사회적 지위가 그런 일을 금지했기 때문이다. 봉투를 강한 빛에 비추어 몇 줄이라도 읽어 보려고 했지만 허사였다. 길버트는 아주 고급 문구를 쓰기 때문에 그런 일이 가능하지 않았다.

열한 시 반에 삼촌과 네바다가 극장에서 돌아왔다. 즐거운 겨울밤이었다. 택시에서 현관까지만 오는데도 동쪽에서 대각선으로 불어오는 커다란 눈송이들이 어깨에 소복이 쌓였다. 늙은 제롬은 고약한 택시 기사와 교통이 정체된 길에 대해 사람 좋게 투덜거리고 있었다. 장 밋빛 뺨에 사파이어 같은 눈을 가진 네바다는 아버지랑 살던 오두막 집 주변의 눈보라 치는 겨울밤에 대해 이야기했다. 두 사람이 겨울 이 야기를 나누는 동안 바바라는 마음이 냉담해져 자신의 일에 전념했 다. 그녀가 생각할 수 있는 가장 적합한 일이었다.

제롬 영감이 뜨거운 물병과 키니네(해열, 진통, 강장제, 말라리아 특효약 : 옮 긴이)가 있는 위층으로 올라갔다. 네바다는 불이 환하게 켜져 있는 서 재로 가 팔걸이의자에 앉아서 팔뚝까지 오는 잘 벗겨지지 않는 긴 장 갑을 끌어내리면서 공연의 단점들에 대해 말하기 시작했다.

바바라가 그녀의 말을 이었다.

"맞아, 미스터 필즈는 정말 재미있어 가끔은. 여기 편지가 있어. 네 가 뮤지컬을 보러 나가고 바로 배달됐어."

"누구한테 왔는데?"

단추를 풀며 네바다가 묻자 바바라가 웃으며 말했다.

"글쎄, 정말이지 짐작할 수 있을 뿐이야. 봉투 모퉁이에 길버트가 팔레트라고 부르는 작은 게 붙어 있어. 그런데 내가 볼 때는 밸런타인 데이에 여고생들이 붙이는 금박 하트같이 생겼어."

"나한테 무슨 내용을 썼는지 궁금해."

네바다가 무관심하게 물었다.

"우리 여자들은 다 똑같아. 소인을 살펴서 편지 내용을 짐작하려고 하지. 마지막으로 가위를 사용해 끝에서부터 위로 읽거든. 여기 있어."

바바라가 테이블 맞은편에 있는 네바다에게 편지를 던질 듯한 동작을 취했다. 그러자 네바다가 큰소리로 말했다.

"멋진 표범이군! 하지만 이 단추들은 골칫덩어리야. 차라리 사슴 가죽이 더 나을 것 같아. 오, 바바라, 편지에서 가죽을 벗겨 내고 읽어 봐. 이 장갑들은 자정이 지나도 다 안 벗겨질 것 같아!"

"어머, 너한테 온 길버트의 편지를 내가 뜯어보는 걸 원치 않을 텐데? 너한테 온 것이고, 넌 다른 어떤 사람도 이것을 읽는 걸 원치 않을 거야."

네바다가 장갑을 들여다보고 있던 안정되고 침착한 사파이어 색의 눈을 들어 말했다.

"모든 사람이 읽을 수 없는 내용을 나한테 쓰는 사람은 없어. 읽어 봐, 바바라. 어쩌면 길버트는 내일 다시 우리와 차를 타고 외출하고 싶어하는지도 몰라."

호기심은 고양이를 죽이는 이상의 일도 할 수 있다. 만약 여성적이라고 널리 인정되는 감정들이 고양이에게 적대적이라면 머잖아 세상에는 고양이가 한 마리도 남지 않게 될 것이다. 바바라가 관대하면서도 약간 따분하다는 듯이 편지를 뜯었다.

"좋아, 원한다면 읽어 줄게."

바바라가 눈을 빠르게 움직여 읽었다. 그녀가 다시 한 번 읽고 나서 영리한 표정으로 재빨리 바바라를 바라보았다. 바바라의 관심은 온통 장갑에만 쏠려 있고 떠오르는 예술가가 보낸 편지는 화성에서 온 메시지로 간주하는 듯했다.

한 15초 동안 바바라가 네바다를 이상할 정도로 빤히 쳐다보았다. 이어 보일 듯 말 듯하게 입을 움직여 엷은 미소를 짓더니 좋은 생각이라도 난 것처럼 눈을 가늘게 떴다.

태초부터 여자들은 서로를 잘 간파했다. 그들은 마치 빛이 여행하듯이 빠르게 서로의 마음을 꿰뚫어 보고, 가장 교활하게 꾸며 낸 말의 진의를 파악하고, 가장 깊숙이 감추어진 욕망을 읽어 내고, 빗에서 머리카락을 뽑듯 교활한 말에서 궤변을 뽑아내어 조소하듯이 만지작거린 후 지울 수 없는 의심의 바람에 띄워 보낸다. 오래전에 이브의 아들이 낯선 여자를 데리고 낙원에 있는 부모님 댁의 초인종을 누르고 들어가 소개를 시켜 드렸다. 이브가 며느리를 한쪽으로 데리고 가서 고상한 눈썹을 치켜 올렸다.

"놋 땅(에덴의 동쪽에 있는 땅으로, 가인이 하느님을 떠나 정착한 곳 : 옮긴이)에는 물론 가 보셨지요?"

며느리가 종려나무 이파리를 무심하게 만지며 말했다. 그러자 이브가 단호하게 말했다.

"최근에는 안 가 봤다. 그들이 내놓는 사과 소스가 역겹다고 생각되지 않니? 차라리 뽕나무 이파리로 만든 윗도리가 더 좋더구나. 하지만 거기서는 진짜 무화과나무 상품들은 가져서는 안 되잖니? 남자들이 셀러리 강장제를 자르는 동안 이 라일락 관목 뒤로 오거라. 쐐기벌레가 파먹은 구멍 때문에 네 등 쪽이 약간 뚫린 것 같구나."

그때의 기록에 따르면 세상에 존재했던 두 유력한 여자들이 서로 연합을 했다. 그리고 여자들은 영원토록 다른 여자에게는 유리창만큼이나 ─ 비록 그 유리는 아직 발견되지 않았지만 ─ 투명해야 하고, 남자에게는 신비로운 존재가 되어 그들을 속여 먹어야 한다고 합의했다.

바바라가 잠시 망설이는 듯이 보였다. 그리고 약간 당황한 목소리로 말했다.

"정말이지 네바다, 나에게 이 편지를 뜯어보라고 강요하지 말았어야 했어. 내 생각엔 다른 사람이 읽으라고 쓴 편지가 아닌 게 분명해."

네바다는 자신의 장갑에 대해 잠시 잊고 이렇게 말했다.

"그러면 큰 소리로 읽어 봐. 이미 읽었으니 무슨 차이가 있겠어? 워렌 씨가 다른 사람은 알면 안 되는 내용을 나에게 썼다면 더욱더 모든 사람들이 알아야 해."

"글쎄… 이렇게 쓰여 있어. '소중한 네바다, 오늘 밤 열두 시에 나의 작업실로 와 줘요. 꼭 와야 해요.'"

바바라가 일어나면서 편지를 네바다의 무릎에 떨어뜨렸다.

"정말 미안해. 내가 알아서는 안 되는 건데. 평소의 길버트 같지 않아. 무슨 실수가 있었을 거야. 그냥 내가 모르고 있다고 생각해 줘, 알았지? 이제 2층으로 올라가야겠어. 두통이 심해 견딜 수가 없거든. 나는 편지의 내용을 이해하지 못했어. 아마 길버트가 저녁 식사를 너무 잘해서 설명해 주려나 봐. 좋은 밤 되길 바래!"

네바다는 발끝으로 현관 마루까지 살금살금 걸어갔다. 바바라가 위층에서 문 닫는 소리가 들렸다. 서재의 구리 시계가 열두 시 십오 분 전임을 알려 줬다. 그녀는 재빨리 현관으로 달려가 눈보라가 몰아치는 밖으로 나왔다. 길버트 워런의 작업장은 여섯 블록 떨어진 곳에 있었다.

희고 고요한 폭풍의 군대가 나룻배를 타고 음울한 이스트 리버 저편에서부터 도시를 공격하고 있었다. 길에는 이미 눈이 정강이 높이까지 쌓여 있었다. 바람에 날려 쌓인 눈이 마치 포위당한 성에 올라가려고 벽에 세워 놓은 사다리처럼 보였다. 길은 폼페이 성의 길거리처럼 조용했다. 때때로 택시가 달빛 비치는 바다 위의 흰 날개 갈매기처럼 스쳐 지나갔다. 그보다 덜 빈번한 승용차들은, 계속 비유법을 쓰자면,

즐겁고도 위험한 여행을 하는 잠수함처럼 쉿 소리를 내며 지나쳤다.

네바다는 바람에 쫓기는 쇠바다제비처럼 몸을 던져 길을 찾아가고 있었다. 그녀는 밤의 불빛과 응결된 수증기로 색이 흐려져 회색, 황갈색, 자주색, 암갈색을 띠며 길 위로 솟아 있는 건물들을 바라보았다. 그것들은 서부 고향집에서 본 겨울 산맥과 너무나도 흡사해 보여 네바다가 10만 달러의 집에 살면서 거의 맛보지 못했던 만족감을 느끼게 해 주었다.

몸집이 큰 경찰이 자신을 바라보는 것을 알고 네바다가 길모퉁이에서 머뭇거렸다. 경찰의 목소리가 들렸다.

"이봐, 아가씨! 혼자 다니기에는 좀 늦은 시간 같은데?"

"약국에 잠깐 가는 중이에요."

네바다가 서둘러 지나쳐 가며 말했다.

가장 약아빠진 사람들도 그 같은 핑계에는 감쪽같이 속아 넘어간다. 이것은 여자는 진보하지 않는다는 것을 입증할까, 아니면 그녀가 아담의 갈비뼈에서 튀어나올 때부터 지성적이고 영리한 다 큰 여자였다는 것을 증명할까?

동쪽으로 향하자 눈보라가 정면에서 불어 닥쳐 네바다가 걷는 속도가 반으로 줄어들었다. 그녀는 눈 속에서 지그재그로 걸었다. 그러나 그녀는 어린 잣나무 묘목만큼이나 강인하면서도 유연했다. 마침내 작업실이 있는 건물이 눈앞에 보였다. 그녀가 잘 기억하고 있는 협곡 위로 솟아오른 벼랑같이 친숙한 건물이었다. 상업과 그의 적대적 이웃인 예술의 공동 근거지는 불이 꺼져 있고 조용했다. 엘리베이터는 열 시에 운행을 멈춘다.

캄캄한 층계를 따라 8층까지 올라가서 '89' 번이 붙어 있는 문을 두드렸다. 전에 바바라와 제롬 삼촌과 여러 번 와 본 곳이다.

피곤한 기색이 역력한 길버트가 한 손에 목탄을 들고 입에 파이프를 문 채 문을 열었다. 그는 네바다를 보자 파이프를 바닥에 떨어뜨렸다. 네바다가 물었다.

"늦었어요? 최대한 빨리 온 거예요. 삼촌과 함께 저녁에 극장에 갔었어요. 이제 왔어요, 길버트."

길버트는 피그말리온과 갈라테아처럼 연기했다. 그는 깜짝 놀란 조각상에서 해결할 문제가 있는 젊은 남자로 변화되었다. 네바다를 안으로 들어오게 한 후 옷솔을 꺼내 그녀의 어깨에서 눈을 떨어냈다. 예술가가 크레용으로 데생을 하고 있던 이젤 위에 녹색 갓을 씌운 커다란 램프가 켜져 있었다. 네바다가 순진하게 말했다.

"당신이 오라고 해서 왔어요. 편지에서 그렇게 말했잖아요. 왜 오라고 그랬어요?"

"내 편지 읽었어요?"

길버트가 얼떨결에 물었다.

"바바라가 읽어 줬어요. 나는 나중에 봤어요. '오늘 밤 열두 시에 나의 작업실로 와 줘요. 꼭 와야 해요'라고 써 있었어요. 나는 당신이 아픈 줄 알았는데, 아파 보이지 않네요."

길버트가 약간 흥분한 목소리로 말했다.

"아하! 왜 오라고 했는지 말해 줄게요, 네바다. 나와 결혼해 주세요. 오늘 밤 즉시요. 눈보라가 좀 치지요? 그렇게 해 주겠어요?"

"내가 오래전부터 그러기를 원했다는 걸 눈치 챘을 수도 있겠네요. 나는 눈보라가 좋아요. 꽃으로 잔뜩 장식된 교회에서 정오에 결혼식 올리는 것을 원치 않아요. 길버트, 이런 식으로 프러포즈할 담력이 있을 줄은 몰랐어요. 우리 사람들을 골려 줄까요? 오늘이 우리 장례식인 것처럼 말예요, 어때요?"

"좋아요! 그 비슷한 말을 어디서 들었더라?"

길버트가 잠시 혼잣말을 하더니 이내 말을 이었다.

"잠시만 기다려요, 네바다. 잠깐 전화할 곳이 있어요."

그는 침실 옆 작은 방으로 들어가 문을 닫고 어딘가에 전화를 걸었다.

"잭이니? 괘씸한 잠꾸러기 녀석아! 일어나! 나야 그래 나! 오, 내가 지금 당장 결혼하려고 해. 그래! 여동생 좀 깨워 봐, 자꾸 말 시키지 말고. 여동생도 데리고 와, 꼭 데려와야 해. 아그네스가 로콩코마 호수에서 익사할 뻔할 때 구해준 거 기억해 봐…. 옛일을 가지고 생색내는 게 치사한 일이기는 하지만 그녀를 꼭 데려와야 한다. 그래! 네바다가 여기서 기다리고 있어. 얼마 전에 약혼했어. 반대하는 친척들이 있기 때문에 이런 식으로 해결해야 해. 여기서 기다리고 있을게. 아그네스하고 입씨름해서 지면 안 돼. 그녀를 꼭 데려와야 해! 그렇게 한다고? 그래 너는 좋은 친구야! 차를 대기시켜 놓을게. 빨리 보낼게. 놀랐겠지만 다 잘될 거야!"

길버트가 네바다가 기다리는 방으로 돌아왔다.

"내 친구 잭 페이튼하고 여동생이 열두 시 십오 분 전까지 이곳에 올 예정이었는데 잭은 정말 느려요. 서두르라고 전화하고 왔어요. 몇 분 안에 올 거예요. 나는 세상에서 제일 행복한 남자예요, 네바다. 내가 오늘 보낸 편지 어떻게 했어요?"

"여기 꼭 담아 두었어요."

외투 속에서 끄집어내면서 네바다가 말했다.

길버트가 봉투에서 편지를 꺼내더니 조심스럽게 들여다보았다. 그리고 사려 깊은 얼굴로 네바다를 바라보았다.

"내가 당신한테 자정에 작업실로 오라고 한 것이 좀 이상하지 않았어요?"

그가 물었다. 그러자 눈을 동그랗게 뜨며 네바다가 말했다.

"아, 아뇨. 당신이 나를 필요로 한다면 이상할 것 없어요. 서부에서는 친구가 빨리 와 달라고 하면 당장 달려가지요. 지금 당신도 그렇게 하지 않았어요? 먼저 가고 봐요. 이야기는 문제가 다 해결된 다음에 하지요. 그리고 거기서도 문제가 생길 때는 거의 눈이 와요. 그래서 이상하다고 생각하지 않았어요."

길버트가 다른 방에 가서 비바람을 막아 주는 오버코트를 가지고 왔다. 그리고 그녀를 위해 코트를 들어 주며 말했다.

"이 레인코트를 입어요. 25마일쯤 되는 거리를 가야 해요. 조금 있으면 잭과 그의 여동생이 올 거예요."

길버트도 무거운 코트를 힘들게 입으며 말했다.

"오, 네바다, 테이블에 있는 오늘 저녁 신문 일면 기사 좀 봐요. 당신이 잘 아는 서부에 대한 기사예요. 당신이 관심 있어 할 거라고 생각해요."

그가 코트 입는 데 문제가 있는 척하면서 1분쯤 기다렸다가 돌아섰다. 네바다는 그 자리에서 움직이지 않았다. 그녀가 슬퍼 보이는 야릇한 눈길로 그를 바라보았다. 뺨이 눈보라 때문이라고 하기에는 너무 심할 정도로 상기되었다. 그러나 눈빛은 침착했다.

"당신에게 말하려고 했었어요. 그 누구보다도 당신한테 먼저 이야기하려고 했었어요. 아버지는 나를 학교에 한 번도 보낸 적이 없어요. 글자를 읽고 쓰는 것을 배운 적이 없어요. 만약……."

아직 잠이 덜 깬 잭과 항상 감사하는 아그네스가 영문도 모른 채 쿵쾅거리며 층계를 올라오는 소리가 들렸다.

길버트 워렌 부부가 느리게 움직이는 칸막이 된 마차에 앉아 집으로 가고 있을 때 길버트가 말했다.

"네바다, 오늘 밤 당신이 받은 편지에 내가 뭐라고 썼는지 정말 알고 싶어요?"

"빨리 말해 줘요."

신부가 재촉하자 길버트가 말했다.

"그대로 말해 줄게요. 이렇게 쓰여 있었어요. '워렌 양, 꽃에 대해 당신이 한 말이 맞아요. 라일락이 아니라 수국이었어요.'"

"그랬군요. 하지만 잊어버려요. 어쨌든 웃긴 일을 한 건 바바라니까요!"

메뉴의 봄날
Springtime à la Carte

3월의 어느 날이었다.

소설을 쓸 때는 절대로 이런 식으로 시작하지 말라. 소설의 서두로 이보다 더 나쁜 문장은 없을 것이다. 상상력이 부족하고 따분하고 무미건조하고 아무 의미도 없다. 그러나 지금 쓰고 있는 이야기에서는 용납할 만하다. 뒤에 이어지는 줄거리가 너무나도 터무니없고 비상식적이기 때문에 이런 식의 준비가 독자들에게 필요할 수도 있다.

사라가 메뉴판을 든 채 울고 있었다.

메뉴판에 눈물을 흘리고 있는 뉴욕 아가씨를 상상해 보라!

아마도 식당에 바닷가재가 다 떨어졌거나, 사순절(부활절 전날까지 40일간 그리스도의 고난을 기념해 금식과 회개를 하는 기간 : 옮긴이) 동안 아이스크림을 먹지 않겠다고 결심을 했거나, 양파를 주문했거나, 낮에 해킷 극장에서 슬픈 연극을 보고 왔다고 짐작할 것이다. 하지만 이 모든 추리가 틀렸으니 다음 이야기를 읽어 보라.

'세상은 자신의 칼로 열 수 있는 진주조개 같은 것이다.' 라는 누군가의 말이 엄청난 호응을 불러일으켰었다. 사실 칼로 진주조개를 여는 것은 그다지 어렵지 않다. 그런데 타자기를 가지고 쌍각조개를 열려고 하는 사람을 본 적이 있는가? 쌍각조개 십여 개가 이런 식으로 열릴 때까지 기다리고 싶은가?

사라는 자신의 불편한 무기로 조개를 조금 열어 그 안에 있는 차고 끈적끈적한 살을 조금 맛보았다. 그녀의 속기 실력은 실무 학교에서 공부하고 방금 세상에 나온 졸업생보다 낫지 않았다. 속기를 할 줄 모르는 그녀는 사무실에서 일하는 화려한 무리들에 끼지 못했다. 그녀는 프리랜서 타자수였고 원본을 받아서 타이프를 치는 궂은일들을 찾아다녔다.

세상에 대한 사라의 전투에서 가장 혁혁한 성과는 슈렌버그 식당에서 이루어졌다. 식당은 사라가 묵고 있는 오래된 붉은 벽돌 건물 옆에 있었다. 어느 날 저녁, 다섯 개 코스로 이루어진 — 흑인 신사의 머리에 다섯 개의 야구공을 연달아 던지는 게임처럼 빠르게 서빙되는 — 슈렌버그의 40센트짜리 정식 식사를 한 사라는 메뉴판을 집에 가지고 왔다. 메뉴는 영어도 독어도 아닌 글자로, 무슨 뜻인지 알아볼 수 없게 쓰여 있었다. 조심하지 않으면 이쑤시개, 후식, 수프, 그날의 정식 순으로 음식을 받게 된다.

다음 날 사라는 슈렌버그에게 가서 '전채 요리'에서부터 '후식'에 이르는 모든 요리와 '코트와 우산은 보관하지 않습니다.' 등의 내용을 주제에 따라 깔끔하게 타이프 친 아름다운 메뉴를 보여 주었다.

슈렌버그는 그 자리에서 귀화 시민이 되었다. 사라가 제시한 계약서에 기꺼이 서명했다. 그녀는 매일 저녁 식사 때마다 레스토랑에 있는 스물한 개의 테이블에 타자기로 친 메뉴를 올려놓아야 한다. 또 아침과 점심 식사 때도 요리가 바뀌거나 메뉴가 지저분해질 때마다 새로 만들어야 한다.

그에 대한 대가로 슈렌버그는 매일—가능하면 고분고분한—웨이터를 통해 세 끼의 식사를 사라의 숙소까지 가져다주고, 오후에는 다음 날 슈렌버그의 고객들에게 대접할 요리를 연필로 적은 메뉴 초안을 전달해야 한다.

그 합의에 양쪽 모두 만족했다. 슈렌버그의 단골손님들은 이제 자신들이 먹고 있는 요리의 이름이 무엇인지 알게 되었다. 비록 가끔은 요리의 내용물이 그들을 어리둥절하게 했지만. 무엇보다도 사라는 춥고 지루한 겨울 동안 가장 큰 문제였던 식사를 해결하게 되었다.

달력이 거짓말을 했다. 봄을 실제로 느낄 수 있어야 봄이 왔다는 것을 알게 된다. 시내를 가로지르는 거리에는 1월에 내린 눈이 아직도 단단한 돌처럼 얼어붙어 있었다. 손풍금은 여전히 12월의 장난기 어린 느낌으로 즐거웠던 지난여름을 연주하고 있었다. 그런데 사람들은 부활절 옷을 사기 위해 31일짜리 어음을 쓰기 시작했다. 건물 관리인들은 난방 시설을 껐다. 이런 일들이 일어나면 도시는 여전히 겨울의 손아귀에 있다는 것을 알 수 있다.

어느 날 오후 사라는 복도 끝 쪽에 칸막이를 설치한 자신의 작고 우아한 방에서 떨고 있었다. '히터가 완비되고, 깔끔하고, 편리한 셋집 방문 환영'이라고 광고했던 곳이다. 지금 하고 있는 일은 슈렌버그의 메뉴밖에 없었다. 그녀는 버드나무로 만든 삐걱거리는 흔들의자에 앉아 창밖을 바라보고 있었다. 벽에 걸린 달력이 계속 사라에게 소리치고 있었다.

'봄이 왔어, 사라 봄이 왔어. 내 말을 들어 봐. 나를 좀 봐, 사라. 내 숫자가 보여 주고 있잖아. 너도 산뜻한 모습이야, 사라. 멋진 봄의 모습을 갖췄어. 그런데 왜 그렇게 슬픈 표정으로 창밖을 바라보고 있지?'

사라의 방은 건물 뒤쪽에 있었다. 창밖으로 다음 거리에 있는 상자 공장의 창문 없는 뒤쪽 벽이 보인다. 그러나 벽은 수정처럼 깨끗하다. 사라는 벚꽃과 느릅나무 그늘이 드리워져 있고 나무딸기와 장미덩굴로 풀이 우거진 골목길을 내려다보았다.

진정한 봄을 알리는 징조들은 너무 미묘해서 눈과 귀로 느끼기 어렵다. 꽃이 만발한 크로커스 나무, 숲을 별처럼 수놓은 층층나무를 바라보거나 파랑새의 노래를 들으며 봄을 느끼는 사람들도 있을 것이다. 그렇다 하더라도 무딘 가슴에 녹색의 아가씨를 안아 보기도 전에 은퇴하는 메밀이나, 진주조개의 작별의 악수처럼 어쩐지 조악한 면이 있다. 그러나 오래된 대지가 가장 아끼는 자들에게는 대지의 새로운 신부가 분명하고도 달콤한 메시지를 전해 준다. 그들이 자청하지 않는 한 냉대 받는 의붓자식이 되지는 않을 거라고.

지난여름 사라는 시골에서 한 농부와 사랑에 빠졌다. (소설을 쓸 때는 절대로 이런 식으로 뒤를 돌아보지 말라. 기법상 좋지 않고 흥미를 떨어뜨린다. 이야기를 계속 앞으로만 진행시켜야 한다.)

사라는 써니부룩 농장에 2주 동안 머물렀다. 거기서 그녀는 농부인 플랭클린 영감의 아들 월터를 사랑하게 되었다. 농부들은 사랑을 받고 결혼을 하면 밭에 덜 나온다. 그러나 젊은 월터 플랭클린은 현대적인 농부이다. 소 우리에 전화를 설치했고, 내년 캐나다의 밀 수확이 달빛 아래서 심은 미국 감자에 어떤 영향을 미칠 것인지를 정확히 예측했다.

월터는 그늘이 드리워지고 나무딸기가 많은 오솔길에서 그녀의 마음을 얻었다. 그들은 함께 앉아 민들레꽃으로 화관을 엮어 그녀의 머리에 얹었고, 그는 그녀의 갈색 머릿단에 노란색 꽃이 너무나도 잘 어울린다고 입이 마르게 칭찬했다. 그녀는 화관을 그곳에 내려놓고 밀짚 인형을 흔들면서 집으로 돌아왔다.

그들은 봄에 결혼할 예정이었다. 봄이 오는 첫 징조가 보이면 결혼하자고 월터가 말했다. 그리고 그녀는 타자기를 두드리기 위해 도시로 돌아왔다.

사라는 문 두드리는 소리에 행복했던 날의 회상에서 깨어났다. 슈렌버그 영감이 연필로 대강 적은 레스토랑의 다음 날 메뉴를 웨이터가 가지고 온 것이다. 사라는 타자기 앞에 앉아서 카드를 롤러 사이에 끼웠다. 그녀는 일을 잘한다. 대개 한 시간 반이면 스물한 개의 메뉴 카드가 다 마무리된다.

오늘은 다른 날보다 메뉴에 변화가 많다. 수프가 묽어졌고, 전채 요리에서 돼지고기가 사라지고, 불고기를 먹을 때 러시아 무와 같이 주문할 수 있었다. 메뉴에 자비로운 봄기운이 넘쳐흐르고 있었다. 얼마 전까지 푸른 산허리에서 뛰어놀던 새끼 양이 소스에 곁들여져 식탁에 올라와 있고, 조개의 노래가 완전히 사라진 것은 아니지만 '사랑스럽게 점점 약하게' 연주되고 있었다. 프라이팬은 석쇠 뒤에 꼼짝 않고 걸려 있었다. 파이 종류가 늘어난 대신 기름기 많은 푸딩은 자취를 감췄다. 전신에 옷을 입은 소시지는 메밀이나 달콤하지만 제철이 지난 단풍나무 당밀과 마찬가지로, 죽음에 대한 즐거운 고찰에 나오는 일이 이제 거의 없었다.

사라의 손가락이 여름날의 아이들처럼 빠르게 움직인다. 각각의 요리 이름 길이에 따라 메뉴판에 정확한 위치를 잡으면서 식사 코스를 치고 있다.

후식 바로 위쪽에 야채 종류가 나온다. 당근과 완두콩, 토스트 위의 아스파라거스, 다년생 토마토와 옥수수와 서코태쉬(강낭콩과 옥수수를 끓인 콩 요리 : 옮긴이), 리마콩, 양배추 그리고…….

사라는 메뉴판에 얼굴을 대고 울고 있었다. 마음 깊은 곳에서 거룩한 절망의 슬픔이 눈물이 되어 고였다. 작은 타자기 위에 머리를 떨어뜨리고 흐느끼는 소리에 무미건조한 자판 소리가 반주를 맞춘다.

월터로부터 두 주 동안이나 편지가 오지 않았기 때문이고, 또 다른 이유는 지금 치고 있는 메뉴의 다음 요리가 민들레에 달걀을 곁들인 것이기 때문이다. 하지만 달걀은 어찌 되었든 상관없었다. 월터가 민들레로 만든 금빛 화관을 그의 최고의 사랑이자 미래의 신부인 자신의 머리에 씌워 주지 않았던가. 봄을 알리는 민들레는 이제 그녀의 슬픔의 화관이 되었다. 가장 행복했던 날들을 떠올리게 하기 때문이다.

여성 독자가 이런 시련을 겪어 보지 않았다면 웃음이 나올 수도 있을 것이다. 당신이 퍼시에게 마음을 준 날 밤에 그가 당신에게 준 마르칼 닐 장미가 슈렌버그 식당의 식탁에 프렌치드레싱을 곁들인 샐러드가 되어 올라와 있다고 생각해 보라. 그녀의 사랑의 징표가 그렇게 창피를 당하는 걸 줄리엣이 보았다면 유능한 약제사에게 가서 망각의 약초를 구해 세상을 하직하려 했을 것이다.

그러나 봄은 얼마나 매력적인가! 돌과 철로 만들어진 대도시에도 봄의 소식은 전달되어야 했다. 녹색 코트를 입고 거친 들판에서 자란 겸손한 민들레, 작지만 강한 봄의 전령만이 그 일을 할 수 있다. 진정한 모험가인 그는 프랑스 요리사들 사이에서는 사자의 이빨이라고 불린다. 꽃이 피면 연인들의 사랑에 동반자가 되어 아가씨의 갈색 머리에 화관이 되어 얹힌다. 아직 어리고 미숙해 꽃이 피기 전에는 끓는 물에 들어가서 연인의 메시지를 전달하기도 한다.

이윽고 사라가 눈물을 그쳤다. 카드를 다 쳐야 한다. 그러나 희미하게 빛나는 민들레의 금빛 꿈에서 깨어나지 못한 그녀는 사랑하는 젊은 농부와 함께 걷던 풀밭에 잠시 마음을 빼앗겨 정신을 잃은 채 자판을 두드렸다. 하지만 곧 벽돌 건물로 둘러싸인 맨해튼으로 돌아와 파업을 방해하는 자동차만큼이나 빠른 속도로 타이프를 치기 시작했다. 여섯 시에 웨이터가 그녀의 저녁 식사를 가져다주고 타이프로 친 메뉴를 가져갔다. 식사를 할 때 사라는 한숨을 내쉬며 달걀을 곁들인 민들레 요리를 한쪽으로 밀어 놓았다. 사랑을 보증했던 예쁜 꽃이 이렇게 거무스름하고 볼품없는 채소 덩어리가 되었다면 지난여름의 꿈도 시들어 없어지리라. 셰익스피어가 말했던 것처럼 사랑은 사랑을 먹고 자라는 것인지도 모른다. 그러나 사라는 그녀의 진정한 사랑을 첫 번째로 장식했던 민들레를 먹을 수가 없었다.

일곱 시 반이 되자 옆방 부부가 싸우기 시작했다. 위층의 남자는 플루트의 가 음을 찾고 있었다. 실내 온도가 약간 낮아졌다. 세 대의 석탄 차가 석탄을 내리기 시작했다. 축음기가 선망하는 유일한 소리일 것이다. 울타리 위에 앉아 있던 고양이들이 자기들만 아는 곳을 향해 서서히 움직이기 시작한다. 사라가 책을 읽을 시간이다. 발을 여행용 가방 위에 올려놓고 이번 달에 가장 안 팔린 책 『수도원과 난로』를 꺼내 제라드와 함께 유랑을 시작했다. 그때 현관 벨이 울렸다. 여주인이 대답을 했다. 사라는 곰에 의해 궁지에 몰린 제라드와 데니스를 떠나 현관에 귀를 기울였다. 당신도 그녀와 마찬가지로 누가 왔는지 궁금할 것이다.

홀 아래쪽에서 큰 목소리가 들리자 사라가 책을 바닥에 내려놓고 곰과의 첫 번째 대결에서 곰이 쉽게 이기게 놓아둔 채 방문 쪽으로 뛰어갔다.

누가 왔는지 여러분도 짐작할 수 있을 것이다. 그녀가 계단 맨 위쪽으로 나갔을 때 한 걸음에 세 개씩 계단을 올라온 그녀의 농부가 이삭 하나 남기지 않고 그녀의 마음을 모두 수확해 거두었다.

"왜 편지 안 했어요? 오, 왜요?"

사라가 추궁하듯이 묻자 월터 플랭클린이 서둘러 대답했다.

"뉴욕은 꽤 큰 도시군요. 일주일 전에 당신의 옛날 주소를 가지고 올라왔어요. 목요일에 이사를 갔다고 하더군요. 조금 위로가 되었어요. 금요일에 더 이상 나쁜 일이 일어나지 않을 테니까요. 그때부터 경찰의 도움도 받고 온갖 방법을 써서 당신을 찾아 헤맸어요!"

"편지에 썼잖아요!"

사라가 소리 높여 말했다.

"못 받았는데요!"

"그러면 어떻게 나를 찾았어요?"

젊은 농부 얼굴에 봄 햇살 같은 미소가 번졌다.

"오늘 저녁에 옆 건물에 있는 레스토랑에 들렀어요. 어떤 식당인지는 상관하지 않아요. 제철 야채 요리를 먹고 싶었거든요. 타이프가 깔끔하게 쳐진 메뉴를 보면서 야채 요리를 찾다가 양배추 다음 줄을 읽고 벌떡 일어나 주인을 불렀어요. 그가 당신이 어디에 살고 있는지 알려 주었어요."

"나도 기억해요. 양배추 아래 줄은 민들레였어요."

"당신이 편지지 위쪽에 타이프라이터로 치는 꼬불꼬불한 대문자 W는 세상 어디서도 알아볼 수 있어요."

플랭클린이 말했다.

"어머, 민들레에는 W 철자가 들어 있지 않은데요."

76

사라가 놀라서 말했다. 청년이 주머니에서 메뉴를 꺼내 한 줄을 가리켰다. 그것은 그날 오후 자신이 타이프를 친 첫 번째 카드였다. 눈물로 번진 얼룩이 오른쪽 위 모서리에 아직 남아 있었다. 그런데 그녀의 금빛 꽃에 대한 기억이 풀밭에 피는 식물 이름을 써 넣어야 할 자리에 이상한 문자를 두드리게 만들었다. 붉은 양배추와 속을 넣은 피망 사이에 다음과 같은 요리 이름이 써 있었다.

"삶은 달걀을 곁들인 사랑하는 월터."

베스트셀러
Best-Seller

지난여름 어느 날 피츠버그에 갔었다. 사업차 간 것이다.

내가 탄 열차 객실에는 그런 곳에서 흔히 볼 수 있는 사람들로 만원이었다. 각진 어깨와 레이스 장식과 물방울무늬 베일이 달린 갈색 실크 드레스를 입은 여성들이 대부분이었다. 그들은 창문 여는 것을 거부하고 있었다. 그리고 어떤 일을 한다고 하든, 어디를 간다고 하든 그럴듯해 보이는 남자들이 평소와 비슷한 수로 타고 있었다.

인간의 본성을 연구하는 사람들은 풀먼식 차량(침대 설비가 있는 특별 차량 : 옮긴이)에 탄 남자를 한 번 보기만 해도 출신, 직업, 사회적 지위 등을 알아맞힐 수 있다. 하지만 나는 그런 능력이 없다. 함께 탄 승객에 대해 정확하게 판단할 수 있을 때는 기차가 강도에 의해 정지되었거나, 침대차 화장실에 있는 마지막 수건을 그가 나와 동시에 붙잡았을 때뿐이다.

급사가 와서 창턱에 쌓인 그을음을 내 바지 왼쪽 무릎으로 쓸어냈다. 나는 미안한 표정을 지으며 바지를 털었다. 온도가 팔십팔 도였다. 물방울 무늬 베일을 쓴 한 여자가 환풍기 두 개를 더 달아 달라고 요구하고는 큰 목소리로 인터라켄(스위스 중부 베른 주 남동부에 있는 도시 : 옮긴이)에 대해 이야기했다. 나는 한가하게 7번 의자에 등을 기대고 앉아 9번 의자 위로 살짝 보이는, 머리숱이 눈에 띄게 빠져 있는 작은 검정 머리를 심드렁한 호기심을 가지고 바라보았다.

갑자기 9번이 자신의 의자와 창문 사이 바닥에 책을 던졌다. 책의 제목은 베스트셀러 소설 중 하나인 『장미 여인과 트리벨리언』이었다. 비평가인지 야만인인지 모를 그 남자가 의자를 창문 쪽으로 돌렸을 때 그가 존이라는 것을 즉시 알아보았다. 판유리 회사의 외판원, 피츠버그의 페스커드인 것이다. 오래전부터 아는 사이지만 지난 2년 동안은 한 번도 만나지 못했다.

2분 동안 서로 악수로 인사를 나눈 뒤 비, 부, 건강, 주택, 목적지 등에 대해 이야기를 나누었다. 정치 이야기가 뒤따를 수도 있었겠지만 나는 그 정도로 운이 없지는 않았다.

독자가 존 A. 페스커드를 알았으면 좋겠다. 그는 소설의 주인공이 되기는 어려운 자질을 타고난 사람이었다. 작은 몸집에 커다란 미소를 띠고, 눈은 당신의 코끝에 있는 붉은 반점에 고정시킨 것처럼 보인다. 언제나 같은 넥타이에 커프스 홀더를 매고 단추 장식이 있는 구두를 신고 다녔다. 웨일스의 강철만큼이나 단단하고 정직한 사람이다. 또한 피츠버그가 완전 연소 장치를 의무화하자마자 성 베드로가 지상으로 내려와 스미스필드 스트리트 끝자락에 앉아서 천국 지부의 문은 다른 사람이 지키게 할 거라고 믿고 있다. 그는 또한 '우리의' 판유리가 세계에서 가장 중요한 상품이며, 남자는 자신의 고향에서는 점잖고 법을 준수해야 한다고 믿고 있는 사람이다.

우리가 대도시에서 서로 알고 지낼 때는 인생이나 연애, 문학, 윤리 등에 대한 그의 견해를 알 기회가 없었다. 만나면 샤토 마고 포도주에, 아일랜드 스튜, 얇은 팬케익과 코티지 푸딩을 먹고 커피 — 여기, 프림은 따로 줘요 — 를 마시며 항상 하던 이야기를 하고 헤어졌다. 이제 그의 생각에 대해 더 잘 알게 되었다. 그는 전당대회 이후에 사업이 나아졌고, 코크타운에서 내릴 거라고 했다.

"이봐!"

내던진 책을 오른쪽 구두 끝으로 움직이면서 페스커드가 말했다.

"이런 베스트셀러 소설을 읽어 본 적 있어? 주인공은 거물급 미국인이고 심지어 시카고 출신이야. 익명으로 여행하고 있는 유럽의 공주와 사랑에 빠져 그녀를 따라 그녀 아버지의 왕국이나 공국으로 가지. 아마 읽어 봤을 거야. 전부 비슷비슷해. 이 방랑 난봉꾼은 때로 워싱턴 신문 기자일 수도 있고 때로는 뉴욕 출신의 반(Van 네덜란드 귀족 출신의 가문을 나타내는 성姓의 일부 : 옮긴이) 아무개일 수도 있고, 아니면 오천만 달러의 재산을 지닌 밀 중개인일 수도 있어. 공통점이라면 그들은 언제나 특급 열차에서 외국의 왕족과 마주친다는 거야. 그가 마주친 여왕이나 공주는 이 특급 열차의 호화 좌석에 한번 앉아 보는 것 외에는 미국을 방문한 다른 이유가 없는 듯이 보여.

이 주인공은 고급 열차를 좋아하는 왕족을 집까지 따라가서 그녀가 누구인지 알아내고, 어느 날 저녁 이국적인 이름을 지닌 장소에서 그녀와 만나 대화를 나눠. 그때 나누는 대화가 한 다섯 장쯤 계속되지. 그녀가 그에게 신분의 차이에 대해 말하면 그는 미국의 왕관 없는 주권자에 대해 한 장 반이 넘도록 이야기해. 그의 말을 따다가 음악으로 만들고 다시 음악을 제거하면 그의 말은 꼭 조지 코헨의 음악처럼 들릴 거야.

이런 책을 한두 권만 읽어 봤어도 내가 무슨 말을 하는지 알 거야. 그는 국왕의 스위스 출신 보디가드라도 자신을 방해하면 그냥 두지 않아. 펜싱 실력도 보통이 아니거든. 문제는 시카고 출신 중에서 펜싱을 잘하는 사람이 있다는 말은 전혀 들어본 적이 없다는 거지. 아무튼 그는 가늘고 긴 칼을 들고 슐첸페스텐스타인 왕궁의 층계참에 서서, 왕을 암살하려고 온 여섯 소대의 역적들과 한바탕 결전을 치러. 그러고 나서 대사관 직원 두 명과 결투를 벌인 후 네 명의 오스트리아 대공들이 석유 때문에 왕국을 장악하려는 음모를 알아내어 좌절시키지.

그러나 가장 압권은 공주의 사랑을 놓고 경쟁을 벌이는 페오도르 공이 기관총과 이슬람교도들이 쓰는 S자형 긴 칼과 시베리아산 사냥개들을 동원해 성문과 폐허가 된 예배당 사이에서 그를 공격하는 장면이야. 이 장면 때문에 출판사가 저작권 사용료 수표를 선불로 지불하기도 전에 29판을 인쇄하는 베스트셀러가 되기에 이르렀지.

미국의 영웅은 외투를 벗어 사냥개들의 머리에 던지고, 맨주먹으로 기관총을 떨어뜨리고, S자형 칼에 '야아!' 라고 소리를 지른 후 키드 맥코이 식으로 공작의 왼쪽 눈에 공격을 가하지. 물론 우리는 즉석 프로 권투 경기도 한 판 보게 돼. 시합이 되도록 하기 위해 백작은 방어술의 달인으로 묘사되지. 코르벳과 설리반의 경기가 재현되는 순간이야. 책은 남자 주인공과 공주가 고르곤졸라 보리수나무 아래를 산책하는 것으로 끝나. 러브 스토리 결말로서는 손색이 없어. 하지만 나는 이 책이 최종적인 문제를 회피했다고 생각해. 설사 베스트셀러라고 해도 시카고 곡물 중개인을 롭스터포츠담의 왕좌에 남겨 놓거나 아니면 진짜 공주를 데리고 미시건 애버뉴에 있는 이탈리아식 별장에 가서 생선과 감자 샐러드를 먹는 시도는 해 봤어야 하지 않느냐는 거지. 어떻게 생각해?"

"글쎄." 내가 대답했다. "잘 모르겠어, 존. 하지만 '사랑 앞에서는 모두가 평등하다' 라는 말이 있잖아."

"맞아." 페스커드가 말했다. "하지만 이런 식의 러브 스토리에도 솔직하게 말하면 계급이 있어. 비록 판유리업에 종사하지만 문학에 대해서 조금은 알고 있지. 그런 종류의 책들은 잘못되었어. 그런데도 기차를 탈 때마다 여러 권씩 쌓아 놓게 된다니까. 구세계의 귀족과 우리 신대륙 미국인 간의 결투와 포옹으로 얻을 수 있는 선한 것은 아무 것도 없어. 현실에서 결혼하는 사람들은 대개 자기와 신분이 비슷한 사람을 찾아. 남자들은 대개 고등학교 동창이나 같은 노래 모임에 다니던 여자를 택하지. 젊은 백만장자가 사랑에 빠질 때는 바닷가재를 먹을 때 자신과 같은 소스를 좋아하는 가수 겸 무용수를 택하고 워싱턴의 신문 기자는 대개가 하숙집을 경영하는, 자기보다 열 살 연상의 미망인과 결혼하지. 총명한 젊은 남자가 단지 미국인이고 체육관을 좀 다녔다고 해서 외국 왕실들을 쑥대밭으로 만들어 놓는 소설은 납득하기가 어려워. 그들이 하는 말은 또 어떻고!"

페스커드가 베스트셀러를 집어 들고 페이지를 넘기면서 이렇게 말했다.

"여기 좀 들어 봐. '트리벨리언은 튤립 정원의 뒤쪽 끄트머리에서 알위나 공주와 대화를 나누고 있었다… 자, 다음을 들어 봐.

그런 말 하지 말아요. 당신은 세상에서 가장 사랑스럽고 가장 아름다운 꽃이라오. 내가 그대를 얼마나 동경하는지 아시오? 당신은 왕실의 하늘 높이 뜬 별과 같아요. 그 아래의 나는 단지 나 자신일 뿐이오. 하지만 나는 남자이고, 남자다운 마음을 지녔소. 나는 왕관 없는 주권국민이라는 칭호밖에 없지만 슐첸페스텐스타인을 반역자들의 계략으로부터 해방시킬 수 있는 팔과 칼을 지녔소.

시카고에서 온 남자가 칼을 휴대하고 다니면서 왕족을 해방시킨다고 말하는 걸 한번 생각해 보라고. 차라리 수입 관세 부과를 위해 싸운다면 말이 되지."

그의 말이 끝나자 내가 동의를 표했다.

"자네 말을 이해할 수 있을 것 같아, 존. 소설가들이 장소나 성격에 일관성을 부여했으면 한다는 말이지. 터키의 주지사를 버몬트의 농부와 함께 등장시키거나 영국의 공작을 롱아일랜드의 조개 캐는 일꾼과 함께 등장시키면 곤란하다는 말이잖아. 또 이탈리아 백작 부인을 몬타나의 카우보이와 함께 등장시키거나 아니면 신시네티의 주류 중개상을 인도 귀족과 함께 등장시켜도 마찬가지고. 평범한 실업가를 그들과 비교가 안 되는 귀족과 함께 등장시키든가 말이야."

페스커드가 덧붙였다.

"서로 어울리지 않아. 인정을 하든 하지 않든 사람들은 계급으로 나뉘어져 있어. 자신의 계급에 그대로 속해 있으려는 충동을 느끼지. 그리고 실지로도 그래. 왜 사람들이 일해서 번 돈으로 그런 책들을 사보는지 모르겠어. 자네도 현실에서는 그런 말도 안 되는 이야기를 보거나 들은 적이 없잖아."

내가 말했다.

"존, 베스트셀러를 읽어 본 지가 무척 오래됐어. 아마 나도 자네와 비슷한 생각을 했던 적이 있었을 거야. 이제 자네 이야기 좀 해 보지 그래. 회사 일은 잘되 가나?"

표정이 갑자기 밝아지면서 페스커드가 말했다.

"아주 좋아. 자네를 만난 후 봉급이 두 번 올랐고 커미션도 받았어. 이스트 엔드에 괜찮은 대지를 매입해서 집을 지었어. 내년에는 회사가 나에게 상당량의 주식을 팔 예정이야. 누가 당선되든 성공은 보장됐어!"

"결혼은 했어?"

내가 물었다.

"오, 그 이야기 안 했나?"

페스커드가 크게 웃으면서 말했다. 내가 놀랍다는 듯이 그에게 물었다.

"오오! 사업을 하면서 연애도 했다는 말이야?"

"아니, 아니야. 연애 같은 거 안 했어! 무슨 일이 있었는지 이야기해 주지.

한 8개월쯤 전에 남부로 가는 기차를 타고 신시네티로 가고 있었어. 그때 통로 건너편에 지금까지 본 여자 중에서 가장 아름다운 여자가 앉아 있었어. 눈부신 미녀는 아니었지만 함께 있고 싶은 그런 여자였어. 그런데 나는 손수건, 자동차, 좁은 장소나 아니면 현관 문 앞, 그런 식으로 여자와 연애를 해 본 적이 없거든. 게다가 그녀에게는 그런 방법으로 접근하는 것이 가능해 보이지도 않았어. 주변엔 아랑곳하지 않고 책만 읽고 있었으니까. 사람들이 그녀처럼 독서한다면 세상은 더욱 아름답고 살기 좋은 곳이 되겠지. 곁눈으로 계속 그녀를 바라보고 있었는데 마침내 나의 구애 작업이 풀먼 철도에서 벗어나 현관 너머로, 잔디와 포도 넝쿨이 뻗어 있는 시골 주택으로 장소를 바꾸게 되었어. 그녀에게 말을 붙일 생각은 못했지만 판유리 사업은 당분간 파산하도록 내버려 두기로 했지.

그녀가 신시네티에서 열차를 갈아타더니 루이스빌로 향하는 침대차를 타더군. 거기서 다른 차표를 사서 셸비빌, 프랭크포트, 렉싱턴에서 또 갈아탔어. 그쯤부터 그녀를 따라잡기가 어려워졌어. 기차가 아무 때나 도착하는 데다 특별한 목적지도 없이 노선만 따라 달리는 거야. 나중에는 시에 서지 않고 환승역에만 서기 시작하더니 결국은 완전히 서 버리더군. 내가 어떻게 그 아가씨의 뒤를 밟았는지를 핑커튼이 안다면 판유리 회사보다 더 많은 돈을 주고 당장 나를 고용하려 할걸. 그녀가 눈치 채지 못하게 하면서도 절대로 놓치지 않았거든.

그녀가 내린 마지막 역은 남쪽으로 한참 더 내려가 버지니아 주 어딘가에 있었어. 저녁 여섯 시였지. 대략 쉰 채 정도 되는 저택과 400명 가량의 흑인들이 눈에 들어오더군. 나머지는 붉은 진흙과 당나귀, 점박이 사냥개들뿐이었어.

그림엽서에 줄리우스 시저와 로스코우 콩클링을 둘 다 그려 놓은 것처럼 당당한 인상에 키가 크고 너그러워 보이는 백발노인이 그녀를 기다리고 서 있더군. 그의 옷은 허름했지만 나는 나중에 가서야 그것을 알게 되었지. 그가 딸의 작은 손가방을 들더니 널빤지를 깔아 만든 산책로를 걷기 시작했어. 그러고는 언덕 위로 난 길을 따라 올라갔지. 나는 지난 주말 피크닉 때 모래 속에 잃어버린 여동생의 석류석 반지를 찾는 척하면서 밭 한 뙈기 정도 거리를 두고 그들 뒤를 좇았어.

그들이 언덕 꼭대기에 있는 문으로 들어가더군. 그 집을 바라보는 순간 거의 숨이 끊어질 것 같았어. 언덕 위의 작은 숲 속에 약 천 피트 정도 높이의 희고 둥근 기둥들이 받쳐 주는 거대한 저택이었거든. 장미 덩굴과 회양목, 라일락이 얼마나 만발했는지 몰라. 저택이 워싱턴의 국회 의사당만큼이나 컸으니 망정이지 그렇지 않으면 꽃이 만발한 나무들에 덮여 보이지도 않았을 거야. '이곳을 추적해야 해'라고 스스로에게 말했지. 나는 그녀가 평범한 가정 출신일 거라고 생각했는데 그 집은 주지사의 맨션이나 세계 박람회의 농업 전시장처럼 보였으니까. 마을로 돌아가서 우체국장이나 약사를 통해 정보를 알아내야겠다고 생각했지.

마을에서 베이 뷰 하우스라는 이름이 붙어 있는 호텔을 발견했어. 호텔 앞뜰에서 갈색 말 한 마리가 풀을 뜯고 있더군. 샘플이 든 가방을 내려놓고 자연스러워 보이려고 애쓰면서 호텔 주인에게 판유리를 팔러 왔다고 말했지. 호텔 주인이 말했어.

'판유리는 필요하지 않아요. 하지만 유리로 된 꿀 주전자는 필요하지요.'

나는 그가 동네 소문에 대해 말하고 내 질문에 대답하게 만들었어.

'아니, 언덕 위의 저 큰 저택에 누가 사는지는 누구나 알고 있다고 생각했는데요. 알린 대령의 저택이지요. 버지니아 주에서 최고 가는 유력인사이고 훌륭한 분이에요. 우리 주에서 가장 유서 깊은 가문이고요. 기차에서 내린 건 그의 딸이에요. 몸이 아픈 숙모님을 뵈러 일리노이 주에 다녀왔어요.'

그 호텔에 묵은 지 3일째 되던 날 그녀가 울타리를 따라 앞뜰 쪽으로 걸어 내려오는 것을 봤어. 나는 멈춰 서서 모자를 들었지. 그렇게 할 수밖에 없었어.

'실례합니다. 힝켈 씨가 어디 사는지 아세요?'

그녀는 마치 내가 정원의 잡초 제거 검사를 하러 온 사람이라도 되는 듯 침착하게 바라보더군. 하지만 그녀의 눈에 미세하나마 장난기가 서려 있다고 느꼈어. 그녀가 말했어.

'버즈톤에는 그런 사람이 살지 않아요. 그건… 어디까지나 내가 아는 한에서지만요. 찾고 계시는 남자분이 흰 피부를 가졌나요?'

재미있는 말이라고 생각했어. 그래서 내가 말했지.

'농담 마세요. 피츠버그에서 오기는 했지만 흑인을 찾는 건 아니니까요.'

'멀리 오셨네요.'

그녀가 말했어.

'천 마일 정도 더 멀리 갈 수도 있었어요.'

내가 말했지.

'셀비빌에서 기차가 출발할 때 깨지 못했더라면 그럴 수 없었을 텐데요.'

말을 마친 그녀의 얼굴이 정원에 핀 장미꽃만큼이나 붉어졌어. 셀

비빌 역에 내린 후 벤치에 앉아서 그녀가 어떤 기차를 타는지 보려고 기다리다가 깜빡 잠이 들었거든. 기차 출발 시간이 되어 겨우 잠에서 깬 것이 기억났어.

나는 내가 왜 왔는지에 대해 최대한 예의를 갖추어 말했지. 나에 대한 것을 모두 말해 주었어. 내가 무슨 일을 하고 있는지도. 내가 그녀에게 물어본 것들도 결국 그녀와 친해지고 그녀가 나를 좋아하게 만들기 위한 것이었다고.

그녀가 살짝 웃으며 얼굴을 조금 붉혔지만 눈빛만은 침착했어. 이야기 상대방을 똑바로 바라보더군.

'나에게 이런 식으로 이야기한 사람은 전에 없었어요, 페스커드 씨. 이름이 뭐라고 했지요? 존이라고요?'

'존 A. 입니다.'

내가 말했어.

'당신은 포하턴 환승역에서도 하마터면 기차를 놓칠 뻔했어요.'

그녀의 웃음소리가 마치 마일리지 포인트처럼 기분 좋게 들리더군.

'어떻게 알았지요?'

내가 물었지.

'남자들은 서투르니까요. 내가 탄 기차마다 당신이 탄 것을 알았어요. 당신이 나에게 말을 붙일 거라고 생각했어요. 그러지 않아서

90

기뻐요.'

우리는 이야기를 좀 더 했어. 그러더니 이윽고 그녀가 심각하면서도 자부심 어린 표정을 지으며 몸을 돌려 손가락으로 대저택을 가리키며 말했어.

'알린스 가문은 엘름크로프트에서 100년 동안 살았어요. 우리는 자랑스러운 가문이에요. 저 대저택을 한번 보세요. 방이 오십 개나 되요. 기둥과 현관과 발코니도 보세요. 응접실과 무도실의 천장 높이가 28피트나 되요. 나의 아버지는 예대(백작이나 기사가 매는 벨트 : 옮긴이)를 맨 백작의 직계 자손이에요.'

'나도 피츠버그의 뒤케슨 호텔에서 예대를 한 번 매 봤어요. 그는 그래도 화를 내지 않았어요. 그는 거기서 모논겔라 위스키와 상속녀들에 대해 관심을 갖고 얼근히 취해 있었거든요.'

내가 잠시 그녀의 말에 끼어들었어. 그녀가 말을 계속했다.

'물론 나의 아버지는 출장 판매원이 엘름크로프트에 발을 붙이게 하지는 않을 거예요. 내가 울타리를 사이에 두고 당신과 대화를 나눈 것을 알면 아마 나를 방에 가두실 거예요.'

내가 그녀에게 물었어.

'그곳에 가도 되겠어요? 내가 방문하면 나에게 말을 할 거예요? 당신이 나에게 와 보라고 하면 가겠어요. 백작들이 예대를 매건 멜빵을

하건 안전핀으로 고정을 시키건 나는 괜찮거든요.'

'나는 당신에게 그런 말을 할 수 없어요. 우리가 정식으로 소개를 받은 사이가 아니기 때문이에요. 그건 예의에 맞는 행동이 아니에요. 그럼 이만 갈게요. 이름이……'

내가 얼른 말했어.

'이름을 말해 봐요. 잊어버리지 않았잖아요.'

'페스커드.'

그녀가 약간 화를 내듯이 말했어.

'나머지 이름은요?'

나는 되도록 침착하게 물었어.

'존.'

그녀가 말했어.

'존, 그리고?'

'존 A.'

고개를 위로 치켜들고 그녀가 말했어.

'이제 됐나요?'

'내일 예대를 맨 공작님을 만나러 가지요.'

내가 말했어.

'여우 사냥개들을 시켜 물어뜯게 할걸요.'

그녀가 웃으며 말했어.

'만약 그렇다면 놈들의 달리기 실력을 향상시켜 드리죠. 나도 사냥개 못지않거든요.'

내가 말했어.

'이제 집에 가야겠어요. 당신과 말을 하면 안 되는 거였어요. 미니에폴리스로 돌아가는 여행이 즐겁기 바래요. 피츠버그라고 했던가요? 잘 있어요!'

그녀가 말했어. 나도 그녀에게 인사했어.

'잘 가요! 나는 미니에폴리스에서 오지 않았어요. 그런데 이름이 뭐죠?'

그녀가 망설이다가 나무 덩굴에서 이파리를 하나 따더니 말했어.

'내 이름은 제시예요.'

'잘 자요, 알린 양.'

다음 날 아침 열한 시 정각에 세계 무역 전시장 본관에 있는 벨을 눌렀어. 한 45분쯤 지난 후에 여든 살쯤 되어 보이는 늙은 흑인 남자가 나와서 무슨 일로 왔냐고 묻더군. 그에게 명함을 내주고 대령을 뵙고 싶다고 말했어. 그러자 그가 나를 안으로 들이더군.

벌레 먹은 호두를 깨뜨려 본 적 있어? 그 집이 꼭 그랬어. 그 큰 집에 8달러짜리 셋방을 채울 만큼의 가구도 없더라고. 마모직馬毛織으로 된 안락의자들과 다리 세 개 달린 의자들, 벽에 걸린 초상화들이 전부였어. 하지만 알린 대령이 들어오자 분위기가 밝아지더군. 마치 군악대가 연주를 하고, 옛날식으로 가발을 쓰고 흰색 스타킹을 신은 사람들이 쿼드릴 춤을 추는 걸 보는 것 같았어. 순전히 그의 풍채 때문이었어. 역에서 본 것과 같은 허름한 옷을 입고 있었거든.

그가 9초 동안 거침없이 말을 해대자 겁을 먹고 도망갈까 하다가 판유리를 좀 팔아 보기로 했지. 그래서 금방 다시 용기를 냈어. 나더러 앉으라고 하더군. 나는 그에게 모든 것을 말했지. 어떻게 신시네티에서부터 그의 말을 따라왔는지, 왜 그런 행동을 했는지, 연봉과 미래 전망에 대해 이야기하고, 내 삶의 지침까지 설명해 주었어. 고향에서는 항상 점잖고 올바르게 산다, 여행 중일 때는 하루에 맥주 네 잔 이상은 마시지 않고 도박을 해도 25센트 이상은 절대로 걸지 않는다, 라고 말했어. 처음에는 그가 나를 창밖으로 던져 버릴 거라고 생각했지만 나는 계속해서 말을 했어. 얼마 후에 그에게 지갑과 별거 중인 아내를 둘 다 잃어버린 서부의 국회의원에 대한 이야기를 해 주었어. 자네도 그 이야기를 기억하고 있을 거야. 그 말을 듣고 그가 웃더군. 벽에 걸린 초상화들과 마모직 소파들이 그런 웃음소리를 들어본 지가 꽤 된 게 분명했어. 두 시간 동안이나 이야기를 했어. 내가 아는 것은 다 말했지. 그러자 그가 묻더군. 대답을 했지. 나는 그에게 기회를 달라고 말했어. 내가 따님의 마음을 얻지 못한다면 다시는 찾아오지 않겠다고. 마침내 그가 말했어.

'찰스 1세 시대에 코트니 페스커드 경이 살았어. 내가 정확하게 기억하고 있다면 말이지.'

내가 말했어.

'설사 있었다고 해도 우리 가문과 친척이라고 주장하지는 못할걸요. 우리는 항상 피츠버그나 그 부근에서 살았어요. 숙부님 중에 부동산업을 하는 분이 계시는데 캔사스로 옮겨 가서 어려운 일을 겪었지요. 피츠버그에 가서 아무나 붙들고 우리 집안사람들에 대해 물어 보세요. 속 시원하게 대답해 줄 거예요. 혹시 선원들이 기도를 하게 만들려던 고래잡이 배 선장에 대해 들어 본 적이 있나요?'

'들어 본 적이 없다고 생각되는데.'

대령이 말했어.

그래서 그에 관한 이야기를 해 주었어. 또 폭소가 터졌지! 그가 나의 고객이라면 얼마나 좋을까 하는 생각을 잠시 하게 되더군. 엄청난 물량을 팔 수 있을 텐데 말이야! 그때 그가 말했어.

'일화나 유머 있는 이야기를 서로 나누는 것은 친구들 간에 우의를 더해 주는 아주 좋은 방법인 것 같군. 페스커드 씨, 허락한다면 내가 개인적으로 알고 있는 여우 사냥 이야기를 해드리겠소. 듣고 즐거우

면 좋겠소.'

그는 그에 관한 이야기를 40분 동안이나 했어. 내가 웃었냐고? 물론이지. 내가 웃는 일을 마치니까 그가 검둥이 피터 영감을 부르더니 호텔에 가서 내 가방을 가져오라고 시키더군. 그곳에 머무는 동안 엘름크로프트는 오직 나를 위해 존재하는 것 같았어. 이틀이 지난 후 대령이 다른 층에서 생각에 빠져 있을 때 현관에서 제시 양과 둘이서만 이야기할 기회를 얻었어.

'좋은 저녁이 될 것 같군요.'

내가 말했어.

'아빠가 오고 있어요. 아빠가 이번에는 흑인 영감과 녹색 수박에 대한 이야기를 해 줄 거예요. 그 이야기를 하기 전에는 언제나 양키와 싸움닭에 관한 이야기를 해요. 그때… 당신이 기차를 못 탈 뻔한 적도 있어요. 펄라스키 시에서였죠?'

'맞아요. 나도 기억해요. 계단에 오르다가 발이 미끄러졌어요. 거의 굴러 떨어질 뻔했지요.'

'나도 알아요. 그리고 존, 나는 당신이 못 탈까 봐 마음 졸였어요. 혹시 당신이 못 탈까 봐요.'

말을 마친 그녀가 커다란 창문들 중 하나를 통해 집으로 뛰어 들어갔어.

"코크타운!"

속도를 늦추고 있는 열차 칸을 걸어가며 포터가 낮은 소리로 말했다.

페스커드가 노련한 여행자답게 여유 있으면서도 재빠르게 모자와 가방을 집어 들며 말했다.

"1년 전에 그녀와 결혼했어. 이스트 엔드에 집을 지었다고 말했지. 백작, 그러니까 대령도 거기 함께 살아. 내가 여행에서 돌아올 때면 그가 문에서 기다리고 있어. 여행 중에 들은 새로운 이야기를 듣고 싶어서지."

나는 창밖을 바라보았다. 코크타운은 울툭불툭한 산허리에 있었다. 화산암 재와 벽돌이 쌓여 만들어진 황량한 언덕을 배경으로 음산해 보이는 검은 오두막집들이 여기저기 흩어져 있는 동네였다. 게다가 폭우가 비스듬히 쏟아지고 있었다. 시내 도로는 검은 진흙탕에서 거품을 일으키며 철도 선로에 물을 튀기고 있었다.

"여기서는 판유리를 많이 팔지 못 할 것 같은데, 존. 하필이면 왜 여기서 내리나?"

나의 물음에 페스커드가 대답했다.

"왜냐하면, 얼마 전에 제시를 데리고 필라델피아에 짧은 여행을 갔었어. 오는 길에 그녀가 전에 살던 버지니아 집에서 기르던 것과 똑같은 페튜니아 꽃이 저기 보이는 창가에 놓인 꽃병에 꽂힌 것을 보았대. 그래서 오늘 밤은 여기서 내리기로 했어. 그녀에게 줄 묘목이나 꽃을 구할 수 있을까 해서. 다 왔군. 잘 가게, 친구. 주소를 줬으니까 시간 있으면 한번 놀러 와."

기차가 움직이기 시작했다. 갈색 물방울 무늬의 옷을 입은 여자가 비가 들이치니 창문을 닫으라고 했다. 급사가 신비스러운 막대기를 들고 다니며 열차 칸을 밝히기 시작했다.

발밑을 내려다보니 베스트셀러가 있었다. 손으로 집어서 빗방울이 떨어지지 않는 기차 바닥 한쪽으로 밀어두었다. 갑자기 미소가 번졌다. 인생에는 지리적인 경계나 한계가 없다는 생각이 들었기 때문이다. 나는 혼잣말하듯이 중얼거렸다.

"행운을 비네, 트리벨리언. 공주님을 위한 페튜니아를 구할 수 있기를 바래!"

동방박사의 선물

The Gift of the Magi

1달러 87센트. 그게 전부였다. 그중 60센트는 1센트짜리 동전들이었다. 식료품점이나 야채 가게, 정육점에서 어찌나 값을 깎았는지 구두쇠라는 무언의 비난 속에 얼굴을 붉히면서도 한두 개씩 모은 것들이었다. 델라는 동전들을 세 번이나 세어 보았다. 분명 1달러 87센트였다. 내일이 크리스마스인데 말이다.

할 수 있는 일이라고는 초라하고 작은 소파에 주저앉아 큰 소리로 우는 일뿐이었다. 델라는 그렇게 했다. 인생은 흐느끼는 일과 코를 훌쩍거리는 일과 웃는 일로 이루어져 있고, 그중에서도 특히 코를 훌쩍거리는 일이 가장 많다는 생각이 들었다.

안주인이 흐느끼다가 콧물을 훌쩍거리는 단계로 서서히 접어들고 있는 사이에 집을 한번 둘러보자. 주당 8달러인 가구 딸린 아파트이다. 말로 형언할 수 없이 누추하지는 않지만 거지 떼가 몰려드는 것을 경계해야 할 정도였다.

아래층 현관에는 한 번도 편지가 들어갔을 것 같지 않은 편지함과 눌러도 소리가 날 것 같지 않은 초인종이 있었고, 제임스 딜링햄 영이라고 쓴 문패가 붙어 있었다.

딜링햄이라는 이름은 경기가 좋아 주급 30달러를 받던 시절에는 산들바람에 나부끼는 듯했다. 그러나 수입이 20달러로 줄어든 지금은 딜링햄 대신 겸손한 D자만 써 놓는 것을 심각하게 고려하는 듯 희미하게 보인다. 하지만 제임스 딜링햄 영 씨가 퇴근해 위층 아파트로 올라가면 방금 델라라고 소개한 제임스 딜링햄 영 부인이 짐이라고 부르며 달려 나와 꼭 껴안아 준다. 그것은 매우 좋은 일이다.

델라는 울기를 멈추고 분첩으로 얼굴을 다독거렸다. 이어 창가에 서서, 뒤뜰에 있는 잿빛 담장 위를 걸어가는 잿빛 고양이를 무심하게 바라보았다. 내일이 크리스마스인데 짐에게 선물을 사 줄 수 있는 돈이 1달러 87센트밖에 없다. 여러 달 동안 동전을 한 닢 두 닢 모은 결과였다. 주급 20달러로는 할 수 있는 일이 별로 없었다. 언제나 예상보다 지출이 컸다. 짐에게 선물을 사 줄 수 있는 돈이 1달러 87센트밖에 없었다. 그녀가 사랑하는 짐에게 말이다. 그를 위해 멋진 선물을 사는 행복한 계획을 세우며 많은 시간을 보냈다. 멋지고 흔하지 않으면서도 가치 있는 어떤 것, 짐에게 소유되는 특권을 누릴 만한 어떤 것을.

방 안에는 두 개의 창문 사이에 커다란 거울이 하나 있다. 주 8달러짜리 아파트에 있는 체경體鏡을 독자들도 본 적이 있을지 모르겠다. 몸매가 아주 날씬하고 유연한 사람이라면 세로로 줄이 여러 개 지나가는 자신의 모습을 보면서도 자신이 어떻게 생겼는지 제대로 알 수 있을 것이다. 몸매가 호리호리한 델라는 그 방법을 잘 알고 있었다.

창문에 기대고 서 있던 그녀가 황급히 몸을 돌려 거울 앞에 섰다. 두 눈은 반짝이고 있었지만 20초도 안 되어 얼굴색이 창백해졌다. 그녀가 갑자기 머리를 풀어 길게 늘어뜨렸다.

제임스 딜링햄 영 부부에게는 크게 자부하는 재산이 두 가지 있다. 하나는 조부와 아버지에 이어서 그가 물려받아 쓰고 있는 금시계이고 다른 하나는 델라의 머리카락이다. 만약 시바의 여왕이 통풍구 맞은편 아파트에 살고 있었다면 델라는 머리를 감은 후 창밖으로 머리카락을 길게 늘어뜨리고 말려 여왕의 보석과 선물들을 무색하게 만들었을 것이다. 솔로몬 왕이 이 건물 관리인이라서 지하실에 온갖 보물을 쌓아 놓고 있다면 짐은 그가 지나갈 때마다 시계를 꺼내 그가 부러워서 수염을 뽑아 뜯도록 만들었을 것이다.

델라의 아름다운 머리카락이 갈색 폭포수처럼 굽이치고 흘러내리며 반짝이고 있었다. 마치 옷처럼 그녀의 무릎 아래까지 드리워졌다. 그녀는 불안한 듯 재빨리 머리를 다시 올렸다. 잠시 비틀거리다가 다시 똑바로 섰을 때 눈물 한두 방울이 낡고 붉은 카펫 위로 떨어졌다.

그녀는 낡은 갈색 재킷을 입고 낡은 갈색 모자를 썼다. 여전히 눈물이 고여 있는 눈으로 치맛자락을 날리며 문을 열고 층계를 내려가 거리로 나섰다.

그녀가 멈추어 선 곳에는 '마담 소프로니 모발 제품'이라는 간판이 붙어 있었다. 델라는 단숨에 층계를 뛰어 올라가 숨을 가다듬고 마음을 가라앉혔다. 몸집이 큰 여주인은 얼굴이 창백하고 차가워 보여 소프로니라는 이름이 어울리지 않아 보였다.

"제 머리카락을 사시겠어요?"

델라가 물었다.

"네, 사지요. 모자를 벗으세요. 한번 봅시다."

갈색 폭포수가 흘러내렸다.

"20달러 드리지요."

여주인이 능숙한 손길로 머릿단을 들어 올리며 말했다.

"빨리 주세요."

델라가 말했다.

오, 이후 두 시간은 마치 장밋빛 날개를 타고 날아다니는 듯한 기분이었다. 서툰 비유를 용서하기 바란다. 그녀는 짐의 선물을 찾아 가게들을 샅샅이 훑고 다녔다.

마침내 발견했다. 그것은 분명 다른 어떤 사람이 아닌 짐을 위해 만들어진 것이었다. 그녀는 모든 가게를 꼼꼼히 살피고 다녔지만 어디에도 이런 물건은 없었다. 디자인이 단순하면서도 고상한 백금 시계줄로, 모든 좋은 상품이 그렇듯이 저속한 장식을 하지 않고 시계줄 자체만으로 그 가치를 드러내고 있었다. 짐의 시계만큼이나 값진 물건이었다. 그 줄을 보자마자 짐의 것인 줄 알았다. 짐과 닮았기 때문이다. 수수하면서도 가치 있어 보인다는 점이 짐과 시계줄의 공통점이었다. 시계줄 값으로 21달러를 지불한 후 87센트를 가지고 서둘러 집으로 돌아왔다. 시계에 이 줄을 달면 짐은 어떤 사람 앞에서도 당당히 시계를 꺼내 볼 수 있을 것이다. 시계는 훌륭했지만 시계줄 대신 낡은 가죽 끈을 달아 사용했기 때문에 가끔은 몰래 꺼내 보아야 했다.

델라가 집에 돌아오자 도취감은 사라지고 분별력과 이성이 되돌아왔다. 곱슬머리를 만드는 인두를 꺼내 가스스토브 불을 켜고 사랑과 아낌없이 주고 싶은 마음 때문에 엉망이 된 머리를 손질하기 시작했다. 이런 일은 언제나 굉장히 어렵다. 정말 어렵다.

40분쯤 지나자 그녀의 머리는 짧고 작은 곱슬이 가득하게 되었다. 마치 말썽꾸러기 남학생처럼 보였다. 그녀는 거울 속의 자기 모습을 조마조마한 마음으로 오랫동안 주의 깊게 바라보았다.

짐이 나를 보고서 죽이지 않고 한 번 더 보면 코니아일랜드의 합창

단 소녀처럼 보인다고 말할 거야, 라고 자기 자신에게 말했다.

'하지만 내가 어떻게 할 수 있겠어! 오, 1달러 87센트로 무슨 일을 할 수 있느냐고?'

일곱 시가 되자 커피가 끓기 시작하고, 스토브 위에 뜨겁게 달구어진 프라이팬이 큼직하게 썰어 놓은 고기를 요리할 준비를 하고 있었다.

짐은 늦는 일이 없었다. 델라는 시계줄을 접어 손에 들고 평소에 그가 들어오는 문 옆 탁자 한쪽에 앉아 있었다. 그때 아래층에서 그가 첫 번째 계단을 밟고 올라오는 소리가 들리자 그녀의 얼굴이 잠시 창백해졌다. 그녀는 매일 일어나는 사소한 일에 대해서도 짧게 침묵 기도를 하는 습관이 있었다. 지금도 그녀는 속삭였다. 오, 하느님, 남편이 여전히 내가 예쁘다고 생각하게 해 주세요.

문이 열리고 짐이 들어왔다. 문을 닫고 선 그는 매우 야위어 보였고 표정도 심각했다. 가엾은 사람, 이제 겨우 스물두 살인데 가족을 부양해야 하다니! 코트는 낡아 새로 장만해야 했고 장갑은 아예 없었다.

그가 메추라기 냄새를 맡은 사냥개처럼 문간에 서 있었다. 눈은 델라에게 고정되어 있었다. 델라는 그 눈빛의 의미를 알 수 없었기에 두려운 마음이 들었다. 분노나 놀라움, 비난이나 두려움이라면 준비되어 있었다. 그러나 그런 감정이 아니었다. 그는 이해할 수 없는 표정으로 그녀를 그저 뚫어지게 바라보았다.

델라가 꾸물거리며 탁자에서 일어나 그에게 다가갔다. 그리고 큰 소리로 말했다.

"여보, 짐. 그런 식으로 바라보지 말아요. 당신에게 선물을 주지 않고 크리스마스를 보낼 수 없어서 머리카락을 잘라 팔았어요. 머리는 다시 자랄 거예요. 괜찮죠, 그렇죠? 이렇게 할 수밖에 없었어요. 내 머리는 정말 빨리 자라요. '메리 크리스마스!'라고 말해 보세요, 짐. 그리고 행복하게 지내요. 내가 당신을 위해 얼마나 멋지고 아름다운 선물을 마련했는지 모를 거예요."

"머리카락을 잘랐다고?"

아무리 생각해 봐도 그 명백한 사실을 아직 이해하지 못하겠다는 듯 짐이 힘겹게 말했다. 델라가 아무렇지 않다는 투로 말했다.

"잘라서 팔았어요. 그래도 나를 좋아하지요? 머리카락이 없어졌어도 여전히 나는 나잖아요, 그렇죠?"

짐이 의아한 눈빛으로 방을 둘러보았다.

"머리카락이 없어졌다고 했어?"

그는 거의 넋이 나간 사람처럼 말했다.

"찾아봐도 소용없어요. 팔렸어요, 다시 말하지만 팔아 버리고 없어요. 오늘이 크리스마스이브잖아요, 여보. 나에게 잘해 주셔야 해요. 당신을 위해 없어졌으니까요. 내 머리카락 수는 셀 수 있을지 몰라요."

그녀가 갑자기 진지하면서도 달콤한 목소리로 말했다.

"하지만 당신에 대한 나의 사랑은 그 누구도 헤아릴 수 없어요. 고기 토막들을 올려놓을까요, 짐?"

짐은 서둘러 꿈에서 깨어나는 듯했다. 그리고 델라를 껴안았다. 여기서 한 10초 동안 이야기를 돌려 별로 상관없어 보이는 문제에 대해 조심스럽게 생각해 보자. 주급 8달러와 연봉 백만 달러의 차이가 뭘까? 수학자나 지혜가 풍부한 사람도 틀린 답을 줄 것이다. 동방 박사들은 값진 선물들을 가지고 왔다. 그러나 그 가운데도 정답은 없었다. 이 애매한 질문에 대한 답은 나중에 밝혀질 것이다.

짐이 코트 주머니에서 선물 꾸러미를 꺼내 탁자 위에 올려놓으며 말했다.

"나를 오해하지 마, 델. 머리를 자르건 면도를 하건 샴푸를 하건 그런 일 때문에 당신을 덜 사랑하는 일은 없을 거야. 하지만 그 선물을 풀어 보면 왜 내가 잠시 동안 멍하게 있었는지 알게 될 거야."

하얀 손가락이 재빨리 끈과 포장지를 풀었다. 곧이어 황홀한 기쁨의 환호성이 울려 퍼졌다. 하지만, 아아 슬프도다! 델라는 여자답게 갑자기 이성을 잃고 흐느끼기 시작했다. 이 방의 주인이 힘을 다해 서둘러 위로해야 하는 순간이었다.

포장지 안에는 델라가 브로드웨이 상점의 진열대에서 보고 너무나
도 가지고 싶어했던 머리 빗 세트가 담겨 있었다. 거북 등으로 만들고
보석으로 테를 두른 아름다운 핀들이었다. 사라진 아름다운 머리에
꽂을 그림자와도 같았다. 그녀가 알고 있는 한 이 핀들은 가격이 비쌌
다. 그녀는 그것들을 가질 희망이 거의 없다는 것을 알면서도 마음으
로 열망하고 동경했었다. 이제 그녀의 것이 되었는데 그렇게 가지고
싶었던 핀을 장식할 머리카락이 사라지고 없었다.

그러나 그녀는 선물을 가슴에 안고 마침내 얼굴을 들어 눈물 젖은
눈동자로 미소를 지으며 말했다.

"내 머리는 빨리 자라요, 짐!"

그러고 나서 델라는 불에 털을 그슬린 작은 고양이처럼 팔딱 일어
나며 큰 소리로 말했다.

"오, 오!"

짐은 아직 자신의 아름다운 선물을 보지 못했다. 그녀는 손바닥에
놓인 선물을 간절한 마음으로 그에게 보여주었다. 평범한 귀금속이
그녀의 밝고 정열적인 영혼에 반사되어 빛을 발하는 듯했다.

"멋지지 않아요, 짐? 이것을 사느라고 시내를 다 돌아다녔어요. 이
제부터는 하루에 백 번씩 시계를 봐야 해요. 당신 시계를 이리 줘 봐

요. 시계에 매달면 어떤지 보고 싶어요."

짐은 그녀의 말대로 시계를 꺼내는 대신 소파에 털썩 주저앉아 두 손을 머리 뒤로 받치고 미소를 지었다.

"델, 우리 크리스마스 선물은 잠시 그대로 보관해 둡시다. 지금 우리가 사용하기에는 너무 좋은 것들이야. 당신 머리 빗 살 돈을 만드느라 시계를 팔았어. 이제 고기를 올려놓아야 할 것 같은데."

말구유에 누운 아기 예수님께 선물을 가져온 동방 박사들은 독자들도 알다시피 지혜로운 사람들이었다. 아주 지혜로운 사람들이었다. 최초로 크리스마스 선물을 준 사람들이 바로 그들이다. 지혜로운 사람들답게 그들은 지혜로운 선물을 했다. 중복되었을 경우 교환하는 것도 고려한 선물이었을 것이다. 그러나 여기서 나는 서로를 위해 자신에게 가장 소중한 보물을 희생한, 싸구려 아파트에 사는 어리석은 부부에 대한 평범한 이야기를 서툴게 들려주었다.

현대를 사는 사람들에게 마지막으로 다음과 같은 말을 하고자 한다. 선물을 준 사람들 중에서 이 두 사람이 가장 지혜로웠다고. 선물을 주고받은 모든 사람들 중에 이 두 사람이 가장 지혜롭다고. 어느 곳에서든 이런 사람들이 가장 지혜로운 사람들이다. 그들이 바로 동방 박사들이다.

녹색문

The Green Door

저녁 식사 후 10분 정도 담배를 피우면서 기분 전환이 되는 비극을 볼까, 아니면 조금 심각한 보드빌(음악과 무용을 곁들인 풍자적인 통속 희극 : 옮긴이)을 볼까 생각하며 브로드웨이를 걷고 있다고 상상해 보자.

그때 갑자기 누군가 팔에 손을 얹는다. 돌아보니 다이아몬드와 멋진 러시아 담비 모자로 치장한 아름다운 여인이 겁에 질린 눈으로 바라보고 있다. 그녀가 몹시 뜨거운 버터롤 빵을 황급히 내밀고 재빨리 작은 가위를 꺼내 당신 코트의 두 번째 단추를 자르고 평행사변형이라고 의미심장하게 소리 지르더니 두려운 듯 뒤를 돌아보며 사거리를 향해 빠르게 달려간다.

이러한 일은 순수한 모험이라고 할 수 있다. 이런 일을 받아들이겠는가? 그렇지 않을 것이다. 민망하게 얼굴을 붉히고 소심하게 롤빵을 떨어뜨린 후 단추가 잘려나간 자리를 힘없이 만지작거리며 브로드웨이를 계속 걸어갈 것이다. 당신이 만약 순수한 모험 정신이 아직 살아 있는 축복받은 소수 중 한 명이 아니라면 그럴 것이다.

진정한 모험가는 결코 많지 않았다. 모험가라고 책에 나오는 사람들은 대개 새롭게 창안된 방법을 지닌 상인들이었다. 그들은 황금 양털, 성배, 마음속의 연인, 보물, 왕관, 명성 등 자신들이 원하는 것을 찾아 나섰다. 그러나 진정한 모험가는 알지 못하는 운명을 만나 인사를 하기 위해 아무런 목적도 없고 계산도 없이 떠난다. 돌아온 탕자가 좋은 예이다. 특히 그가 다시 집으로 향했을 때는 더욱 그러했다.

반쯤 모험적인 사람들, 용감하고 뛰어난 인물들은 많았다. 십자군에서 팰리세이드(미국 허드슨 강 서안의 암벽 : 옮긴이)에 이르기까지 그들은 역사와 소설을 풍요롭게 만들고 역사 소설이 잘 팔리게 했다. 그러나 그들 각자에게는 받고자 하는 상, 공을 차 넣을 골대, 날을 갈 도끼, 달릴 경주, 새롭게 찌를 펜싱의 제3자세, 역사에 새겨 넣고자 하는 명성, 하고픈 말 등이 있었다. 따라서 그들은 진정한 모험가가 아니었다.

대도시에서 로맨스와 모험은 어울리는 구혼자를 찾아 항상 밖으로 나도는 쌍둥이와도 같다. 거리를 걸어 다닐 때 그들은 우리를 살짝 엿보고 스무 가지 다른 모습으로 변장하고 나타나 관심을 끈다. 우연히 올려다본 창가에서 어쩐지 낯익은 얼굴을 발견하기도 하고, 인적 드문 도로에 있는 덧문이 닫힌 빈 집에서 고통과 두려움의 울부짖음을 듣기도 한다. 택시 기사가 우리가 가려는 곳이 아닌 낯선 집 앞에 내려놓으면 알지 못하는 사람이 문을 열고 미소를 지으며 안으로 맞아들인다. 기회라는 높은 격자창에서 뭔가 쓰여 있는 종이 한 장이 발밑으로 팔랑거리며 떨어진다. 거리를 서둘러 지나가는 군중들과 증오, 애정, 공포의 감정을 순간적으로 교환하기도 한다. 갑작스럽게 비가 내려 보름달의 딸 같고 별들의 사촌 같은 미녀에게 우산을 받쳐 주게 될지도 모른다. 길모퉁이에서마다 누군가 손수건을 떨어뜨리고, 손가락으로 손짓하고, 바라본다. 그리고 사람들이 잃어버려 알지 못했던, 놀랍고도 신비스럽고 위험하게 변화무쌍한 모험의 단서가 우리 손가락 안으로 미끄러져 들어온다. 그러나 그것을 잡아서 따르려 하는 사람은 거의 없다. 인습이라는 짐을 등에 매단 채 점점 완고해져 가기 때문이다. 우리는 그냥 살아간다. 그러던 어느 날 더없이 지루한 인생의 막바지에 이르러, 로맨스란 결국 한두 번의 결혼, 비밀 서랍에 보관해 둔 공단 장미꽃 매듭, 스팀 난방기와의 평생에 걸친 싸움 같은 따분한 일이었음을 깨닫게 된다.

　루돌프 스타이너는 진정한 모험가였다. 그는 거의 매일 저녁마다 예상치 못한 터무니없는 일을 찾아 홀 끝의 침실에서 밖으로 나온다. 인생에서 가장 흥미로운 일은 언제나 바로 다음 모퉁이를 돌아가면 있을 것 같았다. 때로는 운명을 시험하려다가 이상한 길로 접어들기도 했다. 경찰서에서 밤을 보낸 적이 두 번 있었고, 교묘하고 탐욕스러운 사기꾼에게 속아 넘어간 적도 한두 번이 아니었다. 아첨하며 현혹하는 말에 시계와 돈도 날려 버렸다. 그럼에도 불구하고 그는 여러 가지 유쾌한 도전이 주어질 때마다 식을 줄 모르는 열정으로 응했다.

어느 날 저녁 루돌프는 시내의 오래된 중심가를 가로질러 느릿느릿 걸어가고 있었다. 두 부류의 사람들이 인도를 메우고 있었다. 서둘러 집으로 돌아가는 사람들과, 수천 개의 촛불이 켜진 허울 좋은 식당을 찾아가는 정처 없는 무리들이었다.

젊은 모험가는 즐거운 듯 침착하게 주위를 관찰하면서 걸어가고 있었다. 그는 피아노 상점 판매원으로 일하고 있었다. 넥타이는 장식 핀으로 고정시키는 대신 토파즈 반지에 끼워 놓고 있었다. 한번은 잡지 편집인에게 미스 리비가 쓴 『주니의 사랑의 시련』이 그의 인생에 가장 큰 영향을 끼친 책이라는 글을 써서 보낸 적도 있었다.

산책하는 도중에, 길가에 놓인 유리 상자 속에서 치아가 요란스럽게 딸그락거리는 소리가 들렸다. 그 때문에 — 메스꺼움을 느끼며 — 상자 뒤편에 있는 레스토랑에 먼저 관심이 쏠리는 듯했다. 그런데 다시 쳐다보니 옆 건물에 전광판으로 된 치과 간판이 걸려 있었다. 수놓은 붉은 코트와 노란색 바지, 군용 모자를 멋지게 차려입은 거구의 흑인이 지나가는 행인들에게 조심스럽게 광고지를 돌리고 있었다.

그런 식으로 치과 광고를 하는 것은 흔히 볼 수 있는 일이었다. 그는 치과 광고지를 받지 않고 지나가곤 했다. 하지만 오늘은 그 아프리카인이 너무나도 능숙하게 광고지 한 장을 그의 손 안에 밀어 넣었기 때문에 그 솜씨에 감탄하며 그대로 가지고 있었다.

몇 야드쯤 더 걷다가 무심코 광고지를 들여다보게 되었다. 놀란 그가 광고지를 뒤집어 보더니 다시 한 번 들여다보았다. 광고지의 한쪽 면에는 아무 것도 없었고 다른 쪽에는 잉크로 적은 '녹색 문'이라는 세 글자가 있었다. 루돌프는 세 발자국 앞에서 한 남자가 흑인이 준 광고지를 땅에 버리는 광경을 보았다. 그는 그것을 집어 들었다. 그 전단에는 치과 의사의 이름, 주소와 함께 의치, 보철, 치관 등 일상적 시술과 무통 수술이라는 믿기 어려운 약속까지 적혀 있었다.

모험심 많은 피아노 판매원은 모퉁이에 서서 망설였다. 그러고 나서 길을 건너 한 블록을 걸어가 다시 길을 건너 사람들 무리에 끼어들었다. 흑인을 못 본 척하면서 두 번째로 지나쳐 그가 건네주는 광고지를 무심하게 받았다. 열 발짝쯤 가서 종이를 들여다보았다. 처음 광고지에 쓰인 것과 똑같은 펜글씨로 녹색 문이라고 적혀 있었다. 그의 앞뒤에 가던 사람들이 서너 장의 광고지를 길에 버렸다. 그것들은 아무 것도 쓰이지 않은 면을 위로 해서 떨어져 있었다. 루돌프는 그것들을 뒤집어 보았다. 모두 치과 광고 문구가 인쇄되어 있었다.

교활한 모험의 요정은 진정한 추종자인 루돌프에게 두 번 손짓할 필요가 없었다. 그런데 이번에는 두 번이나 손짓을 했고 모험이 시작되었다.

루돌프는 딸그락거리는 치아 옆에 거구의 흑인이 서 있던 곳으로 다시 천천히 걸어왔다. 이번에는 광고지를 받지 못했다. 요란스럽고 우스꽝스러운 의상에도 불구하고, 아프리카 인이 어떤 사람에게는 상냥하게 광고지를 건네주고 어떤 사람은 방해 받지 않고 그냥 지나가게 하며 서 있는 모습에서 타고난 야만적인 존엄성이 드러났다. 그는 30초마다 열차 차장이나 그랜드 오페라의 빠른 지껄임 같은 거칠고 알 수 없는 말을 읊어댔다. 그런데 이번에는 그가 루돌프에게 광고지를 주지 않았을 뿐 아니라 검게 번들거리는 커다란 얼굴에 경멸이나 혐오에 가까운 차가운 표정을 띠고 그를 보는 듯했다.

그 시선이 모험가를 괴롭혔다. 그 눈빛에는 그가 모자란 사람이라는 무언의 비난이 담겨 있었다. 광고지에 적힌 불가사의한 단어의 의미가 무엇이든 간에 그 흑인은 무리들 가운데서 그에게 광고지를 두 번이나 주었다. 그런데 이제 그가 수수께끼를 풀 지혜와 열의가 부족하다고 비난하는 것처럼 보였다.

젊은 남자는 행인들에게서 빠져나와 자신의 모험이 반드시 기다리고 있다고 생각되는 건물을 재빨리 훑어보았다. 5층짜리 건물이었다. 지하층에는 작은 식당이 있었다. 1층에는 여성 모자점이나 모피점이 있는 것 같은데 지금은 닫혀 있었다. 반짝거리는 전광판을 보니 2층에는 치과가 있었다. 그 위층에는 여러 나라 말로 쓴 뜻 모를 간판들이 걸려 있었는데 손금 보는 사람, 재봉사, 음악가, 의사가 살고 있다는 것을 짐작할 수 있을 뿐이었다. 맨 위층에는 커튼이 드리워져 있고 창턱에 하얀 우유병들이 놓여 있어 가정집임을 알 수 있었다.

　검토를 끝낸 후 루돌프는 높은 돌층계를 단숨에 뛰어올라 건물로 들어섰다. 카펫이 깔린 층계참을 두 번 올라가 꼭대기에서 멈추었다. 그곳 복도에는 두 개의 창백한 가스등이 희미한 불을 밝히고 있었는데, 하나는 반대편 끝 오른쪽에, 다른 하나는 그의 왼편 가까이에 있었다. 가까운 쪽 가스등이 희미하게 비추는 원형 불빛 안에서 녹색 문이 보였다. 그는 잠시 망설였다. 그때 광고지를 나눠 주던 아프리카인의 오만한 비웃음이 눈에 선했다. 하지만 그는 녹색 문으로 곧장 다가가 문을 두드렸다.

　노크에 대한 응답을 기다리는 짧은 순간에야말로 진정 숨 가쁜 모험심을 느끼게 된다. 녹색 판자 뒤에서 무엇이 기다리고 있을지 알 수 없는 일이다! 도박꾼들이 노름을 하고 있을 수도 있고, 간사한 사기꾼들이 교활한 방법으로 덫을 놓고 있을지도 모른다. 아니면 용감한 자를 사랑하는 미녀가 용감한 남자가 자신을 발견할 수 있도록 계획을 세우고 있을지도 모른다. 위험, 죽음, 사랑, 실망, 조소……. 그의 무모한 노크에 이중 어떤 것이 응답할지 알 수 없는 일이다.

옷 스치는 희미한 소리가 안에서 들리면서 문이 천천히 열렸다. 아직 스무 살이 채 안 된 젊은 여자가 창백한 얼굴로 비틀거리며 서 있었다. 그녀는 손잡이를 놓치더니 한 손으로 문을 더듬으면서 그 자리에 쓰러지고 말았다. 루돌프가 그녀를 붙들어 벽 쪽에 있는 빛바랜 소파에 눕혔다. 그는 문을 닫고 깜박거리는 가스등 아래서 재빨리 방을 살펴보았다. 깨끗했지만 극한 가난이 느껴지는 방이었다.

여자는 마치 실신한 듯이 꼼짝 않고 누워 있었다. 루돌프가 통을 찾기 위해 방을 급히 둘러보았다. 통 위에 굴려야 한다. 아니, 아니, 그건 물에 빠졌을 때 얘기지. 그는 모자로 그녀에게 부채질을 하기 시작했다. 성공적이었다. 중산모 챙으로 그녀의 코를 쳐 눈을 뜨게 한 것이다. 그러자 젊은이는 그녀의 얼굴이 자신의 마음속에 있는 낯익은 초상화 중 잃어버렸던 하나라는 것을 알았다. 솔직한 회색 눈동자, 약간 오만하게 위를 향한 자그마한 코, 완두콩 넝쿨의 덩굴손 같은 갈색 고수머리는 그의 멋진 모험에 합당한 결말이자 보상 같았다. 그러나 그녀의 얼굴은 애처로울 정도로 수척하고 창백했다.

여자가 그의 얼굴을 조용히 바라보더니 미소를 지으며 힘없이 말했다.

"내가 기절했었죠? 당연한 일이에요. 사흘 동안 아무 것도 먹지 못

하고 지내 보세요!'

루돌프가 펄쩍 뛰며 소리 질렀다.

"맙소사! 내가 돌아올 때까지 기다려요."

그가 녹색 문을 나가 계단을 달려 내려갔다. 20분이 지난 후 다시 돌아와 그녀가 문을 열도록 발끝으로 두드렸다. 두 팔에는 식료품점과 식당에서 산 음식이 가득 안겨 있었다. 그가 탁자에 그것들을 내려놓았다. 버터 바른 빵, 냉동 쇠고기, 케이크, 파이, 피클, 굴, 통닭, 우유, 뜨거운 차 등이 있었다.

루돌프가 꾸짖듯이 말했다.

"말도 안 되는 짓을 했어요. 먹지 않고 지내다니요. 그런 터무니없는 짓은 이제 그만 해요. 식사가 준비됐어요."

그가 그녀를 탁자의 의자로 가도록 도와주며 물었다.

"차 따를 잔이 있어요?"

"창가 선반에 있어요."

그녀가 대답했다. 그가 잔을 가져왔을 때 그녀는 무엇에 홀린 듯한 눈빛으로 종이 봉투에서 꺼낸 딜로 양념한 커다란 오이 피클부터 먹으려 하고 있었다. 그가 웃으면서 피클을 빼앗고 잔에 우유를 가득 따랐다. 그리고 명령했다.

"이것부터 마셔요. 그러고 나서 차를 좀 마시고 통닭 날개를 먹어요. 상태가 좋아지면 내일은 피클을 먹을 수 있을 거예요. 이제 당신이 나를 손님으로 생각한다면 함께 저녁 식사를 하고 싶군요."

그가 의자를 끌어당겨 앉았다. 차를 마시자 여자의 눈이 밝아지고 얼굴에 혈색이 돌기 시작했다. 그녀는 마치 굶주린 야생 동물처럼 고상하면서도 맹렬하게 음식을 먹기 시작했다. 그녀는 젊은 남자가 자신을 도와주는 걸 당연한 일로 여기는 것 같았다. 그녀가 관습을 무시해서가 아니라 너무 큰 고통을 받은 나머지 가식을 버리고 인간적인 면모를 드러낼 권리를 준 것 같았다. 그러나 기운을 차리고 편안해지자 관습도 조금은 되찾았다. 그녀는 그에게 자신에 대해 이야기를 하기 시작했다. 매일 수천 명에게 일어나는 하품이 날 만한 이야기였다. 점원 아가씨의 얼마 안 되는 급료가 상점의 이익만 늘려 주는 벌금 때문에 더 줄어들었고, 병이 나서 일을 할 수 없자 직장을 잃고 희망도 잃어버렸는데 어느 날 모험가가 녹색 문을 두드린 것이다.

그러나 루돌프에게는 그 이야기가 호머의 「일리아드」나 「주니의 사랑의 시련」에 나오는 위기처럼 중대하게 들렸다.

"그런 일들을 겪었다니……."

그가 놀란 목소리로 말했다.

"아주 힘들었어요."

그녀가 진지하게 말했다.

"시내에 친척이나 친구가 없어요?"

"아뇨, 아무도 없어요."

"나도 이 세상에서 혼자예요."

잠시 가만히 있던 루돌프가 말했다.

"그 말을 들으니 반가워요."

그녀가 재빨리 말했다. 그녀가 자신의 의지할 데 없는 처지를 인정해 주는 것이 그에게 어느 정도 위로가 되었다.

갑자기 그녀가 눈을 감고 깊게 한숨을 쉬며 말했다.

"굉장히 졸려요. 기분도 아주 좋고요."

루돌프가 일어나 모자를 썼다.

"그럼 이만 가겠습니다. 잠을 푹 자고 나면 몸도 기분도 좋아질 거예요."

그녀는 그가 내민 손을 잡은 채 잘 가라고 말했다. 그녀의 슬픈 두 눈에 그가 말로서 대답했다.

"오, 당신이 어떤지 내일 보러 올게요. 나를 못 오게 하는 것이 쉽지 않을 겁니다."

그가 어떻게 오게 되었는가는 왔다는 사실에 비하면 그리 중요하지 않다는 듯이 그녀가 물었다.

"어떻게 나의 방문을 두드리게 되었나요?"

그녀를 잠시 바라보던 그는 광고지가 떠오르자 갑자기 질투심 때문에 고통이 느껴졌다. 그 광고지들이 자신만큼 모험심 강한 누군가의 손에 들어갔다면 어떻게 되었을 것인가? 그는 그녀에게 절대로 진실을 알리면 안 되겠다고 결정을 내렸다. 그녀가 크나큰 빈궁에 몰려 쓰게 된 이상한 방법을 자신이 알고 있다는 걸 절대로 그녀에게 알리지 않으리라.

"우리 가게 피아노 조율사가 여기에 살고 있어요. 그만 실수로 당신 방문을 두드린 겁니다."

녹색 문을 닫기 전에 그녀의 웃음 띤 얼굴을 보았다.

그가 층계 끝에 잠시 서서 주변을 둘러보더니 층계의 다른 쪽 끝까지 걸어갔다가 다시 돌아왔다. 그는 위층으로 올라가서 혼란스러운 탐험을 계속했다. 이 건물에 있는 모든 문이 녹색으로 칠해져 있었다.

그는 어리둥절해서 인도로 나왔다. 기이한 모습을 한 아프리카 인이 아직 그곳에 있었다. 루돌프가 광고지 두 장을 손에 들고 그 앞에 섰다.

"왜 나한테 이 광고지들을 주었는지 말해 주겠소?"

루돌프가 물었다.

흑인이 사람 좋아 보이는 미소를 지으며 그의 고용주의 직업을 멋지게 보여 주는 광고판을 과시했다. 그리고 길 쪽을 가리키며 말했다.

"바로 저긴뎁쇼, 나리. 하지만 손님께서는 제1막에는 좀 늦었는 뎁쇼."

그가 가리키는 곳에 있는 극장 입구 위에 새로 올린 연극 「녹색 문」의 간판이 빛을 발하고 있었다.

"최고의 연극이라고 들었읍죠, 나리. 그 극단이 나한테 1달러를 줬습니다요. 치과 광고지를 돌리면서 연극 광고지도 좀 돌려 달라고 말입죠. 치과 광고지도 한 장 드릴깝쇼, 나리?"

루돌프는 자신이 살고 있는 블록의 매점에서 맥주 한 잔과 담배 한 개비를 샀다. 담배에 불을 붙이고 가게를 나온 그는 코트 단추를 끼우고 모자를 뒤로 젖히며 모퉁이에 있는 가로등 기둥을 향해 단호하게 말했다.

"그래도 그녀를 발견하도록 일을 꾸민 것은 운명의 손이었다고 믿어."

지금까지 일어난 일을 고려해 볼 때 그 같은 결론을 내린 루돌프 스타이너는 로맨스와 모험의 진정한 추종자라고 할 수 있을 것이다.

아르카디아의 투숙객

Transients in Arcadia

브로드웨이에는 여름 휴가지를 홍보하는 사람들에게 알려지지 않은 호텔이 하나 있다. 내부가 깊고 넓고 시원한 곳이다. 객실에는 서늘한 기운을 주는 흑갈색 참나무로 만든 가구들이 구비되어 있다. 어렵사리 아디론댁 산에 올라가지 않고서도 시원한 바람과 짙푸른 관목 숲을 즐길 수 있다. 널찍한 층계를 올라가거나 놋쇠 단추를 단 안내원의 시중을 받으며 엘리베이터를 타고 꿈결같이 미끄러지듯 오를 때면 알프스 산을 타는 사람들도 맛보지 못한 고요한 즐거움을 누리게 된다. 주방 요리사는 화이트 마운틴에서 잡은 것보다 훨씬 더 맛있는 송어와 올드 포인트 컴포트가 질투심을 느낄 만한 — 이건 정말이다! — 해산물과, 수렵구 담당 관리의 마음도 녹일 만한, 메인 주의 사슴 고기를 요리해 준다.

사막처럼 뜨거운 7월에 맨해튼에 있는 이 오아시스를 아는 사람은 거의 없다. 7월이 되면 투숙객의 수가 줄어들어, 호사스러운 식당에

122

여유롭게 흩어져 앉아 시원한 저녁노을을 즐기며 눈처럼 하얗게 비어 있는 테이블 너머로 말없이 축하의 시선을 주고받는 모습을 볼 수 있다.

수가 남아도는 웨이터들이 공기처럼 돌아다니며 주의 깊게 살펴 고객이 말하기도 전에 원하는 것을 가져다준다. 온도는 항상 4월이다. 천장은 부드러운 구름이 떠다니는 여름 하늘과 같은 색으로 칠해져 있다. 아쉽게도 자연의 하늘은 종종 색이 달라지지만 이곳의 천장은 항상 같은 하늘이다.

멀리서 들리는 브로드웨이의 즐거운 소음은 행복한 투숙객들의 공상 속에서 평온하게 숲 속을 울리는 폭포 소리로 변한다. 낯선 발자국 소리가 들릴 때마다 투숙객들은 혹시라도 자신들의 휴가지가 대자연을 집요하게 추적하는 들뜬 쾌락주의자들에 의해 발견되어 공격당하지 않을까 불안한 마음으로 귀를 기울인다.

이 여유로운 호텔에는 안목 있는 소수의 고객들만이 예술과 기술로 재현해 낸 산과 해변이 주는 최고의 즐거움을 누리며 여름의 찌는 더위를 피해 꼭꼭 숨어 있는 것이다.

그 같은 7월의 어느 날 한 여성이 찾아와 마담 엘르와즈 다르시 보몽이라고 쓴 명함을 직원에게 내밀며 숙박부에 이름을 기입하게 했다. 마담 보몽은 바로 로터스 호텔이 사랑하는 고객이었다. 그녀는 조화로우면서도 친절하고 우아한, 상류 사회의 세련된 분위기를 지니고 있었다. 호텔 종업원들은 모두 그녀의 종이 되었다. 벨 보이들은 앞 다투어 그녀의 벨에 답하는 영예를 차지하려고 했다. 직원들도 소유권만 빼고는 호텔 안에 있는 모든 것을 그녀에게 주고 싶어할 정도였다. 다른 투숙객들은 그녀가 지닌 상류 사회의 여성적인 아름다움이 함께 있는 자신들을 완벽하게 만들어 준다고 생각했다.

이 비범한 투숙객은 호텔을 떠나는 일이 거의 없었다. 그 같은 그녀의 습관은 로터스 호텔의 차별화된 단골손님의 전통과 딱 일치했다. 쾌적한 호텔을 최대한 즐기기 위해서는 시내는 아주 멀리 떨어져 있는 듯이 여겨야 한다. 밤에는 가까운 옥상에서 간단한 산책을 하는 정도면 무리가 없다. 뙤약볕이 내리쬐는 낮에는 마치 송어가 자신이 제일 좋아하는 투명한 은신처에서 꼼짝 않고 머무는 것처럼 그늘이 드리워진 로터스 성채에 머물러 있으면 된다.

로터스 호텔에 홀로 머물고 있음에도 불구하고 마담 보몽은 오히려 그 고독함이 돋보이는 여왕의 자리를 지키고 있었다. 오전 열 시에 아침 식사를 하는 그녀의 모습은 침착하면서도 사랑스럽고, 여유 있으면서도 섬세해 마치 어스름한 가운데 희미한 빛을 발하는 자스민 꽃 같았다.

그러나 마담 보몽의 영예가 절정에 달하는 때는 저녁 식사 시간이다. 그녀는 영계의 계곡에서 피어나는 안개처럼 아름답고도 천상의 느낌을 주는 드레스를 입는다. 그 드레스의 아름다움은 필설로는 형언할 수 없을 정도이다. 앞가슴에 장식된 레이스 위에 분홍색 장미들이 수놓아져 있다. 수석 웨이터가 그녀의 방문 앞에서 드레스를 마주 대할 때마다 존경의 눈길로 바라보았다. 이 드레스를 보면 파리, 신비로운 백작 부인들, 베르사이유와 결투용 칼, 피스크 부인, 그리고 프랑스식 도박 등을 생각하게 된다. 로터스 호텔에서는 마담이 세계주의자이며 그 희고 가느다란 손가락으로 러시아에 유리하도록 국가들을 조종하고 있다는, 출처를 알 수 없는 소문이 떠돌았다. 세계시민인 그녀가 한여름의 열기를 식히기 위해 미국에서 가장 가볼 만한 곳으로 아름다운 관목이 우거진 로터스 호텔을 지목한 것은 지극히 당연한 일이라 하겠다.

마담 보몽이 호텔에 머문 지 사흘째 되던 날 한 젊은 남자가 숙박부에 고객으로 기재했다. 그의 의상은 일반적인 기준에 따라 평가하면 유행을 적절히 따랐다고 할 수 있다. 잘생기고 단정한 외모도 손색이 없었고, 세계 여러 곳을 다녀본 사람다운 균형 감각과 세련미를 지니고 있었다. 그는 직원에게 삼사일 가량 머물 예정이라고 말한 후 유럽행 여객선의 출항에 대해 물었다. 그러고는 좋아하는 여관에 든 만족한 여행객처럼 최고급 호텔의 더없이 행복한 한가로움 속으로 빠져

들었다.

이 젊은 남자의 이름은 — 숙박부에 적힌 이름의 진실성 여부를 묻지 않는다면 — 해롤드 패링턴이었다. 그는 로터스 호텔의 고급스럽고 조용한 삶의 흐름 속으로 너무나도 교묘하고 말없이 흘러들었기 때문에 휴식을 찾는 다른 투숙객들에게 잔물결 하나 일으키지 않았다. 그는 로터스 안에서 그 열매를 먹고 다른 운 좋은 항해자들과 함께 더없이 행복한 평화 속으로 빠져들었다. 하루 만에 전용 테이블과 웨이터를 갖게 되었고, 더위에 지친 추적자들이 브로드웨이에서 가까우면서도 은밀한 은신처에 몰려들어 망가뜨리지나 않을까 염려하게 되었다.

해롤드 패링턴이 도착한 다음 날 저녁 식사 후 마담 보몽이 그의 앞을 지나가면서 손수건을 떨어뜨렸다. 패링턴 씨는 그것을 주워 돌려주면서도 친해지고 싶은 감정은 드러내지 않았다.

로터스 호텔에서도 유독 돋보이는 이 두 고객 사이에는 신비스러운 비밀 결사 같은 것이 존재하는 듯했다. 어쩌면 그들은 브로드웨이 최고의 여름 휴양지를 발견한 행운을 공유한 탓에 서로에게 끌리고 있는지도 모르겠다. 두 사람은 예의 바르면서도 허물없이 대화를 나누었다. 진짜 여름 휴양지에 있는 것 같은 편안한 분위기 속에서 그들의 관계는 마치 마술사가 심어 놓은 식물처럼 그 자리에서 자라나 꽃을 피우고 열매를 맺었다. 그들은 복도 끝에 있는 발코니에 서서 잠시 가벼운 대화를 주고받았다. 마담 보몽이 희미하면서도 달콤한 미소를 지으며 말했다.

"잘 알려진 휴양지는 싫증이 나게 마련이죠. 소음이나 먼지를 피해 산이나 해변으로 날아가 봐도 별 소용이 없어요. 그 두 가지를 일으키는 사람들이 따라오니까요."

그러자 패링턴이 유감스럽다는 듯이 말했다.

"심지어 바다도 마찬가지예요. 교양 없는 사람들이 들이닥쳐요. 가장 호화롭다는 유람선도 페리보트보다 별로 나을 것이 없죠. 로터스 호텔이 사우전드 아일랜드나 매키낵보다도 브로드웨이에서 더 멀리 떨어져 있다는 것을 여름 휴가객들이 계속 모르기만을 바랄 뿐이죠."

마담이 한숨과 미소를 동시에 지으며 말했다.

"어쨌든 우리의 비밀이 일주일만이라도 무사하기를 바래요. 사람들이 소중한 로터스 호텔 근처로 쏟아져 들어오면 어디로 가야 할지 알 수가 없어요. 여름에 아주 즐겁게 지낼 수 있는 장소를 딱 한 군데 알고 있는데 그곳은 우랄 산맥에 있는 폴린스키 백작의 성채지요."

패링턴이 그녀의 말을 받았다.

"바덴바덴과 칸이 여름에 가장 한산한 곳이라다군요. 해가 갈수록 유명한 휴양지들이 명성을 잃고 있어요. 아마 많은 사람들이 우리처럼 잘 모르는 조용한 피신처를 찾고 있나 봐요."

"이 쾌적한 휴가는 사흘만 더 즐기기로 했어요. 월요일에는 세드릭 호를 타고 떠나요."

마담 보몽의 말을 들은 해롤드 패링턴의 눈에 서운함이 역력하게 드러났다.

"나도 월요일에 떠납니다. 하지만 외국에 가지는 않아요."

마담 보몽은 통통한 어깨를 외국식으로 으쓱했다.

"매력적인 곳이지만 여기에 영원히 숨어 있을 수는 없죠. 나 때문에 별장이 한 달이나 준비하고 있어요. 골치 아프지만 파티를 몇 차례 열어 주어야 하거든요! 하지만 로터스 호텔에서 보낸 한 주는 잊지 못할 거예요."

"나도 마찬가지입니다. 가야 할 세드릭 호를 절대로 용서하지 않을 겁니다."

사흘이 지난 후 주일 저녁에 두 사람은 같은 발코니에 작은 테이블을 사이에 두고 앉아 있었다. 사려 깊은 웨이터가 얼음과 작은 잔에 담긴 클라레 한 잔씩을 가져다주었다.

마담 보몽은 저녁 식사 때마다 입는 아름다운 야회복을 입고 있었다. 그녀는 상념에 잠겨 있는 듯이 보였다. 테이블 위에 놓인 그녀의 손 옆에는 귀부인들이 쓰는 작은 지갑이 놓여 있었다. 그녀가 얼음이

든 클라레를 마신 뒤 지갑을 열어 1달러짜리 지폐를 꺼냈다.

로터스 호텔을 매료시켰던 미소를 지으며 그녀가 말했다.

"패링턴 씨, 할 말이 있어요. 저는 내일 아침 식사 전에 떠나요. 직장으로 돌아가야 하거든요. 케이시 백화점의 속옷 코너에서 일하고 있어요. 내일 아침 여덟 시까지 출근해야 해요. 다음 주일 밤에 8달러의 주급을 탈 때까지 남아 있는 돈은 이 1달러가 전부예요. 당신은 정말 신사고 나에게 잘해 주셨기 때문에 떠나기 전에 말씀드리는 거예요.

이 한 번의 휴가를 위해 1년 동안 급여에서 조금씩 저축했어요. 평생에 한 주만이라도 귀부인처럼 지내고 싶었거든요. 설사 다시는 그런 시간을 못 갖는다 해도 말이에요. 매일 아침 일곱 시에 억지로 잠자리에서 기어 나오는 대신 일어나고 싶은 시간에 일어나고 싶었어요. 부자들처럼 최고의 음식을 먹고 시중을 받고 벨을 눌러서 심부름을 시키고 싶었고요. 이제 그렇게 해 봤어요. 내 인생에서 가장 행복한 날들이었어요. 만족한 기분으로 직장과 작은 셋집으로 돌아가요. 패링턴 씨, 당신이 어쩌면 나를 좋아할지도 모른다고 생각했고, 나도 당신을 좋아했기 때문에 이 말을 하고 싶었어요. 하지만 지금까지는 숨길 수밖에 없었어요. 이 모든 일이 나에게는 동화와도 같았거든요. 그래서 유럽이나 다른 나라들에 대해 읽은 것을 말하면서 당신이 나를 대단한 여성으로 여기도록 만든 거예요.

지금 입고 있는 이 드레스는 도우 앤 레빈스키에서 할부로 샀어요. 입을 만한 옷이 이것 하나뿐이에요. 값은 75달러이고 맞춤복이죠. 10달러는 계약금으로 냈고 잔금을 매주 1달러씩 치러야 해요. 이제 하고 싶었던 말은 다 했어요, 패링턴 씨. 그리고 내 이름은 마담 보몽이 아니라 메이미 시버터예요. 내게 관심을 보여줘서 고마워요. 이 1달러는 내일 드레스 할부금으로 지불할 거예요. 이제 내 방으로 가야겠어요."

해롤드 패링턴은 로터스 호텔에서 가장 사랑스러운 고객의 말을 태연한 표정으로 듣고 있었다. 그녀가 말을 마치자 그는 양복 상의 주머니에서 수표책처럼 생긴 작은 수첩을 꺼냈다. 몽당연필로 그 용지에 뭐라고 쓰더니 한 장을 찢어 그녀에게 건네주고 1달러를 집어들었다.

그가 말했다.

"저도 내일 아침에 일하러 가야 되요. 하지만 지금 일을 시작하는 게 나을 것 같군요. 할부금 지불 영수증이에요. 저는 3년간 도우 앤 레빈스키의 수금원으로 일하고 있어요. 우리가 휴가를 보내는 방법에 대해 같은 생각을 하고 있는 것이 재미있지 않아요? 나는 언제나 최고급 호텔에서 머물고 싶었어요. 그래서 20달러의 주급에서 저금을 해

왔죠. 메이미 양, 토요일 밤에 보트를 타고 코니아일랜드에 놀러 가는 것은 어떨까요, 어떻게 생각해요?"

가짜 마담 엘르와즈 다르시 보몽의 얼굴이 기쁨으로 빛났다.

"오! 물론이지요, 패링턴 씨. 토요일에는 상점이 열두 시에 문을 닫아요. 비록 상류 사회 사람들과 일주일을 어울렸지만 코니아일랜드도 즐거울 거예요."

발코니 밖에서는 7월 밤의 더위에 찌든 시市가 소란하게 웅성대고 있었다. 로터스 호텔 안에서는 조화롭고 시원한 그늘이 드리워져 있고, 창가에는 웨이터들이 마담 보몽과 그녀와 함께한 남자가 고개를 끄덕이면 언제라도 다가가기 위해 가벼운 걸음으로 서성거리고 있었다.

엘리베이터 문 앞에서 패링턴이 작별인사를 했다. 마담 보몽은 마지막으로 엘리베이터에 오르려 하고 있었다. 그들이 새장 같은 엘리베이터에 이르기 전에 그가 말했다.

"해롤드 패링턴은 잊어버려요, 알았죠? 내 이름은 맥머너스예요. 제임스 맥머너스, 지미라고도 부르죠."

"잘 자요, 지미!"

마담이 말했다.

벽돌가루 동네

Brickdust Row

블링커는 불쾌했다. 그가 만약 교양과 자제력과 부를 갖추지 않았더라면 욕설을 퍼부었을 것이다. 그러나 그는 언제나 자신이 신사라는 것을 기억했다. 신사는 화를 내지 않는다. 따라서 그가 괴로움을 무릅쓰고 이륜마차를 타고 브로드웨이의 올드포트 변호사 사무실로 갈 때는 그저 따분하고 냉소적으로 보일 뿐이었다. 올드포트 변호사는 블링커의 재산 관리인이었다.

"왜 항상 이런 터무니없는 서류들에 서명을 해야 하는 겁니까?"

블링커가 말했다.

"오늘 아침에 노스우드로 가려고 짐도 다 꾸려 놓았어요. 그런데 내일 아침까지 기다리라고요? 나는 밤차 타는 것은 싫어요. 면도칼은 트렁크 밑바닥 어딘가에 깔려 있어 찾을 수도 없겠지요. 이건 나를 싸구려 향수 냄새가 나고, 말만 많고 실력은 없는 이발사에게 보내려는 계략이지 뭡니까. 긁히지 않는 펜을 줘요. 나는 긁히는 펜은 질색이라

132

고요."

이중 턱에 백발이 성성한 올드포트 변호사가 말했다.

"알겠네. 그게 다가 아니네. 더 싫어할 만한 일이 있어. 이게 다 부자라서 하는 고생 아닌가! 서명해야 할 서류가 아직 준비되지 않았네. 내일 아침 열한 시에 나올 걸세. 하루 더 늦겠구먼. 이발사가 자네의 가엾은 코를 두 번이나 비틀게 생겼군. 머리를 깎아야 할 때까지 기다리지 않는 것만도 감사하게나."

블링커가 일어서면서 말했다.

"만약 서명해야 할 문서가 늘어나지 않았다면, 당장 변호사님이 내 사업에서 손을 떼게 하겠어요. 엽궐련이나 주세요."

"만약," 올드포트 변호사가 말했다. "나의 옛 친구 아들이 상어한테 먹히는 꼴을 보려고 했다면 벌써 오래전에 자네가 그렇게 하도록 했을 걸세. 자, 알렉산더, 농담은 그만두세. 내일 자네는 서른 건 정도의 문서에 서명을 해야 할 뿐 아니라 사업과 관련해 생각해야 할 일도 있네. 자선이나 권리에 대한 일이기도 하지. 이 문제에 대해 5년 전에도 이야기했지만 자네는 들으려고 하지 않았어. 그때도 마차 여행을 가려고 서두르고 있었던 것 같군. 똑같은 문제가 다시 대두되었어. 재산이……."

"오, 재산!" 블링커가 끼어들었다. "올드포트 변호사님, 내일 오라고 하셨잖아요. 내일 한꺼번에 처리하도록 하죠. 서명도, 재산도, 튕겨 나가는 서류용 고무줄도, 냄새 나는 봉랍도요. 나와 점심 식사나 같이 하시겠어요? 좋아요. 열한 시에 들르는 방향으로 해 보죠. 내일 아침에 말입니다."

블링커의 재산은 법률용어로 말하자면 토지와 임대 주택, 상속 재산으로 이루어져 있다. 전에 로렌스 올드포트가 자신의 낡은 소형 가솔린 차에 알렉산더를 태우고 다니며 그가 시에서 소유하고 있는 많은 건물들과 주택들을 보여 준 적이 있었다. 알렉산더는 유일한 상속인이었다. 블링커는 그것들을 보며 기분이 매우 좋았다. 로렌스 올드포트가 자신을 위해 은행에 그렇게 막대한 돈을 불리게 해 준 것이 바로 그 집들이라는 사실이 믿기 어려웠다.

저녁 때 블링커는 식사를 하기 위해 회원으로 가입해 있는 클럽에 갔다. 고루해 보이는 노인들 몇 명이 카드놀이를 하고 있을 뿐 아무도 없었다. 그들은 블링커에게 지나치게 정중히 말하고 노골적인 경멸을 나타내며 노려보기도 했다. 모두들 도시를 떠나고 남아 있는 사람은 거의 없었다. 그런데 지금 그는 마치 어린 학생처럼 종이 위에 이름을 쓰고, 또 쓰기 위해 이곳에 묶여 있는 것이다. 상처가 더욱 깊어졌다.

블링커는 노인들에게서 등을 돌리고 앉아 신선한 냉장 연어 알에 대한 농담을 하면서 그에게 다가온 클럽 지배인에게 말했다.

"시몬스, 나는 코니아일랜드에 가려고 하네."

그 말을 할 때 그는 마치 '다 끝났어. 나는 강물에 투신자살할 거야.'라고 말하는 듯했다.

그 농담에 시몬스가 즐거워했다. 그는 종업원들에게 허용된 만큼의 작은 소리로 아주 짧게 웃으며 말했다.

"그렇게 하십시오. 꼭 그렇게 하세요. 코니아일랜드에 있는 블링커 씨를 보는 것 같은데요."

블링커는 신문을 사서 주일날 기선 출항 표를 들여다보았다. 그는 곧바로 처음 눈에 띈 택시를 잡아타고 노스 리버 부두로 갔다. 이어 독자나 나 같은 평민처럼 줄을 서서 표를 산 후 사람들에게 밟히고 밀리면서 마침내 기선의 상갑판에 올라가, 의자에 앉아 있는 한 아가씨를 뻔뻔스러울 정도로 뚫어지게 바라보고 있는 자신을 발견했다. 일부러 그런 행동을 한 것은 아니었다. 아가씨가 너무 아름다웠기 때문에 그는 한순간 자신이 신분을 숨긴 왕자라는 사실을 깜빡 잊었던 것이다.

그녀도 그를 바라보고 있었다. 하지만 주의 깊게 바라보지는 않았다. 그때 바람이 블링커의 모자를 날릴 뻔해 조심스럽게 잡아서 다시 썼다. 그 행동이 마치 목례를 하는 것처럼 보였다. 젊은 여자도 목례를 하며 미소를 지었고 얼마 지나지 않아 그는 그녀 옆에 앉게 되었다. 그녀는 흰색 옷을 입고 있었는데 블링커가 젖 짜는 소녀나 신분이 낮은 여자들에 대해 생각했던 것보다 훨씬 창백한 얼굴이었다. 하지만 그녀는 벚꽃만큼이나 단정했고, 침착하면서도 한없이 솔직한 회색 눈은 꾸밈없고 고요한 영혼의 깊이를 느끼게 했다.

"어떻게 나를 보고 모자를 들 용기를 냈죠?"

미소만 아니었다면 쌀쌀맞게 들렸을 음성으로 그녀가 물었다.

"그게 아니고."

블링커가 말했다. 하지만 즉시 다른 말로 실수를 무마했다.

"당신을 보고 나서는 모자를 제자리에 쓸 수가 없더군요."

"나는 모르는 남자가 옆에 앉도록 허락하지 않았는데요."

오만한 그녀의 말에 속아 넘어간 그가 엉거주춤 일어나려고 했다. 그러나 그녀의 놀리는 듯한 맑은 웃음소리를 듣고는 다시 자리에 앉았다.

"제가 보기에 멀리 가시는 것 같지 않은데요."

그녀가 미녀 특유의 자신감이 깃든 음성으로 말했다.

"코니아일랜드에 가시나요?"

블링커가 물었다.

"저요?"

그녀가 장난기 가득한 눈을 크게 뜨고 그를 바라보았다.

"어머, 그것도 질문이라고 하세요? 내가 그 공원에서 자전거 타는 것이 안 보이세요?"

그녀가 버릇없게 들릴 정도로 농담을 했다. 블링커가 말했다.

"나는 높은 공장 굴뚝에 벽돌 쌓는 일을 합니다. 코니를 함께 구경하면 어떨까요? 나는 혼자이고 코니아일랜드에는 처음 가거든요."

"당신이 얼마나 예의 바르게 행동하는가에 달렸어요. 그곳에 갈 때까지 그 제안에 대해 생각해 보죠."

블링커는 거절당하지 않기 위해 수고를 아끼지 않았다. 또한 그녀를 즐겁게 하기 위해 갖은 애를 썼다. 그가 자기 직업이라고 말한 엉뚱한 일에 비유하자면, 그는 높은 굴뚝에 벽돌을 한장 한장 쌓는 노고를 기울여 마침내 건축물의 구조가 안정되고 완성되었다. 최고 상류사회의 예의범절이란 결국 단순함이다. 그녀는 그 같은 성품을 타고났기 때문에 처음부터 서로 이야기가 잘 통할 준비가 되어 있었던 셈이다.

블링커는 그녀의 나이가 스무 살이고, 이름은 플로렌스라는 것을 알게 되었다. 여성용 모자 상점에서 모자 장식하는 일을 하며, 그녀가 제일 좋아하는 친구이자 제화점 점원인 엘라와 가구 딸린 셋방에서 살고, 우유 한 컵과 머리를 땋을 동안 삶아진 계란이면 아침 식사로 거뜬하다는 것도 알게 되었다. 그의 이름이 블링커라는 말을 듣자 플로렌스가 웃었다.

"글쎄요, 상상력이 풍부하시군요. 그냥 스미스라고 하세요."

코니에 도착한 그들은 노래와 춤과 촌극 등 동화의 나라로 난 여러 길을 따라 즐거움을 찾는 인파 속으로 빠르게 밀려들어 갔다.

블링커는 잠시 판단을 유보한 채, 들뜬 인파로 붐비는 사원과 탑과 길거리 매점들을 호기심 어린 눈과 식견 있는 안목으로 바라보았다. 서민들이 그를 짓밟고 밀치고 둘러쌌다. 수많은 사람들이 그에게 부딪혔다. 사탕으로 손이 끈적거리는 아이들이 발밑에서 넘어져 아우성을 치며 그의 옷에 녹은 사탕을 칠해 놓았다. 매점에서 어슬렁거리는 버릇없는 청년들이 어렵게 얻은 지팡이를 한쪽 팔에 끼우고 쉽게 얻은 여자들을 다른 팔에 안고서 싸구려 담배 연기를 그의 얼굴에 시비조로 불어 댔다. 확성기를 든 홍보 인원들이 굉장한 물건들이 놓인 점포들 앞에 서서 그의 귀에 대고 나이아가라 폭포 같은 소리를 질러 댔다. 놋쇠, 갈대, 가죽, 줄 등에서 비틀어 짜낸 온갖 종류의 음악이 경쟁자를 이기려는 듯 공기를 두드리며 서로 싸워 댔다. 그러나 블링커를 가장 놀라게 한 것은 수많은 프롤레타리아 군중이었다. 그들은 우스꽝스럽고 겉만 번드르르한 값싼 허구 속에서 소리 지르고 헤쳐 나가고 서두르고 숨을 헐떡거리면서 부끄러움을 모르는 방종을 따라

138

자제할 수 없는 광란 속에 몸을 던지고 있었다. 그 천박함이란 이루 말할 수가 없었다. 그의 계급에 속한 사람들이 중요시하는 절제와 미에 대한 감각은 완전히 무시해 버린 그 모든 것이 그를 역겹게 했다.

그는 혐오감을 느끼며 얼굴을 돌려 옆에서 걷고 있는 플로렌스를 바라보았다. 그녀는 활기차게 웃으면서 송어 연못의 물처럼 맑고 깨끗하고 행복한 눈으로 모든 것을 바라보고 있었다. 그녀의 눈은 그들의 주인님, 즉 매혹적인 놀이동산의 열쇠를 쥔 신사가 — 적어도 지금은 — 바로 자신의 친구로 함께 있으니 그들이 마음껏 즐겁고 행복한 시간을 보낼 권리가 있다고 말하고 있었다.

블링커가 그녀의 표정을 올바로 이해하지는 못했지만 무슨 기적이 일어났는지 갑자기 코니가 제대로 보였다. 더 이상 조야한 즐거움을 찾는 천박한 대중으로 보이지 않았다. 이제 그는 수많은 진정한 이상주의자들을 보고 있었다. 그들은 이제 그를 불쾌하게 만들지 않았다. 금속 장식으로 빛나는 궁전들이 주는 야한 즐거움이 비록 모조품이고 가짜이기는 하지만 그 번쩍이는 표면 아래에는 정처 없는 사람들의 마음에 구원과 적절한 위안과 만족을 주는 무엇인가가 있었다. 속은 비었으나 이곳에는 적어도 로맨스의 껍데기라도 있었다. 비록 몇 야드 안 되는 곳에서의 여행이지만 빛나는 기사도의 투구, 안전하지만 숨 가쁘게 하는 놀이 기구의 모험, 동화의 나라로 실어다 주는 마술 융단 등 이곳에는 적어도 로맨스의 껍데기가 있었다. 더 이상 그들이 하층민으로 보이지 않고 이상을 추구하는 형제들처럼 보였다. 여기엔 시나 예술이 주는 것과 같은 매력은 없다. 그러나 그들의 화려한 공상은 노란색 옥양목을 금으로 만든 천으로, 확성기를 기쁨을 알리는 은 나팔로 변화시켰다.

겸손해진 블링커는 마음의 팔소매를 걷어붙이고 이상주의자들에 합류했다.

"당신은 의사 선생님 같군요." 그가 플로렌스에게 말했다. "이 즐거운 동화 나라를 어떤 식으로 관람하면 좋을까요?"

"저기부터 시작해요." 해변에 있는 놀이 탑을 가리키며 공주님이 말했다. "그리고 나머지를 모두 하나씩 타는 거예요."

그들은 여덟 시에 돌아가는 유람선에 탔다. 기분 좋을 만큼의 피곤에 싸인 채 뱃머리에 있는 난간에 기대앉아 이탈리아 인들이 바이올린과 하프를 연주하는 것을 들었다. 블링커는 모든 염려를 내던져 버렸다. 노스우드는 이제 그에게 사람이 살 수 없는 황야처럼 보였다. 서명하는 문제를 놓고 왜 그렇게 소란을 피웠단 말인가. 쳇! 서명을 백 번이라도 할 수 있을 것 같았다. 그리고 그녀의 이름은 그녀만큼이나 아름다웠다. 플로렌스, 그는 그녀의 이름을 수백 번도 더 되뇌었다.

유람선이 노스 리버 부두에 다다를 때쯤 굴뚝이 두 개 달린 충충한 색깔의 외국 배처럼 보이는 기선이 만灣을 향해 움직이고 있었다. 유람선은 조선대를 향해 방향을 틀었다. 기선은 강 중간을 향하는 것처럼 방향을 바꿔 물러나면서 속도를 높이는 듯더니 엄청난 충격을 가하면서 코니 유람선의 뒤쪽 옆구리를 치고 들어왔다.

유람선에 타고 있던 600명의 승객들 대부분이 놀라 소리를 지르며 갑판으로 달려갔다. 그때 선장이 기선을 향해 뒤로 물러가면 갈라진 곳이 드러나면서 물이 들어오게 되니까 가만히 있으라고 고함을 쳤다. 그러나 기선은 사나운 톱상어처럼 무자비하게 전속력으로 몸을 뒤로 빼더니 파도를 헤치고 가 버렸다.

유람선 뒤쪽이 가라앉기 시작했지만 그래도 조선대 쪽을 향해 서서히 움직이고 있었다. 승객들은 보기에 민망할 정도로 아우성치고 있었다.

블링커는 유람선이 바로 설 때까지 플로렌스를 꼭 안고 있었다. 그녀는 소리 지르거나 두려워하는 내색을 하지 않았다. 그는 의자에 올라가 머리 위에 있는 판석을 뜯어내고 구명대를 몇 개 꺼냈다. 그중 하나를 플로렌스에게 입히고 죔쇠를 잠그기 시작했다. 그러나 구명대의 부식된 천이 찢어지면서 쓸모없는 코르크 부스러기들이 쏟아졌다. 플로렌스가 그것을 한 움큼 집어 들고는 깔깔대고 웃었다.

"아침 식사 때 먹는 음식 같군요. 벗겨 주세요. 소용없어요."

그녀는 구명대를 벗어 갑판에 던졌다. 그리고는 블링커에게 앉으라 하고 곁에 앉아서 자신의 손을 그의 손에 올려놓았다.

"우리가 부두에 안전하게 도착할 수 있을까요?"

그녀는 이렇게 말하고 나지막하게 콧노래를 부르기 시작했다.

이제 선장이 승객들 사이를 다니며 질서를 유지시켰다. 유람선은 틀림없이 조선대로 갈 테니 여자들과 어린이들은 먼저 내릴 수 있도록 뱃머리로 가라고 명령했다. 배 뒷부분이 물속에 깊이 잠긴 채로 유람선은 선장이 약속한 곳으로 씩씩하게 나아갔다.

플로렌스가 팔과 손으로 그를 꼭 안고 있을 때 블링커가 말했다.

"사랑해요."

"모두들 하는 말이에요."

그녀가 가볍게 말했다.

"나는 '모두' 중 한 명이 아니에요. 나는 지금까지 한 번도 누군가를 사랑한 적이 없어요. 평생을 당신과 함께 살아도 매일 행복할 것 같아요. 나는 부자예요. 당신을 편안히 살게 해 줄 수 있어요."

"모두들 그렇게 말하지요."

그녀가 무심하게 노래를 만들어 부르며 말했다.

"다시는 그런 말 하지 말아요."

블링커의 흥분한 목소리에 놀란 그녀가 그를 바라보았다.

"왜 그런 말을 하면 안 되죠? 정말로 그랬는걸요."

그녀가 침착하게 물었다.

"누가 그랬다는 말입니까?"

난생 처음으로 질투심을 느끼며 그가 물었다.

"그야, 내가 알고 있는 남자들이지요."

"남자를 많이 아나요?"

"오, 글쎄요. 나는 인기 없는 여자가 아니니까요."

그녀가 약간의 자만심을 드러내며 말했다.

"그들을… 그런 남자들을 어디서 만나요? 집에서 만나나요?"

"물론 아니죠. 바로 당신을 만난 것처럼 만나요. 때로는 유람선에서, 때로는 공원에서, 때로는 거리에서도 만나죠. 나는 남자를 잘 알아봐요. 뻔뻔스러운 행동을 하려 들지 어떨지 1분 만에 알 수 있어요."

"뻔뻔스러운 행동이라는 건 무슨 말이죠?"

"그건 키스를 하려 든다는 얘기죠."

"그렇게 하려던 남자가 있었나요?"

블링커는 이를 악물면서 말했다.

"물론이죠. 그들 모두 다요. 당신도 알잖아요."

"허락했나요?"

"일부는요. 많지는 않아요. 거절하면 데리고 나가지를 않는걸요."

그녀가 고개를 들어 탐색하듯 블링커를 바라보았다. 그녀의 눈은 어린아이처럼 순수해 보였다. 그녀의 눈에 그를 이해할 수 없다는 듯 당혹스러운 빛이 어렸다.

"남자들을 만나는 것이 뭐가 잘못됐나요?"

"전부 다 잘못됐어요. 왜 그들을 당신이 사는 집에서 만나 즐기지 않는 거죠? 톰이나 딕이나 해리를 길에서 골라야 할 필요가 있나요?"

그의 가혹한 대답을 들으며 그녀는 천진난만한 눈길로 그의 눈을 바라보고 있었다.

"당신이 내가 사는 곳을 본다면 그런 질문은 하지 않을 거예요. 나는 벽돌 가루 동네에 살아요. 이렇게 부르는 이유는 벽돌에서 떨어진 붉은 가루가 온 동네에 흩어져 있기 때문이죠. 거기서 4년 이상 살았어요. 손님을 초대할 만한 장소가 없어요. 아무나 방에 들어오게 할 수는 없잖아요. 어떻게 하겠어요? 여자가 남자들을 만나는 건 당연하지 않나요?"

"그래요." 그가 목이 잠긴 소리로 말했다. "여자는 남자를 만나야 아니, 남자들을 만나야 해요."

"남자가 처음으로 길거리에서 내게 말을 걸었을 때는… 집에 달려가서 밤새도록 울었어요. 하지만 익숙해졌어요. 교회에서는 좋은 남자들을 많이 만나요. 비 오는 날 교회 문 앞에 서 있으면 누군가 와서 우산을 받쳐 주지요. 우리 집에도 거실이 있었으면 좋겠어요. 그러면 당신을 초대할 수 있을 거예요, 블링커 씨. 그런데 아직도 스미스 씨가 아니라고 우기실 건가요?"

배가 육지에 안전하게 정박했다. 블링커는 낭패를 당한 표정으로 여자와 함께 도시를 가로지르는 적막한 길을 걷다가 모퉁이에서 멈추었다. 여자가 손을 내밀며 말했다.

"여기서 한 블록만 더 가면 내가 사는 곳이에요. 즐거운 오후 시간을 보내게 되어 감사해요."

블링커는 뭐라고 중얼거리더니 북쪽으로 서둘러 달려가다가 택시를 발견하고는 올라탔다. 커다란 회색 교회가 그의 오른편에서 서서히 모습을 드러냈다. 블링커는 창문 밖으로 손을 내밀어 교회를 향해 휘두르며 낮은 목소리로 외쳤다.

"나는 지난주 당신에게 천 달러를 기부했어. 그런데 그녀가 바로 당신의 문에서 남자들을 만나다니. 뭔가 잘못됐어. 뭔가 잘못됐어."

다음 날 열한 시에 블링커는 올드포트 변호사가 마련한 새로운 펜으로 서른 번이나 서명했다.

"이제 노스우드로 가겠어요."

그가 퉁명스럽게 말했다.

"기분이 안 좋아 보이는군. 여행을 하면 나아질 거야. 그 전에 내가 어제와 5년 전에 말했던 사업에 관련된 작은 문제를 하나 해결해야 되네. 5년 임대 계약을 다시 체결해야 하는 건물이 열다섯 채쯤 있어. 자네 아버지가 이 계약 조건을 약간 바꿀까 고려했는데 결국 못하고 말았지. 그는 이 집들의 거실을 다시 세주지 말고 세 든 사람들이 응접실로 쓸 수 있도록 허용해 주려고 했었네. 그 집들은 상가에 있고 주로 일하는 젊은 여성들이 세 들어 살고 있네. 그래서 그녀들은 사람들을 밖에서 만날 수밖에 없는 형편이지. 이 붉은 벽돌집들은……."

블링커가 올드포트 변호사의 말을 막고 큰 소리로 부자연스럽게 웃으며 말했다.

"분명히 벽돌 가루 동네군요. 내가 소유하고 있고요. 내 말이 맞지요?"

"세 든 사람들이 그렇게 이름을 붙였네."

올드포트 변호사가 말했다.

블링커가 일어나 모자를 눈 있는 데까지 눌러쓰며 거칠게 말했다.

"마음대로 하세요. 개조를 하든지 불태워 버리든지 불도저로 밀어 버리든지요. 하지만 이건 너무 늦었어요. 너무 늦었다고요. 너무 늦었어요."

황홀한 옆얼굴

The Enchanted Profile

  여자 칼리프(이슬람 국가 지배자의 호칭 : 옮긴이)는 거의 없다. 여자는 기질상으로나 본능적으로나 성대의 특성으로나 태어날 때부터 세혜라자드(아라비안나이트에 나오는 페르시아 왕의 아내. 천 일 동안 매일 밤 왕에게 한 가지이야기를 들려주어 죽음을 면함 : 옮긴이)이다. 오늘날도 매일 수많은 이슬람고관의 딸들이 자신들의 술탄(이슬람교 국가 군주 : 옮긴이)에게 천일야화를 들려주고 있다. 그러나 조심하지 않는다면 활시위가 그들 중 몇 명을 맞히게 될 수도 있을 것이다.

  그럼에도 불구하고 나는 여자 칼리프에 대한 이야기를 들었다. 정확히 말하자면 아라비안나이트식 이야기는 아니다. 이 이야기에는 다른 시대, 다른 나라에서 행주를 휘두르는 신데렐라가 등장하기 때문이다. 따라서 ― 동양적인 정서가 가미되도록 ― 시대가 혼합된 것에 대해 독자들이 상관하지 않는다면 이야기를 계속하고자 한다.

  뉴욕에는 아주 오래된 호텔이 있다. 독자들도 이 호텔의 목판화를 신문에서 보았을지 모르겠다. 이 호텔은 포틴스 거리에서 보스턴과 해머스타인 사무실까지 가는 길이 인디언들이 밟아 다져 놓은 길밖에 없었을 때 세워졌다. 머지않아 이 오래된 숙박업소는 허물어질 것이다. 우람한 벽에 금이 가고 벽돌들이 포효하는 소리를 내며 떨어져 내리면 수많은 시민들이 가까운 길모퉁이에 모여 아끼던 낡은 기념물이 파괴되는 것을 애도할 것이다. 새로운 바그다드의 시민들은 자긍심이 강하다. 이 기념비적 건물이 무너지는 데 대해 가장 눈물을 많이 흘리고 가장 큰 소리로 울 사람은 호텔에 관한 다정한 기억이라고는 1873년에 무료 급식을 먹으러 왔다가 쫓겨난 기억밖에 없는 테러호트(미국 인디애나 주에 있는 도시. 과거 인디언 종족들의 집결지 : 옮긴이) 출신의 한 남자일 것이다.

그 호텔에는 언제나 매기 브라운 부인이 머물렀다. 앙상한 체격의 브라운 부인은 예순 살 가량 되었고, 낡디 낡은 검정 옷에 아담이 악어라고 부르기로 한 동물의 가죽으로 만든 손가방을 들고 다닌다. 그녀는 이 호텔 꼭대기 층에 있는 거실이 딸린 작은 침실에 하루 2달러의 숙박료를 내고 머물렀다. 그녀가 이곳에 있을 때면 잘생긴 수많은 남자들이 잠깐이라도 그녀를 보기 위해 애타는 심정으로 매일같이 모여든다. 사람들 말에 따르면 매기 브라운 부인은 세계에서 세 번째로 부유한 여성이다. 이곳에 모여드는 신사들은 겨우 이 도시에서 부자라고 불리는 브로커들과 사업가들로, 선사시대의 손가방을 들고 거무스름한 옷을 입은 노부인에게서 겨우 6백만 달러 정도의 푼돈을 빌릴 수 있을까 하고 찾아오는 사람들이다.

아이다 베이츠 양은 아크로폴리스 호텔 (자! 드디어 호텔 이름을 말해 주었다)의 속기사이자 타이피스트이다. 그녀는 그리스 고전작품에 나올 법한 모습을 하고 있다. 전혀 흠이 없는 외모이다. 어느 노신사는 숙녀에게 '그녀를 사랑하는 것 자체가 인문 교육이다' 라며 경의를 표하기도 했다. 아니, 베이츠 양의 검은 머리칼과 깔끔한 흰색 블라우스를 보는 것만 해도 미국에 있는 여느 통신교육학교 전과목을 수강한 것과 다를 바 없었다. 그녀는 때때로 나를 위해 타이프를 쳐 주었다. 그런데 선불을 거절하는 걸 보면 나를 친구나 후견인 정도로 생각하는 듯했다. 그녀는 매우 친절하고 성격이 좋았다. 화장품 외판원이나 모피 수입상조차도 그녀 앞에서는 함부로 행동하지 못했다. 비엔나에 살고 있는 호텔 소유주에서부터 16년째 병상에 있는 수석 짐꾼에 이르기까지 아크로폴리스 호텔의 모든 사람들은 그녀를 옹호하기 위해서라면 언제라도 기꺼이 달려오려고 했다.

하루는 내가 베이츠 양의 작은 타이프실 앞을 지나가다가 그녀의 자리에서 사람처럼 보이는 검정 머리의 누군가가 집게손가락 두 개로 타자기 자판을 두드리는 것을 보았다. 별일도 다 있다고 생각하면서 그냥 지나쳤고 다음 날 2주간의 휴가를 떠났다. 휴가에서 돌아와 아크로폴리스 호텔의 로비를 지나다가 전과 다름없이 그리스적이고 친절하고 흠이 없는 베이츠 양이 즐거웠던 옛날의 작은 기쁨을 드러내며 막 타자기 커버를 덮고 있는 것을 보았다. 퇴근 시간이었다. 그녀는 나에게 잠깐 들어와 구슬 의자에 앉으라고 말했다. 베이츠 양은 다음과 같은, 아니면 다음과 비슷한 말로 어디 갔다가 호텔로 다시 돌아왔는지에 대해서 이야기하기 시작했다.

"그런데 선생님 소설은 잘되어 가세요?"

"적당하게 써집니다. 팔리는 만큼 써지지요."

"죄송해요. 소설을 쓸 때는 타이프 잘 치는 것이 중요한데. 제가 없어서 불편하셨죠?"

"내가 알고 있는 사람들 중에 허리띠, 세미콜론, 호텔 손님, 머리핀 등을 아가씨처럼 가지런하게 배열해서 치는 사람은 본 적이 없어요. 그런데 아가씨도 어디 다녀왔더군요. 어느 날 아가씨 자리에 박하 소화제 꾸러미처럼 생긴 사람이 앉아 있는 걸 봤어요."

"선생님께서 다른 이야기를 안 하셨더라면 바로 그 이야기를 하려던 참이었어요. 물론 선생님께서도 이곳에 머무르는 매기 브라운에 대해 알고 계시겠죠. 재산이 4천만 달러나 된다고 들었어요. 그런데 집은 저지에 있는 10달러짜리 아파트래요. 부통령 후보를 지망하는 대여섯 명의 사업가들보다도 더 많은 현금을 항상 보유하고 있다죠. 그녀가 그 돈을 스타킹 속에 넣고 다니는지 어떤지는 모르지만 이 도시에서 황금 송아지를 숭배하는 사람들 사이에서 엄청나게 인기가 있다는 건 알고 있어요.

2주 전쯤에 브라운 부인이 이 사무실 문 앞에 서서 목을 길게 빼고 한 10분 동안 나를 유심히 보더군요. 그녀가 옆에서 나를 보고 있는 동안에도 저는 토노파에서 온 노신사분의 구리광산 사업 제의서를 여러 장 치고 있었어요. 하지만 저는 일을 하면서도 주변에서 일어나는 모든 일을 항상 보고 있지요. 일을 열심히 할 때는 옆머리에 꽂은 핀을 통해서도 보고요, 블라우스 등에 있는 단추 중 하나를 열어 놓고 누가 내 등 뒤에 있는지를 보기도 하지요. 저는 그녀를 쳐다보지 않았어요. 주당 18달러에서 20달러를 버는데 그럴 필요가 없지요.

그날 저녁 퇴근 시간에 그녀가 나를 자신의 방으로 오라고 하는 거예요. 나는 약속 어음, 담보권 서류, 계약서 등을 2천 장쯤 치게 하고 팁으로 겨우 10센트쯤 주겠지 생각했어요. 하지만 갔어요. 그런데 선생님, 정말로 놀랐어요. 매기 브라운 부인이 딴사람이 된 것 같았어요.

부인이 말했어요.

'처녀, 지금껏 살면서 처녀처럼 아름다운 사람은 처음 봐요. 일을 그만두고 나와 함께 살면 어떨까요. 친척은 없고 남편과 아들 한두 명이 있지만 거의 연락을 하지 않아요. 게다가 나처럼 열심히 일하는 여자에게 그들은 큰 짐일 뿐이지요. 처녀가 내 딸이 되어 주면 좋겠어요. 사람들은 나더러 인색하고 야비하다고 말해요. 신문에서도 내가 직접 요리도 하고 빨래도 한다고 거짓말을 했어요. 그건 거짓말이에요. 손수건이나 스타킹, 속치마, 칼라 같은 가벼운 것만 내가 세탁하고 나머지는 세탁소에 맡겨요. 나는 현금과 주식, 채권을 합해 4천만 달러를 가지고 있어요. 모두 스탠더드 오일에서도 통용이 되고 교회 자선 사업에서도 환영을 받지요. 하지만 나는 외로운 여자이고 가까이 지낼 사람이 필요해요. 처녀는 지금껏 내가 본 사람 중에서 가장 아름다운 사람이에요. 와서 나와 함께 살지 않겠어요? 내가 돈을 쓸 수 있다는 것을 그들에게 보여 주겠어요.'

선생님이라면 어떻게 하셨겠어요? 물론 수락했지요. 그리고 솔직히 말하면 매기 부인이 좋아지기 시작했어요. 단지 그녀가 4천만 달러를 가지고 있고 저에게 뭔가를 해 줄 수 있기 때문만은 아니었어요. 저 역시 외로운 사람이었거든요. 우리 모두가 왼쪽 어깨가 아프다거나 에나멜가죽 구두에 금이 가면 얼마나 빨리 닳는지에 대해 설명해 줄 수 있는 누군가가 필요하잖아요. 호텔에서 만난 남자들에게는 그런 이야기를 할 수 없어요. 바로 그런 건수를 찾고 있는 사람들

152

인 걸요.

그래서 호텔 일을 버리고 브라운 부인에게 갔어요. 부인은 정말로 내가 마음에 들었나 봐요. 앉아 있거나 책을 읽거나 잡지를 볼 때면 반 시간 정도 줄곧 저를 바라보곤 했어요.

하루는 부인에게 물었어요.

'저를 보면 생각나는 세상을 뜬 친척이라든가 어린 시절의 친구라도 있으세요, 부인? 가끔씩 저를 아주 유심히 바라보시는 것 같아요.'

'처녀 얼굴은 나의 가장 친한 친구와 똑같이 생겼어. 하지만 나는 처녀 그대로도 좋아해.'

부인이 이렇게 대답하는 거예요.

그런데 선생님, 부인이 무슨 일을 했는지 짐작하시겠어요? 코니아일랜드의 물결을 본뜬 파마 머리처럼 풀려 버렸어요. 나를 최고급 의상실에 데리고 가더니 옷을 종류대로 주문하는 거예요. 돈에 구애 받지 말고 빨리 만들어 달라면서요. 부인이 아예 의상실 문을 닫고 전 직원을 동원해 내 옷을 만들게 했어요.

그러고 나서 우리가 어디로 갔는지 아세요? 아뇨, 다시 알아맞혀 보세요. 맞아요, 숙소를 본뜬 호텔로 옮겼어요. 방이 여섯 개이고 하루 숙박비가 100달러인 객실로 말예요. 저도 청구서를 봤어요. 그리고 그 노부인을 사랑하기 시작했어요.

그리고 선생님, 옷들이 오기 시작하는데요 오, 말을 하지 않겠어요! 이해할 수 없으실 거예요. 나는 부인을 매기 숙모라고 부르기 시작했어요. 물론 신데렐라를 읽어 보셨겠지요. 왕자님이 발에 치수가 3.5인 신발을 신겨 주었을 때 신데렐라가 한 말은 제가 저 자신에게 한 말에 비하면 신세타령에 불과할 거예요.

그러더니 매기 숙모가 나를 위해 본튼 호텔에서 사교계 데뷔 연회를 열어 주겠다고 했어요. 피프스 애버뉴에 사는, 이름에 '반' 자가 들어가는 유력한 네덜란드 집안은 모두 참석하게 만들 거라면서요.

제가 이렇게 말했어요.

'저는 이미 데뷔한 적이 있어요, 매기 숙모. 하지만 다시 데뷔하겠어요. 아시겠지만 이곳은 시내에서 최고급 호텔이잖아요. 이런 말씀을 드리기는 죄송하지만 유력 인사들을 한데 모이게 하는 일이 자주 하셨던 일이 아니면 어려울 텐데요.'

매기 숙모가 말했어요.

'걱정 말아라 얘야. 초대장을 보내지는 않을 거란다. 명령을 할 거다. 에드워드 왕이나 윌리엄 트래버스 제롬이 아니면 어느 연회에도 다시 모이게 할 수 없는 하객들을 50명쯤 부르마. 물론 그들은 나에게 부채가 있거나 앞으로 돈을 빌리려고 하는 남자들이지. 그들 중 일부는 부인이 오지 않겠지만 대부분은 부부가 함께 올 거다.'

선생님도 만찬에 오셨더라면 좋았을 거예요. 식기들은 모두 금 아니면 컷글라스였어요. 매기 숙모와 저 외에도 남자가 마흔 명, 여자가 여든 명 정도 있었어요. 세계에서 세 번째로 부자인 여성을 알게 되면 놀라실 거예요. 매기 숙모의 검은 실크 드레스는 수많은 금은 구슬로 치장해 움직일 때마다 우박 쏟아지는 소리가 났어요. 전에 아파트에 사는 친구 집에서 밤을 샐 때 들은 우박 떨어지는 소리와 똑같았어요.

그리고 내 드레스요! 쓸데없는 소리는 하지 않겠어요. 레이스는 모두 손으로 직접 만든 것들이었어요. 값이 300달러나 했어요. 청구서도 봤어요. 남자들은 모두 대머리거나 아니면 하얀 구레나룻을 기르고 있었어요. 3퍼센트, 브라이언, 면화 수확 등의 말을 연속 사격을 하듯 쉬지 않고 재치 있게 주고받았어요.

내 왼쪽에 있는 사람은 은행가 같았고요, 오른쪽에 있는 젊은 남자는 신문에 삽화를 그리는 사람이라고 했어요. 그 남자만이…, 그런데 제가 선생님께 말씀 드리려고 했었어요.

저녁 식사가 끝나자 브라운 부인과 나는 호텔 방으로 올라갔어요. 홀을 따라 신문 기자들이 계속 몰려들어 겨우 빠져나왔어요. 그게 다 돈 덕분이었죠. 그런데 혹시 래트로프라는 이름의 삽화가를 아세요? 키가 크고 눈이 멋지고 말씀씨가 있는 남자였어요. 어떤 신문사에서 일하는지는 모르겠어요. 그건 그렇고요.

위층으로 올라가자 브라운 부인은 당장 청구서를 가져오라고 전화를 했어요. 계산서가 와서 보니 600달러였어요. 저도 계산서를 봤어요. 그런데 매기 숙모가 기절을 하는 거예요. 안락의자에 눕히고 구슬꾸러미 같은 드레스를 풀어 주었죠.

정신이 들자 부인이 말했어요.

'얘야, 이게 뭐냐? 숙박료가 올랐다는 거냐, 아니면 소득세 고지서냐?'

'간단한 저녁 식사 청구서일 뿐이에요.' 내가 말했죠. '걱정하실 거전혀 없어요. 새 발에 피도 안 되는걸요. 앉아서 보세요.'

그런데 선생님, 매기 숙모가 어땠는지 아세요? 잔뜩 겁을 먹고 있었어요. 다음 날 아침 9시에 본튼 호텔에서 황급히 나를 데리고 나가더니 웨스트 사이드 남부에 있는 하숙집으로 옮겼어요. 수도는 아래층에 있고 전깃불은 위층에나 켜지는 셋집이었어요. 이사를 간 방에서 보이는 거라고는 1,500달러짜리 최고급 드레스와 버너가 하나인 가스스토브뿐이었어요.

매기 숙모가 갑자기 엄청난 구두쇠가 된 거예요. 누구든 인생에 한 번은 돈을 물 쓰듯 할 거라고 생각해요. 하이볼 술을 마시는 남자도 있고 옷에 정신을 잃는 여자도 있지요. 하지만 4천만 달러나 가지고서 말예요! 저는 사진만이라도 보면 좋겠어요. 사진 얘기가 나왔으니 말인데요, 래트로프라는 키가 큰 신문 삽화가를 만나 본 적 있으세요? 오, 이미 여쭤봤죠? 만찬 때 나한테 정말 친절했어요. 목소리가 마음에 꼭 들었어요. 아마 그는 내가 매기 숙모의 돈을 일부 상속할 거라고 생각했을 거예요.

사흘 동안 함께 살면서 정말 힘들었어요. 매기 숙모는 전과 마찬가지로 친절했어요. 제가 반드시 근처에 있게 했지요. 하지만 제 말 좀 들어 보세요. 브라운 부인은 구두쇠 카운티에 있는 구두쇠 마을에서 온 구두쇠였어요. 하루에 쓸 돈을 75센트로 제한해 놓았지 뭐예요. 끼니때마다 직접 요리를 하고요. 1,000달러에 달하는 최신 유행 옷을 입고 버너가 하나뿐인 가스스토브에서 묘기를 부리는 저를 한번 생각해 보세요.

말씀드렸다시피 사흘째 되는 날 도망쳐 나왔어요. 발렌시엔 레이스가 박힌 150달러짜리 실내복을 입고 15센트짜리 콩팥 스튜를 휘젓는 일을 더 이상 견딜 수가 없었어요. 그래서 브라운 부인이 사 준 옷 중에서 제일 싼 옷으로 갈아입었어요. 지금 입고 있는 옷이 바로 그 옷이에요. 75달러짜리 옷 치고는 괜찮죠? 제 옷은 모두 브룩클린에 사는 여동생 아파트에 두고 왔어요.

나는 부인에게 이렇게 말했어요.

'브라운 부인, 전에는 매기 숙모라고 불렀지만 이제는 이 셋방에서 되도록 빨리 떠날 거예요. 나는 돈을 숭배하지는 않지만 참을 수 없는 것이 있어요. 숨을 한 번 내쉬어서 뜨거운 새와 차가운 병을 동시에 만들어 낸다는, 책에서 읽은 전설 속의 괴물은 참을 수 있을지 몰라도 이렇게 태도가 돌변하는 것은 견딜 수 없어요. 부인은 4천만 달러나 가지고 있다면서요. 앞으로도 그 이하는 절대로 아닐 거예요. 그리고 저도 부인이 좋아지기 시작했어요.'

전에 매기 숙모였던 부인이 떠나지 말라고 하더니 결국 눈물을 흘리며 우는 거예요. 버너 두 개 달린 스토브와 수돗물이 나오는 고급 숙소로 옮기자고 하더군요. 그녀가 말했어요.

'나는 돈을 너무 많이 썼단다, 얘야. 당분간은 절약해야 해. 너는 내가 지금껏 본 사람 중에 가장 아름답단다. 네가 떠나지 않았으면 한다.'

하지만 지금 보시다시피 아크로폴리스로 곧장 되돌아와 일자리를 다시 달라고 부탁해서 얻게 되었어요. 소설이 어떻게 되어 간다고 하셨죠? 제가 타이프를 쳐 드리지 않아 손해를 보셨을 거예요. 삽화도 넣으셨나요? 아, 그런데 혹시 신문 삽화가, 오, 이 말은 그만 해야지! 전에도 여쭤봤었죠. 그가 어떤 신문사에서 일하는지 궁금해요. 우습지만 제가 매기 브라운에게서 받을 거라고 생각했을 그 돈을 그가 기대한 것은 아닐 거라는 생각을 떨쳐버릴 수가 없어요. 내가 신문 편집장들 중 몇 명만 알았더라면……."

문 쪽에서 가벼운 발자국 소리가 들렸다. 아이다 베이츠가 뒷머리에 꽂은 핀을 통해 누가 왔는지를 보았다. 조각처럼 완벽한 그녀의 얼굴이 분홍빛으로 변했다. 피그말리온이나 일으킬 수 있는 기적이었다. 그녀가 사랑스럽게 간청했다.

"실례해도 되죠? 래트로프 씨예요. 정말로 돈 때문에 나에게 호감을 보인 것이 아닐까 궁금했어요. 만약 그가 정말로……."

물론 나는 그들의 결혼식에 초대 받았다. 식이 끝난 후에 나는 래트로프를 한쪽으로 데려왔다.

"자네는 예술가인데, 매기 브라운이 왜 베이츠 양을 그렇게 애지중지했는지 알아차렸나? 내가 보여주지."

신부는 고대 그리스 의상처럼 아름답게 주름이 잡힌 단순한 디자인의 흰색 드레스를 입고 있었다. 작은 객실에 있는 장식 화환 중 하나에서 이파리들을 따 작은 화관을 만들어 베이츠의 빛나는 갈색 머리에 씌워 주고 그녀의 옆얼굴을 남편 쪽으로 돌려서 보여 주었다.

그가 말했다.

"아니 이런! 아이다가 1달러짜리 은 동전 속에 새겨져 있는 여자의 얼굴과 꼭 닮았잖아요?"

가구 딸린 셋방

The Furnished Room

웨스트 사이드 남부의 붉은 벽돌 지역에 거주하는 수많은 사람들이 흐르는 시간처럼 불안하고 정처 없고 덧없이 살고 있다. 그들에겐 집이 없지만 수많은 집을 가지고 있다. 그들은 가구 딸린 셋방을 여기저기 옮겨 다니는 영원한 방랑자들이다. 셋방뿐 아니라 마음도 한 곳에 머물러 있지 못한다. 그들은 '즐거운 나의 집'을 재즈 가락으로 부르고, 수호신과 가보家寶를 판지 상자에 넣어 가지고 다닌다. 그들에게는 모자 테에 감아 놓은 포도나무 덩굴이 포도밭이고, 고무나무가 무화과나무이다.

따라서 이 지역 집들에는 머물렀던 수많은 거주자들만큼이나 많은 이야기가 떠돌고 있다. 대부분은 말할 나위 없이 지루한 이야기들일 것이다. 그러나 그토록 많은 떠돌이 손님들이 머물다 간 자취에서 유령 한둘 발견하지 못한다면 그것도 이상한 일이다.

어느 날 저녁, 날이 저문 뒤 한 젊은이가 다 쓰러져 가는 붉은 저택들 사이를 배회하며 집집마다 초인종을 눌렀다. 그는 열두 번째 집에 이르자 초라한 손가방을 계단에 내려놓고 모자의 리본 띠와 이마에서 먼지를 닦아 냈다. 멀리 떨어진 텅 빈 심연에서 초인종 소리가 희미하게 들려왔다.

그가 초인종을 누른 열두 번째 집에서 한 부인이 나왔다. 그는 그녀를 보자 밤을 껍데기만 남기고 다 먹어 치운 뒤 빈 속을 먹음직한 손님들로 채우려는 먹성 좋은 벌레가 생각났다.

그는 셋방이 있느냐고 물었다.

"들어오세요."

부인의 음성은 모피로 안을 댄 목에서 나오는 듯했다.

"일주일 전부터 3층 뒷방이 비어져 있어요. 한번 보시겠어요?"

젊은이가 그녀를 따라 층계를 올라갔다. 어디서 들어오는지 알 수 없는 희미한 빛이 어두운 복도를 비추고 있었다. 그들은 베틀로 짰다는 사실을 부인할 만한 층계 카펫을 소리 없이 밟았다. 카펫은 마치 식물이 되어 버린 것 같았다. 냄새 나고 햇볕이 들지 않는 공기 속에서 층계 여기저기 자라나 살아 있는 생물처럼, 발밑에서 끈적거리는 무성한 이끼로 변한 듯했다. 계단이 바뀔 때마다 벽에 안으로 파인 공간이 있었다. 어쩌면 한때는 그 안에 화초를 넣어 두었을지도 모른다. 만약 그랬더라면 악취 나고 더러운 공기 속에서 화초는 시들어 죽었을 것이다. 아니면 그곳에 성인들의 조각상을 세워 두었을 수도 있다. 그랬더라면 요정들과 악마가 어둠 속에서 그것들을 저 아래 가구가 구비된 무덤의 사악한 심연으로 끌어내렸을 것이다.

부인이 모피를 두른 목으로 말했다.

"이 방이에요. 좋은 방이에요. 자주 비어 있는 방이 아니지요. 작년 여름에는 아주 고상한 사람들이 머물렀어요. 아무 문제도 일으키지 않았고 방세도 즉시 선불로 지불했지요. 세면대는 복도 끝에 있어요. 스프롤스와 무니가 석 달 동안 살았어요. 그들은 유랑 극단에서 연극을 했다지요. 브레타 스프롤스 양을 손님께서도 아실지 모르겠네요. 오, 그건 무대에서 쓰는 이름이었지! 저기 화장대 위에다 액자에 넣은 결혼 증명서를 걸어 두었어요. 가스는 여기에 있고, 보시다시피 벽장 공간도 넓어요. 다들 이 방을 좋아하지요. 절대로 오래 비어 있는 방이 아니에요."

"극단 사람들이 여기에 많이 묵나요?"

젊은이가 물었다.

"오래 머물지는 않지만 세 드는 사람들이 극단과 관련된 경우가 많아요. 또 마침 이곳이 극장 지역이니까요, 손님. 어쨌든 연극배우들은 어느 한곳에 오래 머물지 않지요. 나는 내 몫을 받고요. 네, 그런 사람들은 잠깐 머물다 떠나요."

162

그는 일주일 치 방세를 미리 지불하기로 하고 계약을 한 후, 오늘부터 당장 머물겠다고 말했다. 그리고 돈을 세어서 내주었다. 방에는 수건에서 세면대에 이르기까지 모두 준비되어 있다고 그녀가 말했다. 집주인이 나가려고 할 때 그는 항상 생각하고 있고 이미 수없이 되풀이했던 질문을 했다.

"이 집에 머물렀던 사람들 중에 엘르와즈 바슈너라는 젊은 여자를 혹시 기억하시나요? 아마 극단에서 노래를 했을 겁니다. 중간키에 마르고 붉은빛 도는 금발의 예쁘장한 여자예요. 왼쪽 눈썹 근처에 검은 사마귀가 있고요."

"아니, 그런 이름은 기억나지 않아요. 극단 사람들은 방을 바꾸는 횟수만큼이나 이름도 자주 바꾸니까요. 그런 사람들이 수시로 드나들죠. 그래서 그런 이름은 기억을 하지 못해요."

그런 이름을 알지 못한다. 언제나 그랬다. 다섯 달 동안 계속 묻고 다녔지만 언제나 모른다는 대답뿐이었다. 낮에는 지배인, 중개상, 학교와 합창단에 물으며 돌아다녔고, 밤에는 초호화 배우들이 출연하는 공연장에서부터 혹시 그녀를 발견하게 될까 염려될 정도로 초라한 싸구려 뮤직홀에 이르기까지 모든 극장을 찾아다녔다. 누구보다도 그녀를 사랑하는 그는 그녀를 찾기 위해 애썼다. 그녀가 집에서 사라졌을 때부터 그는 사방이 물에 둘러싸인 이 큰 도시 어딘가에 그녀가 살고 있을 거라고 확신했다. 그러나 이 도시는 오늘 위쪽에 있었던 모래가 내일이면 아래쪽에서 스며 나오는 진흙 속에 묻혀 버리고 마는 무서운 모래층과도 같았다.

가구가 구비된 셋방은 매춘부의 거짓 미소처럼 꾸며 낸 친절을 보이며 열정적이면서도 초췌한 모습으로 마지못해 새로운 손님을 맞았다. 낡은 가구에서 반사되는 빛, 소파와 의자 두 개를 덮은 무늬를 넣어 짠 남루한 천, 창문 사이에 걸어 놓은 1피트 크기의 값싼 큰 거울, 한두 개의 금박 사진틀, 그리고 구석에 놓여 있는 놋쇠 침대 등에서 그나마 위로를 받았다.

투숙객이 무기력하게 의자에 기대앉아 있는 동안, 마치 바벨탑에 있는 방인 양 언어가 혼돈되어 있는 셋방은 그곳에 머물렀던 다양한 손님들에 대해 말해 주려 애쓰고 있었다.

더러운 매트는 소용돌이치는 바다 물결 같았고, 그 위에 놓은 알록달록한 융단은 화려한 꽃이 핀 열대 섬처럼 보였다. 회색 벽에는 집 없는 사람들이 머무는 숙소에서 흔히 볼 수 있는 그림들 — 위그노의 연인들, 첫 말다툼, 결혼식의 아침 식사, 샘가의 프시케(큐피드가 사랑한 아름다운 소녀 : 옮긴이) — 이 걸려 있었다. 고상하고 수수한 벽로 선반은 남성적인 여자 발레단의 허리띠처럼 비스듬히 드리워진 천으로 볼품없이 덮여 있었다. 그 위에는 방에 머물렀던 투숙객들이 새로운 항구로 떠나면서 버리고 간 물건들, 싸구려 꽃병 한두 개, 여배우 사진들, 약병, 흘리고 간 트럼프 등이 놓여 있었다.

암호문의 문자들이 드러나면서 가구 딸린 셋방에 머물렀던 손님들이 남겨 놓은 작은 물건들이 의미를 띠기 시작했다. 화장대 앞에 놓인 낡아 빠진 융단은 아름다운 여성들이 여러 명 묵었다는 것을 말해 주었다. 벽에 난 작은 손자국들은 이 방에 갇혀 있던 어린아이들이 햇빛과 공기가 있는 바깥으로 나가고 싶어했다는 것을 알려 주었다. 벽 한쪽에 액체가 튀어 생긴 자국은 폭탄이 폭발해 생기는 그림자처럼 보였다. 내용물이 든 잔이나 병을 던진 자리임을 알 수 있었다. 큰 거울을 가로질러 '마리'라는 이름이 유리 칼로 휘갈겨 쓰여 있었다. 이곳에 살던 투숙객들은 어쩌면 화려하면서도 차가운 이 방의 분위기를 참을 수가 없어서 분노를 터뜨렸는지도 모른다. 가구들은 모서리가 쪼개지거나 흠이 나 있었고, 용수철이 튀어나와 형태가 일그러진 소파는 기괴한 발작을 일으키며 살해당한 두려운 괴물처럼 보였다. 대리석으로 된 벽로 장식 선반은 그보다도 더 강한 어떤 소동 때문에 한 부분이 크게 잘려 나가 있었다. 바닥에 깔린 판자마다 한 사람 한 사람이 고뇌 가운데서 새겨 놓은 것 같은 말과 비명이 간직되어 있었다. 한때는 집이라고 불렀을 곳에 사람들이 이 모든 악의와 상처를 쏟아 부었다는 사실이 믿어지지 않았다. 그것은 어쩌면 맹목적으로 남아 있던 가정에 대한 본능이 기만을 당하자 분노를 터뜨린 것인지도 모른다. 자신의 소유라면 오두막집이라도 쓸고 꾸미고 소중히 여길 것이다.

젊은 투숙객이 의자에 앉아 이런 생각들이 그의 마음속에서 줄지어 행진하도록 하는 동안 가구들로부터 나는 소리와 냄새가 방으로 스며들었다. 어느 방에선가 참을 수 없다는 듯 느슨하게 웃는 웃음소리가 나지막하게 들려왔고 또 다른 방에서는 여자의 잔소리, 주사위 던지는 소리, 자장가 소리, 둔탁한 울음소리가 들렸다. 위층에서는 밴조(5현 현악기)를 켜는 소리가 들렸고, 어디선가 문을 탁 닫는 소리가 들려왔다. 고가철도 기차들이 내는 기적 소리도 가끔 들렸다. 뒤뜰 울타리에 앉은 고양이가 처량하게 긴 울음을 울었다. 이어 그는 집 냄새를 맡았다. 냄새라기보다는 어둠의 맛 같았다. 지하 저장고에서 나는 것 같은 곰팡내 섞인 차가운 악취가 리놀륨 바닥과 썩은 목재에서 스며 나오고 있었다.

그가 잠시 쉬고 있을 때 방 안에 갑자기 목서초의 강하고 달콤한 향기가 가득 찼다. 그 향기는 휙 부는 바람에 분명하고 강하게 실려 왔기 때문에 마치 살아 있는 사람의 방문을 받는 듯했다. 남자는 마치 누군가가 자신을 부르기라도 한 것처럼 '무슨 일이야, 당신?'이라고 큰 소리로 외치면서 벌떡 일어나 몸을 돌렸다. 강한 향기가 그를 에워쌌다. 그가 냄새나는 쪽을 향해 두 팔을 뻗는 순간 모든 감각이 혼돈

되고 뒤섞이는 듯했다. 어떻게 냄새가 이토록 분명하게 사람을 부를 수 있는 것일까? 그것은 분명히 소리였다. 그에게 손을 대고 만진 것은 소리가 아니었던가?

"그녀가 이 방에 묵었구나."

그가 소리를 지르며 방에서 흔적을 찾아내려고 벌떡 일어났다. 그는 그녀가 가졌거나 만진 물건은 아무리 작은 것이라도 알아볼 수 있었다. 방에 가득한 목서초의 향기, 그녀가 사랑했고 자기 자신의 것으로 만든 이 향기는 어디서 오는 것일까?

방은 대강만 정리되어 있었다. 얇은 경대 덮개 위에 모든 여성들의 뗄 수 없는 친구이기 때문에 사용한 여성의 감정이나 사용한 시간을 알기 어려운 머리핀이 대여섯 개 흩어져 있었다. 그것들이 누구의 것인지 확인할 수 없다는 것을 깨닫고는 무시해 버렸다. 화장대 서랍을 뒤지자 작고 낡은 손수건이 나왔다. 그는 그것을 자신의 얼굴에 가져다 댔다. 레이스가 달려 있는 손수건에서 오만한 향유초 냄새가 나자 바닥에 던져 버렸다. 다른 서랍에는 짝이 안 맞는 단추들과 극장 시간표, 전당표, 마시멜로 두 개, 꿈 해몽에 관한 책이 들어 있었다. 마지막으로 검정색 공단을 발견한 그는 얼음과 불 사이에 꼼짝 않고 멈춰 섰다. 그러나 공단 머리띠 역시 많은 여성들이 쓰는 얌전한 체하고 개성 없는 장식물이라서 쓰던 사람에 대해 아무런 이야기도 들려

주지 않았다.

이어 그는 냄새를 좇는 개처럼 방을 가로질러 다니며 벽을 살폈다. 무릎을 꿇고서 튀어나온 매트 모서리들을 손으로 만져 보고 벽로 선반과 테이블과 커튼과 벽걸이 천과 구석에 술 취한 듯 놓여 있는 캐비닛 등을 샅샅이 뒤져 그녀의 흔적을 찾으려 애썼다. 하지만 조금 전에 그녀가 그의 곁에서, 주위에서, 맞은편에서, 그의 안에서, 위에서, 그에게 달라붙어 유혹하며 그의 예민한 감각을 너무나도 통렬히 불렀기에 그의 둔한 감각조차도 소리를 인식할 수 있었다는 것을 이해할 수가 없었다. 그가 다시 한 번 큰 소리로 대답했다.

"그래, 여보!"

그리고 몸을 돌려 눈을 크게 떠 허공을 바라보았다. 목서초의 향기 속에서는 어떤 형태도 색채도 사랑도 그를 향해 뻗을 팔도 아직 분간할 수 없었다. 오, 하느님! 이 향기는 어디서 오는 것이고 언제부터 냄새가 사람을 부르는 소리를 냈나요? 그는 그렇게 계속 그녀의 흔적을 찾아 헤맸다.

갈라진 틈과 모서리들을 자세히 살펴 코르크 마개와 담배를 찾았다. 그는 약간의 경멸감을 느끼며 그것들을 내버렸다. 그러나 매트 주름 속에서 반쯤 핀 담배를 발견하자 심한 욕설과 함께 불쾌감을 드러내며 그것을 발로 짓밟았다. 그는 방 이 끝에서 저 끝까지 샅샅이 살펴 수많은 떠돌이 투숙객들이 남긴 쓸쓸하고 조악한 물건들을 찾아냈다. 그러나 그가 찾는, 어쩌면 그곳에 머물렀을지도 모르고 그 영혼이 방 위에 머물고 있을지도 모르는 여자의 흔적은 찾을 수가 없었다.

그때 그는 이 집을 관리하는 부인을 생각해 냈다.

유령이 출몰하는 방에서 아래층으로 내려가 빛이 약간 새어 나오는 문으로 다가갔다. 방문을 두드리자 그녀가 나왔다. 그는 최대한 흥분을 가라앉히려고 애쓰며 말했다.

"아주머니, 드릴 말씀이 있는데요. 제가 오기 전에 누가 그 방에 묵었나요?"

"말씀드렸다시피 스프롤스와 무니가 묵었어요. 브레타 스프롤스 양은 무대에서 쓰는 이름이고 실제 이름은 무니 부인이었어요. 이 집은 점잖은 사람들이 묵는 것으로 잘 알려져 있지요. 액자에 넣은 결혼 증명서를 못에 걸어 두고 있었어요."

"스프롤스 양은 어떻게 생겼나요?"

"글쎄요, 검은 머리에 키가 작고 뚱뚱하고 얼굴이 우습게 생겼지요. 그들은 지난주 화요일에 떠났어요."

"그들 전에는 누가 살았나요?"

"짐마차 일을 하는 남자가 혼자 살았어요. 일주일 치 방세를 내지 않고 떠났지요. 그 전에는 크로더 부인과 두 딸이 넉 달 동안 묵었어요. 또 그 전에는 도일 노인이 묵었는데 아들들이 숙박비를 내주었지요. 그는 이 방에서 여섯 달 동안 묵었어요. 그게 1년 전의 일이고 그 전 손님들은 기억이 나지 않아요."

그는 그녀에게 고맙다고 말하고 천천히 자기 방으로 돌아왔다. 방은 쥐 죽은 듯했다. 방에 생기를 불어넣었던 존재는 사라졌다. 목서초의 향기도 떠났다. 그 대신 케케묵은 가구나 창고에서 나는 오래된 곰팡내가 났다.

믿음이 고갈되면서 희망도 줄어들었다. 그는 노래하는 듯한 노란색 가스 불을 물끄러미 바라보았다. 이어 침대로 걸어가 침대보를 길게 찢기 시작했다. 그러고는 자신이 지닌 칼로 그것들을 창문과 문틈마다 빡빡하게 밀어 넣었다. 일이 마음에 들 정도로 마무리되자 그는 가스를 완전히 켜고 쾌적한 마음으로 침대에 몸을 눕혔다.

그날 밤은 맥쿨 부인이 통을 들고 맥주를 사러 나가는 날이었다. 그녀는 맥주를 산 뒤 부인들이 함께 모여 교제를 하는 지하 은신처에서 퍼디 부인과 마주 앉았다.

"오늘 저녁에 3층 뒷방을 세놓았어요."

둥그렇게 거품이 나는 잔을 사이에 두고 퍼디 부인이 말했다.

"젊은 남자가 들었어요. 두 시간 전에 잠자러 올라갔어요."

"정말이유, 퍼디 부인?"

맥쿨 부인이 감탄하며 말했다.

"방을 세주는 데는 따를 사람이 없겠구려. 그에게 그 말을 했나요?"

그녀는 쉰 목소리로 비밀스럽게 속삭였다.

퍼디 부인이 어느 때보다도 모피를 많이 두른 목소리로 말했다.

"방에 가구를 들여놓은 건 세를 주기 위해서예요. 그에게 그런 말은
하지 않았어요."

"맞는 말이구려. 우리 같은 사람들이야 방을 세줘야 먹고 사니까.
정말 사업 수완이 있구려. 침대에서 자살한 사람이 있다는 말을 들으
면 누가 그 방에 들겠어요. 안 그래요?"

"맞는 말이에요. 우리도 먹고 살아야지요."

퍼디 부인이 말했다.

"그래요. 바로 일주일 전 오늘 3층 뒷방 치우는 걸 내가 도와주었
지. 가스를 켜 놓고 죽은 젊은 아가씨가 예쁘게 생겼던 것 같은데….
얼굴도 작고 예쁘게 생겼지요?"

"그런대로 잘생겼다고 할 수 있죠."

퍼디 부인이 동의하면서도 흠잡는 투로 말했다.

"왼쪽 눈썹 옆에 있는 사마귀만 빼면요. 자, 맥주잔을 다시 채워요."

사기꾼과 부랑자들

Con Men and Hoboes

늑대털 깎기

Shearing the Wolf

제프 피터스는 자신의 직업윤리에 대한 이야기가 오갈 때면 항상 달변이었다.

"나와 앤디 터커 사이에 진정한 의도의 차이가 있다면, 부정 이득의 도덕적 측면에 대한 거였어. 앤디에겐 자신의 기준이 있었고, 나는 나대로의 기준이 있었지. 나는 대중으로부터 기부금을 징수하는 앤디의 계획을 모두 다 찬성하지 않았고, 그는 나의 양심이 회사의 재정적 이익에 너무 심하게 개입한다고 생각했어. 우리는 때로 큰 논쟁을 벌였지. 한번은 그런 말다툼 끝에 그가 나더러 록펠러 같다고 하더군.

'무슨 뜻인지 알아, 앤디.' 내가 말했지. '하지만 우리는 오랜 친구이기 때문에 자네가 침착해지고 나면 후회하게 될 조롱 따위로 마음이 상하지는 않네. 나는 여전히 소환장 발급인과 악수를 해야 하는걸.'

어느 여름 나와 앤디는 캔터키 산맥에 있는 그래스데일이라는 소도시에서 잠시 쉬기로 결정했어. 말 상인이 되어 선량한 시민들과 함께 여름휴가를 보내기로 했지. 그래스데일 사람들은 우리를 좋아했어. 나와 앤디는 그곳에 있는 동안 적개심의 양도를 선언했어. 사업 설립 취지서를 제시하거나 브라질산 다이아몬드를 과시하는 일조차 하지 않기로 했지.

하루는 그래스데일에서 이름난 철물상이 나와 앤디가 묵고 있는 호텔에 들러 현관에서 함께 담배를 피우며 교제를 했어. 예전에 군청 마당에서 고리 던지기를 함께 한 적도 있었기 때문에 우리는 그를 꽤 잘 알았지. 그는 목소리가 크고 얼굴이 붉은 데다 숨을 거칠게 쉬었지만 굉장한 부자였고 그만큼 존경을 받았어.

당시에 악명 높았던 사건들에 대해 이야기를 나눈 후 머키슨 — 그의 이름이었어 — 이 조심스러우면서도 무심한 태도로 웃옷 주머니에서 편지를 한 장 꺼내더니 우리에게 읽으라고 건네주더군.

그가 웃으며 말했어.

'자, 그것에 대해 어떻게 생각하오? 나 같은 사람에게 그런 편지를 보내다니!'

나와 앤디는 편지를 힐끗 들여다보았어. 하지만 제대로 읽는 시늉은 했지. 당시 종종 볼 수 있었던 위조지폐에 대한 편지였어. 1,000달러를 내고서 전문가도 구별하지 못하는 위조지폐 5,000달러를 얻을 수 있는 방법이 구식 타자기 글씨로 써 있더군. 워싱턴 재무성 직원이 훔친 인쇄기로 만든다는 내용도 적혀 있었어.

'이런 편지를 나한테 보내다니!'

머키슨이 다시 말했어.

'선량한 사람들도 그런 편지를 많이 받아요.' 앤디가 말했지. '첫 번째 편지에 응답을 하지 않으면 더 이상 보내지 않아요. 응답을 하면 다시 편지를 써서 돈을 가지고 와 거래를 하자고 하죠.'

'하지만 나한테 이런 편지를 썼다는 걸 한번 생각해 봐.'

머키슨이 말하더군. 며칠 후 그가 다시 들렀어.

'여보게들, 나는 자네들을 믿네. 그렇지 않으면 이런 이야기를 하지 않았을 거야. 그냥 재미 삼아 답장을 썼지. 그랬더니 시카고로 오라고 하지 않겠나. 떠날 때 J 스미스에게 전보를 치라고 하더군. 시카고에 가면 어느 길모퉁이에서 기다리라고 써 있었어. 그러면 회색 양복을 입은 남자가 와서 내 앞에 신문 한 장을 떨어뜨릴 거라고. 내가 그에게 물이 어떠냐고 물으면 그는 나를 알아보고 나도 그를 알아보게 된다는 거지.'

'아, 맞아요.' 앤디가 하품을 하며 말했어. '옛날에 하던 방식 그대로예요. 신문에서 종종 읽었어요. 그러면 그는 당신을 어떤 호텔에 있는 사설 도살장으로 데리고 가요. 거기에서 존즈 씨가 이미 기다리고 있지요. 그는 진짜 새 돈을 보여주고 1달러에 5달러씩 원하는 만큼 팔지요. 물론 나중에 열어 보면 갈색 종이일 뿐이죠.'

'그들이 나를 유인할 수는 없어.' 머키슨이 말했어. '그래스데일에서 제일 큰 사업을 이루는 동안 나를 조롱하는 자들이 없었던 게 아니거든. 놈들이 보여 주는 것이 진짜 돈이라고 했소, 터커 씨?'

'내가 신문에서 보니 항상 진짜 돈이라고 하던데요.'

앤디가 말했어. 이어서 머키슨이 말했지.

'이보게들, 그 녀석들이 나를 우롱할 수 없을 거라는 생각이 드네. 내 바지에 2,000달러쯤 넣어 가지고 가서 그들에게 모두 건네줄 거네. 나 빌 머키슨이 일단 그들의 위조지폐를 보면 절대로 놈들이 그냥 달아나지는 못하게 할걸. 놈들은 1달러에 5달러씩 주겠다고 했고, 내가 상대하면 그 약속을 지켜야 할 걸세. 빌 머키슨은 대단한 장사꾼이거든. 맞아, 나는 시카고 J 스미스에게서 1달러에 5달러씩을 받아내고 말 거야. 내 생각에 물이 괜찮을 거 같거든.'

나와 앤디는 그 같은 재정적인 판단 오류를 머키슨의 머리에서 끄집어내려고 노력했어. 하지만 그렇게 하는 것보다는 땅콩 껍질 까는 일을 하는 사람이 브라이언에게 투표를 하지 못하도록 하는 것이 차라리 더 나을 듯싶었어. 정말로 어려웠어. 그는 이 화폐 위조범들을 되레 해치워 공공의 의무를 수행하려는 생각이었거든. 어쩌면 그들에게 한 수 가르쳐 줄지도 모르지.

머키슨이 떠난 후 나와 앤디는 잠시 앉아서 생각을 정리했어. 이성을 벗어난 생각도 잠시 했지. 우리는 시간이 날 때면 추론과 정신적 사고를 통해 자아를 고양시키곤 하지. 앤디가 한참 후에 말했어.

'제프, 자네의 양심적인 사업 방식에 대해 나한테 허심탄회하게 털어놓으면 난 자네를 비난할 때가 많았어. 내가 종종 틀렸었는지도 몰라. 하지만 이번에는 우리가 서로 동의할 수 있다고 생각해. 머키슨 씨가 혼자 가서 시카고 위조범들을 만나게 하는 건 옳지 않아. 그렇게 하면 일이 어떻게 끝날지 뻔하잖아. 어떻게든 끼어들어서 그런 일이 일어나는 걸 막는다면 우리 기분이 좀 더 나아질 거라고 생각하지 않아?'

나는 일어나서 앤디 터커의 손을 오랫동안 잡으며 말했어.

'앤디, 나는 자네가 사업을 비정하게 운영한다고 한두 번 비판적으로 생각한 적이 있었는지도 몰라. 하지만 이제부터는 그런 생각을 하지 않겠네. 자네는 내면에 어떤 중심이 있는 것 같아. 그 점이 자네의 면목을 세워 주지. 나도 자네가 말한 것을 생각하고 있었네. 머키슨이 생각해 낸 계획을 그대로 실행하도록 놔두는 것은 존경할 만하고 떳떳한 일이 아니야. 그가 정말로 가기로 결심했다면 함께 가서 사기 행각을 막아야 해.'

앤디는 나에게 동의했고 나는 그가 위조지폐 계획을 무산시키는 데 대해 진지한 관심을 가지고 있는 것을 보고 기뻤어.

'나는 종교적인 사람도 아니고, 광적으로 도덕을 옹호하는 사람도 아니야. 하지만 위험을 감수하면서 자신의 노력과 두뇌로 사업을 이루어 낸 사람이 공공의 선을 위협하는 파렴치한 사기꾼에게 돈을 빼앗기는 걸 가만히 앉아서 보고 있을 수는 없는 일이지.'

앤디가 말했어.

'맞아, 제프. 머키슨이 가겠다고 고집하면 우리가 함께 가서 이 뻔뻔스러운 계획을 무산시키자고. 사악한 놈들이 돈을 한 푼이라도 가져가는 것은 나도 참을 수가 없어.'

그래서 우리는 머키슨을 보러 갔어. 그가 말했어.

'아니 괜찮네. 나는 이 시카고의 사이렌이 부르는 노래가 여름 바람에 실려 내 귀에 들리게 할 수 없네. 나는 이 도깨비불에게서 헌금을 거두든지 프라이팬에 구멍을 내든지 할 거네. 그러나 나는 자네들이 나와 함께 간다면 내가 본래 하려던 일에서 크게 벗어나게 될 거라 여겨지네. 어쩌면 1달러를 위조지폐 5달러로 바꿀 때 도움이 좀 될지도 모르겠군. 자네들이 함께 가 준다면 이번 일은 기분 전환이나 멋진 저녁을 먹는 정도가 될 거야.'

머키슨은 웨스트 버지니아에 있는 철광 관계로 피터스 씨, 터커 씨와 함께 며칠 동안 여행을 하게 되었다고 그래스데일에 소문을 냈어. J 스미스에게는 정한 날짜에 거미줄에 발을 디디겠다고 전보를 쳤지. 그리고 우리 세 명은 시카고로 급히 떠났어.

가는 길에 머키슨은 어떤 일이 일어날지를 예감하고 미리 즐거워했어. 그가 말했어.

'회색 양복을 입은 녀석이 사바시 애버뉴와 레이크 스트리트 남서쪽 모퉁이에 나타나서 신문을 떨어뜨리면 내가 그에게 물이 어떠냐고 묻는 거야. 오, 아이고, 아이고, 하하, 아이고!'

그리고 그는 5분 정도 계속 웃어댔어. 그러다 가끔씩 심각해져서 머키슨은 무엇이든 떠오르는 생각을 서슴없이 떠들어댔어. 그가 말했어.

'여보게들, 내 만 달러에 관한 이야기는 그래스데일에서 하지 말자고. 내 명성을 완전히 무너뜨릴 거야. 하지만 자네들은 믿네. 선량한 사람들을 노리는 그런 강도를 손보는 것은 모든 시민의 의무지. 물이 괜찮은지 어떤지를 놈들에게 알려 주겠어. 1달러에 5달러라고 J 스미스가 그랬겠다…… 이 빌 머키슨과 거래를 하려면 그 약속을 지키지 않을 수 없을걸.'

우리가 시카고에 도착했을 때는 저녁 일곱 시였어. 머키슨은 회색 양복 입은 남자를 아홉 시 반에 만나기로 되어 있었어. 우리는 호텔에

서 저녁 식사를 하고 머키슨 방에 가서 시간이 되기를 기다렸어. 머키
슨이 말했어.

'여보게들, 우리의 지혜를 모아서 적을 물리칠 계획을 세워 보세.
내가 그 회색 양복을 입은 사기꾼 놈과 허무맹랑한 언행을 주고받을
때 우연인 척하면서 자네들이 여보게 머크, 하고 아는 척하는 거야.
그리고 친한 사이인 것처럼 악수를 하는 거지. 그러면 나는 사기꾼 놈
을 한쪽으로 데리고 가 자네들을 그래스데일에서 식료품업을 하는
젠킨스와 브라운이라고 소개하고, 좋은 사람들이니까 식사를 대접하
면 집을 떠나 있는 동안 모험을 해 볼 생각이 들지도 모른다고 덧붙이
는 거지. 물론 녀석은 투자할 생각이 있다면 데리고 갑시다,라고 말하
겠지. 자, 내 생각이 어떤가?'

'어떻게 생각해, 제프?'

앤디가 나를 보며 말했어. 그래서 내가 이렇게 대답했지.

'지금 여기서 당장 문제를 해결하자고 말하고 싶군. 더 이상 시간
낭비를 하는 건 아무 의미가 없어.'

나는 니켈 도금된 38구경 권총을 주머니에서 꺼내 탄창을 몇 번 딸
각거렸어. 내가 머키슨에게 말했어.

'이 불경스럽고 죄 많고 교활한 돼지 같은 놈아. 그 2,000달러를 꺼
내 탁자 위에 올려놔, 당장. 아니면 다른 도리가 없다. 나는 평소에는

얌전한 사람이지만 때때로 극단적인 행동을 하지. 바로 너 같은 놈이 있기 때문에 감옥이나 법원이 장사가 되는 거다.'

그가 돈을 내놓은 후에도 나는 계속 말했어.

'너는 그들의 돈을 빼앗으려고 여기에 왔다. 그들이 네 놈을 강탈하려 든 놈들이라고 해서 네 죄가 용서될 줄 아느냐? 천만의 말씀. 네 놈은 폴을 피하기 위해 피터를 강탈하려 했어. 네 놈은 화폐 위조범보다 열 배는 더 나쁜 놈이다. 집에서는 교회에 가면서 선량한 시민인 척하지. 그러나 너는 시카고에 와서, 네가 오늘 되려고 했던 비열한 악당들과 거래를 해 건전하게 사업을 이룩한 사람의 돈을 훔치려고 했어. 그 화폐 위조범이 등쳐 먹는 장사로 부양하는 대가족이 없다고 어떻게 장담을 하겠나? 네 놈처럼 겉으로는 존경할 만한 시민들이 실은 언제나 공짜로 뭔가를 얻으려 하지. 그렇기 때문에 이 나라에서 복권이니 가스전이니 증시니 전화국이니 하는 장사가 되는 거야. 너 같은 놈이 없으면 놈들은 망할 거야. 네 놈이 오늘 벗겨먹으려 했던 화폐 위조범은 그 장사를 배우느라 여러 해 연구했는지도 몰라. 놈은 한탕 할 때마다 돈과 자유와 어쩌면 목숨까지 잃을 각오를 해야 해. 네 놈은 사회적 명성과 집주소까지 당당히 가지고서 그들에게 사기 치려고 여기까지 왔어. 그놈이 네 돈을 가져가면 네 놈은 경찰에 가서 항의할 수도 있겠지. 하지만 네 놈이 그 돈을 얻으면 그는 회색 양복을 저당 잡힌 돈으로 저녁을 사먹고 아무 말도 안 하겠지. 터커 씨와 나는 네 놈의 수작을 다 알고 있어. 그리고 나는 네 놈이 벌 받는 걸 보려고 온 거다. 돈 이리 내 놔, 이 정신 나간 위선자야.'

나는 20달러 지폐로 된 2,000달러를 내 양복 안주머니에 넣었어. 그리고 머키슨에게 말했어.

'이제 시계를 풀어. 아니, 나한테 달라는 게 아냐. 탁자 위에 놓고 그 의자에 한 시간 동안 앉아 있다가 나가. 소란을 피우거나 지금 말한 시간보다 먼저 나가면 그래스데일 전역에 네 놈의 이야기를 전단지로 만들어 뿌릴 거다. 그곳에서 네 놈의 위신은 2,000달러가 훨씬 넘을 테니까.'

그러고 나서 나와 앤디는 떠나왔어.

기차 안에서 앤디는 오랫동안 아무 말도 하지 않다가 입을 열었어.

'제프, 질문 하나 해도 돼?

'두 개 해도 되고 마흔 개 해도 돼.'

'네가 가지고 있던 생각, 머키슨 일을 시작할 때부터 가지고 있었어?

'그럼, 물론이지. 그럼 무슨 생각을 했겠어? 너도 같은 생각을 하지 않았어?

내 말을 듣고 한 30분쯤 후에 앤디가 다시 말했어.

'제프, 언제 한가하면 자네 양심에 대해 도표와 각주를 한번 작성하기 바래. 가끔 참조를 하고 싶거든.'

때때로 앤디는 나의 윤리와 도덕의 위생학적 체계에 대해 제대로 이해하지 못할 때가 있다는 생각이 들어."

조롱의 신神의 포로들

Hostages to Momus

나는 부정 이득에 관한 합법적인 선을 넘어본 적이 딱 한 번밖에 없었다. 그러나 그 한 번 때문에 개정 법령에 대한 결정을 번복하고, 심지어 뉴저지 신탁법하에서도 사과를 해야 할 만한 사업을 떠맡았다.

크릭 인디언의 나라 머스코기 출신인 나와 칼리굴라 포크는 멕시코의 타몰리파스에서 순회 복권과 몬테 도박 사업을 하고 있었다. 멕시코에서 복권 판매는 정부 차원의 부정 이득 사업이다. 여기서 48센트 하는 우표를 49센트에 파는 것과 마찬가지이다. 그리하여 엉클 포르피리오는 지방군에게 우리 문제를 해결하라고 지시했다.

멕시코의 지방군은 말하자면 일종의 시골 경찰이다. 그러나 경관 배지를 달고 염소 수염을 기른 그럴듯한 보안관을 상상하면 안 된다. 멕시코 지방군… 글쎄, 만약 미국의 연방 대법관들을 야생마에 태워 놓는다면, 지방군이 라이플총으로 무장하고 누군가를 추적한다고 해도 말이 될 것이다.

멕시코 시골 경찰이 우리를 추적하자 우리는 미국으로 달아났다. 그들은 마타모라스까지 추적해 왔다. 우리는 벽돌 공장에 숨었다가 그날 밤에 리오그란데 강을 헤엄쳤다. 칼리굴라는 정신이 없어 양손에 벽돌 한 장씩을 들고 헤엄쳐 건너 텍사스 땅에 떨어뜨렸는데, 그는 자신이 그것을 가지고 있었는지도 몰랐다.

거기서 샌안토니오로 갔다가 뉴올리언즈로 건너갔다. 목화 꾸러미를 비롯한 여성 용품들이 많이 나는 그 도시에서 우리는 루이 칸 시대에 크리올 사람들이 만든 술을 자주 마셨다. 그곳에서는 여전히 이 술을 건물 옆으로 들어가는 입구에서 마신다. 내가 이 도시에 대해서 가장 잘 기억하고 있는 것은 나와 칼리굴라와 맥카티라는 프랑스 인 ― 잠깐, 그의 제대로 된 이름은 아돌프 맥카티이다 ― 이 프렌치쿼터가 루이지애나 주에 밀린 경품권을 전액 불입하도록 하려고 할 때 누군가 경찰이 온다고 소리를 질렀다는 것이다. 창을 통해 노란 기차표를 두 장 샀던 기억은 희미할 뿐이다. 랜턴을 흔들며 '모두 타시오' 라고 말하던 사람을 본 듯하다. 그밖에는 기차에 탔던 푸주한이 나와 칼리굴라를 오거스타 J 에반스의 책들과 무화과 열매로 덮은 것 외에는 기억나는 것이 없다.

정신을 차렸을 때 우리는 조지아 주에서 지금까지 시간표에는 나와 있지 않고 별표로만 표시되는 곳, 즉 기차가 목요일에만 격주로 철로를 바꾸어 달리는 곳에 와 있다는 것을 알게 되었다. 우리는 소나무로 지은 호텔에서 꽃의 소음과 새의 냄새를 맡으며 깨어났다. 그건 사실이다. 왜냐하면 마차 바퀴만큼 커다란 해바라기 꽃들이 바람에 흔들리며 비 막이 판자를 치고 있었고, 닭장이 창문 바로 아래 있었기 때문이다. 나와 칼리굴라는 옷을 입고 아래층으로 내려갔다. 호텔 주인이 현관문 앞에서 콩깍지를 까고 있었다. 그는 6피트쯤 되는 키에 학질에 걸린 듯하고, 안색이 노랬지만 태도나 모습은 그런대로 호감이 갈 만한 인상이었다.

태어날 때부터 대변인이었다고 할 만큼 달변이고, 붉은 머리에 몸집이 작지만 조금만 고통스러운 일을 당하면 인내심을 잃는 칼리굴라가 입을 열었다.

"안녕하세요? 좋은 아침이네요. 실례지만 우리가 어디에 있는지 좀 말씀해 주시겠어요? 이곳이 어디고 무슨 이유로 와 있는지 정확히 모르겠는데요."

그러자 주인이 대답했다.

"안녕하시오. 당신들이 자고 일어나면 아침에 그렇게 물을 줄 알았소이다. 당신들은 어젯밤 아홉 시 반 차로 이곳에 내렸어요. 엄청나게 취해 있더군요. 완전히 술독에 빠져 있었지요. 당신들은 지금 조지아 주의 마운틴 밸리에 있어요."

칼리굴라가 말했다.

"그런데 설마 아침에 먹을 것이 없다고 하시지는 않겠죠?"

주인이 말했다.

"앉아서 기다려요. 그러면 20분 만에 이 동네 최고의 아침식사를 대접할 테니까요."

아침 식탁을 보니 베이컨 튀김과, 파운드 케이크와 휘어지는 사암석沙巖石의 중간쯤 되어 보이는 노르스름한 덩어리가 놓여 있었다. 주인은 그것을 옥수수 빵이라고 불렀다. 그러고 나서 묽은 옥수수 죽을 내놓았다. 그래서 나와 칼리굴라는 거의 4년 동안 남군 한 명당 북군 1과 3분의 2명을 단숨에 때려눕히게 했던 그 유명한 음식을 맛보게 되었다. 칼리굴라가 말했다.

"도대체 이해할 수 없는 일이 한 가지 있는데 엉클 로버트 리의 병사들이 왜 그랜트와 셔먼의 부대를 허드슨만까지 추격해서 물리치지 않았느냐 하는 거야. 이들이 음식이라고 부르는 이 화물 자동차를 먹으면 미쳐서 저절로 그렇게 했을 텐데."

칼리굴라의 말을 듣고 내가 설명해 주었다.

"돼지고기와 옥수수 죽은 이 지방의 주식이야."

"그렇다면 있어야 할 곳에 둬야지. 나는 이곳이 마구간이 아니고 호텔이라고 생각했는데. 만약 우리가 세인트 루시퍼 하우스에 있는 머스코지에 있다면 제대로 된 아침 식사를 보여 줄 텐데. 영양 스테이크와 간 튀김으로 시작해서 칠리콘카니와 사슴 커틀릿, 파인애플 튀김, 정어리와 다양한 피클을 먹은 다음 옐로 클링스 캔과 맥주 한 병으로 마무리하는 거야. 너희 동부의 어떤 식당에서도 그런 식단은 보기 어려울걸."

"그건 너무 많아." 내가 말했다. "나는 여행을 많이 해서 편견이 없지. 뉴올리언즈에 가서 커피를 마시고 노포트에 가서 롤빵을 먹고 버몬트의 샘 위에 세워 놓은 냉장 오두막에서 버터 한 조각을 먹고, 인디애나의 흰 토끼풀 밭에서 가까운 벌통의 꿀을 먹으면서 쉬어 보지 않으면 완벽한 아침 식사를 했다고 할 수 없어. 그리고 나면 올림피아 산에서 신들이 먹는 호박 위에서의 식사와 비슷한 식사를 했다고 할 수 있지."

"너무 허황돼." 칼리굴라가 말했다. "나는 햄과 달걀이나 토끼 스튜가 좋아. 저녁 식사로 영양가 많으면서도 평범한 음식으로는 뭐가 있을까?"

"나는 때로," 내가 대답했다. "식용 거북, 바닷가재, 개개비, 잠볼라야, 삼베로 덮은 오리 같은 특이한 음식에 혼이 빠지곤 하지. 하지만 가장 기분이 덜 나쁜 식사는 브로드웨이의 차 소리가 들리는 발코니에 앉아 아래층에서 오르간을 연주하는 소리와, 호외를 사라고 소년

188

들이 외치는 소리를 들으며 버섯으로 부드럽게 만든 비프스테이크를 먹는 거야. 포도주는 포니 캐니면 적당하고 마무리로 작은 커피 한 잔이면 완벽하지."

"글쎄," 칼리굴라가 말했다. "뉴욕에서는 미식가가 되겠군. 작은 커피를 마시면서 교제를 할 때면 당연히 사람들에게 멋진 식사를 사겠고."

"쾌락주의자들을 위한 대도시지." 내가 말했다. "자네도 그곳에 살면 곧 그들의 방식대로 살게 될 거야."

"그렇다고 들었어." 칼리굴라가 말했다. "하지만 나는 그러지 않을 거야. 나는 내 손톱을 다듬을 수 있고, 내 손톱들은 나를 필요로 하지."

아침 식사 후 우리는 현관으로 나가 호텔 주인이 준 유파스 나무로 만든 여송연을 피워 물고 조지아를 바라보았다.

풍경이 그토록 황량할 수가 없었다. 보이는 것이라고는 골짜기마다 물이 마르고 여기저기 소나무 숲이 흩어져 있는 붉은 언덕들뿐이었다. 검은 딸기 덤불만이 가로장 울타리가 무너지지 않도록 지탱해 주고 있었다. 북쪽으로 15마일쯤 떨어진 곳에는 수목이 우거진 작은 산맥이 보였다.

마운틴 밸리는 번영하는 도시가 아니었다. 한 열두 명 정도의 사람들이 보도를 따라 나와 있었다. 그러나 길거리에는 빗물통과 수탉들 밖에 없었다. 엉클 톰 쇼의 무대를 태우고 남은 잿더미를 소년들이 찔러 대고 있었다.

그런데 바로 그때 길 한쪽에서 긴 검정 코트를 입고 고급 모자를 쓴 사람이 걸어가고 있었다. 주변의 모든 사람들이 그에게 인사를 했다. 어떤 사람들은 길을 건너가서 그와 악수를 했고, 상점과 집에 있던 사람들도 밖으로 나와 그에게 소리쳐 인사했다. 여자들이 창문에서 몸을 숙여 그를 바라보았고, 아이들은 놀기를 멈추고 그를 쳐다보았다. 호텔 주인도 현관 밖으로 나가서 목수의 자처럼 허리를 굽혀 인사를 하고 그가 12야드쯤 지나갔을 때 '좋은 아침입니다, 대령님' 하고 노래했다.

"알렉산더 대왕이라도 되나요?"

칼리굴라가 호텔 주인에게 묻자 그가 대답해 주었다.

"저 신사분은 다름 아닌 잭슨 T. 로킹햄 대령님으로, 선라이즈 앤 에덴빌 탭 철도의 사장님이자 마운틴 밸리의 시장님이시죠. 페리 카운티의 이민 공공개발국 이사장님이기도 하시고요."

"여러 해 동안 어디 다녀오셨나 봅니다, 그렇죠?"

내가 물었다.

"아니, 그렇지 않아요. 로킹햄 대령은 편지를 부치러 우체국에 가는 길이에요. 그의 시민들은 아침마다 그분께 이렇게 인사하는 것을 기쁘게 여기죠. 대령님은 우리 시의 으뜸 시민이세요. 선라이즈 앤 에덴빌 탭 철도의 주식이 엄청날 뿐 아니라 강 건너에 있는 1,000에이커의 땅도 소유하고 있지요. 마운틴 밸리는 그 같은 부와 애국심을 지닌 시민을 영예롭게 여긴답니다."

칼리굴라는 그날 오후, 한 시간 동안 현관에 목 뒤를 대고 앉아 신문을 읽었다. 신문을 경멸하는 그로서는 유례없는 일이었다. 신문을 덮은 그가 나를 데리고 햇볕에 행주를 말리고 있는 현관 끝으로 갔다. 나는 칼리굴라가 부정 이득을 취할 새로운 방법을 고안했다는 걸 알았다. 그가 콧수염의 양쪽 끝을 씹으면서 왼쪽 멜빵을 위아래로 밀고 당겼기 때문이다. 그가 그런 생각을 해냈을 때 하는 특이한 행동이었다.

내가 물었다.

"이번엔 또 뭐지? 광산 주를 발행하거나 펜실베니아 연어 새끼를 기르는 일이 아니라면 검토해 보지."

"펜실베니아 연어? 오, 그것은 펜실베니아 주민들의 동전 모금 계획을 말하는 거잖아. 그들은 돈을 어디에 숨겨 놨는지 알아내기 위해 노파들의 발바닥에 불을 지폈지."

칼리굴라는 사업에 대해 말할 때면 말수가 적어지고 냉혹해졌다.

"저 산 보이지?" 그가 손가락으로 가리키며 말했다. "그리고 철도를 소유하고 있는 대령이 우체국에 갈 때는 루즈벨트 대통령이 사람들을 해고할 때보다 더 영향력이 있는 걸 봤지? 우리가 대령을 산으로 납치하고 1만 달러의 몸값을 요구하는 거야."

"그건 불법이야."

내가 고개를 가로저으며 말했다.

"그렇게 말할 줄 알았어." 칼리굴라가 말했다. "언뜻 듣기에는 도덕에 어긋나는 행동처럼 보이지. 하지만 사실은 그렇지 않아. 신문을 보고 그런 생각을 해낸 거야. 자네는 미국이 용인하고 승인하고 비준한 그와 유사한 부정 이득에 대해서도 비방할 생각이야?"

"납치는 법령의 가치를 손상시키는 부도덕한 법 중의 하나야. 만약 미국이 그런 법을 지지한다면 산아제한 허용법이나 지방 무료 우편 배달같이 최근에 입안된 윤리 법령일 거야."

내 말을 들은 칼리굴라가 심각한 얼굴로 말했다.

"내 말 들어 봐. 신문에 난 기사에 대해 설명해 줄게. 버디크 해리스라는 그리스 인이 있어. 아프리카 인들이 그를 부정 이득 죄목으로 체포했어. 그런데 미국은 두 척의 포함을 텐저스에 보내 모로코 왕으로 하여금 레슬리에게 7만 달러를 주도록 만들었어."

"진정해." 내가 말했다. "한꺼번에 소화하기에는 너무 국제적으로

들리는데. 마치 '재봉사, 재봉사, 누가 귀화歸化 문서를 가지고 있지?'
라고 말하는 것 같아."

"콘스탄티노플발 타스 통신 기사야." 칼리굴라가 말했다. "여섯 달
안에 봐! 월간지에 날 거야. 그리고 얼마 안 있어 이발소에서 보는 잡
지에 페리산 폭발 사진들과 함께 실릴 거야. 문제될 것 없어, 픽. 아프
리카 인 레슬리는 버디크 해리스를 산 속에 숨기고 다른 나라 정부에
그의 몸값을 광고했어. 설마 이 일이 올바른 일이 아니었는데도 존 헤
이가 끼어들어 그 돈을 치르게 했다고 생각하지는 않겠지?"

"아니! 나는 언제나 브라이언의 정책에 찬성했었어. 그렇지만 현 공
화당 행정부에 반대하는 말을 의식적으로 할 수는 없어. 그런데 만약
해리스가 그리스 인이었다면 어떤 국제적 전례를 따라 헤이가 끼어
든 거지?"

"그 문제에 대해서는 신문에 정확하게 나와 있지 않아." 칼리굴라가
말했다. "그건 정서의 문제라고 생각해. 그는 '작은 반바지'라는 시도
썼어. 그리스 인들은 옷을 거의 안 입거나 아예 안 입지. 하지만 존 헤
이는 브룩클린과 올림피아에 방송을 하고 30인치 총으로 아프리카를
겨누고 있어. 그리고 나서 헤이는 평판 좋은 외교관의 신상에 대해 묻
는 전보를 치지. '오늘 아침에 그들이 잘 있나요?'라고 전보로 묻는
거야. '버디크 해리스가 아직 살았습니까, 아니면 레슬리 씨가 죽었나

요? 그 후 모로코의 왕이 7만 달러를 보냈고 그러자 그들이 버디크 해리스를 놓아주었어. 하지만 여러 나라들은 이 사소한 납치 사건에 대해 별 관심을 보이지 않았어. 평화 의회가 열릴 예정이었거든. 그러고 나서 버디크 해리스가 기자들에게 미국에 대해 자주 들었고 레슐리 다음으로는 루즈벨트를 존경한다고 그리스 어로 말했다더군. 레슐리는 지금까지 그가 함께 일해 온 납치범들 중 피부가 가장 희고 신사적이었다고 말이야. 그러니까, 픽. 세계 여러 나라들의 법이 우리 편에 있는 거야. 우리는 대령을 납치해서 작은 산 속에 가둔 다음 그의 후계자들을 위협해서 돈을 빼앗는 거야. 1만 달러를 내놓으라고 말이지."

"빨강머리, 자네는 어리석을 때가 거의 없어. 지방 수비병의 공포의 대상이지." 내가 말했다. "이 삼촌 테쿠메스 피켄스에게 허세를 부릴 수는 없지! 이 불법 이득에 내가 한패가 되지. 하지만 자네가 버디크 해리스 사건의 진상을 제대로 이해하고 있는지 의문이야, 칼리그. 그리고 만약 어느 날 아침 국무부 장관이 전보로 우리 계획이 잘 진행되고 있는지 묻기라도 한다면, 이곳에서 제일 빨리 달리는 유명한 당나귀를 구해서 평화로운 이웃 앨라배마로 달려가는 외교가 상책이라고 제안하겠어."

그 후 3일 동안 나와 칼리굴라는 잭슨 T. 로킹햄 대령을 납치해 가

둘 산을 물색하고 다녔다. 마침내 우리는 수풀과 나무로 덮여 있어 우리가 옆을 터서 만든 비밀 길을 통해서만 갈 수 있는 적당한 장소를 찾아냈다. 높은 곳에 감겨 있는 나무줄기의 휜 부분을 잡고서만 그 산에 올라갈 수 있었다.

그러고 나서 나는 우리 계획의 중요한 세부 계획안을 손에 들고서 기차를 타고 애틀랜타 주로 갔다. 그곳에서 돈으로 살 수 있는 가장 만족스럽고 효과적인 음식물을 250달러어치 샀다. 나는 언제나 완화되고 변경된 단계에 있는 요리를 숭배했다. 돼지고기와 옥수수 죽은 내 위장에 가장 어울리지 않는 음식일 뿐 아니라, 도덕적 정서에도 소화불량을 유발한다. 부유한 남부인 중에서도 그토록 명성이 자자한 선라이즈 앤 에덴빌 탭 철도의 사장인 잭슨 T. 로킹햄 대령이 집에서 먹는 사치스러운 음식을 얼마나 그리워하게 될까, 하고 생각해 보았다. 그래서 나와 칼리굴라가 가진 돈의 반을 들여 버디크 해리스나 다른 어떤 전문적 포로도 맛보지 못했을 우아한 음식을 만들기 위해 신선한 재료와 가공식품을 준비했다.

그러고 다시 100달러를 들여 보르도 포도주 두 상자, 코냑 두 병, 금띠가 붙어 있는 하바나 여송연 200개, 캠프용 스토브와 의자, 간이 침대도 샀다. 나는 로킹햄 대령이 편안하기를 원했다. 또한 그가 1만 달러를 낸 후에는, 미국이 아프리카로부터 돈을 징수하도록 한 자신의

친구에 대해 그리스 인이 잘 말해 준 것처럼, 나와 칼리굴라가 신사적
으로 대접해 주었다고 말해 주기를 바랐다. 애틀랜타에서 물건들이
도착하자 우리는 마차를 전세 내 작은 산으로 실어 날라 캠프를 설치
했다. 이제 숨어서 대령을 기다리는 일만 남았다.

어느 날 아침 드디어 그를 마운틴 밸리에서 약 2마일쯤 떨어진 곳에
서 붙잡았다. 그는 불타 버린 황갈색 농지를 보러 가는 길이었다. 고
상한 인상을 주는 노신사는 송어 낚싯대처럼 마르고 키가 큰 체격에,
소매가 너덜너덜한 셔츠를 입고 검은 줄이 달린 안경을 쓰고 있었다.
우리는 그에게 우리가 원하는 바를 짧고 쉽게 말해 주었다. 칼리굴라
가 경솔하게도 자신의 코트에 숨겨 놓은 45구경 총의 손잡이를 그에
게 보여 주었다.

"이게 뭐요?' 로킹햄 대령이 말했다. "조지아 페리 카운티에 강도
라고? 이민 공공개발국 이사회가 이 일을 알아야 해!'

"허튼짓하지 말고 마차에 올라타." 칼리굴라가 말했다. "밀입국과
공공부패 이사회의 명령이다. 이것은 사업적인 만남이야. 우리 사업
의 필요조건을 이동시키려고 한다."

우리는 로킹햄 대령을 태우고 산으로 들어가 마차로 갈 수 있는 산
허리까지 갔다. 그러고 나서 말을 묶은 후 우리의 포로가 걸어서 캠프
로 들어가게 했다. 내가 그에게 말했다.

"자, 대령! 우리, 즉 나와 나의 동업자는 몸값을 원해. 만약 모로코의 왕, 아니 당신의 친구가 돈을 가져오면 전혀 해치지 않을 거야. 그리고 우리는 당신과 마찬가지로 신사야. 도망치지 않겠다고 약속하면 이 캠프 안에서는 자유롭게 해 주겠다."

"약속한다."

대령이 말했다. 이어 내가 말했다.

"좋아. 이제 열한 시니까 분위기를 바꿔서 나와 폴락 씨가 조촐한 식사를 마련할 테니 먹도록 하지."

"고맙소. 베이컨 한 쪽과 옥수수 죽을 좀 먹을 수 있었으면 하오."

"아니, 그럴 수 없소. 이 캠프에서는 안 돼요. 우리는 유명하지만 역겨운 당신네 요리가 점령하고 있는 지역보다 더 높은 지역을 날아다녀요."

대령이 신문을 읽는 동안 나와 칼리굴라는 웃옷을 벗고 그에게 보여 줄 간소하면서도 호화로운 음식을 만들기 시작했다. 칼리굴라는 서부 요리에 능한 요리사였다. 버팔로 구이나 수송아지 두 마리분의 프리카스를 마치 여자가 차 한 잔 끓이듯이 쉽게 만들었다. 힘을 써서 많은 양을 한꺼번에 빨리 만들어야 할 때 특히 그의 실력이 드러난다. 그는 아칸소 강 서부에서 열린 대회에서 왼손으로 팬케이크를 만들고 오른손으로는 사슴고기 커틀릿을 굽고 동시에 이빨로 토끼 가죽

을 벗긴 기록을 보유하고 있었다. 나는 냄비 요리와 크레올 요리를 잘
했고, 기름과 타바스코 소스(멕시코 고추 소스 : 옮긴이)를 프랑스 요리사만
큼이나 부드럽고 능숙하게 잘 다루었다.

열두 시가 되자 미시시피 강 유람선 연회에서나 먹을 법한 따뜻한
오찬이 준비되었다. 우리는 두세 개의 커다란 박스 위에 식탁을 차렸
다. 그리고 적포도주 두 병을 따고, 올리브와 캔 속에 담겨 있는 굴 칵
테일과 평범한 마티니(칵테일의 일종, 베르무트와 진의 혼합주 : 옮긴이)를 대령
의 접시 옆에 놓고 그를 불렀다.

로킹햄 대령이 간이 의자를 끌어당겨 자리에 앉았다. 그는 안경을
닦은 후 테이블에 차려진 음식을 보았다. 나는 그가 욕을 하고 있다고
생각했다. 음식에 좀 더 공을 들이지 않은 것이 후회되었다. 그런데
그는 욕을 하는 것이 아니었다. 축복을 하고 있었다. 나와 칼리굴라는
고개를 숙였고 대령의 눈에서 눈물 한 방울이 칵테일로 떨어지는 것
을 보았다.

음식을 그렇게 진지하고 열심히 먹는 사람은 그 전에 본 적이 없었
다. 문법학자나 너절한 놈처럼 서둘러 먹는 것이 아니라 아나콘다(남
미산의 큰 구렁이 : 옮긴이)나 진짜 미식가처럼 천천히 음미하면서 먹었다.

한 시간 반이 지나자 대령이 식탁에서 물러났다. 나는 그에게 브랜
디 한 잔과 블랙커피를 가져다주고 테이블에 하바나 여송연 한 갑을

올려놓았다. 여송연 연기를 내뿜던 그가 다시 들이켜면서 말했다.

"여보게들, 우리가 저 영원한 언덕과 미소 짓는 축복의 땅을 바라보고 하느님의 선하심을 생각하……."

"죄송합니다, 대령님. 하지만 지금은 사업 관계로 하셔야 할 일이 있는데요. 누구에게 돈을 가져오라고 시키시겠습니까?"

내가 종이와 펜과 잉크를 꺼내 그 앞에 놓으면서 말했다. 그가 잠시 생각하더니 말했다.

"내 생각에 에덴빌 본사 사무소에 있는 우리 철도 회사의 부사장이 좋겠네."

"여기서 에덴빌까지 거리가 얼마나 되나요?"

내가 물었다.

"한 10마일쯤 되네."

그가 말했다. 그리고 내가 불러주는 대로 로킹햄 대령이 써 내려갔다. 그 내용은 다음과 같다.

나는 무슨 짓을 할지 모르는 두 명의 무법자들에 의해 납치당해 찾으려 해봐야 소용이 없는 곳에 포로로 잡혀 있다. 그들은 나의 석방을 위해 1만 달러를 요구하고 있다. 그 돈을 즉시 마련해서 다음의 장소로 오기 바란다. 블랙톱 마운틴과 연결된 스토니크릭 시내로 돈을 가지고 혼자 오라. 시내를 올라오면 왼쪽 둑에 커다랗고 넙적한 돌이 있다. 그 위에 보면 붉은색 분필로 십자가가 그려져 있다. 그 위에 서서 흰색 기를 흔들어라. 안내자가 내가 붙들려 있는 곳으로 데려올 것이다. 서둘러라.

불러주는 대로 다 쓰고 나자 대령은 자신이 선의의 대접을 받고 있으며 따라서 철도 회사 직원들은 자신을 위해 염려할 필요가 전혀 없다는 것을 추신으로 써도 되냐고 물었다. 우리는 그에 동의했다. 그는 방금 무슨 짓을 할지 모르는 악당 두 명과 함께 점심 식사를 마쳤다고 썼다. 그리고 칵테일부터 커피에 이르기까지 그가 먹은 메뉴를 모두 적었다. 이어 저녁 식사가 여섯 시에 준비되며 아마 오찬보다도 더 파격적이고 무절제한 폭식이 될 것 같다는 말로 글을 마쳤다.

나와 칼리굴라는 편지를 읽어본 후 그대로 보내기로 했다. 왜냐하면 요리사인 우리는, 비록 1만 달러의 일람불 어음을 작성한 자리에 맞지 않는 것처럼 보이긴 해도 칭찬하는 말에는 따랐기 때문이다.

나는 편지를 가지고 마운틴 밸리로 가서 배달부를 기다렸다. 말을 탄 흑인이 곧 나타나 에덴빌로 향했다. 편지를 철도 사무국으로 전달해 달라고 1달러를 준 후 캠프로 돌아왔다.

망을 보고 있던 칼리굴라가 오후 네 시쯤 나를 불렀다.

"선장님, 우측 뱃머리에 흰색 셔츠 신호가 오고 있습니다."

나는 산을 내려가 깃이 없는 알파카 코트를 입은 얼굴이 붉고 뚱뚱한 남자를 데려왔다.

"젊은이들," 로킹햄 대령이 말했다. "나의 동생 뒤발 C. 로킹햄 대위를 소개하네. 선라이즈 앤 에덴빌 탭 철도 회사의 부사장이네."

"아니면 모로코 왕이든지요." 내가 말했다. "사업 절차를 따라 몸값을 세어 봐도 괜찮겠죠?"

"그런데 아직," 뚱뚱한 남자가 말했다. "아직 돈이 안 왔어요. 나는 그 문제를 우리 부부사장에게 전달했어요. 우리 형 잭슨이 안전한지 염려되어 서둘러 왔어요. 그가 곧 올 겁니다. 그런데 잭슨 형, 아까 말한 바닷가재 맛이 어땠어요?"

"부사장님," 내가 말했다. "부부사장이 올 때까지 여기서 기다려 주면 감사하겠습니다. 이건 비공식 리허설이기 때문에 길가에서 관객들이 입장표 파는 것을 원치 않거든요."

한 시간쯤 후에 칼리굴라가 다시 크게 노래했다.

"항해하라 어이, 빗자루에 앞치마 걸어 놓은 것 같은 게 보이는데."

나는 다시 절벽을 내려가 6.3피트쯤 되는 키에 모래 빛 턱수염을 기른 것 외에는 별다른 특징이 없는 남자를 호위해 올라왔다. 나는 속으로 만약 이 사람이 직접 1만 달러를 몸에 지니고 왔다면 수표 한 장을 세로로 접어서 가져왔을 것이라고 생각했다.

"패터슨 G. 코블 씨는 우리 회사의 부부사장이지요."

대령이 소개했다.

"만나게 되어 반갑소, 젊은이들." 코블이 말했다. "일반 승객 관리자인 탈라하스 터커 소령이 우리 철도의 채권이 가득 든 복숭아 상자를 가지고 페리 카운티 은행과 대출 협상을 하고 있다는 소식을 전하러 왔습니다. 그런데 존경하는 로킹햄 대령님, 메뉴에 쓰신 게 닭고기 스프였습니까, 아니면 으깬 땅콩이었습니까? 저와 나이가 쉰여섯 살인 차장이 그 문제에 대해 논쟁을 벌였거든요."

바로 그때 칼리굴라가 소리쳤다.

"바위에 또 다른 백기가 나타났다! 깃발이 또 보이면 이번엔 사격을 가할 거다. 어뢰정인 게 분명하다!"

안내자가 다시 내려가 파란 작업복을 입고 술이 약간 취한 사람을 소굴로 데리고 왔다. 그는 손에 랜턴을 들고 있었다. 나는 그가 터커 소령이라고 확신해 다 올라올 때까지 이름도 묻지 않았다. 그런데 알고 보니 그는 에덴빌의 조차장 전철수인 엉클 티모시였다. 그는 철도 회사의 변호사인 프렌더개스트 판사가 몸값을 만들기 위해 로킹햄 대령의 농지를 저당 잡히는 중이라는 소식을 알려주기 위해 왔다고 했다.

그때 두 사람이 덤불 아래서 캠프로 기어들었다. 그들은 칼리굴라의 임무 수행을 저지할 백기를 들고 있지 않았기 때문에 그가 총을 꺼냈다. 그러나 로킹햄 대령이 다시 끼어들어 42호 기차의 엔지니어인 존즈 씨와 소방수인 배츠 씨라고 소개했다. 배츠가 말했다.

"죄송합니다. 나와 짐은 이 산 전역에서 다람쥐 사냥을 하고 있었기 때문에 백기가 필요 없었어요. 그런데 대령님, 자두 푸딩과 파인애플과 쿠바 시가 얘기가 정말입니까?"

"연해에서 수건이 걸려 있는 낚싯대가 보인다!" 칼리굴라가 소리쳤다. "화물열차 차장들과 제동수의 일선 부대같은데."

"이번이 마지막 순찰이야." 얼굴의 땀을 닦아 내며 내가 말했다. "우리가 사장을 납치했다고 해서 선라이즈 앤 에덴빌 탭 철도 회사가 여기서 야유회를 하겠다면 하라고 해. '납치범의 카페와 열차 승무원들의 집'이라고 간판을 내걸어야겠군."

이번에는 탈라하스 터커가 먼저 자신을 소개해 조금 쉬웠다. 나는 만약 그가 선로 순시원이나 승무원차 수위일 경우 빠뜨릴 수 있도록 시내 길로 안내했다. 그는 산에 올라가는 동안 내내 토스트 위에 놓인 아스파라거스에 대해 침을 흘리며 말했다. 그가 평생 한 번도 구경해 보지 못한 것이었다.

산에 다 올라와서 나는 그가 음식에 대한 생각을 잠시 접어두게 한 후 몸값을 가지고 왔냐고 물었다. 그가 말했다.

"선생님, 우리 철도 회사의 채권 3만 달러를 담보로 대출받는 데 성공했습니다. 그런데……."

"지금은 신경 쓰지 마세요, 소령님. 그럼 됐어요. 저녁 식사가 끝날 때까지 기다리세요. 그 후에 사업 문제를 해결합시다. 자, 다들 저녁 식사에 초대할게요. 우리는 서로를 신뢰하고 있고, 협상 장소 위에는 백기가 날릴 겁니다."

"좋은 생각이야." 내 옆에 서 있던 칼리굴라가 말했다. "네가 아까 마지막으로 내려갔을 때 수화물 계장 두 명과 입장권 판매인이 나무 뒤에서 나왔어. 그런데 소령이 돈을 가져왔어?"

"대출 협상에 성공했대."

내가 말했다.

요리사들이 열두 시간 만에 1만 달러를 얻었다면 그건 바로 그날의 나와 칼리굴라였을 것이다. 여섯 시에 우리는 어느 철도 회사 직원들도 맛보지 못했을 만찬을 산꼭대기에 차려놓았다. 모두에게 포도주를 따고 앙트레와 정찬, 맛이 거의 없는 주방장 요리 등, 통과 병에 든 재료로는 거의 만들기 어려운 엄청난 양의 음식을 만들었다. 철도 회사 직원들이 식탁 주위에 모여들었고 성대한 축하연과 유희가 벌어졌다.

만찬 후에 나와 칼리굴라는 사업을 위해 터커 소령을 한쪽으로 데려가서 몸값에 대해 논했다. 소령이 애리조나 주 래비트빌 교외에 있는 읍 부지의 땅값만한 돈다발을 꺼내 들고 하소연했다.

"젊은이들, 선라이즈 앤 에덴빌 탭 철도의 주가가 약간 떨어졌어요. 3만 달러의 채권을 가지고 내가 만들 수 있었던 것은 87달러 50센트가 전부예요. 로킹햄 대령의 농지를 가지고 프렌더개스트 판사가 아홉 번째 융자를 내서 50달러를 얻었지요. 그래서 정확히 1백 37달러 50센트가 만들어졌어요."

내가 터커의 눈을 바라보며 말했다.

"철도 회사의 사장이고 1,000에이커의 땅을 소유하고 있는데……."

터커가 말했다.

"젊은이들, 철도의 길이는 10마일이에요. 직원들이 소나무 숲으로 기관차를 달리게 할 불쏘시개 더미를 모으러 갈 때 외에는 기차가 달리지 않아요. 오래전 시절 좋을 때는 순수익이 주 18달러나 될 때도 있었어요. 세금을 내기 위해 로킹햄 대령이 땅을 열세 번이나 팔았어요. 조지아의 이쪽 근방에서는 지난 2년 동안 복숭아 수확이 없었고 봄에 비가 많이 와서 수박도 다 죽었어요. 이곳 사람들은 비료를 살 만한 돈도 없어요. 땅이 너무 척박해서 옥수수 수확도 없었고요. 토끼를 키울 풀도 없지요. 이 지역 사람들이 지난 1년 동안 먹은 것이라곤 돼지고기와 옥수수밖에 없었어요."

그때 칼리굴라가 자신의 빨강머리를 엉망으로 만들며 끼어들었다.

"픽, 이 푼돈으로 뭘 할래?"

나는 돈을 터커 소령에게 돌려주고 로킹햄 대령에게 가서 그의 등을 탁 치며 말했다.

"대령님, 우리의 장난으로 잠시나마 즐거우셨죠? 이제 납치범 장난은 그만두겠어요. 납치범들 말예요! 많이 우스우셨죠? 내 이름은 라인겔더이고 천시 드퓨의 조카지요. 내 친구는 퍽지誌 편집자와 육촌 사이이고요. 이제 아시겠죠? 우리는 남부에 와서 유머러스한 방법으로 즐기고 있어요. 아직 따지 않은 코냑이 두 병 더 있고 장난은 끝났어요."

더 이상 긴 설명이 필요하지 않을 것이다. 한두 가지 이야기만 덧붙이겠다. 탈라하스 터커 소령이 구금을 연주했고, 칼리굴라는 키 큰 수화물 계장의 회중시계용 주머니에 머리를 대고 함께 왈츠를 추었다. 말하기 쉽지 않은 일이지만 나와 패터슨 G. 코블 씨가 잭슨 T. 로킹햄 대령을 사이에 두고 스탭댄스를 추기도 했다.

가능한 일이라고 생각하지 않겠지만 나와 칼리굴라는 그 다음 날 아침에도 위로를 받았다. 레슐리와 버디크 해리스는 우리와 선라이즈 앤 에덴빌 탭 철도 회사 사이에 있었던 거래의 반만큼도 성공하지 못한 것을 알게 되었기 때문이다.

되찾은 새로운 삶

A Retrieved Reformation

 간수가 교도소 신발 수선소에서 성실하게 구두를 깁고 있던 지미 발렌타인을 본부로 데리고 갔다. 교도관장이 지미에게 그날 아침 주지사가 서명한 특별 사면을 전했다. 지미는 피곤한 얼굴로 그 사실을 받아들였다. 그는 4년 형기 중 거의 10개월을 복역했다. 길어야 3개월 정도 머물 것으로 기대했었다. 지미 발렌타인처럼 밖에 친구가 많은 사람이 감방에 들어오면 머리를 깎을 필요가 거의 없다.

 교도소장이 말했다.

 "자, 발렌타인, 자네는 내일 아침에 출소할 거야. 분발해서 훌륭한 사람이 되도록 하게. 자네는 마음이 나쁜 사람은 아니야. 금고 부수는 일은 이제 그만하고 올바른 삶을 살도록 하게."

 "저 말입니까?" 지미가 놀란 목소리로 말했다. "이런…, 저는 금고를 부순 적이 없는데요."

 "오, 맞아." 교도소장이 웃으며 말했다. "물론 없지. 그러면 자네가 어떻게 스프링필드 사건으로 구치소에 들어가게 됐지? 지극히 높으신 어떤 분의 신용을 더럽히지 않기 위해서 자신의 알리바이를 증명하지 않으려는 건가? 아니면 단지 자네를 미워하는 어떤 야비한 늙은 배심원이 한 짓인가? 자네처럼 무고한 희생자는 언제나 그 둘 중 하나 때문에 생기는 거지."

"저 말인가요?" 지미가 여전히 결백하다는 듯이 대답했다. "무슨 말씀이세요, 소장님. 저는 스프링필드에 가 본 적도 없는데요?"

"크로닌, 그를 다시 데리고 가게." 교도소장이 웃으며 말했다. "출소복을 입혀 주고 아침 일곱 시에 구치소로 보내게. 내 조언을 잘 새겨듣는 게 좋을 거야, 발렌타인."

발렌타인은 다음 날 아침 7시 15분에 교도소장의 옥외 사무실에 서 있었다. 그는 국가가 강제로 초대했던 손님들을 석방할 때 주는 형편없는 기성복을 입고 발에 맞지 않는 딱딱한 신발을 신고 있었다.

사무원이 기차표와 5달러짜리 지폐를 건네주었다. 법이 그가 선량한 시민이 되어 성공하기를 바라며 주는 것들이었다. 교도소장이 그에게 시가를 건네주며 악수를 했다. 죄수번호 9762 발렌타인의 명부에는 주지사의 특별 사면이라고 기록되어 있었다. 지미 발렌타인은 바깥세상 속으로 걸어 나왔다.

그는 새들의 노랫소리와 손을 흔드는 녹색 나무들과 꽃 향기를 무시한 채 곧장 식당으로 향했다. 통닭과 백포도주 한 병을 먹고 마시며 달콤한 자유의 기쁨을 맛보았다. 이어 그는 교도소장이 준 것보다 한 급 놓은 시가를 피웠다. 그러고 나서 서서히 정거장으로 향했다. 문 앞에 앉아 있는 맹인 모자에 25센트를 던져 주고 기차에 올랐다. 세 시간쯤 달린 후 국철 근처에 있는 작은 도시에 내렸다. 그는 마이크 돌란의 카페에 들어가 카운터 뒤에 서 있던 마이크와 악수를 했다.

"더 빨리 꺼내 주지 못해 미안해, 지미." 마이크가 말했다. "스프링 필드가 심하게 반대를 하고 주지사도 거의 뒷걸음질했었어. 기분 괜찮아?"

"괜찮아." 지미가 말했다. "내 열쇠 가지고 있어?"

그가 열쇠를 가지고 위층으로 올라가서 뒤쪽에 있는 문을 열었다. 모든 것이 그가 떠날 때 그대로였다. 바닥에는 유명한 형사 벤 프라이스와 그의 동료가 지미를 체포하기 위해 제압할 때 떨어진 칼라 단추도 그대로 있었다.

벽에서 접침상을 꺼낸 지미가 판벽을 밀더니 먼지가 쌓인 여행 가방을 끌어냈다. 그는 그것을 열어 동부 최고의 금고털이 도구들을 애정 어린 눈길로 바라보았다. 단강으로 특별 제작한 완벽한 세트였다. 최신 디자인의 송곳, 구멍 뚫는 기구, 꺾쇠, 가는 송곳, 짧은 쇠지레, 죔쇠, 나사 송곳 등이 있었고, 지미 자신이 개발해 자부심을 느끼는

신형 도구도 두세 개 있었다. 지미 같은 전문 직업인을 위해 도구를
만드는 곳에서 모두 900달러 이상을 들여 맞춘 것들이다.

반 시간 후에 지미는 아래층 카페로 내려왔다. 매끈하게 잘 맞는 옷
을 입고 손에는 먼지를 털고 닦은 여행 가방을 들고 있었다.

"할 일이라도 있는 거야?"

마이크 돌란이 다정하게 물었다.

"나 말이야?" 지미가 어리둥절한 얼굴을 하고 말했다. "무슨 말인
지 모르겠는데. 나는 뉴욕의 쇼트 스냅 비스킷 크래커와 플래즐드 밀
합병 주식회사의 대표야."

그의 말을 들은 마이크가 크게 즐거워하며 만들어 준 광천 소다수
밀크 칵테일을 지미는 그 자리에서 다 마셔 버렸다. 그는 도수 높은
술을 전혀 마시지 않았다.

9762번 발렌타인이 출소한 지 일주일 후 인디애나 주 리치몬드에서
범인에 대한 단서를 전혀 잡을 수 없는 감쪽같은 금고털이 사건이 발
생했다. 하지만 사라진 돈은 겨우 800달러였다. 그로부터 2주일 후 로
간스포트에서 신형 강도방지 금고가 치즈처럼 열려 현금 1,500달러
가 사라졌다. 증권과 은은 건드리지도 않았다. 그러자 경찰이 사건에
관심을 갖기 시작했다. 그리고 나서 제퍼슨 시에 있는 구식 은행 금고
가 움직이기 시작하더니 분화구가 폭발해 5,000달러에 달하는 은행

권을 분출했다. 이제 손실은 벤 프라이스 수준의 형사가 관심을 가지기에 충분할 만큼 심각했다. 기록을 비교해 보니 강도 수법에 놀랄 만한 유사성이 나타났다. 벤 프라이스가 사건 현장을 조사한 후 다음과 같이 말했다.

"이것은 멋쟁이 지미 발렌타인의 서명이나 마찬가지야. 그가 다시 범행을 시작했다. 저 자물쇠를 보라. 흐린 날 밭에서 무를 뽑은 것처럼 쉽게 빠져 있다. 저렇게 할 수 있는 죔쇠를 가진 자는 그밖에 없다. 자물쇠의 날름쇠들을 얼마나 깔끔하게 쳐서 뺏는지 보라. 지미는 언제나 구멍을 한 개씩만 뚫는다. 그렇다. 나는 발렌타인을 지목했다. 그가 다시 잡혔을 때는 형기가 감량되거나 사면을 받는 일 따위는 없을 것이다."

벤 프라이스는 지미의 습관을 알았다. 스프링필드 사건을 조사하면서 알게 되었다. 점프를 길게 하고 재빨리 도주하고 공범이 없으며 상류 사회에 대한 취향을 가지고 있다. 그런 점들이 발렌타인이 징벌을 잘 피하는 데 도움이 되곤 했다. 벤 프라이스가 이처럼 교묘히 잘 빠져나가는 금고털이를 추적하기 시작했다는 발표가 나자, 금고를 지닌 사람들이 한시름 놓게 되었다.

어느 날 오후 참나무 고장인 아칸소 철도에서 5마일쯤 떨어진 엘모어의 한 우편마차에서 발렌타인과 그의 여행 가방이 나왔다. 대학에서 잠시 쉬려고 온 스포츠 잘하는 대학생같이 보이는 지미가 호텔을 향해 인도를 걸어가고 있었다.

길을 건너던 한 젊은 여자가 모퉁이에서 그를 지나쳐 엘모어 은행 간판이 붙은 건물로 들어갔다. 그녀의 눈을 바라본 지미 발렌타인이 자신의 직업을 잊고 딴사람이 되었다. 그녀가 아래쪽으로 시선을 옮기며 얼굴을 약간 붉혔다. 지미처럼 멋지고 잘생긴 젊은이는 엘모어에 흔치 않았다.

지미는 은행 계단에서 빈들거리던 한 소년을 불러 주주 중 한 명인 척하고 이따금 10센트짜리 은화를 주며 도시에 대해서 이것저것 물어보았다. 잠시 후 젊은 여자가 여행 가방을 든 젊은 남자를 의식하지 않는 듯 당당하게 걸어 나왔다.

"저 아가씨가 폴린 심프슨 양인가?"

지미가 그럴 듯하게 꾸며서 물었다.

"아뇨." 소년이 말했다. "애나벨 애덤스 양이에요. 아버지가 이 은행을 소유하고 있어요. 엘모어에는 어떻게 왔어요? 그건 금 시계줄인가요? 나는 불도그를 한 마리 사려고 해요. 은전 더 있어요?"

지미는 플랜터스 호텔로 가서 숙박부에 랄프 D 스펜서라 적고 방을 예약했다. 그러고는 데스크에 기대어 직원에게 자신의 관심사에 대해 말했다. 사업 시작할 장소를 물색하느라 엘모어에 왔으며, 이 도시

212

에서 제화 사업은 어떤가, 자신은 제화 사업을 생각해 왔는데 기회가 괜찮겠는가 등등 이런저런 얘기를 주고받았다.

호텔 직원은 지미의 복장과 태도에 감탄했다. 그 자신도 별로 부유하지 않은 엘모어의 젊은이들 가운데서는 제법 유행을 따르는 편인데 이제 자신의 부족함을 깨닫게 되었다. 호텔 직원은 지미에게서 매듭 넥타이를 맨 방식을 알아내려고 노력하면서 성의껏 대답해 주었다.

"그렇습니다. 제화 사업에 좋은 조건들을 가지고 있지요. 이곳에는 신발 전문점이 없어요. 의류 가게와 일반 상점에서 팔지요. 모든 분야의 사업이 그런대로 잘됩니다. 스펜서 씨가 엘모어에서 사업을 하기로 결정하면 좋겠군요. 이곳에 사는 것이 즐겁고, 사람들이 친절하다는 것을 느끼시게 될 겁니다."

스펜서 씨는 이 도시에 며칠간 머물면서 상황을 검토해 보기로 생각했다. 호텔 직원이 사환을 부를 필요는 없다. 여행 가방은 그가 스스로 들고 갈 것이다. 상당히 무겁기 때문이다.

지미 발렌타인의 재 — 갑작스럽고 피할 수 없는 사랑의 공격으로 타고 남은 재 — 속에서 일어난 불사조는 엘모어에 머물렀고 번영했다. 제화점을 열었고 사업이 잘되었다.

그는 사회적 성공을 거두었고 친구들을 많이 만들었다. 그리고 자신의 소원을 이루었다. 애나벨 애덤스 양을 만났고 그녀의 매력에 점점 더 사로잡혔다.

그해 말에 랄프 스펜서 씨의 상황은 이러했다. 지역 공동체의 존경을 받았고, 제화업이 번영했으며 그와 애나벨은 약혼을 해 2주 후에 결혼할 예정이었다. 전형적인 시골 은행장답게 단조로운 삶을 사는 애덤스 씨는 스펜서가 마음에 들었다. 애나벨은 그에게 느끼는 애정만큼이나 큰 자부심을 지니고 있었다. 그는 애덤스 씨의 가족과 애나벨의 결혼한 언니 가족과도 친밀해서 이미 한 가족이 된 듯했다.

하루는 지미가 다음과 같은 편지를 써서 세인트 루이스에 사는 그의 친구들 중 한 명의 안전한 주소로 보냈다.

오랜 친구에게

다음 주 수요일 밤 아홉 시에 리틀락에 있는 설리반네서 만나세. 자네가 나를 위해 사소한 일을 결말지어 주었으면 하네. 또한 나의 도구 상자를 자네에게 선물로 주고 싶어. 자네가 기뻐할 거라고 생각하네. 1,000달러를 주고도 똑같은 것을 만들 수 없는 물건이지. 빌리, 나는 예전에 하던 일을 그만두었어, 1년 전에. 그리고 괜찮은 가게를 열었어. 정직한 삶을 살고 있고, 2주일 후면 이 세상에서 가장 예쁜 여자와 결혼하네. 앞으로 이렇게만 살 거야, 빌리. 올바른 삶, 이제 절대로 다른 사람의 돈은 1달러도 건드리지 않을 거야. 결혼 후에는 모은 것을 팔고, 과거에 했던 일 때문에 불리한 사태에 직면할 일이 별로 없는 서부로 갈 거야. 빌리, 그녀는 천사야. 그녀는 나를 믿어. 이제는 결코 다시 그런 부정직한 일은 하지 않을 거야. 설리반네서 만나세. 자네를 반드시 만나야 해. 도구들을 가지고 갈게.

- 친구, 지미

지미가 이 편지를 쓰고 난 월요일 밤, 벤 프라이스가 대여한 마차를 타고 남의 눈에 띄지 않게 엘모어에 왔다. 그는 그가 늘 하던 대로 조용하게 도시를 어슬렁거리다가 찾던 것을 발견했다. 약국에서 길 건너 맞은편에 있는 스펜서 제화점에서 랄프 D 스펜서를 확실히 본 것이다.

"은행장의 딸과 결혼한다고, 지미? 글쎄, 쉽지 않을걸!"

벤이 낮은 목소리로 중얼거렸다.

다음 날 아침 지미는 애덤스 씨네서 아침 식사를 했다. 그는 그날 자신의 결혼 예복을 주문하고 애나벨을 위한 선물을 사기 위해 리틀락으로 갈 예정이었다. 그가 엘모어에 온 뒤 처음으로 도시 밖으로 나서는 것이었다. '전문적인 일'을 마지막으로 하고 나서 1년이 넘었기 때문에 위험을 무릅써도 괜찮을 것이라고 생각했다.

아침 식사 후 지미는 애덤스 씨, 애나벨, 애나벨의 결혼한 언니와 다섯 살과 아홉 살 난 그녀의 두 딸 함께 시내로 갔다. 그들은 지미가 여전히 머물고 있는 호텔로 왔고 그는 방에 가서 여행 가방을 가지고 왔다. 그리고 함께 은행으로 갔다. 은행 앞에는 지미의 말과 마차, 그리고 지미를 철도역까지 데려다 줄 돌프 깁슨이 기다리고 있었다.

모두들 조각이 새겨진 높은 참나무 난간을 지나 은행으로 들어갔다. 지미도 함께 들어갔다. 애덤스 씨의 미래 사위는 어디서나 환영을 받았다. 직원들은 애나벨 양과 결혼하게 될 잘생기고 호감 가는 젊은이의 인사를 기쁜 마음으로 받았다. 지미가 여행 가방을 내려놓았다. 마음이 들뜬 애나벨이 행복한 얼굴로 지미의 모자를 쓰고 가방을 들었다.

"멋진 출장 판매원같지 않아요?" 애나벨이 말했다. "어머나! 랄프, 왜 이렇게 무거워요? 금궤가 가득 들어 있는 것 같네요."

"니켈 도금된 구둣주걱이 잔뜩 들어 있어서 그래." 지미가 침착하게 대답했다. "돌려줘야 하는 것들이야. 직접 가져가면 운송료를 절약할 수 있을 것 같아서. 나는 정말 검소해지고 있어."

엘모어 은행은 최근 새로운 금고와 금고실을 들여놓았다. 애덤스 씨는 이를 매우 자랑스럽게 여기며 모두들 한 번씩 구경해 보라고 했다. 금고실은 작았지만 새롭게 맞춘 문이 달려 있었다. 한꺼번에 닫히게 되어 있는 세 개의 강철 걸쇠와 시한 자물쇠도 장치되어 있었다. 애덤스 씨는 희색이 만면해 스펜서에게 작동법을 설명해 주었다. 스펜서는 예의 바르게 들었지만 그다지 큰 관심은 보이지 않았다. 메이와 아가사, 두 아이는 반짝이는 금속과 재미있게 생긴 시계와 손잡이들을 보며 즐거워했다.

바로 그때 벤 프라이스가 어슬렁거리다가 난간에 팔꿈치를 기대고 그 사이를 무심하게 들여다보고 있었다. 그는 용건이 있는 게 아니라 아는 사람을 기다리고 있을 뿐이라고 은행 출납계원에게 말했다.

그때 갑자기 금고 쪽에서 여자들의 외마디 비명이 한두 번 들리고 소동이 일어났다. 어른들이 한눈파는 사이에 아홉 살짜리 메이가 아가사가 금고 안에 있을 때 문을 닫아 버린 것이다. 그리고 나서 빗장들을 닫고 애덤스 씨가 하는 것을 본 대로 맞춤번호가 있는 손잡이를 돌려 버렸다.

늙은 은행가가 손잡이로 달려가 잡아당겨 보았다.

"문이 열리지 않아." 그가 신음했다. "시계가 맞춰지지 않았고, 숫자조합도 정해지지 않았어."

아가사의 어머니가 다시 절망적인 비명을 질렀다.

"쉿!" 애덤스 씨가 떨리는 손을 들며 최대한 큰 소리로 외쳤다. "모두들 조용히 해. 아가사, 내 말을 듣거라."

이어 침묵 속에서 들리는 것은 어린아이가 어두운 금고 안에서 공포에 사로잡혀 거칠게 지르는 희미한 소리뿐이었다.

"소중한 내 딸아!" 어머니가 울부짖었다. "그 아이는 두려움으로 죽을 거예요! 문을 열어요! 오, 문을 부숴요! 당신네 남자들이 아무 일도 할 수 없나요?"

"리틀락에나 가야 그 문을 열 수 있는 사람이 있어." 애덤스 씨가 떨리는 목소리로 말했다. "오, 하느님! 스펜서, 어떻게 하면 좋지? 그 아이는 안에서 오래 견디지 못할 거야. 공기가 충분하지 않아. 뿐만 아니라 놀라서 경련을 일으킬 거야."

이제 거의 미칠 지경이 된 아가사의 어머니가 손으로 금고의 문을 두드렸다. 누군가 다이나마이트를 쓰자는 제안까지 했다. 애나벨이 아직 희망을 잃지 않은 눈으로 지미를 바라보았다. 여자는 자신이 숭배하는 남자는 무슨 일이든지 해낼 수 있다고 믿는다.

"어떻게 해 볼 수 없어요, 랄프? 뭔가 해 봐요, 제발!"

그는 입술에 기묘하면서도 부드러운 미소를 띤 채 날카로운 눈빛으로 그녀를 바라보았다.

"애나벨," 그가 말했다. "당신이 달고 있는 그 장미를 내게 줘요."

그가 한 말을 믿기 어려웠지만 그녀는 가슴 위에 달린 꽃봉오리 핀을 빼서 그의 손에 쥐어 주었다. 지미가 그것을 자신의 조끼 주머니에 넣고 양복 윗도리를 벗더니 소매를 걷어붙였다. 그와 동시에 랄프 D 스펜서는 사라지고 지미 발렌타인이 나타났다.

"모두들 그 문에서 물러나요."

그가 짧게 명령했다.

그러더니 가방을 탁자 위에 올려놓고 즉시 열었다. 그때부터 그는 주변의 그 누구도 의식하지 않는 듯이 보였다. 반짝이는 기묘한 도구들을 재빨리 질서 정연하게 내려놓으며 일할 때 항상 그랬듯이 나지막하게 휘파람을 불었다. 사람들은 마술에 걸린 듯 꼼짝 않고 숨죽여 그를 바라보았다.

곧 지미가 아끼는 송곳이 철문 속으로 유연하게 들어갔다. 스스로 세운 기록을 깨고 10분 만에 빗장을 풀고 문을 열었다.

거의 기절했지만 무사한 아가사가 엄마 품에 안겼다.

지미 발렌타인은 코트를 입고 난간을 지나 정문을 향해 걸어갔다. 그는 전에 알고 있던 목소리가 '랄프'라고 부르는 소리를 멀리서 들은 듯했다. 그러나 그는 망설이지 않았다.

문 앞에 몸집이 큰 남자가 다소 길을 막고 서 있었다.

지미가 여전히 야릇한 미소를 띤 채 말했다.

"오랜만이군요, 벤! 드디어 방문하셨군요. 자, 가죠. 지금도 크게 달라진 것은 없는 것 같군요."

그런데 벤 프라이스가 조금 이상하게 행동했다.

"사람 잘못 보신 것 같은데요, 스펜서 씨. 내가 당신을 알아볼 거라고 생각지 마시오. 당신의 마차가 기다리고 있지 않소?"

벤 프라이스가 몸을 돌려 한가로이 길을 걸어 내려갔다.

수준높은 실용주의

The Higher Pragmatism

　지혜를 찾으러 어디로 갈 것인가는 심각하고도 중요한 문제가 되었다. 고대의 문명인들은 믿을 수 없게 되었다. 플라톤은 보일러 강판이고, 아리스토텔레스는 위기에 놓였고, 마르쿠스 아우렐리우스(로마 황제로서 스토아학파 철학자 : 옮긴이)는 비틀거리고, 이솝은 인디애나 주에 의해 저작권으로 보호되고, 솔로몬은 너무 근엄하고, 곡괭이를 가지고 에픽테토스(그리스의 스토아학파 철학자 : 옮긴이)에게서 얻을 수 있는 것은 아무 것도 없다.

　학교 독본에서 수년간 사고력과 성실의 모범으로 여겨졌던 개미는 비실비실하고 지능이 낮고 시간과 노력을 낭비하는 곤충으로 밝혀졌다. 오늘날 올빼미는 경멸을 받는다. 하계문화 교육학교(1874년에 시작된 오락과 교육을 겸한 문화 교육. 현재는 쇠퇴했음 : 옮긴이)는 문화를 포기하고 공중 팽이를 택했다. 수염이 희끗희끗한 노인들은 상인들의 특허 양모제 성능에 대해 열렬히 옹호하고 있다. 일간지가 출간한 연감에는

220

인쇄 오류가 있다. 대학 교수들은······.

그러나 실제성은 없다.

강의실에 앉아서 백과사전이나 과거의 공적에 심취한다고 지혜로워지는 것은 아니다. 시인이 말했듯이 지식은 오지만 지혜는 머문다. 지혜는 알지 못하는 사이에 우리에게 스며들어 생기를 더하고 자라게 만드는 이슬이지만, 지식은 호스를 통해 우리에게 전달되는 강한 물줄기이다. 우리의 뿌리를 휘저어 놓는다.

그러니 차라리 지혜를 모으자. 하지만 지혜를 구하기 위해서는 지식이 필요하다. 우리에게 어떤 것에 대한 지식이 있을 때는 있다는 것을 안다. 그러나 우리는 스스로가 지혜롭다는 것을 모르고 있을 때가 너무 많다. 그리고······.

이야기를 계속 풀어 보도록 하자.

한번은 작은 도시 공원의 벤치에 50센트짜리 잡지가 놓여 있는 것을 보았다. 다시 말하면, 내가 벤치에서 그의 곁에 앉았을 때 그가 요구한 액수가 바로 10센트였다. 나는 그가 괴상한 이야기들로 제본된, 곰팡내 나고 지저분하고 너덜너덜한 잡지라고 확신했다. 그런데 알고 보니 스크랩북이었다.

내가 시험해 보려고 그에게 말을 건넸다.

"나는 신문 기자입니다. 저녁 시간을 공원에서 보내는 불운한 사람들의 경험담에 대해 기사 쓰는 일을 할당 받았어요. 왜 몰락하게 되었는지 물어봐도 될까요?"

그가 갑자기 웃는 바람에 홍정이 중단되었다. 너무나도 심기가 고약하고 어색한 웃음소리라 수일 동안 웃어 본 적이 없는 사람이라는 것을 알 수 있었다.

"오, 아냐, 아냐, 아냐. 당신은 기자가 아녜요. 기자들은 그런 식으로 이야기하지 않아요. 우리 중의 한 명인 척하면서 방금 세인트 루이스에서 온 수화물차 연결부(종종 부랑자의 잠복처가 됨 : 옮긴이)에 탔다고 말하지요. 기자는 한눈에 알아볼 수 있어요. 우리 공원 부랑자들은 인간의 본성에 대해 아주 잘 알아맞히지요. 우리는 하루 종일 여기 앉아서 지나가는 사람들을 봅니다. 벤치 앞을 지나가는 사람들을 내가 어떻게 판단하는지 알면 놀랄 겁니다."

"글쎄요. 계속 말해 봐요. 나에 대해 어떻게 평가하시겠소?"

"어떻게 말하면 좋을까……."

인간 본성의 연구자가 용서하기 어려울 정도로 망설이면서 말을 시작했다.

"글쎄요. 당신은 하청 사업을 했든가 어쩌면 상점에서 일했는지도 모르겠고 아니면 간판장이 일을 했는지도 모르겠군요. 시가를 마저 피우려고 잠시 공원에 들렀다가 나에게서 공짜 이야기를 좀 들어야겠다 생각했겠지요. 아니면 미장이나 변호사일 수도 있고요. 보시다시피 날이 약간 어두워지고 있네요. 부인이 집에서 담배를 못 피우게 하나 보군요."

나는 침울한 표정을 지었다. 그러자 인간 본성의 판독자가 말했다.

"하지만 다시 판단하건대 당신은 아직 아내가 없군요."

내가 불안하게 일어서며 말했다.

"맞아요, 맞아요, 맞아요. 아내가 없어요. 하지만 생길 거예요. 큐피드가 화살을 쏘면 말이죠. 그러니까 만약에……."

나의 음성이 불확실성과 절망으로 점점 약해지고 둔탁해진 게 틀림없다.

먼지투성이의 부랑자가 경솔하게 들리는 음성으로 말했다.

"당신이 오히려 할 이야기가 있는 듯하군요. 10센트 은화를 가지고 당신의 이야기 보따리를 나한테 풀어 봐요. 공원에서 저녁 시간을 보내는 불운한 자들의 흥망성쇠에 대해 나도 관심이 있소이다."

그 말이 어쩐지 나를 즐겁게 했다. 나는 그 추레한 낙오자를 더욱 관심 있게 바라보았다. 정말로 나에게는 할 이야기가 있었다. 그에게 말하지 말라는 법이 어디 있는가? 내 친구 중 아무에게도 이 이야기를 하지 않았다. 나는 언제나 말수가 적고 노여움을 억누르는 편이었다.

마음이 소심하든지 예민하든지 어쩌면 그 둘 다일 것이다. 이 낯선 방랑자에게 비밀을 털어놓고 싶은 충동을 느끼자 놀라서 피식 웃음이 나왔다.

"맥!"

내가 말했다.

"잭!"

그가 말했다.

"맥! 말해 드리죠."

"10센트를 미리 돌려받기 원하오?"

그가 말했다. 나는 그에게 1달러를 건네주며 말했다.

"그 은화는 당신의 이야기를 들은 값이었습니다."

"수다의 관점에서 볼 때 맞는 말이군요. 계속 말해 보시오."

그가 말했다.

오직 밤바람이나 철월(반달보다 크고 보름달보다 작은 달 : 옮긴이)에게만 자신의 슬픔을 털어놓는 세상의 연인들에게는 믿어지지 않겠지만, 하필이면 사랑에 공감해 주리라고 여겨지는 그 부랑자에게 나의 비밀을 털어놓게 되었다.

나는 밀드레드 텔페어를 흠모하며 보낸 수많은 날들에 대해 그에게 이야기했다. 절망, 고통스러웠던 낮, 잠 못 이루었던 밤, 꺼져 가는 희망과 마음의 번민에 대해 이야기했다. 나는 심지어 그녀의 아름다움과 고상함, 사회에서 가진 막강한 영향력, 그리고 도시 백만장자들의 돈을 능가하는 자부심을 지닌 유서 깊은 가문의 장녀로서의 기품 있는 삶에 대해서까지 이 밤의 부랑자에게 자세히 말해 주었다.

"차라리 그녀를 단념하지 그러오?"

맥이 나를 속세와 사투리로 다시 끌어내리며 물었다. 나는 너무나 가치 없는 존재이고 수입도 적고 너무 두려워 그녀를 존경하고 있다는 사실을 말할 용기가 나지 않았다고 말해 주었다. 그녀 앞에서는 얼굴이 붉어지고 말을 더듬기 때문에 그녀는 매력적이고 미치게 만드는 미소로 나를 바라보았다고 말했다.

"그녀는, 말하자면 전문가 급으로 활동하고 있군요. 그렇죠?"

맥이 물었다.

"텔페어 가문은……."

내가 오만하게 말문을 열었다.

"내 말은 그녀의 미모가 전문가적인 수준이라는 말이오."

내 이야기의 경청자가 말했다.

"많은 사람들이 그녀를 숭배하고 있어요."

내가 조심스럽게 말했다.

"자매가 있나요?"

"한 명 있어요."

"다른 여자를 사귄 적이 있소?"

"글쎄요, 몇 명 있어요. 아니 그보다는 조금 더 돼요."

"음! 궁금한 게 더 있는데 다른 여자들에게는 수작을 걸 수 있소? 말을 걸고 추파를 던지고 꼭 껴안을 수 있느냐 말이오. 내 말이 무슨 말인지 알 거요. 당신은 그 특정 숙녀 앞에서만, 즉 비범한 미모를 갖춘 그 여성 앞에서만 수줍음을 타는 거란 말이오. 그렇지 않소?"

"어느 면에서는 지금 한 말이 진실에 접근했다고 볼 수 있어요."

내가 시인했다. 그러자 맥이 정색을 하고 말했다.

"그럴 거요. 당신의 상황은 내가 겪은 일을 기억나게 하는군. 이야기해 주리다."

나는 화가 났지만 드러내지 않았다. 이 부랑자의 경험이나 다른 어떤 사람의 경우가 어떻게 내가 겪은 일과 비교될 수 있을 것인가? 뿐만 아니라 나는 그에게 1달러 10센트를 주었다.

"내 근육을 만져 보시오."

나의 친구가 갑자기 이두박근을 움직이며 말했다. 나는 기계적으로 그의 팔을 만져 보았다. 체육관에서 만나는 사람들은 다들 그런 요청을 한다. 그의 팔은 쇠로 만든 것처럼 단단했다. 맥이 말했다.

"4년 전에, 나는 프로 권투 링 밖에서는 뉴욕에 있는 그 누구도 이길 수가 있었소. 당신의 경우나 내가 겪은 일은 똑같아요. 나는 웨스트 사이드 출신이오. 30번가와 40번가 사이에 있지요. 문 앞에 번지수는 달지 않아요. 열 살 때 프로 권투선수였고, 스무 살이 되었을 때는 시내의 어떤 아마추어도 나와 싸워 4라운드를 버티지 못했소. 정말이오. 틀림없는 사실이오. 빌 맥카티를 아시오? 몰라요? 그는 일부 상류층을 위해 흡연 담화회를 운영했소. 나는 내 앞에 서는 모든 빌을 다 쓰러뜨렸소. 나는 미들급이었지만 필요하면 웰터급으로 체중을 줄일 수 있었소. 한판 승부를 위해서, 돈을 벌기 위해서, 개인적인 즐거움을 위해서 웨스트 사이드 전역에서 권투를 했고 한 번도 패한 적이 없어요.

하지만 처음으로 프로와 링에서 대결을 했을 때는 통조림이 된 바닷가재보다 나을 것이 없었다오. 왜 그렇게 됐는지는 알 수 없지만 용기를 잃은 것 같았소. 너무 상상을 많이 했던 것 같아요. 경기의 운영 방식이나 수많은 관중들이 어쩐지 담력을 약하게 만들었소. 링에서는 한 번도 이긴 적이 없어요. 라이트급이나 온갖 종류의 이류 선수들이 나의 매니저와 계약을 하고 다가와 나를 가볍게 쓰러뜨렸소. 야회복을 입은 많은 신사들이 링 아래 앞쪽에 앉아 있는 모습과 프로가 링 안으로 들어오는 것을 보는 순간 나는 진저 에일(생강 맛을 곁들인 탄산 청량음료 : 옮긴이)처럼 약해졌으니까요.

물론 얼마 안 가서 후원자를 얻을 수 없게 되었고 더 이상 프로와 싸울 기회가 없어졌소. 결국은 아마추어와도 별로 싸울 수가 없게 되었지요. 하지만 사실을 말하면 나는 링 안에서건 밖에서건 어느 누구 못지않게 잘 싸웠어요. 문제는 정규 선수와 대결할 때마다 둔하고 마비되는 듯한 느낌 때문에 기진맥진해진다는 것이었죠.

　그래서 프로 권투를 그만둔 후에는 기분이 아주 좋지 않았어요. 시내에 나가 시민을 비롯해 온갖 종류의 프로가 아닌 사람들을 내 멋대로 때렸다오. 말다툼만 시작할 수 있다면 어두운 거리에 있는 경찰이든 차장이든 택시 기사든 짐꾼이든 가리지 않고 때렸어요. 몸집이 얼마나 큰지 기량이 얼마나 되는지도 가리지 않고 때렸어요. 그래도 벌도 안 받고 피할 수 있었어요. 만약 내가 링 밖에서 싸움 잘하는 사람을 때려눕히던 자신감을 링 안에서도 느꼈다면 지금쯤 검은 진주 벨트와 연자줏빛 실크 양말을 신고 있을 거요.

　어느 날 저녁 이것저것 생각하면서 바워리 가(뉴욕 시 큰길의 하나. 값싼 술집, 여관이 모여 있음 : 옮긴이) 근처를 걸어가고 있는데 추레한 무리가 다가오지 않겠소. 한 예닐곱 명쯤 됐는데 모두 연미복을 입고 빛이 나지 않는 실크 모자를 쓰고 있었소. 그들 중 한 명이 나를 인도 밖으로 밀어냈어요. 사흘 동안 한 번도 싸움을 한 적이 없었기 때문에 나는 '아주 즐겁군!'이라고 말하고 귀 뒤쪽을 한 대 쳤어요.

228

거기서 끝장을 봤지요. 난 녀석과 영화에서 보는 것처럼 아주 근사하게 한판 싸웠소. 인도에서 일어난 일이고 주변에 경찰이 없었지요. 다른 놈은 기량이 뛰어난 놈이었지만 그 녀석까지 때려눕히는 데는 6분밖에 안 걸렸어요. 연미복을 입은 놈 몇 명이 그를 계단으로 끌고 가서 부채질을 하기 시작했소. 한 녀석이 내게 와서 말하더군요.

'젊은이, 지금 무슨 짓을 했는지 알겠나?'

'오, 저리 가요.' 내가 말했어요. '샌드백을 잠시 두드렸을 뿐이에요. 녀석을 다시 예일대학으로 데리고 가서 사람 걸어 다니는 길 아무 데서나 사회학 공부를 하지 말라고 일러주세요.'

'선량한 친구,' 그가 말했어요. '나는 자네가 누구인지 모르네. 하지만 알고 싶군. 자네는 미들급 세계 챔피언 레디 번즈를 쓰러뜨렸어. 짐 제프리즈와 시합을 하기 위해 어제 뉴욕에 왔어. 만약 자네가……'

정신을 차리고 보니 나는 기절해서 암모니아 냄새 가득한 약국 바닥에 누워 있더군요. 그가 레디 번즈라는 것을 알았더라면 두드려 패는 대신 차도와 인도 사이 도랑으로 내려가 기어서 지나갔을 거요. 글쎄요, 만약 링에서 그가 로프를 넘어오는 걸 봤다면 나는 완전히 탄산암모니아수가 됐을 겁니다."

잠시 사이를 두었다가 맥이 결론을 내렸다.

"상상력이 바로 그런 일을 하지요. 그리고 내가 말했다시피 당신과 나는 경우가 비슷해요. 절대로 성공하지 못 할 거요. 프로와 대결할 수 없어요. 오늘 이 벤치에서의 대화는 참으로 당신의 로맨스를 위한 거요."

염세주의자 맥이 거칠게 웃었다. 그를 향해 내가 냉담하게 말했다.

"미안하지만 비슷하다고 생각지 않는데요. 나는 권투 경기장에는 가 본 적이 거의 없어요."

부랑자가 자신의 비유를 설명하면서 강조하기 위해 집게손가락으로 나의 소매 자락을 건드렸다. 그가 약간 위엄을 갖추고 말했다.

"모든 사람은 자신에게 좋아 보이는 어떤 것을 바라보지요. 당신에게 있어서는 당신이 말을 하기 두려워하는 그 숙녀이고, 나의 경우는 링에서 이기는 겁니다. 아마도 당신은 나처럼 지고 말 거요."

"왜 내가 질 거라고 생각하지요?"

내가 흥분해서 묻자 그가 말했다.

"왜냐하면 당신은 링 안으로 들어가는 것을 두려워하기 때문이오. 당신은 프로 앞에 서지를 않아요. 당신의 경우와 나의 경우는 똑같아요. 당신은 아마추어예요. 계속 로프 바깥에 있는 것이 더 낫다는 거요."

"글쎄요, 이제 가 봐야겠어요."

내가 일어서며 조심스럽게 시계를 들여다보았다.

20피트쯤 갔을 때 공원 벤치에 앉아 있던 그가 나를 불렀다.

"1달러 정말 고맙소. 10센트도 마찬가지고요. 하지만 결코 그녀를 얻을 수 없을 거요. 당신은 아마추어니까."

떠돌이와 허물없는 이야기를 하다니 이런 일을 당해도 마땅하지. 내가 나 스스로에게 말했다. 정말 무례하군!

하지만 걷고 있는 동안에도 그가 한 말이 나의 뇌리에 계속 울리는 것 같았다. 심지어 그에 대해 분노가 일고 있다고 생각될 정도였다. 마침내 내가 큰 소리로 말했다.

"그에게 보여 주겠어! 나도 레디 번즈와 싸울 수 있다는 것을 보여 주겠어. 그가 누구인지 알면서도 말이야."

공중전화 박스로 서둘러 가서 텔페어 양의 집에 전화를 했다.

부드럽고 달콤한 목소리가 대답했다. 내가 그 음성을 모를 리 있는가? 수화기를 잡고 있는 손이 떨렸다.

"당신이군요?"

전화로 말하는 모든 사람이 그렇듯 나 역시 어리석은 말로 입을 열었다.

"맞아요, 저예요. 실례지만 누구세요?"

텔페어 가문의 유산인 낮고도 또렷한 음성이 대답했다.

자기 중심적이기보다 문법을 존중하며 내가 말했다.

"겁니다. 나예요. 지금 당장 솔직하게 당신께 하고 싶은 말이 있어요."

"어머! 오, 당신이군요, 아든 씨!"

그녀가 일부러 첫 단어를 강조했는지 의아했다. 밀드레드는 나중에 곰곰이 생각해 봐야 하는 말을 잘했기 때문이다.

"네, 그럴 겁니다. 그럼 이제 요점을 말하겠습니다."

나는 이 말을 하자마자 분위기에 어울리지 않는 말을 했다고 생각했다. 하지만 변명하기 위해 말을 멈추지 않았다.

"당신은 물론 내가 당신을 사랑한다는 걸 알고 있지요? 오랫동안 그렇게 바보스러운 처지에 있었습니다. 더 이상 그렇게 어리석기를 원치 않아요. 지금 당장 대답해 주세요. 나와 결혼해 주시겠습니까? 제발 끊지 마세요. 전화 교환국은 끼어들지 마세요. 여보세요, 여보세요! 결혼해 주실 겁니까, 안 해 주실 겁니까?"

그건 레디 번즈에게 올려치기를 한 것과 같았다. 수화기를 통해 대답이 들려왔다.

"어머나, 필! 저런, 물론 결혼할 거예요! 당신이 그런 생각을 하고 있는 줄은 몰랐어요. 그런 말을 한 적이 없잖아요. 오, 집으로 오세요. 전화로는 내가 원하는 것을 말할 수가 없어요. 당신은 정말로 끈질기

군요. 하지만 제발 집으로 와 주세요, 오실 거죠?'

내가 갔을까?

나는 텔페어 저택의 초인종을 요란하게 눌렀다. 어떤 사람이 문을 열고 나와 응접실로 나를 안내했다.

나는 천장을 바라보며 혼잣말을 했다.

'오, 이런, 사람은 누구에게나 배울 게 있어. 그게 맥의 선량한 철학이지. 그는 자신의 경험을 통해 얻은 것이 없지만 나는 얻었어. 프로들의 세계에 속하기 위해 해야 할 일은······.'

나는 거기서 생각을 멈추었다. 누군가 층계를 내려오고 있었다. 무릎이 떨리기 시작했다. 프로 선수가 링으로 들어올 때 그가 어떤 느낌이었는지 알 수 있었다.

나는 어리석게도 도망할 수 있는 문이나 창을 찾아 주위를 둘러보았다. 다른 여자가 다가오고 있다면 그렇게 느끼지 않았을 것이다

그러나 바로 그 순간 문이 열리고 밀드레드의 여동생 베스가 들어왔다. 그녀가 그처럼 영광의 천사같이 보인 순간은 없었다. 그녀가 곧장 내게로 걸어왔다. 그리고, 그리고······.

엘리자베스 텔페어의 눈과 머리칼이 그토록 완벽하고 멋진 줄은 전에는 알지 못했다.

그녀가 텔페어 가문 특유의 부드러운 음성으로 말했다.

"필, 전에 말하지 그랬어요? 몇 분 전에 전화를 걸어오기 전에는 당신은 항상 언니에게만 관심이 있는 줄 알았어요!"

나는 맥과 내가 언제까지나 가망 없는 아마추어일 거라고 생각한다. 그러나 내 경우에 일이 이렇게 잘 풀린 것을 볼 때 그 사실이 매우 즐겁다.

예술적 양심

Conscience in Art

"나의 동업자 앤디 터커를 단순한 사기라는 합법적 윤리의 테두리에 붙잡아 둘 수가 없었지요."

제프 피터스가 하루는 내게 말했다.

"앤디는 너무 상상력이 풍부해서 정직하기가 어려워요. 그가 세우는 계획은 부정이 너무 심하고 엄청 복잡하고 돈이 많이 들기 때문에 철도 운임 환불제의 세칙에는 허용되지 않는 것이었어요.

나는 어떤 사람의 돈을 빼앗았으면 그 대가로 반드시 뭔가를 줘야 한다고 믿었지요. 황동 판으로 만든 장신구라든지, 정원의 화초 씨라든지, 요통 치료약이라든지, 기명 주권이라든지, 난로 광택제라든지, 머리를 한 대 치는 거라도 돈의 대가로 보여 줄 무언가가 있어야 한다는 거지요. 내가 경찰을 그렇게도 끔찍이 무서워하는 걸 보면 나의 먼 조상은 아마 뉴잉글랜드 계였을 겁니다.

하지만 앤디의 족보는 달라요. 주식회사 이상으로 거슬러 올라가는 가계를 찾을 수 없을 겁니다.

어느 여름에 우리가 중서부 오하이오 주의 한 계곡에서 가족 앨범, 두통 치료 분말, 바퀴벌레 약 등을 팔고 있을 때 앤디가 기소를 당할 수도 있는 거액의 금전 착취에 대해 말하기 시작했어요.

그가 말했어요.

'제프, 나는 우리가 이 1달러짜리 장사를 그만두고 좀 더 수지맞는 일을 해야 한다고 생각해. 시골뜨기들의 계란 판 돈만 노린다면 우리는 행상인 사기꾼으로 끝나고 말 거야. 높은 건물들이 솟아 있는 대도시의 요새로 들어가 금고에 있는 커다란 수놈 순록을 맛보는 건 어때?'

내가 말했어요.

'글쎄, 나의 특이한 성격을 알잖아. 나는 지금 우리가 하는 것 같은 정직하고 불법적이지 않은 사업을 좋아해. 돈을 받고 나면 나의 흔적으로부터 관심을 돌려 들여다볼 수 있는 뭔가 확실한 물건을 주고 싶어. 설사 그게 프렌즈 아이에 있는 뿌리는 향수를 위한 코미컬 커스 가짜 반지라고 해도 말이야. 하지만 네가 새로운 생각을 하고 있다면 앤디, 한번 들어나 보자. 보조금 같은 것을 거절할 정도로 이 시시한 부정 이득에 집착하고 있는 것은 아니니까.'

앤디가 말했어요.

'내가 생각하고 있는 건 피츠버그 백만장자라고 알려진, 미국의 거부들 가운데서 뿔 나팔이나 사냥개나 카메라를 사용하지 않고 작은 사냥을 해 보자는 거야.'

'뉴욕에서?'

내가 물었지요. 앤디가 대답했어요.

'오, 아니지. 피츠버그에서. 거기가 그들의 서식지거든. 그들은 뉴욕을 좋아하지 않아. 하지만 사람들이 그러기를 기대하기 때문에 이따금은 가기도 하지.

뉴욕에 있는 피츠버그의 백만장자는 뜨거운 커피 잔 속에 빠진 파리와도 같아. 사람들의 관심거리가 되지. 하지만 본인은 그것을 즐기지 않거든. 뉴욕은 그가 좀도둑과 속물과 냉소의 도시에서 너무 많은 돈을 낭비한다고 조롱하지만 진실을 말하자면 피츠버그 인은 전혀 돈을 쓰지 않아. 1,500만 달러의 재산을 지닌 피츠버그 거부가 그 부질없는 도시에 10일간 머물면서 쓴 경비에 대한 기록을 본 적이 있어. 이런 식이야.'

R. R. 철도 왕복 요금……21달러

호텔 왕복 택시 요금……2달러

호텔 요금, 하루 5달러……50달러

팁……5,750달러

합계……5,823달러

앤디가 계속 말했어요.

'그것이 뉴욕 사람들이 하는 말이야. 그 도시는 수석 웨이터나 다름 없어. 팁을 너무 많이 주면 문 앞에 서서 팁 준 사람에 대해 호텔 보이에게 조롱하는 말을 하지. 피츠버그 인이 돈을 쓰면서 좋은 시간을 가질 때는 고향에 머물러 있을 때야. 우리도 거기 가서 그를 잡을 거야.'

요약한 이야기를 더 간단히 말하면, 나와 앤디는 페리스 그린과 안티피린 분말과 앨범을 친구 집 지하실에 숨겨 놓고 피츠버그행 기차를 탔어요. 앤디는 속임수나 폭력에 대해 특별히 구상을 하지는 않지만 부도덕한 본성 덕분에 어떤 난국에도 대처할 수 있을 거라고 항상 자신하고 있었지요.

그는 나의 자기 보존 본능과 청렴성도 존중했어요. 즉 우리가 그곳에서 꾸밀 수도 있는 어떤 사소한 벤처 사업에든 내가 적극적으로 가담하면 피해자의 촉각, 시각, 미각, 후각에 실질적으로 인식되는 어떤 것을 보상함으로써 나의 양심이 편히 쉬게 해 주겠다고 약속했어요. 그래서 나는 기분이 나아져 좀 더 즐거운 마음으로 부정 행각에 임할 수 있었지요.

238

피츠버그에서 스미스필드 스트리트라고 이름 붙인, 석탄재를 깔아 스모그가 자욱한 보도를 걸어가며 내가 말했어요.

'앤디, 우리가 코크스의 왕들과 무쇠 압착기들과 어떻게 친해질 수 있을지 생각해 봤어? 나 자신의 가치나 고상하게 처신하는 방식을 부인하고 디저트용 포크와 나이프를 쓰는 사람들과 일하겠다는 말은 아니야. 하지만 우리가 싸구려 여송연을 피우는 상류 사회에 섞이는 것이 생각보다 어렵지 않을까?'

앤디가 말했어요.

'조금이라도 어려움이 있다면 그건 우리의 품위와 타고난 문화 때문이야. 피츠버그의 백만장자들은 솔직하고 성의 있고 겸손하고 민주적인 사람들이야. 그들은 무례하고, 소란스럽고, 세련되지 못했어. 알고 보면 아주 버릇없고 예의를 모르는 사람들이지. 거의 대부분이 낮은 신분에서 성공한 사람들이야. 그들은 시에서 완전 연소 장치를 사용하게 될 때까지 거기서 살 거야. 우리가 단순하고 꾸밈없이 행동하고 술집 근처에 머물면서 강철 레일에 수입 관세를 부과하는 문제에 대해 떠들어 댄다면 그들 중 일부와 허물없이 만나는 것이 어렵지 않을 거야.'

앤디와 나는 사나흘 동안 도시를 이리저리 다니며 살폈지요. 백만장자 대여섯 명의 얼굴을 익힐 정도가 됐어요.

그중 한 명이 차를 우리가 묵고 있는 호텔 앞에 세우면 웨이터가 샴페인 한 병을 가져와 따주곤 했지요. 그러면 그는 병째 마시는 거예요. 그것을 보니 그가 돈을 벌기 전에 유리 부는 직공이었다는 것을 알겠더군요.

어느 날 저녁에는 앤디가 호텔에 저녁식사를 하러 오지 않았어요. 그런데 열한 시경에 내 방으로 왔어요. 그가 말하더군요.

'한 명 낚았어, 제프. 1,200만 달러야. 석유. 압연 공장, 부동산, 천연가스를 소유하고 있지. 좋은 사람이야. 젠체하는 게 전혀 없어. 그 많은 돈을 지난 5년간 다 벌었대. 지금은 교육계에서 교수들이 그를 높이 산다더군. 예술, 문학, 신사용 장신구류 같은 분야에서 말이야.

그를 봤을 때 오늘 앨러게니이 압연 공장에서 자살 사고가 네 건 발생할 거라는 내기에서 강철 회사 사장한테 이겨 방금 1만 달러를 땄어. 그래서 주변에 있던 사람들이 모두 그를 위해 축배를 들었지. 그가 나를 마음에 들어 하며 저녁 식사를 함께 하자고 했어. 다이아몬드 앨리에 있는 식당에 가서 편안한 의자에 앉아 거품이 이는 모젤 포도주와 대합조개 차우더와 사과 튀김을 먹었지.

그러자 그가 리버티 스트리트에 있는 자신의 독신자 아파트를 보여주고 싶어하더군. 그는 생선 시장 위에 방 열 개를 가지고 있었고, 위층에서 목욕도 하는 호사를 누리고 있었어. 그 아파트에 가구를 들여

놓는 데 1만 8,000달러가 들었다는 말이 믿겨졌어.

한 방에는 4만 달러에 달하는 그림들이 있었고 다른 방에는 2만 달러에 달하는 골동품들이 있었어. 그의 이름은 스커더이고 나이는 마흔다섯 살이야. 피아노를 배우고 있고, 그의 유정은 하루에 석유를 1만 5,000배럴 생산하고 있다지.'

내가 말했어요.

'좋아, 서론은 그렇다 쳐. 그런데 도대체 무슨 말을 하고 있는 거야? 예술 쓰레기가 우리한테 무슨 소용이지? 석유는 또?'

앤디가 침대에 앉아 생각에 빠진 얼굴로 말했어요.

'그자는 평범한 풋내기가 아냐. 나에게 예술 골동품이 든 장식장을 보여줄 때 그의 얼굴이 코크스 화로 문처럼 빛났어. 그가 말하기를 큰 사업 중 몇 가지만 성공한다면 J. P. 모건이 소유하고 있는 착취 공장에서 만든 테피스트리와 메인 주 오거스타에서 만든 구슬 세공 장식은 타조 모이 주머니에 든 내용물을 환등기로 스크린에 비춘 것처럼 보이게 될 거라고 말하더군. 그러고 나서 그가 작은 조각품을 보여 주었어. 누가 봐도 멋진 조각이었지. 한 2,000년 전에 만들어진 거라더군. 상아를 파서 만든 연꽃 조각인데 속에는 여자 얼굴이 새겨져 있었어.

스커더가 그것을 카탈로그에서 보고 설명했어. 기원전 1년에 카프

라라는 이름의 이집트 조각가가 람세스 2세를 위해 두 개를 만들었는
데 다른 하나는 못 찾았다지. 고물상과 골동품상들이 온 유럽을 다 찾
아봤지만 발견하지 못했다더군. 스커더가 그것을 2,000달러를 주고
샀대.'

내가 말했어요.

'오, 글쎄, 무슨 말인지 영 알아듣기 어려운데. 우리는 백만장자들
에게 예술에 대해 배우러 온 게 아니고 사업을 한 수 가르쳐 주려고
여기에 온 줄 알았는데 말이야.'

그러자 앤디가 친절하게 말했어요.

'좀 더 기다려 봐. 어쩌면 머잖아 무슨 수가 생길지도 몰라.'

앤디는 다음 날 아침 내내 나가 있었어요. 정오쯤에야 호텔로 돌아
와서 홀 건너편 자기 방으로 나를 불렀어요. 주머니에서 거위알 정도
크기의 둥그스름한 꾸러미를 꺼내 포장을 풀더군요. 그가 설명해 준
백만장자의 상아 조각과 같은 것이었어요. 앤디가 말했어요.

'조금 전에 오래된 중고품 가게와 전당포에 갔었어. 여러 개의 낡은
단도와 잡동사니 틈에 이것이 반쯤 가려져 있었어. 전당포 주인이 그
것을 한 육칠 년간 가지고 있었고, 강 아래쪽에 살던 아랍 인과 터키
인, 몇몇 어수룩한 외국 사람들이 엄청난 값을 불렀었다지. 나는 처음
에 2달러를 불렀어. 아마 내가 몹시 갖고 싶어하는 표정이었나 봐.

335달러 이하로 깎는 흥정은 자기 아들딸 입에서 호밀 빵을 빼앗는 일이나 마찬가지라고 하더군. 결국 25달러를 줬어.'

앤디가 계속 말했어요.

'제프, 이게 바로 스커더가 가진 조각의 다른 한 짝이야. 아주 똑같이 닮았어. 그는 2,000달러는 낼 거야. 턱밑에 식사 냅킨을 찔러 넣는 것만큼이나 빨리 사려고 할 거야. 이게 옛날에 이집트 인이 깎아 만든 진짜 조각품의 다른 하나가 아니라는 법이 없잖아?'

내가 말했어요.

'정말 그렇군. 그가 자발적으로 이것을 사게 만들려면 어떻게 해야 하지?'

앤디는 이미 모든 계획을 세워 놓고 있었어요. 우리가 어떻게 그 일을 성사시켰는지 이야기해 드리죠.

나는 파란색 안경에 검정색 신사용 코트를 입고 머리를 엉클어뜨린 후 피클만 교수가 됐어요. 다른 호텔에 가서 숙박부에 기재하고, 중요한 예술 사업에 관한 문제가 있으니 보러 오라고 스커더에게 전보를 쳤어요. 한 시간도 안 되어 엘리베이터를 타고 올라오더군요. 그는 흐릿한 인상에 목소리가 낭랑하고 코네티컷 여송연과 석유 냄새를 풍기는 사람이었어요.

'안녕하십니까, 교수님! 강의는 잘되십니까?'

나는 머리카락을 좀 더 엉클어뜨린 다음 파란색 안경 너머로 그를 바라보며 말했어요.

'선생님, 펜실베니아 주 피츠버그 시에 사시는 코넬리우스 T. 스커더 씨죠?'

그가 말했어요.

'그렇습니다. 나가서 한잔하시면서 말씀하시죠.'

'나는 시간도 없고 그렇게 건강에 해로운 즐거움을 찾을 생각도 없소이다. 나는 사업, 아니 예술 관계로 뉴욕에서 왔소.

듣자 하니 당신이 람세스 2세 때 만들어진 이집트 상아 조각품을 소장하고 있다던데, 연꽃 속에 이시스 여왕의 머리가 새겨져 있는 작품 말이죠. 그 조각은 딱 두 개만 만들어졌지요. 한 개는 여러 해 동안 분실되었고요. 최근에 내가 그 다른 하나를 전당포, 아니 비엔나에 있는 한 작은 박물관에서 발견하고 샀어요. 당신의 것도 사고 싶소. 가격을 말해 보시오.'

그러자 스커더가 깜짝 놀라며 말했어요.

'오, 엄청난 얼음 사태군요, 교수님! 다른 하나를 발견했다고요? 나더러 팔라고요? 아뇨, 코넬리우스 스커더는 자신이 보관하고 싶은 것을 팔 필요가 없는 걸로 아는데요. 지금 그 조각상을 가지고 있나요, 교수님?

나는 그것을 스커더에게 보여 주었어요. 그는 그것을 세밀하게 관찰하더군요. 그가 말했어요.

'이 작품은 나의 것과 동일한 것이군요. 깎은 선과 굴곡이 모두 똑같아요. 이렇게 하는 것이 좋겠어요. 나는 팔지 않고 살 겁니다. 2,500달러를 줄 테니 나에게 파시지요.'

'당신이 팔지 않는다면 내가 팔겠소. 가능하면 고액권으로 주시오. 나는 말을 별로 많이 하지 않는 사람이오. 오늘밤 뉴욕으로 돌아가야 하오. 내일 수족관에서 강의가 있소.'

스커더가 수표를 써서 내려 보내자 호텔이 현금으로 바꿔 주었어요. 그는 자신의 골동품을 가지고 돌아갔고 나는 약속대로 앤디의 호텔로 서둘러 갔지요.

앤디는 시계를 보면서 방안을 왔다 갔다 하며 걷고 있었어요. 나를 보자 그가 물었어요.

'어떻게 됐어?'

내가 말했어요.

'2,500! 현금으로.'

그러자 앤디가 서두르며 말했어요.

'시간이 11분밖에 없어. 서부로 가는 철도를 타야 해. 가방을 들어.'

'왜 그렇게 서둘러? 정직한 거래였는데. 설사 진품을 모방한 것이

라고 해도 발견하는 데 시간이 걸릴 거야. 진품으로 확신하는 것 같던데.'

내가 조금은 느긋한 얼굴로 이렇게 말하자 앤디가 대답했어요.

'맞아. 자기 거였으니까. 어제 골동품들을 보고 있을 때 그가 잠깐 방을 나간 사이 내 주머니에 넣었어. 자, 이제 가방을 들고 서두르는 게 어때?

'그러면 전당포에서 다른 하나를 발견했다는 말은 뭐야?'

내가 물었어요.

'오, 네 양심을 존중해 준 거야. 빨리 가자고.'

앤디가 말했어요."

돼지의 윤리
The Ethics of Pig

동쪽으로 향하는 열차의 흡연실에서 제퍼슨 피터스를 발견했다. 그는 와바시 강 서부에서 유일하게 대뇌와 소뇌와 숨골을 동시에 사용할 수 있는 사람이다.

제프는 불법 이득이 아닌 일을 하고 있다. 그는 과부나 고아 때문에 염려하지 않았다. 그는 넘쳐나는 것을 줄이는 사람이었다. 그가 제일 좋아하는 변장은 돈을 헤프게 쓰는 사람이나 무모한 투자자가 대수롭지 않은 몇 달러를 던져 맞게 하는 과녁이 되는 일이었다. 그는 담배만 피우면 금방 말이 많아졌다. 두껍고 잘 타는 브레바스 시가 두 대로 최근에 있었던 모험담을 들을 수 있었다.

제프가 말했다.

"내 사업에서 가장 어려운 일은 정직하고 신뢰할 만하고 온전히 존경할 수 있는 불법 동업자를 찾는 일이지. 사기 동업자들 중 가장 일을 잘했던 사람은 때때로 속임수를 쓰곤 했어. 그래서 지난여름에는 아직 뱀이 들어가지 않았다고 하는 시골로 들어가서 범죄에 천부적인 기질을 지녔지만 아직 성공에 오염되지 않은 동업자를 찾을 수 있나 봐야겠다고 생각했지.

적합한 조건을 갖춘 듯이 보이는 마을을 발견했어. 마을 사람들은 아담이 쫓겨난 것을 모르고 자신들이 에덴동산에 있는 것처럼 동물들의 이름을 짓고 뱀을 죽이고 있었어. 마을의 이름은 느보산이었고 켄터키와 웨스트버지니아와 노스캐롤라이나가 한데 모여 있는 곳 근처에 있었어. 그 주들이 한데 모여 있지 않다고? 그래도 어쨌든 그 근처였어.

내가 세무 관리가 아니라는 것을 증명하면서 한 주를 보낸 후, 원하는 종류의 사람에 대한 정보를 얻을 수 있을까 하고 마을의 무례한 허풍쟁이들이 모여 거짓말을 하는 가게로 갔어.

그들과 코를 마주 비벼 인사를 하고 마른 사과 상자 주위에 둘러앉은 후 내가 말했어.

'신사 여러분, 세상 그 어느 곳에도 이 마을처럼 죄와 속임수가 덜 스며든 곳은 없을 겁니다. 여성들은 모두 용감하고 자비로우며, 남자들은 모두 정직하고 편의주의적인 이곳에서 삶은 진정 우상이지요. 이곳의 삶은 골드스타인의 아름다운 민요 「버려진 마을」을 기억나게 하는군요. 읊어 드리죠.

불행이 땅을 여행하고 있어요. 서둘러 먹이를 찾기 위해서.
어떤 예술이 그 매력을 좇아낼 수 있을까요?
심판자가 샛길을 서서히 달려오고 있어요, 어머니.
나는 오월의 여왕이 될 거예요.

'맞습니다, 피터스 씨.' 상점 주인이 말했어. '우리는 산 위에 있는 마을답게 여론에 따라 도덕적이고 따분한 이야기만 했어요. 하지만 아직 루피 테이텀을 못 만나 보셨을 겁니다.'

'맞아요.' 마을 치안관이 말했어. '아마 못 들어 보셨을 겁니다. 루피는 교수대에 매달리는 것을 모면한 가장 사악한 악당이지요. 그러고 보니 어제가 루피를 구치소에서 풀어 줬어야 하는 날이군요. 얌스 구들로우를 살해한 죄로 산 30일 징역이 그저께 끝났거든요. 하지만 하루 이틀쯤 더 있다고 그가 해를 당하지는 않겠지요.'

'저런,' 내가 산동네 어투로 말했어. '느보산에 그렇게 악한 사람이 있다고 말하지 마세요.'

'그보다 더 악해요.' 상점 주인이 말했어. '녀석은 돼지도 훔쳐요.'

나는 테이텀 씨를 만나 봐야겠다고 생각했어. 구치소에서 나와 하루 이틀이 지난 후 그와 알게 되어 마을 외곽으로 그를 불러냈어. 그리고 통나무에 앉아 사업 이야기를 했지.

나는 함정과 진 극단과 출연 계약을 해 서부 도시들에서 막을 올릴 소소한 불법 단막극에 출연할 시골적인 외모의 동업자를 원했어. 이 R. 테이텀은 마치 자연이 페어뱅크스를 선택해 엘리자가 강에 빠지지 않게 한 것처럼, 그 역할을 위해 태어났어.

　몸집이 1루수만했고 눈은 해리어트 고모가 어릴 때 가지고 놀던 장식대 위의 도자기 개처럼 속을 알 수 없는 색이었어. 머리는 로마의 원반 던지는 사람 조각상처럼 약간 곱슬머리지만, 색깔은 사람들이 응접실에 걸어두는, 미국 예술가들이 그린 「그랜드 캐년의 석양」을 떠오르게 했어. 그는 다듬을 필요가 없는 촌사람이었어. 한 예로 낮 연극 무대에서 멜빵을 한쪽에만 걸고 귀에 지푸라기를 꽂은 그를 봤다고 해도 알아보았을 거야.

　내가 원하는 바를 말하자 그가 흔쾌히 수락했어.

　'습관적인 살인 같은 사소하고 시시한 죄를 제외하고 자부심을 느끼든 그렇지 않든 간에 이 일이 적합하다는 증거로서 제시할 수 있는 일이 있나요? 간접적인 산적 행위나 기소가 불가능한 부정 이득 행위 같은 것 말이오.'

　'글시유…,' 그가 남부 사람 특유의 느린 억양으로 말했어. '다른 사람들에게 못 들었슈? 이 블루릿지에서 흑인이든 백인이든 나처럼 소리 없이, 눈에 띄지 않고, 붙잡히지 않고 새끼돼지를 쉽게 훔치는 사람은 없슈. 돼지우리에서든 현관 아래서든 여물통에서든 숲 속에서든 밤낮을 가리지 않고 어디서나 아무도 돼지 우는 소리를 듣지 못하게 돼지를 훔칠 수 있어유. 놈들을 어떻게 붙들어서 운반하느냐에 달려 있지유. 언젠가는 돼지 훔치기 세계 챔피언으로 인정받고 싶구먼유.'

'야망이 있는 것은 좋은 일이지요.' 내가 말했어. '느보산에서는 돼지 훔치는 일이 괜찮을 거요. 하지만 테이텀 씨, 바깥세상에서는 그 일이 베이 스테이트 가스 회사에서 곰 사냥을 하는 것만큼 엉뚱한 일로 여겨질 거요. 그러나 성실을 입증해 주기는 하겠군요. 동업을 합시다. 나는 지금 1,000달러의 현금을 가지고 있어요. 터벅터벅 집을 향하는 당신의 분위기 때문에 우리는 금융 시장에서 우선주를 약간 살 수 있을 것 같군요.'

그래서 루피를 데리고 느보산을 떠나 저지低地로 갔어. 가는 길에 내가 구상하고 있는 불법 사업에서 그의 역할에 대해 설명해 주었지. 두 달 동안 플로리다의 해변에서 빈둥거리며 새로운 계획을 소매 속에 어찌나 많이 숨겨 놓았던지 다 가지고 있으려면 기모노를 입어야 할 정도였어.

나는 좁은 길을 따라 가면서 중서부의 농경 지대를 통해 나 있는 9마일 넓이의 길을 소탕할 작정이었어. 우리는 그쪽 방향으로 향했어. 그런데 렉싱턴까지 갔더니 빙클리 브라더의 서커스가 그곳에 와 있고,

남부 농부들이 시내에서 나막신을 신은 채로 브라이언 족장의 의회 추가 회기 때처럼 독단적으로 벨기에 주택가를 왔다 갔다 하고 있었어. 나는 서커스를 지나갈 때면 언제나 밸브 코드를 잡아당겨 키 웨스트만큼의 잔돈이라도 벌곤 했지. 그래서 서커스 부지 가까운 곳에 피비라는 이름의 미망인이 경영하는 집에 루피와 내가 묵을 방 두 개와 식탁을 예약했어. 그리고 루피를 옷가게에 데리고 가 신사복을 입혀 주었어. 그에게 스웨덴 순무 같은 노란색 기성복을 입히자 예상대로 아주 멋져 보였어. 나와 미스피치 영감은 그에게 담녹색 격자무늬가 선명한 하늘색 양복과 연한 터스키 황갈색의 멋진 조끼에 붉은 넥타이를 매게 하고 시내에서 제일 노란색 구두를 신겨 주었어. 그것들은 그가 태어났을 때 입어 본 바둑판 무늬의 갓난아이 옷 한 벌과 얇은 갈색의 포대기를 제외하고는 처음 입어 보는 옷이었어. 그는 마치 새 코걸이를 한 이고로트 인처럼 자아를 의식하고 있는 듯이 보이더군.

그날 밤 서커스 텐트에서 작은 야바위 노름판을 열었어. 루피가 야바위꾼을 하기로 되어 있었지. 그가 돈을 걸 수 있도록 가짜 현금 한 다발을 주고 그의 상금으로 줄 다른 한 다발은 특별한 주머니에 넣어 두었어. 아니, 나는 그를 불신하지는 않았어. 하지만 진짜 돈을 걸었을 때 그 돈을 잃도록 사발을 조작할 수가 없었어. 그렇게 하려고 할 때마다 손가락들이 파업을 했거든.

나는 테이블을 펴고 작은 콩이 어느 그릇 밑에 들어 있는지 짐작하는 것이 얼마나 쉬운지를 보여 주기 시작했어. 글을 모르는 시골 농부들이 반원형으로 겹겹이 모여 팔꿈치로 서로 밀면서 돈을 걸라고 희롱하기 시작했어. 그때 루피가 가볍게 달려와서 똑똑한 체하는 녀석을 한 명 부추겨 10달러나 5달러 몇 장을 쓰게 하면 노름이 시작되는 것으로 되어 있었어. 그런데 루피가 보이지 않았어. 그가 입 안에 땅콩사탕을 잔뜩 물고 촌극 사진들을 보며 돌아다니는 것을 두세 번 봤어. 그런데 끝내 가까이 오지 않더군.

사람들이 조금 줄어들었어. 하지만 야바위꾼 없이 야바위를 하는 것은 미끼 없이 낚시질을 하는 것과 마찬가지였어. 왕년에는 농부들 돈을 적어도 200백 달러는 낚아채곤 했는데 굴러들어 온 돈이 42달러밖에 안 된 채 노름판을 걷었어. 열한 시쯤 집에 돌아와 잠자리에 들었어. 서커스가 루피에게 너무 매혹적이라서 콘서트 같은 것들에 흠뻑 빠졌다고 짐작되더군. 하지만 아침에는 사업의 일반 원리에 대해 강의를 해야지 생각했어.

잠의 신이 나의 두 어깨를 싸구려 매트리스에 눕히자마자 어린아이가 덜 익은 사과를 먹고 복통을 일으켰을 때 지르는 것 같은 점잖지 못하고 상스러운 비명이 집안에 울려 퍼졌어. 문을 열고 복도에서 미망인을 불렀어. 그녀가 문밖으로 머리를 내밀자 내가 말했어.

'피비 부인, 정직한 사람들이 쉴 수 있도록 아이를 좀 꾸짖어 주시지요.'

'선생님,' 그녀가 말했어. '내 아이가 아녜요. 당신의 친구 테이텀 씨가 두 시간 전에 자기 방으로 데리고 온 돼지가 우는 소리예요. 만약 선생님이 삼촌이나 육촌이나 형제라면 직접 가셔서 입을 막아 주셨으면 좋겠군요.'

나는 예의 바른 겉옷을 걸치고 루피의 방으로 갔어. 그는 램프에 불을 켜 놓고 반쯤 자라 끽끽거리는 거무스름한 돼지 새끼에게 줄 우유를 양철 그릇에 따르고 있었어.

'무슨 일이지, 루피?' 내가 말했어. '오늘 밤 자네가 해야 할 일을 하지 않아 장사가 제대로 안 됐어. 그리고 그 돼지는 어떻게 설명할 건가? 옛 시절로 퇴보하는 것처럼 보이는군.'

'너무 심하게 말하지 마셔유, 제프.' 그가 말했어. '지가 얼마나 오랫동안 돼지 새끼 훔치는 일을 했는지 아시잖어유. 습관이 됐슈. 그리고 오늘 밤처럼 좋은 기회가 왔을 때를 붙잡지 않을 수가 없었슈.'

'그렇군.' 내가 말했어. '어쩌면 자네는 진짜 절도광인지도 몰라. 우리가 돼지 사육지를 벗어나면 자네도 어쩌면 더 수준 높고 수지맞는 부정 행위에 관심을 갖게 될지도 모르지. 왜 그렇게 혐오스럽고 지능이 낮고 변태적이고 시끄러운 동물로 자네의 영혼을 더럽히는지

이해할 수가 없구먼.'

'그건 말이지유,' 그가 말했어. '선상님이 돼지 새끼에 대해 공감을 못하고 있기 때문이지유. 나만큼 놈들을 이해하지 못하고 있슈. 나한 테는 보통 이상의 식사량과 지능을 지닌 동물처럼 보이거든유. 방금 전에 녀석이 뒷다리로 방을 반이나 가로질러 걸었슈.'

'나는 잠자러 가겠네.' 내가 말했어. '녀석이 큰 소란을 피우지 않 게 해 놈의 지능에 대한 내 생각을 바꿀 수 있었으면 좋겠네.'

'놈은 배가 고팠슈.' 루피가 말했어. '이제 잠들면 조용해질 거구만유.'

나는 언제나 아침 식사 전에 일어나 호우 실린더 인쇄기나 워싱턴 수동 인쇄기가 행동반경에 있을 때는 조간신문을 읽곤 해. 다음 날 아 침 일찍 일어나 배달부가 『렉싱턴일보』를 현관 문 앞에 던져 놓은 것 을 발견했어. 제일 처음 눈에 띈 것은 1면에 난 두 단짜리 기사였어. 내용은 다음과 같았지.

오천 달러 보상금

유럽에서 교육받은 유명한 돼지 베포가 살아서 무사히 돌아온다면 아무런 질 문도 하지 않고 위의 액수를 지불하겠음. 어젯밤에 빙클리 브라더 서커스 촌극 텐트에서 길을 잃었든지 도둑을 맞았음.

서커스 매니저 조지 B. 테이플리

나는 신문을 접어서 안주머니에 넣고 루피의 방으로 갔어. 그는 옷을 거의 다 입고 남은 우유와 사과 껍질을 돼지에게 먹이고 있었어.

'저런, 저런, 저런, 좋은 아침이군.' 내가 애정이 듬뿍 담긴 상냥한 목소리로 말했어. '그래, 이제 일어났나? 새끼 돼지는 아침 식사를 하고 있군. 그 돼지를 어떻게 할 생각인가, 루피?

'녀석을 운송 바구니에 실어서 느보산에 있는 엄마에게 속달로 부칠 거구먼유. 내가 떠나 있는 동안 엄마와 함께 있을 거여유.'

'아주 멋진 돼지군.'

내가 놈의 등을 긁어 주며 말했어.

'어젯밤에는 녀석에 대해 욕을 많이 하셨잖어유.'

루피가 말했어.

'맞아, 그래. 오늘 아침엔 좀 나아 보이는군. 나도 농장에서 자랄 때는 돼지를 매우 좋아했지. 초저녁에 잠이 들었기 때문에 램프를 비추고 본 적은 없었지만 말이야. 내 생각을 말해 주지, 루피. 그 돼지 값으로 10달러를 주지.'

'나는 이 돼지 새끼를 팔지 않을 거구먼유. 다른 녀석이라면 몰라도 이놈은 안 돼유.'

'왜 이 돼지는 안 된다는 거지?

혹시 그가 뭔가를 알고 있는지 염려되어 물었어. 그가 말했어.

'왜냐하면 이 녀석은 내 인생에서 가장 큰 업적이거든유. 다른 어떤 사람도 이런 일은 할 수 없을 거구만유. 만약 집과 자식들이 생기면 난롯가에 앉아서 이 아빠가 사람이 많은 서커스에서 어떻게 새끼 돼지를 짊어지고 날랐는지 이야기해 줄 거여유. 어쩌면 손자들에게도 이야기해 줄지 모르지유. 사람들이 많았다는 데 대해 손자 녀석들이 분명히 자부심을 느낄 거여유.'

그가 잠시 쉬었다가 말했어.

'텐트가 두 개 있었고 한 텐트에서 다른 텐트로 통로가 있었슈. 이 새끼 돼지는 작은 사슬에 묶여 강단에 올려져 있었구유. 다른 텐트에는 거인과 숱 많은 은발 여자가 있었슈. 나는 돼지를 잡아서 쥐새끼만큼도 소리를 내지 않게 하고 텐트 밑으로 기어 나왔지유. 녀석을 코트 아래 넣고 어두운 길거리로 나오기 전에 사람을 백 명은 지나쳤을 거구만유. 나는 그 돼지를 팔지 않을 거예유, 제프. 엄마가 키우게 해 내가 한 일의 증거로 삼을 거예유.'

'돼지는 자네가 늙어 난롯가에서 거짓말을 할 때 증거물이 되어줄 정도로 오래 살지는 않을 걸세. 자네의 손자들은 자네의 말만 듣고 믿어야 할 걸세. 돼지 값으로 100달러를 주겠네.'

루피가 놀라서 나를 바라보며 말했어.

'돼지가 당신한테 그 정도로 값어치가 나가지 않을 텐데유. 왜 녀석

을 원하는 거지유?'

나는 평소에 잘 짓지 않는 미소를 띠고 말했어.

'나를 그렇게 궤변적으로 생각하니 내가 예술적인 기질을 지니고 있다고는 생각지 않을 거야. 그러나 나는 무척 예술적이야. 돼지 수집 가거든. 희귀한 돼지를 찾아 전 세계를 헤맸지. 워바시 밸리에 있는 나의 농장에는 메리노에서 흑백 얼룩 큰 돼지에 이르기까지 갖가지 돼지들의 표본이 있어. 이놈은 혈통이 있는 돼지처럼 보이는군, 루피. 진짜 버크셔종이라고 믿네. 그래서 가지고 싶은 거야.'

'물론 편의를 제공해 드리고 싶어유. 하지만 나는 예술적인 혼이 머무는 집도 가지고 있슈. 세상 어느 누구보다도 돼지를 잘 훔치는 일이 왜 예술이 아닌지 알 수가 없구만유. 돼지 새끼는 나에게 영감이고 재능이에유. 특별히 이 녀석은 더 그래유. 250달러를 준다고 해도 안 받어유.'

이마를 닦으며 내가 말했어.

'자, 내 말 좀 들어 봐. 나에게 있어 이 문제는 사업이라기보다는 예술이야. 또 예술이라기보다는 박애주의고. 돼지 전문가이자 파종자로서 그 버크셔 돼지를 나의 컬렉션에 포함시키지 않는 한 세상에 대한 나의 의무를 다했다고 느끼지 않네. 돼지의 값을 매기는 것이 아니라, 인류의 친구이자 인간을 보좌하는 존재인 돼지의 윤리에 따라 그

동물에게 500달러를 쳐 주겠네.'

그러자 돼지 심미가가 말했어.

'제프, 이건 돈의 문제가 아니라 감정의 문제여유.'

'700달러!'

내가 말했어.

'800달러를 부르면 내 마음에서 감정을 완전히 없애 버리겠슈.'

나는 그 자리에서 20달러짜리 금화증권 40장을 세어 그에게 건네주며 말했어.

'놈을 내 방으로 데려가서 아침 식사 후까지 가둬 두겠네.'

내가 돼지의 뒷다리를 잡았더니 놈이 서커스의 증기 오르간처럼 비명을 질렀어.

'지가 날라다 드리쥬.'

루피가 말했어. 그러고는 한쪽 팔로 돼지의 아래쪽을 잡고 다른 손으로는 코를 잡아 잠든 아기를 다루듯 나의 방으로 가져다 놓았어.

아침 식사가 끝나자 신사용 양품점을 애호하게 된 루피가 미스피치에 가서 짙푸른 자주색 양말이 있나 봐야겠다고 하더군. 그러자 나는 하나밖에 없는 팔에 두드러기가 난 채 도배를 하는 남자처럼 바빠졌어. 마침 늙은 흑인이 모는 급행 마차를 발견해 돼지를 자루에 매고 서커스로 달려갔어.

조지 B. 테이플리 씨가 창문이 열려 펄럭이는 작은 텐트 안에 있더군. 그는 눈빛이 친근한 뚱뚱한 남자였어. 그는 챙없는 사발같이 생긴 까만 모자를 쓰고 가슴에 4온스짜리 다이아몬드가 박힌 빨간 스웨터를 입고 있었어.

'조지 B. 테이플리 씨인가요?'

내가 물었어.

'맞습니다.'

그가 대답했어.

'그럼 맞게 찾아왔군요.'

'말해 봐요. 당신은 아시아의 비단뱀을 먹일 모르모트요, 아니면 신성한 들소를 위한 자주개자리(사료 작물인 콩과 식물 : 옮긴이)요?'

'둘 다 아닙니다. 저기 마차에 있는 자루 속에 훈련 받은 돼지 베포가 들어 있어요. 오늘 아침에 내 집 뜰에서 코로 꽃을 헤집어 먹고 있는 것을 봤어요. 가능하면 고액 화폐로 오천 달러를 받고 싶군요.'

조지 B. 테이플리가 텐트에서 서둘러 나와 나더러 따라오라고 했어. 그러고는 많은 텐트 중 하나로 들어갔어. 목에 분홍색 리본을 두른 새까만 돼지가 건초 더미에 누워 어떤 남자가 먹여 주는 당근을 먹고 있더군.

테이플리가 말했어.

260

'여보게, 맥. 오늘 아침 세상에 별 문제 없었지, 안 그런가?

남자가 말했어.

'이 녀석 말인가요? 없어요. 새벽 한 시의 가극 코러스 걸처럼 식욕이 왕성한걸요.'

테이플리가 나를 쳐다보며 말했어.

'어디서 그런 허무맹랑한 생각을 해냈소? 어젯밤에 돼지고기를 너무 많이 먹은 것 아니오?

나는 신문을 꺼내 그에게 광고를 보여 주었어. 광고를 보던 그가 말했어.

'이건 가짜요. 그 광고에 대해서는 아는 바가 전혀 없어요. 네 발 달린 동물의 왕국에서 세계적으로 유명한 경이롭고 놀라운 돼지가 바로 눈앞에서 총명하게 아침 식사를 하고 있는 게 지금 보이지 않소? 좋은 아침이군.'

나는 그제야 깨달았어. 마차로 돌아와 늙은 마부에게 가장 가까운 뒷골목 빈터로 마차를 몰고 가라고 했어. 거기서 돼지를 꺼내 다른 빈터 쪽으로 조심스럽게 방향을 맞춰 놈의 시선을 고정시키고 발로 세게 찼더니 자신의 비명 소리보다 20피트나 앞질러서 골목의 다른 쪽 끝으로 달려가더군.

나는 거기서 늙은 마부에게 50센트를 지불하고 신문사로 갔어. 사실을 알고 싶어 광고 담당자를 창구로 불렀어. 내가 말했어.

'실례합니다만, 어젯밤에 이 광고를 낸 사람이 키가 작고 뚱뚱하고 검정 구레나룻을 길게 기르고 발이 안쪽으로 휘어진 사람이었나요?'

남자가 대답했어.

'그렇지 않은데요. 6피트하고 4인치 반 정도하는 키에 머리는 옥수수 수염 색이고 연극학교에 다니는 여장 남자처럼 옷을 입었던데요.'

저녁 식사 시간에 피비 부인에게로 돌아갔어.

'테이텀 씨가 돌아올 때까지 수프를 따뜻하게 남겨둘까요?'

그녀가 물었어.

'그러시다가는 아주머니, 지구 안에 있는 모든 석탄과 지구 밖에 있는 모든 숲을 다 땔감으로 쓴다고 해도 부족할 겁니다.'"

제퍼슨 피터스가 결론을 내렸다.

"그러니 여보게, 마음이 공평하고 정직한 동업자를 만난다는 것이 얼마나 어려운 일인지 알겠지?"

내가 오랜 친분이 있는 덕에 자유롭게 말했다.

"하지만 규칙은 양쪽에 공평하게 적용되어야 하는 것 아냐? 수입을 분배하자고 제안했다면 그 돈을 잃지 않았을 수도……."

제프가 내 말을 멈추게 하고 위엄 있는 목소리로 꾸짖었다.

"절대로 동일한 원칙이 적용되지는 않아."

그가 말했다.

"나의 원칙은 합법적이고 도덕적인 투기를 시도하는 거야. 싸게 사서 비싸게 파는 거지. 그렇게 하는 것은 월스트리트가 보증하잖나? 황소며 곰이며 돼지들 말일세. 차이가 뭔가? 뿔이나 모피나 뻣뻣한 털은 왜 안 된다는 거지?"

자기 최면술사 제프 피터스

Jeff Peters as a Personal Magnet

제프 피터스는 사우스 캐롤라이나 주의 샤를로트에서 쌀을 요리하는 방법만큼이나 다양한 계략을 꾸미곤 했다.

그중에서도 그가 길모퉁이에서 바르는 약과 기침약을 팔아 하루하루 먹고 살면서 사람들과 터놓고 지내고, 마지막 남은 동전을 누가 가질지 앞뒤를 보고 정하던 시절의 이야기가 가장 재미있다.

"한번은 어쩌다 보니 아칸소의 피셔힐에 가게 되었지요. 사슴가죽 옷을 입고, 인디언 신발을 신고, 머리를 길게 기르고, 텍사카나에서 알게 된 배우에게서 얻은 30캐럿짜리 다이아몬드 반지를 끼고 있었어요. 그가 그 다이아몬드와 바꾼 나의 주머니칼로 무엇을 했는지 참 궁금해요.

나는 유명한 인디언 약장수인 닥터 와후였어요. 그 당시 나는 가장 좋은 약 딱 한 가지만 가지고 다녔어요. 그것은 부활의 고미제(쓴맛이 나는 약제 : 옮긴이)였지요. 촉토 족 인디언 추장의 아름다운 부인 타칼라

264

가 매년 열리는 옥수수 축제에서 먹을 삶은 개고기에 곁들일 채소를 캐러 다니다가 우연히 발견한 식물과 약초들로 만든 것이었어요.

저번에 들른 도시에서 장사가 잘 안 되어 가진 돈이라고는 5달러밖에 없었지요. 피셔힐 약제사에게 갔더니 코르크 마개가 달린 8온스짜리 병 172개를 외상으로 주더군요. 내 가방 속에는 지난번에 들른 도시에서 남은 상표와 재료가 들어 있었지요. 수돗물이 나오는 호텔방에 들어와 부활의 고미제 병을 탁자 위에 열두 개씩 나란히 늘어놓으니 인생이 다시 장밋빛으로 변하기 시작했어요.

가짜냐고요? 천만에요. 그 172개의 고미제에는 기나나무의 액상 추출물 2달러어치와 아닐린 10달러어치가 들어 있었어요. 여러 해 전에 들렀던 도시에 다시 가게 되면 사람들이 그 약을 또 달라고 하기도 했지요.

그날 밤에 마차를 빌려 메인 스트리트에서 고미제를 팔기 시작했어요. 피셔힐은 말라리아가 창궐하는 저지低地에 있었어요. 그래서 나는 가상의 폐, 심장, 괴혈병 복합 치료 강장제를 동네 사람들에게 권해 주었어요. 고미제는 마치 채소만 있는 저녁 식탁에 놓인 송아지 요리처럼 팔려 나갔어요. 한 병에 50센트씩 해서 스물네 병째 팔고 있을 때 누군가 나의 웃옷 자락을 당기더군요. 그것이 무슨 뜻인지 알았지요. 그래서 나는 마차에서 내려와 접은 옷깃에 별 달린 옷을 입은 사람의 손에 5달러짜리 지폐를 슬쩍 쥐어 주며 말했어요.

'치안관님, 좋은 밤이군요.'

그가 물었어요.

'시에서 허가를 받았소? 당신이 의학의 이름으로 팔고 다니는 불법 추출물에 대해서 말이오.'

'아뇨. 시市가 있는 줄 몰랐어요. 필요할 경우 내일 허가장을 받도록 하지요.'

'그때까지는 장사를 금하겠소.'

치안관이 말하더군요.

장사를 그만두고 호텔로 돌아와 호텔 주인과 그 문제에 대해 이야기를 나누었어요. 그가 말하더군요.

'오, 피셔힐에서는 장사가 안 될 거요. 여기서는 홉킨스 박사가 유일한 의사예요. 시장이 그의 처남이기도 하지요. 가짜 의사가 영업하도록 놔두지 않을 거요.'

'나는 의료업을 하는 게 아녜요. 주에서 발급하는 행상인 허가증을 가지고 있어요. 그들이 요구하면 시에서 주는 허가증도 발급받을 겁니다.'

다음 날 아침 시장 사무실로 갔더니 시장은 아직 출근을 안 했다고 하더군요. 언제 올지 모른다는 거였어요. 그래서 닥터 와후는 다시 호텔 의자에 웅크리고 앉아 흰독말풀로 만든 고급 여송연을 피우면서 기다렸어요. 얼마 있지 않아 파란 넥타이를 맨 젊은 남자가 내 옆 의자에 앉더니 몇 시냐고 물었어요. 내가 말했어요.

'열 시 반인데요. 당신은 앤디 터커지요? 당신이 일하는 것을 봤어요. 남부 주에서 큐피드 대형 종합선물 세트를 제작해 팔았지요? 가만 있자… 칠레산 다이아몬드 약혼반지와 결혼반지, 감자 으깨기, 시럽 진통제 한 병, 도로시 버논 등을 합해서 50센트씩에 팔았지요?

앤디는 내가 자신을 기억하고 있다는 말을 듣고 기분 좋아했어요. 그는 훌륭한 행상인이었지요. 사실 그 이상이었어요. 자신의 직업을 존중했고 세 배의 이익을 남겼어요. 그는 불법 약품이나 정원용 씨앗 사업 제안을 많이 받았지만 정직하지 않은 사업에 손을 대는 유혹에 절대 넘어가지 않았어요.

마침 나는 동업자가 필요했기 때문에 앤디와 함께 사업을 하기로 했어요. 그에게 피셔힐의 상황을 말해 주었어요. 정치와 할라파(멕시코산 풀로 뿌리는 하제로 쓰임 : 옮긴이)와의 결탁으로 사업이 잘 안 된다고 말이죠. 앤디는 그날 아침에 기차를 타고 떠났어요. 그는 아칸소의 위레카 스프링스에서 일반인 기부 형식을 통해 새로운 군함을 짓기 위해 몇 달러를 가지고 도시를 살펴보려는 중이었거든요. 그래서 우리는 현관에 앉아 이 문제에 대해 의논했지요.

다음 날 아침 열한 시, 혼자 앉아 있을 때 흑인 하인이 호텔로 슬쩍 들어와서는 의사를 불러 저지 뱅크스를 진찰해 달라고 요청했어요. 저지 뱅크스는 시장인 것 같았고 무척 아픈 듯했어요.

'나는 의사가 아니오.' 내가 말했지요. '의사를 찾아봐요.'

'선생님,' 그가 말했어요. '홉킨스 의사 선생님은 70마일 이상 왕진을 안 갑니다. 동네 의사지요. 뱅크스 씨가 몹시 아파서 선생님을 꼭 모셔 오라고 했습니다요.'

'그렇다면 한번 가서 보겠소.'

그래서 나는 부활의 고미제 한 병을 주머니에 넣고 언덕 위에 있는 시장의 저택으로 갔지요. 시에서 가장 좋은 집으로, 이중 경사 지붕에 정원에는 무쇠로 만든 개 두 마리가 있었어요.

뱅크스 시장은 구레나룻과 발만 빼고 이불에 싸여서 샌프란시스코에 있는 모든 사람들이 공원으로 하이킹을 가게 만들 만큼 아프다고 소란을 피우고 있더군요. 한 젊은 남자가 손에 물 한 컵을 들고 침대 옆에 서 있었어요.

'선생님,' 시장이 말했어요. '너무너무 아파요. 아파서 죽을 것 같아요. 무슨 수라도 좀 써 주세요?'

'시장님,' 내가 말했지요. '저는 신의 예정으로 S. Q. 라피우스의 정식 제자가 된 사람은 아닙니다. 의대에 가 본 적도 없지요. 그저 평

범한 사람이지만 조금이라도 도움이 될까 해서 왔습니다.'

'정말 고맙습니다. 닥터 와후, 이쪽은 나의 조카인 비들입니다. 내 고통을 덜어 주려고 애쓰고 있지요. 하지만 아무 소용이 없어요. 오, 하느님, 아, 아이고 아이고 아파라!'

그는 연신 소리를 지르며 말했어요.

나는 비들 씨에게 목례를 하고 침대 옆에 앉아 시장의 맥을 짚으며 말했어요.

'당신의 간, 아니 혀를 좀 봅시다.'

그러고 나서 눈꺼풀을 뒤집어 눈동자를 가까이 들여다보았어요.

'아프기 시작한 지 얼마나 되셨나요?'

내가 물었어요.

'지난밤부터, 아이고 아야, 아팠어요.' 시장이 말했어요. '어떻게든 해 주시겠지요, 선생님. 그렇죠?'

'피들 씨,' 내가 말했어요. '커튼을 조금 열어 주겠소?'

'내 이름은 비들입니다.' 젊은이가 말하더군요. '햄과 계란을 좀 가져다 드릴까요, 제임스 삼촌?'

'시장님,' 오른쪽 어깨뼈에 귀를 갖다 대고 내가 말했어요. '시장님 하프시코드(피아노의 전신인 건반악기 : 옮긴이)의 오른쪽 쇄골에 심한 염증이 생긴 것 같네요!'

'오, 주님!' 그가 신음하며 말하더군요. '뭘 좀 발라 주든가 뼈를 맞춰 주든가 해야 하지 않소?'

나는 모자를 집어 들고 문으로 향했어요.

'가는 건 아니지요, 의사 선생님?' 시장이 신음하듯이 말했어요. '설마 나를 갈비뼈가 부어 죽게 내버려 두고 가려는 건 아니겠지요?'

'닥터 우워허, 같은 인간으로서,' 비들 씨가 말했어요. '곤경에 빠진 사람을 버려두고 가는 일은 하지 말아야 합니다.'

'밭 갈기를 다 끝냈으면 와후라고 불러 주시오.'

나는 나가려던 걸 멈추고 다시 침대로 걸어와 긴 머리를 뒤로 넘기면서 말했어요.

'시장님, 시장님에게는 단 한 가지 희망이 남았습니다. 약은 소용이 없을 겁니다. 물론 약도 중요하지만 약보다 더 큰 효과를 볼 수 있는 치료제가 있습니다.'

'그게 뭔가요?'

그가 물었지요.

'과학이 입증하는 일입니다. 청미래 덩굴(뿌리가 약용으로 쓰임 : 옮긴이)에 대한 마음의 승리를 말합니다. 통증과 아픔이란 우리가 몸이 좋지 않다고 느낄 때 발생하는 것이라는 믿음이지요. 지금이라도 선언하세요, 입증하세요.'

'지금 도대체 무슨 말을 하고 있는지 모르겠네요, 선생님. 혹시 사회주의자는 아니시죠?'

알 수 없다는 표정으로 묻기에 내가 알아듣기 쉽게 대답해 주었어요.

'정신적 융자라는 위대한 원칙에 대해서 말하는 겁니다. 궤변과 뇌막염을 잠재의식적으로 원격 치료하는 계몽학파를 다른 말로 하면 자기 최면술이라는 놀라운 실내 스포츠지요.'

'시술할 수 있나요, 선생님?'

시장이 묻더군요.

'나는 이 분야 중심 학파의 최고 평의회와 선전 위원회 회원입니다. 내가 지나가는 길목마다 절름발이가 말하고 눈먼 자가 목을 빼고 바라봅니다. 나는 영매이고 콜로라투라(성악의 화려한 기교적인 장식 : 옮긴이) 최면술사이고 영계의 관리인입니다. 최근에 앤 하버에서 열린 집회에서 지금은 고인이 된 식초 고미제 회사 사장이 자기 여동생 제인과 대화하기 위해 나를 통해 지상을 방문했어요. 내가 길거리에서 행상하며 가난한 자들에게 약 파는 것을 보셨을 겁니다. 그들에게는 자기 최면술을 사용하지 않습니다. 먼지 나는 길거리에서 억지로 시술하지는 않지요. 그들은 돈이 없거든요.'

'나에게는 시술할 건가요?'

시장이 물었어요.

'문제는 내가 가는 곳마다 의학협회와 말썽이 생겼다는 겁니다. 나는 의료 시술자가 아닙니다. 하지만 허가증 문제만 논하지 않는다고 약속한다면 시장님의 생명을 구하기 위해 심령 치료를 하지요.'

나의 제안에 그가 대답했어요.

'물론 약속하리다. 자 이제 시술하시죠, 의사 선생님. 다시 통증이 시작됐어요.'

'시술비는 250달러입니다. 두 번 시술로 낫게 될 것입니다.'

'좋아요. 지불하지요. 내 생명이 그만큼의 가치는 있다고 생각하오.'

시장의 말을 듣고 나는 침대 곁에 앉아 그의 눈을 똑바로 바라보았지요. 그리고 말했어요.

'자, 마음을 질병에서 분리시키시오. 당신은 아프지 않소. 당신에게는 심장도 쇄골도 팔꿈치의 척골도 뇌도 없어요. 아무런 통증도 느끼지 않습니다. 생각을 잘못했다고 선언하시오. 자, 이제 몸에 병이 없었다는 데 대해서 고통이 느껴지지요?'

'약간 나아진 것 같기는 하군요, 선생님.' 시장이 말했어요. '그렇지 않다면 말이 안 되지요. 자, 이제 내 옆구리 부어오른 것도 아무 것도 아니라고 거짓말을 몇 마디 해 보세요. 일어나 앉아서 소시지와 메밀 케이크를 좀 먹을 수 있게요.'

내가 두 손으로 찌르는 시늉을 하며 말했지요.

'자, 염증이 사라졌다. 근일점의 오른쪽 귓불이 가라앉았다. 이제 졸리다. 더 이상 눈을 뜨고 있을 수가 없다. 이제 질병은 멈췄다. 자, 이제 잠이 들었다.'

시장이 눈을 감더니 코를 골기 시작했어요.

'보셨죠, 티들 씨? 현대 과학의 기적을 말입니다.'

'비들입니다. 언제 삼촌에게 나머지 시술을 할 거죠, 닥터 푸푸?'

'닥터 와후요. 내일 열한 시에 다시 오겠소. 깨어나면 테레빈유 여덟 방울과 쇠고기 3파운드를 주시오. 이만 가겠소.'

다음 날 아침 약속한 시간에 다시 갔어요.

'안녕하시오, 비들 씨.' 그가 침실 문을 열었을 때 내가 말했어요. '오늘 아침에 삼촌은 어떠시오?'

'훨씬 나아 보이십니다.'

젊은이가 말했어요.

시장의 혈색과 맥박은 정상이었어요. 한 번 더 시술을 하자 모든 통증이 사라졌다고 말했고요.

'자, 이제 하루 이틀만 더 누워 있으면 괜찮아질 거요. 내가 피셔힐에 오게 된 것이 정말 다행입니다, 시장님. 일반 의학이 사용하는 그 어떤 치료 방법으로도 당신을 구할 수 없었을 겁니다. 잘못된 생각이 사라지고 통증도 거짓으로 드러났으니 즐거운 주제에 대해 이야기해 볼까요? 시술비 250달러에 대해서 말입니다. 죄송하지만 수표는 안됩니다. 나는 수표 앞에 이름 쓰는 것만큼이나 뒤에 이름을 쓰는 것도 싫어하거든요.'

'여기 현금이 있소.'

시장은 베개 아래서 돈지갑을 꺼내고 그 안에서 50달러짜리 지폐 다섯 장을 꺼내 손에 쥐며 비들에게 말했어요.

'영수증을 가져 와라.'

내가 영수증에 서명을 하자 시장이 돈을 건네주었고 나는 그 돈을 조심스럽게 주머니 속에 넣었어요.

'자, 의무를 집행하시지요, 탐정님.'

시장이 갑자기 아픈 사람 같지 않게 웃으면서 말하더군요. 그러자 비들이 손으로 나의 팔을 잡으며 말했어요.

'닥터 와후, 본명 피터스. 주 법률이 허가하지 않은 의료 행위를 한 죄로 당신을 체포한다.'

'당신은 누구요?'

내가 물었어요.

'누군지 내가 말해 주지.' 침대에서 일어나 앉으며 시장이 말했어요. '주써 의학협회가 고용한 탐정이다. 그는 다섯 개 카운티에서 너를 따라다니며 미행해 왔다. 너를 잡기 위해 그와 함께 이런 계략을

274

짰다. 이 근처에서는 더 이상 가짜 약 장사 짓을 하고 다닐 수 없을 것이다. 나한테 무슨 병이 있다고 했지, 탁발승 선생? 복합 뭐라더라? 어쨌든 뇌에 무슨 문제를 일으키지는 않았겠지?

'탐정이라고?'

내가 물었지요.

'그렇소.' 비들이 말했어요. '당신을 보안관에게 넘겨야겠소.'

'그렇게는 안 될걸.'

내가 몸을 돌려 비들의 목덜미를 움켜쥐고 거의 창밖으로 내던지려는 찰나에 그가 권총을 꺼내 내 턱밑에 댔어요. 내가 꼼짝 못하고 서 있자 그가 내게 수갑을 채우고 주머니에서 돈을 꺼내며 말했어요.

'이 영수증에 저지 뱅크스 시장님과 저놈이 함께 서명한 것을 내가 입증할 겁니다. 보안관 사무실에 가서 이 돈을 넘기면 보안관이 영수증을 보내 드릴 겁니다. 이번 사건의 증거로 사용되어야 합니다.'

'좋습니다, 비들 씨.' 시장이 말하더군요. '자, 닥터 와후, 한번 입증해 보시지. 당신의 이빨로 자기 최면의 코르크 뚜껑을 열고 주문을 외워 수갑을 풀어 보시지요?'

'갑시다, 탐정님.' 내가 위엄을 갖추고 말했어요. '지금은 단념하는 것이 나을 듯하오.'

그리고 나서 나는 늙은 뱅크스 시장을 향해 나의 턱을 떨며 말했어요.

　'시장, 자기 최면술이 성공했다고 당신도 믿게 될 때가 곧 올 것이오. 이번에도 분명 나의 시술이 성공했다는 것을 알게 될 것이오.'

　실지로 성공했지요.

　우리가 문 앞에 거의 다 왔을 때 내가 말했어요.

　'이제 누구와 마주칠지도 몰라, 앤디. 수갑을 푸는 것이 좋겠어. 그리고……'

　어떻게 된 일이냐고요? 짐작하시겠지만 그는 앤디 터커였어요. 바로 그의 계략이었죠. 그렇게 해서 함께 사업 자금을 얻어낸 것입니다."

소동에 익숙한 사기꾼들
A Tempered Wind

버킹햄 스키너의 옆모습이 나의 시신경을 처음으로 교란시킨 것은 캔자스 시에서였다. 길모퉁이에 서 있는데 상가에 있는 3층 건물에서 지푸라기 색 머리를 창밖으로 내밀고 '휘어, 거기 서라, 휘어!' 하고 소리를 지르는 것이었다. 짐 끄는 당나귀들을 진정시키려고 할 때처럼 말이다.

나는 주위를 둘러보았다. 하지만 눈에 보이는 동물이라고는 광낸 신발을 신은 경찰과 우체국으로 달려가는 우편 마차 두 대뿐이었다. 그런데 버킹햄 스키너가 아래층으로 급히 내려와 길모퉁이로 달려가더니 네 발 동물들의 발굽이 일으키는 먼지 속에서 다른 쪽 길을 바라보았다. 그러다가 스키너는 다시 3층 사무실로 올라갔다. 나는 창에 써 있는 간판을 바라보았다. 농부들의 친구 금융 회사였다.

건초 머리가 금방 다시 내려왔고, 나는 생각이 있었기에 길을 건너가 그를 만났다. 내 생각이 맞았다. 가까이 다가가자 그가 어디서 과

장했는지 알 수 있었다. 블루진 바지와 소가죽 부츠를 보니 분명 시골 사람이었다. 그러나 그의 손은 낮 흥행 연극배우 손 같았고, 귀 뒤에 꽂아 놓은 호밀 지푸라기는 어떤 속임수를 써서 나를 이길지 아는 농가 골동품상의 소품 담당자 것처럼 보였다. 내가 그에게 공손히 물었다.

"댁의 당나귀들이 지금 수레를 풀고 달아났나요? 세워 보려고 했는데 안 되더군요. 지금쯤이면 농장까지 반쯤은 되돌아갔겠는데요."

"젠장, 지긋지긋한 당나귀들 같으니라고!"

건초 머리가 말했다. 그 음성이 너무나 선량했기 때문에 내가 거의 변명처럼 말을 하게 되었다.

"놈들은 언제나 말을 안 듣죠."

그러자 그가 나를 자세히 보더니 건초 모자를 벗고 다른 목소리로 말했다.

"몬테규 실버를 빼면 서부 최고의 행상인 파레이부 피켄스와 악수를 하고 싶습니다. 거절하지 않으시겠죠?"

나는 그가 악수를 하도록 했다. 내가 말했다

"나는 실버에게서 배웠지. 하지만 그의 지도력을 시기하지 않았어. 자네는 어떤 사업을 하지? 존재하지 않는 동물이 달아나는 것을 보고 '휘어!' 하고 소리를 지르는데 조금 당황했네. 어떻게 그런 일로 사람

278

을 속이나?"

버킹햄 스키너의 얼굴이 붉어졌다. 그가 말했다.

"용돈이나 버는 거지요. 그게 다예요. 한동안 돈을 전혀 못 벌었어요. 호밀 지푸라기로 이런 작은 도시에서 40달러를 번다면 괜찮은 거지요. 어떻게 이 일을 하냐고요? 글쎄요, 보시다시피 저는 어수룩한 시골 놈의 역겨운 복장을 하고 있죠. 조나스 스터블필드(밀 그루터기 밭이라는 뜻 : 옮긴이)라는 더할 나위 없고 잊히지 않을 이름도 새로 지었고요. 조금 전에 3층 정면에 있는 대출 회사 사무실로 소란스럽게 찾아갔어요. 가서 모자와 털장갑을 바닥에 내려놓고 여동생이 유럽에서 음악 교육을 받을 수 있도록 농장을 담보로 2천 달러를 빌릴 수 있느냐고 물었지요. 대출 회사들은 그런 식의 대출을 좋아해요. 일단 어음 만기일이 되면 담보물에 대한 권리를 상실하는 것은 시간문제니까요.

그래서 주머니에 손을 넣어 토지 소유 증서를 꺼내려고 하는데 갑자기 나의 당나귀들이 달아나는 소리가 나지 뭡니까. 창으로 달려가 대사를 던졌다고 해야 할까요, 절규했다고 해야 할까요. 어쨌든 '휘어'라고 했습니다. 그리고 나서 아래층으로 달려 내려가 길거리에 나섰다가 몇 분 후에 다시 들어갔습니다.

'망할 놈의 당나귀들 같으니라고.' 내가 말했어요. '놈들이 달아나면서 수레 가로대를 부수고 줄을 끊었어요. 집에 걸어가야겠어요. 돈을 가져오지 않았거든요. 대출 문제는 다음에 다시 의논해야겠어요.'

나는 이스라엘 사람들처럼 방수포를 펼쳐 놓고 하늘에서 만나가 떨어지기를 기다렸지요.

'스터블필드 씨, 이 10달러를 가지고 먼저 마구를 고치세요. 내일 열 시에 다시 오시죠. 우리가 대출을 해 드리고 싶습니다.'

붉은 얼굴에 안경을 쓰고 성긴 골무늬 무명 조끼를 입은 사람이 말하더군요."

버킹햄 스키너가 겸손하게 말했다.

"대수롭지 않은 일이지요. 하지만 말씀드렸다시피 한시적으로 푼돈이나 버는 일이니까요."

그의 창피한 심정을 존중해 내가 말했다.

"부끄러울 건 전혀 없어요. 긴급한 상황에서는 그럴 수도 있는 거지요. 물론 외상 판매나 브리지 카드놀이를 계획하는 것에 비하면 작은 일이지만 말이오. 심지어 시카고 대학도 시작은 미약했지 않소?"

"요즘은 어떤 일을 하시나요?"

버킹햄 스키너의 물음에 내가 답해 주었다.

"합법적인 일을 하지요. 모조 다이아몬드와 올레움 시나피 박사의 전자 헤드에이크 밧데리, 스위스 워블러의 새소리 알람, 새로운 발명

품 한두 개, 그리고 보난자 선물 세트를 팔고 있지요. 보난자 선물 세트에 든 황동제 결혼반지와 약혼반지, 이집트산 백합 알뿌리 너섯 개, 피클용 포크 겸용 손톱깎기, 전부 다른 이름이 새겨진 명함 50매 등을 다 합해서 38센트밖에 안 해요."

버킹햄 스키너가 말했다.

"두 달 전만 해도. 텍사스에서 특허품인 즉석 점화기 사업을 하고 있었어요. 압축 나무 재와 벤진으로 만든 거였죠. 누구에게 불 좀 빌려 달라고 부탁할 필요 없이 깜둥이들을 재빨리 태워 버리고 싶은 놈들에게 아주 잘 팔렸어요. 장사가 최고로 잘될 때 놈들이 유전을 발견해서 내 사업을 못하게 만들었어요. 그들이 말하더군요. '이제 네 물건은 너무 느려. 여기 이 석유를 가지고 네 구식 부싯돌 잡동사니가 깜둥이 녀석을 뜨듯하게 만들어 신앙고백을 하게 만들기도 전에 지옥으로 보낼 수 있다고.' 그래서 점화기를 포기하고 떠돌다가 이곳 캔자스 시티로 오게 된 것이지요. 피켄스 씨, 좀 전에 보신 가짜 농장과 가상의 당나귀들이 나오는 짧은 개막극은 제 본업이 아니에요. 그런 모습을 보시게 해서 부끄럽습니다."

내가 친절하게 말했다.

"그 누구도, 그 어떤 사람도 재정적으로 어려운 처지일 때는 10달러라는 적은 돈 때문에 융자 회사를 속인 걸 부끄러워할 필요가 없어요.

그래도 썩 할 만한 일은 아니지요. 돈을 빌리고 나서 갚지 않는 것과 마찬가지니까요."

나는 처음부터 버킹햄 스키너를 좋아했다. 그는 차축을 고치며 가솔린 연기를 마신 사람처럼 선량했다. 우리는 비교적 빨리 친해졌고 나는 한동안 구상하고 있던 계획에 그를 가담시키기 위해 동업을 제안했다.

벅이 말했다.

"무엇이든, 정말로 부정직한 일만 아니라면 기꺼이 할 준비가 되어 있어요. 계획을 자세히 말씀해 보세요. 머리에 소품용 건초를 꽂고 시골뜨기 분위기를 내서 10달러를 얻어 내는 일을 해야 할 때는 기분이 아주 좋지 않아요. 솔직히 말하면 피켄스 씨, 위대한 서부 스타 총출동 원나잇 극단에 나오는 오필리아가 된 것 같아요."

나의 계획은 내 기질에 맞는 것이었다. 나는 천성이 좀 감상적이라 존재를 달래 주는 모든 요소들에 대해 부드러운 감정을 갖고 있다. 예술과 과학에 대해서도 관대하고, 로맨스나 분위기, 초원, 시, 계절 등 인간적인 것들에 대해 진심으로 느끼고자 애쓴다. 애송이의 돈을 빼앗을 때면 그 나이의 무지갯빛 아름다움에 탄복한다. 곡괭이를 든 남자에게 금을 함유한 자질구레한 물건들을 팔 때면 금과 농지 간의 아름다운 조화를 깨닫는다. 그렇기 때문에 이번 계획이 마음에 들었다.

282

야외 분위기와 전원의 풍경을 만끽하며 쉽사리 돈을 벌 수 있기 때문이다.

이 사업을 도와 함께 일할 젊은 여자 조수가 필요했다. 나는 벅에게 적당한 조건을 갖춘 여자를 혹시 아느냐고 물었다.

"그녀는 퐁파두르 머리형에서부터 옥스포드 신발에 이르기까지 세련되고 현명하며 비즈니스 스타일의 여자여야 해. 전직 토댄스 댄서라든지 껌을 씹는 여자라든지 크레용 초상화 외판원은 안 돼."

벅이 그런 여성을 안다며 나에게 새라 몰로이 양을 소개시켜 주었다. 그녀를 보는 순간 마음에 들었다. 그녀는 마치 주문한 것처럼 딱 맞았다. 세 가지 금기 ― 과산화수소로 표백한 머리, 값싼 향수, 부정한 행실 ― 중 어느 것도 해당되는 것이 없었다. 예절 바른 스물두 살가량의 갈색 머리 아가씨로 우리 사업에 딱 적합한 숙녀였다.

"사업에 대해 설명해 주시죠."

그녀가 먼저 말했다.

"그런데 아가씨, 우리의 사업은 아주 멋지고 세련되고 로맨틱해서 「로미오와 줄리엣」의 발코니 장면이 이류 연극으로 보일 정도요."

함께 대화를 나눈 뒤 몰로이 양은 우리의 사업 파트너가 되기로 했다. 그녀는 교외에 있는 부동산 회사에서 하던 속기사와 비서 일을 그만두고 좀 더 존경할 만한 일을 할 수 있게 되어 기쁘다고 말했다.

우리는 이런 식으로 계획을 짰다. 처음에는 일종의 격언을 바탕으로 계획을 세웠다. 세계 최고의 사기는 습자책의 금언과 시편과 잠언과 에서Esau의 우화에 기초하고 있다. 인간의 본성과 조화를 이루는 것처럼 보여야 한다. 우리의 평화롭고 작은 사기 행각은 예부터 전해오는 말에 근거하고 있다. 세상의 모든 사람들은 사랑에 빠진 사람을 좋아한다.

어느 날 저녁 벅과 몰로이 양은 마차에 불이라도 난 듯이 농가로 달려갔다. 그녀는 창백했지만 사랑스러웠고, 그의 팔에 꼭 매달려 있었다. 언제나 그의 팔에 매달려 있는 그녀는 누가 봐도 젊고 예쁜 아가씨였고, 남자에게만 의존하는 여자였다. 그들은 무자비한 부모를 피해 결혼을 하려고 도망쳤다고 말하며 어디 가면 목사를 만날 수 있느냐고 물었다. 농부가 4마일 떨어진 캐니 크릭에 사는 아벨스 목사가 가장 가깝게 계신 분이라고 말했다. 농부의 부인이 앞치마에 손을 닦으며 안경을 쓴 눈으로 목을 빼고 바라보았다.

그런데 자 보라! 다른 쪽 길에서 길쭉한 얼굴의 파레이부 피켄스가 검은 옷에 흰 넥타이를 매고 이륜마차에 앉아 코를 훌쩍거리며 찬송가처럼 들리는 노래를 그럴듯하게 흥얼거리면서 오고 있었다.

"저 사람이 목사가 아니면 재빨리 피해요!"

농부가 말했다. 아비야 그린 목사, 즉 내가 다음 주일에 설교하기 위해 리틀 베델 학교로 여행하는 중이었다.

젊은 연인이 반드시 결혼을 해야 한다. 아버지가 쟁기 끄는 당나귀들을 몰아 짐마차를 타고 쫓아오고 있다. 그린 목사는 망설였지만 결국 농부의 객실에서 결혼식을 올려 주었다. 농부가 싱글거리고 웃으며 사과술에 취해 '틀림없이!' 라고 말하고, 농부의 부인은 잠시 훌쩍거리며 눈물을 흘리다가 신부의 어깨를 다독거려 주었다. 가짜 목사 파레이부 피켄스는 결혼 증서를 써 주었고, 농부 부부가 증인으로 서명했다. 그리고 1부, 2부, 3부에 등장했던 인물들은 차례로 마차를 타고 떠났다. 오, 이것이 바로 전원에서의 사기였다! 진실한 사랑과 음매 하고 우는 암소, 붉은색 헛간 위로 내리쬐는 햇살, 이는 분명히 내가 아는 모든 사기 행각을 압도하는 것이었다.

그 당시 약 스무 채의 농가에서 벅과 몰로이 양의 결혼식 주례를 섰던 것 같다. 나중에 우리가 결혼 증서라고 속였던 어음들을 모두 은행에 가지고 가서 할인해 팔고 농부들이 자신들이 서명한 300달러 내지 500달러의 어음금을 갚아야 할 때가 와 모든 로맨스가 사라지는 순간은 생각하고 싶지 않았다.

5월 15일 우리 세 명은 6천 달러를 나눠 가졌다. 몰로이 양은 기쁨으로 거의 울 지경이 되었다. 다정다감한 여자나 사람이 올바른 일을 하려고 결심하는 경우는 흔치 않은 법이다.

그녀가 작은 손수건으로 눈물을 찍어 내며 말했다.

"있잖아요. 이번에 돈 번 일은 뚱보들의 공에 분을 바르는 것보다 더 쉬웠어요. 덕분에 새로운 삶을 살 수 있는 기회를 얻게 되었어요. 두 분을 만났을 때 하고 있던 일을 그만둘 궁리를 하고 있었거든요. 만약 무 농사를 짓는 사람들의 껍질을 벗기는 교묘하고 간단한 사업에 저를 가담시키지 않았더라면 저는 더 나쁜 일을 했을지도 몰라요. 닭고기 스프 약간과 슈크림에 비즈니스맨의 점심 식사라는 이름을 붙여 75센트를 받고 팔아 목사관을 지으려는 여성 바자회에서 제안한 일자리를 받아들이려던 참이었거든요.

이제부터는 올바르고 정직한 일만 하고 기분 좋지 않은 일들은 모두 떨쳐버릴 거예요. 신시네티에 가서 손금 읽기와 투시력 사업을 할까 해요. 이집트 여자 마법사 마담 새라몰로이라는 이름을 걸고 1달러씩 받고서 정직하게 예언을 해 줄 거예요. 그럼 안녕히 가세요. 내 말 잘 새겨듣고 점잖은 사기만 하세요. 경찰이나 신문하고 좋게 지내면 모든 일이 잘될 거예요."

우리는 서로 악수를 나누고 몰로이 양과 헤어졌다. 나와 벅은 몇 백 마일쯤 떨어진 곳으로 갔다. 결혼 증서가 만기일이 될 때까지 그 근처에 있고 싶지 않았기 때문이다.

우리 둘은 함께 4천만 달러를 지니고 뉴저지 해안에 있는 오만불손

한 작은 도시 뉴욕으로 왔다. 건방진 수다쟁이들이 너무 많이 갇혀 있는 새장이 있다면 바로 이 허드슨 강변의 주택지일 것이다. 사람들은 이곳을 국제적인 도시라고 부른다. 맞는 말이다. 파리 잡는 끈끈이기도 하다. 그들이 끈끈이에서 발을 떼고 날아가기 위해 윙윙거리며 애쓰는 소리를 들어 보라. 그들은 '작고 오래된 뉴욕 시는 마음에 들어'라고 노래 부른다.

브로드웨이에는 메인 주 오거스타 공장에서 일주일 동안 만들어낸 진기한 물건들과 친구의 손을 찌르는 작은 구리 합금반지 등을 사려고 한 시간 동안 걸어 다니는 촌사람들이 많다.

독자들은 뉴욕 사람들이 다 현명할 거라고 생각할 것이다. 그러나 그렇지 않다. 그들에게는 배울 기회가 없다. 모든 것이 너무 간결하다. 심지어 건초 씨도 짐짝으로 꾸려 놓았다. 한쪽은 바다로, 다른 한쪽은 뉴저지로 막혀 세상으로부터 단절되어 있는 도시에서 무엇을 기대할 수 있다는 말인가?

이곳은 적은 자본을 가진 정직한 야바위꾼이 있을 곳이 못 된다. 사기에 대한 엄청난 보호 관세를 부과하기 때문이다. 심지어 지오바니가 살아 있는 벌레와 밤 껍질 한 쿼트를 팔 때도 식충성 경찰에게 한 파인트를 건네주어야 한다. 공작이 상속녀와 결혼하려고 하는 교회 강대상으로 범인 호송차를 통해 보내는 청구서에는 호텔 경영자가 모든 것을 두 배로 청구한다.

하지만 유서 깊은 코니 근처의 배드빌은 사기 관세만 내면 노련한 해적질을 한번 하기에 안성맞춤인 소도시이다. 수입 야바위는 매우 값이 비싸다. 이 문제를 관장하는 세관 관리들은 곤봉을 들고 다니고, 통행세를 낼 수 없다면 옷을 말쑥하게 차려 입은 사기꾼도 몰래 들어오는 것이 쉽지 않았다. 그러나 이제 일이백 년 전에 반스가 그랬던 것처럼 유리구슬 몇 개와 부동산을 바꿀, 대도시 변경에 사는 사람들을 찾아 거래를 하기 위해 나와 벅이 자본을 가지고 뉴욕에 온 것이다.

이스트 사이드의 한 호텔에서 우리는 내가 만나본 사람 중에 금융에 관한 한 가장 탁월한 두뇌를 가진 로물루스 G. 애터배리와 친해지게 되었다. 그는 반짝이는 대머리에 회색의 구레나룻을 기르고 있었다. 사무실 가로장 너머에 앉아 있는 그의 머리를 보면 사람들은 영수증도 받지 않고 100만 달러를 예치하려 들 것이다. 애터배리는 잘 먹지 않았지만 옷은 잘 입었다. 그가 하는 말을 듣노라면 사이렌(반은 여자고 반은 새인 요정으로, 아름다운 노랫소리로 지나가는 뱃사공을 꾀어 죽였다고 함, 그리스 신화 : 옮긴이)이 말하는 소리는 택시 기사의 불평처럼 들릴 것이다. 그의 말에 따르면 그는 증권거래소의 회원이었는데 일부 거대 자본가가 시기를 해 서로 짜고 그의 지위를 팔도록 종용했다는 것이다.

애터배리는 나와 벅을 좋아하게 되었고, 자신의 머리카락을 빠지게 만들었던 계획의 일부를 우리에게 설명해 주었다. 그는 45달러를 가지고서 미시시피 버블을 유리 대리석처럼 단단하게 보이도록 만들 만한 국립은행을 시작할 계획을 가지고 있었다. 그는 이 계획에 대해 우리에게 사흘 동안 이야기했고, 목이 아파졌을 때쯤 우리가 가지고 있는 지폐 뭉치에 대해 말했다. 애터배리가 우리에게서 25센트를 빌려서 목캔디 한 박스를 사 오더니 다시 이야기를 시작했다. 이번에는 큰 일들에 대해 이야기했고, 그 일들에 대해 우리도 자신과 똑같이 생각하도록 만들었다. 그가 제시한 계획은 분명 성공할 것 같았고 그의 이야기가 너무 솔깃했기 때문에 나와 벅은 우리의 돈을 그의 반짝이는 대머리에 투자하기로 했다. 점잖은 사기 같아 괜찮아 보였다. 경찰의 손이 닿는 곳에서 딱 1.5인치 정도 떨어져 있는 듯했고, 돈을 찍어 내듯이 벌 수 있을 것 같았다. 그것은 바로 나와 벅이 원하는 일이었다. 매일 저녁 바깥에서는 누군가 길 모퉁이에서 편도선이 부을 정도로 손님을 꾈 때 정해진 직장에서 꾸준히 일할 수 있는 그런 자리였다.

그래서 6주 만에 가구가 잘 구비된 월스트리트에서 사무실을 얻게 되었다. 문에는 금박을 입힌 '골콘다 골드 채권 투자회사'라는 간판이 붙어 있었다. 비서 겸 회계 담당인 버킹햄 스키너가 그의 전용 사무실에서 온실의 백합처럼 옷을 입고 가까운 곳에 실크 모자를 둔 채 일하고 있는 모습이 열린 문틈으로 보였다. 벽은 손이 닿는 곳에 모자를 두지 않는 일을 용납하지 않았다.

사장이자 총지배인인 R. G. 애터배리 씨는 자신의 사무실에서 귀중한 머리를 반짝거리며, 투자자들을 안심시키기에 충분할 만큼 멋진 퐁파두르 헤어스타일을 한 속기사 백작부인에게 작성할 문서를 불러주느라 분주했다. 부기계원과 조수도 한 명씩 있었지만, 전반적으로 속임수와 범죄의 분위기도 있었다.

다른 쪽 책상에 앉아 있는 평범한 남자의 모습에 이르면 조금 안도감이 든다. 그는 다른 사람은 전혀 신경 쓰지 않는 간소한 옷차림에 혐오감 주는 모자를 머리 뒤쪽에 걸치고 발을 책상 위에 올려놓은 채 사과를 먹고 있었다. 그는 다름 아닌 한때 '파레이부'였던 테쿰세 피켄스 대령으로, 이 회사의 부사장이기도 하다.

사기극을 위한 무대 소품을 구상하고 있을 때 내가 애터배리에게 말했다.

"나는 멋들인 옷은 안 입을 겁니다. 나는 평범한 사람이에요. 파자마나, 불어나 군대용 머리 솔은 쓰지 않아요. 가공하지 않은 모조 다이아몬드 같은 역할을 주세요. 아니면 연기를 하지 않을 겁니다. 불쾌하나마 나 그대로의 모습으로 연기에 임할 수 있다면 하겠소."

내 말을 듣고 애터배리가 말했다.

"자네가 성장을 한다고? 그럴 필요 없어요! 핀으로 국화꽃을 꽂아놓은 방안에 가득한 다른 모든 것들보다 있는 그대로의 자네 한 명이 우리 사업에 훨씬 더 중요해요. 자네는 견실하지만 머리와 복장이 단정치 못한, 극서부(미국 로키 산맥 서쪽 태평양 연안 일대 : 옮긴이)에서 온 자본가 역할을 맡을 거야. 자네는 관습을 경멸하지. 어찌나 많은 주식을 보유하고 있는지 돈궤를 쥐고 흔들 정도야. 보수적이고 가정적이고 거칠고 교활하면서도 절약하는 게 바로 당신이야. 뉴욕에서 성공한 인물이지. 발은 책상 위에 올려놓고 사과를 먹어. 누가 들어올 때마다 사과를 먹어요. 당신 서랍에 사과 껍질 채우는 것을 저들이 보도록 말이야. 가능한 한 근검하고 부유하고 세련되지 않게 보이도록 하라고."

나는 애터배리의 지시를 따랐다. 아무 가식이 없는 로키산 자본가 역할을 했다. 고객이 들어올 때마다 신뢰감을 주기 위해 서랍 속에 사과 껍질을 예치하는 나의 모습은 헤티 그린을 낭비가처럼 보이게 했을 정도였다. 애터배리가 나를 향해 관대하면서도 받들어 모시는 미소를 지어 보이며 봉들에게 말하는 소리가 들렸다.

"우리 회사의 부사장인 피켄스 대령입니다. 서부에 투자해 거액을 벌었죠. 아주 격식을 차리지 않아요. 하지만 이 50만 달러 수표에 서

명을 좀… 어린아이처럼 단순하고… 멋진 머리… 지나치다 싶을 정
도로 보수적이고 신중하지요."

애터배리가 사업을 관리했다. 그가 우리에게 모든 것을 설명해 주
었지만 나와 벅은 잘 이해가 되지 않았다. 일종의 협동조합인 듯했고
주를 산 사람이 모두 다 함께 이윤을 나눠 갖는다고 했다. 먼저 우리
직원들이 100주당 50센트라는 주의 지배적 이권을 갖는다. 우리는 그
만큼 가져야 한다. 인쇄공이 요구하는 것이므로 그렇게 해야 했다. 나
머지는 일반인에게 주당 1달러씩 돌아간다. 회사는 매달 주주들의 이
윤을 10퍼센트 보장하고 그것에 대해 월말에 지불한다.

주주가 100달러를 불입했을 경우, 회사가 골드 채권을 발급해 줘 공
채증서를 소유하게 된다. 하루는 내가 애터배리에게 보통 풋내기 주
주들이 누리는 면책과 특권에 비해 골드 채권을 소유한 사람들이 누
리는 혜택이나 기능이 무엇이냐고 물었다. 애터배리가 금박에 장식
체 문자가 인쇄되어 있고, 커다란 붉은색 인장을 파란색 나비매듭으
로 묶은 골드 채권 한 장을 들고 마음이 상했다는 듯 나를 바라보았
다. 그가 말했다.

"이보게 피켄스 대령, 예술에 대한 감각이 없구려. 수많은 가정이
최고 서관공이 찍어낸 아름다운 채권을 가지고서 행복해 할 것을 생
각해 봐요! 이 골드 채권이 분홍색 줄로 장식선반에 걸려 있거나, 바

닥에서 기뻐 노래하는 아기가 깨물고 있는 가정의 기쁨을 생각해 봐!
아, 당신의 눈이 촉촉해지는 게 보이는군, 대령. 감동받았군요, 그렇
지요 대령?"

내가 말했다.

"아니요, 나는 당신을 보고 있었어요. 이건 사과 주스에요. 사람
이 인간 사과 주서기인 동시에 예술 전문가가 되기를 바라는 건 무
리예요."

애터배리가 사업의 세밀한 부분에까지 전념했다. 내가 이해하기에
는 단순한 일이었다. 주식 투자자들은 돈만 지불하고 그 후에는 달리
하는 일이 없는 것 같다. 회사가 그 돈을 받는다. 그 밖의 것은 별로
떠오르는 것이 없다. 나와 벅은 월스트리트보다는 옥수수 버터 파는
일에 대해 더 많은 것을 알고 있다. 그러나 심지어 우리도 골콘다 골
드 채권 투자회사가 어떻게 돈을 버는지는 알 수 있었다. 돈을 받은
후 그 돈의 10퍼센트를 되돌려 준다. 깨끗하고 합법적인 방법으로 90
퍼센트의 이윤을 내는 것이다. 물고기가 물리는 한 경비는 줄게 된다.

애터배리는 사장이면서 회계 담당도 하고 싶어했지만 벅은 그에게
윙크를 하며 말했다.

"당신은 두뇌를 사용해요. 문에서 돈 접수하는 일까지 하면서 머리
를 잘 쓸 수 있겠어요? 다시 생각해 봐요. 나는 지금 투자액에 의거해

나 자신을 무기한으로, 그리고 만장일치로 회계 담당에 임명하노라. 내 머리 쓰는 일도 공짜로 기부할게요. 나와 피켄스는 자본을 투자한 만큼, 저절로 굴러들어오는 돈이 늘어나는 것을 관리하려고 합니다."

사무실 임대와 가구의 첫 지불액이 500달러 들었다. 인쇄와 광고에 1,500달러가 더 들었다. 애터배리는 자신의 사업에 대해 잘 알고 있었다.

광고는 효과가 있었다. 지역 주간지, 워싱턴 수동 인쇄기 일간지에 내자고 사업을 준비할 때 내가 말했다.

"딱 3개월만 할 거요. 그 후에는 잠적하거나 가명을 사용해야 해요. 그때쯤이면 6만 달러를 벌었어야 하오. 그러고 나서 나는 허리띠에 돈을 감추고 값싼 숙소를 찾아가고, 선정적인 언론과 가구 회사 사람들은 뒷북을 치겠지."

애터배리가 말했다.

"이보게. 자네는 광고 부장으로서 림버그 치즈 공장이 더운 여름에 발견되지 않도록 할 수 있어야 하네. 우리가 좇는 사냥감은 바로 이곳 뉴욕과 브룩클린, 그리고 할렘의 교정실에 있어. 시가 전차의 흙받기와 특파원에 대한 응답 칼럼과 소매치기 경고가 이 사람들 때문에 있는 거지. 우리는 시내 최고 일간지들의 기고란 위에, 라듐(방사성 물질)에 관한 사설 옆에, 건강 체조를 하고 있는 여자 사진 옆에 광고를 실으려 하네."

얼마 지나지 않아 돈이 굴러들어오기 시작했다. 벅은 바쁜 척할 필요가 없었다. 그의 책상 위에는 우편환과 수표, 달러화가 가득 쌓였다. 매일같이 사람들이 와서 주식을 사기 시작했다.

대부분의 주가 소액으로 팔렸다. 10달러, 25달러, 50달러가 대부분이었고, 2달러나 3달러도 많았다. 애터배리 사장의 신성한 대머리가 열의와 결점으로 빛났고, 무례하지만 존경할 만한 서부의 대부호 테쿰세 피켄스 대령은 어찌나 사과를 많이 먹는지 그가 책상이라고 부르는 마호가니 쓰레기 궤짝에서 사과 껍질이 바닥까지 늘어졌다.

애터배리가 말한 대로 우리는 석 달 동안 아무 문제없이 사업을 해 나갔다. 벅은 돈이 들어오는 대로 증서를 떼어 주고 한 블록쯤 떨어진 곳에 있는 안전한 은행 금고실에 돈을 보관했다. 벅이 은행을 그런 목적으로 생각해 본 적은 별로 없었다. 우리는 판매한 주식에 대한 이자를 규칙적으로 지불했기 때문에 불평하는 사람은 아무도 없었다. 거의 5만 달러에 달하는 돈을 머잖아 거머쥘 생각을 하며 우리 셋은 권투 선수처럼 호화롭게 살았다.

하루는 나와 벅이 점심 식사를 마치고 건방진 태도로 사무실로 어슬렁거리고 들어가는데 눈이 총명하고 입에 파이프를 문 편안한 인상의 남자가 사무실에서 나오고 있었다. 애터배리는 집에서 1마일 떨어진 곳에서 소나기를 맞은 사람처럼 보였다.

"저 남자를 아나?"

그가 물었다. 우리는 모른다고 대답했다. 애터배리가 머리의 땀을 닦아 내며 말했다.

"나도 몰라. 하지만 뉴욕 시 감방을 도배할 만큼의 골드채권을 저자가 신문 기자라는 데 걸겠네."

"뭘 원했나요?"

벅이 물었고 우리의 사장이 대답했다.

"정보. 주식을 좀 사려고 한다더군. 질문을 900가지쯤 했어. 모든 질문이 우리 사업의 수상한 데를 찌르는 것들이었어. 그자는 신문 기자야. 분명해. 어쩐지 허름하고 눈이 송곳 같고, 파이프 담배를 피우고, 코트 깃에 비듬이 떨어져 있고, J.P. 모건과 셰익스피어를 합해 놓은 것보다 아는 게 더 많아. 저 사람이 기자가 아니라면 세상에 기자가 될 자는 없을 거야. 염려가 돼. 나는 탐정이나 우체국 시찰자는 상관하지 않아. 그들과 8분 동안만 이야기하면 주식을 사도록 할 수 있지. 하지만 기자들 앞에서는 꼼짝 못하겠어. 배당금을 나누고 사라져야겠어. 정황을 보니 그렇게 해야겠어."

나와 벅은 애터배리가 악담을 멈추고 진정하도록 했다. 우리가 볼 때 그자는 기자 같아 보이지 않았다. 기자들은 항상 연필과 수첩을 꺼내 들이대며 이미 알고 있는 이야기를 해 주거나 술을 사라고 부탁한다. 하지만 애터배리는 하루 종일 몸을 떨며 불안해했다.

다음 날 나와 벅은 열 시 반쯤에 호텔에서 나왔다. 사무실로 가는 길에 신문을 사서 보니 1면 기고란에 우리의 작은 사기 행각에 대한 기사가 실린 게 제일 먼저 눈에 띄었다. 유감스럽게도 기자는 우리가 조지 W 차일즈의 혈족이 아니라고 암시하고 있었다. 그는 우리의 주주들만 제외하고는 거의 모든 사람이 즐겨 읽었을 생생하면서도 조롱하는 듯한 필체로 그가 알고 있는 모든 계략에 대해 설명했다. 애터배리의 말이 맞았다. 골콘다 골드 채권 투자회사의 맵시 있게 옷 입은 회계 담당과, 머리가 진주알 같은 사장과, 거칠고 억센 부사장은 즉시 도망가야만 지상에서 그들의 날이 길어질 것이다.

나와 벅은 사무실로 서둘러 갔다. 층계와 홀에서 수많은 사람들이 사무실로 비집고 들어가려 하고 있었다. 사무실 안도 가로장까지 사람들로 꽉 차 있었다. 그들은 거의 다 골콘다 주식과 골드 채권을 손에 쥐고 있었다. 나와 벅은 그들도 신문을 읽었다고 판단했다.

우리는 그 자리에 서서 우리의 주주들을 보고 조금 놀랐다. 우리 회사에 투자하고 있다고 생각했던 사람들과는 상당히 달랐다. 모두 가난한 사람들이었다. 늙은 여자들도 많았고 공장에서 일하는 것처럼 보이는 젊은 여자들도 많았다. 참전 용사처럼 보이는 노인들도 있었고, 일부는 신체 장애인이었다. 상당수는 길거리의 구두닦이, 신문팔이, 심부름꾼 같은 아직 어린아이들이었다. 작업복을 입고 소매를 걷어붙인 노동자들도 있었다. 주주처럼 보이는 사람은 한 사람도 없었고 마치 땅콩 판매대 앞에 몰려든 사람들 같았다. 하지만 그들은 모두 골콘다 주식을 가지고 있었고 다들 혈색이 좋지 않았다.

군중들을 가늠하던 벅의 얼굴이 창백해졌다. 그가 병들어 보이는 한 여자에게 다가가 말했다.

"아주머니, 우리 주식을 소유하고 있나요?"

여자가 가냘픈 목소리로 말했다.

"100달러를 투자했어요. 1년 동안 저금한 돈을 전부 예치한 거예요. 우리 아이가 지금 집에서 죽어 가는데 집에는 한 푼도 없어요. 돈을 좀 인출할 수 있을까 해서 왔어요. 광고 전단에 언제라도 인출할 수 있다고 써 있었어요. 하지만 사람들이 이제 내가 그 돈을 다 잃을 거라고 해요!"

무리 중에 똑똑한 어린아이 한 명이 있었다. 신문팔이 소년인 듯한 아이는 벅의 실크 모자와 양복에 희망을 건 듯 말했다.

"나는 25달러를 냈어요, 아저씨. 거기에 대해 한 달에 2.5달러를 받았어요. 그런데 더 이상 그럴 수 없을 거라고 어떤 아저씨가 말했어요. 정말 그래요? 정말이에요? 내 돈 25달러를 돌려받을 수 있을 거라고 생각해요?"

우는 노파들도 있었고 젊은 여공들은 정신을 잃을 것처럼 괴로워했다. 그들은 저축한 돈을 다 잃었고, 이곳에 오느라 일을 못한 시간에 대해서도 임금을 빼앗길 것이다.

그중에 붉은 숄을 두른 예쁘장한 한 아가씨가 구석에서 무너져 내릴 듯이 울고 있었다. 벅이 다가가 울고 있는 아가씨에게 물었다.

그녀가 몸을 떨며 흐느끼는 목소리로 말했다.

"돈을 잃어버렸기 때문만은 아녜요, 선생님. 2년 동안 모은 돈이기는 하지만 이제 제이키가 나와 결혼하려 들지 않을 거예요. 그는 로사 스타인필드를 택할 거예요. 나는 제이, 제이, 제이키가 어떤 사람인지 알아요. 로사는 400달러나 저축하고 있어요. 흑, 흑, 흑!"

그녀는 결국 울부짖었다.

벅이 아까와 같이 묘한 표정으로 주위를 둘러보았다. 그때 벽에 기대어 파이프를 피우며 빛나는 눈으로 우리를 바라보는 자가 있었다. 신문 기자였다. 벅과 내가 그에게 다가갔다. 벅이 말했다.

"당신 정말 재미있는 기사를 썼더군요. 얼마나 더 쓰려고 하지요? 몰래 준비하고 있는 기사가 더 있나요?"

기자가 담배 연기를 내뿜으며 말했다.

"오, 나는 그냥 기다리고 있는 거예요. 혹시 무슨 뉴스라도 생기지 않을까 해서요. 이제 당신네 주주들이 어떻게 하느냐에 달려 있지요. 그중 불만을 토로하는 사람이 있을 수도 있으니까요. 범인 호송차가 올 건가요?"

그가 바깥에서 나는 소리를 들으며 계속 말했다.

"저것은 루즈벨트에서 오는 위틀포드 의사의 낡은 운구차요. 나는 그 징 소리를 알지요. 맞아요. 나는 때때로 흥미로운 기사를 썼어요."

"기다려요. 내가 재미있는 기삿거리를 만들어 줄 테니."

벅이 이렇게 말하며 주머니를 뒤져서 내게 열쇠를 건네주었다. 나는 그가 말하기도 전에 그가 하고 싶어하는 말을 알았다. 쾌씸한 늙은 악덕 실업인. 나는 그가 무슨 말을 하고 싶어하는지 알았다. 벅보다 그들을 더 나아지게 할 수 있는 사람은 아무도 없었다.

벅이 나를 뚫어지게 바라보며 말했다.

"픽, 이번 사기는 정도가 좀 심하지 않아요? 제이키가 로사 스타인 필드와 결혼하기를 원해요?"

"내 한 표를 자네에게 던지겠네. 10분 안에 여기로 가지고 오겠네."

그러고 나서 나는 안전 예치 금고로 향했다. 커다란 뭉치의 돈다발을 가지고 돌아온 후 벅과 나는 기자를 데리고 다른 문을 통해 한 사무실로 들어갔다.

벅이 말했다.

"자, 문필가 친구. 의자에 가만히 앉아 있어요. 인터뷰를 하다. 당신은 지금 아칸소의 사기꾼 마을에서 온 두 명의 사기꾼과 함께 있소. 나와 픽은 올드 포인트 컴포트에서 골든 게이트에 이르는 모든 도시에서 구리 장신구, 발모제, 노래책, 카드, 특허약, 코네티컷 서머나 러그, 가구 광택제, 앨범들을 팔았소. 돈이 남아도는 사람처럼 보이면 1달러를 더 받았소. 하지만 우리는 부엌 난로 구석의 헐렁한 벽돌 밑이나 양말 뒤꿈치에 숨겨 놓은 1달러를 얻어 내려고 사기를 치지는 않소. 당신도 들어 봤을지 모를 예부터 내려오는 말이 있소. '지나치게 안달복달하면 품위를 망친다.' 즉 길거리 사기꾼의 잡동사니 상자에서 월스트리트의 책상으로 미끄러지는 것은 쉬운 일이라는 말이오. 우리는 그렇게 미끄러졌지만 그 바닥에 무엇이 있는지 정확히 몰랐소. 당신은 현명해야 하는데 그렇지 않소. 당신은 뉴욕의 현명함을 지니고 있소. 즉 당신은 사람을 그 사람이 입은 겉옷만 보고 판단한다는 것이오. 그것은 옳지 않소. 안감과 솔기와 단춧구멍도 봐야 하오. 우리가 범인 호송차를 기다리는 동안 당신은 몽당연필을 꺼내 신문에 낼 또 다른 재미있는 기사를 적어도 좋소."

그러고 나서 벅이 얼굴을 돌려 나를 바라보았다.

"나는 애터배리가 무슨 생각을 하는지 관심이 없어요. 그는 두뇌만 제공했을 뿐이에요. 그가 자신의 돈을 찾았다면 운이 좋은 거지요. 하지만 형님은 어떻게 생각해요, 픽?"

"나? 나를 알잖아, 벅. 나는 누가 주식을 사는지도 모르고 있었어."

"좋아요."

벅이 말했다. 그러더니 내부 문을 통해 중앙 사무실로 가서 가로장을 통해 안으로 들어오려고 애쓰는 무리를 바라보았다. 애터배리와 그의 모자는 사라지고 없었다. 벅이 그들을 향해 짧은 연설을 했다.

"모든 어린양들은 줄을 서시오. 여러분의 털을 돌려드리겠소. 그렇게 밀치지 말고 줄을 서시오. 서로 밀지 말고 줄을 서란 말이오. 부인, 제발 우는 소리 좀 그만해요. 당신의 돈이 기다리고 있소. 이봐, 아가, 가로장에 기어 올라가지 마. 너의 동전들도 안전하단다. 아가씨, 울지 말아요. 1센트까지 다 돌려받을 거요. 다시 말하거니와 줄을 서시오. 픽, 이리 와서 사람들이 줄을 서서 들어와 돈을 받으면 다른 문으로 나가게 하세요."

벅이 코트를 벗고 실크 모자를 머리 뒤로 밀어 쓰더니 레이나 빅토리아(스페인의 론다에 있는 호텔 이름 : 옮긴이)의 불을 켰다. 그는 큰 돈뭉치들이 깔끔하게 다발로 묶여 놓여 있는 탁자 위에 앉았다. 나는 주주들이 사무실에서 일렬 종대로 움직이게 했다. 기자가 그들을 옆문으로 인도해 다시 홀로 가도록 했다. 벅은 그들이 지나갈 때 주식과 골드 채권을 받고 같은 액수의 현금을 돌려주었다. 골콘다 골드 채권과

302

투자회사의 주주들은 지금 일어나고 있는 일을 믿기 어려웠다. 벅의 손에서 돈을 빼앗다시피 했다. 어떤 여자들은 계속 울어댔다. 여자들은 슬플 때는 울고, 기쁠 때는 흐느끼고, 그도 저도 아닐 때는 눈물을 흘린다.

노파들은 떨리는 손으로 거액을 받아 빛바랜 앞가슴에 가져다 댔다. 몸부터 먼저 달려드는 여공들의 옷이 뒤따라 퍼덕거렸다. 현금이 여자들의 오래된 무명실 은행 부서로 내려가자 퍽하고 고무줄 끊어지는 소리가 들렸다.

바깥에서 큰 소리로 예레미야 흉내를 내고 있던 일부 주주들은 자신감을 회복하자 발작을 하듯 돈을 계속 유치하겠다고 법석을 떨었다. 벅이 그들을 향해 소리 질렀다.

"그 닭 모이를 누더기 옷에 먹여 주고 빨리 지나가요. 어떤 일을 해서 채권에 투자하겠다는 거죠? 주전자나 시계 뒤에 모아 놓은 동전들이겠지요?"

붉은 숄을 두른 예쁜 여자가 돈을 바꾸러 오자 우리의 회계 담당 벅은 20달러를 더 건네주며 말했다.

"골콘다 회사가 주는 결혼 선물이오. 그리고 만약 제이키가 로사 스타인필드가 사는 동네 길모퉁이에서 조금이라도 얼쩡댄다면 당신이 그의 코를 2인치쯤 가라앉게 두드려 팰 수 있게 허락하겠소."

그들이 모두 돈을 돌려받고 떠나자 벽이 신문 기자를 불러 나머지 돈을 넘겨주었다.

"당신이 이 일을 시작했으니 이제 끝내시오. 저기에 지금까지 발행된 모든 주와 채권이 기록된 장부가 있소. 취재비는 여기 있소. 우리가 쓴 생활비를 제외하고 남은 돈이오. 당신이 파산 관리인이 되어야 하오. 나는 당신 신문이 공정한 기사를 쓸 거라고 보오. 이것이 우리가 생각하는 최상의 문제 해결 방법이오. 나와, 우리의 실세이고 사과 먹는 데 지친 부사장은 우리의 존경하는 사장의 본을 받아 도망칠 거요. 이제 당신은 오늘 취재할 뉴스 재료를 충분히 받았소. 아니면 예절과 낡은 호박단 치마를 수선하는 방법에 대해 우리와 인터뷰를 하기 바라오?"

신문 기자가 파이프 담배를 빼면서 말했다.

"뉴스라! 내가 이 돈을 쓸 것이라 보시오? 나는 직장을 잃고 싶은 생각이 없어요. 내가 사무실에 가서 지금 일어난 일을 말한다고 상상해 보시오. 편집국장이 뭐라고 하겠소? 그는 나에게 경치 좋은 곳에 가서 좀 쉬고 오라 할 거요. 차라리 브로드웨이에 기어 다니는 바다뱀에 대한 기사를 쓰는 게 나을지도 모르오. 하지만 이런 파이프를 물고서 그런 기사를 쓸 용기가 나지 않소. '벼락부자가 되려 했던 갱단이 죄송하다며 돈을 돌려주다!' 오, 안 돼! 나는 우스운 이야기를 싣는 증보

판 기사를 쓰고 싶지 않아요."

벅이 문의 손잡이를 잡은 채 말했다.

"물론 당신은 이런 일을 이해할 수 없을 거요. 나와 벅은 당신이 생각하는 월스트리트 사람들이 아니오. 우리는 늙고 병든 여자나 여공을 상대로 사기를 치지는 않아요. 또 어린이들의 동전을 빼앗지도 않지요. 우리는 주님께서 사기를 당하게끔 허락한 사람들의 돈만 뜯어냅니다. 날려 버릴 몇 달러를 항상 가지고 다니는 노름꾼이나 술꾼, 건방진 놈들, 길거리 구경꾼들 아니면, 농산물을 팔았을 때 사기꾼들이 와서 그들과 놀아 주지 않으면 행복하지 않을 농부들의 돈을 좀 가져가는 겁니다. 여기서 입질을 한 것 같은 애송이들을 낚고 싶은 생각은 해 본 적이 없어요. 절대로 아네요. 우리가 그런 일을 하기에는 우리 직업과 우리 자신에 대해 너무나 큰 자부심을 가지고 있어요. 그럼 이제 가 보겠소, 관리인 양반."

기자가 우리를 불러 세우며 말했다.

"이봐요! 잠깐 기다려요. 아래층에 내가 아는 브로커가 있어요. 이 돈을 그의 금고에 넣어 두겠소. 가기 전에 나한테 술이나 한잔 사요"

벅이 엄숙하게 윙크하며 그에게 말했다.

"당신한테요? 사무실로 가서 당신이 그 말을 했다는 걸 믿게 하시구려. 고맙소. 우리는 시간이 없어요. 잘 가시오."

나와 벅이 문을 미끄러져 나왔다. 골콘다 회사는 그런 식으로 부지불식간에 해체되었다.

다음 날 밤에 나와 벅은 웨스트 사이드 페리 보트 부두 근처에 있는 작은 부랑자 숙소에 짐을 풀었다. 우리는 안쪽 작은 방에 묵으면서 6온스 병 144개에 아닐린으로 붉은색을 내고 계피로 맛을 낸 수돗물을 채우고 있었다. 벅은 실크 모자 대신 점잖은 갈색 중산모를 쓰고 만족한 얼굴로 담배를 피우고 있었다.

"브래디한테 말과 마차를 일주일 동안 빌린 건 잘한 일이에요, 픽."

벅이 코르크 마개를 병에 밀어 넣으며 말했다.

"그때쯤 되면 우리는 적잖은 목돈을 모을 거예요. 이 양모제는 뉴저지에서 잘 팔릴 거고요. 모기가 많기 때문에 대머리가 인기가 없거든요."

내가 즉시 가방을 열어 상표를 찾아보았다.

"발모제 상표가 떨어졌어. 한 열두 장 정도밖에 없군."

"좀 더 사죠."

벅이 말했다.

우리 둘의 주머니를 뒤져 보니 내일 아침 호텔비를 계산하고 페리 보트 요금을 낼 돈밖에 없었다.

"'떨림을 해결해 주는 오한 치료제' 상표는 많은걸."

가방 속을 살펴본 후 내가 말했다. 벅이 맞장구를 쳤다.

"딱 맞아요. 붙이자고요. 머잖아 해켄색의 낮은 지대에서 추위가 시작될 거예요. 춥고 떨려서 다 빠질 거라면 머리가 무슨 소용이에요?"

오한 치료제 상표를 30여 분 붙인 후 벅이 말했다.

"정직하게 사는 것이 월스트리트보다 더 나아요. 그렇죠, 픽?"

"맞는 말이야."

내가 대답했다.

개척 시대 서부와
미개척 서부

The Wild West and The Tame West

텔레마커스와 친구

Telemachus, Friend

　사냥 여행에서 돌아오는 길에 뉴멕시코의 소도시 로스 피뇨스에서 남부로 향하는 기차를 기다리고 있었다. 기차가 오려면 한 시간쯤 더 기다려야 했다. 나는 서미트 하우스 현관에 앉아서 호텔 주인 텔레마커스 힉스와 인생의 목적에 대해 이야기를 나누고 있었다.

　그가 성격에 문제가 있는 사람이 아니라는 것을 알고 난 후에, 어떤 짐승이 오래전에 그의 왼쪽 귀를 물어뜯었냐고 물었다. 나는 사냥꾼이었기 때문에 사냥감을 뒤쫓고 있을 때 나에게도 덮칠 수 있는 재난이 염려되었기 때문이다.

　힉스가 말했다.

　"이 귀는 진정한 우정의 유산이지요."

　"사고였나요?"

　내가 다시 물었다.

　"우정이 사고일 수는 없지요."

텔레마커스가 이렇게 말했고, 나는 침묵을 지켰다. 잠시 후 호텔 주인이 말했다.

"내가 알고 있는 유일하고 완벽한 우정은 코네티컷 남자와 원숭이 간의, 목적이 있는 진실한 관계뿐이죠. 원숭이가 바랑킬라에 있는 야자수 나무에 올라가 남자에게 코코넛을 던집니다. 남자는 그것들을 반으로 쪼개서 바가지를 만들어 한 개에 2레알을 받고 팔아 술을 사지요. 원숭이는 코코넛 속의 즙을 마시고요. 그들은 각자의 일에 만족하면서 형제처럼 살았어요. 하지만 인간들 사이의 우정은 덧없는 겁니다. 예고도 없이 끝나 버리니까요.

나에게도 한때 페이즐리 피시라는 이름의 친구가 있었어요. 영원히 갈라서지 않을 친구라고 생각했었죠. 7년 동안 같이 지냈어요. 광산에서 함께 일을 했고, 농장도 함께 했고, 특허를 받은 버터 제조기도 함께 팔았어요. 양도 함께 치고 사진도 함께 찍고 철조망 울타리도 함께 세우고, 자두도 함께 땄지요. 살인도 아침도 부도 궤변도 술도 나와 페이즐리 피시 사이에서 문제를 일으킬 수는 없을 거라고 생각했어요. 우리의 우정은 상상하기 어려울 정도였어요. 사업적인 동료였을 뿐만 아니라 오락이나 실없는 짓을 할 때도 뜻이 잘 통했지요. 정말 둘도 없는 친구였어요.

어느 여름날 나와 페이즐리는 한 달 동안 일을 쉬고 변화를 즐기기

310

위해 평상복을 입은 채로 샌 안드레아스 산에 있는 로스 피뇨스 시에 오게 되었어요. 세계에서 옥상 정원이 가장 많고 연유와 꿀이 흐르는 곳이었지요. 큰 길은 한둘 정도 있었고 맑은 공기와 암탉들, 값이 비싸지 않은 음식점 등 우리에게 딱 알맞은 곳이었죠.

우리가 이곳에 왔을 때는 저녁 식사 시간이 지난 후였기 때문에 요리 솜씨가 어떻든 간에 선로 옆에 있는 식당에 일단 들어가야겠다고 결론을 내렸어요. 우리가 앉아서 나이프를 들고 붉은 식탁보 위에 놓인 음식을 막 먹으려고 하는데 미망인 제숲이 막 구운 비스킷과 튀긴 간을 가지고 우리 식탁으로 와서 앉는 겁니다.

그녀는 멸치가 했던 맹세들을 잊게 만들 만한 그런 여자였어요. 몸집이 큰 편이었고 주변의 분위기를 부드럽게 하는 호감 가는 인상이었지요. 분홍빛 얼굴은 요리를 잘하고 성격이 좋다는 증거였고, 그녀의 미소는 12월에도 층층나무의 꽃이 피게 할 정도로 따뜻했습니다.

제숲 미망인은 날씨, 역사, 테니슨(영국의 계관시인 : 옮긴이), 자두, 양고기 부족 등에 대해 많은 이야기를 하더니 우리가 어디서 왔는지 알고 싶어했습니다.

'스프링 밸리에서 왔어요.'

내가 말했어요.

'빅 스프링 밸리야.'

페이즐리가 입에 감자와 훈제한 돼지 무릎 고기를 잔뜩 문 채로 끼어들었어요.

그것은 나와 페이즐리 피시 간의 오래된 굳은 믿음이 영영 끝났다는 것을 알려주는 첫 징조였습니다. 그는 내가 말 많은 사람을 얼마나 싫어하는지 알면서도 대화에 끼어들어 잘못된 말을 정정하고 빠진 내용을 추가했죠. 지도상에는 빅 스프링 밸리라고 쓰여 있었지만 페이즐리 자신도 스프링 밸리라고 부르는 것을 내 귀로 수도 없이 들었거든요.

저녁 식사를 마친 후 우리는 더 이상 아무 말도 하지 않고 밖으로 나와 철로에 앉았어요. 우리는 아주 오랫동안 친한 친구였기 때문에 서로가 무슨 생각을 하고 있는지 말을 하지 않아도 잘 알았어요.

'내가 저 미망인을 가정적으로나 사회적으로나 법적으로나 그 밖에 다른 모든 면에서 나의 본질적인 부분이자 불가분의 존재로서 죽음이 우리를 갈라놓을 때까지 영원토록 함께하기로 마음먹었다는 것을 네가 알 거라고 생각하는데.'

'그래, 알아. 짐작하고 있었어. 하지만 그건 네 생각이야. 너도 내 생각을 알고 있으리라 믿어.' 내가 말했어요. '내가 그 미망인의 성을 힉스로 바꾸고, 신랑의 들러리가 결혼식에서 동백나무를 다는지 아니면 솔기 없는 양말을 신는지 네가 지역신문에 물어보게 하려고 한

다는 것을 말이야.'

'네 계획에는 문제가 있는 것 같은데.' 페이즐리가 세로무늬 넥타이 자락을 짓씹으며 말했다. '대부분의 세상일들은 내가 너한테 양보하겠지만 이 문제는 달라. 그녀의 미소는, 우정이라는 선의의 선박이 종종 빠져 좌초되는 실라꽃과 철천의 소용돌이 같아. 나는 너를 괴롭히는 곰을 공격하겠어. 너의 어음에 보증도 서겠어. 또 전과 다름없이 네 어깨뼈 사이에 오파델독을 발라 주겠어. 하지만 나의 의리는 거기서 끝이야. 제숲 부인을 얻기 위한 싸움에서는 남남이야. 나는 너에게 정정당당히 내 생각을 말했어.'

그래서 나는 나 자신과 협력해서 다음과 같은 결의안과 세칙을 제시했지요.

'남자들끼리의 우정은 8피트짜리 꼬리 여러 개 달린 도마뱀이나 날아다니는 거북이들에 맞서야 했던 시절에 만들어진 지나가 버린 고대의 미덕이야. 남자들은 오늘날까지 그 습관을 유지하며 서로 돕고 살아왔어. 사환이 와서 이제는 그런 동물들이 존재하지 않는다고 말해줄 때까지 그랬어. 두 남자 사이에 끼어들어 우정을 깨뜨리는 여자들에 대해 종종 듣기는 했어. 왜 그래야 하지? 내 말 좀 들어 봐, 페이즐리. 뜨거운 비스킷을 들고 온 제숲 부인을 처음 보는 순간 우리 둘의 마음이 요동치기 시작한 것 같아. 우리 둘 중에서 더 나은 자가 그녀를 갖도록 하자. 나는 정직하게 행동하고 불공평한 일은 하지 않을 거야. 네가 있을 때만 그녀에게 구애하겠어. 너도 동일한 기회를 같도록 말이야. 그런 식으로 하면 누가 이기든 간에 우리의 우정이라는 증기선이 네가 말한 약효가 있는 소용돌이 속에 빠질 이유는 없을 거야.'

'역시 너는 좋은 친구야!' 페이즐리가 내 손을 붙들고 악수를 하며 말했어요. '나도 똑같이 하겠어. 우리는 그런 일에 있게 마련인 얌전빼는 말이나 유혈극 없이 동시에 그녀에게 구애하는 거야. 그러면 누가 이기든 계속 친구가 될 수 있을 거야.'

제숲 부인의 식당 한쪽에는 벤치가 하나 있었어요. 남부로 향하는 손님들이 식사를 마치고 떠난 후 그녀는 산들바람 속에서 그 벤치에 앉아 있곤 했어요. 나와 페이즐리는 저녁 식사 후 그곳에서 만나 우리가 선택한 여성에 대해 경의를 표했지요. 우리는 우리의 결정에 대해 너무나도 정직해서 만약 우리 중 하나가 먼저 가면 다른 한 사람이 올 때까지 구애를 하지 않고 기다렸어요.

제숲 부인이 우리가 그런 약속을 한 것을 처음 알게 된 날 저녁에 나는 페이즐리보다 먼저 벤치로 갔어요. 방금 저녁 식사를 끝낸 제숲 부인은 선명한 분홍색 드레스를 입고 있었는데 감정이 거의 무르익은 듯이 보였어요.

나는 그녀 옆에 앉아서 전원 풍경과 끝없이 펼쳐진 자연의 도덕적 외관에 대해 잠시 열거했어요. 그날 저녁은 정말 구혼을 하기에 안성맞춤인 분위기였어요. 밤하늘 딱 맞는 자리에 걸려 있는 달도 그렇거니와 나무들은 과학과 자연의 법칙에 따라 바닥에 그림자를 드리우고 있었어요. 수풀에서는 쏙독새와 꾀꼬리, 산토끼, 그리고 숲의 곤충들이 만들어 내는 화려한 소음이 흐르고 있었지요. 산에서 불어오는 바람이 철로 가까이 쌓인 토마토 깡통 속에서 수금 연주하는 소리를 냈고요.

나의 왼쪽에서 어떤 감각이 일어났어요. 마치 불에 올려진 밀가루 반죽이 단지 속에서 부풀어 오르는 듯한 느낌이었어요. 제숲 부인이 내게 가까이 다가왔어요.

그녀가 말했어요.

'오, 힉스 씨, 세상에 홀로 남은 사람들은 오늘처럼 아름다운 밤이면 더욱 외로움을 느끼지 않을까요?'

나는 즉시 벤치에서 일어나며 말했어요.

'죄송합니다, 부인. 그렇게 중요한 질문에 대답을 하려면 페이즐리가 올 때까지 기다려야 합니다.'

그리고 나는 우리가 여러 해 동안 낭패와 여행과 역경 속에서 함께 견딘 친구이고, 감정이나 친밀함 같은 인생의 감상적인 면에서 서로를 속이지 않기로 했다고 말해 주었지요. 제숲 부인은 그 문제에 대해 잠시 생각하는 듯하더니 원시림이 울릴 정도로 웃음을 터뜨렸어요.

잠시 후 페이즐리가 머리에 베르가모트 기름을 바르고 나타나 제숲 부인의 다른 쪽 옆에 앉았어요. 그러더니 1898년에 있었던 9개월 동안의 가뭄 기간에 그와 파이페이스 럼리가 산타리타 계곡에서 은으로 장식된 안장을 타기 위해 죽은 소가죽 벗기기 대회에서 겨룬 고약한 이야기를 하기 시작했어요.

구혼의 시작에서부터 나는 페이즐리 피시를 절뚝거리게 만든 후 기둥에 묶어 버린 셈이지요. 우리 둘은 여성의 마음을 얻기 위해 전혀 다른 방식을 쓰고 있었어요. 페이즐리는 그가 개인적으로 체험했거나 신문에 큰 기사로 실렸던 사건들 간의 연관성에 대해 놀라운 이야기를 함으로써 여자를 질리게 하려는 계획이었어요. 그런 식으로 여자의 마음을 정복한다는 생각은 나도 한 번 본 적이 있는 셰익스피어의 연극 오델로에서 얻었다고 생각해요. 거기에 나오는 흑인은 라이더 해거드, 류 독스태더, 닥터 파크허스트가 했던 말을 잘 섞어 씀으로써 공작의 딸을 얻었어요. 하지만 그런 식의 구애가 무대 밖에서는 잘 먹혀들지 않지요.

전에 결혼했던 남편의 성을 쓰고 있는 여성과 그 같은 관계가 되기 위해서 어떻게 유혹을 해야 할지 내가 알고 있는 방법을 말해 드리지요. 어떻게 그녀의 손을 잡아야 하는지를 잘 알아야 합니다. 손만 잘 잡는다면 그녀는 당신의 여자가 되는 겁니다. 쉬운 일은 아니지요. 어떤 남자들은 어깨에서 팔이 빠질 정도로 억세게 붙들어서 결국 아르니카 팅크 냄새를 풍기며 붕대 찢는 소리를 듣게 되지요. 어떤 사람들은 달궈진 말편자를 잡듯 손을 잡아서는 마치 약사가 아위 아주(여러 가지 질병의 예방, 치료 효과가 있는 버섯 : 옮긴이) 소량을 병에 담듯이 팔 길이만큼 떨어진 자리에서 꾸물거려요. 대부분의 사람들은 손을 잡은 후 잔디에서 야구공을 잡은 사내아이처럼, 그녀가 팔 끝에 손이 있다는 것을 잊어버릴 기회도 주지 않고 그녀가 보는 앞에서 곧장 끌어당깁니다. 전부 다 틀렸어요.

어떻게 해야 하는지 알려드리지요. 뒤뜰 담장 위에 앉아 자기를 바라보고 있는 수놈 고양이를 맞추기 위해 살짝 나가서 돌을 집어 드는 남자를 본 적이 있나요? 그는 자기 손 안에 아무 것도 없는 척, 고양이가 자신을 안 보는 척, 자신도 고양이를 안 보는 척합니다. 바로 그거예요. 그녀가 알아채게끔 손을 끌어당기면 안 돼요. 당신이 자신의 손을 잡으려 한다는 것을 그녀가 알고 있다는 걸 모른 척해야 해요. 나는 항상 그런 식으로 하지요. 페이즐리는 적대감과 역경에 대해 세레나데를 부르느니 차라리 뉴저지 오션 그로브의 주일 열차 시간표를 읽어 주는 것이 더 나을 뻔했던 거지요.

어느 날 밤 내가 담배 한 대 피울 시간만큼 페이즐리보다 벤치에 먼저 나갔을 때 나의 우정이 잠시 매수를 당했습니다. 내가 제슆 부인에게 'H' 자가 'J' 자를 쓰는 것보다 더 쉽게 생각되지 않느냐고 물었던 거지요. 그러자 순식간에 그녀 머리의 분홍바늘 꽃이 내 단춧구멍 속으로 짓이겨졌어요. 나는 몸을 기울였지만 그렇게 하지는 않았어요.

'죄송하지만,' 내가 일어나며 말했지요. '우리는 이 일을 마치기 전에 페이즐리가 오기를 기다려야 해요. 나는 지금까지 우리 우정에 금이 가게 하는 일을 하지 않았어요. 그런데 이런 행동을 하는 것은 공정하지 않아요.'

'힉스 씨,' 제슆 부인이 어둠 속에서 특이한 표정으로 나를 바라보며 말했다. '한 가지 이유만 아니라면 나는 당신에게 계곡을 내려가 다시는 내 집에 오지 말라고 말할 거예요.'

'왜 그렇죠, 부인?'

'당신이 그렇게 좋은 친구인 걸 보면 분명히 훌륭한 남편이 될 거라고 생각하기 때문이에요.'

5분이 지나자 페이즐리가 와서 제슆 부인의 다른 쪽에 앉았어요. 그가 말을 시작했어요.

'1898년 여름, 실버시티에 있는 블루라이프 술집에서 짐 바돌로류가 어떤 중국 놈이 줄무늬 옥양목 셔츠를 입었다고 귀를 물어뜯는 걸 봤어요. 그런데 이게 무슨 소리지?

나는 우리가 멈췄던 바로 거기서부터 제숲 부인과 다시 시작하고 있었던 거지요.

'제숲 부인이,' 내가 말했어요. '성을 힉스로 바꾸기로 약속했어. 그리고 이건 내가 구혼하고 있는 거야.'

페이즐리가 자신의 두 다리를 벤치 다리에 감으면서 신음 같은 소리를 내더군요.

'렘,' 그가 말했어요. '우리는 7년 동안 친구로 지냈지. 제숲 부인께 소란스럽지 않게 키스할 수는 없어? 나도 그렇게 하지 않을 테니.'

'좋아,' 내가 말했어요. '이제 네가 말해 봐.'

'이 중국 놈은,' 페이즐리가 말했어요. '1897년 봄에 뮬린스라는 남자를 총으로 쏜 자였어. 그런데⋯⋯.'

페이즐리가 잠시 말을 끊었다가 나를 향해 애원조로 말했어요.

'렘, 네가 진정한 친구라면 제숲 부인을 그렇게 세게 껴안지는 않을 거야. 방금 벤치가 엄청나게 흔들렸어. 나에게도 동일한 기회를 주겠다고 말했잖아.'

제숲 부인이 페이즐리를 바라보며 말했어요.

'이것 보세요, 지금부터 25년 후에 나와 힉스 씨의 은혼식에 참석하고 싶다면 이쯤에서 더 이상 따라오면 안 된다는 사실을 당신이 머리라고 부르는 허바드 호박에게 납득시켜 주시겠어요? 당신이 힉스 씨의 친구이기 때문에 오랫동안 참았어요. 하지만 이제 마음을 정리하고 언덕을 걸어 내려가셔야 할 때가 된 것 같네요.'

'제숲 부인,' 약혼자의 고삐를 꼭 붙들고 내가 말했어요. '페이즐리는 나의 친구예요. 기회가 있는 한 공정하게 행동하고 동일한 기회를 주기로 약속했어요.'

'기회라고요?' 그녀가 말했어요. '기회가 있다고 생각할지 모르지만 나는 그가 거의 매일 저녁 어땠는지를 생각하면 이길 가능성이 없다는 걸 알았으면 해요.'

그로부터 한 달 후에 나와 제숲 부인은 로스 피뇨스 감리교회에서 결혼했어요. 모든 동네 사람들이 하던 일을 멈추고 결혼식에 참석해 주었지요.

우리가 강대상 앞에 서고 목사님이 결혼식을 시작하려고 할 때 돌아보니 페이즐리가 없는 거예요. 나는 목사님께 식을 잠시 중단시켜 달라고 말했어요.

'페이즐리가 아직 안 왔어요. 페이즐리를 기다려야 해요. 한 번 친구는 영원한 친구예요. 나 텔레마커스 힉스는 그런 사람입니다.'

제숲 부인의 눈이 잠시 번쩍 빛났어요. 하지만 목사님은 차례에 따라 기도를 했어요.

몇 분 후에 페이즐리가 커프스단추를 끼우며 통로를 따라 급히 걸어왔어요. 시내에 있는 유일한 기성복 가게가 결혼식 때문에 문을 닫았기 때문에 자신의 취향에 맞는 예장용 와이셔츠를 살 수가 없어서 매점 뒤쪽에 난 창문을 깨고 들어가 직접 샀다고 하더군요. 그러더니 그가 신부의 다른 쪽 옆에 서는 게 아니겠어요. 결혼식은 계속됐고요. 지금도 그때를 회상하면 페이즐리는 그 순간 목사가 실수로 자신과 미망인을 결혼시킬 마지막 기회라고 상상했다는 생각이 듭니다.

　식이 끝나고 차와 영양羚羊 육포와 살구 통조림을 먹은 후 하객들이 돌아갔어요. 마지막으로 페이즐리가 나와 악수를 하면서 내가 공정하게 행동했고 동일한 기회를 주었고 나를 친구로 부르는 것이 자랑스럽다고 말했어요.

　목사님이 세를 놓기 위해 꾸며 놓은 작은 집이 길 옆쪽에 있었어요. 나와 힉스 부인이 다음 날 아침 10시 45분 열차를 타고 엘파소로 신혼여행을 떠날 때까지 그 집을 사용해도 좋다고 했어요. 사모님이 집을 접시꽃과 넝쿨옻나무로 장식해 녹음이 우거지고 온통 축제 분위기였지요.

　그날 밤 열 시경 나는 현관 앞에 앉아서 힉스 부인이 방을 정리하는 동안 서늘한 산들바람 속에서 부츠를 벗고 있었어요. 잠시 후 방에 불이 꺼졌고 나는 잠시 앉아서 지나간 시간들을 회상해 보았지요. 그때 힉스 부인이 부르는 소리가 들렸어요.

'어서 들어오지 그래요, 렘?'

'잠깐 있어 봐.' 정신이 돌아온 내가 말했어요. '페이즐리를 기다리지 않으면 내가 사람이 아니지.'

그런데 그 말은 좀 심했던 것 같아요."

텔레마커스가 결론을 내렸다.

"누군가 45구경 권총으로 내 왼쪽 귀를 쏘아 날렸는 줄 알았어요. 그런데 알고 보니 힉스 부인이 빗자루를 들고 친 거였지 뭡니까."

여성 숭배자의 방식
The Caballero's Way

시스코 키드는 비교적 공정한 난투극에서 여섯 명에게 살인을 저질렀고, 그 배가 되는 사람을 — 대부분 멕시코 인들을 — 계획적으로 살해했으며, 그 수를 세는 걸 삼가는 아주 많은 사람들에게 상처를 입혔다. 그러나 한 여자가 그를 사랑했다.

키드는 스물다섯 살이었지만 스무 살로 보였다. 신중한 보험회사라면 그가 스물여섯 살이 되면 죽을 것이라고 예측했을 것이다. 그는 프리오와 리오 그란데 사이에서 살았다. 그가 살인을 하는 이유는 살인을 좋아해서기도 하고 성격이 급해서기도 하고 체포를 피하기 위해서기도 하고 즐거움을 위해서기도 하다. 그의 마음에 떠오르는 어떤 것이든 이유가 되기에 충분했다. 그는 보안관이나 무장 순찰대원보다 총을 6분의 5초 더 빨리 쏠 수 있기 때문에, 또한 샌안토니오에서 마타모라스에 이르기까지 머스킷(북미산 콩과 식물의 일종 : 옮긴이)과 배나무 수풀에 나 있는 모든 샛길을 다 아는 회색 점박이 말을 타고 다녔기 때문에 체포를 당하지 않았다.

시스코 키드를 사랑했던 여자인 토냐 페레즈는 반은 카르멘이고 반은 성모 마리아이고, 그 나머지는… 오, 그렇다! 반은 카르멘이고 반은 성모 마리아인 여자에게는 언제나 그 이상의 무엇인가 있다. 그리고 그 나머지는 벌새라고 할 수 있을 것이다. 그녀는 프리오의 작은 멕시코 부락 근처에 있는 초가지붕 하칼에 살았다. 아버지 같기도 하고 할아버지 같기도 한, 천 살까지는 들어 보이지 않더라도 상당히 늙어 보이는, 순수 아즈텍 혈통의 노인과 함께 산다. 그는 염소 100마리를 키우고 메스칼 술을 마시면서 술 취한 꿈에 빠져 산다. 하칼의 뒤뜰에는 털이 빳빳한 배 숲이 장관을 이루고 있다. 어떤 것은 높이가 20피트나 되고, 거의 문까지 빽빽하게 자라 있었다. 시스코 키드는 회색 점박이 말을 타고 가시 돋친 수풀 사이의 좁은 길을 따라 자신의 여자를 만나러 왔다. 한번은 높은 초가지붕 밑에 세워 놓은 마룻대 위에 도마뱀처럼 매달려서, 성모 마리아의 얼굴과 카르멘의 아름다움과 벌새의 영혼을 가진 토냐가 순찰대와 대화를 나누면서, 자기 남자의 행방에 대해 아는 것이 없다고 스페인 어와 영어가 섞인 부드러운 음성으로 잡아떼는 것을 엿들은 적도 있었다.

하루는 직권상 무장 순찰대의 사령관인 주의 부관참모가 라레도에 주둔한 보병중대 X의 듀발 대위에게, 대위의 관할 구역에 거주하는 살인자들과 무법자들이 이끄는 고요하고 편안한 삶에 대한 신랄한 글을 몇 줄 썼다.

대위는 황갈색 신발에서 벽돌 가루를 털어낸 후, 다섯 명의 병사들과 함께 누에세스에 있는 작은 연못 근처에 임시 주둔지를 설치하고, 법질서를 지키고 있는 무장 순찰대원 샌드리지 중위에게 밴 애덤슨 이등병 편으로 서신을 보냈다. 샌드리지 중위는 딸기색이 감도는 아름다운 장밋빛 얼굴을 돌려 뒷주머니에 서신을 꽂고 자황색 코밑수염 끝을 질근질근 씹었다.

다음 날 아침 그는 자신의 말을 타고 20마일 떨어진 프리오의 로운 울프 십자로에 있는 멕시코 인 거주지에 혼자서 갔다.

6.2 피트 키에 바이킹 같은 금발머리, 집사처럼 조용하고 기관총처럼 위험한 샌드리지가 시스코 키드에 대한 정보를 듣고자 하칼들 사이를 인내심 있게 움직이고 다녔다.

멕시코 인들은 무장 순찰대원들이 찾고 있는 고독한 말 탄 자의 냉혹한 보복을 법보다도 훨씬 더 두려워했다. 단지 죽는 것을 보기 위해 멕시코 인들을 쏘는 것이 키드의 유희였다. 즐기기 위해서 죽음의 향연을 요구하는 그라면, 화가 났을 때는 얼마나 더 무시무시하고 극단적일 것인가! 그들은 하나같이 손바닥을 위로 해 어깨를 으쓱하고는 '누가 아나요' 라며 키드를 모른다고 부인했다.

그런데 십자로에서 상점을 하는 핑크라는 남자가 있었다. 그는 여러 개의 국적을 가지고 여러 국가의 말을 하며 다방면에 흥미를 가지고 있을 뿐만 아니라 사고방식도 다양한 사람이었다.

"멕시코 인들에게 묻는 것은 소용이 없어요." 그가 샌드리지에게 말했다. "말하기를 두려워하죠. 그들이 키드라고 부르는 녀석 본명이 구달이라고 했던가, 그렇죠? 우리 가게에 한두 번 왔었어요. 그자를 어디서 만날 수 있는지 알고 있어요. 나도 알려 주고 싶지는 않아요. 총을 뽑는 속도가 전보다 2초 느려졌거든요. 그 정도는 주의해야 하는 차이지요. 그런데 키드가 보러 오는 멕시코 혼혈 애인이 십자로에 살고 있어요. 그녀는 협곡에서 100야드쯤 떨어진 배 숲 끄트머리에 있는 하칼에 살아요. 어쩌면 그녀가 아니, 그녀는 말하지 않을 거예요. 하지만 어쨌든 하칼을 감시하는 게 좋을 겁니다."

샌드리지는 페레즈의 하칼 쪽으로 달려갔다. 해가 저물고 있었고, 거대한 배 숲이 드리우는 넓은 그림자가 초가집을 덮고 있었다. 근처에는 덤불로 만든 가축 우리가 있고, 염소들이 그 속에서 밤새 갇혀 있다. 새끼 염소 몇 마리가 작은 떡갈나무 잎을 조금씩 갉아먹고 있었다. 늙은 멕시코 인이 메스칼 술로 이미 인사불성이 되어 풀밭에 깐 담요에 누워 있었다. 어쩌면 그는 피사로와 함께 신대륙의 황금을 위해 건배할 밤들을 꿈꾸고 있는지도 모른다. 그러나 그런 일이 일어나기에는 주름진 그의 얼굴이 너무 늙어 보인다. 하칼 문 앞에 토냐가 서 있었다. 샌드리지 중위는 말에 탄 채 뱃사람을 본 북양가마우지 새처럼 입을 벌리고 그녀를 바라보았다.

시스코 키드는 다른 성공적인 암살자들처럼 헛된 사람이었다. 그에 대한 생각을 마음속에 그토록 크게 담고 있었던 두 사람이 그저 시선만 교환했을 뿐인데, 바로 그 순간 적어도 그 순간만은 그에 대한 생각이 모두 사라지게 되었다는 것을 알았더라면 그의 마음이 동요했을 것이다.

토냐는 평생에 그런 남자를 본 적이 없었다. 그는 햇살과, 피처럼 새빨간 천과, 투명한 날씨로 만들어진 듯했다. 그가 웃을 때는 마치 태양이 다시 떠오르는 것처럼 배 숲의 그림자가 밝아지는 것 같았다. 그녀가 알고 있는 남자들은 작고 피부가 검었다. 검은색 생머리와 대낮에도 냉기가 돌게 만드는 차가운 얼굴을 한 키드조차도, 그의 업적에도 불구하고 그녀보다 크지 않은 애송이였다.

토냐는 비록 구빈원에 명세서를 보낼 형편이지만 그 아름다움은 이루 말할 수 없었다. 푸른 빛이 감도는 검은 머리는 중간에서 부드럽게 나뉘어 머리에 가깝게 묶여 있었고, 커다란 두 눈에는 라틴계의 우수가 배어 있어 마치 성모 마리아 같은 느낌을 주었다. 그녀의 움직임과 분위기는 바스크 지방의 집시로부터 물려받은 불 같은 정열과 매혹시키고 싶은 욕망을 드러냈다. 그녀의 마음속에는 벌새가 살고 있었지만 그녀의 선홍색 치마와 군청색 블라우스가 이 변덕스러운 새에 대해 상징적인 암시를 주지 않았더라면 눈치 챌 수 없는 면모였다.

새롭게 불붙은 태양신이 물 좀 마실 수 있겠느냐고 물었다. 토냐는 수풀 속 쉼터 아래 걸어 놓은 붉은 항아리에서 물을 떠다 주었다. 샌드리지는 그녀의 수고를 덜어 주고자 말에서 내려야겠다고 생각했다.

나는 엿보는 것이 아니다. 또한 사람의 생각을 다 안다고 여기는 것도 아니다. 하지만 이 글을 쓰는 사람으로서, 15분도 지나지 않아 샌드리지는 여섯 가닥으로 된 생가죽 말뚝 밧줄 꼬는 방법을 그녀에게 가르쳐 주고, 토냐는 순회 목사가 그녀에게 준 작은 영어책과 다리를 저는 아기 염소가 없다면 자신은 무척 외로울 것이라고 그에게 말했다는 것을 알려주고 싶다. 이런 상황은 키드가 담장을 보수해야 할 필요가 있지 않을까, 또한 부관참모의 냉소주의가 척박한 토양에 떨어진 것은 아닐까 하는 의문을 제기했다.

샌드리지 중위는 작은 연못 옆에 있는 자신의 임시 주둔지에서 시스코 키드가 프리오 카운티 대초원의 비옥한 흙을 핥게 하든지, 아니면 판사와 배심원 앞에 그를 세우든지 둘 중 한 가지를 하겠다고 선언했다. 그때 그의 태도는 사무적이었다. 그는 일주일에 두 번 프리오의

328

로운 울프 십자로로 말을 타고 가 토냐의 가느다란 손가락을 잡고 좀처럼 그 길이가 늘어나지 않는 밧줄 꼬는 방법을 가르쳐 주었다. 여섯 가닥 밧줄 꼬기는 배우기는 어렵지만 가르치기는 쉬웠다.

무장 순찰대원은 언제라도 키드와 마주칠 수 있다는 것을 알고 있었다. 그는 무기를 대기시켜 놓고 하칼 뒤에 있는 배 숲을 자주 바라보았다. 그는 돌 한 개로 솔개와 벌새를 동시에 떨어뜨릴 생각이었다.

머리 색깔이 밝은 조류학자가 자신의 연구에 전념하고 있는 동안 시스코 키드도 자신의 임무를 수행하고 있었다. 그는 킨타나 크릭의 작은 마을에 있는 술집에서 갑자기 총을 발사해 마을 보안관을 살해한 뒤 — 납으로 된 배지 중앙을 깔끔하게 맞췄다 — 침울하고 불만스러운 심정으로 달아났다. 구식의 38구경 대형 권총을 가지고 다니는 노인을 맞추고 나서 기분 좋을 명수는 없을 것이다.

집에 오는 길에 키드는 잘못을 범하고 나서 기쁨을 잃은 사람이 의례 느끼는 갈망에 사로잡혔다. 그의 행동에도 불구하고 자신은 그의 것이라고 확신시켜 줄 사랑하는 여성을 그리워했다. 그는 그녀가 자신의 피에 대한 목마름을 용기라 부르고, 잔인함을 헌신이라고 말해 주기를 원했다. 토냐가 수풀 속 쉼터 아래에 있는 붉은 항아리에서 물을 떠 주고, 아기 염소가 가죽 주머니의 우유를 마시며 잘 크고 있다고 말해 주기를 바랐다.

키드는 회색 점박이 말의 머리를 돌려 혼도 계곡을 따라 10마일이나 펼쳐져 있는 배 숲으로 향했다. 배 숲 끝에는 프리오의 로운 울프 십자로가 있었다. 이 지역 지리에 대해 누구보다도 잘 알고 있는 회색 점박이 말이 나지막이 울었다. 또한 회색 점박이는 머지않아 율리시즈가 키르케의 초가지붕 아래서 머리를 쉬고 있을 때, 자신은 40피트 길이의 말뚝에 묶여 머스킷을 마음껏 먹을 것임을 알고 있었다.

텍사스의 배 숲을 달리는 일은 아마존 탐험가의 여행보다도 더 외롭고 무시무시하다. 괴상하면서도 다양한 모양의 선인장이 황량한 단조로움과 놀라운 변화 속에서 비틀린 몸통과 가시 많은 손으로 길을 방해한다. 흙도 없고 비도 없는 곳에서 자라는 회녹색 악마의 식물이 그를 조롱하는 듯하다. 수천 번이나 몸을 비튼 선인장들은 훤히 트여 있는 길로 인도하는 듯하지만 결국은 말 탄 자를 앞이 안 보이고 가시로 둘러싸인 막다른 길로 유인해 결국은 왔던 길로 되돌아가게 만든다. 배 숲에서 죽는다고 하는 것은 못에 박히고 괴상한 형상들의 마귀들이 공중에 떠도는 가운데 십자가에서 처형당한 도둑의 죽음과 크게 다르지 않다.

그러나 키드와 그의 말은 달랐다. 구불구불하게 휘어 있고 소용돌이치고 꼬리를 무는, 더없이 멋지고도 혼란스러운 길을 따라가는 능숙한 점박이 말 덕분에 로운 울프 십자로까지 그다지 멀지 않게 갈 수 있었다.

 배 숲을 지나면서 키드가 노래를 불렀다. 그가 아는 유일한 노래였다. 그는 자신이 아는 유일한 방법으로 살았고, 단 한 명의 여자를 알았으며, 그녀를 사랑했다. 그는 일편단심이었고 사고가 보수적이었다. 그의 목소리는 기관지염에 걸린 코요테 소리 같았지만 노래를 부르고 싶을 때면 언제라도 불렀다. 캠프에 있을 때나 길을 따라갈 때 부르는 평범한 노래로, 이와 비슷하게 시작된다.

 나의 예쁜 애인과 장난하지 마.
 그런 짓을 하면 어떻게 할지 알려 주지…….

 회색 점박이 말은 그 노래에 익숙했고 상관하지 않았다.
 하지만 최악의 가수도 시간이 조금 지나면 세상의 소음에 기여하는 것을 자제하자고 생각되는 법이다. 따라서 키드도 토냐의 집에서 2마일쯤 떨어진 곳에 이르자 마지못해 노래를 그만 부르기로 했다. 자신의 음성의 매력이 줄어서가 아니라 후두 근육이 피곤해졌기 때문이다.
 점박이 회색 말은 마치 서커스 말처럼 선회하고 춤을 추면서 꼬불꼬불한 배 숲을 지나 마침내 키드도 로운 울프가 가깝다는 것을 알 수

있는 경계표에 도달했다. 배 숲이 덜 무성해진 곳에 이르자 협곡에 있
는 하칼 초가지붕과 팽나무가 보였다. 키드는 몇 야드 떨어진 곳에 회
색 점박이 말을 세우고 바늘 사이에 난 틈으로 주의 깊게 들여다보았
다. 그리고 말에서 내려 고삐를 놔둔 채 인디언처럼 몸을 구부리고 숨
죽여 걸어갔다. 자신의 역할을 알고 있는 회색 점박이 말은 꼼짝 않고
서서 아무 소리도 내지 않았다.

키드는 숨을 죽인 채 배 숲의 맨 끝까지 살금살금 다가가 선인장 이
파리들 사이를 살폈다.

그가 숨어 있는 곳에서 10야드 떨어진 하칼 그늘 속에서 토냐가 조
용히 말을 잡아매는 생가죽 밧줄을 꼬고 있었다. 여기까지는 그녀가
비난을 피할 수 있었을 것이다. 그러나 여자들은 때때로 좀 더 화가
미치는 일을 하는 것으로 알려져 있다. 사실을 말하자면 그녀는 키가
크고 얼굴이 붉은 금발머리 남자의 넓고 편안한 가슴에 머리를 기대
고 있었고, 그는 그녀에게 팔을 두른 채 아직도 서투른 그녀의 부드럽
고 작은 손가락을 잡고 여섯 가닥 밧줄을 짜는 복잡한 방법을 가르쳐
주고 있었다.

샌드리지는 어쩐지 귀에 익은 삐걱거리는 희미한 소리가 들리자 재
빨리 거무스름한 배 숲을 바라보았다. 6연발 권총의 손잡이를 갑자기
잡을 때 권총집에서 나는 소리였다. 그러나 그 소리는 반복되지 않았

고 토냐의 손가락은 친밀한 관심을 필요로 했다.

그리고 나서 그들은 죽음의 그늘 속에서 사랑을 이야기하기 시작했다. 고요한 7월 오후에 그들이 하는 모든 말이 키드의 귀에 들렸다.

"기억하세요." 토냐가 말했다. "내가 소식을 전할 때까지는 오지 말아야 해요. 머잖아 그가 여기에 올 거예요. 사흘 전에 그를 과달루페에서 봤다고 식품점에서 한 카우보이가 알려 주었어요. 그가 그렇게 가까이 있을 때는 언제나 와요. 그가 와서 당신을 보면 죽일 거예요. 그러니 나를 위해 내가 말을 전할 때까지는 더 이상 오지 말아요."

"좋아요." 무장 순찰대원이 말했다. "그런 다음에는 어떻게 하지요?"

"그리고 나서는," 여자가 말했다. "당신의 순찰대를 이곳으로 데리고 와서 그를 죽이세요. 아니면 그가 당신을 죽일 거예요."

"절대로 항복할 자가 아니지." 샌드리지가 말했다. "시스코 키드를 상대하는 장교는 죽이지 않으면 죽는 거요."

"그는 죽어야 해요." 여자가 말했다. "그렇지 않으면 당신에게도 나에게도 평화는 없을 거예요. 그는 많은 사람을 죽였어요. 죽게 하세요. 당신의 순찰대원들을 데려와서 그가 달아날 기회가 없게 하세요."

"당신은 그에 대해 많이 생각했었잖아요."

샌드리지가 말했다.

토냐는 밧줄을 떨어뜨리고 몸을 틀어 레몬빛이 도는 팔을 순찰대원의 어깨에 둘렀다. 그녀가 유창한 스페인 어로 말했다.

"당신을 만나기 전이었어요. 당신은 훌륭하고 붉은 산 같은 남자예요! 당신은 강할 뿐만 아니라 친절하고 선량해요. 당신을 미리 알았더라면 그를 선택할 수 있었을까요? 그를 죽이세요. 그러면 그가 당신이나 나를 해치지 않을까 밤낮으로 걱정하지 않을 거예요."

"그가 온 것을 내가 어떻게 알 수 있지요?"

샌드리지가 물었다.

"그가 오면," 토냐가 말했다. "이틀이나 사흘 정도 머물러요. 늙은 세탁부 루이사의 어린 아들 그레고리오의 조랑말이 무척 빨리 달려요. 어떻게 그에게 덮쳐야 할지 편지에 써서 보낼게요. 그레고리오가 편지를 가지고 갈 거예요. 정찰대를 많이 데려오고 조심하세요. 오, 내 사랑, 방울뱀의 공격도 사람들이 '엘 치바토'라고 부르는 자가 쏘는 총보다는 더 빠르지 않아요."

"키드는 총을 빨리 쏘지, 맞아." 샌드리지가 시인했다. "하지만 그를 잡으러 올 때는 혼자 올 거요. 내 손으로 잡지 않으면 의미가 없어요. 대위가 몇 줄 써서 보낸 글을 읽자 다른 병사들의 도움 없이 나 혼자 일을 처리해야겠다는 생각을 하게 되었소. 키드라는 자가 돌아오면 나에게 알려 주시오. 나머지 일은 내가 알아서 하겠소."

"그레고리오를 통해 메시지를 보내겠어요." 여자가 말했다. "결코 웃는 일이 없는 작은 살인자보다 당신이 더 용감하다는 것을 알고 있어요. 그를 좋아한다는 것을 어떻게 생각이나 할 수 있겠어요?"

순찰대원이 작은 연못 옆에 있는 자신의 임시 주둔지로 돌아갈 시간이 되었다. 말에 올라타기 전 그가 작별인사를 하기 위해 토냐의 가벼운 몸을 한 팔로 들어올렸다. 꿈꾸는 듯이 나른한 여름 공기의 고요함이 여전히 드리워져 있었다. 하칼에서 때는 불의 연기가 진흙이 칠해진 굴뚝 위로 다림줄처럼 똑바로 올라가고 있었다. 어떤 소리나 움직임도 10마일 떨어진 곳에 있는 빽빽한 배 숲의 정적을 흔들지 않았다.

샌드리지가 커다란 암갈색 말을 타고 프리오 십자로의 가파른 둑 쪽으로 사라지자 키드는 자신의 말에 올라타 지금껏 왔던 복잡한 길을 다시 돌아갔다.

그러나 많이 가지는 않았다. 그는 멈춰 서서 배 숲의 깊은 고요 속에서 반 시간이 지날 때까지 기다렸다. 토냐는 아무렇게나 부르는 제멋대로의 선율이 점점 가까이 다가오는 소리를 들었다. 그녀는 그를 만나기 위해 배 숲 끝까지 달려갔다.

키드는 웃는 일이 거의 없었다. 그러나 이번엔 그녀를 보자 웃으며 모자를 흔들었다. 그가 말에서 내리자 그의 여자가 품으로 뛰어들었다. 키드가 사랑스러운 눈길로 그녀를 바라보았다. 그의 짙은 검은색 머리가 주름진 돗자리처럼 머리에 달라붙어 있었다. 이번 만남은 진흙으로 만든 가면처럼 거의 언제나 표정이 없는 그의 매끄럽고 어두운 얼굴에 숨은 감정을 드러내는 가벼운 물결을 일으켰다.

"잘 지냈어, 나의 사랑?"

키드가 그녀를 꼭 껴안고 묻자 그녀가 사랑스러운 목소리로 말했다.

"오랫동안 기다리느라 병이 날 지경이었어. 당신이 오는 배나무 숲을 바라보느라 눈이 침침해졌어. 아주 작은 움직임만으로도 당신이 오는 것을 알 수 있어. 하지만 내 사랑, 당신이 여기 있으니 야단치지 않을게. 당신의 마음을 보러 좀 더 자주 왔어야지, 나쁜 사람. 들어가서 쉬어요. 말한테 물을 주고 긴 밧줄로 묶어 놓을게. 항아리에 찬 물이 있어요."

키드가 애정 어린 태도로 그녀에게 입을 맞춘 후 말했다.

"절대로 여자에게 나의 말을 묶으라고 하지 않겠어. 하지만 내 사랑, 내가 말을 돌보는 동안 들어와서 커피 물을 좀 올려준다면 고맙겠어."

사격술 외에도 키드가 스스로에 대해 크게 자랑스러워하는 점이 하나 더 있었다. 그는 여자에 관한 한 멕시코 인들이 진짜 신사라고 부르는 존재였다. 여자들에게는 언제나 부드럽게 말하고 배려했다. 거칠게 말할 수가 없었다. 그녀들의 남편이나 오빠는 잔인하게 죽일지 언정 화가 나도 여자에게는 손가락 하나 댈 수 없었다. 따라서 그의 상냥함에 매혹 당한 사람들은 '키드 씨에 대해서 떠도는 이야기들을 믿지 못하겠다' 고 선언했다. 그들은 남들이 하는 말을 모두 믿어서는 안 된다고 말했다. 화가 난 남자들이 카발레로가 한 악한 짓에 대해 이야기하면 여자들은 불가피한 행동이었을 거라고 말한다. 아니면, 설사 그럴지라도 그는 여자에게 어떻게 대해야 하는지는 아는 사람 이라고 말한다.

키드의 이 같은 극단적으로 정중한 성격과 그런 자신에 대한 자부 심을 고려한다면 그날 저녁에 배 숲 은신처에서 보고 들은 것 때문 에 그가 직면한 문제에 대한 해결이 (적어도 그중 한 명에 관한 한) 매우 어려웠을 것이라고 생각할 수 있다. 그럼에도 불구하고 키드가 그런 종류의 문제를 그냥 넘어갈 수 없으리라는 것도 짐작할 수 있 는 일이다.

짧은 황혼이 질 때쯤 그들은 하칼에 있는 호롱불 옆 식탁에서 강낭 콩과 염소 스테이크, 복숭아 통조림과 커피로 저녁 식사를 했다. 식사 가 끝나자 노인은 가축을 우리에 넣고 담배를 피운 후 회색 담요를 두 르고 미라가 되었다. 토냐가 접시를 닦고 키드가 삼베 천으로 물기를 닦았다. 그녀의 눈이 빛났다. 그녀는 키드가 마지막으로 다녀간 후 자

신의 작은 세계에서 일어난 일들에 대해 앞뒤가 맞지 않는 말을 많이
했다. 그가 전에 왔을 때와 마찬가지였다.

토냐가 밖에서 풀로 만들어 매달아 놓은 그물 침대를 타고 기타를
치며 슬픈 사랑의 노래를 불렀다.

"전과 다름없이 나를 사랑해, 마누라?"

키드가 궐련용 얇은 종이를 찾으며 말했다.

"항상 똑같아, 귀여운 내 사랑."

토냐가 검은 눈동자로 그를 바라보며 말했다.

"나는 핑크에게 가 봐야겠어." 키드가 일어서며 말했다. "담배가 없
거든. 내 코트 속에 한 갑이 더 있는 줄 알았는데 없어. 15분 안에 돌
아올게."

"빨리 와." 토냐가 말했다. "그리고 이번에는 얼마나 오랫동안 내
곁에 있을지 말해 주겠지? 내일 떠나서 나를 슬프게 할 거야, 아니면
당신의 토냐와 함께 좀 더 오래 있을 거야?"

"오, 이번에는 2,3일 머무를까 해." 키드가 하품을 하며 말했다. "한
달 가량 쫓겨 다녔어. 푹 쉬고 싶어."

담배를 가지러 다녀오는 데 30분이 걸렸다. 그가 돌아왔을 때 토냐
는 여전히 그물 침대에 누워 있었다.

"느낌이 이상해." 키드가 말했다. "수풀 속 나무 뒤에서 누군가 나

를 쏘려고 숨어 있는 것 같아. 이렇게 좋지 않은 기분을 느낀 적은 한 번도 없었거든. 직감인지도 모르겠어. 어쩌면 내일 아침 날이 밝기 전에 떠나야 할지도 몰라. 거기서 쏴 죽인 늙은 네덜란드 인 때문에 과달루페 카운티가 소란스러워."

"당신은 두렵지 않아요. 그 누구도 나의 귀여운 당신을 두렵게 할 수 없어요."

"싸우는 일이 닥쳤을 때 산토끼가 되어 본 적은 별로 없어. 하지만 내가 당신의 하칼에 있을 때 무장 순찰대가 나를 찾아내는 것은 원치 않아. 공연한 사람이 다칠 수도 있어."

"토냐와 함께 있어요. 아무도 여기 있는 당신을 찾아내지 못할 거야."

키드가 협곡의 그림자들을 위아래로 유심히 살피며 멕시코 마을의 희미한 불빛을 바라보았다.

"어떻게 할지 나중에 생각해 볼게."

그것이 그의 결정이었다.

한밤중에 말 탄 자가 평화적인 임무라는 것을 알리기 위해 '여보세요' 라고 큰 소리로 외치며 무장 순찰대의 임시 주둔지로 쏜살같이 달려왔다. 샌드리지와 다른 한두 명이 웬 소란인지 알아보기 위해 밖으로 나왔다. 말 탄 자가 로운 울프 십자로에서 온 도밍고 살레스라고 스스로를 밝혔다. 그는 샌드리지에게 보내는 편지를 가지고 있었다. 세탁부인 늙은 루이사의 심부름이라고 말했다. 그의 아들 그레고리오가 열병으로 너무 아파 말을 탈 수 없기 때문이라고 덧붙였다.

샌드리지가 임시 주둔지의 호롱불을 켜고 편지를 읽었다. 다음과 같은 내용이었다.

사랑하는 이에게

그가 왔어요. 당신이 떠난 지 얼마 안 되어 그가 배 숲에서 나타났어요. 처음에는 사흘 이상 머물겠다고 했어요. 그런데 시간이 지나면서 안절부절못하고 밖을 쳐다보며 소리에 귀를 기울였어요. 아직 날이 밝지 않아 어둡고 조용할 때 떠나야겠다고 말했어요. 내가 진실하지 않다고 의심하는 듯했어요. 나를 너무 이상한 눈으로 바라봐 두려웠어요. 나는 그에게 '당신을 사랑한다'고, '당신의 토냐'라고 맹세했어요. 마지막으로 그가 자신에게 진실하다는 것을 증명해야 한다고 말했어요. 지금이라도 그가 내 집에서 나갈 때 남자들이 자신을 쏘기 위해 기다리고 있을 수도 있다는 생각을 하고 있어요. 그는 내 붉은 스커트와 파란 블라우스를 입고, 머리에는 갈색 만틸라를 쓰고 달아날 거예요. 하지만 그 전에 내가 그의 옷과 바지와 겉옷을 입고, 모자를 쓴 채 그의 말을 타고 하칼에서부터 십자로 너머 큰길까지 갔다가 다시 돌아와야 한다고 말했어요. 그가 가기 전에 말이죠. 그러면 그는 내가 진실한지, 남자들이 그를 쏘려고 숨어 있는지 알 수 있다고 했어요. 끔찍한 일이에요. 동트기 한 시간 전에 이 일이 있을 거예요. 오세요, 나의 사랑. 와서 이 남자를 죽이고 나를 당신의 토냐로 만드세요. 생포하려 하지 말고 재빨리 쏘세요. 이 모든 것을 알았으니 그렇게 해야 해요. 시간이 되기 전에 와서 마차와 안장을 보관하는 하칼 옆 작은 헛간에 숨어 기다리세요. 그 안은 어두워요. 그는 나의 붉은 치마와 파란 블라우스를 입고 갈색 만틸라를 쓸 거예요. 당신에게 백 번의 키스를 보내요. 반드시 와서 재빨리 그를 명중시키세요.

- 당신의 토냐

샌드리지가 서신의 공적인 부분에 대해서 병사들에게 간단히 설명했다. 무장 순찰대원들은 그가 혼자 가는 데 반대했다.

"나는 그를 쉽게 처치할 수 있어." 중위가 말했다. "여자가 그를 올가미에 잡아 놓았어. 그가 나에게 권총을 들이댈 시간도 없을 거야."

샌드리지가 말을 타고 로운 울프 십자로를 향해 달려갔다. 이어 자신의 큰 암갈색 말을 협곡에 있는 덤불 속에 묶어 놓고, 권총집에서 윈체스터 총을 꺼내 페레즈 하칼로 조심스럽게 다가갔다. 소용돌이치며 흩어지는 우윳빛 구름에 가려 높이 뜬 달이 반밖에 보이지 않았다.

마차 보관 창고는 매복하기 딱 좋은 곳이었다. 무장 순찰대원이 그 안으로 안전하게 들어갔다. 하칼 앞에 있는 숲으로 만든 창고의 검은 그림자 속에서 저쪽에 묶여 있는 말이 보인다. 하도 밟아 딱딱하게 굳어진 땅을 앞발로 조급하게 긁는 소리도 들렸다.

하칼에서 두 사람이 나올 때까지 거의 한 시간이나 기다렸다. 남자 복장을 한 사람이 급히 말에 올라타더니 마차 보관 창고를 지나 십자로와 마을 쪽으로 달려갔다. 그리고 스커트와 블라우스를 입고 머리에 만틸라를 쓴 다른 사람이 밖으로 나오더니 희미한 달빛 아래 서서 말 탄 자를 바라보았다. 샌드리지는 토냐가 돌아오기 전에 기회를 잡아야겠다고 생각했다. 그는 그녀가 그런 장면을 보고 싶어하지 않을 것이라고 생각했다.

"손 들어!"

그가 어깨에 총을 겨누고 마차 보관 창고에서 나오며 큰 소리로 명령했다.

그 사람이 급히 몸을 돌렸지만 명령에 따르지는 않았다. 따라서 무장 순찰대원 샌드리지가 총을 쏘았다. 한 발, 두 발, 세 발……. 그리고 두 발 더. 시스코 키드가 완전히 죽었는지 미심쩍었기 때문이다. 비록 반쯤 가려진 달빛 아래에서였지만 열 발자국 거리에서 그를 놓칠 위험은 없었다.

담요 위에서 자고 있던 늙은이가 총소리에 깨어 일어났다. 좀 더 자세히 들어보니 어떤 남자가 형언할 수 없는 고통과 슬픔으로 울부짖는 소리가 들렸다. 그는 요즘 사람들에 대해 불평하며 자리에서 일어났다.

키가 크고 붉은 남자가 유령처럼 하칼로 뛰어 들어와 손을 골풀 갈대처럼 덜덜 떨면서 벽에 걸려 있는 호롱불을 찾았다. 다른 한 손으로는 탁자에 편지를 펼쳐 놓았다.

"이 편지를 보시오, 페레즈." 샌드리지가 울부짖었다. "누가 썼지요?"

"세상에! 샌드리지 나리." 노인이 다가오면서 중얼거렸다. "물론 엘치바토라고 부르는 토냐의 남자가 썼지요. 사람들이 그를 나쁜 사람이라고 하는데 나는 모르겠어요. 토냐가 잠자고 있을 때 그가 편지를 써서 이 늙은이를 통해 도밍고 살레스를 시켜 나리께 가져다 드리라고 했습죠. 그 편지에 뭐 잘못된 것이라도 있나요? 나는 너무 늙어서 잘 몰랐어요. 오, 신이시여! 아주 어리석은 세상이에요. 그리고 이 집에는 마실 것이 없어요, 마실 것이 없어요."

바로 그때 샌드리지가 할 수 있다고 생각한 것은 밖으로 나가 깃털 하나도 움직이지 않는 그의 벌새 옆에 누워 먼지 속에서 얼굴을 땅에 대는 것뿐이었다. 그는 본능적으로 카발레로가 아니기에 이 미묘한 보복의 의미를 이해할 수가 없었다.

10마일 떨어진 곳에서는 마차 헛간을 지나 달려온 말 탄 자가 거칠고 음정이 맞지 않는 노래를 부르기 시작했다. 그 노래는 이렇게 시작한다.

나의 예쁜 애인과 장난하지 마
그런 짓을 하면 어떻게 할지 알려주지

산로사리오의 친구들

Friends in San Rosario

서부행 열차가 오전 8시 20분에 산로사리오에 섰다. 두껍고 검은 가죽 서류철을 든 남자가 열차에서 내려 시내 중심가로 빠르게 걸어갔다. 다른 승객들도 산로사리오에서 내렸다. 그들은 철로변 식당이나 실버 달러 술집을 향해 느린 발걸음을 내딛거나 역 근처에서 시간을 때우는 사람들의 무리에 끼어들었다.

서류철을 지닌 남자의 행동에서는 우유부단함을 전혀 찾아볼 수 없었다. 키는 작았지만 체격이 좋았고, 짧게 자른 엷은 색의 머리, 매끄럽고 단호해 보이는 얼굴에 활동적으로 보이는 금테 코안경을 쓰고 있었다. 그의 분위기는 실제 당국은 아닐지라도 조용하지만 의식 있는 예비군 같았다.

3스퀘어쯤 걸어 시내의 상가 중심지로 왔다. 여기에서 또 다른 중요한 도로가 중심가를 가로질러 산로사리오의 삶과 상업의 번화가를 이루고 있었다. 한쪽 모퉁이에는 우체국이 있고 다른 모퉁이에는 루

벤스키의 의류 백화점이 있다. 비스듬하게 마주보고 있는 다른 두 모
퉁이에는 이 도시의 은행인 퍼스트 내셔널과 스톡먼즈 내셔널이 있
었다. 새로 온 남자가 산로사리오의 퍼스트 내셔널 은행으로 발걸음
을 늦추지 않고 부지런히 걸어 들어가 은행 현금을 관리하는 출납국
장의 창구에 섰다. 은행은 아홉 시에 문을 열었지만, 직원들은 벌써
각 부서별로 하루 일과를 준비하고 있었다. 출납국장이 우편물을 조
사하다가 낯선 사람이 창구에 서 있는 것을 보았다.

"은행은 아홉 시에 영업 시작합니다."

그가 감정 없는 목소리로 짧게 말했다. 산로사리오가 은행 근무 시
간을 채택한 후에는 일찍 일어나는 새들에게 그 말을 너무나도 자주
해야 했다.

"잘 알고 있소." 남자가 침착하고 냉담한 음성으로 말했다. "내 명
함을 한번 보시겠소?"

출납국장이 그의 창구 빗장을 통해 작고 깔끔한 명함을 끌어당겨
읽었다.

> J. F. C. 네틀윅
> 내셔널 뱅크 심사관

"오, 저, 들어오시겠습니까, 네틀워 씨! 처음 방문이시죠? 오실 줄 몰랐습니다. 이쪽으로 들어오십시오."

심사관은 재빨리 은행의 신성한 구역으로 들어갔다. 출납국장인 에들린저가 신중하고 침착하고 꼼꼼한 인상의 중년남자를 모든 직원들에게 사려 깊게 소개했다.

"샘 터너 씨가 올 줄 알았습니다." 에들린저가 말했다. "샘이 한 4년 동안 우리를 심사했었죠. 경기가 위축된 것을 고려하면 우리에게 별 문제가 없다는 것을 알게 되실 겁니다. 현금은 별로 없지만 폭풍을 이겨낼 수 있으니까요. 선생님, 폭풍을 이겨낼 수 있어요."

"감사관이 터너 씨와 나에게 관할 구역을 서로 바꾸라고 명령했습니다." 심사관이 단호하고 공격적인 태도로 말했다. "그는 남부 일리노이와 인디애나에 있는 나의 관할 구역을 심사하고 있습니다. 현금부터 먼저 확인하겠습니다."

금전출납 계원인 페리 도오시가 심사관이 검사할 수 있도록 이미 현금을 계산대에 배열해 놓고 있었다. 그는 센트까지 정확하다는 것을 알았기에 두려울 것이 없었다. 그런데도 긴장되고 당황스러웠다. 은행에 있는 다른 사람들도 마찬가지였다. 그 남자에게는 너무나도 냉혹하고 급박하고 공적이고 단호한 면이 있었기 때문에 그의 존재 자체가 비난인 듯했다. 작은 실수도 용납하지 않을 사람처럼 보였다.

네틀웝은 다발로 묶여 있는 현금을 마치 곡예를 하듯이 재빨리 집어 들었다. 그러더니 능숙하게 손으로 잡아 다발마다 액수를 확인했다. 그의 가늘고 흰 손가락들이 피아노 건반 위를 움직이듯 움직였다. 그는 금을 계산대 위에 '쾅' 하고 떨어뜨렸고 동전들은 그의 민첩한 손끝에서 대리석 판으로 튕겨지며 노래했다. 그가 50센트와 25센트를 세기 시작하자 공기가 온통 소액 화폐로 가득했다. 마지막 5센트와 20센트까지 세었다. 저울도 직접 가져와서 금고실에 있는 모든 은자루의 무게를 재었다. 특정 수표, 청구금액 전표 등 어제까지의 모든 현금 비망록에 대해 도오시에게 나무랄 데 없는 예의를 갖추어 질문했다. 그러나 그의 형식적인 태도에는 너무나도 이해하기 어려운 심상치 않은 면이 있어서 금전출납 계원은 얼굴이 상기되고 말을 더듬었다.

새로 온 심사관은 샘 터너와는 전혀 달랐다. 샘은 큰 소리로 인사를 하며 은행에 들어와 담배를 건네거나, 다른 은행들을 심사할 때 들은 최근 소식들을 말해 주곤 했다.

"안녕하시오, 페리! 아직도 회수금을 가지고 달아나지 않았단 말이오?"

그의 평소 인사 법이었다. 현금 세는 방법도 달랐다. 피곤하다는 듯이 돈다발을 세고 나서 금고에 들어가 은 주머니 몇 개를 건드리고 나면 끝이었다. 50센트와 25센트와 20센트? 샘 터너는 세지 않았다.

"닭 모이는 관둬요." 동전들을 그의 앞에 놓으면 그가 말하곤 했다. "나는 농업부에서 나온 게 아니니까."

터너는 또한 텍사스 출신으로 은행장의 오랜 친구였고 도오시는 아기였을 때부터 알고 있었다.

심사관이 현금을 세고 있을 때 사람들이 톰 소령이라고 부르는 퍼스트 내셔널의 은행장 토마스 B. 킹맨 소령이 그의 늙은 암갈색 말이 끄는 마차를 타고 옆문에 도착해 안으로 들어왔다. 심사관이 바쁘게 돈 세는 것을 보고 그가 망아지 우리라고 부르는, 난간으로 막아 놓은 자신의 집무실로 들어가 우편물들을 훑어보았다.

그에 앞서서, 심사관의 날카로운 눈으로도 잡아내지 못한 작은 사건이 발생했었다. 심사관이 현금 계산대에서 심사를 시작하려고 할 때 에들린저가 젊은 은행 지배인 로이 윌슨에게 의미 있는 눈짓으로 깜빡이며 정문 쪽을 향해 살짝 고개를 움직였다. 로이가 알아듣고 모자를 집어 쓴 후 팔에 수금원 장부를 끼고 천천히 걸어 나갔다. 그러나 일단 밖으로 나오자 스톡먼즈 내셔널을 향해 곧장 달려갔다. 그 은행도 문을 열 준비로 한창 바쁜 시간이었다. 아직 고객은 한 명도 없었다.

로이가 오랫동안 사귀어 익숙한 젊은 목소리로 외쳤다.

"여러분! 준비하세요. 새로운 은행 심사관이 퍼스트 내셔널에 와 있어요. 대단한 사람이에요. 페리의 5센트까지 세며 은행 전체에 엄포를 놓고 있어요. 에들린저 씨가 가서 알려 주라고 했어요."

주일날을 위해 성장한 농부처럼 풍채 당당한 노인인 스톡먼즈 내셔널 행장 버클리 씨가 뒤쪽에 있는 개인 집무실에서 로이의 음성을 듣고 그를 불렀다.

"킹맨 소령은 출근하셨나?"

그가 젊은이에게 물었다.

"네, 제가 나올 때 막 도착하셨어요."

로이가 말했다.

"그에게 이 서신 좀 전해 주게. 도착하자마자 그에게 직접 건네줘야 하네."

버클리 씨가 앉아서 편지를 쓰기 시작했다.

로이가 은행으로 돌아와 봉투 속에 담긴 편지를 킹맨 소령에게 전해 주었다. 소령이 편지를 읽더니 접어서 조끼 주머니에 넣었다. 이어 깊은 생각에 잠시 빠지는 듯하더니 일어나서 금고실로 갔다. 그러고는 뒤쪽에 금박 문자로 할인 어음이라고 찍혀 있는 가죽으로 된 문서 보관함을 가지고 나왔다. 그 안에는 만기일이 된 어음들이 부속 증권들과 함께 들어 있었다. 소령은 그것들을 모두 자신의 책상 위에 거칠게 쏟아 놓고는 정리하기 시작했다.

이때쯤 네틀윅은 현금 세는 것을 모두 마쳤다. 그의 연필이 문서 위를 제비처럼 날며 숫자들을 기입했다. 그러더니 역시 일종의 비망록처럼 보이는 검은 서류가방을 열어 그 안에도 숫자들을 빠르게 적어 넣었다. 그러고는 안경 너머 쏘는 듯한 시선으로 도오시를 번쩍 들어서 그 자리에 못박았다. 그 시선은 '너는 이번에는 안전하다. 하지만……' 이라고 말하는 듯했다.

"현금은 모두 정확하군요."

심사관이 딱딱한 말투로 말했다. 이번에는 개별 부기 계원으로 향했다. 그리고 몇 분 동안 공중에서 대장이 펄럭거리고 대차 대조표가 휘날렸다.

"외상 거래 장부의 대차를 얼마나 자주 대조하지요?"

그가 갑자기 물었다.

"어…, 한 달에 한 번이요."

개별 부기 계원이 몇 년간의 기록을 말하는 것인지 몰라 말을 더듬었다.

"좋아요."

심사관이 몸을 돌려 부기 계원을 향했다. 그는 외국 은행의 명세서와 그들의 대조 비망록을 준비해 놓고 있었다. 모든 것에 문제가 없는 듯이 보였다. 이어 양도성 예금증서의 원부를 검토했다. 펄럭, 펄럭, 휙, 휙!

"검사 완료! 좋아요. 당좌 대월을 보여 주시오. 고마워요. 음, 음, 서명하지 않은 은행 어음을 보여 주시오. 좋아요."

이번엔 지배인 차례였다. 코를 비비던 태평스러운 성격의 에들린저는 유통 어음과 미처분 이익, 은행의 부동산과 주식 소유에 대한 빠른 질문 공세를 받자 불안하게 안경알을 닦았다.

그때 네틀윅의 팔꿈치 옆에 서 있는 사람이 있었다. 예순 살쯤 되어 보이는 나이에 강인하고 건강하며 뻣뻣한 반백의 턱수염과 숱 많은 백발의 남자가 꿰뚫을 듯한 푸른 눈동자를 깜빡도 하지 않고 심사관의 무서운 안경을 똑바로 쳐다보고 있었다.

"어, 킹맨 소령님은 우리의 사장님이시고, 이쪽은 네틀윅 씨입니다."

지배인이 말했다.

서로 매우 다른 두 남자가 악수를 했다. 한 명은 일직선으로 출세하고 전통적 방식을 지닌 공식적인 세계의 완성품이었다. 그 반면에 다른 한 명은 좀 더 자유롭고 넓고 자연에 가까웠다. 그는 노새 몰이꾼, 카우보이, 무장 정찰대, 군인, 보안관, 탐광자, 목축업자의 일을 했었다. 대초원에서 함께 말을 달리고, 텐트 속에서 함께 생활하고, 짐승 발자국도 함께 추적했던 옛 친구들은 은행장이 된 지금도 그가 전혀 달라지지 않았다고 느꼈다. 그는 텍사스의 가축들이 최고가를 구가할 때 재산을 모았고, 산로사리오 퍼스트 내셔널 은행을 만들었다. 친구들을 향한 그의 관용과 때때로 지나친 관대함에도 불구하고 은행은 번영했다. 톰 킹맨은 가축을 잘 알았던 것처럼 사람에 대해서도 잘 알았다. 최근 몇 년간 가축 사업은 기운 반면, 소령의 은행은 다른 은행들에 비해 손해가 그다지 크지 않았다.

심사관이 시계를 꺼내며 빠르게 말했다.

"자, 마지막으로 대출을 봅시다. 지금 검토하도록 하지요."

그는 퍼스트 내셔널을 전례 없이 빠르게 심사했지만 철저하게 조사했다. 현재 은행의 상태는 무난하고 깨끗했다. 그래서 일을 빠르게 처리할 수 있었다. 이 도시에 다른 은행은 하나밖에 없었다. 그는 검사한 각각의 은행에 대해서 정부로부터 25달러의 보수를 받았다. 반 시간 내에 대출과 할인 어음을 검토해야 한다. 그러면 곧장 다른 은행을 심사하고 11시 45분 열차를 타고 갈 수 있다. 그날 그가 타고 온 기차를 제외하면 그가 가려고 하는 방향으로 가는 유일한 기차였다. 만일 그 열차를 타지 못하면 그는 그날 밤과 주일날을 이 따분한 서부 도시에서 지내야 한다. 그렇기 때문에 심사를 서두르고 있는 것이다.

그때 킹맨 소령이 남부의 느린 말투와 서부의 리듬감 있는 비음이 결합된 깊은 음성으로 말했다.

"이쪽으로 오시지요. 함께 가겠습니다. 은행에 있는 그 누구도 나만큼 어음에 대해서 잘 알지 못합니다. 일부는 다리가 허약하고 일부는 등에 낙인이 별로 많이 찍히지 않은 송아지지만 결국 한꺼번에 몰아서 지불할 겁니다."

두 사람이 행장의 책상에 앉았다. 먼저 심사관이 번개 같은 속도로 어음을 검토하고 액수를 더했다. 매일 매일의 대차 대조를 적은 장부에 이월된 대출금의 액수와 일치했다. 새로운 심사관의 마음은 사냥감을 좇는 사냥개처럼 길을 찾고 방향을 틀고 갑작스럽게 여기저기로 달려가는 것처럼 보였다. 마지막으로 그는 몇 장만 남겨 놓고 나머지 모든 어음들을 한쪽으로 밀어 놓았다. 남겨 놓은 어음들을 그의 앞에 깔끔하게 쌓아 놓고 무미건조하고 형식적인 말을 하기 시작했다.

"당신 주의 곡물 수확량 저하와 목축업의 침체를 고려할 때 은행의 상태는 매우 양호합니다. 장부 기록도 정확하고 꼼꼼하게 되어 있더군요. 만기일이 지난 어음의 양도 적절하기 때문에 큰 손실은 없을 듯 싶습니다. 대규모 대출금을 회수하고 일반 경기가 회복될 때까지 60일, 90일 어음과 요구불 단기 대부금만 대출하시기를 권합니다. 한 가지 일만 더 처리하면 모든 심사가 끝납니다. 여기 합계가 4만 달러 정도 되는 어음이 여섯 장 있습니다. 이들의 액면 가치에 따라 다양한 주식과 채권, 증권 등으로 보증되어 있습니다. 그런데 그 유가증권들이 어음에 첨부되어 있지 않습니다. 그것들이 금고나 금고실에 들어 있는 것 같은데 검토하도록 해 주시죠."

킹맨 소령의 하늘색 눈이 단호하게 심사관을 향했다. 그가 낮지만 안정된 음성으로 말했다.

"안 됩니다. 그 유가증권들은 금고에도 금고실에도 없습니다. 내가 가져왔습니다. 그것들이 없는 것에 대해 나에게 개인적으로 책임을 물으십시오."

네틀윅은 약간의 전율을 느꼈다. 전혀 기대하지 못한 일이었다. 사냥이 거의 끝나갈 때쯤 중대한 발자국을 발견한 것이다.

심사관이 잠시 사이를 두었다가 말을 이었다.

"좀 더 명확하게 설명해 주실 수 있을까요?"

"증권들은 내가 가졌습니다. 내가 사용하기 위해서가 아니라 곤경에 빠진 옛 친구를 구하기 위해서였습니다. 이쪽으로 오시죠, 선생님. 이 문제에 대해 이야기를 나누고 싶습니다."

그는 심사관을 은행 뒤쪽에 있는 개인 사무실로 데리고 들어가서 문을 닫았다. 사무실 안에는 책상과 테이블과 여섯 개의 가죽 의자가 있었다. 벽에는 뿔 사이의 거리가 5피트쯤 되는 텍사스 황소의 머리가 걸려 있었다. 그 반대쪽에는 소령이 샤일로와 필로우 요새에서 지니고 다녔던 오래된 기병대 칼이 걸려 있었다.

네틀윅을 위해 의자를 놔 주면서 소령이 창 쪽에 앉았다. 창으로 우체국과 스톡먼즈 내셔널의 석회암으로 조각된 정면이 보였다. 그가 말을 당장 시작하지 않았기 때문에 네틀윅은 아마도 긴장된 분위기가 차가운 경고의 음성에 의해 깨질 수도 있겠다고 생각했다.

그가 입을 열었다.

"행장님께서 하신 말은 다른 말을 덧붙이지 않으셨기 때문에 아주 심각한 사태라는 것을 아시리라 믿습니다. 또한 나의 직책상 할 수밖에 없는 일에 대해서도 아시겠지요. 미국 지방행정관에게……."

그러자 톰 소령이 손사래를 치며 말했다.

"압니다, 알아요. 내가 국가의 은행법과 개정 법령을 따르지도 않고 은행을 운영하리라고는 생각하지 않으시겠죠? 의무를 수행하시지요. 부탁을 하는 것은 아닙니다. 내 친구에 대해 이야기하려는 거요. 밥에 대한 이야기를 들어 주시기 바랍니다."

네틀윅은 의자에 편하게 앉았다. 그날은 산로사리오를 떠날 수 없게 되었다. 그는 미통화감사 장관에게 전보를 칠 것이다. 킹맨 소령을 체포하기 위해 미국 지방행정관 앞에서 선서를 하고 구속영장을 받아야 할지도 모른다. 어쩌면 그는 유가증권을 유실한 죄로 은행 폐쇄 명령을 받게 될지도 모른다. 이것은 심사관이 찾아낸 첫 번째 범죄는 아니었다. 그의 수사 때문에 은행 사람들의 감정이 형언할 수 없을 정도로 격해져 자신도 공적인 침착성을 잃은 적이 한두 번 있었다. 무릎을 끓고 한 번만 봐달라며 울면서 애원하는 것을 본 적도 있다. 어떤 출납국장은 그가 보는 앞에서 스스로에게 총을 쏘았다. 그 누구도 이 늙고 단호한 서부인처럼 위엄을 갖추고 침착하게 상황에 대처하지는 못했다. 네틀윅은 그가 원한다면 적어도 들어 주기는 해야 한다고 생각했다. 심사관은 의자 팔걸이에 팔꿈치를 올려놓고 오른손으로 턱을 받친 채 산로사리오 퍼스트 내셔널 은행장의 고백을 들을 준비를 했다.

"어떤 사람과 40년간 친구였고," 킹맨 소령이 교훈적인 말투로 이야기를 시작했다. "물, 불, 흙, 폭풍을 함께 견뎌 낸 사이라면 그가 부탁을 했을 때 들어주고 싶어집니다."

(그래서 7만 달러에 달하는 유가증권을 착복했다는 말이지, 심사관이 생각했다.)

소령은 자신의 마음이 위기에 처한 현재가 아니라 과거에 있다는 듯이 사색에 잠겨 밝은 어투로 느리게 말했다.

"우리는 함께 카우보이 생활을 했습니다. 친구의 이름은 밥이었죠. 우리는 애리조나와 뉴멕시코, 그리고 캘리포니아 일부에 있는 금광과 은광을 탐광했어요. 같은 부대는 아니었지만 61년 전쟁에도 함께 참전했었지요. 우리는 인디언이나 말 도둑과 싸웠습니다. 한번은 애리조나 산에 있는 오두막집이 50피트나 쌓인 눈 속에 묻혀 수주일이나 굶은 적도 있었지요. 번개조차 칠 수 없을 정도로 바람이 심하게 부는 날에도 함께 가축을 돌봤고요. 밥과 나는 오래된 앵커 바 목장의 가축 낙인 찍는 캠프에서 처음 만난 후 어려운 시절을 함께 견뎠어요. 그 동안 우리는 곤경에 빠졌을 때 서로의 도움이 필요하다는 것을 한두 번 경험했지요. 그 시절에는 남자가 친구를 돕는 것은 당연하다고 생각했고, 그에 대해 어떤 대가도 요구하지 않았어요. 아마도 다음 날 그가 내 뒤에서 지원해 주거나, 아파치 인디언과 싸우는 것을 도와주거나, 방울뱀에게 물린 다리에 지혈대를 대 주고 위스키를 구하러 달려가야 할 일이 생길지도 모르기 때문이죠. 그래서 결국은 주고받는 것이 되는 거니까요. 만약 단짝 친구를 도와주지 않으면 내가 그를 필요로 할 때 그가 피할지도 모르죠. 하지만 밥은 기꺼이 그 이상으로 도와주었어요. 절대로 한계를 두지 않았습니다.

20년 전에 나는 이 카운티의 보안관이었고 밥을 부보안관으로 임명했습니다. 목축업 경기가 좋아져 우리 둘 다 돈을 벌기 전이었습니다. 나는 보안관이자 수금원이었죠. 당시에는 대단한 일이었어요. 나는 결혼해서 아들딸을 두고 있었습니다. 네 살과 여섯 살이었죠. 재판소 옆에 아늑한 집이 있었습니다. 카운티에서 가구를 구비해 주었고 임대료는 내지 않아도 됐어요. 그래서 돈을 모을 수 있었어요. 사무적인 일은 대부분 밥이 처리했어요. 밥과 나는 어려운 시간을 보내고, 가축 도둑과 위험도 많이 겪었죠. 밤에 비와 진눈깨비가 창에 부딪히는 소리를 들으며 따뜻하고 안전하고 편안하게 잠자리에 들고 아침에 일어나 면도를 하고 사람들이 존댓말로 말하는 것을 듣는 것은 멋진 일이었습니다. 나의 아내와 자녀들은 목장에서 최고였죠. 나와 나의 오랜 친구는 부의 첫 열매를 맛보며 깨끗한 셔츠를 입을 수 있었습니다. 행복했던 것 같아요. 네, 저는 그 당시 행복했습니다."

소령이 한숨을 쉬며 종종 창밖을 바라보았다. 심사관이 자세를 바꾸어 다른 손으로 턱을 괴었다. 그러자 소령이 계속 말했다.

"어느 겨울이었어요. 카운티 세금이 너무 많이 들어와 한 주일이 지날 동안 은행에 예치하러 갈 시간이 나지 않았습니다. 수표들은 시가 상자에, 현금은 돈 주머니에 넣은 후 보안관 사무실에 있는 커다란 금고에 보관했습니다.

일주일 동안 과로를 해서 몸이 많이 아팠거든요. 신경이 예민해졌고 밤에 잠을 자도 쉬는 것 같지 않았어요. 의사가 뭐라고 병명을 일러주며 약을 주더군요. 돈을 생각하며 잠이 들었습니다. 걱정할 필요는 별로 없었어요. 금고는 좋은 것이었고, 밥과 나만 금고 번호를 알고 있었거든요. 금요일 밤 돈주머니에는 현금이 약 6,500달러가 들어 있었습니다. 토요일 아침에 평소처럼 사무실로 갔습니다. 금고는 잠겨 있었고 밥은 책상에 앉아 무엇인가 쓰고 있었어요. 금고를 열어 보니 돈이 없더군요. 나는 밥을 부르고 재판소에 있는 사람들도 모두 오게 한 후 강도가 들었다고 말했습니다. 이번 일이 우리 두 사람에게 미칠 영향을 생각해서인지 밥은 모든 것을 조용하게 처리하고 있다는 생각이 들더군요.

아무 단서도 잡지 못한 채 이틀이 흘렀습니다. 강도일 가능성은 없었어요. 금고가 비밀번호로 제대로 열렸기 때문이지요. 사람들이 수군거리기 시작했습니다. 어느 날 오후에 앨리스 ― 나의 아내입니다 ― 가 아들과 딸을 데리고 왔어요. 발을 구르고 와서는 눈을 번쩍이며 소리를 질렀어요. '거짓말쟁이 톰, 톰!' 그러더니 기절했어요. 그녀를 붙들어 서서히 정신이 들게 하자 머리를 떨어뜨리고 울더군요. 아내가 톰 킹맨의 이름과 부를 가진 후 그렇게 많이 운 적은 없었어요. 두 아이들, 잭과 질라는 재판소에 오면 언제나 호랑이 새끼들처럼 요란스럽게 밥에게 달려들어 몸에 매달리곤 했어요. 그런데 그날은 가만히 서서 자신들의 작은 신발을 차며 겁에 질린 메추라기들처럼 웅크리고 있었어요. 처음으로 인생의 그늘 속으로 들어서는 순간이었지요. 밥은 책상에서 일을 하다가 일어나서 아무 말 없이 밖으로 나갔습니다. 당시 대배심원이 열리고 있었어요. 다음 날 아침 밥이 그들 앞에서 자신이 돈을 훔쳤다고 고백했어요. 포커 게임에서 돈을 잃었다

360

고 하더군요. 배심원들은 15분 만에 기소 결정을 내리고 수년 동안 수천 명의 형제들보다 더 가까웠던 친구를 체포할 영장을 내게 보내왔어요. 내가 밥을 체포한 후 말했습니다.

'저기에 나의 집이 있고, 여기는 나의 사무실이고, 저쪽은 메인 주이고, 저쪽은 캘리포니아 주이고, 저쪽은 플로리다 주야. 재판이 열릴 때까지 자넨 어디든 갈 수 있네. 자네는 내가 맡고 있으니 내가 책임지겠네. 원하면 이곳에 그대로 있을 수도 있고.'

'고맙네, 톰.' 그가 성의 없는 태도로 말했어요. '자네가 나를 가두지 않았으면 했네. 재판은 다음 주 월요일에 열리니까 상관없다면 그때까지 사무실에 있고 싶네. 자네가 허락한다면 한 가지 부탁도 하고 싶네. 종종 아이들이 마당에 나와서 나와 놀게 해 주게나.'

'그러고 말고.' 내가 대답했다. '아이들도 자네를 환영하네. 전처럼 우리 집에도 오게.'

네틀윅 씨, 친구를 도둑으로 몰 수는 없는 일이지만, 동시에 도둑을 친구로 둘 수도 없는 일이지요."

심사관은 아무 대답도 하지 않았다. 그 순간 남부에서 달려온 열차가 협궤 철로를 타고 산로사리오 역으로 들어섰다. 소령이 귀를 쫑긋 세우고 잠시 그 소리를 듣더니 시계를 들여다보았다. 열차는 제시간에 들어왔다. 10시 35분이었다. 소령은 말을 계속했다.

"그래서 밥은 사무실 안에서 신문도 읽고 담배도 피웠습니다. 나는 다른 부보안관에게 그가 하던 일을 맡겼습니다. 얼마가 지나자 사건이 처음 일으켰던 관심은 시들해졌어요.

하루는 사무실에 우리 둘만 있을 때 밥이 내가 앉아 있는 곳으로 왔어요. 그는 어쩐지 괴롭고 우울해 보였습니다. 밤새도록 인디언을 망보거나 가축을 돌볼 때 짓던 표정이었지요.

'톰,' 그가 말했습니다. '인디언과 싸우는 것보다 더 힘드네. 물에서 40마일이나 떨어진 용암 사막에 누워 있는 것보다 더 힘들어. 하지만 끝까지 견뎌 내겠네. 내가 그런 식이라는 건 자네도 알지? 하지만 아주 작은 단서라도 내게 말해 줄 수 있다면 밥, 그 심정 이해할 수 있어,라고 말해 주게. 그러면 견디기가 훨씬 쉬울 거야.'

내가 놀란 얼굴로 말했어요.

'무슨 말인지 모르겠어, 밥. 자네를 도울 수 있다면 내가 무슨 일이라도 할 거라는 걸 자네도 알지 않나. 하지만 지금 자네가 무슨 말을 하는지 모르겠군.'

'알았네, 톰.'

그는 그 말만 했습니다. 그러고는 다시 신문을 펴고 담뱃불을 붙이더군요.

법원이 열리기 전날 밤에야 그가 한 말의 의미를 알게 되었습니다.

그날 밤도 여전히 머릿속이 몽롱하고 불안한 심정으로 잠자리에 들었습니다. 자정쯤에야 잠이 들었지요. 잠에서 깨어났을 때는 재판소 복도에서 옷을 반쯤 입은 채 서 있더군요. 밥이 한 팔을, 주치의가 다른 팔을 잡고 있었고 앨리스가 울먹이며 나를 흔들고 있었어요. 그녀가 나에게 말하지 않고 의사를 불렀는데, 의사가 왔을 때는 내가 침대에서 빠져나가 자취를 감춘 상태였기 때문에 그들이 나를 찾아낸 거였습니다.

'몽유병입니다.'

의사가 말했어요.

모두 집에 돌아오자 이 병에 걸린 사람들이 하는 이상한 행동들에 대해 믿기지 않는 이야기들을 의사가 해 주었습니다. 나는 밖에 나갔다 왔기 때문에 조금 추웠고 아내는 그때 잠시 밖에 나가 있었습니다. 그래서 내가 방에 있는 낡은 장롱 문을 열고 거기서 본 적이 있는 누비이불을 꺼냈습니다. 그런데 그 이불 속에서 밥이 훔친 것으로 재판을 받고 아침에 기소될 예정이었던 돈주머니가 떨어졌습니다.

'이게 어떻게 이 속에 들어와 있지?'

내가 소리를 질렀어요. 모든 사람들이 내가 얼마나 놀랐는지 보았을 겁니다. 밥은 한순간에 알아차렸지요.

'터무니없는 잠보 같으니라고.' 밥이 예전의 표정을 되찾고 말했습니다. '자네가 그것을 여기에 넣는 걸 보았어. 금고를 열고 돈을 꺼내 가지고 나가기에 따라갔었지. 창문을 통해 보니 자네가 장롱 속에 숨기더군.'

'아니, 이 사냥개 귀에 양 머리 달린 괴씸한 친구 같으니라고. 그럼 왜 자네가 가져갔다고 한 거야?'

'왜냐하면,' 밥이 담담한 목소리로 말했어요. '자네가 잠들어 있는 줄은 몰랐거든.'

그가 잭과 질라가 서 있는 방문 쪽을 흘끗 바라보더군요. 밥에게 있어 남자들끼리의 우정이 무엇을 의미하는지 그때 깨달았습니다."

톰 소령이 잠시 말을 멈추고 창밖을 바라보았다. 스톡먼즈 내셔널 은행에서 누군가 정면 창문이 다 가려지도록 차양을 끝까지 내리는 것이 보였다. 차양을 다 내려야 할 정도로 햇살이 강하지도 않았는데 말이다.

네틀윅이 의자에 앉은 채 몸을 똑바로 세웠다. 그는 소령의 이야기를 인내심을 가지고 들었지만 별다른 흥미는 느끼지 않았다. 그의 이야기는 상황에 걸맞지 않는 것처럼 들렸다. 감사의 결과에도 아무런 영향을 미치지 않을 것이다. 서부인들은 지나치게 감상적이라는 생각이 들었다. 그들은 사무적이지 않았다. 그들은 친구들로부터 보호받을 필요가 있었다. 소령이 이야기를 마무리 지은 게 분명했다. 그러나 그가 한 말은 아무 의미가 없었다.

"없어진 유가증권들에 대한 질문에 직접적으로 관련된 이야기가 더 있는지 질문을 드려도 될까요?"

심사관이 말했다.

"없어진 유가증권이라고요?" 톰 소령이 갑자기 의자에서 몸을 돌렸다. 그의 파란 눈이 빛을 발하며 심사관을 바라보고 있었다. "무슨 말씀을 하시는 거지요?"

그가 웃옷 주머니에서 고무줄로 한데 묶어 놓은, 접힌 종이 다발을 꺼내 네틀윅 앞에다 던지고는 몸을 일으켰다.

"유가증권들은 여기 있습니다, 심사관님. 주식, 채권, 증권입니다. 심사관님께서 현금을 세고 계실 때 지폐에서 분리해 놓았습니다. 직접 검토해 보시죠."

소령이 다시 은행 업무실로 앞장서 나갔다. 심사관은 놀라고 당황하고 화가 나 어찌할 바를 모른 채 따라 나섰다. 그는 정확히 속임수라고는 말할 수 없는 어떤 것의 희생물이 된 듯한 느낌이 들었다. 무슨 일이 일어났는지 전혀 알지 못한 채 중요한 인물이 되었다가 이용당하고 내버려진 사람이 바로 그런 심정일 것이다. 그의 공적인 지위도 부당하게 농락당했다고 할 수 있을 것이다. 하지만 그가 할 수 있는 일은 아무 것도 없었다. 이 문제에 대한 보고서는 앞뒤가 전혀 안 맞는 것이 될 것이다.

그리고 그는 어쩐지 이 문제에 대해 지금 알고 있는 것보다 더 이상의 뭔가를 알게 될 것 같은 생각이 들었다. 네틀윅은 냉담하고 기계적으로 유가증권들을 검토해 지폐와 일치하는 것을 확인하자 검은 서류가방을 들고 떠나기 위해 일어섰다.

그가 화난 눈을 안경 너머로 돌려 킹맨 소령을 쏘아보며 말했다.

"당신이 주저하지 않고 설명한 말들은 업무와 관련된 말이 아니었소. 그렇다고 유머인 것 같지도 않소. 나는 그 같은 행동을 이해할 수가 없소."

킹맨 소령이 침착하고 친절한 눈길로 그를 내려다보며 말했다.

"여보시오! 떡갈나무 덤불이나 대초원, 그리고 대협곡에는 심사관님이 이해할 수 없는 일들이 많이 있습니다. 그러나 나는 당신이 말 많은 늙은이의 지루한 이야기를 들어준 데 대해 감사드리고 싶군요. 우리 늙은 텍사스 인들은 모험이나 친한 친구들에 대해 이야기하는 것을 즐기지요. 이곳 사람들은 우리가 '옛날 옛적에' 라고 말을 시작하면 달아나야 한다는 것을 오래전부터 알고 있습니다. 그래서 우리 주에 처음 온 사람을 붙들고 장광설을 늘어놓게 되지요."

소령은 웃었지만 심사관은 차갑게 인사만 하고는 은행 문을 나섰다. 그가 길을 대각선으로 건너서 스톡먼즈 내셔널 은행으로 들어가는 것이 보였다.

킹맨 소령이 책상에 앉아 조끼 주머니에서 로이가 준 편지를 꺼냈다. 이미 한 번 읽었지만 눈을 반짝거리며 서둘러 다시 읽어 내려갔다.

톰에게

엉클 샘의 사냥개가 자네 곁을 지나가고 있다고 들었네. 그것은 그가 두 시간 안에 우리에게 올 수 있다는 것을 의미하지. 자네가 나를 위해 어떤 일을 좀 해 주기 바라네. 우리 은행에는 2,200달러밖에 없는데 법률에 따르면 2만 달러를 보유하고 있어야 하네. 어제 늦은 오후에 로스와 피셔가 깁슨의 가축을 매점할 수 있도록 1만 8,000달러를 가져가게 했네. 그들은 거래일로부터 30일 안에 4만 달러를 현금으로 바꾸게 될 걸세. 그러니 그 사실 때문에 심사관이 지금 내가 보유하고 있는 현금의 액수를 용납하지 않을 걸세. 나는 그에게 그 어음들을 보여줄 수도 없네. 유가증권이 첨부되지 않았기 때문이지. 하지만 핑크 로스와 짐 피셔는 하느님이 지금껏 만든 최고의 백인들이라는 것을 자네도 잘 알고 있지 않나. 그들은 일을 분명히 처리할 걸세. 짐 피셔를 기억하고 있겠지? 그는 엘파소에서 은행 도박 딜러를 총으로 쏜 사람이야. 샘 브로드셔의 은행에 2만 달러를 보내 달라고 전보를 쳤네. 그 돈은 10시 35분 열차 편으로 올 걸세. 심사관이 이곳에 2,200달러밖에 없다는 것을 검사하도록 모른 척하지 않기를 바라네. 톰, 그 심사관을 붙들어 주게. 밧줄로 묶고 그의 머리 위에 앉아서라도 그렇게 해 주기 바라네. 열차가 도착한 후에 우리의 정면 창을 주시하게. 현금을 안에 넣은 후 차일을 내리면 그게 신호네. 그때까지는 그를 놓치면 안 되네. 자네를 믿네, 톰.

- 오랜 친구 밥 버클리
스톡먼즈 내셔널 행장

소령이 편지를 갈기갈기 찢어 쓰레기통에 버렸다. 그러면서 만족스러운 듯 낮은 소리로 낄낄 웃었다.

"괘씸하고 무모한 늙은 카우보이 같으니!"

그가 만족스러운 얼굴로 투덜거렸다.

"이렇게 해서 그자가 20년 전에 보안관 사무실에서 내게 하려고 했던 일에 대한 빚을 조금 갚았군."

수수께끼의 사과

The Sphinx Apple

파라다이스에서 출발해 20마일을 달려 선라이즈 시티까지는 아직 15마일 더 가야 하는 지점에서 역마차 마부 빌닷 로스가 마차를 세웠다. 하루 종일 폭설이 내려 지상에서 8인치나 쌓였다. 남은 길은 거친 산을 따라 끊이지 않고 이어지는 작은 산맥들에 나 있기 때문에 조심조심 나아가야 했다. 대낮에도 위험한 길이다. 하물며 눈과 어둠 속에 위험이 숨어 있는 밤에는 여행은 아예 생각도 하지 말아야 한다. 그는 네 마리의 튼튼한 말을 세우고 다섯 명의 승객에게 자신의 지혜로운 결정에 대해 설명했다.

일행이 선도자이자 지도자로 세운 메네피 판사가 즉시 마차에서 달려 나왔다. 동료 승객 네 명도 그들의 지도자가 좌지우지하는 대로 탐색하고 비판하고 저항하고 승복하고 전진하기 위해 그를 따라 나왔다. 다섯 번째 승객인 여성은 마차 안에 그대로 머물러 있었다.

빌닷은 첫 번째 산맥의 지맥 능선에 마차를 세워 놓았다. 검은색의 가로장 울타리 두 개가 길을 두르고 있었다. 위쪽 울타리에서 50야드 높이 되는 곳에 흩날리는 흰 눈송이들 속에 작은 집이 검은 점처럼 보였다. 메네피와 그의 동료들은 눈과 스트레스를 이기기 위해 사내다운 함성을 지르며 집을 향해 올라가 창과 문을 두드렸다. 반겨 주는 이 없는 침묵 속에서 마음이 들뜬 그들은 허술한 담장을 공격해 택지 안으로 침략해 들어갔다.

마차 안에서 망을 보는 사람들에게 황폐한 집에서 나는 발소리와 고함 소리가 들려왔다. 이어 집에서 불이 깜박이더니 높고 밝고 힘차게 타올랐다. 힘이 넘치는 탐색자들은 휘날리는 눈발을 뚫고 다시 달려 나왔다. 오케스트라의 클라리넷보다 더 깊은 음성으로 메네피 판사의 음성이 그들의 곤경 상태와 비슷한 구조 방법을 선포했다. 방 하나에는 사람이 살지 않았고 가구가 없지만 멋진 벽난로가 있고 뒤에 있는 달개 지붕에 장작이 많았다. 집과 난로 덕분에 밤에 떨지 않아도 된다. 아직 쓸 만한 마구간도 있고 집 근처에 있는 헛간에는 건초도 있다는 말에 빌닷 로스가 안심했다.

코트와 옷을 겹겹이 입고 자리에 앉아 있던 빌닷 로스가 소리쳤다.

"여러분, 울타리 널빤지를 두 개만 떼어 줘요. 마차를 몰고 들어가겠소. 그건 레드루스 영감의 오두막집이구먼. 우리가 그 근처에 와 있을 거라고 생각했지요. 사람들이 8월에 그를 정신병원에 데려갔어요."

　네 명의 승객이 눈 쌓인 가로장을 향해 달려갔다. 일행은 온 힘을 다
해 오르막길로 마차를 끌어올려, 한여름의 광기로 집주인을 사로잡
았던 집 안으로 마차를 들여놓았다. 메네피 판사가 마차의 문을 열고
모자를 벗으며 말했다.

　"가랜드 양, 드릴 말씀이 있는데요. 어쩔 수 없이 여행을 잠시 중단
하게 됐습니다. 밤에 산길을 여행하는 것은 너무 위험해서 생각도 할
수 없다는군요. 내일 아침까지는 이 집에 머물러야 할 것 같습니다.
잠시 동안만 불편을 참으면 될 겁니다. 제가 개인적으로 집을 살펴보
니 적어도 혹독한 날씨를 피할 만한 수단은 있었습니다. 최대한 편안
히 쉴 수 있도록 해 드리겠습니다. 내리는 것을 도와드리죠."

　리틀 골리앗 풍차를 운영하고 있는 승객이 판사 곁으로 다가왔다.
그의 이름은 던우디였다. 하지만 이름은 그다지 중요하지 않다. 파라
다이스에서 선라이즈 시티까지 여행을 하는 데 이름은 거의 필요가
없거나 전혀 필요가 없다. 그러나 매디슨 L. 메네피 판사와 영예를 나
누어 가지고 싶은 사람에게는 명성에 화환을 걸 수 있는 못이 필요하
다. 공중 물방앗간 주인이 크고 경쾌한 음성으로 구애했다.

　"방주에서 나오셔야겠는데요, 맥퍼랜드 부인. 이 오두막집은 파머
주택은 아니지만 눈을 피하게 해 주고, 떠날 때 기념으로 수저를 가져

가는지도 조사하지 않지요. 불을 지펴 놓았고, 잘 말린 트릴비 모자로 편안하게 해 드리겠습니다. 쥐들도 가까이 오지 못하게 막아 드리고요. 아주 좋습니다. 아주 좋아요."

말과 마구와 눈과 빌닷 로스의 냉소적인 명령 속에서 자원해서 임무를 떠맡고 있던 두 명의 승객 중 한 명이 크게 소리 질렀다.

"이봐요! 이리 와서 솔로몬 양을 집으로 안내해 드려요. 어이, 이봐요! 이 정신없는 오합지졸 같으니!"

파라다이스에서 선라이즈 시티까지의 여행에 붙일 수 있는 합당한 이름은 '무절제'라는 것을 다시 한 번 친절하게 알려 주고 싶다. 백발과 널리 알려진 명성 때문에 지도자가 된 메네피 판사가 여자 승객에게 자신을 소개하자 그녀도 자신의 이름을 친절하게 알려 주었다. 그런데 남자 승객들이 알아들은 그녀의 이름은 다 제각각이었다. 질투심이 없다고 할 수 없는 경쟁적인 분위기에서 그들은 각각 자기가 생각하는 이름을 고집스럽게 고수했다. 여자 승객의 입장에서는 자기 이름을 다시 알려 주거나 정정해 주는 것은 특정한 사람에 대해 지나친 관심을 보이거나 가르치려 드는 것으로 받아들여질 것 같았다. 따라서 여자 승객은 자신을 가랜드, 맥퍼랜드, 솔로몬 등으로 불러도 똑같이 예의 바르게 대했다.

파라다이스에서 선라이즈 시티까지의 거리는 35마일이다. 그들은 방황하는 유대인의 여행 가방을 보면 여행의 동료라는 말이 충분히 어울릴 것이다. 여행이 너무나도 짧기 때문이다.

조금 후 작은 무리의 단기 숙박객들은 활활 타오르는 벽난로 주위에 반원형으로 둘러앉았다. 옷과 등받이 방석과 마차에서 들고 올 수 있는 것은 모두 가져와서 사용했다. 여자 승객은 반원의 한쪽 끝에 있는 난로에서 가장 가까운 자리를 택했다. 그곳에 앉은 그녀는 신하들이 준비해 놓은 왕좌를 아름답게 꾸며 주는 듯했다. 그녀는 쿠션에 앉아서 빈 상자와 통에 기댄 채 징병 침략군들로부터 자신을 방어하듯이 옷을 넓게 펼쳐 놓고, 귀여운 신발을 신은 발은 따뜻한 열기 쪽으로 뻗었다. 장갑은 벗었지만 긴 모피 목도리는 그대로 목에 감고 있었다. 목도리에 반쯤 가려진 그녀의 얼굴을 불안정한 불길이 반쯤 밝혔다. 젊고 여성적이고 이목구비가 뚜렷하고 침착해 보이는 그녀의 얼굴은 미인들이 다 그렇듯이 당당한 자신감을 드러냈다. 그녀는 그들의 헌신을 받아들이는 듯했다. 구애 받고 시중을 받는 여자처럼 야무지고 신랄하게도 아니고, 많은 여성들이 자신들에게 걸맞지 않은 영예를 얻었을 때 그렇듯이 오만하지 않고 건초를 받아먹는 황소처럼 둔하지도 않게 그들의 친절을 적절하게 받아들였다. 마치 백합이 힘을 얻기 위해 미리 준비된 이슬방울을 먹듯이 말이다.

밖에는 바람이 심하게 몰아쳤다. 벽에 난 금으로 가는 눈발이 윙윙 소리를 내며 날아들자 냉기가 날씨의 희생물이 된 여섯 명의 등을 에워쌌다. 그러나 폭풍우는 그날 밤에 챔피언을 예비해 놓고 있었다. 메네피 판사는 폭풍을 위한 변호사였고, 날씨는 그의 고객이었다. 그는 냉기 도는 배심원석에 서서 자신들은 따뜻한 서풍에 의해서 포위된 장미나무 그늘 아래 머물고 있다는 것을 동료들이 확신할 수 있도록 호소하며 애쓰고 있었다. 그는 재치 있게 일화와 궤변을 끝없이 늘어놓았지만 성공적이었다. 그의 유쾌함은 저항하기 어려운 힘을 지니고 있었다. 모든 사람들이 다투어 그가 조성한 긍정적인 분위기에 자기 나름대로 기여하려 들었다. 심지어 여성 승객도 입을 열었다.

"아주 재미있네요."

그녀가 느릿하면서도 맑은 음성으로 말했다.

때때로 승객들 중 한 명이 일어나서 방을 탐색하곤 했다. 레드루스 노인이 살았었다는 증거는 거의 찾을 수 없었다.

빌닷 로스가 밝은 목소리로 세상을 등지고 살았던 노인에 대한 이야기를 시작했다. 이제 역마차를 몰던 말들이 비교적 편안해졌고 승객들도 그렇게 보였기 때문에 그는 마음의 평화와 예의를 되찾았다.

빌닷이 어쩐지 무시하는 듯한 태도로 말을 시작했다.

"그 늙은 농병아리는 한 20년 전에 이 집에 둥지를 틀었죠. 어느 누구도 자신에게 가까이 오지 못하게 했어요. 역마차가 지날 때마다 머리를 안으로 들이밀고는 문을 쾅 닫았어요. 물론 그의 헛간 다락에는 물레가 있었어요. 식료품과 담배는 리틀 머디에 있는 샘 틸리의 상점에서 사곤 했지요. 지난 8월 어느 날인가, 그가 빨간 침대용 이불보를 몸에 두르고 헛간 다락으로 올라갔는데, 샘에게는 자신이 솔로몬 왕이고 시바의 여왕이 자신을 만나러 올 것이라고 말했다지요. 이어 자신의 전 재산인 은이 가득 든 작은 가방을 가져와서 샘의 우물에 던졌답니다. 레드루스 영감이 샘에게 이렇게 말했다고 해요.

'그녀는 오지 않아. 내게 돈이 조금이라도 있는 것을 안다면 말이야.'

사람들은 그가 여자와 돈에 대해 그런 생각을 하고 있다는 말을 듣자 미쳤다고 생각했어요. 그래서 서둘러 그를 바보들의 수용소로 보냈지요."

"그의 인생에 고독한 삶으로 내몬 로맨스가 있었나요?"

대리점을 하는 젊은 남자 승객이 물었다. 빌닷이 대답했다.

"아뇨, 적어도 나는 그런 말을 들어본 적이 없습니다. 그저 평범한 이야기였지요. 젊었을 때 어떤 여성과 사랑에 실패하는 불행을 겪었어요. 한때 침대 커버 사업을 했는데 재정적인 결과가 좋지 않았고요. 그밖에 로맨스 이야기는 들어 보지 못했어요."

"아! 그의 애정이 보답을 받지 못했군요."

메네피 판사가 엄숙하게 소리쳤다. 빌닷이 대답했다.

"아닙니다. 절대 아녜요. 그녀는 끝까지 그와 결혼하지 않았어요. 파라다이스에 사는 마머둑 뮬리건이 레드루스 마을에서 온 한 남자를 본 적이 있대요. 그는 레드루스가 인상 좋은 젊은이였지만 주머니에서는 커프스단추와 열쇠 부딪치는 소리만 들리더랍니다. 그는 그 아가씨와 약혼을 했었죠. 아마 이름이 앨리스였을 겁니다. 성은 잊었어요. 그런데 그 마을에 어떤 젊은 남자가 왔어요. 부유하고 편안하고 마차를 대기시키고 광산주와 관련된 일을 하고 여가를 즐기는 사람이었죠. 앨리스는 임자가 있었는데도 새로운 남자에게 첫눈에 반했어요. 그들은 서로 방문하기도 하고 우체국에서 우연히 만나기도 했어요. 그런 일들이 일어나면서 여자가 약혼반지와 선물들을 돌려보냈지요. 어느 시인이 말한 것처럼 돈 문제로 불화가 생긴 거죠.

하루는 레드루스와 앨리스가 성문 앞에서 이야기하는 것을 사람들이 봤답니다. 그가 모자를 들어 인사를 하고 떠나더라는군요. 그리고 그 남자가 아는 한, 그 뒤로 이곳에서 그를 본 사람은 아무도 없었다지요."

"그 아가씨는 어떻게 됐나요?"

대리점을 하는 젊은 남자가 물었다.

"들어 본 적이 없어요. 바로 여기서 내가 알고 있는 모든 것은 머잖아 죽어서 까마귀 밥이 될 늙은 말이 되어 날개를 접습니다. 이야기가 바닥났어요."

"아주 슬픈⋯⋯."

메네피 판사가 입을 열었다. 하지만 그의 말은 더 높은 권위에 의해 중단되었다.

"정말 멋진 이야기예요!"

여자 승객이 플루트 같은 목소리로 말했다.

잠시 침묵이 흐르며 바람 소리와 불꽃 타는 소리만 들렸다. 남자들은 바닥에 덮개와 판자 조각들을 펴서 자리를 편안하게 만들어 앉아 있었다. 리틀 골리앗 풍차를 운영하는 남자가 경련이 일어나는지 자리에서 일어나 서성거렸다.

그가 갑자기 소리를 질렀다. 그가 손에 뭔가를 들고서 먼지 쌓인 방 구석에서 달려왔다. 사과였다. 크고 붉은 반점이 있는 단단하고 보기 좋게 생긴 사과였다. 구석 선반에 놓인 종이 봉투 속에 들어 있었다. 사랑의 고통을 당한 레드루스가 남긴 유산일 리는 없었다. 아직 싱싱한 것을 보면 곰팡이 핀 선반에 8월부터 놓여 있었다고 생각하기는 어렵기 때문이다. 아마도 이 버려진 집에 최근 머물렀던 야영객들이 먹다가 남겨 놓았을 것이다.

교훈으로 말미암아 노멘클라투라의 영예를 차지한 던우디가 함께 유배된 승객들의 얼굴에 의기양양하게 사과를 들이댔다.

"이것 좀 보세요, 맥퍼랜드 부인!"

그가 자랑스럽게 외쳤다. 그가 사과를 불빛에 비치도록 높이 들자 더욱 풍부한 붉은색으로 빛났다. 여자 승객이 차분하게 웃었다. 그녀는 언제나 차분하다.

"정말 예쁜 사과군요."

그녀가 낮은 목소리로 중얼거렸다.

메네피 판사는 잠시 동안 모욕감과 함께 자신의 지위가 낮아졌다고 느꼈다. 이인자의 자리가 그를 괴롭게 했다. 어째서 자신이 아니고 이 뻔뻔스럽고 끼어들기 좋아하고 세련되지 못한 풍차 사업가가 눈부신 사과를 발견했단 말인가? 또한 그는 연극, 사교적 연회, 멋진 즉흥대사, 코미디도 할 수 있었다. 그러면서 계속 주목의 대상이 되었다. 실지로 여자 승객은 이 우스꽝스러운 던바디인지 우드번디인지 하는 자가 무슨 공훈이라도 세운 양 존경의 미소를 띠고 바라보고 있었다. 풍차 사업가는 무리 중 한 명의 역할에서 주인공으로 바뀌는 바람에 마치 자신이 팔고 있는 풍차처럼 높이 솟아올라 빙빙 돌았다.

던우디가 알라딘의 사과를 가지고 기쁨에 취해 사람들의 변덕스러운 관심을 받고 있는 동안 기략이 풍부한 판사는 자신의 월계관을 되찾을 궁리를 하고 있었다.

뚱뚱하지만 고전적인 얼굴의 메네피 판사는 매우 기품 있는 미소를 띠고 앞으로 나와 검사라도 하려는 듯 던우디의 손에서 사과를 집어 들었다. 그의 손에 들린 사과는 전시물 A가 되었다.

"아름다운 사과입니다." 그가 만족스러운 목소리로 말했다. "진실로 존경하는 던우디 씨, 당신은 약탈자로서는 우리 모두를 능가합니다. 그러나 나에게 한 가지 생각이 있습니다. 이 사과는 아름다운 여성이 마음과 진심으로 가장 받을 만한 자에게 주는 표상이요, 기념이요, 상징이요, 상이 될 것입니다."

한 명을 제외한 모든 청중이 환호했다.

"연단에 서니 멋지지?"

별로 특징이 없는 한 승객이 대리점을 가지고 있는 청년에게 말했다.

호응을 하지 않은 사람은 풍차 사업가였다. 그는 자신이 병졸로 강등되었다고 생각했다. 자신의 사과를 표상으로 만드는 것은 상상도 못한 일이었다. 그는 사과를 잘라서 나누어 먹은 후 씨를 자신의 이마에 붙이고 각각의 씨에 자신이 알았던 젊은 여자들의 이름을 붙여 사람들을 즐겁게 할 생각이었다. 그중 하나에는 맥퍼랜드 부인의 이름을 붙일 예정이었다. 맨 처음으로 이마에서 떨어진 씨는……. 그러나 이제 너무 늦었다.

메네피 판사가 그의 배심원을 향해 말했다.

"오늘날 사과는 부당하게 낮은 평가를 받고 있습니다. 요리나 상업에 있어서 우아한 과일로 여겨지는 일이 거의 없지요. 하지만 고대에는 그렇지 않았어요. 성경이나 역사, 신화 등에서 살펴보면 사과가 과일의 귀족이었다는 증거가 많습니다. 매우 소중한 어떤 것을 묘사할 때도 여전히 '눈동자 같은 사과' 라는 표현을 쓰지요. 잠언 말씀에도 '은쟁반에 금 사과' 라는 말이 나오고요. 나무나 덩굴에 열리는 어떤 과일도 비유적 언어에 그렇게 많이 사용되지 않았죠. '헤스페리데스의 사과' 라는 말을 듣고 동경해 보았을 것입니다. 인류 최초의 부모가 이것을 따먹고 선하고 안전한 세계에서 추방되어 버린 중대하고 의미심장한 사건에 대해서는 말씀드릴 필요도 없을 것입니다."

풍차 사업가가 메네피 판사의 말에 끼어들었다.

"이런 사과는 시카고 시장에서 배럴당 3.5달러에 팔리죠."

자신의 말에 끼어든 사람에게 관대한 미소를 보내며 메네피 판사가 말했다.

"한 가지 제안을 하려고 합니다. 우리는 내일 아침까지 부득이 이곳에 있어야 합니다. 몸을 따뜻하게 할 나무는 충분히 있습니다. 이제 우리가 해야 할 일은 시간이 너무 더디게 흘러가지 않도록 최대한 즐겁게 보내는 것입니다. 이 사과를 가랜드 양에게 맡기면 어떨까 합니다. 이것은 더 이상 과일이 아니고 위대한 인간의 사상을 제시한 분께 드리는 상입니다. 잠시 동안이지만 가랜드 양이 모든 여성을 대표하는 것을 기쁘게 생각합니다. (그가 구식의 우아함을 드러내며 허리를 깊이 구부려 인사했다.)

그녀는 여성을 대표합니다. 모든 여성의 화신이자 축소판입니다. 하느님이 창조하신 최고 걸작품의 마음과 두뇌를 대표합니다. 그런 가정 하에 그녀는 다음과 같은 문제를 판단하고 결정할 것입니다.

조금 전에 우리의 친구 로스 씨가 이 집의 이전 소유자였던 사람의 로맨스에 대해 흥미롭지만 단편적인 이야기를 들려주었습니다. 우리가 들은 몇 가지 사실이 인간의 마음, 상상력, 즉 단편 이야기에 대해 추측할 수 있는 무한한 동기를 제공해 주는 듯합니다. 이 기회를 사용해 보도록 합시다. 우리 모두 은둔자 레드루스와 그의 사랑에 대해 각자 이야기를 만들어 보도록 합시다. 로스 씨의 이야기가 끝났던, 성문 앞에서 그들이 헤어진 장면부터 시작합시다. 한 가지 받아들이고 수긍해야 할 일이 있습니다. 레드루스가 미치고 세상을 혐오하는 은둔자가 된 것이 반드시 그 아가씨 때문만은 아니었다는 것이지요. 우리가 이야기를 다 마치고 나면 가랜드 양이 여성의 판결을 내릴 것입니다. 여성의 영혼으로서 그녀는 어떤 이야기가 인간과 사랑에 대해서 가장 잘 묘사하고 있는지, 그리고 레드루스 약혼자의 성격과 행동에 대해 가장 충실하게 묘사했는지를 여성의 관점에서 결정할 것입니다. 선택된 남자에게 사과가 주어질 것입니다. 모두 동의한다면 던우디 씨가 첫 번째로 이야기하시겠습니다."

마지막 문장이 풍차 사업가를 사로잡았다. 그는 맥없이 처져 있을 사람이 아니었다. 그가 진심으로 말했다.

"아주 멋진 계획이군요, 판사님. 단편 보드빌 대본 작가가 되는 거군요. 그렇죠? 나는 스트립필드에 있는 신문사 기자였어요. 별 뉴스가 없으면 가짜 뉴스를 만들어서 썼죠. 나는 잘 해낼 수 있을 거예요."

"멋진 생각 같아요. 무슨 게임 같기도 하고요."

여자 승객이 밝은 목소리로 말했다.

메네피 판사가 앞으로 나와 사과를 그녀의 손에 올려놓으며 근엄한 얼굴로 말했다.

"옛날에는 파리스가 가장 아름다운 여성에게 금 사과를 주었지요."

다시 명랑해진 풍차 사업가가 끼어들었다.

"나도 전시회에 가 봤어요. 하지만 그런 말은 들어 본 적이 없는데요. 여러 박람회에 가 봤지만 기계류 전시회에는 한 번도 가지 않았

382

어요."

판사가 그의 말을 무시하고 계속해서 말을 이어 나갔다.

"하지만 지금은 이 과일이 여성의 신비한 마음과 지혜를 상징하게 될 것입니다. 가랜드 양, 사과를 받으시죠. 로맨스에 대한 우리의 이야기를 들은 후 가장 적당하다고 여겨지는 사람에게 상으로 주십시오."

여자 승객이 상냥하게 웃었다. 사과가 그녀의 무릎에 놓였다. 그녀는 밝고 아늑한 보호 방벽에 기대어 쉬었다. 목소리와 바람 소리만 아니었다면 그녀가 만족스러운 고양이처럼 가르랑거리는 소리를 들을 수 있었을 것이다. 누군가 새 통나무를 불 속에 집어넣었다. 메네피 판사가 유쾌하게 머리를 끄덕이며 요청했다.

"첫 번째로 이야기를 시작해 주시면 감사하겠습니다."

풍차 사업가가 모자를 다시 고쳐 쓰고는 터키 인처럼 앉아 있었다. 그는 전혀 당황하는 기색 없이 이야기를 시작했다.

"음, 글쎄요, 나는 그의 곤경을 이런 식으로 이해합니다. 물론 레드 루스는 약혼자를 빼앗아 갈 만한 돈을 가진 이 남자에 의해 심하게 밀렸습니다. 그는 당연히 그녀에게 아직도 자신에게 공평한 기회가 있느냐고 물어보았습니다. 글쎄요, 마차와 금 채권을 지닌 남자가 자신이 선택한 여자와의 사이에 끼어드는 것을 원하는 사람은 아무도 없죠. 글쎄요, 어쨌든 그는 그녀를 보러 갔습니다. 어쩌면, 글쎄요, 그는 약혼을 했다는 게 언제나 결혼을 보장하는 것이 아니라는 사실을 잊고, 화가 나서 남편처럼 행동했을 수도 있지요. 글쎄요, 레이스 장식이 있는 옷을 입은 앨리스 양을 화나게 했어요. 글쎄요, 그래서 그녀가 날카롭게 대답했지요. 글쎄요, 그가……."

그때 별 특징이 없는 승객이 끼어들었다.

"그런데 당신이 '글쎄요'라고 말할 때마다 풍차를 하나씩 세울 수 있으면 사업에서 은퇴해도 될 것 같군요, 그렇지 않나요?"

풍차 사업가가 사람 좋게 웃었다.

"오! 나는 모파상이 아닙니다. 나는 철저한 미국인으로서 말하고 있는 겁니다. 그녀는 이렇게 말했어요

'금 채권 씨는 단지 친구예요. 하지만 그는 마차도 태워 주고 극장에도 데려가요. 당신은 그렇게 해 주지 않잖아요. 인생을 즐길 수 있을 때 즐기는 것이 문제가 되나요?'

그러자 레드루스가 말했어요.

'잡담은 그만 해요. 손가락이 나오는 긴 장갑에 주름살이 잡힌 채로 월리에게 줘요. 아니면 내 옷장 아래 슬리퍼를 둘 생각은 말아요.'

성깔이 있는 여자에게 그런 식의 일방적인 명령은 잘 안 통합니다. 나는 그녀가 자신의 애인을 언제나 사랑했다고 장담합니다. 그녀는

단지 보통 여자들이 그렇듯이 좋은 아내가 되기 전에 작은 즐거움과 재미를 느끼려고 했던 것 같아요. 하지만 그는 거만한 태도를 버리지 못했어요. 글쎄요, 그래서 그녀는 당연히 반지를 되돌려 주게 되었고 레드루스는 술로 나날을 보내게 된 거죠. 그래요, 바로 그런 일이 일어났던 겁니다. 그녀는 애인이 떠난 후 이틀이 지나자 멋쟁이 조끼를 입은 부자를 차 버렸습니다. 레드루스는 크래커가 든 가방을 가지고 화물 열차에 올라타 알지 못하는 곳을 향해 떠났습니다. 여러 해를 술에 의존해 살았고 이어 아닐린과 질산에 중독되었어요. 결국 그는 이렇게 말했어요.

'구레나룻을 기르고 은둔자의 오두막집에 살아야겠어. 돈이 든 찌그러진 깡통은 여기에 없군.'

그러나 내 생각에 앨리스는 신뢰할 수 있는 여자였어요. 그 부자와 결혼하지 않았고 주름살이 생기기 시작하자 타이프 치는 기술을 배우며 고양이를 키우기 시작했죠. 그녀가 '나비야, 나비야!' 하고 부르면 다가오는 그런 고양이 말이죠! 좋은 여자들은 돈 때문에 오래 사귄 친구를 버리지 않는다고 믿습니다."

풍차 사업가가 이야기를 마쳤다.

"제 생각에는 그건 음, 그건……."

여자 승객이 그녀의 조촐한 왕좌에서 몸을 약간 움직이며 말했다.

메네피 판사가 손을 들며 끼어들었다.

"오, 가랜드 양, 죄송하지만 아무 말도 하지 말아 주십시오! 경쟁자들에게 공평하지 않은 일이니까요. 아, 선생님께서 다음번에 이야기하시겠습니까?"

대리점을 가지고 있는 젊은 남자에게 판사가 말했다.

수줍은 듯이 두 손을 쥐며 남자가 이야기를 시작했다.

"내 생각에 그의 로맨스는 이랬을 겁니다. 그들은 헤어질 때 다투지 않았어요. 레드루스 씨는 그녀에게 작별인사를 한 후 돈을 벌기 위해 다른 세상으로 갔습니다. 그는 그가 사랑한 여자가 자신에게 끝까지 진실할 거라고 믿었어요. 그는 자신의 경쟁자가 그토록 그녀의 애정과 신뢰를 받을 수 있다는 것을 수치스럽게 여겼습니다. 레드루스 씨는 황금을 찾아 와이오밍에 있는 로키 산으로 갔습니다. 하루는 일하고 있는데 해적 떼가 와서 그를 잡아갔습니다. 그리고……."

별다른 특징이 없는 승객이 급하게 이의를 제기했다.

"이봐요! 그게 뭐요? 해적 떼가 로키 산에 왔다고요? 배를 타고 와서……."

이야기꾼이 침착하지만 다소 못마땅한 표정으로 말을 이었다.

"기차를 타고 왔습니다. 그를 동굴 속에 여러 달 동안 포로로 가두어 두었죠. 그러고는 수백 마일 떨어져 있는 알래스카의 성채로 데리

386

고 갔습니다. 그곳에서 아름다운 인디언 아가씨와 사랑에 빠졌습니다. 하지만 결국 그는 자신이 앨리스만을 사랑한다는 걸 깨달았죠. 1년 동안 숲 속을 방황하다가 다이아몬드를 발견했습니다."

"다이아몬드라고요?"

중요하지 않은 승객이 신랄하다 싶게 물었다.

"말 안장 제작자가 페루의 사원에서 보여 준 것들이야."

다른 승객이 다소 불분명하게 말했다.

"그가 고향에 오자 앨리스의 엄마가 울면서 그를 녹색 언덕으로 데려갔습니다. '자네가 떠난 후 그 아이는 무척 마음 아파했다네.' 그녀의 엄마가 말했지요. '나의 라이벌이었던 체스터 맥킨토시는 어떻게 되었지요? 라고 레드루스 씨가 슬픈 표정으로 앨리스의 무덤 곁에 앉으며 물었습니다. '그녀가 진심으로 자네를 사랑한다는 사실을 깨닫자 그는 나날이 수척해졌어. 그러다가 그랜드래피즈에 가구 상점을 열었지. 그가 문명 세계를 잊어버리려고 갔던 인디애나 주의 사우스 벤드에서 성이 난 말코손바닥사슴에게 물려 죽었다는 것을 나중에야 들었네.' 그 말을 들은 레드루스는 우리가 본 것처럼 은둔자가 되었지요."

이어서 대리점을 경영하는 젊은 남자가 말했다.

"문학적 수준은 좀 떨어질지 모르지만 내가 하고 싶었던 이야기는 그의 약혼녀가 끝까지 진실했다는 겁니다. 진정한 사랑에 비하면 부는 아무 것도 아니었어요. 나는 여성을 너무나도 존경하고 믿기에 다른 생각을 할 수가 없군요."

이야기꾼이 말을 마치고 여자 승객 쪽으로 곁눈질을 했다.

메네피 판사는 사과를 얻기 위한 이야기 대회의 다음 연사로 빌닷 로스를 초대했다. 역마차 마부의 이야기는 간단했다.

"나는 늑대 같은 남자가 아닙니다. 그들은 인생에서 재앙을 당하면 언제나 여자 탓을 하지요. 판사님이 요청하시는 소설 같은 이야기는 다음과 같습니다. 레드루스를 괴롭힌 것은 순전히 게으름이었습니다. 그가 자신을 길 밖으로 밀어내려 한 퍼서벌 드 라시를 물리치고 앨리스에게 안대와 고삐를 씌우고 포도나무 덩굴로 만든 그네에 태워 주었다면 모든 것이 잘되었을 겁니다. 사랑하는 여자를 위해서는 수고를 해야지요.

그런데 레드루스는 '나를 다시 원한다면 연락해' 라고 말하며 카우보이 모자를 흔들고는 물러났습니다. 그는 그것을 자존심이라고 말했겠지만 수취인 불명의 배달 불능 우편물의 관점에서 볼 때 그의 문제는 게으름입니다. 남자 꽁무니를 따라다니고 싶어하는 여자는 없지요. '그가 오도록 해 줘.' 여자가 심부름하는 소년에게 동전을 주며 말했다고 봅니다. 그리고는 주머니가 텅 비고 턱수염에 진드기가 끓는 남자를 기다리며 창밖을 바라보았지요.

　내 생각에 레드루스는 용서해 달라는 그녀의 서신을 9년 동안 기다렸을 거라고 봅니다. 그러나 그녀는 서신을 보내지 않았어요. '이 일은 가망이 없어. 그러면 나도 하지 않겠어.' 이렇게 생각한 레드루스는 이후 은둔 생활을 시작하고 구레나룻을 기르기 시작했어요. 그래요, 게으름과 구레나룻이 문제였습니다. 그들은 함께 다니죠. 구레나룻과 머리를 기른 사람이 노다지를 찾았다는 말을 들어 본 적이 있나요? 말보로 공작과 스탠더드 오일의 빈둥거리는 사람을 보세요. 그들이 구레나룻이나 머리를 기르던가요?

　한편 앨리스는 결혼하지 않았습니다. 마차의 말을 걸고 장담합니다. 만약 레드루스가 누군가와 결혼했다면 그녀도 했을 겁니다. 그녀에게는 귀중한 기억이 있었을 겁니다. 어쩌면 타래 진 머리털이나 그가 부서뜨린 코르셋 버팀대를 소중히 여겼을지도 모르죠. 어떤 여자들은 그런 것들을 남편만큼이나 중요하게 여긴답니다. 내 생각에 그녀는 끝까지 혼자 살았어요. 나는 레드루스 노인이 이발소나 깨끗한 셔츠를 포기한 것이 여자의 잘못이라고 생각하지 않아요."

　다음 차례는 별 특징이 없는 승객이었다. 이 이름 없는 승객은 파라다이스에서 선라이즈 시티까지 여행하는 중이었다. 난로 불빛이 너무 희미하지 않다면 판사의 요청에 응답하는 그를 볼 수가 있다.

오 헨리 단편집 389

마른 체격에 빛바랜 갈색 옷을 입은 그는 개구리처럼 앉아서 두 팔을 다리에 두르고 턱을 무릎에 올려놓고 있었다. 잘 손질된 머리카락, 기다란 코, 끝이 올라가고 담배 진이 묻어 있는 사티로스 같은 입, 물기가 밴 촉촉한 눈…… 붉은 넥타이에 말편자 모양의 핀을 꽂고 있었다. 그는 귀에 거슬리게 킬킬대며 웃더니 서서히 말문을 열었다.

"지금까지 한 말은 모두 틀렸어요. 뭐라고요? 오렌지 꽃도 없는 로맨스요? 아하! 나는 나비넥타이를 매고 바지 주머니에 보증수표를 넣고 있는 남자에게 돈을 걸겠어요.

그들이 성문에서 헤어진 때부터 이야기를 시작하라고요? 좋아요. '당신은 나를 사랑하지 않았어. 사랑했다면 당신에게 아이스크림을 사 줄 수 있다고 해서 녀석과 말을 하지는 않았을 거야.' 레드루스가 거칠게 말했어요. 그러자 그녀가 말했지요. '나는 그를 싫어해요. 나는 그의 마차도 싫어요. 진짜 레이스가 덮인 금박 상자에 넣어서 보내오는 우아한 크림 봉봉 과자도 혐오해요. 국경 지방의 덩굴장미 속에 흩어져 있는 터키옥과 진주로 장식되고 원형의 초상화가 새겨진 멋진 보석함을 선물할 때면 칼로 그의 심장을 찌르고 싶어요. 그것들을 가지고 가 버리라고 해요! 나는 오직 당신만을 사랑해요.' 그러나 레드루스는 여전히 거칠게 말했어요. '녀석에게로 돌아가! 내가 이스트 오로라에 가서 살 것 같소? 원한다면 정신적인 사랑을 하시지? 나는

390

횡재를 믿지 않아. 가서 당신 친구를 더 많이 싫어하시지. 내게는 애버뉴 B에 사는 니콜슨 양과 껌과 시내 전차가 있어.'

그날 밤 존 W. 크로이서스가 왔어요. '아니! 왜 울어요?' 그가 진주 넥타이핀을 매만지면서 말했지요. '당신 때문에 나의 애인이 떠났어요. 당신이 보기 싫어요.' 가엾은 앨리스가 훌쩍거렸습니다. '그러면 나와 결혼해 줘요.' 존이 여송연에 불을 붙이면서 말했어요. '뭐요? 당신과 결혼을 해요? 절대 안 돼요.' 그녀가 화를 내며 말했습니다. '이 풍파가 잠잠해지고 쇼핑을 좀 더 하고 당신이 결혼 증서를 검토해 볼 때까지는 안 돼요. 군 서기에게 전화하고 싶다면 옆집에 전화가 있어요.' 그녀의 말은 개의치 않고 존은 이렇게 말했어요."

이야기꾼은 냉소적인 웃음을 터뜨리느라 잠시 말을 멈추었다.

"그들이 결혼했을까요? 그 오리 같은 놈이 풍뎅이 같은 여자를 먹어 치웠을까요? 그러면 레드루스 영감은 어떻게 됐나 보도록 하죠. 내 생각에 따르면 여기서도 당신들은 모두 틀렸어요. 그가 왜 세상을 등졌을까요? 혹자는 게으름 때문이라고 하고 혹자는 후회 때문이라고 하고, 혹자는 술 때문이라고 했습니다. 나는 여자가 그렇게 했다고 생각합니다. 그 노인이 지금 몇 살이라고요?"

이야기꾼이 빌닷 로스를 바라보며 물었다.

"한 예순다섯쯤 됐을 거요."

"좋아요. 그가 여기서 은둔자 가게를 꾸린 지가 20년쯤 되었군요. 그가 성문에서 모자를 들고 인사했을 때의 나이가 스물다섯이었다고 합시다. 20년 동안 그가 어떻게 살았는지를 설명해야겠지요. 그 10년과 두 번의 5년 동안 어디서 세월을 보냈을까요? 내 생각을 말해드리죠. 이중 결혼을 하려 했죠. 세인트 조에는 뚱뚱한 금발머리 여자가 있었고, 실킷 리지에는 여송연 색의 갈색 머리 여자가 있었고, 코우계곡에는 금니를 가진 여자가 있었죠. 이 여자들과 복잡한 관계를 맺다 보니 그녀들 중 아무도 그를 받아들이지 않았어요. 그녀들과의 관계가 다 끝나자 그가 떠나면서 말했죠. '이제 여자들의 페티코트는 질색이야. 은둔 생활을 업으로 택하는 것도 지나치지 않아. 그녀들에게 속기사 같은 건 어울리지 않아. 기꺼이 세상을 등지고 살겠어. 머리빗에 낀 긴 머리카락이나 재떨이에 들어 있는 미나리 피클을 안 봐도 되니까.'

레드루스 영감이 자기를 솔로몬 왕이라고 했다고 해서 멍청이들의 별장으로 보냈다고요? 쳇, 말도 안 돼요! 그는 솔로몬이었어요. 이제 내 이야기는 다 끝났어요. 나는 사과에는 관심 없어요. 우표를 동봉하니 받아 주시죠. 상 탈 만한 이야기를 한 것 같지는 않네요."

사람들은 화자의 이야기에 대해 아무 언급도 하지 말라는 메네피 판사의 말을 존중해 아무 말도 하지 않았다. 그러자 이 독창적인 대

392

회를 생각해 낸 판사가 목소리를 가다듬고 마지막 이야기꾼으로 참가했다. 비록 바닥에 불편한 자세로 앉아 있지만 메네피 판사의 위엄은 줄어들지 않았다. 이제 사그라지고 있는 불꽃이 오래된 동전에 새겨진 로마 황제 같은 그의 얼굴과 숱 많고 위엄 있는 은발의 곱슬머리를 부드럽게 비추고 있었다. 그가 차분하면서도 긴장된 음성으로 말했다.

"여자의 마음을 누가 알 수 있겠습니까? 남자들의 방식과 욕구는 다양합니다. 모든 여성들의 심장은 같은 박동으로 뛰고 그 마음은 옛날과 같은 사랑의 선율에 맞추어집니다. 여성에게 사랑은 희생을 의미하지요. 진정한 여성이라면 금이나 지위보다는 온전한 헌신을 택할 것입니다.

신사 여러분, 아니, 친구 여러분! 우리는 지금 레드루스의 사랑과 애정에 대해 이야기하고 있습니다. 그러나 누가 재판에 회부되었지요? 오늘 밤 여기 있는 모든 남자는 그가 마음에 담고 있었던 것이 기사도 정신이었는지 아니면 어둠이었는지 대답하기 위해 법정에 섰습니다. 우리를 판단하기 위해 여성 중에서도 가장 아름다운 여성이 앉아 있습니다. 그녀는 손에 상을 들고 있습니다. 비록 그 가치는 크지 않으나 무한히 고귀한 우리의 노력에 대해 여성의 판단과 취향을 대표해 수여하는 소중한 상입니다.

레드루스의 삶과 그가 마음을 준 여성에 대한 상상의 이야기를 시작함에 있어 나는, 여성의 이기심이나 배신 혹은 사치스러운 삶에 대한 욕망이 그로 하여금 세상을 등지게 했다는 어떠한 무가치한 암시에 대해서 처음부터 반대하는 바입니다. 나는 그렇게 현세적이고 돈으로 얻을 수 있는 여성은 본 적이 없습니다. 그 원인은 다른 데서, 즉 보다 저급한 남성의 본성이나 동기에서 찾아야 할 것 같습니다.

연인들이 잊지 못할 그날 성문 앞에 서서 다퉜던 것은 분명합니다. 질투로 고통 받은 젊은 레드루스는 고향을 떠났습니다. 그가 그럴 수밖에 없었던 동기가 있었을까요? 거기에 대해서는 분명한 증거가 없습니다. 그러나 증거보다 더 중요한 것이 있습니다. 그것은 여성의 선함과, 유혹을 이겨내는 단호함과 물질 공세 속에서도 지조를 지키는 신실함에 대한 위대하고 영원한 믿음입니다.

나는 세상을 방황하며 스스로를 괴롭히는 무분별한 젊은이를 그려 봅니다. 그는 점점 내리막길을 걷다가 끝내 인생이 그에게 준 가장 소중한 선물을 잃어버렸다는 것을 깨달았을 때 완전한 절망에 빠져 버립니다. 그리고 슬픈 표정으로 가득 찬 세상으로부터 등을 돌리고 눈에 띌 정도로 피폐해지게 됩니다.

하지만 다른 한편으로는 누가 보이나요? 세월이 지날수록 희미하게 사라져 가는 외로운 여인입니다. 여전히 신실하고, 더 이상 오지 않는 사람의 발자국 소리를 기다리는 사람이지요. 이제 그녀는 늙었습니다. 백발이 된 머리를 느슨하게 묶은 채 매일 문가에 앉아 먼지 가득한 길을 간절히 바라보고 있지요. 그렇습니다. 여성에 대한 나의 믿음이 마음속 그림을 색칠하고 있습니다. 지상에서는 영원히 헤어졌지만 여전히 기다리고 있는 여성이지요! 그녀는 엘리시움에서 만날 날을 기대하고 있고 그는 낙담의 구렁텅이에 빠져 있습니다."

"그는 정신병원에 있다고 들었는데요."

별로 중요하지 않은 승객이 말했다. 메네피 판사가 약간 인내심을 잃고 동요했다. 남자들은 고개를 숙인 채 괴상한 모양으로 앉아 있었다. 바람이 누그러져 이따금씩 변덕스럽고 맹렬한 바람이 불어왔다. 불길은 이제 붉은 석탄 덩어리로 변해 방 안에 희미한 빛을 드리우고 있었다. 여자 승객은 감아 올린 매끄러운 머리로 관을 쓰고, 목에 두른 긴 목도리 위로 하얀 이마만 조금 내놓은 채 아늑한 구석에 형체 없는 검은 물체처럼 앉아 있었다.

메네피 판사가 뻣뻣해진 몸을 일으키며 말했다.

"자, 가랜드 양, 이제 이야기를 다 마쳤습니다. 우리 중 누구든 그 주장이, 특히 진정한 여성에 대한 평가라는 면에서 가랜드 양 자신의 생각과 가장 가까운 사람에게 상을 주시면 됩니다."

그러나 여자 승객은 아무 대답도 하지 않았다. 메네피 판사가 세심한 태도로 몸을 구부렸다. 별로 중요하지 않은 승객이 낮고 거칠게 웃었다. 아가씨는 달콤하게 잠들어 있었다. 판사가 그녀를 깨우기 위해 손을 잡으려고 하자 그녀의 무릎 안에서 작고 차갑고 둥글면서도 울퉁불퉁한 무엇인가가 만져졌다.

"그녀가 사과를 먹어 버렸군요."

　메네피 판사가 사람들에게 보여 주기 위해 사과 속을 들고 경외감이 깃든 음성으로 말했다.

공주와 사자

The Princess and the Puma

물론 왕과 왕비가 있어야 했다. 왕은 여섯 발 권총과 박차를 단 부츠를 신은 무서운 노인이었고, 어찌나 크게 고함을 지르는지 대초원의 방울뱀들이 바늘투성이의 배나무 안에 있는 뱀 구멍들로 숨어들 정도였다. 왕족이 되기 전에는 사람들이 그를 속삭이는 벤이라고 불렀다. 5만 에이커의 땅과 셀 수 없을 정도로 많은 가축을 보유하게 되자 사람들은 그를 오도넬 가축 왕이라고 불렀다.

여왕은 라레도 출신의 멕시코 여자였다. 그녀는 순하고 부드러운 콜로라도 엽권련 같은 아내가 되었고, 집에 있는 동안에는 접시가 깨지지 않도록 음성을 낮추게끔 남편을 가르치는 데도 성공했다. 벤이 왕이 되자 그녀는 에스피노잘 목장의 발코니에 앉아 골풀 돗자리를 짜곤 했다. 부가 너무 저항할 수 없고 억압적이 되어 듬직한 소파와 중앙 탁자가 마차에 실려 샌 안토니에서 보내지자 그녀는 검은색의 매끄러운 머리를 숙여 다나에의 운명을 공유했다.

불경죄를 짓지 않으려면 먼저 왕과 왕비를 알현해야 한다. 그들은 공주의 이야기, 행복한 생각, 자신의 일을 망친 사자라고 불리는 이야기에 해당되지 않는다.

살아남은 딸은 조세파 오도넬 공주였다. 그녀는 어머니로부터 따뜻한 성품과 거무스름한 아름다움을, 왕족 벤 오도넬로부터는 용맹과 상식, 지도력을 물려받았다. 그 두 가지 유산이 결합된 결과는 대단했다. 그녀는 조랑말을 타고 전속력으로 달리면서 줄 끝에 매달려 움직이는 토마토 깡통 여섯 개 중 다섯 개를 명중시킬 수 있었다. 자기 고양이에게 갖가지 괴상한 옷들을 입히면서 여러 시간을 놀 수도 있었다. 연필 쓰는 것을 비웃으며 암산으로, 한 마리당 8달러 50센트인 두 살짜리 가축 1,545마리를 모두 얼마에 팔 수 있을지를 계산할 수도 있었다.

대략적으로 말해 에스피노잘 목장은 길이 40마일, 폭이 30마일 정도 되었다. 그러나 대부분이 임차지賃借地였다. 조세파는 조랑말을 타고서 그 땅을 모두 답사했다. 목장에 있는 모든 카우보이들은 그녀의 얼굴을 알고 있었고 충성스러운 가신을 자처했다. 하루는 에스피노잘 목장 감독 중 한 명인 리플리 기븐스가 그녀를 보고 왕족과 결혼함으로써 동맹을 맺어야겠다고 마음먹었다. 너무 주제넘다고? 그렇지 않다. 당시 누에세스(텍사스 주 소속의 카운티 : 옮긴이)에서는 남자는 남자

398

였다. 더욱이 가축 왕이라는 칭호는 그의 혈통이 왕족이라는 것을 의미하지도 않았다. 종종 왕관은 단지 그가 가축 훔치는 기술이 남달리 탁월하다는 증거임을 의미했다.

어느 날 리플리 기븐스가 길을 벗어난 1년생 가축 떼를 살피러 더블 엘름 방목장으로 달려갔다. 돌아올 때는 늦게 출발해 누에세스의 화이트 호스 십자로에 왔을 때 이미 해가 지고 있었다. 거기서부터 그의 야영지까지는 거리가 16마일이었다. 그리고 에스피노잘 목장주의 주택까지는 12마일이었다. 기븐스는 피곤했다. 십자로에서 밤을 지내기로 결정했다.

물이 마른 강바닥에는 깨끗한 물웅덩이가 있었다. 잡목이 무성한 거대한 나무들이 강둑을 겹겹이 두르고 있었다. 물웅덩이에서 50마일 떨어진 곳에는 꼬불꼬불한 머스킷 수풀이 펼쳐져 있었다. 그의 말에게는 저녁 식사가 되고 그에게는 침대가 될 것이다. 기븐스는 말을 묶어 두고 안장 담요를 펼쳐서 말렸다. 나무에 기대앉아 담배를 말았다. 강을 따라 펼쳐진 빽빽한 숲 어디에선가 갑자기 맹렬하고 전율을 일으키는 울부짖음이 들려왔다. 조랑말이 밧줄 끝에서 춤을 추고, 공포를 예감한 듯 휘파람 소리를 내며 콧김을 뿜었다. 기븐스가 담배를 뻐끔거리면서도 수풀 위에 놓여 있는 권총 벨트에 손을 뻗어 무기의 탄창을 시험 삼아 빙빙 돌렸다. 거대한 동갈치가 큰 소리로 철벅거리며 물웅덩이로 뛰어들었다. 아카시아 나무 주위를 뛰어다니던 작은 갈색 토끼가 수염을 실룩거리며 우스운 표정으로 기븐스를 바라보았다. 조랑말은 다시 풀을 먹기 시작했다.

해가 질 무렵에 협곡을 따라 멕시코 사자가 소프라노로 노래를 하면 조심하는 것이 좋다. 그의 무거운 노래는 어린 송아지들과 살찐 어린양들이 적어서 우리가 알고 있는 사람에 대해 육식동물이 욕망을 느끼고 있음을 의미하는지도 모른다.

숲에는 전에 머물렀던 사람이 던져 놓은 빈 과일 통조림통이 굴러다녔다. 기븐스는 만족스럽게 투덜거리며 그것을 바라보았다. 그의 안장 뒤에 묶어 놓은 웃옷 주머니에는 한두 줌 정도의 커피가 들어 있었다. 블랙커피와 담배! 목장 감독에게 더 이상 바랄 것이 뭐가 있겠는가?

2분쯤 지나자 작은 불꽃을 일구었다. 그는 자신의 깡통을 가지고 물웅덩이 쪽으로 갔다. 그 끝에서 15야드쯤 떨어진 곳에 도달했을 때 여성용 안장이 놓여 있고 고삐는 떨어져 있는 말이 그의 왼쪽에서 풀을 뜯고 있는 것이 덤불 사이로 보였다. 조세파 오도넬이 물웅덩이 끝에서 지금 막 손과 무릎을 들고 일어나려던 참이었다. 그녀는 물을 마신 뒤 손바닥에서 모래를 털었다. 그녀의 오른쪽으로 10야드쯤 떨어진 곳에서 호박색 눈꺼풀이 수풀에 의해 반쯤 가려진 채 허기

400

진 빛을 발하고 있었다. 그 눈에서 6피트쯤 떨어진 곳에 사냥개 꼬리처럼 똑바로 세운 놈의 꼬리 끝이 보였다. 궁둥이와 뒷다리는 뛸 준비를 하고 있는 고양이과 동물의 동작을 취하고 있었다.

기븐스는 자신이 할 수 있는 일을 했다. 6연발 권총은 35야드 떨어진 풀밭에 있었다. 그는 고함을 지르며 사자와 공주 사이로 뛰어들었다.

나중에 기븐스가 한 말에 따르면, 짧으면서도 혼란스러운 소동이 일어났다. 그가 막 공격하려고 할 때 공중에서 흐릿한 광선을 보았고 두 발의 희미한 총소리를 들었다. 이어 100파운드 무게의 멕시코 사자가 귀에 거슬리는 큰 소리를 내며 머리 위로 떨어지면서 그를 바닥에 쓰러뜨렸다. 그가 이렇게 소리쳤던 것을 기억한다.

"당장 그만 둬. 여자를 물면 안 돼!"

그러고 나서는 벌레처럼 입에 풀과 흙을 잔뜩 물고 사자 밑에서 기어 나왔다. 느릅나무 뿌리에 부딪친 뒤통수에는 커다란 혹이 나 있었다. 사자는 꼼짝하지 않고 누워 있었다. 기분이 상하고 혹시 반칙이 없었나 의혹을 품은 기븐스는 사자를 향해 주먹을 휘두르며 소리쳤다. '몇 번이고 네 놈과 다시 싸우겠다!' 그러고 나서야 제정신이 들었다.

조세파는 은으로 장식된 38구경 총을 재장전하면서 아무 말도 하지 않고 그 자리에 서 있었다. 어려운 목표물은 아니었다. 사자의 머리는 줄 끝에 매달려 흔들리는 토마토 깡통보다는 맞추기가 쉬웠다. 그녀의 입과 검은 눈에는 자극적이면서도 놀리는 듯한, 정신을 혼미하게 만드는 미소가 어려 있었다. 그녀를 구해 낸 기사가 될 수도 있었건만 큰 실수의 불길이 그의 영혼을 태우는 듯했다. 그가 꿈꾸었던 기회가 올 수도 있었는데 큐피드가 아닌 조롱의 신神이 그 기회를 잡았다. 숲속의 사티로스들은 말할 것도 없이 허리를 움켜쥐고 숨죽여 웃었다. 한편의 촌극 같은 광경이었다. 기븐스 씨와 속을 채운 가짜 사자와의 우스꽝스러운 소동이라고나 할까.

"기븐스 씨세요?" 조세파가 의도적으로 느낄 만큼 달콤한 저음으로 말했다. "소리를 지르시는 바람에 하마터면 못 맞출 뻔했어요. 넘어지면서 머리를 다치셨어요?"

"오, 아닙니다. 다치지 않았어요."

기븐스 씨가 조용히 말하고는 굴욕적으로 몸을 구부려 사자 아래 깔려 있는, 그가 제일 아끼는 카우보이 모자를 끄집어냈다. 찌그러진 모자가 희극 효과를 더했다. 그는 무릎을 꿇고 앉아 턱을 벌린 채 죽어 있는 사자를 쓰다듬었다.

"가엾은 빌!"

그가 슬픈 목소리로 말했다.

"무슨 일이죠?"

조세파가 다급히 물었다. 그러자 기븐스가 슬픔을 압도하는 너그러운 태도로 말했다.

"물론 모르실 겁니다, 조세파 양. 당신은 아무 잘못 없어요. 나는 녀석을 구하려고 했지만 당신에게 제때 알려 주지 못했어요."

"누구를 구한다고요?"

"빌이죠. 하루 종일 녀석을 찾아다녔어요. 녀석은 2년 동안 우리 야영지의 애완동물이었어요. 가엾은 놈! 녀석은 야생 토끼도 다치게 할 놈이 아니죠. 야영지의 카우보이들이 이 이야기를 들으면 모두 마음 아파할 겁니다. 하지만 물론 아가씨는 빌이 단지 아가씨와 놀고 싶어 했다는 걸 알 길이 없었죠."

조세파의 검은 눈이 그를 뚫어지게 바라보았다. 리플리 기븐스는 위기를 성공적으로 넘겼다. 그는 노란빛이 도는 갈색 곱슬머리가 엉클어진 채로 슬프게 서 있었다. 눈에는 부드러운 책망이 담긴 비탄이 어려 있었고, 그의 잘생긴 용모에는 숨길 수 없는 슬픔이 드리워져 있었다. 조세파는 주저했다. 그녀가 마지막으로 의문을 제기했다.

"당신의 애완동물이 여기서 무슨 일을 하고 있었던 건가요? 화이트 호스 십자로에는 캠프가 없어요."

기븐스가 즉시 대답했다.

"이놈은 어제 야영지에서 달아났어요. 녀석이 코요테한테 당해서 죽지 않은 게 놀랍습니다. 동료 카우보이인 짐 웹스터가 지난주에 테리어 강아지를 캠프에 데려왔어요. 그놈 때문에 빌이 많은 괴로움을 겪었습니다. 녀석은 빌을 따라다니며 뒷다리를 몇 시간이고 깨무는 거예요. 매일 밤 잠잘 시간이 되면 카우보이들의 담요에 파고들어 강아지가 찾지 못하도록 숨었습니다. 무척이나 괴로웠나 봅니다. 그렇지 않으면 도망치지 않았겠지요. 녀석은 언제나 캠프가 보이지 않는 곳에 가는 것을 두려워했거든요."

조세파는 죽어 있는 야수를 바라보았다. 기브스는 1년생 송아지를 한 번에 죽일 수도 있는 무시무시한 발 하나를 부드럽게 어루만졌다. 그녀의 짙은 올리브 색 얼굴이 서서히 홍조를 띠었다. 죽이지 말았어야 할 사냥감을 쓰러뜨렸기에 느끼는 진정한 사냥꾼의 부끄러움일까? 그녀의 눈이 부드러워지고 눈꺼풀이 내려앉으면서 영리한 조롱을 몰아냈다. 그녀가 겸손하게 말했다.

"정말 미안해요. 하지만 너무 커 보이고 너무 높이 뛰어올라서 그만……"

기브스가 재빨리 죽은 사자를 옹호하며 끼어들었다.

"빌은 배가 고팠던 겁니다. 야영지에서는 저녁 식사를 줄 때마다 녀석이 뛰어오르게 했습니다. 고기를 얻어먹으려고 엎드리거나 몸을

404

구르곤 했죠. 아가씨를 봤을 때 아가씨에게서 먹을 걸 좀 얻었으면 했던 겁니다."

갑자기 조세파의 눈이 커지며 소리치듯 말했다.

"하마터면 당신을 쏠 뻔했어요! 당신이 우리 사이에 갑자기 끼어들었잖아요. 당신은 애완동물을 구하려고 목숨을 아끼지 않았군요! 훌륭한 일이에요, 기븐스 씨. 나는 동물에게 친절한 남자가 좋아요."

이제 그녀의 눈에는 존경심마저 깃들었다. 그는 어처구니없는 사건의 폐허 속에서 영웅이 된 것이다. 기븐스의 표정을 봤다면 동물학대예방협회에서 높은 자리를 주었을 것이다. 그가 말했다.

"저는 동물들을 항상 사랑했습니다. 말, 개, 멕시코 사자, 소, 악어……."

조세파가 즉시 반대했다.

"나는 악어는 싫어요. 진흙을 잔뜩 묻힌 채 기어 다니잖아요!"

조세파의 양심이 그녀로 하여금 행실을 더욱 바로잡게 했다. 그녀는 뉘우치는 마음으로 손을 내밀었다. 두 눈에는 맑은 눈물이 고여 있었다.

"용서해 주시겠죠, 기븐스 씨? 나는 단지 여자일 뿐이에요. 처음에는 놀랐어요. 빌을 쏴서 정말 미안해요. 얼마나 부끄러운지 몰라요. 알았더라면 절대로 쏘지 않았을 거예요."

기븐스는 그녀의 손을 잡았다. 자신의 관대한 성품이 빌을 잃은 슬픔을 이겨 내는 동안 그 손을 계속 잡고 있었다. 마침내 그가 그녀를 용서한 것이 분명해졌다.

"조세파 양, 이제 그 이야기는 더 이상 하지 말아요. 빌의 생김새를 보고 놀란 것은 당연한 일이에요. 내가 다른 카우보이들에게 잘 말해 줄게요."

"정말로 나를 싫어하는 건 아니죠?"

조세파가 감정에 이끌려 그에게 가까이 다가서며 말했다. 그녀의 눈은 상냥했다. 오, 상냥할 뿐 아니라 자비로운 마음으로 참회하고 있음을 보여 주고 있었다.

"나라면 내 고양이를 죽인 사람을 미워할 거예요! 사자를 구하기 위해 총 맞을 위험을 감수하다니, 당신은 정말로 용감하고 친절한 분이에요!"

패배에서 건져 낸 승리였다! 희극이 드라마로 바뀐 순간이었다! 브라보, 리플리 기븐스!

이제 황혼이 깃들고 있었다. 물론 조세파 양이 목장주의 집으로 혼자 말을 타고 가도록 내버려둘 수는 없었다. 기븐스는 비난하는 말의 눈길에도 불구하고 다시 안장을 얹고 그녀와 함께 달렸다. 동물들에게 친절한 남자와 공주님은 평온한 초원을 가로질러 나란히 질주했

다. 비옥한 대지와 섬세한 꽃봉오리 내음 가득한 대초원이 빽빽하고
달콤하게 그들을 둘러쌌다. 멀리 언덕에서 코요테 짖는 소리가 들려
왔다! 아무 두려움도 없다. 그런데……

조세파가 더 가까이 다가왔다. 그녀의 작은 손이 그의 손을 찾는 듯
했다. 기븐스가 자신의 손을 내밀어 그녀의 손을 잡았다. 말들이 규칙
적인 보폭을 유지했다. 그들은 계속 손을 잡고 달렸다. 그리고 여자가
말했다.

"나는 전에는 겁을 낸 적이 없어요. 하지만 생각해 봐요! 진짜 야생
사자를 만난다면 얼마나 무서울지를요! 가엾은 빌! 당신이 나와 함께
있어 정말 기뻐요!"

오도넬이 목장 발코니에 앉아 있었다. 조세파와 기븐스를 발견한
그가 소리쳤다.

"안녕한가, 리플리! 자네 맞나?"

"저와 함께 말을 타고 왔어요." 조세파가 말했다. "길을 잃어 늦었
어요."

"정말 고맙네." 가축 왕이 말했다. "오늘은 여기서 머물게 리플리.
그리고 내일 야영지로 떠나게."

하지만 기븐스는 머물지 않았다. 그는 서둘러 야영지로 떠났다. 날
이 밝자마자 한 떼의 수송아지들을 추적하러 나가야 한다. 그는 작별

인사를 하고 빨리 그곳을 떠났다.

한 시간쯤 후 조세파가 잠옷 차림으로 그녀의 방문 앞에 서서 벽돌을 깔아 놓은 복도 건너편 자기 방에 있는 왕을 불렀다.

"아빠, 사람들이 '귀가 조금 잘려나간 악마'라고 부르는 늙은 멕시코 사자 알지요? 마틴 씨의 양치기였던 곤잘레스와 살라다 목장 송아지 50마리쯤 죽인 녀석 말이에요. 오늘 오후에 화이트 호스 십자로에서 놈을 죽였어요. 뛰어올랐을 때 38구경으로 머리에 두 발을 명중시켰어요. 곤잘레스가 큰 낫으로 조금 잘라 낸 왼쪽 귀 때문에 알아봤어요. 아빠가 쏴도 그보다 더 잘 쏘지는 못했을 거예요, 아빠."

"잘했다."

'속삭이는 벤'이 왕의 알현실 어둠 속에서 우레와 같은 목소리로 말했다.

떡갈나무 공주
A Chaparral Prince

마침내 아홉 시가 되었다. 하루의 고된 노동이 끝났다. 레나는 채석공들이 묵는 호텔 3층에 있는 자신의 방으로 올라갔다. 소란하고 우울한 여관에서 새벽부터 바닥을 닦고 무거운 철광석 접시와 컵을 닦고 침대를 정리하고 장작과 물을 끝없이 나르면서 성인 여자 노예처럼 일했다.

폭파와 구멍 뚫기, 거대한 기중기의 삐걱거리는 소리, 감독들의 고함 소리, 무개차가 무거운 석회암 덩어리들을 운반하느라 후진하고 이동하는 소리 등 채석장의 소음도 끝났다. 아래층 호텔 사무실에서는 서너 명의 노동자들이 늦게까지 장기를 두느라 으르렁거리며 욕설을 퍼붓고 있었다. 물속에서 끓는 고기, 뜨거운 지방과 싸구려 커피 냄새가 우울한 안개처럼 집 전체에 무겁게 드리워져 있다.

레나는 밑동만 남은 양초에 불을 붙이고 지친 몸을 나무의자에 앉혔다. 그녀는 열한 살이고 마른 몸은 영양실조에 걸려 있다. 등과 팔이 쑤시고 아프다. 그러나 가장 아픈 것은 마음이었다. 그녀의 작은 어깨에 놓인 짐 위에 더해진 지푸라기 하나가 그녀의 불행을 견딜 수 없게 만들었다. 그들이 그림 동화책을 가져가 버린 것이다. 밤이 되면 레나는 아무리 피곤해도 동화책을 보며 위로와 희망을 얻었다. 책을 펼 때마다 동화책은 공주나 요정이 와서 사악한 주문에서 그녀를 구해 줄 것이라고 속삭였다. 그녀는 매일 밤 동화책으로부터 새로운 용기와 힘을 얻었다.

어떤 이야기를 읽든 자신의 처지와 비슷하게 느껴졌다. 길을 잃은 나무꾼 아이, 불행한 거위 소녀, 구박받는 의붓딸, 마녀의 오두막에 갇힌 어린 소녀, 이 주인공들은 모두 채석공들의 호텔에서 고되게 일하는 가정부 레나가 변장한 모습이 분명했다. 더 이상 견딜 수 없다고 느낄 때면 선한 요정이나 용감한 공주가 와서 구출해 주었다.

따라서 사악한 주문에 걸려 사람 잡아먹는 괴물의 노예가 된 레나는 동화책을 읽으며 선의 힘이 이길 날을 고대하고 기다렸다. 하지만 어제 멀로니 부인이 레나의 방에서 그 책을 발견하고는 머슴들이 밤에 책을 읽는 것은 좋은 일이 아니라고 심한 말을 하더니 가져가 버렸다. 잠자는 시간이 줄어들어 다음 날 활기차게 일할 수 없기 때문이란다. 엄마와 떨어져 살면서 놀 시간조차 전혀 없는 열한 살밖에 안 된 어린 소녀가 자신이 가장 아끼는 동화책을 빼앗기고 살 수 있을까? 당신도 그런 처지가 된다면 어떤 기분인지 알 수 있을 것이다.

레나의 집은 텍사스에 있었다. 멀리 페더닐즈 강 연안의 작은 산맥들 가운데 있는 프레더릭스버그라는 이름의 작은 마을이다. 주민은 모두 독일인이었다. 저녁이 되면 길거리에 있는 작은 탁자에 앉아서 맥주를 마시며 카드놀이를 했다. 그들은 매우 검소한 생활을 했다.

　　그들 중에서도 가장 검소한 사람은 레나의 아버지 피터 힐데스밀러였다. 그래서 레나를 집에서 30마일 떨어진 채석장 호텔로 일하러 보낸 것이다. 그녀는 그곳에서 주급 3달러를 받았고, 피터는 그녀의 급료를 이미 가지고 있는 돈에 보태 잘 보관했다. 피터는 미어샤움 파이프를 피우고 일주일 내내 저녁 식사 때마다 비엔나슈니첼과 토끼고기를 먹는, 그의 이웃 휴고 헤펠바우어처럼 부자가 되는 것이 소원이다. 이제 레나가 부를 쌓기 위해 일하고 도울 수 있는 나이가 된 것이다. 그러나 한번 생각해 보라. 열한 살의 나이에 날씨 좋은 라인 강변 집을 떠나 괴물의 성으로 보내져 가축과 양을 잡아먹는 귀신들이 으르렁거리며 커다란 신발을 쿵쾅거려 떨어뜨린 석회암 가루를 가녀린 손으로 쓸고 닦아 내면서 그들의 시중을 들어야 한다는 것이 어떤 일인지를! 더군다나 그림 동화책도 빼앗겼다.

　　레나는 옥수수 통조림을 넣어두었던 낡은 빈 상자의 뚜껑을 열어 종이와 연필을 꺼냈다. 엄마에게 편지를 쓰기 위해서이다. 토미 라이언이 밸린저네서 그녀의 편지를 부쳐 줄 것이다. 열일곱 살의 토미는 채석장에서 일했고 매일 밤 밸린저네 집에서 잤다. 지금 그가 창문으로 편지를 던져 줄 때를 기다리며 레나의 창밖에서 서성대고 있다. 이렇게 하는 것이 프레데릭스버그에 편지를 보내는 유일한 방법이었다. 멜로니 부인은 레나가 편지 쓰는 것을 좋아하지 않았다.

양초 토막이 낮게 타고 있었다. 레나는 연필심 주위의 나무를 물어 뜯어 서둘러 편지를 쓰기 시작했다.

사랑하는 엄마, 너무나도 보고 싶어요. 그레텔과 클라우스와 하인리히와 어린 아돌프도 보고 싶어요. 너무 피곤해요. 보고 싶어요. 오늘 멜로니 부인이 나를 때리고 저녁밥을 주지 않았어요. 손이 아파서 장작을 나르기가 힘들어요. 어제 부인이 내 책을 가져갔어요. 레오 삼촌이 준 그림 동화책 말이에요. 내가 책을 읽는 것이 누구를 해치는 일도 아닌데요. 열심히 일하려고 노력하고 있지만 할 일이 너무 많아요. 매일 밤 아주 조금씩만 읽어요. 엄마, 내가 어떻게 할 건지 말해 줄게요. 내일 나를 데려가지 않는다면 내가 알고 있는 강 깊은 곳에 가서 빠져 죽을 거예요. 물에 빠져 죽는 것은 악한 일인 줄 알아요. 하지만 엄마를 보고 싶어요. 내겐 엄마밖에 없어요. 나는 매우 피곤하고 토미가 내 편지를 기다리고 있어요. 내가 그렇게 하더라도 용서해 주세요, 엄마.

- 엄마를 존경하고 사랑하는 딸 레나

토미는 편지를 다 쓸 때까지 충실하게 기다렸다. 레나가 편지를 밖으로 떨어뜨리자 얼른 집어 들고서 가파른 언덕길을 올라가는 것이 보였다. 레나는 옷도 벗지 않은 채 촛불을 끄고 몸을 오그려 바닥에 놓인 매트리스 속으로 들어갔다.

10시 30분쯤 밸린저 영감이 양말만 신은 채 집 밖으로 나와 문에 기대어 파이프 담배를 피우고 있었다. 그는 달빛 때문에 희게 보이는 큰길을 내다보며 한쪽 발 엄지발가락으로 다른 발의 발목을 문질렀다. 프레데릭스버그로 가는 편지가 잔걸음으로 달려올 시간이다.

밸린저 영감이 기다린 지 몇 분 안 되어 프리츠의 검정 당나귀들이 달려오는 활기찬 발굽 소리가 들렸다. 곧이어 그의 포장마차가 문 앞에 섰다. 프리츠의 커다란 안경이 달빛 속에서 번쩍였고, 그가 우렁찬 목소리로 밸린저의 우체국장에게 인사하는 소리가 들렸다. 집배원이 뛰어내려 당나귀들의 고삐를 벗겼다. 그는 밸린저에 올 때마다 당나귀들에게 오트밀을 먹여 주었다.

당나귀들이 사료가 담긴 꼴 망태를 목에 건 채 먹고 있을 때 밸린저 영감이 우편물 자루를 가지고 나와 마차 속에 던졌다.

프리츠 버그만에게는 아끼는 것이 세 가지, 아니 좀 더 정확히 말하면 네 가지가 있다. 당나귀 두 마리가 각각 한 가지씩 차지한다. 당나귀들은 그에게 있어 최고의 관심사였고 존재의 기쁨이었다. 그 다음으로는 독일 황제와 레나 힐데스뮐러였다.

프리츠가 떠날 준비를 마치고 말했다.

"그런데 우편물 자루 속에 채석장에서 일하는 어린 레나가 힐데스 뮐러 부인에게 쓴 편지가 들어 있소? 지난번 편지에서는 약간 아프다고 했는데. 아이의 엄마가 소식을 간절히 기다리고 있어요."

밸린저 영감이 말했다.

"있어요. 헬터스켈터 부인인가 뭔가 하는 사람에게 쓴 편지가 있어요. 토미 라이언이 올 때 가지고 왔지. 그곳에서 일하는 부인의 어린 딸을 말하는 거지요?"

프리츠가 줄을 주워 모으며 대답했다.

"호텔에서 일하죠. 열한 살이고 몸집은 프랑크푸르트 소시지만해요. 인색한 피터 힐데스뮐러같으니라고! 언젠가 커다란 곤봉으로 그 놈의 엉덩이를 때려 주겠어. 마을 안팎에서 말이야. 어쩌면 레나는 이 편지에 전보다 더 나아졌다고 썼을지도 몰라요. 그러면 엄마가 기뻐하겠지? 잘 있어요, 밸린저 씨. 밤공기 때문에 발에 감기 들겠어요."

"잘 가요, 프리츠. 마차 몰기에 알맞은 서늘한 밤이군요."

작고 검은 당나귀들이 일정한 보폭으로 빠르게 걷는 동안 프리츠가 가끔 큰 소리로 격려의 말을 건네주었다.

집배원이 이처럼 자신이 좋아하는 것들에 대해 생각하다 보니 어느

414

새 밸린저네서 8마일 떨어진 거대한 떡갈나무 숲에 도달했다. 그때 갑자기 권총이 발사되는 섬광, 총성과 함께 인디언 부족 한 무리가 달려오는 듯한 소리가 그의 상념을 흩뜨렸다. 한 떼의 말 탄 켄타우로스들이 우편마차 주위로 몰려들었다. 그중 한 명이 앞바퀴에 기대어 자신의 연발권총으로 마부를 겨누며 마차를 세우라고 했다. 다른 자들은 돈데와 블리첸의 고삐를 잡았다.

프리츠가 천둥 같은 소리로 외쳤다.

"저런! 이게 뭐요? 당나귀들에게서 손 떼요. 녀석들은 미국의 우편물을 배달하는 중대한 임무를 띠고 있단 말이오!"

그러자 침울한 목소리가 느리게 말했다.

"서둘러! 지금 당신이 권총 강도들에게 포위된 것을 모르겠소? 당나귀들을 돌리고 마차에서 내려요."

그들이 프레데릭스버그 우편 마차를 정지시키고 약탈을 하지 않은 것은 혼도 빌의 성품이 관대하고 그가 이미 성취한 일이 대단했기 때문이다. 자신의 능력에 걸맞은 사냥감을 좇는 사자가 지나가는 토끼를 심심풀이로 한번 건드리듯이 혼도와 그의 강도들도 프리츠의 평화로운 우편 마차를 장난스럽게 급습했을 뿐이다.

야음을 틈탄 사악한 임무는 끝났다. 프리츠와 그의 우편 마차와 당나귀들은 그들이 직업적으로 힘든 임무를 완수한 후 마주친 기분 좋고 즐거운 기분 전환 거리였다. 남동쪽으로 20마일 떨어진 곳에는 엔진이 고장 난 기차와 이성을 잃은 승객들과 급행열차와 우편열차가 있었다. 그런 일이 혼도 빌과 그의 갱단이 심각하게 여기는 일이었다. 상당한 현금과 은을 탈취한 강도들은 멕시코 리오그란데의 어느 곳에 안전하게 숨을 생각으로 인구가 적은 지방을 통해 서쪽으로 우회해 가는 중이었다. 열차에서 얻은 전리품 덕분에 무슨 일을 할지 알 수 없는 산적들이 명랑하고 행복한 종다리들이 되어 있었다.

프리츠는 벗겨진 안경을 다시 쓴 후 고귀한 분노에 몸을 떨며 불안에 싸여 길로 나왔다. 강도들은 말에서 내려 노래하고 뛰고 함성을 지르며 행복한 무법자의 삶이 주는 기쁨을 마음껏 누리고 있었다. 당나귀들 머리 앞에 서 있던 방울뱀 로저스가 돈데의 부드러운 입에 씌운 고삐를 갑자기 너무 세게 당기는 바람에 돈데가 뒷다리로 서서 큰 소리로 저항하며 고통스럽게 콧김을 내뿜었다. 그러자 분노한 프리츠가 고함을 지르며 몸집이 큰 로저스에게 쏜살같이 달려들어 주먹으로 때리기 시작했다.

"악당 같으니라고! 개자식, 형편없는 놈! 그 당나귀는 입이 아프단 말이야. 네 놈의 어깨를 쓰러뜨리고 머리를 때려 주겠다, 이 날강도 같으니라고!"

416

방울뱀이 호탕하게 웃으며 머리를 피했다.

"어이 어이, 누가 와서 이 심술궂은 독일 놈을 나에게서 떼어놔 봐!"

무리 중 한 명이 프리츠의 웃옷 자락을 잡아당겼고 방울뱀의 커다란 음성이 숲을 울렸다.

"빌어먹을 작은 고물차군. 이자는 독일 놈치고는 그다지 밉살맞지 않아. 재빨리 자기 짐승 편을 들잖아? 나는 설사 당나귀일지라도 자기 말을 좋아하는 사람을 좋아하지. 저 괘씸한 벨기에산 치즈가 나를 맹렬히 비난했어! 워어, 자, 나귀 녀석 다시는 네 입을 아프게 하지 않으마."

부관인 벤 무디가 노획물을 더 얻을 수 있게 할 듯한 지혜를 가지고 있지 않았더라면 우편물을 건드릴 일은 없었을 것이다. 그가 혼도 빌에게 말했다.

"대장님, 그 우편물 부대에 좋은 물건이 있을 것 같아요. 프레데릭스버그 근방의 독일인들과 거래를 해봤기 때문에 놈들의 방식을 알아요. 큰돈이 우편을 통해 그 마을로 들어가지요. 독일인들은 비용이 드는 은행에 맡기기 전에 돈을 종이 한 장에 싸서 보내는 위험을 감수하거든요."

6.2피트의 키에 목소리가 점잖고 행동은 충동적인 혼도 빌이 무디가 말을 마치기도 전에 마차 뒤쪽에서 부대들을 끌어내리고 있었

다. 그의 손에서 칼이 빛을 발하더니 질긴 범포 찢어지는 소리가 들렸다. 무법자들이 몰려들어 편지 쓴 사람들에게 심하지 않은 욕을 하면서 편지와 우편물들을 찢기 시작했다. 벤 무디의 예상이 틀리게 만들기로 모의라도 한 듯 프레데릭스버그 우편물에서는 1달러도 발견되지 않았다. 그때 혼도 빌이 엄숙한 목소리로 집배원에게 말했다.

"당신은 부끄러운 줄 알아야 하오. 이런 쓰레기 같은 낡은 종이들을 싸 가지고 다니는 것에 대해서 말이오. 어쨌든 이게 의미하는 바가 뭐요? 당신네 독일인들은 어디에 돈을 보관하오?"

밸린저 우편물 부대가 혼도의 칼 아래서 누에고치처럼 열려 있고 그 안에 한 줌밖에 안 되는 편지들이 들어 있었다. 프리츠는 이 부대에 손을 대기 전까지는 공포와 흥분으로 노발대발하고 있었다. 그런데 이제 레나의 편지를 기억했다. 그는 그 편지를 없애지 말라고 두목에게 부탁했다. 그가 불안해하고 있는 집배원에게 말했다.

"고맙소, 독일 양반, 우리가 원하는 편지겠군. 속에 돈이 들어 있겠지? 여기 있군. 여기에 불을 비춰 봐."

혼도가 힐데스밀러 부인에게 보내는 편지를 찾아서 찢었다. 다른 사람들은 나사 모양으로 말아 올린 편지들에 하나씩 불을 붙이고 있었다. 혼도는 독일어가 빽빽이 써 있는 종이 한 장을 못마땅한 표정으

418

로 바라보았다.

"이걸로 우리를 어떻게 속여 먹으려는 거지, 독일 양반? 이것이 중요한 편지라고 했나? 그건 당신이 우편물 배달하는 걸 도우러 온 친구들에게 쓰기에는 너무 비열한 수작 같은데."

"중국어야."

샌디 그런디가 혼도의 어깨 너머로 자세히 들여다보며 말했다. 그러자 실크 손수건과 니켈 도금으로 치장한 젊은이가 말했다.

"엉뚱한 소리 하지 마. 그건 속기야. 법원 사람들이 쓰는 것을 본 적이 있어."

프리츠가 손사래를 치며 말했다.

"아, 아녜요, 아녜요, 아녜요! 그건 독일어예요. 어린 소녀가 엄마에게 쓴 편지일 뿐이에요. 집에서 떨어져 살아 몸이 아픈데도 열심히 일하는 가엾은 어린 소녀예요. 아! 딱한 일이에요. 선량한 강도님, 제발 제가 그 편지를 가져갈 수 있도록 해 주세요."

"젠장, 도대체 우리를 뭐로 알고 그런 말을 하는 거요, 프레첼스 영감?"

혼도가 갑자기 놀랄 정도로 가혹하게 말했다.

"우리 신사들이 그 어린 소녀의 건강에 관심을 가질 만한 고상함도 없다고 빗대어 말하는 거요? 자, 이 마구 쓴 편지를 받아서 여기

우리 교육받은 사람들이 알아들을 수 있는 쉬운 미국말로 크게 읽어
보시오."

혼도는 6연발 권총의 방아쇠 고리를 돌리면서 몸집 작은 독일인 옆
에 우뚝 섰다. 독일인은 즉시 편지를 영어로 번역해 읽기 시작했다.
강도들은 아무 말도 하지 않고 주의 깊게 듣고 있었다.

"아이가 몇 살이지?"

편지를 다 읽자 혼도가 물었다.

"열한 살이죠."

프리츠가 말했다.

"어디에 있다고?"

"바위 채석장에서 일해요. 오, 주여, 가엾은 레나. 물에 빠져 죽겠다
고 하네요. 그 아이가 정말로 그런 일을 할지는 모르지만 만약 그렇게
된다면 피터 힐데스밀러를 총으로 쏴 버릴 겁니다."

그러자 혼도 빌이 경멸감 때문에 격해진 음성으로 말했다.

"당신네 독일인들은 나를 정말로 피곤하게 만드는군. 모래 속에서
인형놀이를 해야 할 어린아이를 돈을 벌어 오라고 내보내다니. 끔찍
한 사람들이군. 우리가 당신네 하찮은 나라를 어떻게 생각하는지 보
여 주기 위해 잠시 동안 당신 시계를 고쳐 줘야겠소. 애들아, 이리
와 봐."

420

혼도 빌이 강도 떼와 잠시 대화를 나누더니 프리츠를 잡아서 길 밖 한쪽으로 데려갔다. 거기서 그를 밧줄 두 개로 나무에 꽁꽁 묶었다. 그의 당나귀들은 가까이 있는 다른 나무에 묶었다. 혼도가 프리츠를 안심시키며 말했다.

"당신을 심하게 해치지는 않을 거요. 잠깐 묶여 있다고 해서 다칠 일은 없을 테니까. 현재를 당신에게 맡기겠소. 우리는 떠나야 하니까 말이오. 잘해 내야 하오, 독일 양반. 더 이상 조바심 내지 말아요."

남자들이 말에 올라타자 안장이 삐거덕거리는 요란한 소리가 났다. 이어 그들은 큰 함성과 요란한 말발굽 소리를 내며 프레데릭스버그 길을 따라 황급히 달려갔다.

프리츠는 두 시간이 넘도록 나무에 꽁꽁 묶여 있었지만 아프지는 않았다. 그는 흥분된 모험 뒤에 오는 무기력 때문에 얕은 잠에 빠져들었다. 얼마나 오래 잤는지 알 수 없었다. 마침내 누군가 그를 거칠게 흔들어 깨웠다. 손들이 밧줄을 풀고 있었다. 몸이 들려서 일으켜 세워지는 동안에도 졸려서 정신이 없고 몸은 피곤했다. 눈을 비벼 뜨니 또다시 무시무시한 강도들이 그를 에워싸고 있었다. 그들이 그를 마차의 마부석에 밀어 넣고 손에 줄을 쥐어 주었다. 혼도 빌이 위엄 있게 말했다.

"서둘러 집을 향해 달리시오, 독일 양반. 당신 때문에 고생을 많이 했소. 당신이 가는 모습을 보면 기분이 좋겠소. 달려라, 당나귀들아!
빨리 달려!'

혼도가 자신의 채찍으로 블리첸을 내리쳤다.

작은 당나귀들이 다시 움직이는 것을 즐거워하며 속력을 내어 달렸
다. 프리츠는 무서운 모험으로 머리가 어찔어찔했다.

예정대로라면 그는 새벽에 프레데릭스버그에 도착했어야 했다. 그
런데 마을의 큰길을 달려 내려갈 때의 시간은 오전 열한 시였다. 우체
국으로 가는 길에 피터 힐데스밀러의 집을 지나가야 했다. 그는 문 앞
에 나귀들을 세우고 부인을 불렀다. 힐데스밀러 부인은 그를 기다리
고 있었다. 힐데스밀러의 가족이 모두 뛰어나왔다.

뚱뚱하고 얼굴이 붉은 힐데스밀러 부인이 레나에게서 온 편지가 있
느냐고 물었다. 그러자 프리츠가 음성을 높여 그의 모험담을 들려주
었다. 그가 강도가 자신에게 읽도록 한 편지의 내용을 전하자 힐데스
밀러 부인이 큰 소리로 울부짖기 시작했다. 그녀의 어린 레나가 물에
빠져 죽으려 한다! 왜 그 아이를 집에서 떠나보냈을까? 어떻게 해야
하나? 지금 그 아이를 데리러 가면 너무 늦을 것이다. 피터 힐데스밀
러가 미어샤움 파이프를 바닥에 떨어뜨렸고, 파이프는 산산조각이
났다. 그가 부인을 향해 소리쳤다.

"여보! 왜 그 아이를 떠나게 했소? 그 아이가 더 이상 집에 오지 못

하면 그건 당신 탓이오."

　사람들은 그것이 피터 힐데스밀러의 잘못이라는 걸 알고 있었기 때문에 아무도 그의 말에 귀 기울이지 않았다.

　잠시 후 낯설고 희미한 음성이 들렸다.

　"엄마!"

　힐데스밀러 부인은 레나의 영혼이 부르는 소리라고 생각했다. 그러고 나서 그녀는 프리츠의 마차 뒤로 달려가 기쁨으로 크게 소리 질렀다. 레나를 들어 그녀의 창백한 얼굴에 입맞춤을 퍼붓고 있는 힘을 다해 껴안았다. 지쳐서 깊은 졸음에 빠진 레나는 눈꺼풀이 무거웠지만 미소를 지으며 그토록 보고 싶었던 엄마 가까이 누워 있었다. 레나는 사람들의 목소리를 듣고 깨어날 때까지 낯선 담요와 이불로 우편물 부대 가운데 만든 보금자리 속에서 잠들어 있었다.

　프리츠는 안경 뒤에 불룩 튀어나온 눈으로 아이를 바라보며 소리치듯 말했다.

　"하늘에 계신 주여! 어떻게 그 마차에 들어갔니? 오늘 내가 강도들한테 살해당하고 목 매달렸을 뿐 아니라 미치기까지 하는 건가?"

　"당신은 이 아이를 우리에게 데려다 주었어요, 프리츠. 어떻게 감사를 드려야 할지 모르겠어요."

　프리츠를 향해 이렇게 말한 힐데스밀러 부인이 레나에게 물었다.

"어떻게 프리츠의 마차에 타게 됐는지 엄마에게 말해다오."

"몰라요. 하지만 호텔에서 어떻게 도망쳤는지는 알아요. 왕자님이 데려다 주었어요."

레나가 이렇게 말하자 프리츠가 소리쳤다.

"황제님의 왕관을 걸고 말하건대 우리는 모두 미쳐 가고 있어."

레나가 보도 위에 있는 침대보 더미에 앉으면서 말했다.

"그가 올 거라는 사실을 알고 있었어요. 어젯밤에 그가 무장한 기사들과 함께 와서 괴물의 성을 점령했어요. 그들은 접시를 깨뜨리고 문을 발로 차서 열었어요. 멀로니 씨를 빗물 통에 던지고 멀로니 부인에게 밀가루를 쏟아 부었어요. 기사들이 총을 쏘기 시작하자 호텔의 일꾼들이 모두 창밖으로 뛰어나가 숲 속으로 도망쳤어요. 그들이 나를 깨워 안고 층계를 내려왔어요. 그러고는 왕자님이 나를 침대보에 싸서 밖으로 데리고 나왔죠. 키가 무척 크고 멋있었어요. 얼굴은 수세미처럼 꺼칠꺼칠했지만 말을 부드럽고 친절하게 했어요. 그리고 독한 술 냄새가 났어요. 그가 나를 말 앞에 태우고 달렸어요. 왕자님이 나를 꼭 안아 주었고 그때 잠이 들어 집에 와서 깨어난 거예요."

프리츠 버그만이 소리쳤다.

"말도 안 돼! 그건 동화에나 나오는 이야기야! 어떻게 채석장에서 나와 내 마차에 타게 됐니?"

"왕자님이 데려왔어요."

레나가 자신 있게 말했다.

오늘날까지도 프레데릭스버그의 선량한 사람들은 그녀로부터 다른 어떤 설명도 듣지 못했다.

황홀한 입맞춤
The Enchanted Kiss

사무엘 탠지는 할인 가격으로 파는 약국의 점원일 뿐이다. 그러나 그의 가냘픈 몸집은 로미오의 열정과 라라의 우울함과 달타냥의 로맨스와 멜노뜨의 필사적인 영감을 숨기고 있었다. 그가 그런 것들을 표현하지 못한 채 말할 수 없는 소심함과 수줍음에 눌리고, 사랑하고 구해 주고 포옹하고 위로하고 정복하기를 간절히, 그러나 헛되게 바라는 천사들 앞에서는 혀가 굳고 얼굴이 붉어지는 운명이라는 것은 애석한 일이다.

탠지가 친구들과 함께 당구를 치고 있을 때 시계 바늘이 열 시를 가리키고 있었다. 약국에서는 격일로 저녁 일곱 시 이후에 그를 퇴근시켜 주었다. 심지어 남자 동료들 사이에서도 탠지는 소심하고 어색했다. 상상 속에서는 용감한 행동을 하고 혁혁한 무공을 세웠지만 현실에서는 지나치게 겸손하고 말수가 적은 스물세 살의 연약한 청년이었다.

시계가 열 시를 알리자 서둘러 큐를 놓은 댄지가 점원이 와서 자신의 점수에 대한 보수를 받도록 동전으로 쇼케이스를 두드렸다. 그러자 친구 중 한 명이 물었다.

"왜 그렇게 서두르지, 댄지? 다른 약속이 있어?"

"댄지가 약속이 있다고?"

또 다른 친구가 말했다.

"그런 일은 절대로 없어. 열 시까지 집에 오라고 피크 엄마가 말했거든."

입에 커다란 시가를 물고 있던 창백한 청년이 끼어들었다.

"그게 아니야. 늦게 가면 케이티 양이 아래층으로 내려와 문을 열고 복도에서 자기한테 키스할까 봐 겁을 내는 거야."

미묘한 농담 때문에 댄지의 피 속에 불 같은 흥분이 일어났다. 그 말이 사실이었기 때문이다. 단, 키스만 빼고. 키스! 그것은 꿈꿀 만한 일이었다. 간절히 바랄 만한 일이었다. 하지만 가볍게 생각하기에는 너무 가망성이 없고 신성한 일이었다.

댄지는 그 말을 한 친구에게 차가운 경멸의 시선을 던지고 ― 자신의 내성적인 기질에 걸맞은 응수였다 ― 당구장을 나왔다.

그는 2년 동안 남몰래 피크 양을 흠모했다. 그녀의 매력이 별 같은 화려함과 신비감을 띠게 만드는 정신적인 거리를 두고 그녀를 숭배했던 것이다. 피크 부인의 집에는 탠지를 비롯한 몇 명의 엄선된 하숙생이 살았다. 다른 젊은 남자들이 케이티를 따라다니고, 부적합한 자유를 누리며 그녀를 기쁘게 해 줄 때면 가슴속에 있는 심장이 차가운 납으로 변했다. 그가 그녀를 사모하고 있다는 증거를 찾기는 쉽지 않았다. 떨면서 하는 아침 인사, 식사 시간에 몰래 흘끗 바라보기, 때때로 드물게 오, 황홀감이여! 그녀가 약속이 없어 집에 있는 기적 같은 저녁에 응접실에 함께 앉아 수줍으면서도 기뻐 어찌할 바를 모르며 카드놀이를 하는 것 등이다. 복도에서 그녀와 키스를 하다니! 그렇다. 그는 그 같은 가능성이 두려웠다. 그러나 그것은 불 마차가 내려와 미지의 장소로 데려갈 때 엘리야가 느꼈던 황홀경 속의 공포였다.

그러나 오늘밤 친구들의 조롱은 그의 과격하고 무법적이고 반항적인 기질과, 숨겨져 있던 도전적인 무모함이 드러나게 했다. 해적, 모험가, 연인, 시인, 보헤미안의 정신이 그를 사로잡았다. 하늘 위에 떠 있는 별들도 피크 양의 호감이나 그녀의 입술이 주는 두려운 달콤함보다 더 따기 어렵지 않고, 더 높아 보이지 않았다. 자신의 운명이 이상하게도 극적이고 애처로워 보였고, 그 극단성에 조응하는 위안을 요구하는 듯했다.

근처에 술집이 있었다. 그가 날듯이 들어가 방탕아와 버려진 자, 허

428

무하게 한숨짓는 연인의 독주인 압생트를 주문했다. 그의 기분에 가장 적합한 술이었다.

마시고 또 마셔서 세상일과 상관없는 듯한 이상하고 붕 뜬 느낌에 사로잡힐 때까지 마셨다. 탠지는 술꾼이 아니었다. 몇 분도 안 되어 압생트를 세 잔 마시고 나니 그가 술 마시는 일에 능숙하지 못하다는 게 분명해졌다. 탠지는 단지 증명되지 않은 술로 슬픔을 덮어 버리고 있을 뿐이다. 그러나 술은 시름을 잊게 해 주는 기록과 전통이 있다고 알려져 있다.

거리로 나오자 그는 피크 부인의 집 쪽을 향해 반항적으로 손가락을 꺾더니 다른 쪽으로 몸을 돌려 매혹적인 미지의 거리를 향해했다. 터무니없는 생각은 아니다. 탠지는 여러 해 동안 자신이 다니는 상점 너머로 가 본 일이 거의 없기 때문이다. 약국과 하숙집, 지금껏 그는 이 두 항구 사이만 달릴 수 있는 면허를 받았다. 역류가 그의 방향을 틀게 한 적은 거의 없었다.

탠지는 목적 없이 계속 걸었다. 그 지역에 익숙하지 않았기 때문이건, 대담한 방랑 생활에 대한 새로운 관심 때문이건, 녹색 눈을 한 요정의 속삭임 때문이건, 그는 마침내 텅 비어서 목소리가 울리는 어둡고 인적 없는 큰 길을 걷게 되었다. 그런데 샌안토닌의 스페인 사람들이 세운 많은 길들이 그렇듯, 갑자기 길이 끝나는 바람에 높은 벽에 머리를 부딪쳤다. 아니, 거리는 아직 살아 있다! 거리는 좁은 통로로 된 출구를 통해서 숨을 쉬고 있었다. 출구는 최면을 거는 듯한 좁은 골짜기와 자갈이 깔리고 불이 켜져 있지 않은 길이었다. 오르막길인 오른쪽으로는 석회암으로 된 다섯 개의 빛나는 계단이 유령처럼 솟아 조화를 이루고 있었다. 또한 계단의 측면에는 역시 석회암으로 된 벽이 같은 높이로 세워져 있었다.

탠지는 그 계단 중 하나에 앉으며 그의 사랑에 대해, 어떻게 그녀가 자신의 사랑을 전혀 모르고 있을 수 있는지에 대해 생각했다. 뚱뚱하고 조심성 있고 친절한 피크 엄마에 대해서도 생각했다. 그의 생각에 그녀는 케이티가 응접실에서 카드놀이 하는 것을 언짢게 생각하지 않았다. 조금 야비하게 말한다면 약국이 그의 봉급을 줄이지 않았기 때문에 그는 하숙집의 우수 고객인 것이다. 그가 무서워하고 싫어하는 피크 대위에 대해서도 생각했다. 그는 게으름뱅이이자 낭비가로 여자들이 고생해서 번 돈으로 호화로운 생활을 했다. 아주 괴상한 인간이고 평판도 좋지 않았다.

밤 날씨가 추워지고 안개가 짙어졌다. 시의 중심가가 소음과 더불어 멀어져 간다. 흔들리는 원뿔 모양의 기관차들 속에, 불그스름하게 보이는 형언할 수 없는 색채 속에, 멀리서 불안하고 희미하게 보이는 불빛의 파도 속에 높이 드리워져 있는 증기로부터 도시의 불빛이 반사되어 반짝였다. 이제 어둠이 더욱 친밀해졌다. 길이 끝난 벽의 꼭대기에는 보강재로 틀이 만들어진 뾰족한 갓 돌이 있었다. 그 뒤로 산꼭대기처럼 보이는 가파르게 각진 형태가 드러났다. 산꼭대기 여기저기에 작고 희미하게 빛나는 평행사변형의 구멍들이 파여져 있었다. 이 같은 경치를 관망하던 탠지는 마침내 산처럼 보이던 것이 사실은 산타 메르세데스 수녀원이라고 생각하기에 이르렀다. 그는 그 오래되고 웅장한 건물을 다른 각도에서 더 자주 보았었다. 그의 귀에 들려오는 기분 좋은 소음이 그의 생각에 확신을 더해 주었다. 경건한 수녀들이 찬송을 하는 것처럼 아름답고 거룩한 높은 음의 찬가가 조화롭게 하늘로 올라가고 있었다. 수녀들이 몇 시에 노래를 했던가? 그는 생각해 보려고 애썼다. 여섯 시, 여덟 시, 열두 시?

탠지는 석회암 벽에 등을 기대고 섰다. 이상한 일이 일어났다. 공중에서 흰 비둘기들이 원형으로 퍼덕거리다가 수녀원 벽에 앉았다. 견고한 석조 건물의 벽은 그를 향해 깜빡이고 응시하고 반짝이는 수많은 녹색의 눈으로 만발했다. 아름다운 분홍색 님프가 동굴 모양의 구멍에서 나와 울퉁불퉁한 부싯돌 위에서 맨발로 춤을 추었다. 리본으로 장식한 수많은 고양이들이 하늘을 수놓았다. 노랫소리가 점점 커졌다. 제철이 아닌 개똥벌레들이 빛을 발하며 춤을 추었다. 의미도 이유도 없는 이상한 속삭임이 어둠 속에서 들려왔다.

탠지는 놀라지 않고 이 모든 현상을 주목했다. 그는 분명하고 실로 행복하게, 고요한 가운데 새로운 이해의 지평에 도달했다.

움직이고 탐험하고 싶은 욕구가 그를 사로잡았다. 그는 자신의 오른편 길에 난 검은 틈 사이로 걸어 들어갔다. 잠시 높은 벽이 그 경계선 중 하나를 형성했다. 그러나 더 들어가자 검은 창문이 있는 집들이 두 줄로 가까이 다가왔다.

이곳은 한때 시에서 스페인 사람들에게 양도한 지역이었다. 여기에는 콘크리트와 어도비 벽돌로 만든, 여전히 위압감을 주는 주택들이 100년이라는 세월 속에서도 차갑고 굴하지 않는 모습으로 서 있었다. 음산한 틈으로 무어인 양식의 발코니들이 하늘을 배경으로 떠 있는 것처럼 보였다. 아치형으로 된 돌길을 따라 걸을 때, 아치 속에서 차가워진 죽은 공기의 숨결이 기침을 하듯 그에게 다가왔다. 그의 발이 오랜 세월 동안 돌에 묻혀 있던 마구간 쇠 종들을 찼다. 오만한 스페인 신사가 뱃노래와 세레나데를 부르고 허세를 부리면서 이 하찮은 길을 활보하고 있을 때 인디언들의 도끼와 개척자들의 장총이 이미 그를 이 대륙에서 쫓아내려 하고 있었다. 탠지가 옛 세계의 먼지 속을 비틀거리고 걸으며 어두운 하늘을 올려다보았을 때 아름다운 안달루시아의 아가씨들이 발코니에 나와 있는 게 어렴풋이 보였다. 그들 중 일부는 웃으면서 아직도 들려오고 있는 유령들의 음악을 듣고 있었다. 다른 아가씨들은 그 메아리가 100년 전에 사라진, 돌로 된 길을 달리던 스페인 신사들의 말발굽 소리를 들으려고, 밤새도록 두려운 마음으로 귀 기울이고 있었다. 여자들은 침묵을 지켰지만 탠지에게는 말이 없는 고삐 재갈의 귀에 거슬리는 방울 소리와 말 탄 자 없는 장화의 박차 톱니바퀴가 휙휙 도는 소리, 그리고 때때로 외국어로 중얼거리며 저주하는 소리가 들렸다. 그러나 놀라지 않았다. 소리의 그림자들도 그를 주춤하게 할 수는 없었다. 두려운가? 그렇지 않다. 피크 엄마가 두려운가? 그가 사랑하는 여자와 마주치는 것이 두려운가? 술 취한 피크 대위가 두려운가? 아니다! 그를 항상 쫓아다니는 유령들이나 유령의 노래도 두렵지 않다. 노래! 그가 그들에게 보여 주리라! 그가 힘차고 가락이 맞지 않는 음성으로 크게 노래를 불렀다.

종들이 땡그랑거리는 소리를 들으면,
오래된 도시에서는 오늘 밤 멋진 일이 일어날 거야.

그는 신비스러운 존재들에게 통보했다. 탠지가 유령이 나오는 샛길을 얼마나 오래 걸어 다녔는지는 알 수 없었다. 그러나 얼마 후 좀 더 널찍한 길로 나섰다.

모퉁이에서 몇 야드 떨어진 곳에 왔을 때 볼품없는 작은 제과점이 창을 통해 보였다. 빈약한 장비와 싸구려 소다수 통, 담배와 사탕 더미를 보던 그의 시선이 흔들리는 가스등 아래서 시가 담배에 불을 붙이는 피크 대위를 발견했다.

탠지가 모퉁이를 돌아갈 때 피크 대위가 나와 그들을 마주보게 되었다. 탠지는 대위를 만났을 때 내적인 용기가 자신을 받쳐 주는 것을 느끼고 몹시 기뻤다. 정말로 피크 대위를 만난 것이다! 그는 손을 들어 큰 소리를 내며 손가락을 꺾었다.

오히려 피크 대위가 점원의 씩씩한 모습을 보고 죄지은 사람처럼 움찔했다. 대위의 얼굴에 놀라움과 두려움이 뚜렷하게 나타났다. 그의 표정은 다른 사람의 얼굴에도 같은 놀라움과 공포를 불러일으켰다. 작은 눈, 커다란 턱에 조각한 듯 새겨진 주름살, 무절제한 방종이 드러난 표정 등, 육욕적인 이교도 우상의 얼굴이었다. 상점 바로 뒤에서 탠지는 마차가 그에게 뒤를 보이고 서 있는 것을 보았다. 마부석에는 마부가 꼼짝도 않고 앉아 있었다.

피크 대위가 큰 소리로 말했다.

"아니, 탠지 군! 잘 지냈나, 탠지? 담배 한 대 피우지, 탠지?"

탠지가 계속해서 용감하고 명랑한 목소리로 말했다.

"피크 아니세요? 무슨 사악한 일을 꾸미고 있는 거지요, 피크? 뒷골

목에 포장마차라뇨! 저런, 피크!"

"마차에는 아무도 없어."

대위의 솜씨 좋은 대꾸에 탠지가 공격적으로 말했다.

"거기에서 내린 사람들은 다 운이 좋은 사람들이에요. 내가 당신을 썩 좋아하지 않는다는 것을 알아 두세요, 피크. 당신은 술주정뱅이 악당이에요."

대위가 유쾌하게 소리쳤다.

"이 생쥐가 술이 취했군! 단지 술에 취했을 뿐이야. 그런데 나는 나와 생각이 같은 줄 알았지! 집에 가게, 탠지. 길거리에서 어른들을 괴롭히지 말고."

그러나 바로 그때 흰옷을 입은 사람이 마차에서 튀어나왔고 날카로운 케이티의 목소리가 공기를 갈랐다.

"샘! 샘! 도와줘, 샘!"

탠지가 그녀에게로 달려갔지만 피크 대위가 육중한 몸으로 가로 막았다. 정말로 놀라운 일이었다. 예전의 용기 없던 젊은이가 오른손으로 주먹을 휘두르자 몸집이 큰 대위가 욕설을 퍼부으며 덤벼들었다. 탠지가 케이티에게 달려가 기사처럼 그녀를 팔로 끌어안았다. 그녀가 얼굴을 들자 그가 그녀에게 입을 맞추었다. 보랏빛! 열정! 캐러멜! 샴페인! 환상에서 깨어나지 않은 채 그의 꿈이 이루어진 것이다.

케이티가 외쳤다.

"오, 샘! 나를 구하러 올 줄 알았어요. 나에게 좋지 않은 일들이 일어날 줄 어떻게 알았어요?"

"당신의 사진을 찍어요."

자신이 하는 말이 어리석은 데 놀라며 탠지가 말했다.

"아뇨, 그들이 나를 잡아먹으려 해요. 그들이 하는 말을 들었어요."

"당신을 먹으려 한다고요!"

잠시 생각해 본 후 탠지가 말했다.

"그런 일은 없을 거예요."

하지만 갑자기 들리는 요란한 소리 때문에 그가 몸을 돌렸다. 번쩍이는 외투와 붉은색의 헐렁한 반바지를 입고 수염을 기른 괴물 같은 난쟁이가 대위와 함께 그에게 다가오고 있었다. 난쟁이가 20피트나 뛰어올라 그를 움켜잡았다. 대위가 비명을 지르는 케이티를 잡아서 다시 마차에 집어넣고 자신도 올라타자 마차가 움직였다. 난쟁이가 탠지를 머리 위로 높이 들더니 상점으로 들어갔다. 그를 한 손으로 들고서 얼음 덩어리로 반쯤 차 있는 커다란 상자의 뚜껑을 열더니 탠지를 그 속에 집어넣고는 뚜껑을 닫았다.

던져질 때 큰 충격을 받았던 게 분명하다. 탠지는 의식을 잃었다. 의식이 돌아왔을 때는 등과 사지에 심한 냉기가 느껴졌다. 눈을 뜨자 그는 자신이 여전히 벽과 산타 메르세데스 수녀원을 마주한 채 석회암 충계 위에 앉아 있다는 것을 알았다. 처음 떠오른 생각은 케이티와의 황홀한 키스였다. 피크 대위의 가공할 만한 악행과 신비스럽고 괴기한 상황, 믿어지지 않는 난쟁이와의 터무니없는 싸움, 이 모든 것들이 그를 흥분하게 하고 화나게 했지만 전부 사실 같은 느낌이 들었다.

그가 큰 소리로 으르렁거렸다.

"내일 다시 그곳에 가야겠어. 그 우스꽝스러운 땅딸보 놈을 때려눕혀야지. 알지도 못하는 사람을 냉장고에 집어넣다니!"

그러나 그의 마음속에 가장 깊게 남아 있는 것은 케이티와의 키스였다. 그가 곰곰이 생각했다.

'벌써 오래전에 했어야 했는지도 몰라. 그녀도 좋아했어. 그녀가 나를 네 번이나 '샘'이라고 불렀어. 그 거리로 다시 가지 말아야겠어. 싸움을 너무 많이 해. 다른 길로 가 보면 어떨까. 그들이 자신을 잡아먹으려고 한다는 건 무슨 말일까?

잠이 쏟아졌지만 탠지는 잠시 후 다시 움직이기로 결정했다. 이번에는 왼쪽으로 난 길을 탐험하기로 했다. 길은 한동안 평평하더니 부드럽게 한쪽으로 기울어져 넓고 희미하고 황량한 공간이 드러났다. 오래된 군용 광장이었다. 왼쪽으로 100야드쯤 떨어진 곳에는 광장의 경계를 따라 명멸하는 빛이 한데 모여 있는 것이 보였다. 그는 단번에 이곳이 어디인지 알 수 있었다.

한때 유명했던, 뛰어난 멕시코 전통 요리 상인들이 남겨 놓은 자취들이 좁은 부지 속에 남아 있었다. 수년 전까지만 해도 시내에 있는 역사적인 알라모 광장에서 밤새도록 열리는 천막 식당들은 전국적으로 유명한 축제이자 농신제였다. 요리 조달자들이 수백 명이었고 후원자들은 수천 명이었다. 요염한 스페인 아가씨들과, 신비로운 스페인 음유 시인들과, 수백 개의 테이블에서 경쟁적으로 대접하는 이국적인 매운 맛의 멕시코 요리에 이끌린 사람들이 밤새도록 알라모 광장으로 몰려들었다. 여행자, 목동, 가족, 유쾌한 허풍쟁이 주정꾼, 관광객, 수개 국어를 하는 배회자, 야행성의 샌안토닌 인들이 도시의 즐거움을 맛보기 위해 야단법석을 떨며 섞이게 되었다. 코르크 마개 따는 소리, 총 쏘는 소리, 질문하는 소리, 눈빛과 보석과 단도의 반짝임, 웃음소리와 동전 쨍그랑거리는 소리가 밤을 수놓았다. 그러나 지금은 더 이상 그렇지 않다. 화려했던 축제가 지금은 여섯 개 가량의 텐트와 불, 그리고 테이블로 줄어들었고, 더 이상 사용하지 않는 광장으로 퇴락했다.

탠지는 밤이 되면 종종 이 간이식당에 와서 멕시코의 별미, 향기로운 허브와 함께 다진 부드러운 고기로 만든 맛있는 칠리콘카니와 남부인들의 입맛에 맞게 맵고 얼얼한 맛을 내는 칠리콜로라도를 즐겨 먹었다.

여러 가지 음식의 기분 좋은 향기가 바람에 실려와 탠지의 후각을 자극하는 바람에 갑자기 배고픔을 느꼈다. 그가 그쪽으로 방향을 돌릴 때 마차 한 대가 광장의 어둠 속에서 나타나 멕시코 인들의 텐트 쪽으로 빠르게 달려갔다. 몇몇 사람들이 랜턴의 희미한 불빛 속에서 앞뒤로 흔들리는 것이 보이더니 마차가 급히 사라졌다.

탠지는 야한 식탁보가 깔린 테이블에 가서 앉았다. 지금은 차들이 많이 지나가지 않는다. 몇 명의 젊은이들이 다른 테이블에 앉아 소란스럽게 음식을 먹고 있었다. 멕시코 인들은 자신들의 기물에 대해 무관심하고 무기력하게 서 있었다. 주변은 조용했다. 웅성거리는 시내의 소음이 광장을 둘러싸고 있는 어두운 건물의 벽에까지 몰려들었다가 알아들을 수 없는 윙윙거림으로 변했다. 활기 없는 불길이 탁탁 타는 소리와 포크와 수저가 부딪쳐 딸가닥거리는 소리만 크게 들렸다. 달래는 듯한 바람이 남쪽에서부터 불어왔다. 별 없는 하늘이 납으로 만든 덮개처럼 땅을 억누르고 있었다.

이러한 고요 속에서 탠지는 갑자기 고개를 돌려 유령 같은 기마대가 광장에 배치되고, 이어 달려오는 보병대의 전열을 지시하는 놀라운 장면을 아무런 동요 없이 바라보았다. 대포와 소총들의 맹렬한 화염이 보이지만 소리는 들리지 않았다. 무심한 식품 공급자들이 하릴

없이 돌아다니며 전투를 보기 위해 주시하지 않았다. 탠지는 이 소리 없이 전투병들이 어느 나라 사람들인지 궁금해졌다. 그는 그들에게서 등을 돌리고 그의 주문을 받으러 온 여자에게 칠리와 커피를 시켰다. 여자는 늙고 고생에 찌들어 보였다. 얼굴에는 칸타로푸 멜론처럼 주름이 많았다. 그녀는 불 옆에 있는 용기에서 요리를 가져다 준 뒤 그 옆에 세워진 어두운 텐트 안으로 들어갔다.

얼마 안 있어 텐트 속에서 소동이 일어났다. 조화로운 스페인 어로 한탄하며 비탄에 잠겨 호소하는 소리가 들리더니 두 사람이 바깥으로 나왔다. 한 명은 늙은 여인이었고 다른 한 명은 사치스럽고 화려한 옷을 입은 남자였다. 여자가 그를 붙들고 뭔가를 애원하는 듯했다. 남자가 그녀를 뿌리치고 텐트 안으로 난폭하게 밀어 넣자 그녀가 보이지 않는 곳에 앉아서 처량하게 울었다. 그 광경을 보고 있던 탠지가 남자가 앉아 있는 테이블로 갔다. 그는 탠지도 알고 있는 멕시코 인 레이먼 토리스였다. 그가 후원하는 노상 식당의 소유주였다.

토리스는 잘생겼고 거의 순수한 스페인 혈통이었다. 서른 살 가량 되어 보이고 오만하지만 지극히 정중한 태도를 지닌 사람이었다. 오늘 밤에 그는 유난히 멋진 옷을 입었다. 마치 승리한 투사처럼 온통 보석으로 수놓은 보라색 벨벳 옷을 입고 있었다. 커다란 다이아몬드

440

가 그의 옷과 손가락에서 빛을 발했다. 그가 테이블 맞은편에 자리를 잡고 앉아서 고급 담배를 말기 시작했다. 그가 음란한 불길이 이는 정중한 검은 눈으로 탠지를 응시하며 말했다.

"아, 탠지 씨, 이 저녁에 당신을 만난 것은 참으로 즐거운 일이군요. 여러 번 나의 테이블에 와서 식사를 하셨죠. 당신은 믿을 만한 사내라고 생각해요. 아주 좋은 친구죠. 당신이 영원히 살 수 있다면 얼마나 기쁠까요?"

"이곳에 다시 오지 말라고요?"

탠지가 물었다.

"아니, 떠나는 게 아니라 사는 거 말입니다. 죽지 않는 거 말이죠."

그러자 탠지가 말했다.

"그것은 쉬운 일이라고 봅니다."

토리스가 테이블에 자신의 팔꿈치를 대고 연기를 한입 가득 삼키더니 말했다. 말을 한 마디씩 할 때마다 작은 회색 입김이 만들어졌다.

"내가 몇 살인 것 같소, 탠지 씨?"

"오, 스물여덟에서 서른이오."

"오늘은 내 생일이오. 나는 오늘 403세가 되었소."

"우리 날씨가 건강에 좋다는 또 다른 증거군요."

탠지가 쾌활하게 말했다.

"공기 때문이 아니오. 나는 당신에게 아주 중요한 비밀을 말해 주려하오. 잘 들어 봐요, 탠지 씨. 나는 스물세 살에 스페인에서 멕시코로 왔어요. 그게 언제냐면 1519년이오. 헤르난도 코테즈의 군인들과 함께 이 지역으로 온 것이 1715년이오. 당신들의 알라모 광장이 줄어드는 것을 보았지요. 그때가 마치 어제 같아요. 396년 전에 나는 언제나 살 수 있는 비밀을 알게 되었지요. 내가 입고 있는 옷을 봐요. 그리고 이 다이아몬드를 봐요. 그 칠리콘카니를 판 돈으로 샀을 것 같소, 탠지 씨?'

"그럴 것 같지 않은데요."

탠지가 곧바로 대답하자 토리스가 큰 소리로 웃었다.

"세상에! 그런데 사실이에요. 하지만 지금 당신이 먹고 있는 것 같은 요리가 아니지요. 다른 음식을 만듭니다. 그 음식을 먹는 사람은 언제나 살지요. 한번 생각해 봐요! 1,000명의 사람에게 공급하지요. 한 사람이 한 달에 10페소를 내요. 매달 1,000페소가 쌓인다고 생각해 봐요. 멋지죠? 내가 어떻게 좋은 옷을 입지 않을 수 있겠소! 조금 전에 나를 붙잡으려고 한 노파를 봤지요? 그 여자가 나의 아내예요. 나와 결혼할 때는 젊었어요. 열일곱 살이었지요. 예뻤어요! 그런데 다른 사람들과 마찬가지로 그녀도 늙었어요. 어떻게 생각하시오! 고달픈 운명이라고요? 나는 그때와 마찬가지예요. 언제나 젊지요. 오늘 밤

나는 성장을 하고 내 나이에 맞는 다른 부인을 찾기로 결심했어요. 이 노파가 내 얼굴을 할퀴려고 했어요. 하하! 탠지 씨, 미국 사람들처럼 말이오."

"이 건강식품을 말하는 건가요?"

탠지가 물었다.

토리스가 테이블에 바짝 눕다시피 몸을 기대며 말했다.

"내 말 들어 봐요. 이 칠리콘카니는 쇠고기나 닭고기로 만든 것이 아니고 아가씨 고기로 만든 거요. 젊고 부드럽지요. 그것이 비밀이에요. 매달 먹어야 돼요. 보름달이 뜨기 전에 먹어야 하지요. 그러면 언제까지나 죽지 않아요. 내가 당신을 얼마나 신뢰하는지 알겠지요, 나의 친구 탠지? 오늘 밤 나는 아가씨 한 명을 데려왔어요. 아주 예쁘죠. 상냥하고 통통하고 차분해! 내일이면 칠리가 준비될 거요. 바로 지금 이 아가씨를 위해 1,000달러를 지불했어요. 미국인에게서 샀지요. 아주 나무랄 데 없는 사람이에요. 피크 대위라고 하지요. 왜 그러시오, 탠지 씨?"

탠지가 의자를 치우며 벌떡 일어났다. 케이티라는 말이 그의 귓속에서 울려 퍼졌다.

"그들이 나를 먹을 거야, 샘."

그렇다면 이것은 그녀의 사악한 부모 때문에 맞게 된 그녀의 괴상한 운명이었다. 광장에서부터 달려오던 마차는 피크 대위의 것이었다. 케이티는 어디에 있지? 어쩌면 이미…….

어떻게 할지 결정하기 전에 텐트에서 커다란 비명이 들렸다. 멕시코 노파가 손에 번쩍이는 칼을 들고 뛰어나왔다.

"그녀를 놓아주었어. 더 이상 죽이지 마. 당신을 교수형에 처할 거야. 배은망덕한 요술쟁이야!"

토리스가 소리를 지르며 그녀에게 달려들었다. 그러자 그녀도 소리를 지르며 대응했다.

"라몽치토! 한때는 나를 사랑했잖아."

멕시코 인이 팔을 들어 올렸다가 내리쳤다.

"당신은 늙었어."

그가 소리쳤다. 그녀는 그 자리에 쓰러져 꼼짝 않고 누워 있었다.

또 다른 비명이 들렸다. 텐트의 천들이 날아가 버린 자리에 케이티가 서 있었다. 공포로 하얗게 질린 채 팔목은 아직도 잔인한 밧줄로 묶여 있었다. 그녀가 소리쳤다.

"샘! 나를 다시 구해 줘요!"

탠지가 테이블로 돌아가 큰 용기를 내어 멕시코 인을 덮쳤다. 바로 그때 쨍그랑거리는 소리가 들리기 시작했다. 도시의 시계들이 자정을 알리고 있었다. 탠지는 토리스를 움켜잡았다. 그리고 잠시 한 움큼의 벨벳 옷과 차가운 보석들이 손아귀 안에 느껴졌다. 다음 순간 그의 손에 잡혀 있던 멋쟁이 스페인 신사가 쪼그라들더니 가죽만 남은 얼굴에 흰 수염이 난, 늙어서 말라빠진 노인이 되어 비명을 지르고 있었다. 샌들을 신고 누더기 옷을 걸친 403세의 노인이었다. 멕시코 여자가 일어나 꾸물꾸물 움직이며 얼굴에 웃음을 띠었다. 그녀는 애처롭게 우는 노인의 얼굴에 대고 자신의 갈색 손을 흔들며 말했다.

"이제 가서 너의 아가씨를 찾아보렴. 당신을 이렇게 만든 것은 라몽 치토, 바로 나야. 당신은 언제나 한 달이 지나기 전에 생명을 주는 칠리를 먹었지. 내가 당신에게 시간을 잘못 알려 주었어. 당신은 내일이 아니라 어제 먹었어야 했어. 너무 늦었어. 잘 있어, 이 인간아! 당신은 나에게 너무 늦었어!"

흰 수염을 쥔 손을 놓으며 탠지가 말했다.

"이건… 그들의 가정 문제야. 내가 상관할 일이 아니지."

그는 테이블에 놓여 있던 나이프로 아름다운 포로를 묶고 있는 밧줄을 서둘러 잘랐다. 그리고 나서 그날 밤에 두 번째로 케이티 피크에게 키스했다. 다시 한 번 그 달콤함과 경이로움과 전율을 느끼고, 그가 끝없이 꿈꾸었던 것을 최대한으로 누렸다.

다음 순간 차가운 칼날이 그의 어깨 사이를 깊이 찔렀다. 피가 서서히 얼어붙는 느낌이었다. 영원히 사는 스페인 노인의 노쇠하고 찢어지는 듯한 웃음소리가 들렸다. 광장이 위로 올라갔다 내려갔다 하더니 천장이 땅으로 무너져 내렸다. 그리고 더 이상은 알 수가 없었다.

탠지가 다시 눈을 떴을 때 그는 수녀원의 어두운 건물을 바라보며 똑같은 층계에 앉아 있었다. 그의 등 한가운데에 여전히 날카롭고 차가운 통증이 느껴졌다. 어떻게 이 자리로 돌아오게 됐을까? 몸이 발까지 뻣뻣했다. 그는 경련이 난 팔다리를 쭉 폈다. 석조 건물에 몸을 기대고 앉아, 그날 밤 계단에서 떠날 때마다 그에게 일어났던 엄청난 모험에 대해 마음속으로 곰곰이 생각해 보았다. 그가 돌아다니면서 정말로 피크 대위나 케이티, 그리고 멕시코 인을 만났던 걸까? 그가 진정 평범한 상황에서 그들을 만났는데 뇌가 지나치게 긴장하여 모순된 사건들을 덧붙인 것일까? 어찌된 일이었든 간에 갑작스럽고 뽐내게 하는 생각이 그에게 극한 기쁨을 가져다주었다. 사람들은 거의 누구나 인생의 한 시점에서 우리의 어리석음에 대해 변명하기 위해서건 양심을 위로하기 위해서건 일종의 숙명론을 인정한다. 우리는 규범과 신호로 작용하는 지적인 운명을 만들어 냈다.

탠지도 그렇게 했다. 이제 그는 그날 밤에 일어난 사건들을 통해 운명의 지문을 읽었다. 모험이 끝날 때마다 한 가지 극적인 일이 일어났다. 케이티에게 키스를 한 것이다. 그 기억이 되살아나 점점 더 강해지면서 황홀한 느낌이 들었다. 분명히 운명은 그에게 거울을 보여 주면서 그가 어느 길을 가든 그 끝에서 기다리고 있는 것을 알려 주었다. 그는 즉시 방향을 틀어 집으로 달려갔다.

몸에 딱 맞는 공들인 하늘색 잠옷을 입은 케이티 양이 자기 방에서 꺼져 가는 불 앞에 놓인 안락의자에 몸을 기대고 있었다. 그녀의 작은 맨발은 백조의 깃털로 테를 두른 실내화를 신고 있었다. 그녀는 지금 작은 램프 불빛에 비추어 가며 신문에 난 지역 뉴스를 열심히 읽고 있었다. 그녀의 작고 하얀 이는 무엇인가를 리드미컬하게 씹고 있었다. 케이티는 신문에 난 지역 행사란과 치마 단의 주름 장식을 보면서 밖에서 들리는 소리에 열심히 귀 기울이며 벽로 선반에 놓인 시계를 자주 바라보았다. 아스팔트 보도에서 발소리가 들릴 때마다 그녀는 둥근 턱을 위아래로 움직이던 것을 잠시 멈추고 예쁜 이마에 주름을 잡으며 밖에서 나는 소리에 귀를 기울였다.

마침내 철제 대문의 빗장이 딸각거렸다. 그녀가 벌떡 일어나더니 거울로 달려가 하숙생을 매혹시킬 수 있도록 재빨리 앞머리와 목소리를 여자답게 가다듬었다.

벨이 울렸다. 케이티 양이 서둘러 랜턴 불을 낮추더니 아무 소리도 내지 않고 아래층으로 내려갔다. 열쇠를 돌리자 문이 열리고 탠지가 옆으로 비켜 들어왔다. 그를 향해 케이티가 큰 소리로 말했다.

"어쩔 작정이에요! 탠지 씨 맞아요? 자정이 넘었어요. 당신의 문을 열어 주기 위해 이렇게 깊은 밤에 잠에서 깨게 하는 것이 미안하지도 않아요? 정말 너무해요!"

"늦었어요."

탠지가 밝은 목소리로 말했다.

"맞는 말이에요! 엄마가 얼마나 걱정하셨는지 몰라요. 당신이 열 시까지 들어오지 않으니까 얄미운 탐 맥길이 당신이 밖에서 다른 사람을 만나고 있다고 하잖아요. 어떤 아가씨를 만나고 있다고요. 나는 맥길 씨가 정말 싫어요. 조금만 늦었다면 이렇게 야단치지도 않을 거예요, 탠지 씨. 이런, 반대 방향으로 돌렸네!"

케이티 양이 작은 비명을 질렀다. 그녀가 정신을 팔고 있다가 램프 불을 높인다는 것이 완전히 꺼버린 것이다. 아주 어두워졌다.

음악 소리 같은 부드러운 웃음소리가 들리고 넋을 빠지게 하는 헬리오트로프 향수 냄새가 났다. 가벼운 손길이 그의 팔을 더듬었다.

"어쩌면 이렇게 어리석은 행동을 했을까? 길을 찾을 수 있어요, 샘?"

"제, 제가 성냥을 가지고 있어요, 케, 케이티 양."

불 켜는 소리가 나고 불꽃이 일었다. 소심하게 운명을 따르는 남자가 팔을 뻗어 불명예스러운 이야기를 마감할 장면을 밝혔다. 키스를 받아 보지 않은 오만하고 도톰한 입술을 가진 아가씨가 램프 등피를 천천히 들어 심지에 불을 붙이도록 했다. 그리고 비웃는 듯하면서도 포기하는 듯한 손짓으로 층계 쪽을 향해 흔들었다. 앞서 운명의 예언적 목록에서는 영웅이었던 불행한 탠지가 당연하고 분명한 불운한 운명을 향해 창피한 심정으로 층계를 올라갔다.

한편(상상해 보자) 무대 옆 중간쯤 자리에는 잘못된 현에 멋대로 움직이고 평소의 자신만만한 태도로 일을 망친 절박한 심정의 케이티가 서 있었다.

외로운 길
The Lonesome Road

커피 열매 같은 갈색 피부에 억세고, 권총을 차고, 박차를 단 부츠를 신고, 용의주도하고, 고집 센 옛 친구인 연방 부보안관 벅 케퍼튼이 박차 끝에 달린 톱니바퀴 소리를 내며 보안관의 옥외 사무소 의자에 비틀거리며 앉았다.

그 시간에는 군청에 일이 거의 없었고, 때때로 벅이 그 어느 곳에서도 들을 수 없는 이야기를 해 주곤 했기 때문에 그를 따라 들어가 내가 알고 있는 그의 약점을 이용해 이야기를 하게 만들었다. 벅은 사탕옥수수 껍데기로 만 담배를 꿀처럼 달콤하게 여겼다. 그의 45구경 권총을 뽑는 실력과 속도는 비길 데 없었지만 담배 마는 것은 결코 배우지 못했기 때문이다.

그런데 관목 수풀 지대에서 겪은 대서사시가 아니라 결혼 생활에 대한 보고서를 듣게 된 것은 내 잘못이 아니었다(나는 담배를 단단하면서도 매끈하게 잘 말았다). 벅 자신의 심경 변화 때문이었던 것 같다. 다른 사람도 아닌 벅 케퍼튼이 그런 말을 하다니! 다시 강조하지만, 담배는 나무랄 데 없어 나에게는 아무 잘못도 없음을 입증했다.

벅이 말했다.

"우리는 짐과 버드 그랜베리를 막 데리고 왔지. 열차 강도였어. 지난달에 애란서스 고갯길을 막았었어. 뉴에세스에서 남쪽으로 20마일 되는 배 밭에서 놈들을 잡았어."

"찾아내는 데 어려움이 많았겠군?"

바로 여기서 내가 듣고 싶은 무용담이 나올 거라고 기대하며 물었다.

"어떤⋯⋯."

벅이 말하기 시작했다. 그러고서 잠시 말을 멈춘 동안 그의 생각이 궤도를 벗어나 질주했다.

"여자들은 이상해. 그들이 식물 생태에서 차지하는 자리도 이상해. 나더러 여자들을 분류하라고 한다면 나는 인간 로코초라고 부르겠어. 로코초를 씹은 야생마를 본 적 있어? 녀석을 넓이가 2피트 되는 물구덩이로 몰고 가면 콧김을 뿜으면서 뒷걸음질하지. 녀석에게는 그 구덩이가 미시시피 강처럼 크게 보이거든. 이어 깊이가 천 피트나 되는 대협곡으로 데려가면 마멋 구멍이라 생각하고 걸어 들어가려 하지. 결혼한 남자도 그런 식이야.

결혼하기 전에 내 단짝 동료였던 페리 라운트리에 대해 생각하고 있는 거야. 그 당시 나와 페리는 뭐든 소란스럽지 않은 것을 참지 못했지. 우리는 멀리 돌아다니면서 여론의 반향을 불러일으키고 사람들이 생업에 전념하도록 했어. 나와 페리가 시내에서 즐거운 시간을 갖고자 하면 여론 조사원들은 소풍을 가야 했지. 그들이 우리를 진정시키기 위해 필요한 연방 보안관의 무장 보안대 수를 세면 그게 인구수가 됐거든. 그런데 마리아나라는 여자가 나타나 그와 저녁마다 연애를 하더니 1년도 되기 전에 그가 영리한 그녀의 굴레에 묶이고 안장에 길들여져 버리더군.

나는 결혼식에 초대도 받지 못했어. 내 생각에 신부가 나의 경력과 주요 습관들을 다 파악한 후 벅 케퍼튼 같은 야생마가 주변에 어슬렁거리지 못하게 해야 결혼 생활이 훨씬 더 나아질 거라고 결정한 것 같더군. 그래서 6개월이 지난 후에야 페리를 다시 만났어.

하루는 시 외곽을 지나가다가 어느 작은 집 옆에 있는 뜰에서 물뿌리개를 가지고 덩굴장미에 물을 주고 있는 남자를 봤어. 전에 본 적이 있는 사람 같기에 누군가 자세히 보기 위해 문 앞에 멈춰 섰지. 그자는 페리 라운트리가 아니라 결혼 생활이 그를 가지고 빚어 낸 엉겨 붙은 해파리였어.

마리아나가 살인 행위를 저질렀던 거지. 그는 넉넉해 보였지만 봉급쟁이 같은 옷과 신발을 신었더군. 예의 바르게 말하고 세금을 내고 목양업자나 민간인처럼 술을 마실 때 폭음을 하지 않는다는 것을 한눈에 알겠더군. 거대한 유성의 불꽃이었어! 하지만 나는 페리가 그런 식으로 타락하고 유약해지는 것이 싫었어.

그가 문으로 나와 악수를 청하더군. 나는 목에 병이 난 잉꼬처럼 조롱하는 투로 말했지.

'죄송합니다만, 내 생각에 라운트리 씨 같은데요. 잘못 본 것이 아니라면 말이죠. 한때 내가 당신 친구였던 것 같은데요.'

'오, 꺼져 버려, 벅!'

내가 염려했던 대로 페리는 정중하게 말하더군. 내가 말했지.

'좋아. 물뿌리개에 딸려 있는 딱하고 타락한 애완동물 같군. 왜 여기서 이런 일을 하고 있는 거지? 자넬 좀 봐. 아주 고상하고 점잖아졌잖아. 배심원석에 앉아 있거나 통나무 집 문이나 고치면 딱 어울리겠군. 자네도 한때는 남자였지. 나는 그런 일들은 죄다 참을 수가 없어. 이렇게 밖에 서 있지 말고 집에 들어가서 소파용 커버나 세고 시계나 맞추지 그래? 산토끼가 내려와서 물지도 모르니 말일세.'

페리가 부드럽고 왠지 슬픈 목소리로 말하더군.

'그런데 벅, 자네는 이해하지 못할 걸세. 결혼한 남자는 달라져야 해. 더 이상 자네같이 거센 홍수처럼 살 수야 없지. 단지 뿌리를 보기 위해 도시들을 잡아 뽑거나 카드놀이를 하고 붉은 술을 바라보는 것 같은 무모한 일을 하면서 시간 낭비를 하는 것은 죄악이야.'

'귀여운 메리에게 잘 길들여진 어린양이라고 불릴 만한 어떤 자가 유해한 즐거움을 추구하던 때도 있었지.'

이렇게 말할 때 내가 한숨을 쉬었던 것 같네.

'페리, 지독한 골칫거리였던 자네가 이렇게 남자 같지 않은 시시한 남자가 될 줄은 몰랐네. 이런! 자네는 넥타이를 매고 실내에서 일하는 사람처럼 의미 없는 헛소리를 하고 있군. 상점 주인이나 여자처럼 보이네. 비 오는 날이면 우산을 쓰고 다니고, 바지에 멜빵을 매고, 밤에는 집에서 자는 사람처럼 보인단 말일세.'

'아내가 나를 나아지게 만들었어. 자네는 이해할 수 없어, 벽. 결혼 후에는 밤에 집을 나간 적이 없어.'

나와 이야기를 나누고 있는 동안에도 페리는 심지어 내 말을 끊고 자신의 정원에서 기르고 있는 여섯 그루의 토마토 나무에 대해 말하더군. 캘리포니아에 있는 피트의 도박장에서 딜러에게 오명을 씌우고 날개를 쏘아 떨어뜨리면서 우리가 얼마나 신이 났었는지에 대해 내가 말하고 있을 때 그가 바로 내 코앞에서 자신의 농업적 타락에 대해 거침없이 말하는 거야. 하지만 드디어 페리가 조금이나마 이성을 되찾더군. 그러고는 이렇게 말했네.

'벅, 때때로 따분해지는 것은 인정하네. 내가 아내와 온전히 행복하지 않다는 말이 아니라 남자는 종종 자극적인 일을 해야 한다는 말이지. 마리아나가 오늘 오후에 외출을 해 일곱 시까지는 집에 오지 않을 거야. 그때까지가 우리가 쓸 수 있는 시간이야. 일곱 시까지 말이네. 우리가 함께 있지 않다면 우리 둘 다 일곱 시 이후에는 1분도 밖에 있지 못할 걸세. 자네가 와서 반갑네, 벅. 옛날을 추억하면서 자네와 딱 한 번만 더 자극적으로 돈을 써 보고 싶거든. 오후에 함께 나가서 신나게 즐겨 보면 어떨까? 괜찮을 것 같은데.'

페리의 말이 끝나자마자 내가 소리쳤어.

'모자를 쓰게, 이 늙고 쭈글쭈글한 악어 같은 친구야. 자네는 아직 죽지 않았어. 결혼 때문에 엉망이 되기는 했어도 아직 사람이야. 함께 이 도시를 산산조각 내고 어떻게 움직이고 있는지 보자고. 코르크 마개 뽑기의 과학에 대해 온갖 종류의 방탕한 요구를 하는 거야. 자네한테도 뿔이 자라날 걸세. 이 뿔 잘린 소 같은 친구야. 이 벅 삼촌과 함께 사악한 길을 달린다면 말이야.'

내가 페리의 갈빗대를 치면서 말했어.

'말했다시피 나는 일곱 시까지 집에 와야 해.'

페리가 다시 말했어.

'오, 맞아!'

내가 나 자신에게 윙크하며 말했어. 왜냐하면 페리 라운트리가 바텐더들과 한가한 대화를 나누기 시작하면 그 일곱 시가 어떤 일곱 시가 될지 알고 있었기 때문이지.

우리는 회색 노새 술집으로 갔지. 철도 정거장 옆에 있는 오래된 어도비 벽돌 건물 말이네.

'뭘 마시겠나?'

발판에 발을 대자마자 내가 물었지.

'사르사파릴라.'

페리가 말하더군. 얼마나 놀랐는지 레몬 껍질에 맞고도 쓰러질 지경이었어. 내가 페리에게 말했지.

'마음껏 나를 모욕하게나. 하지만 바텐더를 놀라게 하지는 마. 심장병이 있을지도 모르니까. 자, 이리 오게. 자네는 혀가 꼬인 거야. 큰 잔으로 줘요. 아이스박스 왼쪽 구석에 있는 술로.'

내가 바텐더를 향해 주문을 했어.

'사르사파릴라.'

페리가 다시 말하더군. 그러더니 그의 눈이 빛났어. 그에게 뭔가 멋진 계획이 떠올랐다는 것을 알아챘지. 페리가 아주 흥미롭게 말하더군.

'벽, 내 말 좀 들어 봐! 오늘을 기념일로 만들고 싶어. 나는 집 가까이에만 있었어. 자유롭고 싶어. 예전처럼 멋진 시간을 보내는 거야. 이곳에 있는 안쪽 방으로 들어가서 여섯 시 반까지 장기를 두자고.'

나는 카운터에 몸을 기대고 그날 비번이었던, 귀가 조금 잘려 나간 마이크에게 말했어.

'제발 이 이야기는 아무에게도 하지 말게. 자네도 페리가 전에 어땠는지 알지? 열병에 걸렸는데 의사가 그의 비위를 잘 맞추라고 했어.'

'장기판과 말을 주게, 마이크. 자, 벽, 신나는 시간을 마음껏 즐기고 싶어.'

나는 페리와 함께 안쪽 방으로 들어갔네. 문을 닫기 전에 마이크에게 말했어.

'벽 케퍼튼이 사르사파릴라를 마시며 친구와 장기 두는 것을 봤다고 절대 말하지 말게. 아니면 자네의 다른 쪽 귀에도 흉터를 내 주겠네.'

문을 닫고 페리와 함께 장기를 두었어. 형편없이 낡고 자존심도 없는 가정용 골동품 같은 그가 거기 앉아서, 말을 뛰어넘을 때마다 크게 환호성을 올리고 나의 킹 횡렬에 들어설 때는 좋아서 어쩔 줄 몰라 하며 밉살스러운 표정을 짓는 거야. 양치기 개도 모욕감을 느끼게 할 정도였지. 한때 그는 도박에서 여섯 개의 패를 이기거나 카드 딜러가 겁을 내며 굴복하는 것을 봐야만 만족했었지. 그런 그가 지금은 아이들의 파티에 참석한 샐리 루이사처럼 장기 말을 움직이는 걸 보며 울분으로 나의 숨이 막힐 지경이었어.

그곳에 앉아 검은 말을 두면서 내가 아는 누군가가 이곳을 찾아내지나 않을까 염려되어 진땀이 나더군. 그의 결혼 생활에 대해 혼자 생각해 보니 델리아 부인이 하는 게임 같아 보였어. 그녀가 남편의 머리를 깎아 주면 남자의 머리가 어떻게 된다는 것을 모든 사람이 알게 되지. 그런데 바리새인들이 와서 조롱하자 너무 창피해진 그가 모든 직원들이 모여 있는 회사를 위에서부터 다 쓰러지게 만들었어. 내 생각에 결혼한 남자들은 술 마시고 떠드는 것과 어리석음에 대한 모든 기백과 본능을 잃어버리지. 술도 마시지 않고, 도박도 하지 않고, 심지어 싸움도 안 해. 도대체 남자들은 왜 결혼하는지 나는 내 자신에게 물었지.

하지만 페리는 상당히 즐기는 듯했어. 그가 말하더군.

'이봐, 벅, 우리 생애에 이렇게 굉장한 시간을 가진 적이 있었나? 이렇게 흥분된 적은 없었어. 알다시피 결혼한 후 나는 집 근처에서만 머물렀잖아. 이렇게 흥청망청 놀아 보기는 정말 오랜만이야.'

흥청망청! 그래, 그렇게 말했어. 회색 노새의 안쪽 방에서 장기를 두며 흥청망청 놀았지! 물뿌리개를 들고서 토마토 나무 여섯 그루를 감독하는 일에 비하면 부도덕하고 엄청난 타락에 가까운 것으로 느껴졌으리라 생각했지.

페리는 계속 자기 시계를 보면서 말했어.

'내가 일곱 시까지 집에 가야 하는 건 알지, 벅?'

'좋아. 빨리빨리 움직여 봐. 장기 때문에 너무 흥분되어 미칠 지경이니까. 내가 약간 개심을 해서 이 장기 두는 방탕이 가져오는 부담에서 벗어나지 않는다면 신경이 다 소진되어 버릴 거야.'

한 여섯 시 반쯤 되었을 거야. 바깥쪽에서 소동이 일어난 것 같았어. 고함 소리와 6연발 권총 소리, 수많은 말발굽 소리와 사람들 움직이는 소리가 들렸어.

'뭐지?'

페리는 대수롭지 않다는 듯이 말했어.

'오, 밖에서 무슨 어리석은 일이 일어나고 있겠지. 자, 이제 자네 차례야. 이 게임만 끝나면 시간이 다 되겠어.'

하지만 나는 궁금해서 게임을 계속할 수 없었어.

'창문으로 몰래 살펴볼게. 무슨 일이 일어났는지 알아보려고 왕이 뛰어올라 가 듣게 한다면 평민이 황송해서 견딜 수 없을 것 같은데.'

회색 노새 술집은 낡은 스페인식 어도비 벽돌 건물 중 하나였고, 안쪽 방에는 철제 막대가 안으로 쳐진 1피트 넓이의 작은 창문 두 개밖에 없었어. 그중 하나를 통해 밖을 보니 무슨 일이 일어나고 있는지 알겠더군.

트림블 갱이었어. 열 명쯤 길을 뛰어다니며 마구잡이로 총을 쏘더군. 그들은 텍사스에서 가장 악명 높은 무법자들이자 말 도둑이었지. 그러고는 나의 시야에서 사라졌어. 하지만 곧 정문 쪽으로 달려오는 소리가 들리더군. 곧이어 술집을 벌집으로 만들어 버리는 거야. 카운터 뒤에 있는 커다란 거울이 산산조각 나고 술병들 깨지는 소리가 나더군. 귀에 흉터가 있는 마이크가 앞치마를 입은 채 총알이 쏟아지면서 일으키는 먼지 사이를 코요테처럼 뛰어 광장을 가로질러 가는 것이 보이더군. 이어 무법자들이 술집으로 들어오더니 아무거나 마시고, 마시지 않은 병들은 깨뜨렸어.

나와 페리는 둘 다 그 갱을 알았어. 그들도 우리를 알고 있었지. 페리가 결혼하기 1년 전에 나와 같은 무장 순찰 부대에 있을 때 산미구엘에서 그 패거리와 싸운 적이 있어. 그때 벤 트림블과 다른 두 명을 살인죄로 데려왔었지.

내가 말했어.

'우리는 나갈 수 없어. 그들이 떠날 때까지 여기 있어야 돼.'

그러자 그가 말하더군.

'6시 35분이야. 이번 판은 끝낼 수 있겠어. 내가 자네 말을 두 개 잡았어. 자네가 둘 차례야, 벅. 나는 일곱 시까지 집에 가야 해, 알잖아.'

우리는 앉아서 장기를 계속 두었어. 트림블 무리는 두말할 것도 없이 술집을 난장판으로 만들고 있었어. 그들은 기분 좋게 취해 있었지. 한동안 술을 마시고 소리를 질러대더니 이어 술병과 술잔들을 쏘기 시작했어. 두세 번쯤 우리 방으로 와서 문을 열려고 했어. 우리는 밖에서 총성이 더 들리기에 창밖을 내다보았지. 시 보안관인 햄 고세트가 길 건너편에 있는 주택과 상점에 보안대를 배치시키고 창문을 통해 트림블과 다른 두 명 가량을 체포하려 하고 있었어.

나는 그 장기에서 졌어. 좀 더 평화로운 상황이었더라면 구할 수도 있었을 킹을 셋이나 잃었거든. 하지만 그 철없는 유부남이 거기 앉아서 말을 이기면 마치 옥수수를 쪼아 먹는 머리 나쁜 암탉처럼 꼬꼬댁거리는 통에 정신이 없었어.

장기가 끝나자 페리가 일어나 시계를 보면서 말했어.

'정말 멋진 시간이었어, 벅. 하지만 나는 지금 가야 해. 7시 15분 전이야. 일곱 시까지는 집에 가야 해.'

나는 그가 농담을 한다고 생각했어.

'저들은 반 시간이나 한 시간이 지나면 가 버리든가 술에 곯아떨어질 거야. 결혼 생활에 지쳐서 갑자기 자살하려는 건 아니지?'

내가 소리 내어 웃으며 말했지.

'한번은 집에 30분 늦게 갔어. 길에서 나를 찾고 있는 마리아나를 만났어. 자네가 그녀를 봤다면…. 벅, 하지만 자네는 이해할 수 없을 거야. 그녀는 내가 어떻게 살았었는지를 알고 있기 때문에 무슨 일이 일어날까 염려했던 거야. 다시는 집에 늦게 가지 않겠어. 지금 자네에게 작별 인사를 해야겠네, 벅.'

내가 그와 문 사이에 가로막고 섰어.

'이 유부남 친구야, 목사가 자네를 올가미로 묶은 그 순간 자네는 바보가 되었다는 것을 알고 있었어. 하지만 한순간이라도 인간답게 생각할 수 없나? 밖에는 갱이 열 명이나 있고 그들은 위스키와 살인하고 싶은 욕망에 취해 있지. 문 쪽으로 반도 접근하기 전에 자네를 술병처럼 마셔 버릴 거야. 이제 이성을 찾고 야생 돼지만큼이라도 머리를 써 봐. 들것에 실리지 않고 이곳을 나갈 수 있는 기회를 잡을 때까지 기다리자고.'

'나는 일곱 시까지 집에 가야 해, 벅. 마리아나가 나를 찾으려 할 거야.'

지혜라고는 전혀 없는 공처가가 생각 없는 앵무새처럼 말했어. 그러더니 장기 테이블의 다리 하나를 뜯어내더군.

'사로잡으려고 쳐 놓은 숲 울타리를 벗어나는 야생 토끼처럼 이 트림블 무리 사이를 지나갈 거야. 나는 더 이상 소동에 휩쓸리고 싶지 않고 일곱 시까지는 집에 가야 해. 내가 나간 후 문을 잠가, 벅. 기억

해. 다섯 경기에서 내가 세 번이나 이겼다는 거. 더 하고 싶지만 마리
아나가…….'

내가 그의 말을 막고 끼어들었어.

'조용히 해. 로코초에 중독된 늙은 로드런너 같으니라고. 이 벅
삼촌이 역경이 두려워서 문을 걸어 잠그는 걸 본 적이 있어? 나는
결혼을 안 했지만, 여느 일부다처주의자들과 마찬가지로 엄청나게
어리석지. 넷에서 하나를 빼면 셋이야.' 내가 테이블에서 다리 하나
를 더 떼어내며 말했어. '함께 일곱 시까지 집에 가겠네. 하늘에 있
는 집이든 다른 데 있는 집이든 간에, 집에서 보자고. 사르사파릴라
를 마시고 장기를 두고 나서 죽음과 멸망에 굶주린 사람처럼 행동
하다니.'

문을 쉽게 열고서 정면을 향해 돌진했어. 놈들 중 일부는 카운터에
늘어서 있었고 일부는 술을 돌리고 있었고 다른 두세 명은 문과 창으
로 밖을 내다보며 보안관을 향해 총을 쏘고 있었어. 실내에 연기가 자
욱해 우리가 반쯤 나갈 때까지 아무도 눈치 채지 못하더군. 그러더니
베리 트림블이 고함치는 소리가 들렸어.

'벅 케퍼튼이 어떻게 여기에 들어왔어?'

그가 쏜 총이 내 목 옆을 스치고 지나갔어. 놈은 빗나간 것이 기분
나빴을 거야. 베리는 남태평양 철도 남부에서 총을 제일 잘 쏘는 녀석

이거든. 술집에 가득한 연기 때문에 제 실력을 발휘하지 못한 거지. 나와 페리는 놈들 중 두 명을 테이블 다리로 때려눕혔지. 총알처럼 빗나갈 염려는 없었어. 문으로 나갈 때 밖을 내다보고 있는 놈에게서 라이플총을 빼앗아 베리 씨에게 앙갚음을 해 주었지.

나와 페리는 그곳을 나와 무사히 모퉁이를 돌아갔어. 빠져나갈 수 있으리라고 크게 기대하지 않았지만 그 유부남에게 위협 당하지는 않을 심산이었어. 페리는 그날 장기 둔 것이 못 잊을 일이라고 했지만 내가 그날의 차분한 오락에 대해 평가를 한다면 회색 노새 술집에서 작은 테이블 다리를 가지고 도망 나온 것은 재미있는 기삿거리였어.

'빨리 걸어. 일곱 시 2분 전이야. 일곱 시까지 집에……'
페리의 재촉에 내가 신경질적으로 대꾸했어.

'오, 입 좀 다물어. 나도 일곱 시까지 배심원 심리에 출석하기로 약속되어 있어. 그 약속을 못 지키는 것에 대해 나는 불평하지 않잖아.'
나는 페리의 작은 집을 지나가야 했어. 그의 마리아나가 문 앞에 서 있더군. 우리가 도착한 시간은 7시 5분이었어. 그녀가 파란색 실내복을 입고 어린 소녀가 어른처럼 보이고 싶을 때 하듯 머리를 부드럽게 위로 끌어올리고 있더군. 다른 쪽을 보고 있다가 우리가 가까이 가서야 알아봤어. 몸을 돌려 페리를 봤을 때 그녀의 얼굴에 스쳐 지나가는

464

표정은 뭐라고 형언할 수 없는 것이었어. 자신의 송아지를 소 떼 가운데로 모는 것을 본 암소처럼 길게 한숨을 내쉬는 소리가 들렸어. 그리고 이렇게 말하는 거야.

'늦었군요, 페리.'

그러자 페리가 명랑하게 말했어.

'5분인데 뭐. 벅과 장기를 좀 뒀어.'

페리가 나를 마리아나에게 소개하고는 나에게 들어오라고 하더군. 당연히 거절했지. 나는 그날 유부남과 충분히 오랜 시간 함께 있었거든. 가야 한다고 말하고 그날 오후에 예전 단짝 친구와 즐거운 시간을 지냈다고 덧붙였지. 페리를 자극하기 위해 장기 두는 도중에 테이블 다리들이 모두 빠졌을 때 특히 즐거웠다고 말했지. 하지만 나는 그녀에게 아무 말도 하지 않겠다고 약속했었어. 그 일이 일어난 후 걱정이 되더군."

벅이 계속 말했다.

"그날 일어난 일 중에서 나를 혼란스럽게 하는 것이 한 가지 있어. 도저히 이해가 되지 않아."

"뭔데?"

마지막 담배를 말아 벅에게 건네며 내가 물었다.

"뭐냐 하면, 페리의 부인이 몸을 돌려서 페리가 목장으로 안전하게 돌아오는 것을 본 순간 그녀의 얼굴 표정은 사르사파릴라, 장기, 그리고 다른 모든 것을 다 합한 것보다도 더 중요해 보였다는 거야. 그리고 그 경기에서 진짜 바보는 페리 라운트리가 아니었다는 생각이 드는 이유는 뭘까?"

블랙 빌의 은신처

The hiding of Black Bill

홀쭉하고 건강한 체격, 붉은 얼굴에 매부리코, 작고 빛나는 담갈색 속눈썹이 조화를 이루는 남자가 로스 삐노스 철도역 승강장에 앉아서 다리를 앞뒤로 흔들고 있었다. 그의 옆에는 뚱뚱하고 우울하고 초라해 보이는, 그의 친구 같은 다른 남자가 앉아 있었다. 그들에게는 인생이, 안팎을 모두 쓸 수 있도록 양면 모두에 솔기가 있는 코트처럼 느껴지는 듯했다.

"한 4년 동안 한 번도 못 만난 것 같은데, 햄, 어디에서 오는 길이야?"

초라한 남자의 물음에 얼굴이 붉은 남자가 말했다.

"텍사스. 알래스카는 날씨가 너무 추워. 텍사스는 따뜻하더군. 거기서 겪은 대단한 일을 말해 줄까 하네.

어느 날 아침 국제선을 타고 가다가 물탱크에서 내려 나를 두고 떠나게 했지. 텍사스에는 목장이 아주 많았고 저택들 사이에 지은 집도 뉴욕보다 더 크더군. 거기서는 집을 이웃의 창문에서 2인치 떨어진 곳에 급히 세우지 않고, 20마일마다 한 채씩 짓기 때문에 저녁때 옆집에서 무엇을 먹는지 냄새를 맡을 수가 없어.

길이 전혀 보이지 않았기 때문에 걷고 또 걸었지. 풀이 신발을 덮을 정도였고 메스킷 삼림이 마치 복숭아 과수원처럼 보이더군. 부자의 사유지 같았어. 언제라도 사육장에 있는 불도그가 떼거리로 달려 나와 물어뜯을 것 같았어. 하지만 20마일쯤 걸으니 목장주의 주택이 보이더군. 고가철도 역만한 작은 집이었어. 하얀 셔츠와 갈색 작업복 바지를 입고 목에는 분홍색 손수건을 두른 몸집이 작은 남자가 문 앞에서 담배를 말고 있는 모습이 보였어.

'안녕하세요?' 내가 말했어. '저를 좀 환영해 주셔서 소득이 될 만한 일시적인 일이나 낯선 사람도 할 만한 일을 시켜 주시면 안 될까요?'

'오, 들어와요.' 그가 세련된 음성으로 말했어. '긴 의자에 앉으시죠. 말발굽 소리를 들었는데요.'

'말은 아직 안 왔어요.' 내가 말했어. '걸어왔으니까요. 짐이 되고 싶지 않습니다만, 혹시 물을 좀 쓸 수 있을까요?'

'먼지를 많이 뒤집어쓴 것처럼 보이는군요. 하지만 우리가 목욕을 할 때는……'

그가 말하는 도중에 내가 끼어들었다.

'저는 마실 물을 원해요. 밖에 묻은 먼지는 아무 상관없어요.'

468

그가 걸려 있는 붉은 항아리에서 물그릇을 내주더니 계속 말하더군.

'일자리를 원하오?'

'당분간요.' 내가 말했지. '이곳은 대체로 조용한 것 같아요. 그렇죠?'

'그렇소.' 그가 말했어. '때로는 수주일이 지나도록 지나가는 사람이 한 명도 없다고 합디다. 나는 여기서 한 달 정도 지냈어요. 서부로 더 깊이 들어가기를 원하는 정착민에게서 이 목장을 샀지요.'

'이곳은 저한테 맞아요.' 내가 말했어. '남자는 가끔 고요하고 외진 곳에 있는 게 좋아요. 저는 지금 일자리가 필요해요. 술집과 소금 광산에서 일한 적이 있고, 강연도 할 수 있고, 주식을 상장할 수도 있고, 미들급 권투도 할 수 있고, 피아노도 칩니다.'

'양떼도 칠 수 있나요?'

몸집이 작은 목장주가 말했어.

'양떼 소리를 들은 적이 있느냐고요?'

내가 말했어.

'양떼를 칠 수 있느냐, 돌볼 수 있느냐, 이 말이죠.'

그가 말했어. 내가 대답했지.

'오, 알아듣겠습니다. 양치기 개들처럼 놈들을 좇아 다니며 짖는 것을 말하는 거죠? 글쎄요, 어쩌면 할 수 있을지도 모르겠네요. 양치기는 해 본 적이 없지만 놈들이 데이지를 뜯어먹는 것은 차창 밖으로 자

주 봤어요. 위험해 보이지는 않던데요.'

'양치기가 모자라요. 멕시코 인들은 신뢰할 수가 없거든요. 나는 양이 별로 많지 않아요. 아침에 양떼를 데리고 나가세요. 800마리밖에 안 돼요. 급료는 한 달에 12달러고 식사는 지급됩니다. 양떼와 함께 초원에서 텐트를 칠 거예요. 요리는 직접 해야 하지만 나무와 물은 캠프까지 운반해 줍니다. 어렵지 않아요.'

'좋아요. 그림에 나오는 목동들처럼 헐렁한 옷을 입고 머리에 화환을 쓰고 지팡이를 들고서 피리를 불어야 한다고 해도 하겠습니다.'

그리고 그 다음 날 몸집 작은 목장주가 양들을 우리에서부터 2마일 떨어진 작은 산기슭에 데려가서 풀을 뜯게 하는 것을 도와주었어. 양들이 무리에서 떨어져 나가지 않도록 하는 법과 정오가 되면 물구덩이에 데려가 물을 마시게 하는 방법 등에 대해서 가르쳐 주었지.

'밤이 되기 전에 사륜마차에서 텐트와 야영 장비와 식량을 가져다 주겠소.'

그가 말했어.

'좋아요. 식량도, 야영 장비도, 텐트도 잊지 말고 반드시 가져다주세요. 성함이 졸리코퍼 씨 맞죠?'

그러자 그가 '내 이름은 헨리 오그덴이오' 하고 말했어.

'좋아요, 오그덴 씨.' 내가 말했어. '제 이름은 퍼서벌 세인트 클레

어예요.'

나는 치키토 목장에서 닷새 동안 양을 쳤어. 그러자 양털이 나의 영혼에 스며들더군. 자연에 가까워졌고 분명 나 자신과도 가까워졌어. 나는 로빈슨 크루소의 염소보다 더 외로웠어. 나는 함께 지내기에 양보다 더 즐거운 사람들을 많이 만났었지. 매일 저녁마다 양들을 몰고 가 우리에 넣고 옥수수 빵과 양고기와 커피를 요리하고 테이블보만 한 크기의 텐트에 누워 코요테와 쏙독새들이 야영지 주위에서 노래하는 소리를 들었어.

닷새째 되는 날 저녁에는, 돌봐야 하지만 마음이 맞지 않는 양들을 우리에 넣은 후 목장주 집으로 가 문을 열고 들어갔어. 그리고 이렇게 말했어.

'오그덴 씨, 당신과 좀 친해져야겠어요. 양들은 풀밭 여기저기에 흩어져 잘 지내면서 8달러짜리 남성용 양복지를 잘 만들어 내고 있어요. 그러나 잡담이나 난롯가의 허물없는 대화 상대로는 양털 빗는 기계보다 나을 것이 없어요. 카드나 파치지 게임 도구나 직접 만들어 낸 게임이 있다면 꺼내 보세요. 머리 좀 써 보죠. 저는 지적인 일을 해야겠어요. 그게 누군가의 머리를 피곤하게 하는 일일지라도 말이죠.'

헨리 오그덴은 괴상한 목장주였어. 반지를 끼고 커다란 금시계를 차고 신중하게 고른 넥타이를 매더군. 얼굴은 침착했고 코안경은 항상 깨끗하게 닦았지. 한번은 무스코지에서 여섯 명을 살인한 죄로 교수형을 당한 무법자를 본 적이 있는데 그와 꼭 닮아 있었어. 또 한 번은 그의 동생이라고 할 만큼 비슷하게 생긴 목사를 아칸소에서 본 적이 있어. 나는 그가 둘 중 누구를 닮았든 별로 상관하지 않았어. 거룩한 성자든 잃어버린 죄인이든 상관없으니 우정이나 동료애를 나눌 사람을 원했지. 양만 아니면 됐어.

그가 읽던 책을 내려놓고 말했어.

'저런, 세인트 클레어 씨, 처음에는 당신이 무척 외로워할 거라고 생각했어요. 나에게도 단조로운 삶이라는 것을 부인하지 않습니다. 양들이 흩어지지 않게 우리에 확실히 넣었나요?

'배심원이 100만 달러짜리 살인범을 가두듯 확실하게 가두었습니다. 녀석들이 훈련된 보모를 필요하다고 느끼기 훨씬 전에 놈들 곁으로 가겠습니다.'

그래서 오그덴과 함께 카드놀이를 했어. 야영지에서 양들과 밤낮으로 생활하다 보니 마치 브로드웨이에서 떠들고 마시는 기분이었지. 빅 카드를 잡았을 때는 마치 트리니티에서 100만 달러를 번 것처럼 신이 났어. 기분이 느긋해진 오그덴이 풀먼식 열차에 탄 어떤 여자에 대해 얘기해 주었는데 5분 동안이나 웃었어.

그 일을 겪고 보니 인생은 참으로 상대적인 것이라는 생각이 들더군. 어떤 사람은 너무 많이 봐 싫증이 난 나머지 조우 웨버를 위한 300달러짜리 불꽃이나 아드리아 해를 보기 위해 머리를 돌리기도 지루해하지. 하지만 그런 사람에게 양을 한번 치게 해 봐. '오늘 밤엔 야간 통행금지 사이렌이 울리지 않을 거야'를 보고서 갈비뼈가 부서지도록 웃고 아가씨들과 카드놀이 하는 것을 진짜로 즐기게 될 거야. 이어 오그덴이 마시다 남은 버번 위스키를 꺼내자 양은 새까맣게 잊어버렸지.

'한 달쯤 전에 신문기사 난 것 봤나요?' 그가 말했어. 'M. K. & T에서 일어난 열차 강도 사건이었는데요. 고속열차 직원이 어깨에 관통상을 당했고 1만 5,000달러에 달하는 현금이 도난당했지요. 단독범의 소행이었다고 합디다.'

'마치 내가 한 것 같은 생각이 드네요.' 내가 말했어. '하지만 너무 자주 일어나는 일이기 때문에 텍사스 인들은 그런 일을 오래 기억하지 못할걸요. 사람들이 그 강도를 따라잡거나 조사하거나 체포하거나 상처를 입혔나요?'

'도망쳤어요.' 오그덴이 말했어. '경관들이 그를 이 근방으로 추적했다는 기사를 신문에서 지금 막 읽고 있었어요. 강도들이 훔친 지폐가 모두 에스피노사 시에 있는 세컨드 내셔널 은행의 신규 발행권이라서 그 지폐가 사용된 단서를 추적했더니 이곳이 나오더랍니다.'

오그덴이 버번 위스키를 좀 더 따르더니 나에게 병을 내밀더군.

최고급 술을 게걸스럽게 다시 한 번 마신 후 내가 말했어.

'생각해 봐요. 열차 강도가 잠시 동안 은신하기 위해 이곳으로 오는 것이 전혀 어리석은 일은 아녜요. 지금 양 목장은 숨어 있기에 제일 좋은 장소일 수도 있지요. 노래하는 새들과 양들과 들꽃 사이에서 그런 위험한 인물을 찾아내리라고 누가 기대하겠습니까? 그런데 이 단독범에 대한 무슨 설명이라도 있었나요? 인상착의라든가 키, 몸집, 때운 치아나 복장 등에 대해서 말이에요.'

오그덴이 말했어.

'아뇨. 마스크를 쓰고 있었기 때문에 제대로 본 사람이 없다고 하지요. 하지만 그 일이 블랙 빌이라는 열차 강도의 소행이라는 것을 안다고 하네요. 그는 항상 단독으로 범행을 저지르고, 이번에는 자기 이름이 새겨진 손수건을 열차에 떨어뜨렸다고 해요.'

내가 말했어.

'좋아요. 블랙 빌이 양 목장에 숨어드는 것을 찬성해요. 저들이 발견하지 못할 겁니다.'

'그자를 잡는 자에게는 1,000달러의 상금을 준다지요.'

오그덴의 말을 듣고 내가 목양업자의 눈을 똑바로 바라보며 말했지.

'나는 그런 돈은 필요 없어요. 한 달에 12달러면 충분해요. 나는 쉬고 싶어요. 그리고 나의 홀어머니가 살고 있는 텍사캐나에 갈 차비를 모을 수 있으니까요. 만약에 블랙 빌이 한 달 전에 이쪽으로 내려와서 이 작은 양 목장을 샀다면?

오그덴을 의미심장하게 바라보며 내가 이렇게 말하자, 오그덴이 의자에서 일어나 사악한 표정으로 나를 바라보며 묻더군.

'그만 해요. 지금 무슨 말을 하려는 거요?

그래서 내가 말했어.

'아녜요. 가설을 세워 보려는 겁니다. 가령 블랙 빌이 이곳에 와서 양 목장을 사고 양을 돌보게 하려고 나를 고용한 후 당신이 한 것처럼 공평하고 친절하게 대한다면, 나에 대해 두려워할 게 전혀 없다는 말이지요. 양이나 열차 때문에 아무리 곤란을 겪고 있다 해도 남자는 남자니까요. 이제 내 입장을 아실 겁니다.'

오그덴의 얼굴빛이 9초 동안 야영지 커피처럼 새까매지더니 곧 웃음을 띠고 즐거워했어. 그가 말했어.

'좋아요. 세인트 클레어, 만약 내가 블랙 빌이라면 주저하지 않고 당신을 신뢰하겠소. 오늘 밤 세븐업을 한두 번 합시다. 열차 강도와 카드놀이 하는 것을 상관하지 않는다면 말이오.'

'나는 나의 구강기적 정서를 말한 것이지 무슨 조건을 달고 한 말은 아녜요.'

첫 번째 게임을 끝내고 카드를 섞으면서 별로 중요한 질문이 아니라는 듯이 오그덴에게 어디 출신이냐고 물었지. 그가 말했어.

'오, 미시시피 밸리 출신이에요.'

'작지만 살기 좋은 동네지요. 종종 그곳에 머물렀어요. 하지만 날씨가 좀 습하고 음식이 별로 좋지 않았던 것 같아요. 나는 퍼시픽슬로프 출신이에요. 거기서 묵어 본 적 있나요?'

오그덴이 대답했어.

'너무 건조해요. 중서부 지방에 머물 기회가 생기면 내 이름을 대세요. 그러면 사람들이 잠자리용 화로와 드립커피를 줄 겁니다.'

그래서 내가 말했지.

'글쎄요. 구태여 당신의 개인 전화번호나 컴벌랜드 장로교 목사의 부인이 된 당신 고모의 가운데 이름을 알아내려는 건 아닙니다. 그런 것은 별 문제가 안 돼요. 당신은 당신의 목자 손 안에서 안전하다는 것을 말하고자 하는 겁니다. 스페이드 패에다 하트 패를 쓰지 말아요. 불안해하지 말고요.'

'아직도 그 이야기를 하는군요.' 오그덴이 말하며 웃었어. '만약 내가 블랙 빌이고 당신이 나를 의심한다고 생각되면 라이플 총으로 당신을 쏘고 더 이상 불안해하지 않을 거라고 생각지 않소? 내게 총이 있다면 말이오.'

'그러지 않을 겁니다. 혼자서 열차를 세울 만한 용기가 있는 사람이라면 그런 책략을 쓰지는 않을 겁니다. 나는 여러 곳을 다니며 많은 사람들을 만났지만 그런 사람들은 친구를 소중히 여기지요. 그렇다고 내가 당신의 친구라고 주장하는 것은 아녜요, 오그덴 씨. 그저 당신의 목동일 뿐이죠. 하지만 긴박한 상황에서라면 친구가 될 수도 있었을 겁니다.'

오그덴이 화제를 바꿨어.

'제발 양들은 당분간 좀 잊고 패나 떼요.'

그로부터 나흘쯤 지나 양들이 정오에 물구덩이에서 물을 마시고 나는 그 틈을 이용해 커피를 끓이고 있을 때 신분을 드러내는 복장을 한 낯선 사람이 풀밭으로 조용히 달려오고 있었어. 그는 캔사스 시 탐정인 버팔로 빌과 배턴루지 시 소속의 들개 포획인 중간쯤 되는 복장을 하고 있었어. 그의 턱이나 눈이 전투 부대원처럼 생기지 않았기 때문에 한눈에 척후병이라는 것을 알아봤지.

그가 나에게 물었어.

'양치기요?'

'글쎄요, 당신처럼 탁월한 지혜를 지닌 사람에게 낡은 청동제품을 장식한다거나 자전거 사슬 톱니바퀴에 기름 치는 일을 한다고 말할 용기가 나지 않는군요.'

'당신은 내가 볼 때 양치기처럼 말하지도 않고 그렇게 생기지도 않

왔소.'

그가 이렇게 말하기에 내가 대답했지.

'하지만 당신은 내가 볼 때 생긴 대로 말하는 것 같군요.'

그러자 나를 고용한 사람이 누구인지 그가 묻더군. 나는 2마일 떨어진 언덕의 그늘 속에 있는 치키토 목장을 가리켰지. 그가 내게 자신은 부보안관이라고 말했어.

'블랙 빌이라고 하는 열차 강도가 이 근방에 있는 것으로 추정되오. 그는 산안토니오나 그 이상까지 추적을 당하고 있소. 지난 한 달 동안 이 근방에서 낯선 사람을 보거나 들은 적이 있소?'

'없는데요.' 내가 말했어. '구태여 찾는다면 프리오의 루미스 목장에 있는 멕시코 인 거주지에 한 명 있다고 들었어요.'

'그에 대해 아는 게 있소?'

부보안관이 물었어.

'태어난 지 사흘 됐다는 거죠.'

내가 말했어. 그러자 그가 물었지.

'당신 고용주가 어떻게 생겼소? 아직도 조지 레이 영감이 이곳을 소유하고 있소? 그는 지난 10년 동안 여기서 양을 길렀는데 성공하지 못했어요.'

'영감은 이곳 목장을 팔고 서부로 갔어요.' 내가 말했어. '다른 양

사육자가 한 달 전에 이곳을 샀지요.'

'그의 인상착의를 말해 봐요.'

부보안관이 다시 물었어.

'오, 구레나룻을 기르고 파란 안경을 쓴 몸집이 크고 뚱뚱한 네덜란드 인이에요. 양과 다람쥐도 구별 못하는 사람 같더군요. 조지 영감이 바가지를 잔뜩 씌운 것 같아요.'

내가 말했어.

부보안관은 별로 알아낸 것도 없는 정보를 잔뜩 가지고 내 저녁 식사의 3분의 2를 먹어 치운 후 말을 타고 돌아갔어.

그날 밤 나는 그 일을 오그덴에게 말했어.

'그들은 블랙 빌의 주변을 압박해 들어가고 있었어요.'

나는 그 밖에도 부보안관과, 부보안관에게 그에 대해 어떻게 설명했는지, 그리고 부보안관이 이 문제에 대해 무슨 말을 했는지도 전해 주었어. 오그덴이 말했어.

'오, 블랙 빌의 골칫거리까지 떠맡지 맙시다. 우리 문제도 만만치 않잖소. 선반에서 버번 위스키를 꺼내 그의 건강을 위해 한잔하지 않겠소?' 그가 나지막하게 웃으며 말했어. '당신이 열차강도에 대해 편견을 가지고 있지 않다면 말이오.'

'나는 우정을 지키는 사람을 위해서라면 언제나 술을 마시지요. 그

리고 블랙 빌은 그런 사람이라고 믿어요. 자, 블랙 빌과 그의 행운을 위해 마시죠.'

그리고 우리 둘은 술을 마셨어.

한두 주쯤 지나 양털 깎을 때가 됐어. 양들을 목장까지 몰고 가야 했어. 머리가 지저분한 멕시코 인들이 가위를 들고서 양털을 깎기 위해 많이 올 예정이었지. 그날 오후 양 이발사들이 오기 전에 양들을 구불구불한 시냇가 아래에 있는 언덕을 지나 목장으로 데려갔어. 우리 속에 집어넣은 후 밤새 잘 자라고 인사를 했지.

그러고 나서 나는 목장주의 집으로 갔어. 오그덴은 자신의 작은 간이침대에 누워서 자고 있더군. 그는 목양사업에서 겪게 마련인 수면중이나 불면증 같은 질병에 걸린 것처럼 보였어. 입과 조끼가 열려 있었고 중고 자전거 펌프처럼 숨을 쉬더군. 그를 바라보며 잠시 생각에 잠겼어.

'제왕이 이런 식으로 잠을 자다니. 입을 다물고 바람을 피해야 하는데.'

남자가 자는 것을 보면 천사들이 눈물을 흘릴 게 분명해. 두뇌며 근육이며 후원자며 용기며 영향력이며 인맥이 다 무슨 소용이야? 그는 아라비아의 평원을 꿈꾸며 오전 12시 반에 메트로폴리탄 오페라 하우스에 기대어 있는 마차 끄는 말처럼 아름다웠어. 하지만 잠든 여성은

480

좀 다르지. 보기에는 어떻든 간에 여자는 잠들어 있는 게 훨씬 나아.

나는 그가 자는 동안 버번 위스키 한 잔은 나를 위해, 다른 한 잔은 오그덴을 위해 마셨어. 그러자 편안함을 느끼기 시작했어. 그의 테이블 위에는 일본, 배수 장치, 체육 같은 토착적인 주제들에 관한 책들과 장소에 잘 어울리는 담배가 놓여 있더군.

잠시 담배를 피운 후 오그덴의 코고는 소리를 듣다가 우연히 창을 통해 양털 깎는 우리 쪽을 바라보게 되었어. 멀리 떨어진 샛강 건너편으로 연결되는 길이 보이더군.

다섯 명의 남자가 오그덴의 집을 향해 달려오고 있었어. 모두들 안장 옆에 총을 차고 있더군. 그중에는 며칠 전에 왔던 부보안관도 있었어.

그들은 총을 준비하고 열린 대형으로 조심스럽게 달려오고 있었어. 나는 그 기마대에서 누가 대장인지 알아봤지.

'좋은 저녁입니다, 신사 여러분.' 내가 말했어. '말을 묶어 놓으시지요.'

대장이 가까이 다가와 총을 들이대는 바람에 내 눈앞에 보이는 것이라고는 그 구멍밖에 없었어. 그가 말했어.

'말이 다 끝날 때까지 손을 움직이지 마시오.'

'안 움직일게요.' 내가 말했어. '나는 귀머거리도 벙어리도 아녜

오 헨리 단편집 481

요. 그러니 명령에 불복하지 않을 겁니다.'

'우리는 지난 5월에 열차를 세우고 1만 5,000달러를 빼앗아 간 블랙 빌이라는 자를 찾아다니고 있소. 목장들과 거기서 일하는 사람들을 모두 수색하고 있지요. 이름이 무엇이고 이 목장에서는 무슨 일을 하고 있소?'

'대장님, 제 이름은 퍼서벌 세인트 클레어이고 직업은 양치기입니다. 오늘 밤 소떼, 아니 양떼를 이곳에 있는 우리에 가뒀습니다. 양털 깎는 사람들이 놈들을 이발해 주기 위해 내일 올 겁니다.'

'이 목장의 주인은 어디 있소?'

대장이 물었어.

'잠깐만요, 대장님.' 내가 말했어. '지금 말씀하신 강도를 생포하면 혹시 보상금이라도 있습니까?'

'1,000달러의 보상금이 걸려 있소.' 대장이 말했어. '하지만 그건 생포를 했을 경우요. 밀고자에게는 상금이 없는 것 같은데.'

'하루 이틀 안에 비가 올 것 같은데요.'

내가 파란 하늘을 바라보며 피곤한 듯이 말했어. 그러자 대장이 아주 심한 사투리로 말했어.

'당신이 블랙 빌에 대해 아는 것이 있는데 말하지 않는다면 법에 대해 친절한 것이오.'

'카우보이한테 들었는데요.' 내가 산만한 목소리로 말했어. '어떤 멕시코 인이 누이세스에 있는 목양자의 사촌이 2주 전에 마타모라스에서 블랙 빌을 봤다고 하는 말을 들었다고 하던데요.'

'입이 무거운 친구군. 이렇게 하면 어떨까? 대장이 흥정을 바라는 얼굴로 말했어. '우리가 블랙 빌을 잡을 수 있도록 정보를 주면 우리가 가진 돈을 모아서 100달러를 주지. 그 정도면 큰돈이야. 자네는 아무 것도 받을 자격이 없어. 자, 어떻게 하겠나?

'지금 현금으로 줄 수 있나요?

내가 물었지. 대장이 동료들과 대화를 나누더니 모두 주머니를 뒤져 가진 것을 내놓더군. 후하게도 102달러 30센트의 현금과 31달러 어치의 씹는 담배가 나왔어.

'가까이 오세요, 대장. 말해 줄 테니.'

내가 말했어. 그가 가까이 다가오더군.

'저는 아주 가난하고 보잘것없는 사람입니다. 한 달에 12달러를 받고서 어떻게든 흩어지려고만 드는 양들을 한데 모으는 일을 하고 있지요. 비록 저는 사우스다고타 주보다는 좀 낫다고 생각하지만, 지금까지는 양이라면 고깃점으로만 알았던 사람에게 이런 생활은 형편없는 삶이지요. 나는 좌절된 야망과 럼주, 그리고 스크랜턴에서 신시네티에 이르는 P. R. R. 기차에서 마신 드라이진, 프랑스 베르무트, 라임

한 방울, 그리고 오렌지 비터즈 소량을 넣어 만든 칵테일 때문에 이렇게 됐어요. 그런 일을 겪었다면 꼭 한 번 마셔 보세요. 그리고 다시 말하지만, 저는 지금까지 한 번도 친구를 배반한 적이 없어요. 그들이 많이 가졌을 때는 도움도 받았고 역경이 닥쳤을 때도 그들을 결코 저버리지 않았죠.

하지만 이것은 정확히 친구 사이라고 할 수 없어요. 한 달에 고작 12달러를 주는 건 인사나 할 정도로 아는 사이라는 거지요. 게다가 갈색 콩과 옥수수 빵은 우정의 음식도 아니죠. 저는 가난해요. 텍사캐나에는 홀어머니가 살고 있어요. 블랙 빌이 이곳에 있어요. 이 집의 오른쪽에 있는 방에서 자고 있어요. 그자가 바로 당신들이 찾는 자예요. 그와 나눈 대화를 통해 알게 되었어요. 어떤 면에서 그는 친구였지요. 그리고 제가 예전의 저였다면 곤돌라에 있는 광산의 산출물을 다 준다 해도 그를 배신하지 않았을 겁니다. 하지만 매주 주는 콩의 반은 벌레가 들끓고 캠프에 땔나무도 형편없이 모자라요.'

잠시 사이를 두었다가 내가 말했어.

'조심해서 들어가는 게 좋을 겁니다. 그자는 때로 참을성이 없어 보여요. 게다가 그가 전에 했던 일을 생각하면 예상치 못한 행동을 할 수도 있으니까요.'

그래서 보안대가 모두 말에서 내려 총과 장비를 갖추고 집 안으로 살금살금 들어갔어. 나는 삼손을 블레셋 사람들에게 팔아넘긴 데릴라처럼 따라갔지.

보안대 대장이 오그덴을 흔들어 깨웠어. 그가 벌떡 일어나자 상금을 노리는 다른 두 명의 사냥꾼이 그를 붙들었어. 오그덴은 빈약한 몸집으로 완강하게 저항하며 전에 본 적이 없는 가벼운 몸싸움을 벌였어.

'이게 무슨 짓이오?'

그들에게 제압당하자 그가 물었어.

'당신은 체포되었소, 블랙 빌 씨. 그게 다요.'

'말도 안 돼.'

오그덴이 몸부림치며 말했어. 그러자 평화와 선의의 대장이 말했어.

'열차 때문이오. 고속열차를 조롱하는 것은 법을 위반하는 행위요.'

그러더니 오그덴의 배 위에 앉아 주머니를 샅샅이 뒤졌어. 밑에 깔려 있는 오그덴이 힘들게 말했어.

'이 일 때문에 진땀을 흘리게 만들어 주겠소. 내가 누군지 입증할 거요.'

'나도 마찬가지요.'

대장이 오그덴의 양복 안주머니에서 에스피노사 시 세컨드 내셔널 은행의 신권 화폐를 한 다발 꺼내며 말했어.

'당신이 목요일과 금요일에 구내 출입용으로 쓰는 고급 명찰도 이 돈다발 앞에서 무죄를 주장할 수는 없을 거요. 이제 우리와 함께 가서 당신의 죄목을 자세히 설명할 준비나 하시지.'

오그덴이 일어나 넥타이를 매만지더군. 그들이 자신의 주머니에서 돈을 꺼내는 걸 보고는 더 이상 아무 말도 하지 않았어.

보안관 대장이 감탄하며 말하더군.

'기발한 생각이야. 인적이 드문 이런 곳에 와서 작은 목장을 사다니. 내가 본 것 중 가장 교묘한 은닉처야.'

보안대 중의 한 명이 털 깎는 우리로 가서 존 살리스라고 하는 멕시코 인 양치기를 찾아냈어. 그가 오그덴의 말에 안장을 싣자 보안관이 총을 들고 말에 올라타더니 죄수를 마을로 데려갈 준비를 하더군.

오그덴은 떠나기 전에 존 살리스에게 목장을 부탁하고 마치 며칠 안에 돌아올 것처럼 양털 깎기와 어디서 양에게 풀을 뜯길 것인지에 대해 지시했어. 그로부터 두 시간 후 치키토 목장의 전직 양치기였던 퍼서벌 세인트 클레어는 임금과 보상금 109달러를 주머니에 넣고 남쪽으로 향했어."

얼굴이 붉은 남자가 하던 말을 멈추고 귀를 기울였다. 화물 열차의 기적 소리가 멀리서 들려왔다.

그의 옆에 앉은 뚱뚱하고 초라한 남자가 비난하는 듯한 얼굴로 그를 바라보며 고개를 가로저었다. 열차 소리에 귀를 기울이던 남자가 말했다.

"뭐가 문제지, 스나이피? 다시 마음이 울적해지나?"

추레한 남자가 비웃으며 말했다.

"아니, 그런 건 아니야. 하지만 그 이야기는 마음에 들지 않아. 자네와 나는 지난 15년 동안 그럭저럭 친구였잖아. 나는 자네가 누구를 법에 넘겼다는 말을 들어 본 적이 없는데, 한 번도 그런 일을 한 적이 없잖아. 자네는 그자와 식사를 같이 하고 카드놀이도 함께 했어. 그런데 그를 법에 넘기고 그 대가로 돈을 받다니. 자네는 그런 일을 한 적이 없잖아."

얼굴이 붉은 남자가 말했다.

"오그덴은 변호사를 통해 알리바이와 자신이 범인이 아니라는 증거를 제시했다고 들었어. 아무런 제재도 당하지 않았어. 그 동안 나에게 친절했기 때문에 넘기고 싶지 않았는데……."

"그렇다면 그의 주머니에서 발견된 현금은?"

초라한 사내가 물었다.

"그가 잠들어 있을 때 보안대가 오는 것을 보고 내가 넣어 두었지. 블랙 빌은 나였어. 저기 봐, 스나이피. 기차가 오는군. 물을 싣고 있을 때 연결기에 올라타자고."

솔리토 목장의 건강의 여신

Hygeia at the Solito

권투에 대해 관심이 있는 사람이라면 1890년대 초에 국경 부근에서 열린 챔피언과 도전자 간의 경기가 1분 몇 초 만에 종료된 사건을 기억할 것이다. 경기가 너무 빨리 끝났기 때문에 관객들이 스포츠를 관람하는 즐거움을 누릴 여지가 거의 없었다. 기자들도 나름대로 기사를 써야 했으나, 유감스럽게도 기사로 쓸 내용이 별로 없었다. 챔피언은 상대 선수를 한방에 때려눕히고 등을 돌린 뒤 '이겼다'고 외치고는 팔을 뻗어 글러브를 벗기게 했다.

그런 까닭에 조끼와 넥타이를 요란스럽게 차려입은 수많은 신사들이 경기 다음 날 아침 일찍 불만을 터뜨리며 샌안토니오의 풀먼 차량에서 쏟아져 나왔던 것이다. 또한 귀뚜라미 맥과이어가 차에서 내린 뒤 플랫폼에 앉아 샌안토니오 인들에게는 매우 익숙한, 희미하면서도 귀에 거슬리는 내연기관의 간헐적인 소음을 들으며 자신이 곤경에 빠져 있다고 느끼는 이유이기도 하다. 그때 희미한 새벽 햇살 속에서, 키가 6.2피트 정도 되는 누에세스카운티의 목축업자 커티스 레들러가 그 옆을 지나갔다.

자신의 목장이 있는 남부행 열차를 타기 위해 일찍 나온 목축업자가 괴로워하고 있는 스포츠 후원자 옆에 앉아 남부인 특유의 친절하고 느린 어투로 말을 꺼냈다.

"기분이 별로 안 좋은 모양이군요, 친구?"

전 페더급 챔피언이자 경마 예상가이고 경마 기수에 조랑말 수행원, 만능 스포츠맨이며 풍선껌 불기와 호두 껍데기 굴리기를 좋아하는 귀뚜라미 맥과이어는 친구라는 말에 기분이 상해 싸움이라도 할 듯이 노려보았다.

그가 쉰 목소리로 말했다.

"전봇대는 저리 비켜요. 나는 당신을 부른 적이 없어요."

내연기관의 불연소음이 다시 한 번 발작하듯 울리자 그는 옆에 있던 수화물 운반차에 힘없이 몸을 기댔다. 레들러는 플랫폼으로 몰려드는 하얀 모자들, 짧은 코트들, 커다란 시가 담배들을 힐긋힐긋 쳐다보며 참을성 있게 기다렸다.

"북부 출신이군요. 그렇죠, 친구?"

상대방이 어느 정도 누그러지자 그가 물었다.

"경기를 보러 왔소?"

"경기라고요?"

맥과이어가 낚아채듯 말했다.

"집 뺏기 술래잡기도 그렇게 시시하지는 않아요. 그건 피하주사였어요. 세게 한 방 먹였더니 그대로 기절해 버렸어요. 그의 집 앞에 탠 껍질(가죽을 무두질할 때 쓰는 떡갈나무 껍질. 무두질에 쓴 후에는 도로나 정원 등에 깐다고 함 : 옮긴이)을 깔 필요가 없어요. 경기라니오!"

그가 잠시 빠른 말로 지껄이더니 재채기를 하고 말을 계속했다. 목축업자에게 무슨 말을 한다기보다는 자신의 어려움을 털어놓고 마음의 위로를 얻기 위해서였다.

"더 이상 어떤 일에도 확신을 가질 수 없어요. 하지만 러스 세이지는 그것을 움켜쥐었을 거예요. 나는 코르크에서 온 도전자가 3라운드까지 버티지 못하고 5대1로 질 거라는 데 돈을 걸었어요. 마지막 한 푼까지 돈을 다 걸자 내가 사려고 했던 37번가에 있는 지미 들래니 철야 술집에서 벌써 톱밥 냄새를 맡을 수 있었어요. 그런데 말입니다, 전봇대 양반. 한판 승부에 가진 돈을 다 건다는 게 얼마나 부질없는 일인가 하는 겁니다!"

몸집이 큰 목축업자가 말했다.

"지당한 말씀이오. 돈을 잃었을 때는 더욱 그렇지요. 젊은이, 어서 서둘러 호텔로 가야겠소. 독감에 걸린 것 같군요. 그런 지는 얼마나 됐소?"

맥과이어가 막연하게 말했다.

"폐가 문제예요. 의사가 6개월밖에 못 산다고 했어요. 조심하면 1년은 살지도 모른다고 하더군요. 정착해서 쉬고 싶어요. 어쩌면 그래서 5대1에 돈을 걸었는지도 모르죠. 나는 철석같은 돈 1,000달러를 저축했어요. 이기면 들래니의 카페를 사려고 했거든요. 1라운드도 못 견딜 거라고 누가 생각했겠어요?"

"어려운 승부였군요."

커다란 수화물 운반차 옆에서 몸집이 더 작아 보이는 맥과이어를 내려다보며 레들러가 말했다.

"그래도 호텔에 가서 쉬어요. 맨저 앤 매브릭이 권해 줄 만해요. 그리고……"

그러자 맥과이어가 흉내를 내며 말했다.

"피프스 애버뉴와 월도프아스토리아도 괜찮죠. 돈을 다 잃었다고 했잖아요. 나는 완전히 빈털터리가 됐어요. 동전 한 개밖에 안 남았어요. 유럽 여행을 가거나 개인 소유 요트를 타면 나을지도 모르죠. 어이, 신문 좀 줘!"

그는 신문팔이 소년에게 동전을 던져 주고 『익스프레스』지를 받았다. 수화물 운반차에 등을 기댄 채 자신이 참패를 당한 이유를 자세히 설명해 놓은 신문 기사에 열중했다.

커티스 레들러는 거대한 금시계를 심각하게 들여다보더니 맥과이어의 어깨에 손을 올려놓으며 말했다.

"여보게 친구, 3분 후면 기차가 올 걸세."

맥과이어에게는 냉소주의 피가 흐르고 있는 듯했다.

"방금 전에 돈이 한 푼도 없다고 말했잖아요? 도박장에서 칩을 현금으로 바꾸거나 카드에서 마지막 석 장의 패를 차례로 알아맞히는 일은 없을 거예요. 친구분, 저리 가요."

목축업자가 말했다.

"내 목장으로 갑시다. 다 나을 때까지 머물러요. 6개월만 있으면 아주 건강해질 겁니다."

그는 맥과이어를 기차 쪽으로 거의 끌고 가다시피 했다.

"돈이 없다니까요?"

달아나려고 애쓰면서 맥과이어가 힘없이 말했다.

"무슨 돈 말이오?"

레들러가 물었다. 그들은 서로를 이해하지 못한 채 바라보았다. 그들은 나름대로의 각도에서 서로 다른 축선을 따라 움직이는 베벨 기어의 톱니바퀴 같았다.

남행 열차의 승객들은 그들이 함께 앉아 있는 것을 보며 두 사람이 어쩌면 저렇게 다르게 생겼을까 의아해했다. 맥과이어는 5피트의 키에 용모는 요코하마나 더블린 출신같이 보였다. 눈은 작고 반짝거렸으며 광대뼈와 턱뼈가 두드러졌고 얼굴에 흉터가 있어 거칠어 보였다. 또한 부서진 것을 다시 맞춘 듯 강인하고 섬뜩해 보였으며 말벌처럼 전투적인 느낌을 주었다.

레들러는 다른 토양의 산물이었다. 6.2피트의 키에 체격이 크고 수정처럼 투명한 그는 서부와 남부 사람을 합해 놓은 듯했다. 텍사스에는 예술을 접할 수 있는 기회나 장소가 너무 적고 활동사진 영사기는 아직 알려지지 않았기 때문에 그와 같이 생긴 사람을 정확히 묘사한 그림을 보기 어려웠다. 따라서 레들러 같은 사람의 초상화는 고상하면서도 단순하고 세련되고 액자에 들어 있지 않은, 프레스코 벽화에서나 볼 수 있을 것이다.

그들은 인터내셔널 철도를 타고 남부를 향해 달렸다. 대평원이 펼쳐지면서 나무들이 빽빽하게 한데 모여 이룬 녹색 숲들이 띄엄띄엄 나타나기 시작했다.

기운이 없어 보이는 맥과이어는 의자 구석에 앉아 매우 의심스러운 얼굴로 목축업자의 말에 귀를 기울였다. 이 덩치 큰 노인이 그를 유괴해 가는 이유는 무엇일까? 맥과이어는 이타주의 때문은 아닐 거라고 생각했다.

'그는 농부가 아닐 거야. 물론 사기꾼도 아니지. 직업이 뭘까? 따라가봐, 귀뚜라미. 가서 그가 얼마나 많은 카드의 패를 뽑는지 봐. 어쨌든 너는 궁지에 몰려 있어. 너는 돈이라고는 동전 한 닢밖에 없고 급성 폐렴에 걸려 있어. 그러니 따라가 봐. 가서 그가 무엇을 원하는지 보라고.'

샌안토니오에서 200마일 떨어진 링콘에 도착하자 그들은 기차에서 내려 기다리고 있던 마차에 올라탔다. 역에서 목적지까지 마차를 타고 간 거리는 30마일이었다. 이 마차 여행은 신랄한 맥과이어조차도 인질로 잡혀가는 듯한 기분을 느끼게 했다. 기분이 들뜨게 하는 사바나를 가로질러 갈 때는 조용하게 달리는 마차에 박차를 가했다. 한 쌍의 스페인 조랑말이 지치지 않도록 유연하게 달리다가도 때때로 거칠고 자유롭게 뛰었다. 대평원의 섬세한 꽃 향기 때문에 공기에서 포도주와 셀처탄산수(독일식 광천수: 옮긴이) 냄새가 났다.

길이 끝나자 레들러가 노련한 손으로 모는 마차가 망망한 초원의 물결을 헤쳐 나갔다. 그에게는 멀리 떨어져 작게 보이는 숲 하나하나가 게시판이었고 나지막한 언덕들이 만드는 소용돌이 하나하나가 방향과 거리를 알려주는 나침반이었다. 그러나 맥과이어는 시무룩한 표정으로 등을 기대고 앉아 목축업자의 호의를 불신으로 대했다. '이 자가 무슨 일을 꾸미고 있는 걸까?'라는 질문이 그를 짓눌렀다. '이 덩치 큰 자가 무슨 가짜 금괴를 팔려고 하는 거지?' 맥과이어는 그가 걸었던 거리에서만 쓰던 자를 수평선과 4차원에 갇혀 있는 목장에 적용하고 있었다.

1주일 전에 레들러가 대초원을 달리고 있을 때 병든 송아지 한 마리가 버려져 울고 있는 것을 보았다. 그는 말에 탄 채로 고통을 겪는 송아지에게 밧줄을 던져 목장으로 데려가 일꾼들이 돌보게 했다. 맥과이어는 목축업자의 눈으로 볼 때 자신과 송아지가 똑같은 관심과 도움을 필요로 한다는 것을 이해할 수 없었다. 신의 창조물이 병들어 의지할 데가 없는데 그에게는 도와줄 능력이 있다. 이것이 목축업자가 행동하는 유일한 원리였다. 그 원리가 그의 논리 체계와 대부분의 신조를 구성했다. 맥과이어는 신선한 공기 때문에 많은 사람들이 가는 샌안토니오에서 레들러가 우연히 발견한 일곱 번째 병자였다. 그들 중 다섯 명이 솔리토 목장에 손님으로 머물다가 떠나거나, 병세가 치료되거나 호전되어 눈물로 감사를 표하며 떠났다. 한 명은 너무 늦게 왔지만 아주 편안하게 머물다가 정원에 있는 라타마 나무 아래 잠들게 되었다. 이런 이유로 사륜마차가 문 앞에 도착하고 레들러가 그의 피보호자를 한줌의 넝마처럼 들어서 복도에 내려놓는 것을 보았을 때도 목장의 일꾼들은 놀라지 않았다.

맥과이어는 낯선 물건들을 바라보았다. 그 목장 저택은 이 지역에서 가장 좋은 집이었다. 벽돌은 100마일 떨어진 곳에서 운반해 온 것이었다. 저택은 단층집이었고 네 개의 방은 흙 바닥으로 된 복도로 완전히 둘러싸여 있었다. 말, 개, 안장, 마차, 총, 카우보이 장비들이 가련한 도시 스포츠맨의 시야를 억압했다.

"자, 집에 다 왔습니다."

레들러가 쾌활한 목소리로 말했다.

"대단한 집이군요."

갑자기 기침이 나자 맥과이어가 복도 바닥에 몸을 둥글게 굽히며 말했다. 그러자 그를 부축하며 목축업자가 친절하게 말했다.

"내 집처럼 생각해요, 친구! 집은 별로 좋지 않지만 건강에 좋은 건 바깥 생활이니까 상관없어요. 이곳이 당신 방이에요. 필요한 건 뭐든지 말해요."

그가 맥과이어를 동쪽 방으로 데리고 갔다. 방은 깔끔했다. 열린 창문의 하얀 커튼이 만(灣)에서 불어오는 산들바람에 가볍게 휘날렸다. 버드나무로 만든 커다란 흔들의자, 두 개의 딱딱한 의자와 신문, 파이프, 담배, 박차, 탄약통 등이 놓인 긴 탁자가 방 한가운데 놓여 있었다. 벽에는 사슴과 검은 멧돼지의 머리가 걸려 있었다. 모퉁이에는 크고 멋진 간이침대가 놓여 있었고, 누에세스 카운티 사람들은 이 객실에 왕자들이 머물러도 손색없을 거라고 생각했다. 맥과이어는 송곳니를 드러냈다. 동전을 꺼내 돌리며 천장을 향해 던졌다.

"내가 돈에 대해 거짓말을 하고 있다고 생각하죠, 그렇지요? 원한다면 소지품을 검사해 봐요. 이 돈이 내가 가진 전부예요. 누가 돈을 지불하나요?"

목축업자의 투명한 회색 눈이 반백의 눈썹 아래서 손님의 작은 눈을 지그시 바라보았다. 잠시 후 그가 꾸밈없고 불친절하지 않은 말씨로 말했다.

"더 이상 돈 이야기를 하지 않는다면 매우 고맙겠군요. 한 번 말한 것으로 충분해요. 나의 목장에 초대받은 사람들은 돈을 낼 필요가 없어요. 지불하겠다고 말하는 경우도 거의 없지요. 반 시간 후면 저녁 식사가 준비될 겁니다. 물은 물주전자에 있고 복도에 걸려 있는 붉은 병에는 마실 음료수가 조금 들어 있어요."

"벨은 어디에 있나요?"

맥과이어가 두리번거리며 말했다.

"벨은 왜 찾죠?"

"사람을 부를 때 필요하잖아요. 나는 이해할 수가 없어요."

그는 갑자기 힘없이 화를 냈다.

"나를 여기 데려와 달라고 청한 적도 없잖아요. 당신한테 1센트도 요구한 적이 없어요. 하소연도 당신 때문에 하게 된 거고요. 이곳은 사환이나 칵테일에서 50마일이나 떨어져 있어요. 나는 아프다고요.

일을 잘할 수도 없어요. 젠장! 나는 곤경에 빠져 있어요."

맥과이어는 간이침대에 쓰러져 몸을 떨며 흐느꼈다.

레들러가 문으로 가서 누군가를 불렀다. 마르고 피부색이 밝고 나이는 스무 살쯤 되어 보이는 멕시코 청년이 서둘러 왔다. 레들러가 그에게 스페인 어로 말했다.

"율라리오, 가을 소몰이 때 샌카를로스 목장에서 카우보이가 되게 해 주겠다고 약속한 것이 기억나는군."

"그렇습니다, 목장주님. 정말 선량하십니다."

"내 말을 들어 봐. 이 젊은이는 내 친구야. 많이 아프지. 항상 그의 곁에 있거나. 언제나 그가 원하는 대로 해 주게. 인내심을 가지고 그를 돌보게. 그가 낫게 되면 카우보이가 아니라 라스 피에드라스 목장의 집사가 되게 해 주겠네. 괜찮겠나?"

"예, 예. 정말 고맙습니다, 목장주님."

율라리오가 감사를 표하기 위해 바닥에 무릎을 꿇으려 했다. 그러나 목축업자가 그의 행동을 말리며 으르렁거리듯이 말했다.

"지금은 그런 익살스러운 행동을 할 때가 아니야."

10분 후 율라리오가 맥과이어의 방에서 나와 레들러 앞에 섰다. 율라리오가 말했다.

"젊은 신사가 인사를 전하셨어요. 그리고 얼음과 뜨거운 물 목욕과 진피즈(진에 레몬, 탄산수를 탄 음료 : 옮긴이)와 창문을 모두 닫을 것과 구운 빵과 면도와 뉴욕헤럴드와 담배와 전보를 요구했어요.”

레들러가 약 상자에서 위스키 한 병을 꺼내 그에게 건네며 말했다.

“이것을 그에게 가져다주게.”

이런 식으로 솔리토 목장은 공포가 지배하게 되었다. 몇 주 동안 맥과이어는 레들러가 최근에 데리고 온 사람을 보기 위해 수 마일을 달려온 카우보이들 앞에서 큰 소리로 거칠게 자랑하며 허세를 부렸다. 카우보이들은 그런 사람을 본 적이 없었다. 맥과이어는 그들에게 가볍게 치고 덤비기, 훈련과 방어 요령 등에 대해 설명해 주었다. 그는 프로 스포츠를 추구하는 사람의 멋대로의 삶에 대해 그들에게 모두 알려 주었다. 그들은 그가 쓰는 속어에 놀라워하면서도 즐거워했다. 그의 몸놀림과 이상한 자세, 꾸밈없는 상스러운 말투와 원칙이 그들을 매료시켰다. 새로운 세계에서 온 존재 같았다.

이상한 말이지만 그가 들어선 이 새로운 세계는 그에게는 존재하지 않았다. 그는 벽돌과 회 반죽으로 된 철저한 이기주의자였다. 낙오자가 되어 잠시 목장에 와 있지만 그곳에 있는 모든 사람들은 그의 회고담을 들려줄 관객일 뿐이라고 느꼈다. 대낮의 대초원이 주는 무한한 자유도 새벽녘의 웅장한 침묵도 별이 반짝이는 밤도 그를 감동시키지 못했다. 오로라(로마 신화의 여명의 여신 : 옮긴이)의 색깔도 분홍색의 스포츠 잡지에 비길 수 없었다. 공짜로 큰돈을 얻는 것, 이것이 그의 인생의 사명이고, 37번가가 그의 인생의 목적이었다.

도착한 지 거의 두 달이 지났을 때 그는 자신의 병이 악화된 것 같다고 불평하기 시작했다. 그때부터 그는 목장의 악몽, 탐욕스러운 괴물, 바다의 노인이었다. 그는 원한을 품은 작은 마귀나 악마처럼 넋두리를 하고 불평을 하고 저주하고 욕을 했다. 그가 불평하는 요지는 자신의 의견은 무시된 채 고난의 땅으로 유인을 당했다는 것이었다. 사람들이 무시하는 데다 불편해서 자신이 죽어 가고 있다는 것이었다. 그는 병이 더 심해졌다고 푸념했지만 다른 사람들이 보기에는 별로 달라진 게 없었다. 건포도 같은 그의 눈은 전과 다름없이 영리하고 사악해 보였고 목소리는 귀에 거슬렸다. 그의 냉담한 얼굴은 북 가죽처럼 팽팽해 살이 빠질 여지가 없었다.

오후만 되면 맥과이어의 두드러진 광대뼈에 홍조가 도는 것을 볼 때, 체온계로 재보면 증상이 나타나고 의사가 그의 몸을 진찰해 보면 한 개의 폐로만 숨을 쉬고 있다는 사실을 확인할 수 있을 거라고 짐작할 뿐이었다. 하지만 겉으로 볼 때는 전과 전혀 다름이 없었다.

그의 곁에는 항상 율라리오가 있었다. 맥과이어가 그를 아주 고통스러운 존재로 옭아매 버린 것을 보면 집사라는 보상 때문에 크게 고무되었음이 틀림없었다. 그는 창문을 모두 닫고 커튼을 치라고 해 그가 살 수 있는 유일한 치료제인 공기를 차단하라고 시켰다. 방은 언제나 우울하고 담배 연기로 가득 찼다. 그 방에 들어오는 사람은 누구든지 간에 숨 막히는 곳에 앉아서 이 작은 마귀의 끝없는 허풍을 들어야 했다.

그중에서도 가장 이상한 것은 맥과이어와 그의 은인 사이의 관계였다. 목축업자와 병자와의 관계는 관대한 부모와 투정부리며 말 안 듣는 아이와의 관계 같았다. 레들러가 목장을 떠나면 맥과이어는 음울하고 심술궂은 태도를 보이며 말 한마디 하지 않았다. 그가 돌아오면 난폭하고 신랄하게 비난했다. 그의 비난에 대한 레들러의 태도는 이해하기 어려울 정도였다. 그는 맥과이어가 자신에게 폭군이자 억압자라고 비난하는 말을 해도 그것이 사실이라고 느끼는 듯했다. 그는 맥과이어의 상황에 대한 자신의 책임을 인식하고 있는 것 같았고, 그가 비난을 할 때마다 변함없이 침착하고 인내심을 보일 뿐 아니라 심지어는 양심의 가책이라도 받는 듯 친절하게 대했다.

하루는 레들러가 그에게 말했다.

"맑은 공기를 좀 더 마시게. 원하면 언제라도 사륜마차와 마부를 보내 주겠네. 소목장에서 한두 주 편안히 지내다 오게. 반드시 병이 완치될 걸세. 땅과 그 위의 공기가 자네를 치유할 거야. 필라델피아에서 온 사람이 있었는데 자네보다 더 아팠지. 과달루페에서 길을 잃고 2주 동안 양 목장의 마른 풀밭에서 잠을 잤어. 그는 회복되기 시작했고 결국 다 나왔네. 땅에 가깝게 있는 것이 좋아. 공기 중의 약 성분이 머무는 곳이거든. 자 이제 잠시 말을 타 보세. 저기 순한 조랑말이 있네."

그때 맥과이어가 소리를 질렀다.

"내가 당신에게 무슨 잘못을 했나요? 당신을 배반한 적이라도 있나요? 이곳에 데려와 달라고 부탁했나요? 원한다면 당신 목장으로 태워다 주세요. 아니면 나를 칼로 찌르고 더 이상 헛수고하지 마세요. 달리세요! 나는 발을 뗄 수가 없어요. 나는 다섯 살짜리 아이의 잽도 피할 수가 없어요. 그게 바로 이 목장이 나에게 한 일이에요. 여기에는 먹을 것도 없고 볼 것도 없고 이야기 상대도 없어요. 샌드백과 바닷가재, 샐러드도 구별하지 못하는 촌사람들뿐이에요."

레들러가 당혹해하며 사과라도 하듯이 말했다.

"이곳은 말할 나위 없이 쓸쓸한 곳이지. 우리는 가진 것이 많지만 거칠어. 뭐든지 원하는 것이 있으면 사환들이 자네를 위해 달려가서 가져올 걸세."

맥과이어의 병이 꾀병이라고 말한 사람은 서클바 목장의 카우보이 차드 머치슨이었다. 차드는 30마일 떨어진 곳에서 그를 위해 일부러 포도 한 바구니를 자신의 말 안장 머리에 묶어서 가져왔다. 담배 연기가 찌든 방에서 잠시 머물렀다 나온 그는 자신의 의심을 레들러에게 털어놓기 시작했다.

502

"그의 팔은 다이아몬드보다 더 단단해요. 나한테 주먹을 한 방 먹였는데 마치 머스탱(멕시코, 텍사스 등의 작은 야생마 : 옮긴이)의 발길질에 두 번째인 것 같았어요. 녀석이 목장주님께 비열한 짓을 하고 있어요. 녀석은 절대로 저보다 약하지 않아요. 이런 말은 하고 싶지 않지만 그 조그만 놈이 이곳에 묵으려고 목장주님을 이용하고 있는 거예요."

그러나 순진한 목축업자는 차드의 말에 귀를 기울이지 않았다.

어느 날 정오쯤 마차를 타고 온 두 남자가 목장 말뚝에 말을 묶고는 저녁 식탁에 앉았다. 사회적으로 명망 있는 사람들을 초대하는 것이 이곳의 관습이다.

그중 한 명은 저명한 샌안토니오 의사였다. 실수로 쏜 총에 맞은 부유한 농장주가 진료비가 비싼 그에게 왕진을 받았다. 시내로 가는 기차 시간에 맞춰 마차를 타고 역으로 돌아가는 길에 들른 것이었다. 저녁 식사 후 레들러가 그를 한쪽으로 불러 그의 손에 20달러짜리 지폐를 쥐어 주며 말했다.

"의사 선생님, 제 생각에 악성 폐렴인 듯한 젊은이가 저 방에 있습니다. 그의 증세가 얼마나 위독한지, 우리가 그를 위해 할 수 있는 일이 있는지 한번 봐 주셨으면 합니다."

"내가 먹은 저녁 식사 값이 얼마죠, 레들러 씨?"

의사가 안경 너머로 그를 바라보며 퉁명스럽게 물었다. 레들러는 돈을 자기 주머니에 다시 넣었다. 의사가 맥과이어의 방으로 들어갔고 목축업자는 복도에 쌓아 놓은 안장 더미 위에 앉았다.

10분 후에 의사가 힘찬 걸음으로 방에서 나왔다. 그리고 서둘러 말했다.

"그는 새 지폐처럼 건강해요. 폐도 내 것보다 좋고요. 호흡과 체온 맥박 다 정상이에요. 흉부가 4인치나 확장됩니다. 연약한 조짐이 없어요. 물론 간상균은 검사하지 않았지만 없을 겁니다. 진단서에 내 이름을 써넣으세요. 꼭꼭 닫아 놓은 문이나 담배도 그의 건강을 해치지는 못했군요. 기침을 한다고요? 글쎄요, 그럴 필요 없다고 말해 주세요. 그를 위해서 할 수 있는 일이 있느냐고 물으셨죠? 그에게 울타리 말뚝을 세울 구멍을 파거나 머스탱 길들이는 일을 시키라고 권하고 싶군요. 마차가 기다리고 있어요. 안녕히 계시오."

의사는 휙 몰아치는 바람처럼 그 자리를 떠났다.

레들러는 손을 뻗어 울타리 옆에 있는 머스킷 관목 이파리를 하나 따서 입에 물고는 깊은 생각에 빠졌다.

가축에 낙인을 찍는 철이 다가왔다. 십장인 로스 하기스가 다음 날 아침 낙인 찍기를 할 샌카를로스 목장에서 일꾼 스물다섯 명을 불러 모으고 있었다. 여섯 시쯤 되어 모든 말에 안장을 올리고 음식 실은 마차가 준비되자 카우보이들이 말에 올라타 몸을 앞뒤로 흔들고 있

504

었다. 그때 레들러가 그들에게 기다리라고 명령했다. 사환이 재갈을 물리고 안장을 올린 조랑말 한 마리를 데리고 문 쪽으로 왔다. 레들러가 맥과이어의 방으로 가서 문을 활짝 열었다. 맥과이어는 간이침대에 앉아 옷도 입지 않은 채로 담배를 피우고 있었다.

"일어나게."

목축업자가 말했다. 그의 목소리는 뷰글(피스톤 장치가 있는 나팔 : 옮긴이)처럼 크고 또렷했다.

"무슨 일이죠?"

맥과이어가 놀란 목소리로 물었다.

"일어나서 옷을 입게. 나는 방울뱀은 견딜 수 있어도 거짓말쟁이는 싫어하네. 다시 말해야겠나?"

그가 맥과이어의 목을 잡고 바닥에 세웠다. 맥과이어가 거칠게 반항했다.

"여보세요, 친구. 정신 나갔어요? 나는 아파요. 안 보여요? 일을 심하게 하면 죽을 거예요. 내가 당신에게 무슨 짓을 했다고 그러세요? 내가 당신한테 뭐를 요구한 적이라도 있나요?"

그가 항상 하는 푸념을 늘어놓았다.

"옷을 입게."

레들러가 목소리를 높이며 말했다.

맥과이어는 화난 얼굴로 위협하는 목축업자에게 놀라 그에게서 눈을 떼지 못한 채 욕을 하고 비틀거리고 떨면서 겨우 옷을 입었다. 그러자 레들러가 그의 옷깃을 잡고 마당을 가로질러 문 앞에 매어 놓은 조랑말에게로 데리고 갔다. 카우보이들이 안장에 앉아 축 늘어져 빈둥거리고 있었다. 레들러가 로스 하기스에게 말했다.

"이 사람을 데려가게. 그리고 그에게 일을 시키게. 열심히 일하고 푹 자고 잘 먹게 만들게나. 알다시피 나는 그를 위해 할 수 있는 일을 모두 하고 있고 그는 환영을 받고 있네. 어제 최고의 샌안토니오 의사가 그를 진찰하고 나서 폐는 당나귀처럼 튼튼하고 몸도 수송아지처럼 건강하다고 했어. 그에게 어떻게 해야 할지 알겠지, 로스?"

로스 하기스는 험상궂게 웃을 뿐이었다. 맥과이어가 아픈 안색을 하고 레들러를 빤히 들여다보며 말했다.

"에이, 의사가 내가 아무렇지도 않다고 말했다는 거죠? 내가 꾀병을 앓고 있는 거라고요? 당신이 나를 진찰하게 했다는 거지요? 내가 아프지 않다고 생각하는 거고요. 게다가 나보고 거짓말쟁이라고 했지요? 여봐요 친구, 내가 말을 거칠게 하는 것은 사실이지만 거의 다 진담이 아녜요. 내가 아픈 척했다고 느낀다면, 에이! 내가 잘 몰랐어요. 나는 아프지 않아요. 의사가 그렇게 말했다고 하니까요. 자, 친구, 가서 당신을 위해 일하겠어요. 이제 공평하다고 생각하겠군요."

506

그는 새처럼 가볍게 안장에 올라타 안장 머리에서 가죽 채찍을 꺼내 조랑말에게 휘둘렀다. 한때 호손에서 동호회를 이끌었던, 그리고 십중 팔구는 성공했던 귀뚜라미가 그 발을 다시 한 번 등자에 올려놓았다.

맥과이어는 산카를로스에서 달려가는 기마대를 이끌었다. 카우보이들이 그가 내는 먼지를 따라 달리면서 커다란 함성을 질렀다. 그러나 1마일도 채 못 가서 그는 뒤로 처지고 말았다. 그리고 카우보이들이 말 우리 아래 있는 높은 떡갈나무 숲에 도달했을 때는 맨 끝으로 처져 있었다.

그는 떡갈나무 숲 뒤에서 고삐를 내리고 손수건을 입에 댔다. 그가 선홍색 피에 젖은 손수건을 가시투성이의 배나무에 조심스럽게 던졌다. 그러고는 놀란 조랑말에게 '가자'라고 헐떡거리며 말하더니 무리를 따라서 서둘러 달렸다.

그날 밤 앨라배마에 있는 레들러의 옛집에서 전갈이 왔다. 친척 중 한 사람이 사망했는데 재산이 분배될 예정이니 그에게 오라는 내용이었다. 날이 밝자마자 그는 마차를 타고 역을 향해 대초원을 미끄러지듯 달렸다. 그는 두 달이 지나서야 돌아왔다. 목장에 도착해 보니 그가 없는 동안 집사 노릇을 한 율라리오만 남아 있었다. 율라리오는 그가 떠나 있는 동안 일어난 일에 대해 조금씩 이야기해 주었다. 낙인 찍는 캠프장에서는 여전히 일을 하고 있었다. 심한 폭풍이 여러 차례

불어 가축이 흩어지기도 했고 낙인 찍는 일이 아주 느리게 진행되었다. 현재 캠프장은 20마일 떨어진 과달루페 계곡에 있었다.

레들러가 갑자기 기억났다는 듯이 물었다.

"내가 그들과 함께 보낸 맥과이어는 아직도 일하고 있나?"

율라리오가 대답했다.

"모르겠는데요. 캠프장에 있는 사람들은 목장에 거의 오지 않아요. 송아지들 때문에 할 일이 너무 많아서요. 아무 말도 듣지 못했어요. 오, 맥과이어라는 친구는 오래전에 죽은 것으로 알고 있어요."

"죽었다고? 무슨 말을 하고 있는 건가?"

율라리오가 어깨를 들썩이며 말했다.

"맥과이어는 많이 아팠어요. 그는 더 이상 살아 있지 않아요. 그가 죽은 지 벌써 두 달이나 됐어요."

"이런! 그가 자네도 속였군, 그렇지? 의사가 그를 진찰하고 나서 머스킷 나무 매듭처럼 건강하다고 말했다네."

레들러의 말에 율라리오가 웃으면서 대꾸했다.

"그 의사가 그렇게 말했어요? 의사는 맥과이어를 진찰하지 않았어요."

"분명히 말해 보게. 도대체 무슨 말을 하는 거지?"

레들러의 명령에 율라리오가 차분하게 대답했다.

"맥과이어는 의사가 방에 들어왔을 때 마실 물을 가지러 밖에 나가 있었어요. 의사는 나를 붙들고서 손가락으로 온몸을 두드리며 진찰했어요. 왜 그러는지 나는 알지 못했어요. 여기, 여기, 여기에 귀를 대고 들었어요. 그것도 왜 그러는지 몰랐어요. 작은 유리 막대기를 내 입에 넣었어요. 여기 내 팔도 만져 보았고요. 작은 소리로 수를 세어 보라고 했어요. 그래서 '스물, 서른, 마흔' 하고 세었지요. 의사가 왜 그렇게 이상한 짓을 한 거지요?"

율라리오는 비난하듯 두 손을 펼치며 말했다.

"말들은 어떤가?"

레들러가 짧게 물었다.

"파이스노(뻐꾸기 과의 일종, 미국 남서부 멕시코산 : 옮긴이)는 작은 가축 우리 뒤에서 풀을 먹고 있어요."

"당장 안장을 올려놓게."

얼마 안 있어 목축업자는 말을 타고 달렸다. 볼품없게 생겼지만 빨리 달리는 새에게서 이름을 따서 붙인 말은 완만하게 달리고 있었다. 2시간 15분이 지나자 과달루페 물웅덩이 옆에 있는 낙인 찍는 캠프장이 보였다. 두려운 소식을 들을 생각에 낙담한 그는 캠프에 도착해서 파이스노의 고삐를 내려놓았다. 그 순간 그는 맥과이어를 살해한 죄에 대해 복종하기로 마음먹었다.

캠프에는 요리사만 있었다. 막 쇠고기 바비큐 덩어리들을 차려 놓고 저녁 식사용 커피 잔들을 나누어 주고 있는 중이었다. 레들러는 마음에 품고 있는 한 가지 의문에 대해 직접적으로 묻지 않았다.

"일은 잘되어 가나, 피트?"

그가 드디어 질문을 시작했다. 피트가 조심스럽게 대답했다.

"그저 그렇습니다. 하루에 식사를 두 번 하고 있습니다. 바람이 불어 가축이 흩어졌고 덤불을 40마일이나 긁어모아야 했어요. 새 커피 포트가 필요해요. 그리고 모기들이 아주 지독하게 덤벼듭니다."

"일꾼들은 다 잘 있나?"

피트는 낙관주의자가 아니었다. 카우보이들의 신상에 대한 질문은 피상적일 뿐 아니라 거의 무의미했다. 그런 질문을 하는 것은 목장주답지 않았다.

"남은 일꾼들은 밥 시간에 안 빠지고 꼭 나타납니다."

요리사가 말했다.

"남은 일꾼들이라고?"

레들러는 쉰 목소리로 소리를 지르고 자기도 모르게 맥과이어의 무덤을 찾기 시작했다. 그는 앨라배마 교회 뜰에서 본 하얀 석판을 떠올렸다. 그러나 어리석은 생각이라는 것을 즉시 깨달았다. 피트가 대답했다.

"네, 남은 일꾼들요. 소 캠프는 두 달마다 바뀌니까요. 일부는 떠났습니다."

레들러는 용기를 냈다.

"내가 보낸 맥과이어는……."

옥수수 빵 조각을 양손에 들고 일어나며 피트가 끼어들었다.

"그렇게 불쌍한 녀석을 캠프로 보낸 것은 아주 못할 노릇이었어요. 그가 무덤에 들어갈 고깃덩어리였다는 것을 알지 못한 의사는 안장 띠 버클로 껍질을 벗겨 버려야 해요. 그도 역시 사냥감이었어요. 뱀 같은 인간들 사이에서도 스캔들이었죠. 그가 무슨 일을 했는지 말해 드리죠. 캠프 첫날 일꾼들이 그에게 가죽바지 신고식을 시키려 했어요. 로스 하기스가 자신의 가죽바지로 그를 한 번 철썩 때렸어요. 그러자 그 불쌍한 녀석이 어떻게 했는지 아세요? 그 모기 같은 녀석이 일어나더니 로스를 때려눕힌 겁니다. 로스 하기스를 때려눕혔어요. 아주 흠씬 두드려 팼지요. 보이는 대로 아무 데나 세게 때렸어요. 로스가 금방 일어나서 놈을 다시 때려눕혔어요. 그러자 맥과이어가 저기로 가서 머리를 땅에 대고 누워 피를 흘렸어요. 뇌출혈이라고 했어요. 열여덟 시간을 그곳에 누워 있더니 전혀 움직이지를 못했어요. 자신을 때려눕힐 수 있는 사람은 누구든 사랑하는 로스 하기스가 일하러 가서 그린랜드에서 폴란드 차이니에 이르는 의사들에게 욕을 했어요. 그러고 나서 그와 그린 브랜치 존슨이 맥과이어를 텐트로 데리고 들어가 그에게 다진 날고기와 위스키를 먹였어요. 하지만 녀석은 식욕을 보이지 않았어요. 밤에 텐트에서 사라져 찾아보니 마침 이슬비 내리는 풀밭에 꿈쩍 않고 누워 있었어요. 그가 말했어요.

'저리 가요. 가서 내가 원하는 대로 죽게 내버려 둬요. 그가 나보고 거짓말쟁이고 사기꾼이고 아픈 척하고 있다고 말했어요. 나를 혼자 내버려 두세요.'

그는 누워 있었어요. 아무도 알아보지 못하고 누워 있었어요. 그리고⋯⋯."

갑자기 하늘에서 천둥이 치더니 남자 20여 명이 말을 타고 수풀을 달려와 캠프에 도착했다. 피트가 갑자기 일어나며 소리쳤다.

"빛나는 방울뱀들이에요! 일꾼들이 왔어요. 저녁 식사가 3분 안에 준비되지 않으면 나는 죽임을 당할 거예요."

그러나 레들러의 눈에는 오직 한 가지만 보였다. 작은 체구의 남자가 얼굴을 찌푸린 채 이를 드러내고 웃으며 안장에서 뛰어내리는 모습이 불빛에 밝게 보였다. 맥과이어는 그렇지 않았다. 그런데⋯⋯.

곧 목축업자가 그의 손과 어깨를 잡았다.

"여보게, 어찌 된 일인가?"

그는 그 말밖에 할 수 없었다. 레들러의 손가락을 강철 같은 주먹으

512

로 부술 듯이 잡으며 맥과이어가 소리쳤다.

"땅에 가깝게 있으라고 그랬지요? 그 말이 맞았어요. 회복되고 강해졌어요. 내가 얼마나 구두쇠였는지도 깨달았어요. 나를 밖으로 몰아내 줘서 고마워요. 그리고 아! 그 의사에 대해 농담하지 않던가요? 창문으로 그가 스페인 녀석의 몸을 진찰하는 걸 봤어요."

목축업자가 화를 낼 듯이 말했다.

"자네는 정말 장난이 심하군. 의사가 자네를 진찰하지 않았다고 왜 말하지 않았나?"

"오, 가 버려요!"

맥과이어가 일순간 예전처럼 거칠게 말했다.

"아무도 나를 속일 수 없어요. 당신은 내게 묻지도 않고 꾀어 와서 내버렸어요. 하지만 그건 더 이상 문제삼지 않겠어요. 그리고 친구 양반, 소 모는 일을 하다 보니 야외에서 볼거리가 많네요. 내가 해 본 일들 중에서 제일 성실한 일인 것 같아요. 여기서 그대로 일하게 할 거죠, 친구 영감?"

레들러가 무슨 일인가 싶은 얼굴로 로스 하기스를 바라보았다. 로스가 친절하게 말했다.

"저 버르장머리 없는 녀석이 우리 목장에서 궂은일을 도맡아 해 오고 있죠. 소 캠프에서 제일가는 녀석입니다."

남부의 이웃 미국

Our Neighbors to the South_Domestic

남부의 장미

The Rose of Dixie

조지아 툼즈 시에 있는 증권회사가 잡지 『남부의 장미』를 창간할 때 소유권자들이 수석 편집인으로 떠올린 후보자는 단 한 명뿐이었다. 학식이나 가문이나 평판이나 남부의 전통을 고려할 때 아킬라 텔페어 대령이야말로 필연적으로 예정된 적임자였다. 따라서 10만 달러의 창간 자금을 출자한 조지아 주 애국시민위원회는 그가 거절해 잡지도 남부도 고통 받게 될 것을 염려하며 텔페어 대령의 저택, 삼나무 하이츠를 방문했다.

대령은 그가 대부분의 시간을 보내는 큰 서재에서 그들을 맞았다. 아버지가 물려준 서재에는 1,000권이 넘는 장서가 소장되어 있었다. 그중에는 1861년에 출판된 책들도 있었다. 시민위원회 위원들이 도착했을 때 텔페어 대령은 스트로부스 소나무로 만든 커다란 중앙 탁자에 앉아서 버튼의 『우울증의 해부학』을 읽고 있었다. 그는 일어나서 위원회의 모든 사람들과 일일이 악수를 했다. 『남부의 장미』를 자주 읽은 사람이라면 잡지에 종종 실린 그의 초상화를 기억할 것이다. 조심스럽게 빗은 긴 백발, 왼쪽으로 약간 휜 높은 매부리코, 여전히 검은 눈썹 밑의 날카로운 눈, 끝이 약간 풀려 아래로 처진 하얀 콧수염 밑의 고전적인 입.

위원회는 수석 편집인 직을 맡아 달라고 간절히 부탁했다. 그리고 잡지가 다루고자 하는 분야의 윤곽을 겸손하게 제시하고 충분한 보수에 대해 언급했다. 대령의 땅은 해가 갈수록 척박해져서 붉은 골짜기들에 의해 잠식되고 있었다. 뿐만 아니라 그 같은 명예를 거절할 이유도 없었다.

텔페어 대령은 수락 연설을 통해 초서에서 맥콜리에 이르는 영문학의 개관을 설명하고 하느님이 도우신다면 『남부의 장미』의 향기와 아름다움이 널리 퍼지도록 해, 남부인들의 재산을 파괴하고 권리를 축소시켰을 뿐 아니라 남부인들의 두뇌와 마음에는 천재성이나 선이 존재하지 않는다고 믿는 북부 앞잡이들의 믿음을 그들의 면전에 도로 던져 주겠다고 말했다.

퍼스트 내셔널 은행 건물 2층에 칸막이를 써서 잡지사 사무실을 만들고 가구를 배치했다. 꽃들이 만발한 향기로운 공기 속에서 『남부의 장미』가 꽃을 피워 만발하게 할 것인지 시들게 할 것인지는 대령에게 달려 있었다.

편집장 텔페어 대령 주변에 있는 직원들과 기고자들은 멋진 사람들이었다. 조지아에서 훌륭하다고 하는 사람들은 모두 여기 모여 있었다. 제1부 편집장인 톨리버 리 페어팩스는 아버지가 피켓 돌격에서 사망했다. 제2부 편집장인 키이스 언생크는 모건 기마대 중 한 명의 조카였다. 서평가인 잭 로킹햄은 한 손에 칼을, 다른 한 손에는 우유병을 들고 참전한 남군 최연소 병사였다. 예술 편집장인 론스발리스 사이크스는 제퍼슨 데이비스의 조카와 육촌 간이었다. 대령의 속기사이자 타이피스트인 라비아나 터윈의 고모는 스톤월 잭슨에게 키스를 받은 적이 한 번 있었다. 수석 사환인 토미 웹스터는 툼즈 시 고등학교 졸업 연습에서 라이언 신부의 시들을 완벽하게 암송함으로써 직장을 얻었다. 잡지를 포장하고 주소를 쓰는 아가씨들은 경제적으로 어려운 처지에 있는 남부 가정 출신이었다. 지배인 호킨스는 미시건 주 앤하버 출신의 체구가 작은 사람으로 소유권자들과 관계가 있는 증권 회사의 추천을 받았고 유대 관계도 있었다. 심지어 조지아 주식회사도 때때로 죽은 자를 묻기 위해서는 산 자들이 필요하다는 것을 깨닫는다.

그런데 독자들이 믿건 말건 『남부의 장미』가 꽃을 다섯 번이나 피우는 동안 툼즈 시에서 『훅 앤드 아이』를 사는 사람들을 제외한 그 누구도 잡지의 이름을 들어 보지 못했다. 그러자 호킨스는 그 문제를 중

권회사에 알렸다. 심지어 앤하버에 있을 때도 그는 자신의 사업상 건의가 적어도 디트로이트 시에까지 알려지도록 하는 데 능숙했다. 그러자 광고 매니저가 개입했다. 라벤더 넥타이를 맨 젊은 광고 매니저 보르가르 피추 뱅크스는 할아버지가 큐크럭스클랜의 고위직을 역임했다.

그럼에도 불구하고 『남부의 장미』는 매달 출간되었다. 매 호마다 타지마할, 룩셈부르그 정원 카르멘치타, 라폴레트의 사진을 실었고 일정 수의 사람들이 잡지를 사고 정기구독을 했다. 편집국장 텔페어 대령은 대대적인 광고로 앤드류 잭슨의 옛집에 대한 세 가지 다른 견해를 실었다. '은둔자의 집'과 '리를 후방으로!'라는 제목이 붙은 마나세스의 2차 전투를 전면에 싣고 5,000자에 달하는 「벨 보이드의 전기」를 같은 장수로 실었다. 그러자 그 달의 구독자 명단이 118명으로 늘어났다. 같은 호에는 사우스캐롤라이나 찰스턴의 해리콧 가문과 관련이 있는 레오니나 바슈티 해리콧(필명)과 주주 중 한 명의 조카인 빌 톰슨이 쓴 시도 실렸다. 한 사회부 기자는 인디언으로 분장한 일부 하객들이 차를 많이 쏟는, 보스턴 상류 사회와 영국식 분위기에서 열리는 차 파티에 대한 기사를 쓰기도 했다.

하루는 거울에 입김을 불면 쉽사리 김이 어리게 할 수 있는, 아주 팔팔하게 살아 있는 어떤 사람이 『남부의 장미』 사무실을 방문했다. 그

518

는 부동산 중개인만한 도량을 갖춘 남자로, 손수 맨 넥타이를 하고 W. J. 브라이언과 핵켄슈미트와 헤티 그린에게서 빌려 온 태도를 지니고 있었다. 그는 편집장 일을 하면서 혹독한 시련을 겪고 있는 대령에게 안내되었다. 텔페어 대령이 일어나 알버트 왕자처럼 인사했다.

"제 이름은 태커입니다. 뉴욕에서 온 T. T. 태커입니다."

난입자가 편집자의 의자에 앉으며 말했다.

그는 대령의 책상 위에 서둘러 명함 몇 장과 커다란 봉투, 그리고 『남부의 장미』 소유주가 쓴 서신을 늘어놓았다. 그 서신은 태커 씨를 소개하면서 대령에게 그와 협의하여 잡지에 대해 그가 원하는 정보를 모두 제공해 달라고 공손하게 요청하고 있었다.

태커가 씩씩하게 말했다.

"저는 잡지 소유주의 비서와 한동안 서신을 교환했습니다. 저는 잡지 분야에 실무 경험이 많고 구독률을 높이는 데는 누구 못지않습니다. 어떤 출판물이든 죽은 언어로 출판되지만 않는다면 1년에 1만 부 내지 10만 부 정도는 증가할 거라고 장담합니다. 창간 때부터 『남부의 장미』를 죽 지켜보고 있었습니다. 잡지에 대해서라면 편집부터 분류 광고에 이르기까지 모든 방면에 대해 알고 있습니다. 저는 잡지사가 큰돈을 벌 수 있도록 하기 위해 이곳에 왔습니다. 잡지는 수지가 맞아야 합니다. 손해를 보고 있다고 비서한테 들었습니다. 잘만 운영

된다면 남부에서 출간되는 잡지가 북부에서도 높은 구독률을 확보할 수 있다고 봅니다."

텔페어 대령은 의자에 기대어 금테 안경을 닦고 있었다. 그가 정중하면서도 단호하게 말했다.

"태커 씨, 『남부의 장미』는 남부의 재능 있는 사람들을 육성하고 발굴하는 것을 목적으로 하고 있습니다. 표지에서 보셨을 수도 있겠지만 잡지의 표어가 '남부의, 남부를 위한, 남부에 의한' 입니다."

"하지만 북부 사람들이 구독하는 걸 반대하는 것은 아니시겠죠?"

태커가 물었다. 편집장이 대답했다.

"내 생각에 발행 부수를 공개하는 것으로 알고 있습니다. 나는 모릅니다. 나는 잡지의 사업적인 측면에 대해서는 전혀 모릅니다. 편집 쪽을 맡아 달라는 요청을 받았기 때문에 부족한 문학적 소양과 학식으로나마 헌신하고 있습니다."

"물론입니다. 하지만 북부든 남부든 서부든 어디를 가든 돈은 돈이지요. 대구를 사든, 땅콩을 사든 록키 포드 칸타루페 멜론을 사든 말입니다. 대령님 잡지의 11월호를 봤습니다. 대령님 책상에도 한 권 있군요. 함께 훑어보시겠습니까? 톱기사에는 문제가 없습니다. 목화 산출지에 대해 호의적인 기사를 쓰고 많은 사진을 곁들이는 것은 언제나 잘 통하지요. 뉴욕은 항상 목화 수확에 관심을 가지고 있습니다.

켄터키 주지사 사촌의 학교 동창이 쓴 해트필드맥코이 전투에 대한 인기 끌기 위주의 기사도 그런대로 괜찮았어요. 오래전에 일어난 일이라 대부분의 사람들이 잊고 있지요. 여기 로렐라 라셀리스가 쓴 「독재자의 발」이라는 세 페이지에 달하는 시를 좀 보시죠. 저는 상당히 많은 원고를 읽어 보았는데 거절당한 원고 목록에서 본 기억이 없습니다."

편집장이 말했다.

"라셀리스 양은 남부에서 가장 촉망받는 여성 시인 중의 한 명입니다. 앨라배마 주의 라셀리스 가문과 밀접하게 관련되어 있고, 그녀가 명주를 가지고 손으로 직접 만든 남부군 기가 주지사에게 증정되었지요."

태커가 계속 물었다.

"그런데 왜 투스칼루사의 M&O 철도 역의 전경이 이 시의 삽화로 실렸습니까?"

대령이 위풍 있게 말했다.

"그 삽화는 라셀리스 양이 태어난 옛집 울타리의 모퉁이를 보여 주고 있습니다."

"그렇군요. 그 시를 읽어 보았습니다. 하지만 역에 대한 것인지 불런 전투에 대한 것인지 알 수가 없더군요. 그런데 여기 포스다이크 피고트가 쓴 「로지의 유혹」이라는 단편소설은 아주 형편없어요. 피고트가 누군가요?"

태커의 물음에 편집장이 답했다.

"피고트는 잡지의 주요 주주 중의 한 사람입니다."

편집장의 짧은 대답에 태커가 말을 이었다.

"세상 모든 일이 평안하군요. 피고트는 놔둡시다. 북극 탐험에 대한 이 기사와 타폰 잡이에 대한 기사도 그런대로 괜찮았습니다. 하지만 아틀란타와 뉴올리언즈와 내시빌과 사바나의 양조장들에 대한 기사는 뭔가요? 주로 양조장들의 생산량에 대한 통계 수치와 맥주의 품질에 대한 것으로 보이는데요. 이런 기사를 왜 싣는지 궁금하군요."

텔페어 대령이 입을 열었다.

"말씀하신 비유적 언어를 제가 제대로 이해했는지 잘 모르겠지만, 전 이렇게 대답해 드리고자 합니다. 말씀하신 기사는 본 잡지의 소유주들이 실어 달라고 해서 만든 꼭지들입니다. 문학적인 수준은 만족스럽지 않습니다. 하지만 한편으로는 우리 잡지의 재정적인 면에 관심을 가진 분들이 원하는 바에 응해 드려야 한다고 생각했습니다."

"그렇군요. 다음으로 토마스 무어의 「랄라 루크」에서 발췌한 두 페이지가 있습니다. 그런데 무어가 탈출한 연방 감옥은 어디이고 그가 불리한 조건으로써 감수한 F. F. V. 가문의 이름은 무엇인가요?"

태커가 질문을 던지자 텔페어 대령이 동정 섞인 얼굴로 대답했다.

"무어는 1852년에 사망한 아일랜드의 시인입니다. 고전적 작가지요. 그가 번역한 「아나크레온」을 잡지에 연재해 재출판하는 것을 고려하고 있습니다."

태커가 경박하게 말했다.

"저작권법을 주의하세요. 새롭게 완공된 밀레지빌의 상수도 시설에 대한 소론을 기고한 베시 벨클레어는 누구인가요?"

"그 이름은 엘비라 심프킨스 양의 예명입니다. 나는 그 여자 분을 알지 못합니다. 하지만 그녀의 고향 국회의원 브로어 씨가 그 원고를 우리에게 보내왔습니다. 브로어 의원의 어머니는 테네시 주의 폴크스 가문과 연관되어 있습니다."

텔페어 대령의 설명이 끝나자 태커가 잡지를 던지며 말했다.

"여기 좀 보세요, 대령님. 이거 가지고는 안 됩니다. 어느 특정 지방을 위해서 만드는 잡지는 성공할 수 없어요. 모든 사람들의 관심을 끌어야 해요. 북부 출판사들이 남부에서도 호응을 얻고 남부 작가들의 글을 싣는 걸 보세요. 다양한 기고가들의 글을 실어야 합니다. 작가의 집안과 상관없이 수준 있는 작품을 사야 합니다. 잉크 한 쿼트를 걸고 장담하건대 대령님께서 이끌어 온 이 남부의 객실 오르간은 메이슨 햄린의 선율을 능가하지 못했을 겁니다. 그렇죠?"

"나는 그 지역에서 오는 원고들을 모두 조심스럽고 신중하게 거절했소. 내가 당신의 비유적 언어를 바로 이해했다면 말이오."

대령이 대답했다.

"좋습니다. 보여 드리고 싶은 것이 있어요."

태커가 마닐라지로 만든 두꺼운 봉투에서 타이프로 친 원고를 꺼내 편집장 책상 위에 올려놓았다.

"여기 원고들이 있어요. 모두 돈을 주고 산 것들이죠."

그가 원고들을 하나씩 접어 첫 번째 페이지를 대령에게 보여 주었다.

"미국에서 가장 높은 값을 받는 네 명의 작가가 쓴 네 편의 단편이에요. 세 명은 뉴욕에 살고 한 명은 통근을 하지요. 톰 뱀프슨이 쓴 「비엔나의 사교계」라는 특별 기고문이 있습니다. 잭 대위가 쓴 이탈리아 연재물도 있어요. 아니, 이건 다른 크로포드입니다. 스니핑즈가 쓴 세 개의 시, 정부들에 관한 폭로 기사도 있어요. 「여자들이 드레스케이스에 넣고 다니는 것들」이라는 멋진 기사도 있고요. 시카고의 여성 신문 기자가 5년 동안 숙녀들의 하녀로 일하면서 정보를 얻었지요. 내년 6월부터 싣게 될 홀 케인의 새로운 연재물의 첫 장에 대한 시놉시스도 있어요. 잘 팔리는 다른 잡지에서 2파운드에 얻은 사교시社交詩지요. 이런 글들은 지역을 불문하고 누구나 좋아해요. 이것은 네 살, 열두 살, 스물두 살, 그리고 서른 살 때의 사진과 함께 실린 조지 B. 맥셀란에 대한 기사예요. 예측 기사죠. 그가 뉴욕 시장으로 당선될 것이거든요. 전국적으로 히트 칠 겁니다. 그는……."

그때 텔페어 대령이 의자에서 몸을 세우며 말했다.

"실례지만, 이름이 뭐라고 하셨죠?"

태커가 어설프게 웃으며 말했다.

"아, 예. 맞아요. 그는 북군 장군의 아들이지요. 그 원고는 무시하도록 합시다. 하지만 대령님, 외람된 말씀이지만 우리는 지금 잡지를 성공시키려고 하는 것이지 섬터 요새에서 첫 총성을 내려는 것이 아녜요. 자, 이건 정말로 마음에 드실 겁니다. 제임스 위트콤 라일리 J. W. 가 직접 쓴 시입니다. 잡지에 그런 시가 실린다면 어떤 효과가 있을지 아실 겁니다. 이 시를 얼마를 주고 살지는 말씀드리지 않겠어요. 하지만 이 점은 말씀드리고 싶습니다. 라일리는 만년필을 가지고 저나 대령님보다 더 많은 돈을 벌 수 있지요. 마지막 두 연을 읽어 드리겠습니다."

아빠는 하루 종일 누워서 빈둥거리며
'그리고' 독서를 하고, 우리가 그를 존재하게 내버려 두도록 한다
그는 내가 원하는 그대로 하게 하고,

'그리고' 내가 나쁜 짓을 하면 나를 비웃는다
'그리고' 내가 크게 소리 지르고 나쁜 말을 하고
고양이를 놀리기 시작하면 아빠는 단지 웃지만,
엄마는 화를 낸다
'그리고' 나를 크게 혼낸다
나는 언제나 왜 그런지 궁금하다
아마도 아빠는 절대로 그러지 않기 때문인가 보다

'그리고' 모든 불이 꺼지면 아쉬운 마음에
바퀴 달린 나의 침대에서 나와 엄마 침대로 간다
'그리고' 엄마를 무척 사랑한다고 말한다
'그리고' 엄마에게 입 맞추고 꼭 껴안는다
'그런데' 너무 어두워 엄마의 눈을 볼 수 없다
그러나 그럴 때마다 나는 안다
그녀가 울고 울고 울고 또 운다는 것을
나는 언제나 왜 그런지 궁금하다
아마도 아빠는 절대로 그러지 않기 때문인가 보다

"정말 멋지군요. 어떻게 생각하세요?"

태커의 물음에 대령이 침착하게 대답했다.

"나도 라일리 씨의 작품을 읽어 봤어요. 인디애나 주에 사는 것으로 알고 있습니다. 나는 지난 10년 동안 도서관에 은둔하다시피 하고 삼나무 하이츠 서재에 있는 거의 모든 책을 읽었지요. 남부에서 가장 아름다운 시를 쓰는 시인들은 이미 『남부의 장미』 페이지들을 장식했어요. 나 자신도 이탈리아의 위대한 시인 타소의 작품들을 번역해서 실을까 생각하고 있습니다. 이 불멸의 시인이 남긴 시구의 샘을 마셔 본 적이 있나요, 태커 씨?"

"데미타스도 마셔 본 적이 없습니다. 자, 본론으로 들어가도록 하지요, 텔페어 대령님. 저는 이 원고들에 이미 투자했습니다. 다 사는 데 4,000달러가 들었습니다. 저의 목적은 다음 호에 그 일부를 싣고 판매량에 어떤 영향을 끼치는지를 보는 겁니다. 물론 잡지를 한 달 이상 먼저 만들지는 않으시겠죠. 북부든 남부든 동부든 서부든 최상의 원고를 출판하면 잡지는 성공하리라 봅니다. 계획을 세울 때 저와 협력할 것을 요청하는 소유주의 서신도 여기 있습니다. 단지 작가들이 카운티에서 온 실없는 소리들에 관련되어 있기 때문에 출판되었던 찌꺼기들 중 일부를 삭제하도록 하지요. 무슨 말인지 아시겠습니까?"

텔페어 대령이 존엄성을 갖추어 말했다.

"내가 『남부의 장미』 편집장으로 있는 한 내가 편집장 일을 합니다.

그러나 양심에 저촉되지 않는다면 소유주들이 원하는 대로 따르고 싶습니다."

태커가 서둘러 말했다.

"조용히 들어 봐요. 내가 가져온 글 중에서 1월호에 얼마나 실을 수 있겠습니까? 당장 시작하고 싶습니다."

편집장이 말했다.

"1월호에는 아직 여지가 있습니다. 8,000자 정도 여분이 있습니다."

태커가 말했다.

"좋아요! 충분하지는 않지만 독자들에게 땅콩이나 주지사들이나 게티스버그가 아닌 읽을거리를 선사하겠습니다. 제가 가져온 것 중 어느 것을 실을 것인지에 대한 선택권을 드리겠습니다. 다 좋은 글입니다. 저는 뉴욕으로 가야 합니다. 2주 후에 다시 오겠습니다."

텔페어 대령이 넓은 검은색 띠가 달린 안경을 천천히 치켜 올렸다. 그가 신중하게 말했다.

"제가 말한 1월호의 여분은 최종 결정을 할 때까지 일부러 남겨 놓은 것입니다. 지금까지 본 것 중 가장 훌륭한 원고가 얼마 전에 『남부의 장미』에 제출되었습니다. 탁월한 마음과 재능을 통해서만 만들어 낼 수 있는 것이었습니다. 그 원고가 남겨 놓은 여백을 채우게 될 것 같습니다."

태커는 불안해졌다.

"어떤 종류의 글이죠? 8,000자는 너무 많은 것 같은데요. 남부에서 가장 유서 깊은 가문이 관련되어 있는 게 틀림없군요. 남부의 주들이 연방에서 또 한 번 탈퇴하려는 건가요?"

태커의 암시를 무시하고 대령이 계속 말했다.

"이 글의 저자는 유명한 사람입니다. 다른 면에서도 탁월한 사람이지요. 이름은 밝히고 싶지 않습니다. 적어도 그의 글을 실을 것인지 여부를 결정하기 전에는 말입니다."

태커가 염려스럽게 말했다.

"글쎄요. 연재물인가요? 혹 사우스캐롤라이나 위트미어 시에 설치한 새로운 양수기를 소개하는 기사인가요, 아니면 리 장군 호위병 명단의 증보판인가요?"

텔페어 대령이 침착하게 말했다.

"농담을 잘하시는군요. 사상가이자 철학자이며 인류를 사랑한 사람이고 학생이며, 수준 높은 웅변가가 쓴 글입니다."

"기사 배급 기업이 쓴 것이겠군요. 하지만 솔직히 말해서 대령님, 조심하셔야 합니다. 요즘 8,000자나 되는 기사를 읽는 사람은 거의 없습니다. 연방법원 요약 보고서나 살인범 재판 보고서가 아니라면 말입니다. 설마 다니엘 웹스터의 연설문 중 하나를 입수한 건 아니겠죠?"

텔페어 대령은 의자에서 몸을 약간 움직이며 짙은 눈썹 아래로 잡지 후원자를 진지하게 바라보았다. 그가 심각하게 말했다.

"태커 씨, 나는 사업 투자로 인한 당신의 우려와 다소 지나친 유머 감각을 별개의 문제로 여기고 싶습니다. 하지만 남부와 남부인들에 대한 조롱과 경멸 섞인 언급은 자제해 주셨으면 합니다. 그런 언사는 『남부의 장미』 사무실에서는 조금도 용납되지 않을 것입니다. 그리고 이 잡지의 편집자인 내가 원고의 진가를 판단할 능력이 없다고 빗대어 암시하기 전에 현 안건에 대해 어떤 방식으로든 나보다 우월하다는 증거를 제시해 주시기 바랍니다."

태커가 사람 좋게 말했다.

"오, 아닙니다. 대령님, 저는 그런 적이 없습니다. 마치 제4부 법무장관이 기소장을 발표하는 것처럼 들립니다. 다시 사업 문제로 돌아가지요. 한 건에 8,000자나 되는 원고는 도대체 뭔가요?"

텔페어 대령이 사과를 받아들인다는 뜻으로 가벼운 목례를 하고 말했다.

"그 원고는 광범위한 지식을 다루고 있습니다. 수세기 동안 세계를 혼란스럽게 한 이론과 문제들을 제시하고, 이를 논리적이며 명료하게 밝히고 있습니다. 세계의 악을 한 가지씩 드러내고 소멸시킬 방법을 제시하고 신중하면서도 상세하게 선을 추구할 것을 촉구하고 있습니다. 인생의 모든 면에 대해 현명하고 침착하고 공평하게 논하고 있지요. 정부의 위대한 정책들, 민간인의 의무, 가정에서의 의무, 윤리, 도덕 등 이 모든 중요한 주제들이 깊은 지혜와 확신을 통해 다루어지고 있기 때문에 존경하게 되었습니다."

"출중한 작품이군요."

태커가 감동하자 대령이 그 뒤를 이어 말했다.

"세계의 지혜에 큰 공헌을 했습니다. 하지만 이 글을 『남부의 장미』에 실었을 때 우리가 누리게 될 엄청난 이익에도 불구하고 한 가지 우려되는 점이 있습니다. 그것은 저자에 대한 충분한 정보가 없다는 겁니다."

"그가 탁월한 저자라고 하시지 않았습니까?"

태커의 물음에 대령이 대답했다.

"맞아요. 문학적인 면에서나 문학 외의 다양한 분야에서나 훌륭합니다. 하지만 잡지에 원고를 실을지에 대해 지극히 신중하려고 합니다. 우리의 기고가들은 의심할 나위 없는 명성과 인맥이 있는 저자들로 언제라도 신원이 증명되지요. 말씀드렸다시피, 저자에 대해 좀 더 많은 정보를 얻을 때까지 이 원고를 보류하려고 합니다. 잡지에 원고를 게재할지 안 할지 모릅니다. 게재하지 않기로 하면 태커 씨께서 두고 가는 원고들로 기꺼이 대체하겠습니다."

태커가 막막한 표정을 지으며 말했다.

"그 원고의 골자에 대해 잘 모르겠습니다. 페가수스보다는 다크호스처럼 들리는군요."

편집장이 확신에 찬 목소리로 말했다.

"내 생각에는 현대를 살고 있는 그 누구보다 세계와 그 결과에 대해 잘 이해하고 이를 성취한 사람이 쓴 글입니다."

태커가 흥분해서 벌떡 일어섰다.

"혹시, 존 D. 록펠러의 자서전이라도 사 놓은 겁니까?"

"아닙니다. 나는 정신세계와 문학에 대해서 말하는 겁니다. 무역이라는 복잡하고 가치가 덜한 문제에 대해서 말하는 것이 아닙니다."

텔페어 대령의 대답에 태커가 다소 조바심을 내며 물었다.

"그럼 그 원고를 싣는 데 뭐가 문제인가요? 유명하고 재능도 있다면서요?"

텔페어 대령이 한숨을 내쉬고 말했다.

"태커 씨, 이번에는 마음이 흔들리고 있습니다. 『남부의 장미』에는 남부의 아들딸이 아닌 사람이 쓴 글을 실은 적이 없습니다. 이 글의 저자에 대해서는 내가 언제나 적개심을 느꼈던 고장에서 명망을 얻었다는 것밖에는 아는 바가 별로 없습니다."

태커가 나가기 위해 자리에서 일어나 최대한 성의를 표하며 말했다.

"좋습니다, 대령. 잘 판단하시기 바랍니다. 진정한 특종이나 독자들이 큰 관심을 보일 만한 글이라면 내 원고는 놔두고 그것을 실으십시오. 2주 후에 다시 오겠습니다. 행운을 빕니다."

텔페어 대령과 잡지 후원자가 악수를 했다.

2주가 지난 후 태커가 심하게 덜컹거리는 풀먼 열차에서 내려 툼즈 시에 들어섰다. 그는 『남부의 장미』 1월호를 발견했다. 글자가 인쇄되기를 간절히 바라고 있던 빈 공간에는 다음과 같은 머리글이 붙은 기사가 실려 있었다.

의회에 보내는 두 번째 전언

딕시의 장미를 위해

조지아의 유명한 불록 가문 출신 T. 루즈벨트가 씀

배후에 여자가 있다

Cherchez la Femme

『피커윤』의 기자인 로빈슨과 거의 100년간이나 잘 팔린 프랑스 신문인 『라베이으』의 기자 뒤마는 좋은 시절과 어려운 시절을 통해 우정이 입증된 친구였다. 그들은 자주 만나는 루이지애나 주의 프랑스인 카페에 앉아 있었다. 뒤멘트 거리에 있는 티보 부인의 작은 카페였다. 만일 독자가 그 장소를 안다면 마음에 떠올리면서 큰 기쁨을 느낄 것이다. 잘 닦인 여섯 개의 자그마한 테이블이 놓여 있는 작고 어두운 카페에서는 뉴올리언즈에서 가장 좋은 커피와 최고급 세제락에 버금가는 혼합 음료를 마실 수 있다. 뚱뚱하고 너그러운 티보 부인이 책상에 앉아 돈을 받고, 앞치마를 두른 부인의 매력적인 두 조카 니콜레트와 메메가 주문한 음료를 가져다주었다.

뒤마가 크리올인(미국 루이지애나 주에 이주한 프랑스 사람의 자손 : 옮긴이)의 호사를 만끽하며 담배 연기가 소용돌이치는 카페에서 눈을 반쯤 감고 압생트를 홀짝거리며 마시고 있었다. 로빈슨은 『피커윤』 조간을 읽으며 젊은 기자들이 대개 그렇듯이 조판에서 드러난 큰 실수와, 그의 기사를 시샘해서 가해진 수정을 찾아내고 있었다. 광고란에 난 기사 하나가 그의 시선을 끌었다. 그가 흥미를 보이며 친구에게 큰 소리로 읽어 주었다.

경매 : 오늘 오후 세 시에 보놈므 거리 수녀원에 있는 사마리아의 작은 자매들의 공동 재산이 모두 최고 가격을 부르는 입찰자에게 매각될 예정이다. 건물 및 대지, 사택과 예배실에 있는 가구를 전부 매각할 예정이다.

이 공고문을 보자 그들은 기자 생활을 하며 2년 전에 겪었던 에피소드를 떠올렸다. 그들은 그 사건을 기억해 내고 시간이 지난 지금 새로워진 관점에서 다시 토론을 시작했다.

카페 안에 다른 손님은 없었다. 마담이 예민한 귀로 그들의 대화를 몇 줄 듣고 테이블로 다가왔다. 이 모든 일의 시발점이 된 것은 그녀의 사라져 버린 2,000달러가 아니었던가?

세 사람은 오랫동안 방치되었던 풀리지 않은 사건을 붙들고 오래되어 말라 버린 왕겨를 도리깨질하듯 했다. 바로 이 사마리아의 작은 자매들의 예배당에서 로빈슨과 뒤마가 아무 소득도 없이 금박 입힌 성모 마리아 상을 바라보았던 것이다.

마담이 이야기를 시작했다.

"그는 말이야, 젊은이들, 모랭 씨는 악한 사람이었어요. 안전하게 보관해 달라고 맡긴 돈을 그가 훔쳤다는 것은 모든 사람들이 알거든. 아무래도 그가 그 돈을 썼을 거야."

마담이 뒤마를 향해 넓고 포용력 있는 미소를 지으며 말을 이었다.

"나는 당신을 알아요, 뒤마 씨. 제게 와서 모랭 씨에 대해 알고 있는 것을 모두 말해 달라고 했었지요. 아! 맞아요. 남자가 돈을 잃어버리면 사람들은 여자를 찾으라고 말하죠. 배후에 여자가 있다고요. 하지만 모랭 씨는 그렇지 않아요. 아녜요, 젊은이들. 그는 죽기 전에 성자 같았어요, 뒤마 씨. 여자를 찾으니 모랭 씨가 작은 수녀들에게 증정한 마리아 상 속에서 그 돈을 찾아보는 게 나을 거예요."

티보 부인의 마지막 말을 들은 로빈슨이 약간 흠칫하며 뒤마를 곁눈질로 바라보았다. 크리올인 뒤마는 꼼짝도 하지 않고 앉아서 자신의 담배가 만들어 내는 연기의 소용돌이를 꿈꾸듯이 바라보고 있었다. 이때는 오전 아홉 시였다. 몇 분 후 두 친구는 각자의 의무를 이행하기 위해 잠시 헤어졌다.

다음은 티보 부인의 사라진 수천 달러에 대한 간단한 설명이다.

뉴올리언즈 인이라면 그 도시에서 가스파르 모랭 씨가 사망했을 당시의 정황을 잘 기억할 것이다. 모랭 씨는 뉴올리언즈의 옛 프랑스 거리에서 예술적인 금 세공인이자 보석상으로 활동하며 크게 존경받는 인물이었다. 가장 유서 깊은 프랑스 가문 출신이었고 골동품과 역사에 대해 탁월한 지식을 가지고 있었다. 쉰 살가량의 독신자였으며, 로열 스트리트의 몇 안 되는 오래된 호텔 중 하나에서 조용하고 안락한 생활을 했다. 그런데 어느 날 아침 자신의 방에서 알 수 없는 원인으로 사망한 채 발견되었다.

그가 사망한 뒤 그의 사생활을 조사하자 실질적으로 파산 상태였음이 드러났다. 재고품과 개인 자산은 채무를 간신히 변제할 수 있을 정도였다. 얼마 후 모랭가에서 예전에 하인 노릇을 했던 티보 부인이 프랑스에 있는 친척들에게서 물려받은 2,000달러를 그에게 맡겼던 사실이 드러났다.

친구들과 법 당국이 아무리 애써 찾아봐도 그 돈의 행방을 알 수 없었다. 아무 흔적도 없이 사라져 버린 것이다. 모랭 씨가 죽기 여러 주일 전에 자신이 위탁 받은 돈을 안전하게 투자하기 위해 예치해 놓았던 은행에서 — 이에 대해서는 그가 티보 부인에게 말했었다 — 전액을 인출한 것으로 밝혀졌다. 당연히 마담은 서글픔에 잠겨 있었고 모랭 씨의 사후 명성은 부정직의 의혹에 휩싸이는 것처럼 보였다.

그 당시 로빈슨과 뒤마는 각자의 신문을 대표해 집요하게 그 사건을 조사했다. 언론은 그들의 보도를 탁월한 취재이자 독자의 호기심을 만족시킨 예로서 높이 평가했다.

"배후의 여자를 찾아라!"

뒤마가 말했다. 이에 로빈슨이 동의했다.

"바로 그거야! 모든 길은 여성으로 통한다. 그 여자를 찾아야 해."

그들은 벨보이에서 사장에 이르기까지 모랭이 묵었던 호텔의 모든 직원을 상대로 정보를 캐냈다. 또한 사촌의 아들딸을 비롯한 모든 친척들도 점잖게 그러나 끈질기게 유도 신문을 당했다. 사망한 금 세공인의 습관을 알아내기 위해 직원들을 교묘하게 타진했고 고객들에게서 정보를 추적했다. 그들은 마치 사냥개처럼 위탁금 횡령자로 추정되는 사람의 수년간의 제한되고 단조로운 행보를 최대한 가까이 추적했다.

그 같은 노력 끝에 알아낸 것은 모랭 씨가 흠이 없는 사람이었다는 사실뿐이다. 범죄적 성향으로 판단될 만한 취약점이 없었고, 한 치도 어긋나지 않는 정직한 삶을 살았으며, 여자를 좋아했다는 것을 암시할 만한 아무 근거가 없었다. 이 어느 것도 그의 결점으로 드러나지 않았다. 그의 삶은 수도사처럼 규칙적이고 금욕적이었다. 습관도 단순하고 숨김이 없었다. 관대한 성품에 동정심 많고 예절 바른 사람이었다는 것이 그를 아는 모든 이의 공통된 견해였다.

"뭐라고? 지금?"

로빈슨이 아무 것도 적혀 있지 않은 자신의 수첩을 손가락으로 가리키며 물었다. 뒤마가 담뱃불을 붙이며 말했다.

"배후의 여자를 찾아라! 레이디 벨레르를 찾아봐."

그런 여성은 당시 최고의 인기였다. 그녀는 걸음걸이가 변덕스러웠고, 이 도시에서도 그녀가 진짜 존재한다고 믿는 어리석은 사람들이 적지 않았다. 기자들은 정보를 찾아다녔다.

'모랭 씨가? 절대 아니다. 그는 결코 그런 경기를 관람하지 않았다. 그런 사람이 아니다.'

신사처럼 보이는 기자들이 그런 질문을 하는 것이 놀랍다는 눈치였다.

"포기할까? 수수께끼 전문 부서에 맡길까?"

로빈슨이 이렇게 말하자 뒤마는 성냥을 잡으며 중얼거렸다.

"배후에 여자가 있어! 작은 자매들이라는 곳을 찾아가 보자."

조사를 통해 모랭 씨가 이 자선 수녀원에 특별한 애정을 지니고 있었음이 드러났다. 많은 돈을 기부했고 수녀원 예배당에서 개인적으로 예배드리는 것을 가장 좋아했다. 제단에서 기도하기 위해 매일 수녀원을 방문했던 그는 실제로 말년에는 마음이 온통 종교적인 문제에만 기울어져 세상일에 지장을 줄 정도가 되었다.

그쪽으로 가서 보놈므 거리에 뚱한 표정으로 서 있는 단조로운 벽돌 건문의 좁은 문을 통해 수녀원으로 들어갔다. 한 노파가 예배당을 쓸고 있었다. 노파는 수녀원장인 펠리시테 수녀가 골방에 있는 제단에서 기도를 하고 있으며 몇 분 후에는 나올 거라고 말했다. 무거운 검은 커튼이 골방을 가리고 있었다. 그들은 기다렸다.

곧 커튼이 열리고 펠리시테 수녀가 나타났다. 키가 큰 그녀는 뼈만 앙상하고 평범한 얼굴에 수녀들의 검은 가운을 입고 엄숙한 보닛을 쓰고 있었다.

선량하고 용감하지만 섬세함이 부족한 로빈슨이 먼저 말을 꺼냈다. 자신들은 신문 기자다. 수녀님도 물론 모랭 씨 사건에 대해 들었을 것이다. 그 신사 분의 사후 명성에 공정을 기하기 위해 사라진 돈에 대한 의혹을 조사할 필요가 있다. 그가 이 예배당에 자주 왔던 것으로 알려져 있다. 모랭 씨의 습관, 기호, 친구 등에 대해 어떤 정보라도 알려 주시면 고인을 바르게 평가하는 데 크게 도움이 될 것이다.

이것이 로빈슨이 말한 대강의 요지이다. 펠리시테 수녀는 그 사건에 대해 알고 있었다. 그녀가 알고 있는 것은 무엇이든 말해 주고 싶지만 아는 것이 없었다. 모랭 씨는 수녀회의 좋은 친구였고 때로는 수백 달러를 기부하기도 했다. 수녀회는 독립적으로 운영되기 때문에 자선사업은 전적으로 개인 기부금에 의존하고 있었다. 모랭 씨는 예배실의 은 촛대와 제단보를 기증했다. 그는 예배를 드리기 위해 매일 예배당에 왔고 때로는 한 시간이나 남아 있기도 했다. 정말로 독실한 가톨릭 신자였다. 그리고 골방에는 그가 직접 모형을 만들고 상을 떠서 수녀회에 기증한 성모 마리아 상이 있다. 오! 그토록 선한 사람을 의심한다는 것은 벌 받을 일이다!

로빈슨 역시 그 같은 비방에 대해 심하게 우려하고 있었다. 하지만 모랭 씨가 티보 부인의 돈으로 무슨 일을 했는지 밝혀질 때까지는 중상이 이어지지 않을까 염려된다. 때로, 아니 실은 매우 자주 그런 종류의 일에는 여자가 개입되어 있다고 사람들은 말한다.

펠리시테 수녀가 커다란 눈으로 그를 엄숙하게 바라보며 느리게 말했다.

"여자가 있지요. 그가 경배하고 마음을 준 여자가 말입니다."

로빈슨이 크게 기뻐하며 연필을 찾았다.

"그 여자를 보세요!"

펠리시테 수녀가 긴 팔을 뻗어 골방의 커튼을 젖히자 스테인드글라스 창을 통해 쏟아지는 부드러운 빛으로 밝혀진 성소가 있었다. 돌 벽을 깊이 파서 만든 벽감 속에는 순금색의 성모 마리아 상이 있었다.

독실한 가톨릭 신자인 뒤마가 눈앞에서 벌어진 극적인 장면 앞에 굴복했다. 잠시 머리를 숙이고 십자가 형상을 그렸다. 다소 당혹한 로빈슨이 불분명한 사과의 말을 하고 어색하게 물러났다. 펠리시테 수녀가 커튼을 다시 쳤고 기자들은 자리를 떴다.

보놈므 거리의 돌로 된 좁은 보도를 걸어가며 로빈슨이 이유 없이 빈정거렸다.

"자, 다음은 뭐지? 교회 법? 이 샌님 같은 친구야!"

"압생트 술."

뒤마가 말했다.

사라진 돈에 부당하게 관련된 티보 부인의 말이 로빈슨의 두뇌에 어떤 암시를 주었다는 생각이 갑자기 들 수도 있을 것이다.

광신자가 자신의 재산, 아니 티보 부인의 재산을 열정적 헌신의 물질적 상징으로 봉헌했다고 한다면 너무 터무니없는 추측일까? 하지만 예배의 이름으로 이상한 일들이 왕왕 일어나고 있다. 사라진 수천 달러가 혹시 저 빛나는 성모 상을 만드는 데 들어간 것은 아닐까? 금 세공인이 성인들을 달래어 자신의 이기적인 영광을 이루려는 비이성적인 소원 때문에 순수하고 값비싼 금속으로 성상을 만든 것은 아닐까?

그날 오후 2시 55분에 로빈슨이 사마리아의 작은 자매들의 예배당 문을 열고 들어섰다. 그는 희미한 불빛 속에서 적어도 100명쯤 되는 사람들이 경매에 참석하기 위해 모인 것을 보았다. 그들은 대부분 다양한 종교적 교단의 회원이나 사제, 신자였다. 그들은 예배당의 여러 기물이 신성을 모독하는 자의 손에 넘어가는 것을 막기 위해 사러 온 사람들이었다. 그 밖의 사람들은 사업가나 중개상들로, 부동산에 입찰하기 위해 온 것이다. 성직자처럼 보이는 한 형제가 망치 두드리는 일을 자원하고 나서 특이한 말씨와 품위 있는 태도로 경매를 시작했다.

몇 가지 소품이 팔린 후에 두 명의 조수가 마리아 상을 가지고 왔다.

로빈슨이 10달러에서 입찰을 시작했다. 성직자 옷을 입은 풍채 당당한 남자가 15달러를 불렀다. 사람들 사이에 앉아 있던 한 사람이 20달러를 불렀다. 세 명이 계속 번갈아 5달러씩 값을 올려 금액이 50달러가 되었다. 그러자 풍채 좋은 남자가 기권했고, 도와주려고 마음먹은 로빈슨이 과감하게 100달러를 불렀다.

"150!"

다른 목소리가 말했다.

"200!"

로빈슨이 대담한 목소리로 말했다.

"250!"

경쟁자가 재빨리 말했다.

그는 사무실 동료들에게서 얼마나 빌릴 수 있을지, 그리고 다음 달 월급 중에서 사업 매니저에게 얼마나 가불할 수 있을지 생각하느라 번갯불이 반짝하는 순간만큼 망설였다.

그가 300달러를 불렀다.

"350!"

다른 사람이 큰 목소리로 말했다. 그 목소리를 들은 로빈슨이 갑자기 사람들 속으로 비집고 들어가 목소리의 주인공인 뒤마를 찾아내 목덜미를 움켜잡았다.

"이 회개하지 않은 얼간이 같으니라고!"

로빈슨이 그의 귀에 가까이 대고 야유했다. 그러나 뒤마가 침착하게 말했다.

"낙찰됐어! 가택 수색영장이 있었더라면 350달러를 부를 수는 없었을 거야. 하지만 그 반값은 낼 수 있지. 왜 나와 경쟁해서 입찰을 했어?"

"나 혼자만 바보인 줄 알았더니……."

로빈슨이 말했다.

아무도 더 이상 입찰을 하지 않았기 때문에 성상은 두 사람이 힘을 합해 부른 값에 낙찰되었다. 뒤마가 성상을 가지고 있는 동안 로빈슨이 두 사람의 재산과 신용 대금을 구하기 위해 서둘러 나섰다. 그가 곧 돈을 가지고 돌아왔고, 유쾌한 두 친구는 소중한 꾸러미를 탈 것에 싣고 가까운 구 샤르트르 거리에 있는 뒤마의 거처로 갔다. 무게가 100파운드였다. 그들의 추리에 따르면, 만에 하나라도 그들의 대담한 이론이 맞는다면, 거기 있는 성상의 가치는 2,000달러가 넘었다.

로빈슨이 천을 걷어내고 주머니에서 칼을 꺼냈다. 뒤마가 떨면서 중얼거렸다.

"이건 신성 모독이야! 그분은 그리스도의 어머니야. 무슨 짓을 하려는 거지?"

"입 다물어, 유다! 이제 자네는 구원 받기에는 너무 늦었어."

로빈슨이 뒤마를 향해 차갑게 쏘아붙이고는 칼을 단단히 잡고 성상의 어깨에서 한 조각을 잘라냈다. 잘린 자리에서는 금박을 얇게 입힌 칙칙한 회색 금속이 보였다. 칼을 바닥에 던지며 로빈슨이 말했다.

"납이야! 도금을 했어!"

그러자 뒤마가 자신의 신앙 양심을 한순간 잊고 말했다.

"젠장, 술이나 마셔야겠어."

그들은 200미터 떨어진 곳에 있는 티보 부인의 카페까지 침울한 기분으로 걸어갔다.

부인은 두 젊은이가 자신을 위해 해 준 일을 새롭게 떠올리며 감동받은 듯했다.

"그 테이블에 앉지 말아요."

그들이 항상 앉는 자리에 앉으려고 할 때 부인이 끼어들었다.

"그 자리가 맞아요, 젊은이들. 하지만 오늘은 안 돼요. 나의 친한 친구들처럼 이 방으로 들어오게 하겠어요. 그래요. 당신들을 위해 아니스 술과 최고급 커피를 만들어 드릴게요. 아! 나는 친구들을 대접하고 싶어요. 그래요. 이쪽으로 오세요."

부인은 자신이 특별히 좋아하는 고객들을 때때로 초대하는 작은 밀실로 그들을 안내했다. 마당으로 나 있는 커다란 창 옆에 나지막한 테이블과 함께 놓인 두 개의 안락한 의자에 그들을 앉혔다. 그리고 부산을 떨며 약속한 술과 커피를 만들기 시작했다.

두 기자가 신성한 경내로 초대되는 영예를 누리는 것은 이번이 처음이었다. 방은 우아하고 멋진 숲과 크리올인들이 좋아하는 잘 닦인 유리와 금속 용기들에 반사되는 어스름한 황혼이 드리워져 있었다. 창 옆에 있는 바나나 나무 잎사귀들이 작은 뜰에 있는 연못에서 희미하게 들리는 물 떨어지는 소리에 장단을 맞추어 나부꼈다.

천성적으로 탐사가인 로빈슨은 호기심 어린 눈으로 방을 둘러보았다. 부인은 별로 세련되지 못한 조상으로부터 조야한 장식에 대한 취미를 물려받았다.

벽은 부르주아의 취향에 맞춘 싸구려 석판 인쇄와 생일 카드, 화려한 신문 부록, 예술 광고 등 시신경이 놀라 굴복하게 만드는 것들로 온통 장식되어 있었다. 이런 자연스러운 장식 가운데서 뭔지 모를 덧댄 조각들이 로빈슨을 궁금하게 했다. 그가 일어나 한 발 가까이 다가

가 살펴보았다. 그러더니 벽에 무력하게 기대서서 소리를 질렀다.

"티보 부인! 오, 부인! 언제부터 5,000달러짜리 미국 4퍼센트 금 채권들로 벽에 도배하는 습관을 가지셨죠? 그림 형제의 동화책에 나오는 이야기인가요, 아니면 내가 안과에 가서 눈 검사를 받아야 하나요?"

그 말을 들은 티보 부인과 뒤마가 가까이 왔다. 부인이 명랑한 목소리로 말했다.

"뭐라고요? 로빈슨 씨, 뭐라고요? 아! 그 작은 종이들 말이군요! 한때는 그게 그 달의 주요 성일이 밑에 작은 글씨로 써 있는 가톨릭 기일표인 줄 알았어요. 하지만 아녜요. 그쪽 벽에 금이 갔어요, 로빈슨 씨. 그 작은 종이들을 붙여서 금이 간 것을 가렸지요. 색깔이 벽지와 아주 잘 어울리는 것 같아요. 어디서 났느냐고요? 아, 그래요. 기억이 나요. 어느 날 모랭 씨가 나의 집에 왔어요. 죽기 한 달 전쯤이었을 거예요. 그 돈을 투자해 주기로 약속하고 오랜 시간이 지났죠. 모랭 씨가 그 작은 종이쪽들을 테이블에 놓고 갔어요. 돈에 대해 많은 말을 했는데 무슨 말인지 내가 알아듣지 못했어요. 하지만 그 돈을 다시 보지는 못했고. 모랭 씨는 아주 사악한 사람이에요. 그런데 그 작은 종이가 뭔가요, 로빈슨 씨?"

로빈슨이 설명했다.

"이자표가 부착된 부인의 2,000달러예요."

그가 엄지손가락으로 네 장의 채권을 만지며 말했다.

"전문가를 불러서 떼 내는 것이 좋겠는데요. 모랭 씨는 좋은 사람이었어요. 나는 귀를 손질하러 가야겠어요."

그가 뒤마의 팔을 끌고 바깥으로 나왔다. 부인은 더할 나위 없이 선량하고 영광스러운 성자인 모랭 씨가 그녀에게 돌려준 돈을 보라고 니콜레트와 메메를 소리쳐 부르고 있었다.

"뒤마, 나는 즐거운 곳에 가야겠어. 존경받는 『피커윤』이 사흘 동안 나의 귀중한 봉사를 받지 못하겠지. 나와 함께 가지 그래? 자네가 마시는 그 녹색 음료는 좋지 않아. 생각을 자극하지. 우리는 지금 다 잊어버리고 싶잖아. 이런 순간에 원하는 결과를 보장하는 유일한 여자를 자네에게 소개해 주겠네. 이름은 켄터키의 미녀, 스무 살 먹은 버번이지. 병째로 말이야. 어때?"

로빈슨의 제의에 뒤마가 응했다.

"가지! 배후에 있는 여자를 찾자고."

바보를 죽이는 자
The Pool-Killer

남부에서는 누군가 특별히 기억될 만큼 어리석은 일을 저지르면 '제시 홈즈에게 보내라' 라고 말한다.

제시 홈즈는 바보를 죽이는 자이다. 물론 그는 산타클로스나 잭 프로스트나 제너럴 프러스퍼러티 등 조물주가 구현하지 못한 관념을 형상화한 여느 개념들과 마찬가지로 신화적인 인물이다. 남부에서 가장 지혜로운 사람도 바보를 죽이는 자라는 이름이 어디에서 유래했는지 모른다. 그러나 로어노크에서 리오그란데에 이르는 지역에 사는 사람들 중에 제시 홈즈의 이름을 듣거나 불러 보는 일을 겪지 않은 행복한 사람은 거의 없다. 그의 빈번한 협박을 피해 다니던 맨발 시절에 선명한 그의 사진이 나의 공상의 벽에 걸려 있던 것을 기억한다. 나에게 그는 회색 옷을 입고 덥수룩한 잿빛 턱수염을 기른 붉은 눈의 무서운 노인이었다. 나는 그가 손에 하얀 참나무 지팡이를 들고 가죽 끈으로 묶은 신발을 신고 먼지 구름을 일으키며 길을 터벅터벅 걸어오는 것을 본 적이 있다. 어쩌면 나는 아직도⋯⋯.

그러나 이것은 단편 소설이지 속편이 아니다.

읽을 만한 소설들 중에 이런저런 마실 것에 대해 이야기하지 않은 것이 거의 없다는 사실을 깨닫자 유감스러웠다. 붉은 독이 든 애리조나 딕의 세 개의 손가락에서부터 멍청한 대화에서 리오넬 몬스트레서의 용기를 북돋워 준 효력 없는 우롱차에 이르기까지 음료의 종류는 매우 많다. 그렇게 많은 음료 중에서 압생트 칵테일을 소개하고 싶다. 은 용기로 만든 압생트 칵테일은 유순하고 빛나는 불투명한 백색이며, 멋지고 현혹시키는 녹색 눈이 있다.

커녀는 바보였다. 뿐만 아니라 예술가였고 나의 좋은 친구였다. 세상에서 전적으로 비열한 누군가가 있다면 그는 다름 아닌 작가가 쓴 소설에 삽화를 그린 예술가이다. 한번 겪어 보면 무슨 말인지 알게 된다. 아이다호 주에 있는 광부 숙소에 대한 단편 소설을 써 보라. 그리고 팔아 보라. 그 돈을 쓰고 나서 6개월 후에 15센트 경화, 혹은 10센트 은화를 빌려 그 소설이 실린 잡지를 사 보라. 수채화로 그려진 소설 주인공 카우보이 블랙 빌이 한 페이지 가득 그려져 있는 것을 볼 수 있을 것이다. 소설 어딘가에 말이라는 단어를 썼던 것이다. 아하! 예술가가 소설의 의미를 파악한 것이다. 블랙 빌은 원체스터 카운티 수렵 구역의 사냥개 책임자들이 평소 입는 바지를 입은 채 라이플총을 들고 외알 안경을 쓰고 있다. 배경에는 가스총을 찾기 위해 갔던 42번가의 일부와 인도의 유명한 타지마할 왕릉이 보인다.

이 정도면 무슨 말인지 알 것이다! 나는 커너를 싫어했다. 그런데 어느 날 그를 만나 친구가 되었다. 그는 영혼이 너무 고상하고, 젊은 자신의 앞날에 무슨 일이 있을지 모르기 때문에 조금은 수심 어린 모습이었다. 그렇다. 그는 터무니없을 정도로 슬프다. 그의 청춘은 그랬다. 어떤 남자가 슬프면서도 유쾌해지기 시작한다면 그가 머리를 염색하고 있다고 백만 달러를 걸고 장담할 수 있다. 커너는 숱 많은 머리를 예술가답게 헝클어뜨린 모습이었다. 그는 담배를 즐겼고 식사 때마다 적포도주를 마셨다. 하지만 무엇보다도 그는 바보였다. 그리고 현명하게도 나는 그를 부러워했고 그가 벨라스케스나 틴토레토에 대해 이야기할 때는 인내심을 가지고 들었다.

하루는 그가 단편 선집에서 읽은 나의 소설에 대해 칭찬을 했다. 그의 이야기를 들어 보니 그 소설은 제임스 오브라이언의 작품이었다. 그가 이미 이 세상 사람이 아니라 자신의 소설에 대한 칭송을 듣지 못하는 것이 안타까웠다. 그러나 그 일 외에도 커너는 쉬지 않고 일관되게 바보 노릇을 했다.

그 말이 무슨 뜻인지를 설명하는 게 나을 것이다. 여자가 있었다. 나에게 여자는 학원이나 앨범에 속해 있는 존재였다. 그러나 커너와의 우정을 지키기 위해서는 동물의 존재를 인정해야 했다. 그가 나에게 목걸이 금합에 든 그녀의 사진을 보여 주었다. 머리가 갈색이었는지 금발이었는지는 기억나지 않는다. 그녀는 주급 8달러를 받으며 공장에서 일하고 있었다. 공장들이 이 임금을 들어 스스로를 정당화시키지 않도록 하기 위해 그녀가 그같이 높은 임금을 받기까지는 주급 1.5달러에서부터 시작해 5년 동안 일했다는 말을 덧붙이고 싶다.

커너의 아버지는 200만 달러의 재산을 지니고 있었다. 커너의 아버지는 커너가 걷고 있는 예술가의 길은 지지했으나 여공에 대해서는 선을 그었다. 그러자 커너는 아버지를 떠나 값싼 작업장으로 나왔다. 그는 아침 식사로는 소시지를 먹었고, 저녁은 패로니에서 먹었다. 패로니는 예술적 영혼을 지니고 있어 화가들과 시인들에게는 조정된 금액으로 외상을 주었다. 커너는 가끔 그림을 팔아 새 벽걸이 융단과 반지와 열두 개의 실크 목도리를 사고 패로니에는 할부금으로 2달러만 지불했다.

어느 날 저녁 커너가 여공과 함께 하는 저녁 식사에 나를 초대했다. 그들은 커너가 그림을 그려 돈을 잘 벌게 되면 결혼할 예정이었다. 옛 아버지의 200만 달러에 대해 말하자면 생각도 할 수 없는 일이었다.

그녀를 보자 놀라울 뿐이었다. 작은 몸집에 어중간하게 예쁜 그녀는 마치 시카고의 팔머 하우스에서 이미 기념 스푼을 블라우스에 숨기고 온 듯이 그 싸구려 카페에 편안히 앉아 있었다. 그녀는 자연스러웠다. 나는 그녀에게서 두 가지를 눈치 챘다. 그녀의 벨트 장식이 정확히 등의 중간에 놓여 있다는 것과 루비 넥타이핀을 꽂은 뚱뚱한 남자가 12번가에서부터 자신을 따라온 걸 우리에게 말하지 않았다는 것이다. 커너가 그토록 어리석은가? 나는 의아했다. 이어 신앙심 없는 사람이 200만 달러를 가지고 줄무늬 커프스나 파란 유리구슬을 얼마나 많이 살 수 있는지를 생각하자, 그가 정말 어리석다는 생각이 들었다. 그리고 엘리스는 — 물론 그녀의 이름이다 — 자신의 블라우스에 갈색 얼룩이 생긴 이유를 밝은 목소리로 들려주었다. 그녀(아가씨라고 부르기에 혼란스럽다)가 가스 버너에 다리미를 데우고 있을 때 집주인 여자가 방문을 두드려 다리미를 침구 밑에 숨겼단다. 집주인이 나간 후 블라우스를 다리려고 했을 때 껌 한 조각이 그 위에 붙어 있더란다. 세상에, 어떻게 껌이 그런 데 붙어 있을 수 있단 말인가? 계속 씹으려고 했던 건가?

그로부터 시간이 조금 지난 후 — 조바심 내지 말기 바란다. 압생트 칵테일이 이제 곧 나온다 — 커너와 나는 패로니에서 식사를 하고 있었다. 만돌린과 기타가 연주되고 있었다. 그 방에는 크리스마스 포스터에 예술가들이 그린 자두 푸딩에서 나오는 따뜻한 김이나 가솔린이 묻은 파란색 비단 장갑을 낀 여성이 부르는 콧노래처럼 멋지고 길고 주름진 연기가 여러 겹 자욱하게 깔려 있었다.

내가 말했다.

"커너, 자네는 바보야."

커너가 말했다.

"물론 나는 그녀가 계속 일하도록 하지 않을 겁니다. 내 아내니까 말이죠. 기다리는 것이 무슨 소용이 있죠? 그녀는 결혼하고 싶어해요. 어제 팔리세이드를 그린 수채화를 팔았어요. 우리는 버너가 두 개인 가스스토브로 요리를 할 수 있어요. 내가 라구를 잘 만드는 거 아시죠? 그래요, 우리는 다음 주에 결혼할 거예요."

내가 말했다.

"커너, 자네는 바보야."

그러자 커너가 호기 있게 말했다.

"압생트 칵테일을 드시겠어요? 오늘 밤 선생님은 돈 많은 예술가의 대접을 받는 겁니다. 우리는 욕조가 딸린 아파트를 얻을까 해요."

내가 유감스럽다는 듯이 말했다.

"나는 한 번도, 그러니까 내 말은 압생트 칵테일을 마셔 본 적이 없다는 거지."

웨이터가 압생트를 가져와서 잔에 든 얼음 위에 천천히 부었다. 내가 혼합한 술에 매혹된 듯이 바라보며 말했다.

"나체즈 아래 거대한 웅덩이 안에 있는 미시시피 강과 똑같아 보이는군."

하지만 커너는 내 말에는 관심이 없는 듯했다.

"1주일에 8달러 하는 아파트가 있어요."

"자네는 바보야."

나는 이렇게 말하고 나서 칵테일을 음미하며 마시기 시작했다. 그리고 덧붙였다.

"자네는 제시 홈즈의 공적인 배려가 필요해."

남부 사람이 아닌 커너는 이 말을 알아듣지 못하고, 지저분하고 예술적인 방식으로 자신의 아파트를 공상하며 감상적인 표정으로 앉아 있었다.

그때 무심결에 바라보니 천장 바로 밑 벽에 그려진 바커스 사제들의 행렬이 오른쪽에서 왼쪽으로 움직이며 호화로운 순례를 시작하고 있었다. 예술적 기질이 너무 신경질적이라서 칼시민(벽이나 천장에 쓰이는 수성 도료 : 옮긴이)으로 그린 벽화 예술의 자연법칙에 어긋나는 현상을 볼 수 없을 것이다.

나는 압생트 칵테일을 조금씩 마시며 쓴 쑥 맛을 음미했다. 압생트 칵테일 한 잔은 많은 양이 아니다. 그런데도 나는 커너에게 다시 한 번 친절하게 말해 주었다.

"자네는 바보야. 자네에게 제시 홈즈가 올 거야."

그런데 그때 주변을 돌아보다가 나의 상상 속에 항상 나타나는 모습 그대로의 바보 살해자가 우리를 바라보고 있는 것을 보았다. 그는 머리끝에서 발끝까지 제시 홈즈였다. 길고 텁수룩한 회색 수염을 기르고, 구식으로 재단한 회색 옷을 입은 그는 사형 집행인의 표정을 하고, 멀리서 부름을 받고 온 사람처럼 먼지 묻은 신발을 신고 있었다. 그가 눈을 돌려 커너에게 시선을 고정시켰다. 남부에서 근면하게 일하고 있는 그를 내가 이곳으로 불러낸 것이 아닌가 생각하니 몸이 떨렸다. 달아날까 생각했으나 자리를 지키고 앉아 스페인 대사로 임명 받는 정도는 되어야 피할 수 있을 것 같은데도 불구하고, 많은 사람이 그를 피할 수 있었음을 기억했다. 나는 내 형제인 커너를 바보라고 불렀기에 지옥 불에 떨어질 위기에 처해 있었다. 그것은 아무것도 아니었다. 하지만 나는 그를 제시 홈즈에게서 구해 내기 위해 노력할 것이다.

바보 살인자가 자신의 테이블에서 일어나 우리 테이블로 다가왔다. 그가 테이블에 손을 올려놓더니 나는 무시한 채 불타는 듯한 눈길로 커너를 바라보았다.

"너는 구제할 수 없는 바보야. 아직도 제대로 굶주려 보지 못했나? 한 번만 더 기회를 주마. 그 여자를 포기하고 집으로 돌아가. 거부하면 그 결과를 감수해야 할 거다."

바보 살인자의 위협적인 얼굴이 그의 희생자의 얼굴에서 1피트 떨어진 곳에 있었다. 그러나 두렵게도 커너는 그의 존재를 전혀 깨닫지 못하고 있었다. 그가 얼이 빠진 사람처럼 중얼거렸다.

"우리는 다음 주에 결혼할 겁니다. 나의 작업실에 있는 가구와 중고품을 사면 그럭저럭 될 겁니다."

그러자 바보 살인자가 공포감을 주는 낮은 목소리로 말했다.

"너는 너 자신의 운명을 정했다. 너는 죽은 자나 다름없다. 마지막 기회는 지나갔어."

커너가 부드럽게 말했다.

"우리는 달빛 아래서 기타를 치며 오만과 돈이라는 거짓 즐거움을 노래로 날려 버릴 것입니다."

"너에게 그 운명이 임할 것이다."

바보 살인자가 쉿 하고 노여움의 소리를 냈다. 커너의 눈도 귀도 제시 홈즈의 존재에 대해 전혀 깨닫지 못하는 것을 보고 머리가 욱신거렸다. 그때 나는 무슨 이유인지는 모르지만 지금 일어나는 일이 나에게만 보이고, 나는 바보 살인자의 손에 멸망당하게 될 친구를 구하도록 선택 받았다는 것을 깨달았다. 그로 말미암은 공포와 두려움이 내 얼굴에 드러났던 것 같다.

커녀가 힘없이 상냥하게 웃으며 말했다.

"죄송하지만 제가 혼잣말을 하고 있나요? 습관이 된 것 같아요."

바보 살인자가 뒤돌아 패로니에서 걸어 나갔다. 내가 일어나며 말했다.

"여기서 기다리게. 저 사내에게 할 말이 있어. 그자의 대답을 듣지 못했나? 자네가 바보라고 해서 쥐처럼 저자의 발에 밟혀 죽어야겠어? 자신을 방어하기 위해 찍소리도 할 수 없었나?"

갑자기 커녀의 목소리가 냉정해졌다

"취하셨군요. 아무도 나한테 말하지 않았어요."

"자네의 마음을 파괴시키는 자가 바로 지금 자네 위에 서서 자네를 희생자로 지목했어. 자네는 눈도 멀지 않았고 귀도 먹지 않았어."

내 말에 커녀가 어이없다는 듯이 말했다.

"나는 그런 사람 못 봤어요. 이 테이블에는 선생님밖에 없었어요. 앉으세요. 이제 압생트 칵테일은 그만 드세요."

"여기서 기다리게. 자네가 자네 목숨 구하는 데 관심이 없다면 내가 구해 주겠네."

내가 서둘러 달려 나가 블록을 반쯤 걸어가고 있는 회색 옷의 남자를 따라잡았다. 그는 내 상상 속에서 수천 번 만난 사람과 똑같이 가혹하고 창백하고 무서워 보였다. 그는 흰색 떡갈나무 지팡이를 짚고 있었고, 거리의 살수 장치만 아니라면 그가 걸을 때마다 먼지가 휘날렸을 것이다.

나는 그의 팔을 잡고 건물의 어두운 모퉁이로 데려갔다. 그가 내 눈에만 보이는 존재임을 알고 있었기에, 내가 허공에 대고 말하는 것을 경찰이 보는 걸 원치 않았다. 잘못하면 나의 은제 성냥갑과 다이아몬드 반지도 빼앗긴 채 경치 좋은 외딴곳에 보내질 수도 있기 때문이다.

내가 크게 용기를 내어 그를 바라보았다.

"제시 홈즈, 나는 당신을 알아요. 평생토록 당신에 대해서 들었어요. 당신이 남부에서 얼마나 큰 재앙이었는지 이제 알았어요. 당신은 바보들을 죽이는 대신 사람을 살리고 위대한 인물로 자랄 수 있는 젊은이들과 천재들을 죽여 왔어. 당신이야말로 바보야, 홈즈. 당신은 사회와 명예와 신념에 대한 낡고 무익하고 편협하고 완고했던, 3세대 전부터 이 나라에서 가장 총명하고 뛰어난 사람들을 죽이기 시작했어. 당신이 내 친구들 중 가장 현명한 커너를 죽이기로 지목했을 때 스스로 그렇다는 것을 입증한 셈이지."

바보 살인자가 호기심이 담긴 으스스한 시선으로 나를 바라보며 말했다.

"당신은 기묘하게 취했군. 오, 맞아. 이제 누군지 알 것 같아. 그와 함께 테이블에 앉아 있었지. 그런데 내가 잘못 듣지 않았다면 당신도 그를 바보라고 불렀소."

"맞아요. 그렇게 말할 때 즐거움을 느끼지요. 시기심 때문이에요. 당신이 알고 있는 모든 기준에 비추어 봐도 그는 세상에서 가장 터무니없고 대단하고 멋진 바보예요. 그래서 당신이 그를 죽이고 싶어하는 것이죠."

"실례지만 당신이 나를 누구이며 무슨 일을 하는 사람이라고 생각하는지 말해 주겠소?"

노인이 물었다. 나는 요란스럽게 웃었다. 그러나 벽돌밖에 없는 데서 웃어대는 것처럼 보여 좋을 게 없다는 것을 인식하고 웃음을 멈추었다.

"당신은 바보 살인자 제시 홈즈예요. 그리고 당신은 내 친구 커너를 죽이려 하고 있지요. 누가 당신을 불러들였는지는 모르겠어요. 하지만 만약 당신이 그를 죽인다면 당신을 반드시 체포할 수 있도록 하겠어요."

여기까지 말하고 나는 절망적으로 덧붙였다.

"내 말은 만약 경찰이 당신을 볼 수 있게 된다면 말이에요. 그들은 살아 있는 사람 잡는 일도 어려워하죠. 그러니 보이지 않는 살인자를 잡으려면 경찰대가 모두 동원되어도 힘들겠군요."

바보 살인자가 기운차게 말했다.

"글쎄요. 나는 가야 하오. 당신도 집에 가서 잠을 자 술을 깨도록 하시오. 잘 가시오."

그 말을 듣자 돌연 커너에 대해 두려움이 들면서 좀 더 부드럽게 애원해야겠다고 생각했다. 나는 회색 남자의 소매를 붙잡고 간청했다.

"선량한 바보 살인자님, 제발 가엾은 커너를 죽이지 마세요. 남부로 다시 돌아가 사람을 착취하는 자들이나 죽이고 우리는 그냥 내버려 두세요. 피프스 애버뉴에 가서 돈을 감추어 두고 둘 중 하나가 마음에 들지 않는 동네에 살고 있다는 이유로 젊은 바보들이 결혼하지 못하게 하는 백만장자들을 죽이세요. 와서 한잔하세요, 제시. 하던 일을 계속해야 하잖아요?"

"당신의 친구를 바보로 만든 그 여자를 아시오?"

바보 살인자의 물음에 내가 대답했다.

"그런 영예를 누렸지요. 그래서 커너를 바보라고 부르는 겁니다. 그녀와 결혼하려고 그토록 오래 기다렸으니 바보라는 겁니다. 200만 달러를 지닌 어리석은 바보 아버지의 허락을 받으려고 기다려 왔다니 바보라고 하는 거고요."

바보 살인자가 말했다.

"어쩌면 내가 그런 식으로 생각하지 못했는지도 모르겠소. 레스토랑으로 돌아가 당신 친구 커너를 이곳으로 데려오겠소?"

"오, 그게 무슨 소용이죠, 제시? 그는 당신을 보지 못해요. 테이블에서 당신이 자기에게 이야기하는 것도 몰랐어요. 당신은 상상 속의 존재잖아요?"

"어쩌면 이번에는 볼 수 있을지도 모르오. 가서 그를 데려오겠소?"

"좋아요. 하지만 당신이 제정신이 아닌 것 같은 의심이 드는군요, 제시. 목적을 잃어버린 것처럼 보여요. 내가 돌아오기 전에 사라지지 말아요."

나는 커너에게 돌아가 말했다.

"살인에 대한 강박관념을 지닌 보이지 않는 사람이 자네를 보려고 밖에서 기다리고 있어. 그는 자네를 살해하고 싶어해. 이리 와 봐. 자네에게는 안 보일 테니 두려워할 것 없어."

커너는 불안해 보였다. 그가 말했다.

"이런, 압생트 한잔에 이렇게 될 줄은 몰랐어요. 계속 뷰르츠부르거나 드시는 것이 낫겠어요. 집까지 함께 걸어가 드릴게요."

나는 그를 제시 홈즈에게 데려갔다. 바보 살인자가 말했다.

"루돌프, 내가 포기하마. 그녀를 집에 데려오너라. 손 좀 잡아 보자꾸나, 아들아."

"고마워요, 아버지."

커너가 노인과 악수를 하며 말했다.

"일단 그녀를 알게 되면 절대로 후회하지 않으실 거예요."

"그럼, 당신도 그가 테이블에서 당신에게 말하는 것을 보았단 말이오?"

내가 커너에게 묻자 그가 대답했다.

"우리는 1년 동안 서로 대화를 하지 않았어요. 이제 됐어요."

내가 걸음을 옮기자 커너가 물었다.

"어디 가는 거죠?"

"제시 홈즈를 찾으러 가네."

내가 위엄과 겸손을 갖추어 대답했다.

승리의 순간

The Moment of Victory

　스물아홉 살의 벤 그랜저는 참전 용사이다. 이렇게 말하면 무슨 전쟁에 참전했었는지 궁금해질 것이다. 그는 또한 멕시코 만의 산들바람이 불어오는 소도시 카디즈의 중요 상인이자 우체국장이다.

　벤은 대앤틸 열도의 요새에서 스페인 사람들을 내쫓는 것을 도왔다. 그러고 나서는 군 의전관이 되어 세상의 반을 도보로 여행하고 필리핀 사람들이 교육을 받았던 노천 대학의 타오르는 듯한 열대 복도를 이리저리 걸어 다녔다. 총검을 두드려 치즈 써는 기계를 만들자 민다나오의 혼란스러운 정글이 아니라 잘 깎아 만든 자기 집 현관 그늘 아래로 옛 동료들을 불러 모았다. 그는 언제나 말이 아니라 행동에 우선순위를 두었다. 그러나 그에 대한 이 이야기가 입증하듯 그가 동기에 대해 생각하고 납득하는 것도 불가능하지는 않다.

　어느 밝은 달밤에 그의 상자들과 나무로 만든 통 가운데 앉아 있을 때 나에게 물었다.

564

"남자들로 하여금 위험과 불과 곤경과 전투 같은 일을 견디도록 하는 것이 뭘까? 남자들은 왜 그런 일을 하는 걸까? 남자들은 왜 동료들을 능가하고, 가장 친한 벗보다 더 용감하고 강하고 대담하다고 과시하려 드는 걸까? 그렇게 하는 목적이 뭐지? 그렇게 해서 얻을 수 있는 게 뭐냐고? 그저 맑은 공기를 마시거나 운동 삼아서 하는 일은 아니잖아. 도대체 빌, 평범한 남자가 장터나 광장, 사격 연습장, 문화 회관, 전쟁터, 골프장, 경주로 같은 문명화되었느냐 아니냐를 불문하고 그 모든 곳에서 야심 차게 기대하는 것이 대체 무엇이라고 생각해?"

내가 진지하고도 분별력 있게 대답했다.

"글쎄… 남자가 명성을 추구하는 이유를 세 가지로 나누면 무리가 없을 듯해. 첫째는 야망이지. 대중의 환호를 구하는 마음 말이야. 둘째는 물질적인 성공을 추구하는 탐욕이고, 셋째는 소유했거나 소유하고 싶은 여자에 대한 사랑이야."

벤이 내가 한 말에 대해 생각하고 있을 때 앵무새가 현관문 옆에 있는 머스킷 나무 꼭대기에 앉아 노래하고 있었다. 그때 그가 입을 열었다.

"내 생각에 자네의 판단은 문서 사본이나 역사 독본에 적힌 진부한 규범에 근거하고 있어. 하지만 나는 전에 알고 지냈던 윌리 로빈슨의 경우에 대해 생각하고 있었어. 자네가 원한다면 가게 문을 닫기 전에 이야기해 주지.

월리는 샌오거스틴에서 우리와 같은 동네에 살았어. 당시 나는 직물과 목장 물품을 파는 브랜디 앤 머치슨에서 점원으로 일하고 있었어. 월리와 나는 같은 독일인 클럽과 체육협회와 군부대에 속해 있었지. 시내에서 1주일에 3일 밤 공연을 하곤 했던 세레나데 사중주단에서 트라이앵글을 연주하기도 했어.

월리라는 이름은 그에게 참 잘 어울렸어. 여름 양복 속에 100파운드의 송아지 고기를 넣어 놓은 만큼이나 몸무게가 나갔어. 그리고 '메리는 어디 있어?'라는 표정을 너무나도 뚜렷하게 드러내는 숨김없는 태도가 마치 양 같았지.

그럼에도 불구하고 철조망조차 그를 여자들에게서 멀어지게 할 수는 없었어. 그런 젊은이들 있지? 바보와 천사를 혼합해 놓은 듯한 존재들 말이야. 그들은 돌진하는 동시에 걷기를 두려워해. 그러면서도 기회만 있으면 걸으려 하지. 그는 '즐길 수 있는 기회가 오면 언제나' 조간신문이 말하듯 만족한 왕처럼 행복해 보이는 동시에 달콤한 피클이 곁들여진 생굴처럼 불편한 모습으로 참가했어. 춤을 출 때는 뒷다리가 묶인 말 같았지. 그가 아는 단어는 350개 정도였어. 두 번의 아이스크림 저녁 모임과 주일 밤의 초청을 위해 1주일에 네 개씩 익힌 독어에서 늘리고 따다 쓰는 단어들이었어. 내 생각에 그는 몰타의 새끼 고양이와 예민한 식물, 궁지에 빠진 자선 단체를 한데 합쳐 놓은 것처럼 보였어.

먼저 그의 심리 상태와 용모에 대해 설명을 한 후 이야기를 풀어나가도록 하지.

윌리는 피부색이나 생활양식 면에서 백인이었어. 머리는 우윳빛이 도는 금발이었고 대화를 할 때면 말이 끊기곤 했지. 눈은 엘렌 고모의 벽로 선반 오른쪽 모퉁이를 장식하고 있는 도자기 개처럼 파란색이었어. 그는 상황을 있는 그대로 받아들였고 나는 그에게 아무런 적대감도 느끼지 않았어. 다른 사람들도 마찬가지였지.

하지만 윌리가 하는 일이라고는 즐거움으로 마음을 달래서 샌오거스틴에서 가장 활발하고 영리하고 예민하고 재치 있고 예쁜 미라 앨리슨에게 주는 것뿐이었어. 정말이지 그녀처럼 눈이 검고 머리카락이 아름답고 상대를 애태우는 여자는 없었어. 오, 자네의 추측은 틀렸지. 나는 그녀의 희생자가 아니었어. 그렇게 될 수도 있었지만 그 정도로 어리석지는 않았어. 끼어들지 않았거든. 조우 그랜베리가 처음부터 일인자였어. 그는 누구든 경기에서 두 번 물리쳐 포기하고 다른 곳으로 가게 만들었어. 그러나 어찌 됐든 미라는 가을에 털을 잘라 포대에 넣어 네 마리의 말이 끄는 마차에 싣고 샌안톤으로 보내지는, 다 자라서 무게가 9파운드나 되는 메리노 양이었어.

어느 날 밤 샌오거스틴의 스프래긴스 대령 부인 댁에서 아이스크림 친목회가 열렸어. 위층에는 남자들이 모자와 소지품들을 두고 모자 속 테 안에 넣어 가지고 온 깨끗한 깃을 달 수 있는, 근사한 일을 하는 곳이면 어디나 그렇듯이 매무새를 가다듬을 수 있는 커다란 방이 있었어. 그리고 복도를 따라 좀 더 내려가면 여자들이 화장을 할 수 있는 방이 있었어. 아래층에서는 샌오거스틴 사교 무도회와 즐거운 사람들의 클럽 회원들이 춤을 출 객실이 있었지. 카펫도 깔아 놓았어.

윌리 로빈슨과 나는 우연히 우리가 외투 보관소라고 불렀던 남자들의 큰방에 있었어. 그때 미라 앨리슨이 여자들 방에서 아래층으로 내려가려고 급히 복도를 지나갔어. 윌리는 거울 앞에 서 있었어. 머리 위에 난 잔디밭을 다듬느라고 큰 어려움을 겪고 있었지. 그녀는 언제나 활기차고 짓궂었어. 멈춰 서서 우리 방문으로 머리를 들이밀었어. 그녀는 분명 외모가 아름다웠어. 하지만 나는 조우 그랜베리가 얼마나 열심히 그녀의 들러리를 서고 있는지 알고 있었어. 윌리도 마찬가지였지. 하지만 윌리는 뜻 모를 말을 하면서 계속 그녀를 따라다닐 뿐이었어..그는 엷은 머리 색과 눈동자 색에 어울리지 않는 집요한 성격을 지니고 있었지.

'안녕, 윌리! 거울을 보며 무슨 일을 하고 있는 거죠?'

미라의 물음에 월리가 대답했어.

'멋지게 보이려고 이러는 거죠.'

'저런, 당신은 결코 멋지게 보일 수 없어요.'

말 안장 앞머리에 빈 깡통이 부딪쳐 딸그락거리는 소리를 제외하고는 들어 본 적이 없는 특이한 목소리로 미라가 말했어.

미라가 그 자리를 떠난 후 월리를 쳐다보았어. 백합처럼 창백한 얼굴을 하고 있더군. 짐작할 수 있다시피, 그녀의 말이 영혼에 상처를 준 것 같았어. 그녀의 말이 특별히 남자의 자의식을 파괴하는 듯이 들리는 것도 아니었는데 그는 거의 상상이 불가능할 정도로 패배감을 느끼고 있었어.

깨끗한 깃을 달고 아래층으로 내려간 월리는 그날 밤 다시는 그녀 곁에 다가가지 않았어. 결국 그는 물에 탄 탈지유 같은 놈이었고, 조 우 그랜베리가 그를 이긴 것이 분명하다고 확신했어.

다음 날 전함 메인이 폭파되었고, 곧 조 베일리인지 벤 틸만인지가 스페인에 전쟁을 선언했어.

남부에 사는 사람들은 북부만으로는 스페인처럼 큰 나라를 내쫓을 수 없다는 것을 알았어. 그래서 양키들은 소리쳐 도움을 청했고, 남부의 군인들이 그에 응답했어. '우리가 갑니다, 윌리엄 신부님. 우리는 1만 강군이고 조금 더 올 겁니다.' 그들은 그렇게 읊조렸어. 셔먼 장군의 행진, 큐클럭스, 9센트짜리 목화, 그리고 짐 크로우 시가 전차 법령(남북전쟁 이후 남부에서는 학교, 식당, 극장, 호텔, 전차 등에서 흑인을 차별하는 법률을 통과시켰는데 이 법을 짐 크로우 법이라고 함 : 옮긴이)에 의해 마련된 기존의 당 노선은 사라졌어. 미국은 북부는 없고 동부도 거의 없고 서부는 꽤 큼직하고 남부는 8달러짜리 새 가방에 든 외국 상표처럼 커 보이는, 분열되지 않은 단일 국가가 되었어.

물론 전쟁의 개들은 제14텍사스 연대 D 중대의 샌오거스틴 군의 짖는 소리가 없이는 완벽한 무리가 될 수 없었지. 우리 중대는 쿠바에 제일 먼저 도착해서 적의 심장에 공포를 불어넣었어. 자네에게 전쟁의 역사를 말해 주지는 않겠네. 나는 단지 마치 공화당이 1898년 선거에서 이기기 위해 윌리 로빈슨을 억지로 끌어들였듯이 윌리 로빈슨에 대한 내 이야기를 하기 위해 전쟁의 역사를 억지로 끌어들인 거야.

용기 있는 자가 한 명이라도 있다면 그는 다름 아닌 윌리 로빈슨일 거야. 카스티야 독재자들의 땅에 발을 디딘 순간부터 그는 고양이가 아이스크림을 핥듯이 위험을 삼켰어. 그는 분명 대위를 비롯해 중대에 있는 모든 사람들을 놀라게 했어. 자네는 그가 당연히 대령의 연락병이나 물자 배급소에서 타이프 치는 일을 했을 거라고 생각할 수도 있겠지만 그렇지 않았어. 손에 중요한 공문서를 들고 대령의 발치에

570

서 죽기보다는 물건들을 가지고 고향에 돌아오는 젊고 유능한 은빛 머리의 영웅이 되었지.

우리 중대는 가장 혼란스럽고 칭송 받지 못한 군사 행동이 발생한 쿠바의 풍경 가운데로 들어갔어. 매일 숲 속을 뛰어 돌아다녔고, 녹초가 된 중세 군인들처럼 보이는 스페인 군대와는 거의 전투를 하지 않았어. 우리에게 전쟁은 농담 같았고 그들에게는 아무런 흥미 거리도 되지 못했어. 우리에게는 전쟁이 성조기를 지지하기 위해 샌오거스틴의 군인들이 총을 들고 실지로 싸우고 있는 터무니없는 희극으로밖에는 보이지 않았어. 그리고 몸집이 작은 지긋지긋한 스페인 군대는 그들이 애국자인지 배반자인지에 대해 염려할 만큼 충분한 급료를 받지 못했어. 이따금씩 누군가 죽곤 했지. 내 생각에는 생명의 낭비 같았어. 언젠가 한번 뉴욕에 가서 코니아일랜드에 있을 때였어. 어떤 사람이 롤러 코스터라는 놀이 기구를 타고 트랙을 따라 아래로 미끄러져 내려가다가 갈색 삼베옷을 입은 사람을 죽게 했지. 스페인군이 우리 병사를 죽일 때면 마치 그때의 사건처럼 불필요하고 유감스러운 일로 여겨졌어.

그런데 내가 윌리 로빈슨에 대한 이야기를 빼놓고 있었군. 그는 유혈과 월계관과 야망과 메달과 칭찬과 그 밖의 모든 종류의 군의 영광을 얻으려고 애썼어. 스페인 병사나 포탄, 쇠고기 통조림, 화약, 친척

등용 같은 잘 알려진 군대의 위험에 대해서도 두려워하지 않는 듯이 보였어. 색이 엷은 머리칼과 도자기 같은 파란 눈의 윌리는 정어리를 먹듯 스페인 군대를 해치웠어. 전쟁이나 전쟁의 소음도 결코 그를 당황하게 하지 못했지. 보초 근무든 모기든 건빵이든 예기치 않은 일이든 불이든 모두 완벽하게 견뎌 냈어. 다이아몬드 잭이나 러시아의 캐더린 대제를 제외하고는 역사상의 어떤 금발도 그와 비교될 수 없었지. 한번은 우리가 저녁 식사를 하고 있을 때 스페인 군대의 작은 병사들이 사탕수수밭 뒤에서부터 달려 나와 우리 중대의 밥 터너 하사관을 쏘았어. 우리들은 군 규율에 따라 열에 서서 적에게 경례를 한 뒤 장전을 하고 총을 쏘고 무릎을 꿇었어.

텍사스에서는 그런 식으로 싸움을 하지 않았지. 그러나 정규군에 추가 징집된 매우 중요한 군대인 샌오거스틴 군인들은 관료적인 보복 제도에 순응해야 했어.

우리가 『업튼의 보병 전술』을 꺼내 57쪽을 펴고 하나 둘 셋, 하나 둘 셋을 두 번 외치고 스프링필드 총에 빈 탄창을 끼우자 스페인 군은 미소를 지으며 담배를 말고 불을 붙인 후 경멸하면서 우리를 떠나갔어.

나는 곧장 플로이드 대위에게 가서 말했어.

'샘, 나는 이 전쟁이 공정하다고 생각하지 않아. 대위님도 알다시피 밥 터너는 안장에 다리를 던진 사람들 중에서 피부가 가장 흰 편이었잖아. 그런데 지금은 미국 정부에서 조종하는 자들이 그의 생애를 마감하게 했어. 그는 정치적으로도 죽은 거야. 이것은 공평하지 않아. 그들은 왜 이런 일을 하는 거지? 스페인 군을 물리치고 싶다면 샌오거스틴 군과 조우 스틸리의 특별 공격 중대와 서부 텍사스 부보안관들을 싸우게 해서 그들을 쓸어버리는 것이 낫지 않아?

나는 체스터필드 경의 규정에 따라 싸우고 싶지 않아. 만약 나와 개인적인 친분이 있는 사람이 이 전쟁에서 다치게 된다면 사직서를 제출하고 집에 가고 싶어. 누구든 내 자리를 대신할 사람이 생긴다면 샘, 다음 주 월요일에 그만두겠네. 돕지 않는 군에서 일하고 싶지 않아. 내 급료에 대해서는 염려하지 말게나. 재무부 장관더러 가지라고 해.'

그러자 대위가 내게 말했어.

'글쎄, 벤! 전쟁의 전략, 정부, 애국심, 방호물 설치와 민주주의에 대한 자네의 비난과 판단에는 문제가 없어. 그러나 나는 국제적 협상 체계와 정당화할 수 있는 살인의 윤리에 대해 자네보다는 더 잘 알고 있을지도 몰라. 자네가 원한다면 다음 주 초에 사직서를 제출할 수 있어. 그러나 자네가 그렇게 한다면 소부대원들을 시켜 자네를 강어귀 석회암 절벽으로 데려가 잠수함 비행선 바닥짐을 실을 수 있을 정도의 총알을 쏘도록 하겠네. 나는 이 중대의 대위이고 분파적, 분리주의

적, 정당적 차이를 불문하고 충성을 맹세했어. 담배 있나? 내 담배는 오늘 아침 강을 헤엄쳐 건널 때 젖었거든.'

이 같은 일반적이지 않은 증거를 끌어들인 것은 윌리 로빈슨이 거기 서서 우리 이야기를 듣고 있었기 때문이야. 당시 나는 하사관이었고 그는 병사였어. 하지만 우리 텍사스 인들과 서부인들 사이에서는 전술과 복종이 정규군만큼 많지 않았어. 소장과 해군대장이 주변에 여럿 있어서 군기를 잡아야 할 때 외에는 대위를 그냥 '샘'이라고 불렀지.

윌리 로빈슨이 엷은 빛깔의 머리와 과거의 행실에 어울리지 않는 날카로운 목소리로 내게 말했어.

'벤, 그런 생각을 드러내다니 총살을 당해야겠군. 이 나라를 위해 싸우지 않으려는 사람은 말 도둑보다도 더 악해. 내가 경관이라면 자네를 30일 동안 유치장에 처넣고 두꺼운 쇠고기 넓적다리 살과 타말리를 먹일 거야. 전쟁은 위대하고 영광스러워. 자네가 겁쟁이일 줄은 몰랐어.'

내가 그의 말에 반박하며 나섰어.

'나는 겁쟁이가 아냐. 내가 겁쟁이라면 자네의 대리석 이마에서 창백한 색을 좀 두드려 떨어뜨리고 싶어. 나는 스페인 군에게 그렇듯이 자네에게도 관대해. 자네는 항상 버섯을 곁들인 뭔가를 생각나게 하거든. 자네는 귀여운 샬로트 부인이고, 꼬티용 춤을 노련하게 이끌며,

옷을 반반하게 입고, 몸집은 조각 같아. 새해를 위해 독일 알프스 남쪽 지방에서 만들어진 스트로부스 소나무 병사야. 자네가 지금 누구에 대해서 이야기하고 있는지 아나? 우리는 같은 집단에 속해 있었어. 자네가 너무 소심하고 불만에 가득 차 보였기 때문에 지금껏 참아 왔어. 그런데 왜 갑자기 기사도 정신과 살인에 대해 흥미를 가지게 되었는지 알 수가 없군. 자네의 본성이 완전히 드러났어. 도대체 어떻게 그렇게 되었지?

'글쎄, 자네는 이해할 수 없을 거야, 벤.'

윌리가 품위 있는 미소를 짓고 그 자리를 떠나면서 말했어.

'돌아와!' 내가 그의 카키색 코트 자락을 잡으며 말했어. '지금까지 거리를 유지하고 있었음에도 불구하고 자네는 나를 미치게 해 왔어. 자네가 영웅이 되려고 하는 이유를 나는 알고 있다네. 자네는 미쳤거나 아니면 어떤 여자를 얻으려고 이 일을 하는 거야. 만약 여자를 얻기 위해서라면 여기 자네에게 보여 줄 게 있어.'

그렇게 하지 않을 수도 있었어. 하지만 나는 완전히 미쳐 있었지. 샌오거스틴 신문을 뒷주머니에서 꺼내 그에게 기사를 보여 주었어. 미라 앨리슨과 조우 그랜베리의 결혼에 대한 반쪽짜리 칼럼이었지.

윌리는 웃었고 나는 내가 그를 감동시키지 않았다는 것을 알았어.

그가 말했어.

'오, 그런 일이 일어나리라는 것은 모든 사람이 알고 있었어. 1주일 전에 그 이야기를 들었거든.'

그리고 그는 다시 한 번 소리 내어 웃었어. 내가 말했지.

'좋아. 그러면 자네는 왜 그렇게도 무모하게 명성의 밝은 무지개를 따라다니나? 대통령으로 당선되고 싶은 건가, 아니면 자살 클럽에라도 속해 있는 건가?'

그러자 샘 대위가 끼어들었어.

'여보게들, 그만 으르렁거리고 막사로 돌아가게. 그렇지 않으면 자네들을 유치장으로 보내겠어. 자, 이제 둘 다 조용히 해. 가기 전에 누가 혹시 씹는 담배 가지고 있나?'

대위의 말이 끝나기가 무섭게 내가 말했어.

'우리는 가겠네. 어쨌든 저녁 식사 시간이니까. 그런데 우리가 한 이야기에 대해서 어떻게 생각하나? 내가 보니 자네는 여기서 명성이라는 풍선을 잡으려고 꽤 많은 갈고랑쇠를 던지고 있어. 도대체 무슨 야망을 품고 있는 거지? 남자는 무엇 때문에 매일같이 생명의 위험을 감수하는 거지? 지금의 곤경으로 마침내 얻는 것이 무엇인지 아나? 나는 집에 가고 싶어. 나는 쿠바가 가라앉든지 수영을 하든지 아무 관심 없어. 이 가공의 섬들을 다스리는 사람이 소피아 크리스티나 여왕인지 찰리 커버슨인지에 대해 담배를 피우며 고민할 생각도 없네. 그리고 나는 내 이름이 생존자 명단을 제외한 어떤 명단에도 올라가는 것을 원치 않아. 자네가 대포 구멍 속에서 명성의 거품을 찾는 것을 여러 번 보았어. 샘, 도대체 왜 그런 일을 하는 건가? 자네가 영웅이 되고자 하는 이유는 야망 때문인가, 사업 때문인가, 아니면 고향에 있는 주근깨투성이의 달의 여신 때문인가?

자신의 무릎 사이에서 칼을 들어 올리는 데 명수인 샘이 말했어.

'글쎄 벤, 자네의 상관으로서 나는 자네를 비겁함과 탈영을 도모한 죄로 군법에 회부할 수도 있네. 하지만 그러지 않겠어. 내가 왜 승진과 전쟁과 정복에 따르는 평범한 영예를 원하는지 말해 주지. 소령은 대위보다 보수를 더 많이 받아. 나는 돈이 필요하거든.'

'자네 말이 맞아! 그건 이해할 수 있어. 자네가 명성을 추구하는 근본적인 이유는 남다른 애국심이야. 하지만 이해할 수 없는 것이 한 가지 있어. 고향의 부모님이 부유하고 수염에 크림을 묻힌 고양이처럼 소심한 데다 남의 관심을 끄는 것을 원치 않던 윌리 로빈슨이 왜 갑자기 저토록 호전적인 전사로 변한 거지? 그가 좋아하던 여자는 다른 남자와 결혼해서 그에게 올 가능성이 사라져 버린 듯한데 말이야. 내 생각에 이것은 단지 평범한 야망의 한 예에 불과해. 어쩌면 그는 자신의 이름이 시간의 모퉁이에서 뇌성을 발하기를 원하고 있는지도 모르지. 그런 게 틀림없어.'

그의 무훈을 일일이 열거하지 않아도 윌리는 자신이 영웅임을 분명히 입증했어. 그는 시간만 나면 성공할 가망이 별로 없거나 위험한 척후 임무에 보내줄 것을 요청했거든. 전투에 나설 때마다 그는 바싹 접근해서 알폰소스와 제일 먼저 싸움을 벌였어. 몸 여러 군데에 서너 개의 총탄이 박혀 있었지. 하루는 여덟 명의 선발대와 함께 스페인 군 한 중대를 모두 생포했어. 플로이드 대위는 그의 용기에 대해 칭송하는 보고서를 써서 본부에 보내느라 여념이 없었지. 그는 온갖 용감한 행동으로 메달을 타기 시작했어. 영웅주의, 목표 사격, 용기, 전술과 복종 등 전쟁부의 제3차관이 되기에 적합해 보이는 자잘한 공훈들 말이야.

마침내 플로이드 대위는 소장인가 중급 훈작사인가 하는 직위로 승진했어. 그는 금박과 암탉 날개와 선량한 템플 기사단원의 모자로 불경스럽게 치장한 뒤 백마를 타고 무용을 펼쳤고, 우리에게는 규율에 의해 말하는 것이 허락되지 않았어.

어쩌면 그 당시에는 그가 명성의 월계관을 추구하지 않았을 수도 있어. 내 생각에 전쟁을 종결시킨 것은 그였어. 나를 포함해 친구이기도 했던 그의 부하들 중 열여덟 명이 전투 중에 죽었어. 내가 볼 때는 전혀 불필요해 보이는 일이었지. 어느 날 밤 그는 우리 중 열두 명을 데리고 작은 시내를 건너고 산 두 개를 기어올라 1마일쯤 되는 관목 숲과 채석장 두 곳을 지나 호밀 초가 마을로 들어가 베니 비두스라는 스페인 장군을 생포했어. 신발도 신지 않고 소매 끝동이 없는 옷을 입은 거무스름한 피부의 베니는 별 문제를 일으킬 것 같지 않았어. 어서 항복해서 적의 식량 배급소에 몸을 던지고자 하는 마음이 간절해 보였지.

그 일 때문에 윌리는 원하던 대로 크게 승진할 수 있었어. 『샌오거스틴 뉴스』와 갤버스톤, 세인트 루이스, 뉴욕, 캔사스의 신문들은 그의 사진과 그에 대한 기사들을 실었어. 샌오거스틴 시는 '용감한 아들'에 대해 말 그대로 열광했어. 『샌오거스틴 뉴스』는 정규군과 주방위군을 해체하고 윌리에게 남은 전쟁을 홀로 수행하도록 하라는 사설을 실었어. 그렇게 하지 않는다는 것은 북부가 여전히 남부를 심하게 시기하고 있는 증거로 간주될 거라고 하면서 말이야.

만약 전쟁이 곧 끝나지 않았더라면 윌리가 얼마나 더 승진했을지 알 수 없었어. 등기 우편으로 보내온 메달을 세 개 더 탔고, 매복한 장소에서 레모네이드를 마시고 있던 스페인 병사 두 명을 쏜 뒤 사흘 만에 전쟁이 중단되었어.

전쟁이 끝난 후 우리 중대는 샌오거스틴으로 돌아갔어. 달리 갈 곳이 없었지. 어떻게 생각해? 시는 우리의 공로를 치하하고 음식을 대접하기 위해 파티를 열 거라고 신문과 전보와 속달 우편과, 회색 당나귀를 타고 샌안톤에 온 사울이라는 혹인을 통해 통보했어.

나는 '우리'라고 말했지만 그 모든 것은 전직 병사이고 사실상 대위이며 대령으로 임명된 윌리 로빈슨을 위한 것이었어. 시는 그에게 열광했지. 그들은 자신들이 열 환영회에 비하면 뉴올리언즈 사육제의 마지막 날은 오후에 차를 마시는 시간처럼 보이게 할 것이라고 통보했어.

샌오거스틴 병사들은 예정된 날에 귀향했어. 반란군 병사(남북전쟁 당시의 남군 병사 : 옮긴이)라고 불리곤 한 신병 훈련소에서 나온 사람들은 모두 루즈벨트 민주당에게 함성을 질렀어. 두 군악대와 시장이 나와 있었고 흰옷을 입은 여학생들이 체로키 장미꽃을 거리에 던져 시가 전차의 말들을 놀라게 하고 있었어. 어쩌면 자네도 바다가 안 보이는 내륙 도시에서 벌어지는 축전을 본 적이 있을지도 몰라.

사람들은 명예 진급한 윌리 대령이 저명한 시민들과 일부 시의회 의원들과 함께 주 예비병 부대 본부로 가기를 원했지만 그는 자신의 중대 맨 앞에 서서 샘 휴스턴 애버뉴까지 행진했어. 양 옆의 건물들은 깃발과 군중들로 가득했고, 우리가 사열 종대로 행진할 때 사람들이 '로빈슨!' 혹은 '헤이, 윌리!'라고 외쳤어. 내 생애에 윌리처럼 뛰어나 보이는 사람은 본 적이 없어. 그는 카키색 코트 위에 적어도 일고여덟 개의 메달과 상장과 훈장을 달고 있었어. 그의 피부는 햇빛에 그을려 말 안장 같았지만, 그는 진정으로 자랑스러운 일을 해 냈어.

그들은 일곱 시 반에 군청 불이 켜지고 팔리스 호텔에서 연설과 칠리콘카니 시식회가 있을 것이라고 우리에게 말해 주었어. 델핀 톰슨 양이 제임스 위트콤 라이언이 쓴 원작 시를 낭독할 예정이고, 후커 경찰본부장은 그날 그가 저질렀던 아홉 발의 예포를 시카고에서 쏠 것이라고 약속했어.

예비병 부대 본부에서 해산한 뒤 윌리가 나에게 말했어.

'나와 잠시 산책하겠나?'

'좋아. 너무 멀어서 함성이 들리지 않는 곳만 아니라면……. 배가 고프거든. 집에서 만든 음식을 먹고 싶은 마음이 간절하지만 함께 가지.'

윌리가 나를 데리고 옆길을 따라 조금 걸어가니 벽돌 조각과 낡은 통나무들로 장식된 잔디밭에 하얀 색의 작은 집이 나타났어. 내가 윌리에게 말했어.

'정지하고 암호를 말해 봐. 자네 이 방공호를 알지 않나? 이곳은 조우 그랜베리가 미라 앨리슨과 결혼하기 전에 만든 새 둥지야. 왜 그곳에 가려는 거지?'

그러나 윌리는 이미 대문을 열었어. 그가 벽돌로 깐 인도를 따라 층계로 갔고 나도 그를 따라갔어. 미라는 현관 흔들의자에 앉아 바느질을 하고 있었어. 그녀의 머리는 뒤로 대강 넘겨져서 매듭으로 묶여 있었지. 그녀의 얼굴에 주근깨가 있는 것을 그때 처음 알았어. 조우는 면도를 하지 않은 얼굴로 깃 없는 셔츠를 입은 채 현관 한쪽에서 벽돌 조각과 납 깡통들 사이에 과일 나무를 심기 위해 구멍을 파고 있었어. 그는 우리를 보았지만 아무 말도 하지 않았고 미라도 마찬가지였어.

군복을 입고 가슴에 메달을 달고 금 손잡이가 달린 새 칼을 찬 월리는 정말로 멋져 보였어. 더 이상 아가씨들이 심부름을 시키고 놀려대던 소심하고 겁 많은 금발머리 남자가 아니었어. 그는 잠깐 동안 그 자리에 서서 얼굴에 기묘한 미소를 띤 채 미라를 바라보았어. 그러고 나서 그녀에게 천천히 말했어.

'오, 알 수 없지요! 노력한다면 할 수 있을지도 몰라요!'

그 말이 전부였어. 그리고 월리가 모자를 들어 인사를 한 뒤 우리는 그 집을 나왔어.

웬일인지 그가 마지막 말을 했을 때 나는 갑자기 무도회의 밤을 기억했어. 월리가 거울 앞에서 머리를 빗고 있을 때 미라가 문 안쪽으로 머리를 내밀고 그를 조롱했던 날 말이야.

샘휴스턴 애버뉴로 돌아왔을 때 월리가 말했어.

'그럼 잘 가게, 벤. 집에 가서 신발을 벗고 쉬어야겠어.'

582

'뭐라고? 무슨 일이야? 군청이 영웅을 보려고 기다리는 사람들로 가득 차 있다는 걸 몰라? 군악대와 시 낭송과 깃발들과 술과 음식도 자네를 기다리고 있지 않나?'

내가 깜짝 놀라자 윌리가 한숨을 쉬며 말했어.

'좋아, 벤. 내가 그것들에 대해 모두 잊었다면 말이 안 되지.'

'야망이 어디서 시작되었는지를 아는 것은 야망이 어디서 끝날지를 아는 것만큼 어려운 일이야.'

벤 그랜저가 결론을 내렸어."

남부의 이웃 해외

Our Neighbors to the South_Foreign

두 명의 반역자

Two Renegades

남부의 게이트 시에서 남군 퇴역 군인들이 재회하고 있었다. 나는 그들이 뒤엉킨 남북전쟁의 깃발을 들고 예배를 드리고 기념하기 위해 강당으로 행진하는 것을 서서 보고 있었다. 나는 불규칙한 행렬이 내 앞을 지나갈 때 대열로 급히 달려가 그곳에 있을 권리가 없는 나의 친구 바나드 오키퍼를 끌어냈다. 왜냐하면 그는 북부에서 태어나고 자랐기 때문이다. 어째서 그는 빈사 상태의 칙칙한 퇴역 군인들 틈에서 소리를 지르며 남부 연맹기를 뒤좇아 가고 있는 것일까? 밝고 용감하며 유머러스한 그가 왜 소외된 세대의 군인들 사이에서 터벅터벅 걷고 있어야 하는 것일까?

말했다시피 나는 그를 대열에서 끌어내, 히커리 나무 지팡이와 휘날리는 염소 수염들이 모두 다 지나갈 때까지 붙들고 있었다. 그리고 그를 데리고 시원한 실내로 돌아왔다. 그날 게이트는 동요되어 있었고 현명하게도 「조지아를 지나 행진하며」는 손풍금 레퍼토리에서 제외되었다.

"아니, 무슨 장난을 그렇게 심하게 하는 거야?"

내가 오키퍼에게 물었다. 오키퍼는 얼굴의 땀을 닦아 내고 테이블 위의 잔에 담긴 얼음을 휘저으며 대답했다.

"나에게 친절을 베푼 유일한 나라를 뒤따라가며 보조하고 있었어. 신사 대 신사로서, 이 나라의 금융 문제를 해결한 훌륭한 정치인인 고 제퍼슨 데이빗의 외교 정책을 승인하고 축하하는 거지. 동일 비율, 이 것이 그의 정강 선언이야. 밀가루 한 통에 돈 한 통, 부츠 한 켤레에 20 달러 지폐 두 장, 새 모자에 현금을 가득 담아주기, W. J. B.의 오래되고 녹슨 강령보다 간단하지 않아?"

그의 엉뚱한 대답에 내가 다시 물었다.

"그게 도대체 무슨 말이지? 재정 문제에 대한 자네의 여담은 궤변에 불과해. 자네는 왜 남부군 참전 용사들 틈에서 행진하고 있었던 거야?"

"왜냐하면 보호해 달라는 이 바나드 오키퍼의 간청을 미합중국이 기각하고 개인 비서 코텔유를 시켜 1905년 선거에서 공화당의 득표 차에 대한 예측을 한 표로 줄이게 했을 때, 남부연방이 그 힘과 권력으로 개입해서 바나드가 피에 목마른 외국 손에 의해 즉각 암살당하는 위험에서 보호해 줬거든."

"이봐, 바니, 남부군 정부는 거의 40년 동안 존재하지 않았어. 자네는 마흔 살 이상 되어 보이지 않아. 소멸된 정부가 언제 자네를 위해 외교 정책을 폈다는 건가?"

나의 물음에 오키퍼가 재빨리 대답했다.

"넉 달 전이었어. 내가 암시한 악명 높은 외국 세력은 데이비스 반군 해방 노예들이 북부 주들에 가한 공식적 타격 때문에 여전히 비틀거리고 있었어. 그렇기 때문에 반란군 참전 병사들과 함께 목화에 대한 변칙적인 장단에 맞춰 걷고 있었던 거지. 나는 워싱턴에 있는 미국 대통령을 지지하네. 하지만 남부를 배반하지는 않을 거야. 남부연방이 40년 전에 죽었다고 했나? 만약 남부가 없었더라면 지금 나의 영혼은 기력을 잃어 고향에 대해 욕설 한마디도 속삭이지 못했을 거야. 오키퍼 같은 자들은 배은망덕하지 않아."

내가 놀란 것처럼 보였던 모양이다.

"전쟁은 끝났어."

내가 멍하게 말했다. 그때 오키퍼가 큰 소리로 웃어 내 생각을 흩어버렸다. 그러고는 매우 즐거워하며 소리치듯 말했다.

"의사 밀리킨 영감에게 물어봐. 전쟁이 끝났는지……. 오, 아냐! 의사 선생님은 아직 항복하지 않았어. 남부연방도 마찬가지야! 그들이 4개월 전에 외국 정부에 공식적이고 단호하고 완강하게 저항해 내가 총살당하는 것을 막아 주었다고 방금 말했지. 루즈벨트가 군함에 페인트칠을 하면서 내가 후보자 지지를 거절했는지 여부를 국가 선거 위원회가 조사하기를 기다리는 동안 남부 용사들은 나를 날개에 실어 구출했어."

"허풍 떠는 것은 아니겠지, 바니?"

내가 물었다. 오키퍼가 고개를 가로저으며 말했다.

"아냐. 하지만 내가 사실을 말해 주겠네. 운하에 관계 사업이 시작되었을 때 내가 파나마에 간 것은 자네도 알 거야. 나는 밑바닥 층으로 들어갈 거라고 생각했지. 정말 그랬어. 그리고 거기서 잠을 자고 그 속에 있는 작은 동물들과 함께 물을 마셨어. 그러다가 열병에 걸리게 됐지. 해변에 있는 산후안이라는 작은 마을에서 일어났던 일이야.

포르토프랭스의 흑인을 죽일 만큼 심한 열병이 나은 후 나는 다른 문제가 생겨 밀리킨이라는 의사의 치료를 받게 되었어. 병자를 돌볼 의사가 있었던 거야! 만약에 밀리킨 선생이 자네 주치의라면 죽음의 공포를 민주당 파티 초대장처럼 보이게 할 거야. 침대 옆에서는 파이우트 족 주술사처럼 행동하고 그의 존재는 철제 교량 대들보를 실은 화물차처럼 위로를 주지. 그가 열이 나는 자네 이마에 손을 얹으면 포카혼타스의 신원 보증으로 풀려나기 직전의 존 스미스 대위처럼 느끼게 될 거야.

그를 부르러 보내자 이 엉뚱한 노의사가 내 오두막으로 유유히 들어왔어. 청어처럼 생긴 얼굴에 눈썹은 검은색이고 하얀 수염이 물 뿌리는 항아리에서 나오는 우유처럼 턱에 드문드문 나 있었지. 그는 염화제일수은과 톱이 잔뜩 들어 있는 낡은 토마토 통조림 깡통을 든 흑인 소년을 데리고 왔어. 내 맥박을 재더니 모종삽처럼 생긴 농기구로 염화제일수은을 섞기 시작했어. 내가 그 모습을 보며 말했어.

'나는 아직 데스마스크를 원치 않아요, 의사 선생님. 내 간장이 구운 석고 주물로 덮이는 것도 원치 않고요. 나는 아파요. 내가 원하는 건 약이지 프레스코화가 아니네요.'

'당신은 빌어먹을 양키 아니오?'

의사가 포틀랜드 시멘트를 계속 섞으며 물었어.

'나는 북부 출신이에요. 하지만 평범한 사람이고 벽화에는 관심이 없어요. 보수적인 민주당원이 준 처방에 따라 파나마 지협에 아스팔트 포장을 할 때 느끼는 병든 느낌을 완화시킬 진통제나 약간의 신경 흥분제 좀 주시겠어요?'

그러자 노의사가 말했어.

'그들은 모두 당신처럼 뻔뻔스러웠지. 하지만 우리는 그들의 체온을 낮춰 주었어. 맞아요, 선생. 우리는 많은 북부인들을 망자의 세계로 보냈어요. 앤티텀과 불런이나 세븐파인스와 내슈빌 주변을 봐요.

당신네 군사 수가 우리보다 열 배가 되지 않는 한, 우리가 당신들을 격파해 한 수 가르쳐 주지 않았소? 당신을 본 순간 빌어먹을 양키라는 걸 한눈에 알아봤지.'

내가 애원조로 말했어.

'갈라진 틈을 다시 열지 마세요, 의사 선생님. 저는 지리적인 의미에서나 양키일 뿐이에요. 그리고 나한테 남부인은 언제나 필리핀 사람처럼 선량한 사람들이에요. 논쟁은 조금도 바라지 않아요. 의사 선생님이 바라신다면 그릇된 설명 없이 연방을 탈퇴합시다. 하지만 나는 런디즈 레인보다는 진통제를 원해요. 선생님께서 저를 위해 그 약들을 섞을 거라면 게티스버그 전투에 대한 말을 시작하기 전에 내 귀를 그것으로 채워 주세요. 그 전투에 대해서 할 말이 많으실 테니까요.'

그러자 밀리킨은 사각으로 된 종이에 약으로 요새들을 서둘러 짓더니 내게 말했어.

'양키 선생, 두 시간마다 이 가루를 복용하시오. 먹어도 죽지 않을 거요. 해질 때쯤 다시 와서 아직 살아 있는지 보겠소.'

노의사 덕분에 열병이 나았어. 나는 산후안에 살면서 그에 대해 더 잘 알게 되었지. 그는 미시시피 출신이었고 항상 민트 냄새를 풍기고 다니는 열광적인 남부인이었어. 그에 비하면 스톤월 잭슨 장군이

나 리 장군은 노에 폐지론자처럼 보일 정도였으니까. 그의 가족은 야주 시 어디쯤에 살고 있었지만 그는 양키 정부를 무척 싫어했기 때문에 북부에서 떨어진 곳에 살았어. 그와 나는 개인적으로는 러시아 황제와 평화의 비둘기처럼 친한 사이였지만 지역적으로는 융화되지 못했어.

그 노의사는 파나마 지협에 멋진 의술을 들여왔던 거지. 그는 곡선용 톱과 순한 염화물과 피하주사를 가지고 황달에서 개인적인 친구에 이르기까지 모든 것을 치료했으니까.

그는 플루트를 연주하는 것을 좋아했어. 연주 시간은 2분 정도 되었고 두 곡을 연주하는 죄를 범했지. 한 곡은 「딕시」이고 다른 하나는 「스와인 강」과 매우 비슷했어. 스와인 강의 지류에 대한 곡이었는지도 모르지. 내가 회복되어 갈 즈음에는 내 곁에 앉아서 자신의 플루트를 괴롭히고 남부 주들의 합중국 편입에 반대하는 이야기들을 했어. 여전히 섬터 요새의 첫 총성이 공기를 울리고 있다고 생각될 정도였지.

당시는 그들이 남부에서 소유권 혁명을 연출할 때였어. 그 혁명은 긴장감 넘치는 운하 장면으로 막을 내렸지. 모건 상원의원이 사냥개에 몰려 코코넛 나무에 쫓겨 올라가 있는 동안 엉클샘(미국 정부의 별명 : 옮긴이)은 파나마 양의 손을 잡고 아홉 번이나 다시 무대에 불려 나와 인사를 했어.

콜롬비아 군대는 우리에게 아주 무례했어. 하루는 내가 여단을 인솔해 모래밭에서 분대별로 대대 훈련을 하고 있었는데 그때 정부군이 숲 뒤에서 우리에게 달려와 매우 소란스럽고 불쾌하게 행동했어.

우리 군대는 얼굴을 왼쪽으로 돌려 기관총으로 연달아 쏘고는 그 자리를 떠났지. 적을 한 3마일쯤 유인한 후 히스(황야에 자생하는 관목 : 옮긴이) 밭이 나타났기 때문에 앉아야만 했어. 총을 내려놓고 항복하라는 명령을 받자 복종했어. 우리의 탁월한 참모 장교 다섯 명이 쓰러져 발뒤꿈치가 심하게 멍이 들었어.

그러고 나서 이 콜롬비아 인들이 당신의 친구 바니를 데려가서 격투할 때 손가락 관절에 끼우는 쇳조각 한 쌍과 럼주 병으로 된 그의 계급장을 떼고 군법정으로 끌고 갔어. 재판을 관장하는 장군은 남미 군법정의 일정에서는 한 사건에 때로 10분이나 걸리는 일상적인 법 절차를 따랐어. 그가 내 나이를 묻고 사형을 언도했어.

그들이 미국인 젠크스를 불러 평결을 통역하라고 말했어. 젠크스가 기지개를 한 번 펴더니 모르핀 알약을 먹었어.

'당신은 저 어도비 벽돌과 마주서야겠군요.'

그가 나에게 말했어.

'내가 알기로 당신에게는 3주가 남았어요. 당신은 가늘게 썬 담배를 가지고 있지 않았죠?

'각주와 설명을 달아서 다시 한 번 통역해 봐요. 내가 풀려났는지 유죄 판결을 받았는지 아동학대 반대를 위한 뉴욕 협회에 넘겨졌는지 모르겠어요.'

내가 답답해하자 젱크스가 또박또박 말해 주었다.

'오, 모른다고요? 당신은 어도비 벽돌로 된 벽 앞에 세워져서 2,3주 안에 총살당할 거라고 그들이 말한 걸로 아는데요.'

'2주인지 3주인지 물어봐 주시겠소? 죽은 후에는 1주일이 아무 것도 아니겠지만 살아 있을 때는 정말로 길게 느껴지는군요.'

'법정에 스페인 어로 문의했을 때는 2주였어요. 다시 한 번 물어볼까요?'

통역관의 물음에 내가 말했어.

'그냥 내버려 둬요. 평결을 받읍시다. 이런 식으로 항소하다가는 내가 체포되기 열흘 전에 총살당할 겁니다. 맞아요, 나는 가늘게 썬 담배를 가지고 있지 않았어요.'

그들은 나를 엔필드 총을 든 유색인종 우체국 전신 사환 분견대와 함께 칼라바조로 보냈어. 그곳 날씨는 뜨거운 오븐으로 요리하는 조리법에 나오는 것과 같은 온도였어.

그들은 경호원 중 한 명에게 은화 1달러를 주어 나를 미국 영사관으로 보냈어. 파자마를 입고 코에 안경을 쓴 영사가 들어왔어. 내가 그에게 말했어.

'나는 2주 안에 총살을 당합니다. 그 문제에 대해 메모를 해두었는데도 불구하고 머리에서 떨쳐 버릴 수가 없습니다. 최대한 빨리 전신으로 엉클샘에게 연락해서 이 문제를 해결하도록 해 주세요. 켄터키와 키어사지와 오레곤을 당장 보내게 해요. 그 정도의 전함이면 충분할 거예요. 하지만 순양함과 수뢰정이 두 척 정도씩 있는 것도 괜찮겠죠. 그리고 만약 듀이가 바쁘지 않다면 함대 중 가장 빠른 전함을 타고 오도록 하는 게 좋을 거예요.'

영사가 딸꾹질을 하며 말했어.

'자, 내 말 좀 들어 봐요, 오키퍼 씨. 왜 이 문제로 국무부를 괴롭히려는 겁니까?'

'내 말 못 들었어요? 나는 2주 후면 총살을 당한다고요. 내가 정원 파티에 갈 거라고 말한 것 같아요? 루즈벨트가 일본인들로 하여금 엘로우얌스티스쿰이나 오고토싱싱이나 다른 일급 순양함을 보내서 돕게 하는 것도 나쁘지는 않을 겁니다. 나는 그걸 더 안전하게 느낄 겁니다.'

'자, 너무 흥분하지 말아요.' 영사가 말했어. '내가 가서 씹는 담배와 바나나 튀김을 좀 보내겠소. 미국은 이런 문제에 개입할 수 없어요. 당신은 이 나라 정부에 모반하다가 체포되었고 이 나라 법에 복종해야 해요. 사실을 말해 드리죠. 혁명적인 소동이 일어났을 때 용병이 포함砲艦 함대를 요구할 경우 나는 전신을 끊고 가진 담배를 모두 주고 그가 총살을 당한 후에 그의 옷이 내 몸에 맞으면 중도금 대신 가질 수 있다고 국무성이 비공식적으로 암시했소.'

내가 그에게 말했어.

'영사님, 이건 심각한 문제예요. 당신은 엉클샘을 대표하고 있어요. 이건 세계평화의회나 클로버 4세에게 세례명을 주는 것 같은 국제적인 허튼짓이 아녜요. 나는 미국 국민으로서 보호를 요청하는 겁니다. 나는 모스키토 함대와 쉴리 기함(함대의 사령관이 타고 있는 배 : 옮긴이), 대서양 소함대, 밥 에반스와 E. 버드, 그리고 두세 건의 의정서를 원해요. 이 문제에 대해 어떻게 하려는 거지요?'

'아무 것도 할 수 없어요.'

영사가 말했어. 하지만 나는 인내심을 잃어버리고 그에게 이렇게 말했어.

'그러면 가 봐요. 그리고 밀리킨 의사 선생님을 보내 줘요. 의사 선생님께 나를 보러 와달라고 말해 줘요.'

의사가 와서 신발도 수통도 압수당하고 지저분한 군인들에 둘러싸여 철창 뒤에 서 있는 나를 보자 매우 흡족한 듯했어.

그가 말했어.

'여보게, 양키. 이제 존슨스 섬의 맛을 조금 보았겠군?'

'의사 선생님, 저는 방금 미국 영사와 면담을 했어요. 영사 말에 따
르면 나는 키쉬네프에서 로젠슈타인이라는 이름으로 바지 멜빵을 팔
아서 지금 이 상황에 처하게 된 거라네요. 제가 미 해병으로부터 받을
수 있는 유일한 도움은 씹는 담배뿐인 것 같아요. 선생님, 저를 위해
뭔가 해 주실 수 있을 때까지만이라도 노예 문제에 대한 적대감을 좀
정지시켜 주실 수 없으신지요?'

'나는 철이 들고 있는 양키의 고통을 덜어 주는 일은 잘 안 하오. 미
국은 콜롬비아 식인종들의 오두막에 폭격을 가할 해병대를 상륙시키
지 않는다는 말이군요. 오, 그래요. 전쟁 때 총에 맞은 성조기를 새벽
여명에 볼 수 있소? 미전쟁성에 무슨 일이 일어난 거요? 금본위제 국
가의 시민이 된다는 것은 위대한 일일 텐데 말이오, 안 그렇소?'

'하고 싶은 말이 있으면 마음껏 하세요, 의사 선생님. 우리는 외교
정책이 약한 것 같아요.'

의사가 안경을 쓰고 좀 더 부드럽게 말했어.

'양키로서 당신은 그렇게 나쁜 편은 아니오. 만약 당신이 표준 이하
라면 나는 당신을 무척 좋아했을 것 같군요. 이제 당신의 국가가 당신
을 배반했으니 당신들이 그의 목화를 불태우고 당나귀들을 훔치고

소유한 흑인들을 해방시켜 당신 편으로 만들었던 이 노의사한테 와야겠구먼. 그렇지 않나요, 양키?'

내가 진심으로 말했어.

'맞아요. 지금 당장 상황 판단을 하지요. 2주 후면 선생님이 할 수 있는 일이라고는 부검뿐이니까요. 가능하면 제 사체가 절단되지 않게 해 주세요.'

의사가 사무적인 태도로 말했어.

'음, 자네가 이 곤경에서 벗어나는 건 아주 쉬운 일이야. 돈이면 돼. 폼포스 장군에서부터 자네의 문을 지키는 여러 사람들에 이르기까지 돈을 주는 거지. 한 1만 달러만 있으면 될 거야. 자네 그만한 돈은 있나?'

'저요? 칠레 돈 1달러와 스페인 은화 2레알 반이 있어요.'

노의사가 체념한 듯이 말했어.

'이제 마지막으로 할 말이 있으면 해 봐요. 자네 재정 예산 계획안 명부는 마치 장송곡처럼 들리는구먼.'

내가 말했어.

'방법을 바꾸세요. 제가 돈이 없다는 것은 인정해요. 자문을 구하거나 라듐을 사용하거나 톱 같은 것을 몰래 들여보내 주세요.'

'여보게, 양키. 내게 자네를 도울 좋은 생각이 있네. 자네를 이 곤경

에서 구해 줄 수 있는 정부는 단 하나뿐이야. 세상에서 가장 위대한 나라인 남부연방이지.'

자네가 나에게 한 말과 똑같은 말을 나도 의사에게 했어.

'아니, 남부연방은 나라가 아니잖아요. 이미 40년 전에 국가로서의 의무를 면제받았어요.'

의사 선생님이 약간 흥분한 어조로 말했어.

'그것은 전쟁이 만들어 낸 거짓말이야. 로마 제국처럼 견고하게 운영되고 있지. 남부연방이야말로 자네에게 유일한 희망이야. 양키로서 자네는 공식적인 도움을 얻기 전에 일종의 예비 장례식을 치러야 해. 남부연방에 충성 맹세를 해야 하네. 그러면 남부연방이 자네를 위해 할 수 있는 모든 일을 해 줄 거라고 장담하네. 어떻게 생각해, 양키? 자네한테는 마지막 기회야.'

내가 대답했어.

'저를 우롱하는 거라면 선생님도 미합중국보다 나을 것이 없어요. 하지만 마지막 기회라고 말씀하시니 서둘러 맹세하게 해 주세요. 하기야 저는 언제나 옥수수 위스키나 주머니쥐(잡히면 죽은 체하는 미국 쥐 : 옮긴이)처럼 행동했어요. 나는 천성적으로 반은 남부인이라고 믿어요. 군복 대신 큐클럭스 옷을 입어야 한다 해도 상관없어요. 서둘러요.'

의사가 잠시 생각하더니 아무런 마실 것도 없이 이런 맹세를 하라고 하는 거야.

'나 바나드 오키퍼 양키는 건전한 신체이지만 공화당 의식을 지닌 자로서 지나친 아일랜드 기질과 양키로서의 어리석음 때문에 당하게 된 수감 상태와 사형 선고로부터 자유와 해방을 획득하게 된 것은 남부연방의 공식적 행동과 능력을 통해서였음을 감안하여 남부 연방과 그 정부에 충성과 존경과 헌신을 다할 것을 맹세합니다.'

나는 의사가 하는 대로 따라했지만 어쩐지 속임수처럼 들렸어. 이 나라에 있는 어떤 생명보험 회사도 그 선서 때문에 나한테 보험 증권을 발행해 줄 거라고 믿지지 않았거든.

의사는 자기 나라 정부와 즉시 대화를 하겠다면서 떠났어.

내 기분이 어땠는지 상상할 수 있을 거야. 2주 안에 총살당하게 되어 있고 나를 도와줄 유일한 희망은 사라진 지 너무 오래 되어 현충일과 조우 윌러가 급료표에 서명할 때 외에는 기억도 나지 않는 먼 나라의 정부라고 생각해 봐. 그러나 그 밖에는 아무 가능성도 없었어. 그리고 어쩌면 밀리킨 의사 선생은 낡은 알파카 소매 속에 어리석지만은 않은 무엇인가를 가지고 있을 거라고 생각했어.

1주일 후에 노의사가 감옥으로 왔어. 나는 벼룩에게 물리고 진드기에 질리고 말할 수 없이 배가 고팠어. 의사가 오자 반가운 마음에 내가 물었지.

'남부연방의 무장 기사가 나타나려고 하나요? 젭 스튜어트의 기마대가 육로로 진군해 오거나 스톤월 잭슨이 뒤에서 몰래 다가오는 소리라도 들었어요? 그렇다면 그렇다고 말해 주세요.'

'아직 도움을 받기에는 일러.'

의사 선생님이 말했어.

'빠를수록 좋아요. 적어도 내가 총살당하기 15분 전에만 도움을 받을 수 있다면 상관없어요. 베에르가르드나 앨버트 시드니 존스톤이나 다른 구원 군단을 보게 되면 서두르지 말라고 수기手旗를 흔들어 신호를 보내세요.'

'아직 아무 대답도 못 받았네.'

의사가 말했어.

'잊지 마세요. 단지 나흘밖에 남지 않았다는 것을요. 선생님이 이일을 어떻게 해내려고 하는지 모르겠어요. 하지만 만약 아프가니스탄이나 영국이나 크루거 노인의 왕국처럼 살아 있고 지도에 있는 정부가 이 문제를 처리하도록 한다면 잠을 푹 잘 수 있을 것 같아요. 선생님의 남부연방을 존경하지 않는 것은 아니지만 리 장군이 항복했을 때 내가 이 곤경에서 풀려날 가능성이 크게 줄어든다고 느끼지 않을 수가 없어요.'

'이것이 자네의 유일한 기회야. 불평하지 말게나. 자네 나라가 자네를 위해 해 준 일이 뭔가?

내가 총살당하기로 되어 있던 아침을 겨우 이틀 남겨 놓고 의사가 나를 찾아와 이렇게 말했어.

'좋아, 양키. 도움이 왔네. 남부연방이 자네의 석방을 요청하려 하네. 정부 대표들이 지난밤 과일 수송선 편으로 도착했어.'

'멋져요! 정말 잘하셨어요, 의사 선생님! 개틀링이 이끄는 해병대겠지요? 이번 일을 절대로 잊지 않고 선생님 나라를 사랑하겠어요.'

'곧 두 정부 사이에 협상이 시작될 걸세. 그리고 협상 성공 여부는 오늘 안으로 알게 될 거야.'

오후 네 시쯤 붉은 바지를 입은 한 군인이 감옥으로 문서를 가지고 왔어. 감옥 문 앞에 있던 경호원이 내가 나가자 인사를 하기에 나도 인사를 했어. 그리고 풀밭으로 나가 밀리킨 의사 선생의 오두막집으로 걸어갔어.

의사 선생님은 해먹에 앉아서 플루트를 가지고 부드럽고 낮고 음정이 맞지 않는 소리로 「딕시」를 연주하고 있었어. 나는 '눈길을 돌려! 눈길을 돌려!'에서 끼어들어 5분 동안 그와 악수를 했어. 그리고 씹는 담배를 성마르게 씹으며 의사가 말했어.

'내가 빌어먹을 양키의 목숨을 구해 주려고 애쓰게 될 줄은 상상도 못했어. 하지만 오키퍼 군, 어쨌든 자네가 부분적으로나마 인간으로 간주될 자격이 없다고는 생각하지 않아. 나는 양키가 사람에 대해 기본적인 예의와 존경심을 가졌다고 생각해 본 적이 없어. 내 말이 너무 공격적이었는지도 모르겠군. 하지만 자네가 나한테 고마워할 필요는 없어. 남부연방에 고마워하게.'

내가 말했어.

'정말로 큰 은혜를 입었습니다. 자신의 생명을 구해준 나라에 대해 애국심을 느끼지 못한다면 사람이 아니죠. 깃대와 술잔만 있다면 어디서든지 남부연방을 위해서 축배를 들겠습니다. 그런데 나를 구해줄 군대는 어디 있나요? 총성도 포탄 터지는 소리도 듣지 못했어요.'

의사가 일어나 창밖으로 보이는 과일 실은 바나나 수송선을 플루트로 가리키며 말했어.

'양키, 아침에 항해를 나갈 수송선이 저기 있네. 내가 자네라면 타고 가겠네. 남부연방은 자네를 위해 할 수 있는 모든 일을 했네. 총은 한 발도 쏘지 않았어. 그 수송선의 사무장이 두 나라 사이에 비밀 협상을 수행했지. 내가 나서고 싶지 않아서 그가 하도록 했어. 자네를 석방하기 위해 관리들에게 1만 2,000달러를 뇌물로 주기로 했네.'

내가 털썩 주저앉으며 말했어.

'저런! 1만 2,000달러라고요? 그렇게 큰돈이 어디서 난 거죠?

밀리킨 의사 선생이 말했어.

'야주 시야. 그곳에 저축해 둔 돈이 약간 있지. 통 두 개에 가득 들어 있었어. 콜롬비아 인들이 좋아했지. 전부다 남부연방 돈이야. 자, 이제 왜 저들이 그 돈의 얼마를 전문가들에게 넘기기 전에 자네가 떠나는 것이 나은지 알겠나?'

'네.'

'이제 암호를 말해 보게.'

'제프 데이비스 만세!'

'맞아! 자네에게 해 주고 싶은 말이 있네. 다음번에 배울 플루트 연주곡은 「양키 두들」이야. 아주 어리석지 않은 양키들도 있다는 사실을 알았어. 만약 자네가 내 입장이라면 「더 레드, 화이트, 블루」를 연주해 보겠나?

그때 의사 선생 얼굴에 엷은 미소가 떠올랐어."

그도 쓸모가 있다

He also Serves

만약 1000년, 단지 딱 1000년만 더 살 수 있다면 나도 어쩌면 진정한 로맨스의 옷자락 끄트머리라도 만져 볼 수 있을지 모른다.

선박, 황무지, 숲, 길, 초라한 작은 방, 지하실 등에서 살았던 남자들이 와서 자신들이 보고 듣고 생각한 일들에 대해 두서가 맞지 않는 이야기들을 들려준다.

그들의 이야기를 기록하는 것은 귀와 손가락이 하는 일이다. 내가 두려워하는 운명이 두 가지 있다면 그것은 귀가 먹는 것과 손이 마비되는 것이다. 나의 손은 아직 아무 문제가 없다. 만약 이 이야기가 책으로 만들어졌을 때 떠돌아다니기를 좋아하는 헝키 매기가 나에게 들려준 이야기와 다르다면 그것은 나의 귀 때문임을 일러둔다.

그의 일대기는 아주 간단하다. 내가 헝키를 처음 만난 건 그가 서드 애버뉴에 있는 찹스 리틀 비프스테이크 레스토랑에서 수석 웨이터로 일하고 있을 때였다. 그가 거느린 웨이터는 단 한 명이었다.

그는 알래스카 여행에서 돌아온 후, 요리사 자격으로 카라비안 해 보물찾기 여행을 다녀왔다. 이어 아칸소 강에서 진주조개 채취업을 하다 실패한 후 빅시티의 작은 길거리에서 계속 나와 마주쳤다. 그 같은 모험의 땅으로 돌진하는 사이사이에 그는 찹스로 돌아와 잠시 머물곤 했다. 찹스 레스토랑은 그에게 질풍이 너무 심하게 불 때 머무는 항구와도 같았다. 하지만 헝키가 스테이크 주문을 받아 가면 다음 순간 주방에 가서 스테이크를 가져다줄지 말레이 제도에 정박할지 알 수가 없었다. 독자들은 그의 외모를 별로 좋아하지 않을 것이다. 목소리는 부드럽지만 대하기는 쉽지 않았고, 찹스의 손님들이 가끔 소동을 일으켜 그들을 진정시킬 때는 두 눈을 다 사용할 필요가 없었다.

어느 날 밤 수개월 동안 사라졌던 헝키가 23번가와 서드 애버뉴 모퉁이에 서 있는 것을 보았다. 10분 후에 우리는 작은 원탁을 사이에 두고 앉았고 나는 그의 이야기에 귀를 기울이기 시작했다. 헝키의 허풍스러운 이야기를 끌어내기 위해 쓴 나의 교활한 책략이나 거짓 꾸밈은 생략한다. 그가 한 이야기는 이렇다.

"차기 선거에 관해 하는 말인데요. 혹시 인디언에 대해 많이 아시나요? 아니, 통쟁이나 법정 하급관리나 담뱃가게 주인이나 래핑 워터(머리를 길게 땋아 내린 전형적인 인디언 상 : 옮긴이) 같은 거 말고요. 대학 그리스 어 시험에서 상을 타고 미식축구 경기에서 하프백을 완패시키는 현대적인 인디언들 말이죠. 오후에는 생물학 교수의 딸과 함께 마카롱을 곁들여 차를 마시고 조상 때부터 살고 있는 인디언 오두막 집에 가면 메뚜기와 방울뱀 튀김을 마음껏 먹는 그런 인디언들 말입니다.

그들은 괜찮은 사람들이에요. 지난 수백 년간 이곳에 건너온 다른 어떤 외국인들보다 마음에 들어요. 인디언은 백인들과 섞여 살면 자신들의 모든 악덕을 백인들의 미덕과 바꾸고 자신의 미덕은 그대로 가지고 있지요. 그들이 백인들을 놓아줄 때마다 인디언 보호구역을 요구할 만하지요. 그러나 미국으로 건너온 외국인들은 우리의 미덕을 가져가면서 자신들의 악덕은 그대로 가지고 있어요. 그들의 갱단을 단속하는 데 우리 상비군이 전부 필요하게 될 날이 올 것입니다.

이제 두 번 이주를 당한 체로키 인디언이자 펜실베니아 대학 졸업생이면서 끝이 뾰족하고 뒤축에 고무를 댄 신기한 새끼염소 가죽신을 신고, 되접은 커프스를 단 고급 무명 셔츠를 입은 하이잭 스네이크 피더와 함께 다녀온 멕시코 여행에 대해 말해 드리고 싶군요. 그는 제 친구였지요. 탈레쿠아에서 땅 벼락경기가 있을 때 만나서 친해졌어요. 그는 대학을 졸업하고 자기 백성을 노예에서 해방시키려고 그곳에 돌아와 있었어요. 그는 스타일이 돋보였고 논문을 썼고 보스턴 같은 데 사는 부자들의 저택에 초대를 받았지요.

하이잭이 홀딱 반한 체로키 인디언 여자가 무스코지에 살고 있었어요. 나를 몇 번 데리고 그녀를 보러 갔지요. 그녀의 이름은 플로렌스 블루페더였어요. 코걸이를 하고 군용담요를 두른 인디언 여자를 상상하지 않기 바래요. 선생님보다 더 피부가 희고 나보다도 훨씬 교육을 잘 받았으니까요. 서드 애버뉴 상가에서 쇼핑을 하는 여느 여자들과 전혀 구별이 안 될 정도였지요. 나는 그녀를 너무나도 좋아했기 때문에 하이잭 없이도 종종 혼자서 무스코지를 방문했지요. 그런 문제들에 관해서 친구들이란 그렇잖아요. 그녀는 무스코지 대학에서 공부했고… 음, 뭐라더라, 맞아, 인종학을 전공하고 있었어요. 그것은 세대를 되돌아가 해파리에서 원숭이, 오브라이언에 이르는 서로 다른 인종의 자손을 추적하는 학문이지요. 하이잭도 그 분야를 연구했고 하계문화 교육학교, 촉토 족 인디언, 차우더 파티 등 온갖 종류의 폭도적 집회에서 연구 논문을 읽었어요. 그런 케케묵은 학문에 대한 공통의 관심사가 그들이 서로 좋아하게 만든 것 같더군요. 하지만 알게 뭡니까! 취향이 같다고 말하는 게 항상 그런 것은 아니지요. 블루페더 양이 놋 땅에 거주한 첫 번째 가족이 오하이오에 거주했던 고대 인디언과 사촌 간이라는 어려운 이론을 말할 때는 존경하는 마음으

로 경청했지요. 내가 바우어리가와 코니아일랜드에 대해 이야기해
주고 자메이카 흑인들이 교회 정원 파티에서 부르는 노래를 몇 곡 불
렀을 때, 그녀는 뉴저지 테너플리에서 홍수가 발생한 후 미국 원주민
이 죽마를 타고 이곳에 처음 도착한 것이 확실하다고 하이잭이 말할
때보다 흥미를 덜 느끼는 것 같지 않았어요.

하지만 하이잭에 대해 좀 더 이야기해 드리지요.

한 6개월 전에 그에게서 편지 한 장이 왔어요. 멕시코에 가서 출토
품들을 번역하고 유적에 있는 기록의 의미를 알아내는 등의 일을 미
국 정부의 소수인종 보고서 사무국이 그에게 위탁했다고 하더군요.
내가 함께 가면 그 비용은 조사 경비에서 충당하겠다고요.

당시 나는 챕스에서 팔에 냅킨을 너무 오래 걸고 있었기 때문에 잭
에게 그러겠다고 전보를 보냈어요. 그가 나에게 티켓을 보내와 워싱
턴에서 만났어요. 그는 내게 많은 소식을 전해 주었어요. 무엇보다도
플로렌스 블루페더가 그녀의 집과 동네에서 갑자기 사라졌다는 소식
에 깜짝 놀랐어요.

'달아났어?'

내가 묻자 하이잭이 대답했어요.

'사라졌어. 태양이 구름 뒤로 들어가면 그림자가 사라지듯이 사라
졌어. 그녀가 길거리에 나타났다가 모퉁이를 돈 후 본 사람이 없어.

온 동네가 그녀를 찾아 나섰지만 아무런 단서도 찾지 못했어.'

내가 안타까운 얼굴로 말했어.

'그거 안됐네, 그거 안됐어. 아주 근사한 아가씨였는데. 게다가 총명하기도 하고.'

잭은 그런 사실을 받아들이기 어려운 듯했어요. 그는 블루페더 양을 매우 존경했던 것 같아요. 그는 문제를 위스키에게 의뢰했어요. 그것이 그의 약점이었지요. 그런 남자들이 많아요. 남자들은 실연을 하면 그 전이나 후에 대개 술을 마시지요.

우리는 뉴올리언스까지 철도를 타고 가서 벨리즈행 부정기 화물선을 탔어요. 카리브 해에서 돌풍이 심하게 불었고 항구도 없는 작은 마을인 보카 드 코아코율라 맞은편 유카탄 해변에서는 거의 난파할 뻔했지요. 밤에 배가 그 동네에 부딪혔다고 생각해 봐요!

'만蠻에서 큰 폭풍을 만나느니 유럽에서 50년을 사는 게 나아!'

하이잭 스네이크피더가 말했어요. 그래서 우리는 선장에게 부탁해 돌풍이 멈추었을 때 작은 어선을 타고 해변으로 갔어요. 하이잭이 말했어요.

'우리는 여기서 유적을 발견하든지 만들어 내든지 할 거야. 정부는 둘 중 어느 거든 상관하지 않을 거야. 예산은 승인을 받았으니까.'

보카 드 코아코율라는 고요한 마을이었어요. 성경에 나오는 두루와 시둔이 멸망을 당한 후에도 이 마을에 비하면 42번가나 브로드웨이처럼 보였을 겁니다. 1597년에 국세 조사원이 군청 소재지의 석조 건물에 새겨 놓은 대로 여전히 1,300명의 주민이 살고 있다고 주장하더군요. 서로 다른 인디언들이 섞여 살았어요. 그들 중 일부는 흰 피부를 가지고 있어서 놀랐지요. 도시는 빽빽한 숲으로 둘러싸여 해변까지 형성되어 있었어요. 따라서 소환장을 지닌 사람이 서류를 가지고 10년이나 떨어진 곳에 살고 있는 주민들에게 올 수가 없었어요. 우리는 어째서 그 도시가 캔사스 주에 편입되지 않았는지 의아했지만 빙 대령 때문이라는 것을 곧 알게 되었어요.

빙 대령은 파리 주변의 고약 같은 사람이었지요. 그는 코치닐 염료, 사르사, 로그우드, 대마 등 물감이 되는 각종 목재와 순수식품 혼합물 이권을 독점하고 있었어요. 보카 드 팅가마지거스 인구의 6분의 5가 손익 공동 부담으로 그를 위해 일하고 있었어요. 훌륭한 부정 이득이었지요. 나는 지방에 가면 모건이나 E. H. 등 우리 시대의 현명한 사람들에 대해 자랑하곤 했지요. 하지만 더 이상 그러지 않아요. 그 반도는 작은 동네를 관측탑도 보이지 않는 잠수함으로 만들어 버렸거든요.

빙 대령의 생각은 이겁니다. 주민들이 숲에 들어가 그런 제품들을 모아 가져오면 그중 5분의 1을 주었어요. 때로 그들은 파업을 하고 6

분의 1을 달라고 요구하지요. 그러면 대령이 항상 양보를 하는 식이
에요.

대령이 사는 방갈로는 바다에 너무 가까워서 9인치짜리 파도가 부
엌 바닥에 난 틈으로 스며들었어요. 나와 대령과 하이잭 스네이크피
더는 정오부터 자정까지 현관에 앉아 술을 마셨어요. 그는 뉴올리언
즈 은행에 30만 달러를 쌓아 두었다며 그가 원한다면 하이잭과 내가
그곳에 영원히 머물 수 있다고 하더군요. 하지만 하이잭이 미합중국
을 생각해 내고 인종학에 대한 이야기를 꺼냈어요.

빙 대령이 말했어요.

'유적이라! 숲에는 유적 천지예요. 얼마나 오래된 것들인지 알 수
없지만 내가 오기 전부터 있었으니까요.'

하이잭은 지역 주민들이 어떤 종교에 중독되어 있느냐고 물었어요.
그러자 대령이 코를 비비며 말했어요.

'글쎄, 그건 잘 모르겠는데요. 이교도나 아즈텍이나 비국교도나 뭐
그런 걸 거예요. 그곳에는 교회가 하나 있어요. 감리교인가, 다른 뭐
라고 하던데. 스키더라는 개신교 목사가 맡고 있지요. 그가 주민들을
기독교로 개종시켰다고 주장하고 있죠. 그와 나는 주州에 관련된 경
우 외에는 어울리는 일이 없어요. 그들은 여전히 무슨 신인지 우상인
지를 경배하는 것 같아요. 하지만 스키더 목사는 양떼도 키운다고 하

던데요.'

며칠 후 하이잭과 나는 그곳을 배회하다가 숲으로 향하는 평범한 오솔길을 발견하고 한 4마일쯤 따라갔어요. 그러자 왼쪽에 샛길이 하나 나타났어요. 그 길을 따라 1마일쯤 가자 훌륭한 유적이 있었어요. 나무와 덩굴과 관목이 주변과 안팎에 자라난 견고한 석조 유적이었지요. 위에는 보드빌에 그런 식으로 나왔다가는 체포당할 만한 신기한 동물과 사람들의 조각이 새겨져 있었어요. 우리는 뒤에서부터 그곳에 접근했어요.

하이잭은 우리가 보카에 도착했을 때부터 술을 너무 많이 마셨어요. 인디언들이 어떤지 아시잖아요. 백인들은 인디언에게 독주를 권하면 그들을 완전히 속여 버릴 수가 있지요. 그는 아예 술병을 가지고 다녔어요.

그가 말했어요.

'형키, 저 고대 신전을 탐험하는 거야. 우리가 폭풍 때문에 여기 온 것이 오히려 잘된 일인지도 몰라. 변덕스러운 바람과 파도 때문에 소수인종 보고서 사무국이 이득을 볼 수도 있어.'

우리는 허술한 유적의 뒷문으로 들어갔어요. 욕조가 없는 정자 같은 것이 있더군요. 화강암으로 된 대형 소파가 있었고, 돌로 된 세면대에는 비누도 물 빠지는 구멍도 없었어요. 벽에 난 구멍에는 단단한

612

나무로 된 못들이 박혀 있었는데, 그게 전부였어요. 가구가 구비된 그 아파트에서 나와 할렘에 있는 복도 끝 방으로 가는 것은, 이스트사이드 정착주택에서 열린 아마추어 첼로 독주회에서 집으로 가고 싶게 만드는 것과 마찬가지예요.

석공이 실수로 도구를 떨어뜨렸을 때 벽에 새겨진 상형문자들을 하이잭이 조사하고 있는 동안 나는 거실로 들어갔어요. 그 방은 적어도 30에 50피트 정도 되었고, 석조 바닥에 빛을 많이 들여보내지 않는 여섯 개의 작은 창문이 있었어요. 그 창문들을 바라보며 내가 말했어요.

'하이잭, 이 모든……'

그런데 그가 이상해 보여 몸을 돌렸어요.

그는 허리까지 옷을 벗고 있었고 내 말을 듣는 것 같지 않았어요. 나는 그를 거의 때리다시피 했어요. 하이잭이 돌로 변해 있었던 거예요. 나도 술을 마시긴 했지요. 내가 그를 향해 큰 소리로 말했어요.

'돌로 변했어! 계속 마시면 이런 일이 일어날 줄 알았어.'

그런데 내가 혼잣말하는 것을 들은 그가 정자에서 나와 함께 제 2의 스네이크피더를 바라보았어요. 그것은 돌로 만든 우상이나 신상이나 개조한 조각상 같은 거였는데 녹색 콩이 서로 닮은 것처럼 하이잭과 똑 닮았어요. 얼굴도 몸집도 피부색도 비슷했지만 두 다리로 서 있는 모습은 더욱 견고했지요. 연단이나 받침대 같은 데 서 있었고 그곳에서 100만 년은 서 있었다는 것을 알 수 있었어요.

'내 사촌이야.'

하이잭이 말하면서 진지한 표정을 지었어요. 그가 한 손은 내 어깨에 다른 한 손은 조각상에 올려놓고 말했어요.

'헝키, 나는 선조의 거룩한 신전에 있는 거야.'

'맞아! 모습으로만 보면 쌍둥이같이 닮았어. 자 여기 형제 옆에 한 번 서 봐. 서로 다른 데가 있는지 한번 보게.'

내가 이렇게 말하고 둘을 살펴보았지만 다른 점이 없었어요. 인디언들은 원하기만 하면 무쇠로 만든 개처럼 표정을 바꾸지 않을 수 있지요. 하이잭도 얼굴을 꼼짝하지 않으면 다른 인디언과 구별하기가 힘들어요.

'이 조각상의 주춧돌에 무슨 문자가 써 있는데 이해하지 못하겠어. 이 나라의 알파벳은 때때로 a, e, i, o, u가 나오고 주로 z, l, t로 되어 있는 것 같아.'

내 말을 듣고는 잠시 하이잭의 인종학이 술보다 한 수 위가 되어, 새겨진 문자들을 조사하기 시작했어요.

'헝키, 이것은 고대 아즈텍의 가장 강한 신들 중 하나인 틀로토팍슬의 조각상이야.'

내가 말했어요.

'그를 알게 되어 기쁘군. 하지만 현 상황에서는 셰익스피어가 줄리우스 시저에게 한 농담이 생각나는데. 자네 친구에 대해서 이렇게 말할 수 있을지 몰라.'

 전제군주 누구라고 하던가, 죽어서 돌로 변한 자
 그에게 글을 쓰거나 전화하는 것은 소용이 없어.

하이잭 스네이크피더가 이상한 표정으로 나를 바라보며 말했어요.
 '헝키, 자네는 환생을 믿나?'
 '그건 나한테는 도살장 청소나 새로운 종류의 보스턴 연어처럼 들리는걸. 모르겠어.'
 그러자 하이잭이 말했어요.
 '나는 내가 틀로토팍슬의 환생이라고 믿어. 내 연구에 따르면 북미의 모든 인디언 가운데 체로키 인디언이 자랑스러운 아즈텍 인종의 직계 자손이야. 그게 바로 나와 플로렌스 블루페더가 가장 좋아하는 학설이지. 그리고 그녀가 만약……'
 하이잭이 나의 팔을 잡더니 눈으로 나를 에워쌌어요. 그 순간 그가 유명한 인디언 살인마 크레이지 호스처럼 보이더군요. 내가 놀란 눈으로 말했어요.

'저런! 만약 그녀가, 만약 그녀가, 만약 그녀가? 자네 취했어. 우상을 인격화하고 뭐라고 했더라, 환생을 믿는다고? 술이나 마시자고. 가스등이 희미하게 켜진 야밤에 브루클린의 인공 수족 공장에 있는 것처럼 으스스한걸.'

바로 그때 누군가 다가오는 소리가 들려 나는 하이잭을 침대가 없는 침실로 잡아끌었어요. 벽에는 구멍들이 뚫려 있어서 신전의 정면을 모두 볼 수 있었어요. 회중이 모였을 때 고대 제사장이 이 구멍으로 그들을 유심히 관찰했다고 빙 대령이 나중에 말해 주었어요.

잠시 후 인디언 노파가 음식이 가득 담긴 커다란 타원형의 오지 접시를 가지고 들어왔어요. 그녀가 그것을 조각상 앞에 있는 사각의 석재 받침대 위에 놓더니 앉아서 머리가 바닥에 닿도록 몇 번 절을 하고는 걸어 나갔어요.

하이잭과 나는 배가 고팠기 때문에 침실에서 나와 음식을 훑어봤어요. 염소 스테이크와 튀긴 쌀 과자, 바나나, 카사바, 구운 참게, 그리고 망고 등이 있었어요. 찹스와는 비교가 안 됐지요. 우리는 마음껏 먹고 술을 더 마셨어요.

내가 말했어요.

'테쿰세인가 뭔가 하는 자의 생일일 거야. 아니면 매일 이런 식으로 먹이나? 나는 신들은 카타왐퍼스 산에서 바닐라나 마시는 줄 알

았는데.'

그때 짧은 기모노를 입은 인디언 주민들이 지평선 근처에서 더 나타났고, 나와 하이잭은 그의 조상 악슬렉트리의 밀실로 급히 되돌아갔어요. 그들은 혼자서, 아니면 둘씩 셋씩 와서 온갖 종류의 예물을 바쳤어요. 빙햄의 아홉 명의 전쟁의 신이 충분히 먹고 남아 헤이그 평화회담 참가자들도 먹을 수 있을 것 같았지요. 그들은 꿀 항아리, 바나나 송이, 포도주 병, 구운 옥수수 빵, 인디언 여성들이 비단 같은 식물성 섬유로 짜서 만드는, 한 장에 100만 달러나 하는 아름다운 숄 등을 가져왔어요. 그들은 모두 조각상 신 앞에 앉아 바닥에 머리를 조아리고 나서 다시 숲 쪽으로 살금살금 사라졌어요.

'이것들을 누가 다 갖는지 궁금하군.'

하이잭의 말이 끝나자마자 내가 말했죠.

'오! 틀림없이 숲 속 어딘가에서 집무를 보고 있는 사제나 대리 우상이나 교란 위원회가 있을 거야.'

그리고 나서 우리는 다시 한 번 술을 꿀꺽꿀꺽 들이키고는 몸을 식히기 위해 거실 현관을 통해 밖으로 나왔어요. 신전 내부가 마치 팰리사이드 절벽의 여름 캠프 내부처럼 더웠거든요.

우리가 산들바람을 쐬며 그곳에 서 있는데 한 아가씨가 허물어진 유적을 향해 다가오는 것이 보였어요. 맨발에 흰옷을 입고 손에는 흰

꽃으로 만든 화관을 들고 있었어요. 그녀가 가까이 오자 검은 머리칼에 긴 파란색 깃털을 꽂고 있는 것이 보였지요. 그녀가 우리 곁으로 바싹 다가오자 나와 하이잭 스네이크피더는 바닥에 쓰러지지 않기 위해 서로를 꼭 붙들었어요. 그의 얼굴이 톡시콜로지 왕의 얼굴과 똑 닮았듯이 그녀의 얼굴이 플로렌스 블루페더의 얼굴과 너무 비슷했기 때문이에요.

그때 하이잭이 마신 독주가 그의 인종학 체계를 무너뜨릴 지경이 됐지요. 그가 나를 조각상 뒤로 끌고 가서 말했어요.

'헝키, 이것을 잡아. 우리는 이 조각상을 다른 방으로 옮겨야 해. 나는 로코모토라탁시아 왕이 재현한 존재이고 플로렌스 블루페더가 수천 년 전에 나의 신부였다고 항상 느끼고 있었어. 그녀는 내가 군림했던 신전으로 나를 보러 온 거야.'

내가 말했어요.

'좋아. 술 취한 사람을 상대로 논쟁해 봐야 소용없지. 자네는 녀석의 발을 들어.'

우리는 돌로 만든 300파운드짜리 신을 들어서 카페, 아니 신전의 밀실로 옮겨 벽에 기대어 세워 두었지요. 놈을 옮기는 것은 새해 전날 밤에 밤새도록 문을 여는 브로드웨이 술집에서 장정 세 명을 쫓아내는 것보다 더 어려웠어요. 그러고 나서 하이잭은 인디언 비단 숄 두

장을 가져와 옷을 벗기 시작했어요. 내가 말했어요.

'오, 옷! 그렇게 하는 거야? 독주는 덧셈도 하고 뺄셈도 하는군. 자네가 이러는 게 더위 때문이야, 아니면 야생의 충동 때문이야?'

하지만 하이잭은 너무 의기양양한 데다 사탕수수 술에 심하게 취해서 대답을 하지 못했어요. 그는 맨해튼 해변의 법률에 저촉되기 직전에 옷 벗기를 멈추고는 붉은색과 흰색 숄로 몸을 두르고 나가 어느 백금 신상처럼 늠름하게 발판 위에 섰어요. 나는 그가 어떻게 하는지 보려고 엿보는 구멍으로 내다봤지요.

얼마 후 화관을 든 여자가 들어왔어요. 그녀를 가까이서 본 뒤 기절한 사람처럼 되지 않았다고 한다면 말이 안 되지요. 그녀가 플로렌스 블루페더와 똑 닮았기 때문이에요.

'그녀도 환생한 게 아닐까?' 나는 혼잣말을 했어요. '확인할 수 있으면 좋겠는데. 혹시 그녀의 왼쪽⋯⋯.'

하지만 다음 순간 그녀가 플로렌스보다 8분의 1 정도 더 검게 보인다고 생각되더군요. 하지만 그대로도 좋아 보였어요. 그리고 하이잭도 전처럼 술을 많이 마시지는 않았고요.

여자가 가짜 우상에서 10피트 떨어진 곳으로 가 자리에 앉아서 다른 사람들처럼 코를 신전 바닥에 문질렀어요. 그러고 나서는 하이잭 발치에 있는 돌 받침대 위에 화환을 올려놓았어요. 나도 술이 취한 상태였기 때문에 그녀가 가정용품이나 음식이 아니라 꽃을 바칠 생각을 한 것이 멋지다고 생각했어요. 설사 돌로 된 신이라고 할지라도 자기 앞에 쌓인 음식들 위에 놓인 감성적인 작은 선물을 귀하게 여길 거라고 생각했어요.

그때 하이잭이 발판 위에서 조용히 내려와 벽에 새겨진 그림문자 같은 소리로 몇 마디 했어요. 깜짝 놀란 여자가 뒤로 물러나더니 두 눈이 갑자기 도넛만큼 커지더군요. 하지만 도망가지는 않았어요.

왜 도망가지 않았을까요? 내가 생각하는 이유는 이렇지요. 돌로 된 신이 그녀를 위해 사람이 되었다는 게 그녀에게는 너무 초현실적이거나 있을 수 없는 일이거나 이상하거나 놀랄 만한 일이 아니었기 때문이에요. 숲 반대쪽에 있는 코웃음 치는 갈색 피부의 여자들 중 한 명에게 그런 일을 했다면 사정은 달라졌을 겁니다. 하지만 그녀는, 그녀는 분명 스스로에게 이렇게 말했을 겁니다.

'저런, 어머나! 오랫동안 신으로 일하셨군요. 당신에게 말을 해야 할지 말아야 할지 모르겠어요.'

하지만 그녀와 하이잭은 손을 잡고 함께 신전을 나갔어요. 내가 술을 한잔 더 마시고 다시 그 장면으로 돌아와 보니 그들은 그녀가 걸어왔던 숲 속 오솔길을 따라 20야드쯤 멀리 가 있었어요. 자연 경치가 이미 배경이 되어 있었기에 그들을 보니 마치 연극을 보는 것 같았어요. 그녀는 그를 올려다보고 있었고, 그는 사랑에 빠진 인디언이 줄수 있는 가장 멋진 눈길로 그녀를 바라보고 있었어요. 하지만 나한테는 그 놀라운 환생 장면이 광택사진으로 찍을 만한 일이 아니었어요.

나는 하이잭에게 소리를 질렀어요.

'이봐, 인디언! 비용을 정부에 청구해야 하잖아. 그런데 나한테 한 푼도 남겨 두지 않고 떠나면 나는 어떻게 해. 어서 기운을 차리고 그 나폴리의 어부 아가씨를 놔두고 와. 집에 가야지.'

하지만 두 사람은 숲 속으로 모습이 사라질 때까지 한 번도 뒤돌아보지 않았어요. 그날 이후 나는 하이잭 스네이크피더를 본 적도, 그에 대한 소식을 들은 적도 없어요. 나는 체로키 인디언이 아스픽에서 왔는지 여부는 모르지만, 만약 그렇다면 그중 한 명이 되돌아간 셈이지요.

내가 할 수 있는 일이라고는 보카로 서둘러 되돌아가 빙 대령에게 구걸하는 것뿐이었어요. 그가 많은 재산에서 약간 떼어 집에 가는 배표를 사 주었지요. 그래서 다시 찹스에서 일하고 있어요, 선생님. 계속 이 일을 하려고 해요. 와 보세요. 스테이크가 아주 맛있어요."

나는 헝키 매기가 자신의 이야기에 대해 어떻게 생각하고 있는지 궁금했다. 그래서 자신이 말한 환생이나 변신 같은 신비스러운 이론에 대해 어떻게 생각하고 있는지 물어보았다.

헝키가 자신 있게 말했다.

"그런 일은 없어요. 하이잭을 괴롭힌 것은 과음과 지나친 교육이었어요. 그것들은 항상 인디언들을 지치게 하지요."

"그러면 블루페더 양은 어떻게 된 거죠?"

내가 다시 물었다. 그러자 헝키가 웃으며 말했다.

"그건…, 하이잭을 교묘히 데려간 그 여자를 처음 봤을 때 크게 놀란 건 사실이에요. 하지만 잠깐 동안이었어요. 플로렌스 블루페더가 1년 전에 집에서 사라졌다고 하이잭이 말한 것을 기억하시죠? 그녀는 4년 후에 선생님도 잘 아시는 이스트 23번가에 있는 방 다섯 개짜리 깨끗한 아파트에 안주하게 됐어요. 그때부터 매기 부인으로 살고 있지요."

로터스와 병

The Lotus and the Bottle

코랄리오 주재 미국 영사 윌라드 기디는 연례 보고서를 작성하고 있었다. 매일 그렇듯이 그날도 자신이 무척 좋아하는 현관에서 담배를 피우려고 어슬렁거리며 찾아왔다가 영사가 너무 일에 몰두해 자신을 반기지 않는 것에 노골적으로 불평을 하며 그 자리를 떠났다.

구드윈이 말했다.

"행정 사무국에 불평을 해야겠어. 그곳이 국局이 맞아? 단지 말뿐인지도 몰라. 영사는 공무원답게 정중하지도 않고 봉사도 하지 않고 말을 붙이지도 않고 마실 것도 주지 않아. 그런 식으로 정부를 대표해도 되는 거야?"

구드윈이 어슬렁거리며 나가서 검역소 의사를 위협해 코랄리오에 단 하나밖에 없는 당구 테이블에서 한 게임 할 수 있을까 생각하다 호텔 쪽으로 건너갔다.

수도로부터 도망가는 사람들을 차단하기 위한 그의 계획은 마무리가 되었다. 이제 그에게는 기다리는 일만 남아 있었다.

영사는 자신의 보고서에 흥미를 느꼈다. 그는 이제 스물네 살이었고 열대의 더운 날씨 속에서 열정이 식을 만큼 코랄리오에 오래 머물지도 않았다. 그것은 게자리와 염소자리 사이에 허용될 만한 역설이었다. 수천 다발의 바나나와 헤아릴 수 없는 오렌지와 코코넛, 엄청난 양의 사금과 고무와 커피와 인디고와 사르사 등의 수출이 실지로 작년보다 20퍼센트나 증가했다.

영사는 만족감에 작은 전율을 느꼈다. 아마도 국무부가 자신이 쓴 보고서의 서문을 읽고 그런 점을 알게 될 것이라고 생각했는지도 모른다. 그는 의자에 몸을 기대고 웃었다. 그도 다른 사람들처럼 악화되고 있었다. 지금 이 순간 그는 코랄리오가 2류 바다의 샛길에 있는 중요하지 않은 공화국의 중요하지 않은 도시라는 것을 잊어버리고 있었다. 그는 검역소 의사인 그레그를 생각했다. 그는 잡지가 황달균에 관해 자신의 보고서를 미보건위원회에 인용하는 것을 기대하고 있다. 그는 국무부에 있는 50명의 동료들 중 어느 누구도 코랄리오에 대해 들은 적이 없다는 것을 알고 있었다. 하지만 어쨌든 두 명은 자신의 보고서를 읽어야 한다는 것도 알고 있었다. 국무부의 말단사원과 공공 인쇄소의 식자공이다. 어쩌면 식자공은 코랄리오의 무역이 증가했다는 보고서를 읽고 친구와 함께 치즈와 맥주를 먹으며 이야기할지도 모른다.

가장 심각한 문제는 프랑스와 독일의 기업들이 이 부유하고 생산량 많은 나라의 무역 이권을 실질적으로 통제하고 있다는 사실을 미국의 대규모 수출업체들이 시인하려 들지 않는 것이다. 그가 막 그 부분에 대해서 쓰고 있을 때 기선의 고동 소리가 떠들썩하게 들려왔다.

기디가 펜을 내려놓고 파나마 모자와 우산을 들었다. 그는 소리를 듣고 베수비수스사를 위해 정기 왕복하는 과일 수송 선박 중 하나인 발할라라는 것을 알았다. 코랄리오의 주민들은 엘니뇨를 따라 다섯 해째 이곳에 오고 있는 배의 소리만 들어도 이름을 모두 알아맞힐 수 있었다.

영사는 해변까지 나 있는 그늘진 에움길을 따라 천천히 걸었다. 오랜 습관으로 보폭을 아주 정확히 조절했기 때문에 그가 모래사장에 도착했을 때는 앙쿠리아 법에 따라 기선에 승선해 조사를 마친 세관 관리들의 보트가 노를 저어 되돌아오고 있었다.

코랄리오에는 항구가 없었다. 발할라의 견인선은 해변에서 1마일 떨어진 곳에 정박하고 있어야 했다. 과일은 거룻배와 화물범선에 실어 날랐다. 잘 만들어진 항구가 있는 솔리타스에서는 여러 종류의 선박들을 볼 수 있었다. 그러나 코랄리오의 난바다 정박지에서는 정박해 있는 과일 운반선 외에는 거의 배를 찾아볼 수 없었다. 때때로 부정기 화물선이나 스페인에서 온 알 수 없는 쌍돛 범선이나 기운찬 프랑스 돛배가 앞바다에 며칠간 떠 있을 때도 있다. 그러면 세관 직원들이 두 배로 경계를 하고, 밤에 범선 한두 척이 해변을 따라 드나들고 나면 아침에 코랄리오에는 별 세 개짜리 헤네시와 포도주와 의류의 물량이 크게 증가하곤 한다. 사람들 말에 따르면 세관 관리들이 입는 붉은 줄이 있는 바지 주머니에 은전이 더 많이 짤랑거리지만 장부를 보면 관세 수입은 더 늘어나지 않았다고 한다.

세관 보트와 발할라 선장의 보트가 동시에 해변에 닿았다. 그들이 얕은 물에 닿아도 그들과 마른 땅 사이에는 아직 굽이치는 파도가 5야드나 남아 있다. 그러면 반라의 카리브 인들이 물속으로 뛰어들어 발할라의 사무장과, 붉은 줄이 있는 파란 바지와 펄럭이는 밀짚모자를 쓴 현지인 관리들을 등에 업어 데려온다.

대학 시절에 기다는 1루수로 명성을 날렸다. 그는 이제 우산을 접어 모래 속에 똑바로 꽂아 놓고 손을 무릎에 올려놓은 채 몸을 굽혔다. 사무장이 익살스럽게 투수 흉내를 내며 기선이 올 때마다 그를 위해 가져오는, 말아서 끈으로 묶은 무거운 신문 더미를 잡았다. 도시의 3분의 1이나 되는 사람들이 해변에 구경 나와 즐겁게 웃으며 환호했다. 이들은 매주 똑같은 방식으로 신문을 던지고 받는 것을 기대했고 한 번도 실망한 적이 없었다. 코랄리오에는 새로운 일이 거의 일어나지 않는다.

영사가 우산을 다시 펴고 영사관으로 돌아왔다.

미국 영사가 사는 집은 방이 두 개 있고 원주민들이 장대와 대나무와 니파야자로 만든 회랑이 세 면을 둘러싸고 있는 목조 건물이다. 방 하나는 집무실로써 공무 책상과 해먹과 세 개의 불편한 등나무 의자가 간소하게 놓여 있다. 미국의 제1대 대통령과 최근 대통령의 사진이 벽에 걸려 있다. 다른 방은 영사가 쓰는 숙소이다.

그가 해변에서 돌아왔을 때는 열한 시로, 아침 식사 시간이었다. 그를 위해 요리를 하는 카리브 여자 찬카가 회랑에서 바다를 마주보고 있는 곳에 식탁을 막 차려 놓았다. 코랄리오에서 가장 멋진 곳으로 알려진 장소이다. 상어 지느러미 수프, 참게 스튜, 빵나무, 이구아나 스테이크, 아보카도, 방금 자른 파인애플, 클라레와 커피가 보기 좋게 놓여 있었다.

기다는 의자에 앉아 호사스러운 게으름을 부리며 신문 묶음을 풀었다. 그는 세상 사람들이 화성의 활동에 대해 묘사하는 것으로 여겨지는 부정확한 과학에 대한 별난 기고문을 읽듯이 세상에서 일어나는 일에 대해 이틀 이상 읽곤 한다. 그가 신문을 다 읽고 나면 이 도시에 있는 영어를 쓰는 다른 사람들이 돌려가며 읽는다. 그의 손에 처음 잡힌 신문은 일부 뉴욕 독자들이 주일 대낮에 읽다가 졸게 되는 여러 장으로 된 두꺼운 주말 판 특대호였다. 영사는 이 신문을 펼쳐 무게를 의자 등받이로 받치면서 책상에 올려놓았다. 이어 신문을 가끔 한 장씩 넘기며 여유 있게 내용을 살피면서 식사를 시작했다.

그때 낯익은 사진을 한 장 발견했다. 한 면의 반을 차지한 화질이 좋지 않은 선박의 사진이었다. 그가 느긋하게 관심을 보이며 좀 더 살펴보기 위해 몸을 기울여 사진 옆에 실린 요란한 머리기사를 읽었다.

그렇다. 그가 제대로 본 것이다. 그 사진은 선량한 사람들의 왕자이자 금융 시장의 거부이며 사교계 최대의 멋쟁이인 J. 와드 톨리버가 소유한 800톤 무게의 이달리아였다.

기디는 커피를 조금씩 음미하면서 그 기사를 읽었다. 톨리버 씨의 부동산과 채권에 대한 도표가 첨부된 기사와 요트의 설비에 대한 설명이 실렸고, 이어 겨자씨만한 기사들이 이어졌다. 톨리버 씨는 좋아하는 하객들을 태우고 다음 날 남미의 해변을 지나 바하마 군도를 도는 6주간의 요트 여행을 할 예정이었다. 하객들 가운데는 노폭에 사는 컴버랜드 페인과 아이다 페인 양이 있었다.

기자는 독자들이 요구하는 어리석은 기대에 부응하여 그들의 취미에 맞는 로맨스를 꾸며냈다. 그는 그들의 결혼식에 대해 거의 다 예측할 때까지 페인 양과 톨리버 씨의 이름에 괄호를 했다. 그는 '혹자에 따르면 소문 마담, 작은 새, 아무도 놀라지 않을 것이다' 등 일련의 표현을 조심스러우면서도 교묘하게 구사하고 축하의 말로 마무리했다.

아침 식사를 끝낸 기디가 회랑 끄트머리로 신문을 가지고 가서 대나무 난간에 발을 올려놓고 그가 가장 좋아하는 휴대용 의자에 앉았다. 이어 시가 담배에 불을 붙이고 바다를 바라보았다. 그는 자신이 읽은 기사 때문에 별로 혼란스러워지지 않은 것에 대해 큰 만족을 느꼈다. 자신을 이렇게 먼 로터스의 땅으로 스스로 망명하게 만들었던 고통을 극복했다고 자신에게 말했다. 물론 그는 아이다를 결코 잊을 수가 없었다. 그러나 그녀가 생각나도 이제 더 이상 고통스럽지 않았다. 그녀와의 사이에 오해와 다툼이 일어나자 그는 그녀의 세계에서 멀리 떠나 버림으로써 그녀에게 보복하려는 충동으로 영사 직을 택했다. 그리고 철저하게 성공했다. 코랄리오에 머무는 지난 열두 달 동안 아직 서신을 교환하는 몇몇 친구들을 통해 이따금씩 그녀의 소식을 듣기는 했지만 한 번도 그녀와 편지를 주고받지는 않았다. 그녀가 톨리버나 다른 어느 누구와도 결혼하지 않았다는 사실을 알았을 때 작은 회열이 느껴지는 것은 어찌할 수가 없었다. 그러나 톨리버가 아직 소망을 버리지 않은 것이 분명했다.

하지만 이제 그런 것은 그에게 아무 상관이 없다. 그는 로터스를 먹었기 때문이다. 기디는 이 영원한 오후의 땅에서 행복하고 만족했다.

미국에서 보낸 옛 시절은 짜증 나는 꿈처럼 여겨졌다. 그는 아이다도 자신처럼 행복하기를 원했다. 멀리 떨어진 아발론처럼 온화한 날씨, 매일 반복되는 목가적인 일상생활, 게으르고 로맨틱한 사람들 사이에 가득한 음악과 꽃과 나지막한 웃음소리, 가까운 바다와 산, 열대의 백야 속에 꽃피는 사랑과 마술과 아름다움. 그는 이 모든 것에 너무나도 만족했다. 또한 폴라 브래니건도 있었다.

기디는 폴라와 결혼하려고 한다. 물론 그녀가 동의할 경우에……. 그러나 그녀가 동의하리라고 거의 확신한다. 어떤 면에서 그는 청혼을 계속 늦추어 왔다. 거의 청혼할 뻔한 적이 몇 번 있었다. 하지만 뭔가 알 수 없는 것이 항상 그를 가로막았다. 어쩌면 그것은 단지 그렇게 하면 옛 세계에 그를 묶어 둘 마지막 끈이 끊어질 것이라는 무의식적이고 본능적인 확신 때문이었는지도 모른다.

그는 폴라와 매우 행복할 것이다. 원주민 여성 중에 그녀와 비교될 수 있는 여자는 없었다. 그녀는 뉴올리언즈에 있는 수녀원 부속학교에 2년간 다녔다. 그녀가 자신의 소양을 드러내면 노폭이나 맨해튼 여자들과 아무런 차이도 없었다. 때때로 그녀가 집에서 맨 어깨를 드러내고 소맷자락을 늘어뜨린 원주민 의상을 입고 있는 것을 보는 것은 즐거운 일이었다.

버나드 브래니건은 코랄리오의 대상인이었다. 점포뿐 아니라 짐 나르는 당나귀들도 많이 있었고 섬 안에 있는 도시, 마을들과 활발하게 거래했다. 그는 올리브 색 뺨 사이로 인디언 같은 갈색이 약간 비치는, 좋은 가문 출신의 카스티야 여자와 결혼했다. 아일랜드와 스페인 혈통이 만나면 종종 그렇듯이 흔히 볼 수 없는 이국적인 아름다움을 지닌 자손을 낳은 것이다. 그들은 진정 탁월한 사람들이었다. 그들 집의 위층은 그가 결혼 문제에 대해 마음을 정하자마자 기디와 폴라가 쓸 수 있도록 준비를 해 두었다.

두 시간이 지나자 읽는 것에 싫증이 났다. 회랑에서 신문을 주변에 흩뜨려 놓고 기대앉아 꿈꾸듯이 에덴을 바라보았다. 그와 대양 사이에 바나나 나무 덤불이 그림자를 드리우고 있었다. 영사관에서 바다로 향하는 부드러운 능선은 지금 막 꽃이 핀 레몬과 오렌지 나무의 짙푸른 이파리로 덮여 있었다. 석호가 어둡고 울퉁불퉁한 수정처럼 땅을 꿰뚫었고 그 위에는 희미한 색의 케이폭 나무가 구름에 닿을 듯 서 있었다. 움직임이 거의 없는 바다를 배경으로 화려한 녹색 이파리들을 흔드는 해변의 코코넛 야자나무, 녹색의 잡목 숲 사이에 보이는 선명한 주홍과 황토색, 과일 향과 꽃 내음, 호리병박나무 아래 있는 찬카의 오븐에서 올라오는 연기, 오두막집에서 들려오는 원주민 여자들의 높은 웃음소리, 로빈새의 노랫소리, 소금내 깃든 바람, 해변을 달려오는 흰색 파도, 칙칙한 황갈색 바다 위로 나타났다가 서서히 사라지는 흰색 포말.

그는 게으름을 즐기며 포말이 다 사라질 때까지 바라보았다. 그런데 그때 이달리아가 전속력으로 해변을 항해했다. 그는 자세를 바꾸지 않고 아름다운 흰색 요트가 빠르게 코랄리오 맞은편으로 다가오는 것을 계속 바라보았다. 이어 몸을 일으켜 요트가 서서히 지나쳐 가는 것을 보았다. 1마일쯤 나가기도 전에 해변에서 멀어졌다. 잘 닦인 선체의 반짝이는 모습과 갑판 위 천막의 줄무늬가 여러 번 보이더니 사라졌다. 이달리아가 마술 랜턴 위의 배처럼 미끄러지더니 화려한 색채가 수놓인 영사의 작은 세계를 지나서 사라졌다. 바다 끄트머리에 걸려 남아 있는 작은 연기 구름을 제외하면 그 배는 게으른 그의 두뇌가 만들어 낸 실체 없는 키메라로 생각될 만했다.

기다는 사무실에 앉아 보고서를 보며 빈둥거렸다. 신문기사가 그에게 아무 영향도 주지 않은 반면 소리 없이 지나쳐 간 이달리아는 달랐다. 그는 사람들이 종종 자신도 모르게 무엇인가를 바란다는 것을 알고 있다. 이제 요트가 2,000마일이나 달려왔다가 흔적도 없이 사라졌으므로 무의식 속에서조차도 더 이상 과거에 집착할 필요가 없었다.

저녁 식사 후 태양이 산 너머로 낮게 떨어지자, 기다는 야자나무 아래로 나 있는 해변을 산책했다. 부드러운 바람이 뭍으로 불어오고 바다의 표면에 잔물결이 일었다. 작은 파도가 모래 위에 철썩거리며 퍼져 나가 둥글고 반짝이는 뭔가를 가져왔다. 파도가 그것을 다시 가져오자 기디가 집어 들었다. 그것은 색깔이 없고 목이 긴 포도주 병이었다. 코르크 마개가 단단히 닫혀 있었고 그 끝은 검붉은 봉랍이 발라져 있었다. 병 속에는 종이처럼 보이는 것이 들어 있었는데, 끼어 넣기 위해 여러 번 돌돌 말려 있었다. 봉랍에는 인장이 찍혀 있었다. 성명의 첫 글자들이 새겨진 인장 반지가 분명했다. 그러나 인장을 황급히 찍은 듯했고 문자들은 예리한 추측 이상으로 확실했다. 아이다 페인은 언제나 손가락에 다른 어떤 것보다도 인장반지 끼는 것을 좋아했다. 기디는 I. P.를 알아볼 수 있다고 생각했다. 그러자 마음이 이상하게 동요되었다. 그녀가 타고 있는 요트를 보았을 때보다 더 개인적이고 친밀하게 그녀를 생각하게 되었다. 그는 집으로 돌아와 병을 책상 위에 올려놓았다.

모자와 코트를 던져 놓고 램프에 불을 켜자 짧은 황혼에 이어 밤이 금방 찾아왔다. 그는 바다에서 건져 낸 물건을 살피기 시작했다.

병을 불 가까이 대고 조심스럽게 돌려 빽빽하게 글씨가 써진 종이 두 장이 들어 있다는 것을 알았다. 더구나 그 종이는 아이다가 즐겨 사용하는 종이와 색과 크기가 같았다. 게다가 필체도 분명히 아이다의 것이었다. 그러나 병 유리가 불완전하기 때문에 불빛이 왜곡되어 글씨를 전혀 읽을 수가 없었다. 그가 재빨리 읽은 글자는 분명 아이다였다.

병을 내려놓고 담배 세 개비를 책상 위에 나란히 늘어놓을 때 그의 얼굴에 당혹감과 함께 즐거움의 미소가 희미하게 떠올랐다. 그는 회랑에서 간이의자를 가져와 편안하게 앉았다. 그는 이 문제를 생각하며 세 대의 담배를 피울 생각이었다.

이것은 문제라고 할 만하다. 병을 발견하지 않았기를 바랄 정도였다. 하지만 병은 그곳에 있었다. 이것이 왜 바다에서부터 흘러왔을까? 그의 평화를 깨뜨리는 불안한 일들이 왜 이렇게 많이 일어나는 것일까? 시간이 남아도는 꿈꾸는 듯한 이 땅에서 그는 사소한 문제들에 대해서도 많은 생각을 하는 습관이 생겼다.

그는 병에 대해 여러 가지 가설들을 세우며 하나씩 지워 나가기 시작했다.

난파나 문제에 처한 배들은 도움을 요청하기 위해 가끔 그런 방법으로 신호를 보낸다. 하지만 이달리아가 안전하고 빠르게 달리는 것을 보고 나서 세 시간도 지나지 않았다. 선원들이 반란을 일으켜 아래층 승객들을 가두었다고 구원을 요청하는 메시지라면 어떻게 하나? 하지만 갇혀서 불안한 승객들이 구조를 요청하는 편지를 네 장씩이나 조심스럽게 적었다는 것은 너무 터무니없는 가정이 아닐까?

그런 식으로 가능성 없는 가설들을 곧 제거하자 그는 비록 못마땅

하지만 그 병에는 자신에게 쓴 편지가 들어 있을 거라는 보다 타당성 있는 결론에 도달했다. 아이다는 그가 코랄리오에 있는 것을 알고 있다. 요트가 지나가고 바람이 해변 쪽으로 불 때 그녀가 병을 띄운 것이다.

그 같은 결론에 도달하자 기디는 눈썹 사이에 주름을 잡고 입가에 완고한 표정을 지었다. 그는 앉아서 거대한 개똥벌레들이 조용한 거리를 가로질러 가는 것을 현관을 통해 바라보았다.

만약 아이다가 보낸 편지라면 화해하자는 내용이 아닐까? 만약 그렇다면 그녀는 왜 좀 더 안전한 우편을 이용하지 않고 이처럼 불확실하고 심지어 경박한 방법을 사용한 것일까? 편지를 빈 병에 넣어 바다에 던지다니! 모욕적이라고 할 수는 없을지 몰라도 너무 가볍고 어리석지 않은가? 이런 생각에 이르자 자존심이 상했고 병을 발견했을 때 살아났던 감정이 모두 사라져 버렸다.

기디는 코트와 모자를 갖추어 입고 밖으로 나갔다. 그는 밴드가 연주를 하고 사람들이 태평하게 어슬렁거리는 작은 광장에서 가장자리로 이어져 있는 길을 따라갔다. 칠흑의 땋은 머리에 개똥벌레가 엉켜 있는 채로 서둘러 지나가는 마음 약한 아가씨들이 그에게 수줍으면서도 호감을 느끼는 듯한 눈길을 던졌다. 공기는 자스민과 오렌지 꽃 향기로 나른하다.

영사는 버나드 브래니건의 집 앞에서 발걸음을 멈추었다. 폴라는 회랑에 걸려 있는 해먹에 누워 있었다. 기디의 음성을 들은 그녀가 둥지에 있는 새처럼 몸을 일으키며 뺨을 붉혔다.

그는 그녀가 입은 옷을 보고 매료되었다. 주름장식이 달린 옥양목 드레스와 면으로 된 하얗고 작은 재킷은 깔끔하고 스타일이 좋았다. 그가 산책을 하자고 제의했고 그들은 언덕에 있는 인디언 우물로 걸어갔다. 그들이 인도와 차도 사이에 있는 연석에 앉자 기디가 오래 미루어 왔던 이야기를 꺼냈다. 그녀가 거절하지 않을 것이라고 확신한 그는 그녀가 전폭적이고 달콤하게 승복할 것을 생각하자 전율이 느껴졌다. 그녀에게는 사랑과 신실함이 가득하고 변덕도 의문도 관습이라는 까다로운 기준도 없었다.

그날 밤 그녀의 집 문 앞에서 폴라에게 입을 맞출 때 기디는 예전 어느 때보다 행복했다. 이 공허한 로터스 땅에 살면서 비스듬히 누워 있는 것은 많은 선원이 그렇게 생각하듯, 그에게도 가장 멋지면서도 쉬운 삶으로 보였다. 그의 미래는 이상적일 것이다. 그는 뱀이 존재하는 낙원을 얻은 것이다. 그의 이브는 그에게 속해 있었고 유혹하지 않기 때문에 더 유혹적이었다. 그는 오늘 밤 결정을 내렸고 그의 마음은 고요하고 더없이 만족스러웠다.

그는 아름다우면서도 슬픈 사랑의 노래 「라 곤돌리나」를 부르며 집으로 돌아왔다. 그가 문 앞에 도착하자 애완용 원숭이가 선반 위에서 뛰어내리며 빠르게 재잘거렸다. 영사는 항상 넣어 두는 곳에서 나무 열매를 꺼내려고 책상 위로 몸을 돌리다가 희미한 어둠 속에서 손을 뻗어 병을 건드리자 마치 뱀의 차가운 몸통을 만진 듯 깜짝 놀랐다.

병을 그곳에 놓아두었다는 사실을 잊었던 것이다.

램프를 켜고 조심스럽게 시가에 불을 붙이고는 병을 들고서 해변으로 향하는 오솔길을 걸어 내려갔다. 달이 떠 있었고 바다는 찬란했다. 저녁이면 항상 그렇듯이 바람이 방향을 바꾸어 바다 쪽을 향해 서서히 불고 있었다.

물가에 선 기디가 열어 보지 않은 병을 바다를 향해 멀리 던졌다. 병은 잠시 모습을 감추더니 세로로 두 번 떠올랐다. 기디는 그것을 가만히 바라보았다. 달빛이 너무 밝아 작은 파도와 함께 병이 떠올랐다가 가라앉는 모습이 보였다. 병이 점점 육지로부터 멀어져 가며 살짝 보였다가 안 보였다가를 반복했다. 바람이 그것을 바다로 실어 가고 있었다. 곧 작은 점이 되어 불규칙하게 모습을 나타내더니 바다의 신비 속으로 사라져 버렸다. 기디는 해변에 가만히 서서 담배를 피우며 바다를 바라보았다.

"사이몬! 오, 사이몬, 일어나. 사이몬!"

바다 끝에서 고함치는 소리가 울려 퍼졌다. 사이몬 크루즈 노인은 해변의 오두막집에 사는 혼혈인 어부이자 밀수업자였다. 사이몬은 초저녁 선잠에서 깨어났다. 그는 신발을 신고 밖으로 나갔다. 발할라 보트에서 사이몬의 친구인, 그 배의 3등 선원과 과일 운반 선원 세 명이 내렸다.

선원이 말했다.

"사이몬, 가서 그레그 박사든 구드윈 씨든 기디의 친구 아무나 찾아서 당장 이리로 데려와."

사이몬이 아직 잠에서 덜 깬 소리로 계속 말했다.

"하늘의 성인들이시여! 기디 씨에게 무슨 일이 일어난 건 아니지?"

선원이 배를 가리키며 말했다.

"방수포 아래 있어. 익사할 뻔했어. 바다로 떠내려가는 병을 잡으려고 미친 사람처럼 수영을 해서 해변에서 거의 1마일이나 떨어져 나온 것을 기선에서 봤어."

토끼풀과 종려나무

The Shamrock and the Palm

　바람이 불지 않고 코랄리오가 그 어느 때보다도 아베르누스 호의 창살 문에 가까워 보이는 어느 날 밤, 다섯 남자가 키오와 클랜시의 사진관 문 앞에 모여 있었다. 무덥고 이국적인 곳에 사는 세상의 모든 백인종들은 하루 일이 끝나면 다른 나라 문화를 비방함으로써 자신들의 문화를 보존하기 위해 만난다.

　조니 애트우드는 카리브식 평상복을 입고 풀밭에 누워 데일스버그의 목련나무 양수기에서 나오는 차가운 물에 대해 수다를 떨었다. 구레나룻이 위엄을 다하는 그레그 박사가 자신의 전문적인 이야기를 들려줄 요량으로 문설주와 호리병박나무 사이에 걸어 놓은 해먹에서 내려왔다. 키오가 완성된 사진들을 연마하는 도구들이 구비되어 있는 작은 테이블을 풀밭으로 옮겨 놓았다. 모인 사람들 중에서 키오만이 바쁘게 움직였다. 연마기의 실린더 사이에서 다 만들어진 코랄리오 시민들의 사진이 계속해서 나왔다. 프랑스 인으로 광산 엔지니어인 블랑카드는 시원한 리넨 옷을 입고서 내열성의 차분한 안경을 통해 담배연기를 바라보았다. 클랜시는 파이프 담배를 피우며 계단에 앉아 있었다. 그는 소문에 대해 이야기하고 싶었고 다른 사람들은 더위 때문에 말할 의욕을 잃어 청중이 되기를 원했다.

클랜시는 아일랜드 인의 천성과 코스모폴리탄의 기질을 지닌 미국인이었다. 여러 가지 사업에 손을 댔지만 오래 한 일은 없었다. 그의 정맥에는 여행가의 피가 흐르고 있었다. 사진관 사업도 그가 선택했던 여러 길에서 그를 유혹했던 갖가지 직업 중의 하나였다. 때로 그는 자신의 인생에 대해 허물없고 터무니없는 말을 해달라는 요청을 받아들였다. 오늘 밤에도 그러한 조짐이 보이기 시작했다. 그가 먼저 말문을 열었다.

"선동하기에 좋은 우아한 날씨군. 어떤 나라를 독재자의 사악한 손아귀에서 해방시키려 애쓰던 때를 생각나게 하는 날씨야. 힘에 거운 일이었지. 등이 뻐근하고 손에서 물집이 날 정도였으니까."

"나는 자네가 억압받는 사람들을 위해 칼을 빌려준 줄은 몰랐는데……."

애트우드가 풀밭에 누워 말했다. 클랜시가 그의 말을 받았다.

"그랬지. 그들이 그 칼을 쟁기로 바꾸었어."

"자네 도움을 받은 운 좋은 나라가 어느 나라지?"

블랑카드가 쾌활하게 물었다.

"캄차카가 어디에 있지?"

클랜시가 다소 엉뚱하게 들리는 질문을 했다.

"글쎄, 시베리아 근처에 있는 극지방 어디쯤 아닌가?"

누군가 자신 없는 목소리로 대답했다. 그러자 만족스럽게 고개를 끄덕이며 클랜시가 말했다.

"나는 그곳이 추운 곳이라고 생각했지. 나는 그 두 이름이 항상 헛 갈려. 그 당시 내가 선동한 나라는 과테말라였어. 더운 나라 말이야. 지도에 보면 나오지. 열대 지방에 있어. 그 나라는 신의 예정된 섭리 에 따라 해안에 놓여 있어서 지리학자가 도시의 이름들을 물 위에 써 놓아야 했어. 글자의 길이가 1인치인 작은 활자체로 된 스페인 방언 으로 쓰여 있고, 이건 내 의견이지만, 메인 주를 뒤끓게 한 것과 같은 구문 시스템으로 되어 있었어. 맞아. 그곳이 바로 내가 혼자서 항해했 던 나라이고, 배에서 실어 내린 곡괭이를 가지고 독재적인 정부로부 터 해방시키려 노력했던 곳이지. 물론 자네들은 이해하지 못 할 거야. 이런 이야기에는 설명과 해명이 필요해.

6월 1일 아침에 뉴올리언즈에서 있었던 일이야. 강에 정박한 배들 을 바라보며 부두를 한가롭게 걸어 다니고 있었어. 항해할 준비가 된 듯이 보이는 작은 기선이 바로 내 옆에 정박하고 있었지. 굴뚝에서 연기가 나고 부두에 쌓인 상자들을 에움길 입구를 통해 잔뜩 실어 올리고 있었어. 4피트 정도 되는 길이의 그 상자들은 상당히 무거워 보였어.

상자들이 쌓여 있는 곳으로 한가롭게 걸어갔어. 그런데 그중 하나의 손잡이가 부서져 있더군. 호기심에 뚜껑을 열어 안을 들여다보았지. 박스 안에는 라이플 총이 잔뜩 들어 있었어.

'그저 그렇군. 누군가 중립법을 좀 위반하려 하고 있어. 누군가 탄약으로 전쟁에 협조하고 있는 거야. 쓸모없는 구식 총들이 어디로 보내지는지 궁금한데?'

내가 이렇게 혼잣말을 하고 있을 때 기침하는 소리가 들려 뒤를 돌아보았지. 갈색 얼굴에 몸집이 작고 둥근 데다 뚱뚱한 남자가 흰옷을 입고 서 있었어. 손에는 4캐럿짜리 반지를 낀 최상류층 분위기였지. 그가 의심 섞인 눈길에 존경심을 담아 나를 바라보았어. 어쩐지 외국인일 거라는 생각이 들더군. 러시아나 일본 열도 출신 같았어.

뚱뚱한 남자가 뭔가 숨기고 있는 듯 자신 있게 말을 건넸어.

'쉿! 실례지만 신사분께서 발견하신 물건이 선상 위에 있는 사람들이 보면 안 되는 것이라는 사실을 존중하시는지요? 우연히 발생한 일을 다른 사람들에게 알리지 않을 만한 신사 분이시겠지요?'

그가 어쩐지 프랑스 인 같은 느낌이 들어 내가 말했어.

'무슈, 매우 화가 나기는 하지만 제임스 클랜시는 당신의 비밀을 지킬 거라고 장담합니다. 더군다나 나는 그 나라에 자유가 깃들고, 더욱 선하고 강하게 되기를 바랍니다. 클랜시가 기존 정부의 전복을 방해한다는 말을 들으신다면 반송 우편물로 나에게 통보하십시오.'

'선량한 분이시군요.' 갈색 피부의 뚱뚱한 남자가 검은 콧수염 밑에서 미소를 지었어. '내 배에 타 포도주를 한잔 드시겠습니까?'

나는 2분 후에 기선의 선실에서 테이블 위에 포도주 한 병을 두고 외국인과 마주 앉았어. 무거운 상자들이 배 밑 화물창에 실리는 소리를 들을 수 있었지. 뱃짐에는 적어도 2,000개의 라이플 총이 실려 있다고 생각했어. 나와 갈색 피부의 남자가 포도주 한 병을 다 마시자 그가 급사장을 시켜 한 병 더 가져오게 하더군. 포도주를 써서 클랜시를 끌어들이면 실제로 분리 독립을 부추기게 되는 거야. 나는 열대 지역에서 일어나는 이런 혁명들에 대해 많이 들어 봤고 내가 개입하는 것도 원하기 시작했어.

'당신네 나라에서 혼란을 일으키려는 거지요, 무슈?'

두둔하고 있다는 것을 알려 주기 위해 윙크를 하며 내가 말했어. 그러자 뚱뚱한 남자가 주먹으로 테이블을 치며 말했어.

'맞아요, 맞아. 위대한 변화가 일어날 겁니다. 너무나 많은 사람들이 약속에 의해 억압을 당했지만 약속은 결코 이루어지지 않았어요.

위대한 일이 일어날 겁니다. 그렇습니다. 우리 군대가 곧 수도를 공격할 겁니다. 카람보스!'

'내가 전에 말했듯이 카람보스라는 말도 영원할 겁니다.' 나는 포도주를 한 모금 더 마시고 열정적으로 말하기 시작했어. '그 옛날의 토끼풀, 다시 말해 바나나 줄기나 식용 대황 혹은 무엇이든 간에 당신의 짓밟힌 제국을 상징하는 것이 영원하기를 바랍니다.'

뚱뚱한 남자가 말했다.

'감사합니다. 그렇게 우호적인 말을 해 주시다니요. 우리의 뜻을 이루기 위해 가장 필요한 것은 일할 사람, 그리고 그 일을 계속 이루어 나갈 사람들이지요.'

테이블 쪽으로 몸을 기울여 그의 손을 잡으며 내가 말했어.

'무슈, 나는 당신의 나라가 어디에 존재하는지 모르지만 나의 마음은 당신 나라를 위해 피를 흘립니다. 클랜시의 마음은 억압당하는 사람들에 대해 귀먹지 않았습니다. 나의 가족은 불법 침입자이고 외국인으로서 장사를 업으로 삼고 있습니다. 당신 나라의 독재자의 신발을 벗기는 데 제임스 클랜시의 무기와 피를 사용할 수 있다면 나는 기꺼이 당신의 명령에 따르겠습니다.'

드 베가 장군은 내가 자신의 음모와 곤경에 대해 전적인 지지를 표하자 기쁨을 감추지 못했어. 테이블 너머 있는 나를 끌어안으려 했지만 뚱뚱한 몸과 병에 든 포도주 때문에 그렇게 하지 못했어. 나는 그렇게 해서 폭동에 기꺼이 발을 들여놓게 되었어. 그러자 장군이 자신의 나라는 과테말라라고 했고 세상의 바다에 의해 씻겨진 나라 중 가장 위대한 나라라고 말했어. 그는 종종 눈물이 고인 눈으로 나를 바라보며 '아, 크고 강하며 용감한 남성들! 나의 나라에서는 그런 사람들이 필요해.'라고 말했어.

드 베가 장군은 그가 스스로를 비난하는 이름이었다고 할 수 있지. 그가 서류를 꺼내 나에게 서명을 요구해 내가 y자의 꼬리를 재빠르게 휘둘러 멋진 장식체로 써 주었어.

장군이 사무적인 태도로 말했어.

'당신의 여행 경비는 보수에서 떼게 될 겁니다.'

그러나 내가 오만하게 말했어.

'그렇게 하지 마십시오. 제 여행 경비는 제가 내겠습니다.'

내 안주머니에는 180달러가 있었어. 나는 평범한 선동가가 되려는 것이 아니었고 나의 위원회와 옷을 위해서 선동가가 되려 했어.

기선이 두 시간 후에 항해할 예정이었기 때문에 나는 필요한 물건들을 가지러 해변으로 갔어. 배에 다시 오른 나는 내 의상을 장군에게 자랑스럽게 보여 주었지. 고급 친칠라 코트와 극지방에서 신는 방한용 덧신과 모피 모자, 귀 덮개, 양털로 테를 두른 우아한 장갑, 모직 머플러였어.

'카람보스!' 장군이 말했어. '열대 지방에 가는 복장이 이게 뭡니까?'

그 작은 불한당이 소리 내어 웃더니 선장을 불렀어. 선장이 사무장을 불렀고 둘이 함께 수석 엔지니어를 부르자 선원들이 모두 모였어. 그리고 그들은 선실에 기대 과테말라로 향하는 클랜시의 복장을 비웃었어.

나는 잠시 심각하게 생각하고 그의 나라가 이름 지어진 조건을 말해 달라고 장군에게 다시 요청했어. 그의 말을 듣고 내 마음에 있는 것은 다른 나라인 캄차카라는 것을 알게 되었어. 그때부터 두 나라의 이름과 날씨와 지리적 특성을 구별하기가 어렵게 되었어.

나는 여행 경비를 지불했고 일등 선실을 쓰게 되었어. 식사는 선원들과 함께 했지. 아래 갑판에는 남유럽인 등으로 보이는 이등 선실 승객들이 40명 정도 모여 있었어. 왜 그렇게 많은 사람이 나와 있는지 궁금하더군.

우리는 사흘 만에 과테말라를 향해 항해했어. 지도에는 그 나라가 노란색으로 그려져 있지만 실제로는 파란색이었어. 해변에 있는 도시에 내리자 작은 철로 위에서 말끔한 기차가 우리를 기다리고 있더군. 기선에 있는 상자들을 해변으로 내려 차에 실었어. 남유럽인들도 기차에 타고 장군과 나는 맨 앞 차량에 탔어. 기차가 항구 도시의 역을 벗어나면서 나와 드 베가 장군이 혁명을 이끌었어. 기차는 폭동이 일어난 곳을 향해 달려가는 경찰처럼 빨리 달렸어. 창밖으로는 지리책에서 볼 수 없는 아주 특이하고 불분명한 풍경이 지나갔어. 일곱 시간 동안 40마일을 달려가자 기차가 멈추더군. 더 이상 철로가 없었어. 그곳은 몹시 황량하고 우울하고 습기 찬 골짜기에 있는 일종의 야영지였어. 길을 더 내기 위해 앞에 난 숲을 골라 나무를 잘라 내고 있었지. 내가 혼잣말을 했어.

'이곳은 혁명가들의 낭만적인 소굴이군. 여기서 클랜시는 우월한 인종의 미덕과 페이너 회원 전술에 힘입어 자유를 위한 엄청난 타격을 가할 거야.'

그들은 기차에서 상자들을 내려 뚜껑을 열기 시작했어. 드 베가 장군이 첫 번째로 연 상자에서 라이플 총을 꺼내 음울한 군인들에게 나눠 주었어. 이어 다른 상자들이 열리자 믿든지 말든지 총은 한 자루도 없었어. 곡괭이와 삽만 가득 차 있었지.

그리고 나서 — 열대 지방에 슬픔이 있을지어다 — 오만한 클랜시와 자존심이 상한 남유럽인은 모두 곡괭이나 삽을 어깨에 메고 더럽고 좁은 철도에서 일을 하기 위해 전진해 갔어. 그래, 남유럽인들은 그 일을 하기 위해 배를 타고 실려 온 것이었어. 당시에는 몰랐지만 선동가 클랜시도 그 일을 하기 위해 서명한 것이었어. 나중에야 알게 되었지. 철도에서 일할 일꾼들을 찾는 것이 쉽지 않아 보였어. 그 나라의 지식인이나 원주민들은 너무 게을러 일하려 들지 않았어. 실지로 일할 필요가 없다는 것을 성자들은 알았어. 한 손을 뻗으면 지상에서 가장 부드럽고 값비싼 과일을 딸 수 있고, 다른 손을 뻗으면 일곱 시를 알리는 알람시계 소리나 집주인이 집세를 받으러 층계를 올라오는 소리를 듣지 않고 여러 날 동안 마음껏 잠을 잘 수 있었어. 그래서 일꾼들을 찾기 위해 기선이 정기적으로 미국을 왔다 갔다 했지. 외국에서 온 일꾼들은 상한 물을 마시고 몸에 해로운 열대 환경 속에서 숨을 쉰 탓에 대개 2, 3개월 안에 죽었어. 그러므로 그들이 1년 계약을 할 때마다 무장 경호원들을 배치해 달아나지 못하게 막았지.

나는 소요를 진압하지 못한 민족 때문에 열대 지방에서 배반을 당했어. 그들이 준 곡괭이를 받아 든 나는 그 자리에서 소요를 일으킬까도 생각해 보았어. 하지만 라이플 총을 마구 휘두르는 경호원들이 있었기 때문에 선동하는 데 신중을 기하는 것이 최선의 방책이라고 생각했어. 무리 중에서 100명쯤 되는 사람들이 일하기 시작했고, 이동하라는 명령이 내려졌어. 나는 대열에서 벗어나 담배를 피우며 영광스러운 표정으로 만족스럽게 그 모습을 내려다보고 있는 드 베가 장군에게 올라갔어. 그가 나에게 상냥하면서도 사악한 미소를 지으며 말했어.

'할 일이 많군요. 과테말라의 크고 힘센 남자들이 할 일 말이오. 그래요, 한 달에 30달러예요. 좋은 보수죠. 아! 그래요, 당신은 강하고 용감한 남자요.'

내가 머뭇거리며 말했어.

'무슈, 이 불쌍한 아일랜드 인에게 대답 좀 해 주시겠습니까? 내가 작은 기선에 올라타 당신의 시큼한 포도주에 진보적이고 혁명적인 감정을 불어넣었을 때 당신은 경멸할 만한 작은 철도에 곡괭이를 내던지는 음모를 꾸미고 있었나요? 당신이 성조기의 대의를 빙자해서 틀에 박힌 애국적인 말로 내게 대답했을 때 당신의 야비하고 비굴한 나라에서 산지를 개간하는 남유럽인들의 대열로 나를 떨어뜨릴 생각을 했나요?

장군이 묵직한 음성을 높여서 한참 동안 웃었어. 그래, 그가 아주 오랫동안 큰 소리로 웃었고 나 클랜시는 서서 기다렸어. 마침내 그가 소리치더군.

'우스운 사람이군! 웃다가 죽게 만들 작정인가? 그래요, 내 나라를 도와줄 용감하고 강한 사람을 찾는 것은 어렵습니다. 혁명이라고요? 내가 혁명에 대해 말했나요? 한마디도 안 했습니다. 과테말라에서는 크고 강한 사람들이 필요하다고 했을 뿐이지요. 따라서 실수는 당신이 한 겁니다. 당신은 경호원들이 쓸 총이 들어 있는 박스를 한 개 봤어요. 그래서 모든 상자에 총이 들어 있다고 생각했나요? 아닙니다.

과테말라에는 전쟁이 없습니다. 하지만 일은 있습니다. 좋은 일이죠. 한 달에 30달러 하는 일입니다. 곡괭이를 하나 드시지요, 선생. 그리고 과테말라의 자유와 번영을 위해 땅을 파십시오. 일하러 가세요. 경호원들이 당신을 기다리고 있어요.'

내가 분노와 불쾌감에 휩싸여 조용히 말했어.

'조그맣고 살찐 푸들 같은 인간아! 보복하고야 말겠어. 지금 당장은 아니지만 제임스 클랜시가 재치 있는 즉답을 꾸며 내자마자 그렇게 될 거야.'

일꾼들의 우두머리가 우리에게 일하라고 명령을 내렸어. 남유럽인들과 함께 걸어 내려가는데 뛰어난 애국자인 납치범이 거리낌 없이 웃는 소리가 들렸어. 무례한 행동을 한 나라를 위해 내가 8주일 동안 철도를 건설한 것은 마음 아픈 일이었어. 무거운 곡괭이와 삽을 들고 철도를 놓기 위해 무성한 수풀을 잘라 내며 하루에 열두 시간씩 일을 했어. 가스 파이프가 새는 것처럼 부풀어 오른 습지에서 최고급 온실용 나무와 식물들을 밟으며 일을 했지. 지리학자의 상상을 초월하는 열대 밀림이었어. 나무들은 모두 마천루 같았고 관목들에는 바늘이나 핀 같은 가지가 솟아 있었어. 그곳에는 원숭이, 악어, 분홍색 꼬리

650

의 앵무새 등이 있었고, 우리는 무릎까지 오는 썩은 물속에 서서 과테말라의 해방을 위해 뿌리를 움켜잡았어. 밤에는 야영지에 모깃불을 피우고 경호원들에 둘러싸여 앉아 있었어. 200명이나 되는 사람들이 도로 만드는 일을 하고 있었지. 대부분이 남유럽인들이었고, 아일랜드인은 서너 명 됐어.

아일랜드 인이라고 불리고 아일랜드식으로 생각하는 할로란이라는 이름의 노인이 이런 말을 들려주었어.

'1년 동안 길 만드는 일을 같이 하던 사람들은 대부분 6개월 이내에 죽었다더군. 그들은 연골과 뼈만 남을 정도로 말랐고, 사흘에 한 번씩 오한으로 몸을 떨었다지.

처음 왔을 때는 즉시 떠날 거라고 생각했네. 첫 달 월급은 여행 경비로 제외시키고, 한 달이 지났을 때쯤에는 열대림에 붙들려 버리지. 사자와 비비, 아나콘다처럼 우리를 잡아먹으려고 기다리는 무서운 야수들이 우글거리는 밀림에 둘러싸여 있고 말이네. 태양이 강하게 내리쪼여 뼛속의 골수도 녹이지. 시집에 나오는 배추벌레와 비슷해져. 애국심이나 복수, 평화의 교란, 깨끗한 셔츠에 깃든 남부럽지 않은 사랑 같은 인생의 고상한 정서들에 대해서는 잊어버리게 되지. 그저 자신의 일을 하고, 남유럽인 요리사가 접시에 담아 가져오는 등유와 고무 파이프 담배의 연기를 먹고 마시지. 그러고는 '다음 주에는 탈출해야지' 라고 말해. 그리고 혼잣말을 하고 잠자러 가면서 스스로를 거짓말쟁이라고 해. 절대로 그렇게 할 수 없다는 것을 알고 있기 때문이지.'

'자신을 드 베가라고 부르는 장군은 누구인가요?'

내가 묻자 할로란이 대답해 주었어.

'그는 철로 건설을 끝마치려고 애쓰는 사람이야. 사기업의 프로젝트였는데 실패해 정부가 인수했어. 드 베가 장군은 유력한 정치인이고 대통령이 되고 싶어하네. 국민들은 철도가 완성되기를 바라고 있어. 이 일로 세금을 엄청나게 많이 내고 있기 때문이야. 선거 유세가 진행됨에 따라 드 베가가 이 사업에 박차를 가하고 있지.'

할로란의 말이 끝나자 내가 말했어.

'어떤 사람을 협박하는 것은 내 방식이 아녜요. 하지만 철도를 건설하는 사람과 제임스 클랜시 사이에는 풀어야 할 원한이 있어요.'

할로란이 한숨을 크게 쉬며 말했어.

'나도 처음에는 그렇게 생각했어. 배추벌레가 되기 전까지는 말이야. 이 열대림 때문에 그렇게 할 수 없었다네. 열대림은 우리 몸에서 계속 즙을 짜내거든. 이 땅은 어느 시인이 '언제나 저녁 식사 이후 같은' 이라고 말한 곳이야. 나는 일을 하고 파이프 담배를 피우고 잠을 잔다네. 그밖에는 달리 할 일이 없어. 자네도 곧 그런 삶에 익숙해질 걸세. 절대로 감정을 품지 말게, 클랜시.'

하지만 내가 단호하게 말했어.

'그럴 수 없어요. 나는 감정이 너무 많아요. 나는 이 어두운 나라의 자유와 명예의 은 촛대를 위해 혁명군에 가담했는데 그렇게 하는 대신 자연을 망가뜨리고 그 뿌리를 파내고 있어요. 장군은 그에 대한 대가를 지불해야 해요.'

철도 일을 시작한 지 두 달 정도 되었을 때 도망갈 기회를 발견했어. 하루는 나를 포함한 한 무리가 배리오 항구에서 날을 갈아 온 곡괭이들을 가지러 완성된 철로 끝으로 보내졌어. 곡괭이들은 선로 보수용 차에 실려 왔어. 그리고 그 차가 철로 위에 버려져 있다는 것을 알게 되었어.

그날 밤 열두 시경에 할로란을 깨워 내 계획을 말해 주었지.

'도망간다고? 맙소사, 클랜시, 정말이야? 나는 그렇게 할 용기가 없어. 너무 춥고 잠도 제대로 못 잤어. 도망을 간다고? 내가 말했잖아 클랜시. 나는 양배추를 먹었어. 그럴 열의가 없어. 열대림 때문에 이런 일이 일어났어. 시인이 이런 말을 한 것과 같아.

우리가 두고 온 친구들이 잊혀졌다
우리는 공허한 양배추의 땅에 살고 편안히 누울 것이다

자네만 가는 게 좋겠어. 클랜시, 나는 남아야 할 것 같아. 너무 이른 시간이고 날씨가 추운 데다 졸려.'

그래서 할로란을 남겨 놓아야 했어. 살며시 옷을 입고 우리가 함께 쓰던 텐트에서 빠져나왔어. 경호원이 다가오자 가지고 있던 덜 익은 코코넛으로 볼링 핀을 쓰러뜨리듯이 넘어뜨렸어. 그리고 철로 쪽으로 달려가 선로 보수용 차에 올라타고 달아났어. 1마일쯤 떨어진 곳에 있는 배리오 항구의 불빛이 보이자 차를 세우고 도심으로 걸어갔어. 그리고는 조심스럽게 시내에 있는 회사로 들어섰어. 과테말라의 군대가 두렵지는 않았지만 고용사무국과 백병전을 할 생각을 하니 몸이 떨렸어. 이 나라에서는 쉽게 고용해서 오랫동안 일을 시키지.

미국 부인과 과테말라 부인이 날씨 좋은 고요한 밤에 산에서 소문을 주고받는 것을 상상할 수 있었어.

'오, 이런! 미국 부인이 말했어. '도움을 주는 일 때문에 점점 내 고생이 많아요, 부인. 이제 법이 필요해요!'

과테말라 부인이 말했어. '그런 말 하지 말아요, 부인! 이제 나의 것들은 나를 떠날 생각을 전혀 하지 않아요, 킬킬!'

나는 다시 고용당하지 않고 열대 지방에서 달아날 수 있을까 궁리했어. 어두웠지만 항구에 정박한 기선이 굴뚝 연기를 내뿜는 걸 볼 수 있었어. 나는 바다로 이어지는 작은 길로 들어섰어. 해변에는 지금 막

소형 보트를 저어 가는 몸집 작은 혼혈 흑인이 한 명 있었어. 내가 그를 향해 말했어.

'잠깐 기다려요, 흑인 양반. 영어 할 줄 알아요?'

'꽤 하죠.'

그가 기분 좋게 웃으며 대답하자 내가 그에게 물었어.

'무슨 기선이죠? 어디로 가는 배인가요? 혹시 좋은 소식이라도 있나요? 지금 몇 시쯤 됐죠?'

흑인 사내가 담배를 말면서 상냥하고 편안하게 말했어.

'저 기선은 콘치타예요. 바나나를 실으러 뉴올리언즈에서 왔어요. 어젯밤에 바나나를 실었어요. 한두 시간 후에 출항할 겁니다. 아주 멋진 날이 될 거예요. 큰 전투가 있을 거라는 소식을 좀 들으셨죠, 아마? 드 베가 장군을 잡으려는 생각을 하고 있는 거지요, 선생님? 그런가요, 아닌가요?'

'그게 무슨 말이죠, 흑인 양반? 큰 전투라고요? 무슨 전투요? 누가 드 베가 장군을 잡으려 한다는 건가요? 나는 밀림에서 두 달을 보내느라 아무 소식도 듣지 못했어요.'

영어를 하는 것에 자부심을 느끼며 흑인 남자가 말했어.

'오, 1주일 전에 과테말라에서 매우 큰 혁명이 일어났지요. 드 베가 장군이 대통령이 되려고 해요. 정부는 혁명을 진압하기 위해 군대를 보내요. 어제는 롬마그란데에서 큰 전투가 벌어졌어요. 산속에서 19 마일이나 50마일쯤 떨어진 곳이지요. 그 정부 군인이 드 베가 장군을 때려요. 오, 정말 나빠요. 그의 군인이 많이 죽어요. 그 혁명은 아주 빨리 진압돼요. 드 베가 장군은 커다란 당나귀를 타고 도망가요. 그래 요, 까람보스! 장군은 도망가고 그의 군인들은 살해당해요. 그 정부 군인이 드 베가 장군을 찾으려고 무척 노력해요. 그를 찾아서 쏴 죽이 고 싶어해요. 그들이 그 장군을 잡을 수 있을 것 같아요, 선생?

'제발 그랬으면 좋겠어요!' 내가 말했어. '호전적인 재능을 지닌 클 랜시로 하여금 곡괭이와 삽을 가지고 열대림을 개간하게 한 데 대한 전능하신 분의 심판이지요. 그러나 이제 더 이상 폭동이 문제가 아네 요. 농장 노동자가 문제입니다. 위대하고 부패한 당신 나라의 도로 청 소국에서 맡고 있는 책임과 의무의 상황을 벗어나고 싶은 마음 간절 합니다. 당신의 작은 배에 나를 태워서 기선까지 데려다 주세요. 그러 면 5달러를 주리다.'

내가 서투른 열대 지방 언어로 돈의 액수를 제시했어.

흑인 남자가 거듭 말했어. '5달러! 5달러를 주겠다고요?'

흑인 남자는 그렇게 나쁜 사람이 아니었어. 처음에는 그 나라를 떠 나는 승객들은 서류와 여권이 있어야 한다면서 망설였지만 마침내 기선 옆까지 나를 태워다 주었어.

우리가 기선에 도착했을 때는 막 동이 트고 있었고 선상에는 아무도 없었어. 바닷물이 아주 잔잔했고 흑인 남자가 나를 보트에서 밀어주어 기선으로 올라갔어. 과일을 실어 놓은 쪽의 갑판이 기울어져 있었어. 승강구가 열려 있었고 밑을 내려다보니 바나나 더미가 배 밑 화물 창고 6피트까지 가득 차 있었어. 나는 스스로에게 말했어.

'클랜시, 밀항자가 되는 편이 더 안전하겠어. 선원들이 너를 고용사무국에 넘길지도 몰라. 조심하지 않으면 다시 열대림으로 보내질 수도 있어.'

그래서 나는 바나나 가운데로 뛰어내려 구멍을 파고 바나나 더미 속에 숨었어. 한 시간쯤 후에 엔진 소리가 들리고 기선이 흔들렸어. 우리가 바다를 향해 가고 있다는 것을 알았어. 선원들이 통풍을 위해 승강구를 열어 두었고 얼마 안 있어 꽤 잘 보일 정도로 배 밑 화물 창고에 충분하게 빛이 들었지. 나는 내가 만든 구멍에서 기어 나와 똑바로 섰어. 바로 그때 한 10피트쯤 떨어진 곳에서 다른 남자가 기어 와 바나나를 하나 잡더니 껍질을 벗겨 입에 넣는 것이 보였어. 얼굴이 검고 누더기 옷을 입고 불명예스러운 모습을 한 지저분한 남자였어. 그래, 그는 신문 만화에 나오는 지치고 뚱뚱한 남자와 비슷해 보였어. 다시 보자 그는 당나귀를 타고 다니며 곡괭이 수입업을 하는 위대한 혁명가 드 베가 장군이었어. 내가 그를 쳐다보자 그는 입에 바나나를 가득 문 채 코코넛만해진 눈으로 머뭇거렸어.

내가 말했어.

'쉬잇! 아무 말도 하지 말아요. 말하면 사람들이 와서 우리를 내리
게 하고 걷게 만들 겁니다. 자유여 영원하라!'

바나나를 제자리로 밀어 넣고 감정을 숨기면서 내가 덧붙였어. 장
군이 나를 알아보지 못할 것이라고 확신했어. 열대 지방에서의 사악
한 일이 나를 딴사람으로 만들었거든. 백발 섞인 수염이 0.5인치쯤 자
라 얼굴을 덮었고 파란 작업 바지와 붉은 셔츠를 입고 있었어.

'어떻게 배를 타게 되셨나요, 선생님?'

장군이 말을 할 수 있게 되자마자 물었어. 그래서 내가 대답했지.

'뒷문으로요, 쉿! 우리는 자유를 위해 위대한 일격을 가했지요. 하
지만 숫자에서 밀렸어요. 용감한 남자답게 우리의 패배를 인정하고
바나나를 하나 더 드십시다.'

'자유를 위한 전투에 헌신하셨소, 선생?'

장군이 화물에 눈물을 떨어뜨리며 말했어.

'마지막까지 독재자의 앞잡이들에 대한 필사적인 임무를 주도한
자가 바로 나입니다. 하지만 그 일이 그들을 광적으로 만들었기 때문
에 우리는 퇴각해야 했지요. 당신이 타고 도망친 당나귀를 구한 사람
이 바로 접니다, 장군님. 그 잘 익은 바나나 송이를 이쪽으로 던져 주

시겠어요? 손이 잘 안 닿네요. 고마워요.'

　내 말에 장군이 다시 울먹이면서 말을 이었어.

　'그래서 당신이 용감한 애국자라는 거요? 아, 하느님이시여! 그런
데 나는 당신의 헌신을 보상해 줄 수단이 없구려. 간신히 목숨을 건졌
어요. 카람보스! 그 당나귀는 정말 대단했습니다, 선생님! 나는 폭풍
우 속의 선박처럼 내동댕이쳐졌습니다. 가시와 덩굴 때문에 피부가
벗겨졌지요. 그 지옥의 야수가 수백 그루의 나무껍질에 나를 부대끼
게 해 다리가 견딜 수 없었어요. 그래서 밤에 배리오스 항구로 도망쳤
어요. 그리고 당나귀에서 내려 해변을 따라 달려왔어요. 묶여 있는 작
은 보트를 발견해 몸을 싣고 기선까지 노를 저어 왔습니다. 기선 위에
아무도 없었기 때문에 옆에 매달려 있던 밧줄을 타고 올라갔어요. 그
러고 나서 바나나 속에 숨었지요. 기선의 선장들이 나를 본다면 다시
과테말라로 내던질 것이 확실하다고 봐요. 좋은 일이 아니지요. 과테
말라는 드 베가 장군을 총살할 거니까요. 그래서 나는 이곳에 숨어 조
용히 있었어요. 삶 그 자체는 영광스러운 겁니다. 자유도 좋지만 삶만
큼 좋다고는 생각하지 않습니다.'

　내가 말했듯이 사흘 동안 뉴올리언즈로 여행을 했어. 장군과 나는
더할 나위 없이 친한 친구가 됐지. 우리는 바나나를 보기만 해도 괴롭
고 입맛이 완전히 떨어질 때까지 먹었어. 하지만 오직 바나나 덕분에

뱃삯을 안 낸 거야. 밤에는 조심스럽게 아래쪽 갑판으로 기어 나와 신선한 물이 담긴 통에서 물을 마셨어.

드 베가 장군은 말이 무척 많은 사람이었어. 그가 말을 안 하니 항해가 더 따분해지더군. 그는 상당히 많은 미국인이나 외국 사람들이 그렇다고 그 자신이 말했듯이, 내가 그와 같은 당의 혁명가라고 믿었어. 그는 자신을 영웅으로 여겼지만 허풍선이에 자만심 강하고 보잘것없는 수다쟁이였어. 자신의 계획이 실패하자 모든 유감을 스스로에게 돌렸어. 그 작은 풍선은 혁명의 와중에서 총살당하거나 죽음으로 치달은 행실이 나쁜 다른 바보들에 대해 한마디도 하지 않았어.

이틀째 되는 날 당나귀와 훔친 바나나 덕분에 살아난 밀항자는 자신의 음모에 대해 퍽 자랑스럽고 교만한 마음을 품었어. 그는 자신이 건설한 위대한 철도에 대해 말하고, 협궤 철로에서 곡괭이질을 시키기 위해 뉴올리언즈에서 급히 데려온 어리석은 아일랜드 인에 대해서도 오만하게 들려주더군. 무모하고 어리석은 클랜시라는 새를 얼마나 쉽게 잡았는지에 대해 그 작고 지저분한 장군이 함부로 이야기하는 것을 듣고 있자니 슬픈 마음이 들더군. 그는 만족스러운 듯 오랫동안 웃었어. 친구도 국가도 없이 추방된 검은 얼굴의 반란군은 바나나 더미 속에 목까지 잠긴 채 몸을 흔들며 웃었어.

그가 킬킬거렸어.

'아, 선생님, 익살스럽기 짝이 없는 그 아일랜드 인을 보면 웃다가 죽을 뻔하셨을 겁니다. 내가 과테말라에는 강하고 큰 남자들이 필요하다고 말하자 그가 당신의 억눌린 나라를 위해 일격을 가할 겁니다, 라고 말했어요. 당신은 그렇게 할 겁니다, 라고 내가 말했지요. 아! 아주 우스운 아일랜드 인이었지요. 그는 경호원에게 지급할 총이 조금 실린 상자가 열려 있는 것을 선창에서 봤습니다. 모든 상자에 총이 들어 있을 거라고 생각했지요. 하지만 나머지 상자들에는 곡괭이가 실려 있었어요. 그래요, 아! 그 아일랜드 인이 일을 할 수밖에 없었을 때 어떤 표정이었는지 보셨다면 좋았을 텐데 말입니다!

고용사무국의 전직 우두머리가 익살과 기이한 이야기로 지루한 여행에 기여를 했어. 하지만 그는 때때로 바나나 위에 눈물을 떨어뜨리며 자유와 당나귀의 잃어버린 대의에 대해 이야기를 길게 늘어놓았어.

기선이 뉴올리언즈의 방파제에 부딪히는 소리가 들리고 얼마 안 있어 과일을 내리는 남유럽 일꾼들이 갑판으로 올라와 화물 창고로 내려왔어. 나와 장군은 한동안 바나나 더미 나르는 일을 했어. 한 시간쯤 후에 우리는 기선에서 내려 선창으로 나갔어.

선동하는 위대한 외국 세력의 대표를 즐겁게 하는 것은 무명의 클랜시에게 크나큰 영예였어. 나는 처음으로 장군과 나를 위해 소다수와 바나나가 아닌 음식물을 많이 샀어. 장군이 내 곁으로 재빨리 다가와 모든 준비를 맡겼어. 나는 그를 라파예트 광장으로 데리고 가 작은 공원에 있는 벤치에 앉혔어. 담배를 주자 그는 만족한 부랑자처럼 작고 뚱뚱한 몸을 의자 위에서 구부렸어. 나는 앉아 있는 그를 바라보았어. 그런 그의 모습을 보자 만족스러웠어. 태어날 때부터 피부가 갈색인 그는 지금 흙과 먼지의 굴레를 쓰고 있었어. 당나귀를 찬양할지어다! 그는 채찍과 손바닥으로 때리기에 적당해 보였어. 그래, 그런 장군의 모습이 클랜시의 마음에 들었어.

나는 그에게 혹시라도 과테말라에서 누군가의 돈을 가져왔는지 조심스럽게 물었어. 그가 한숨을 쉬면서 어깨를 벤치에 부딪쳤어. 그리고 한 푼도 안 가져왔다고 말했어. 그는 어쩌면 열대 지방 옷을 입은 그의 친구들 몇몇이 나중에 그에게 자금을 보낼 수도 있다고 덧붙였어. 장군에게는 지금 아무런 수단이 없는 게 분명했어.

그에게 벤치에서 움직이지 말라고 하고 포이드라스와 카론델릿의 변두리로 갔어. 그 근처가 오하라의 순찰 구역이야. 5분이 지나자 몸집이 크고 혈색이 좋은 오하라가 번쩍이는 옷을 입고 곤봉을 휘두르며 나타났어. 과테말라가 오하라의 관할 구역으로 옮기는 것도 괜찮은 일이었어. 1주일에 한두 번씩 오하라가 곤봉으로 혁명과 봉기를 진압하는 것은 즐거운 유희가 될 만했지.

'5046이 아직도 일하고 있나요?'

내가 그에게 걸어가며 물었어.

의심스럽게 나를 바라보며 오하라가 말했어.

'초과 근무를 하고 있죠. 그에 대해 알고 싶나요? 5046은 범죄가 경찰에 발각되지 않게 하는 데 성공한 사람들을 체포하고 기소하고 수감하는 것을 허가하는, 잘 알려진 시법령이지요.'

'지미 클랜시를 알아? 내가 말했어. '이 혈색 좋은 도깨비야.'

오하라가 열대림 때문에 외모가 명예롭지 못하게 변한 나를 알아보자, 나는 그를 출입구로 몰고 가 내가 원하는 것과 그 이유에 대해 그에게 설명했어. 오하라가 말했어.

'좋아, 지미. 가서 벤치에 앉아 있어. 10분 안에 갈게.'

10분이 지나가 오하라가 라파예트 광장으로 어슬렁거리며 걸어와 벤치에 앉아 있는 두 명의 지친 남자를 염탐했어. 다시 10분이 지난 후에는 클랜시와 한때 과테말라의 대권주자였던 드 베가 장군이 경찰서에 앉아 있었어. 장군이 심하게 놀라서 자신의 탁월성과 지위에 대해 주장해 달라고 내게 요구했어. 하지만 나는 경찰에게 이렇게 말했어.

'이 남자는 철도원이었어요. 지금은 부랑자 생활을 하고 있지요. 직장을 잃어 약간 정신이 나갔습니다.'

'카람보스!'

작은 소다수 통처럼 쉬잇 하고 거품을 내며 장군이 말했어.

'선생님은 내 고국에서 나의 군대와 함께 싸웠어요. 왜 거짓말을 하나요? 당신은 내가 드 베가 장군이고 군인이고 스페인 신사라고 말해야 합니다.'

내가 다시 말했어.

'빈털터리가 된 철도원이죠. 쓸모없는 사람이에요. 사흘 동안 훔친 바나나를 먹고 살았죠. 몰골을 한번 보세요. 내 말이 믿어지지요?'

지방 법원 판사는 장군에게 25달러를 내든지 감옥에서 60일을 살라고 했어. 그에게는 1센트도 없었기 때문에 구류를 살기로 했어. 내가 생각했던 대로 그들은 나더러 가라고 했어. 그들에게 보여 줄 돈도 있고 오하라가 나를 대변해 주었기 때문이지. 그래, 그는 60일을 살아야 했어. 날짜가 너무 길었기 때문에 나는 위대한 나라 캄, 아니 과테말라를 위해 들었던 곡괭이를 내던졌어."

클랜시가 말을 멈추었어. 밝은 별빛이 그의 노련한 얼굴에 어린 행복하고 만족한 표정을 보여 주더군. 키오가 의자에 기대 앉아 옷을 얇게 입은 동료의 등을 한 대 때리자 해변에 부딪히는 파도 소리가 났어.

키오가 만족스럽게 웃으며 말했어.

664

"이들에게 말해 줘야지, 이 친구야. 자네가 농업 작전으로 그 열대 지방의 장군에게 어떻게 보복했는지 말이야."

그러자 클랜시가 열정적으로 결론을 내리더군.

"돈이 없었기 때문에 그는 루이지애나 카운티 감옥 수감자들과 함께 어슐린스 거리를 청소해야 했어. 모퉁이에는 전기 선풍기와 세련된 상품으로 멋지게 장식된 술집이 있었어. 나는 그곳을 본부로 삼고 15분마다 모퉁이를 돌아가서 갈퀴와 삽을 들고 선동하고 있는 작은 남자를 바라보곤 했어. 오늘처럼 묽은 수프 같은 날씨였어. 내가 그를 '이봐, 무슈'라고 부르자 그는 셔츠 여기저기가 땀에 젖은 채 험악한 얼굴로 나를 바라보았어. 내가 드 베가 장군에게 말했지.

'뉴올리언즈에는 뚱뚱하고 강한 남자들이 필요해요. 그래요, 좋은 일을 하기 위해 필요하지요. 카람보스! 아일랜드여 영원하라!'"

신발

Shoes

존 드 그레펜레이드 애트우드는 로터스의 뿌리와 줄기와 꽃을 먹었다. 열대림이 게걸스럽게 그를 먹었다. 그는 열정적으로 자신의 일에 혼신을 기울였다. 로진을 잊기 위해서였다.

로터스를 먹는 사람들은 평범하게 먹는 일이 거의 없다. 악마의 소스를 곁들여 먹어야 한다. 중류 제조업자들이 그것을 만드는 요리사들이다. 조니의 차림표에는 브랜디라고 적혀 있었다. 그와 빌리 키오가 밤에 술 한 병을 사이에 두고 작은 영사관 현관 앞에 앉아 큰 소리로 무례한 노래를 부르자 바쁘게 지나가던 원주민들이 어깨를 으쓱하고 '골칫덩어리 미국인들'에 대해 자기들끼리 중얼거렸다.

하루는 조니의 사환이 우편물을 가져와 탁자 위에 던져 놓았다. 조니가 해먹에서 몸을 기울여 네다섯 개의 우편물을 힘없이 뒤적였다. 키오는 테이블 모퉁이에 앉아 종이 베는 칼로 편지지 사이에서 기어가고 있는 지네의 다리를 자르면서 게으르게 앉아 있었다. 조니는 온 세상이 입안에서 쓰게 느껴질 때 로터스를 먹는 단계에 있었다.

"매일 똑같은 일이야!" 그가 불평을 했다. "나라에 대한 정보를 쓰면서 사람들을 우롱하지. 사람들은 과일나무 키우기에 대한 모든 것, 일하지 않고 돈 버는 법에 대해 알고 싶어해. 그들 중 반수는 답신에 붙일 우표도 동봉하지 않아. 그들은 영사관에서 하는 일이라고는 편지 쓰는 일밖에 없다고 생각해. 봉투를 찢고 그들이 원하는 것이 무엇인지 한번 봐. 나는 너무 흔들려서 움직일 수가 없어."

언짢은 기분에 매우 익숙한 키오는 장밋빛 얼굴에 만족스러운 미소를 띠며 탁자 쪽으로 의자를 당겨 앉아 편지 봉투를 찢기 시작했다. 그중 네 통은 코랄리오의 영사관을 정보의 백과사전이라고 생각하는 미국 각지의 시민들이 보낸 것이었다. 그들은 미국 정부를 대표하는 영예를 얻은 대사관이 있는 나라의 날씨, 상품, 가능성, 법률, 사업 기회, 통계 수치 등에 대해 번호를 달아 긴 질문을 했다.

조니가 힘없이 말했다.

"빌리, 최고의 영사 보고서를 인용해서 딱 한 줄씩만 답장을 써 줘. 국무부는 문학성 높은 글귀를 쓰는 것을 매우 기뻐한다고 말해 줘. 내 이름을 서명하고 펜이 긁지 않게 해. 잠을 깨게 되니까."

"코 골지 마." 키오가 상냥하게 말했다. "내가 자네 일을 해 주지. 조수가 무척 많이 필요하겠어. 자네가 어떻게 보고서를 썼는지 도저히 이해가 안 되는군. 잠깐만 일어나 봐! 여기 편지 한 통이 더 있어.
역시 자네가 살던 도시 데일스버그에서 온 거야."

의무감으로 약간의 관심을 보이며 조니가 우물거렸다.

"그래? 무슨 내용이지?"

키오가 설명했다.

"우체국장이 보냈는데, 그 도시의 한 시민이 자네에게서 조언을 원
한다는군. 자네가 있는 곳에 와서 신발 가게를 열고 싶은 생각이 있
대. 사업이 성공할 거라고 생각하는지 알고 싶어한다네. 경기가 좋다
는 말을 듣고 이곳 해변에서 유리한 입지를 차지하고 싶다는군."

더위와 괴팍한 성격에도 불구하고 조니는 해먹이 흔들릴 정도로 웃
었다. 키오도 웃었다. 책꽂이 맨 위 선반에 있는 애완용 원숭이가 데
일스버그에서 온 편지가 역설적으로 받아들여진 데 공감하는 듯 날
카로운 소리를 냈다.

"엄지발가락에 난 티눈처럼 대단하군." 영사가 말했다. "신발 가게라!
다음에는 무슨 질문을 할지 궁금해. 코트 만드는 공장이 아닐까? 말해
봐, 빌리. 우리 시민 3,000명 중 얼마나 많은 수가 신발을 신고 있어?"

키오가 깊이 생각해 보았다.

"어디 보자. 자네와 나, 그리고……."

조니가 낡은 사슴가죽 신발 속에 들어 있는 발을 재빨리 아무렇게

나 들며 말했다.

"나는 아니야. 나는 몇 달 동안 신발을 신은 적이 없어."

"하지만 신발을 가지고 있잖아." 키오가 말했다. "그리고 구드윈과 블랑카드와 기디, 루츠 노인과 그레그 의사, 바나나 회사 중개인, 이탈리아 인도 있고 델가도 영감도 있잖아. 아니 그 영감은 샌들을 신지. 그리고 오, 맞아, 호텔을 관리하는 매더머 오티즈도 있어. 그녀는 지난달 무도회에서 붉은 슬리퍼를 신고 있었어. 그리고 미국으로 공부하러 간 그녀의 딸 파사 양도 있어. 그녀가 신발에 관련해 문명화된 의식을 들여왔지. 축제일이면 발에 성장을 하는 사령관의 여동생도 있어. 발등을 카스티야식으로 만든 신발을 신은 기디 부인이 있고. 여성은 이들이 전부야. 그리고 막사에 있는 일부 군인들, 아니 그들은 아니야. 행진할 때만 신발을 신어. 막사에서는 발가락을 내놓고 다니지."

영사가 키오의 말에 동의하며 말했다.

"맞아. 걸을 때 발바닥에서 가죽을 느껴 본 적이 있는 사람은 3,000명 중 20명이 넘지 않아. 오, 맞아. 코랄리오는 진취적인 신발 가게에 딱 맞는 도시. 신발을 벗고 싶어하지 않을 거야. 패터슨 삼촌이 나를 즐겁게 할지 궁금하군! 그는 언제나 농담 거리가 많아. 그에게 편지를 써, 빌리! 내가 불러 줄 테니. 이제 우리가 그를 즐겁게 해 주는 거야."

키오는 펜에 잉크를 찍어 조니가 부르는 대로 받아 적었다. 담배를 피우고 병과 잔들이 여러 번 오가는 사이에 데일스버그에서 온 서신에 대해 농담 섞인 답장이 작성되었다.

앨라배마 주 데일스버그의 오바다야 패터슨 씨에게

친애하는 패터슨 씨, 6월 2일자 서신에 답하여 저의 의견을 말씀드리겠습니다. 우선 코랄리오 시보다 최고급 구두 가게가 더 필요한 곳은 지구상에 없다는 것을 알려 드리는 영예를 얻게 되어 감사합니다. 이곳에는 3,000명의 주민이 있지만 구두 가게는 한 곳도 없습니다. 이 상황이 말해 주는 그대로입니다. 이 해변은 모험적인 기업인들에게 급속한 호응을 얻고 있습니다. 그러나 유감스럽게도 신발 사업은 간과되거나 무시당했습니다. 사실을 말씀드린다면 현재 신발이 전혀 없는 주민이 많습니다.

신발만 부족한 게 아니라 양조장, 고등 수학을 가르칠 전문대, 석탄 작업장, 깨끗하고 지적인 펀치와 주디 쇼도 절실하게 필요합니다.

— 코랄리오 주재 미국 영사 존 드 그레펜레이드 애트우드 올림

추신 : 안녕하세요, 오바다야 삼촌. 고향에는 별일 없는지요? 삼촌도 저도 없으면 정부는 어떻게 합니까? 삼촌의 오랜 친구가 보낸 녹색 머리 앵무새와 바나나 한 송이가 곧 도착할 테니 기대하세요.

— 조니

"오바다야 삼촌이 서신의 공적인 어투 때문에 화가 나지 않도록 추신을 써 넣었어!" 영사가 말했다. "자, 빌리, 서신에 날짜를 써 넣어서 판초에게 우체국에 가져다주라고 해. 오늘 과일 싣는 일을 다 하면 내일 애리어드가 우편물을 가지고 갈 거야."

코랄리오의 밤은 바뀌는 일이 결코 없었다. 사람들의 오락 거리는 따분하고 단조로웠다. 말을 천천히 하고 시가나 담배를 피우면서 맨발로 정처 없이 헤매고 다녔다. 희미하게 불이 켜진 길들을 내려다보면 갈색 유령같이 구불구불하게 펼쳐진 길이 정신 나간 반딧불이의 행렬과 뒤엉킨 것을 보는 듯하다. 어떤 집에서 흘러나오는 애처로운 기타 소리가 슬픈 밤에 우울함을 더했다. 커다란 청개구리가 순회극단에서 흑인 분장을 하고 밴드 끝에 선 악사의 캐스터네츠처럼 우거진 수풀 속에서 울어댔다. 영사관에는 변화가 자주 일어나지 않았다. 키오는 가끔 코랄리오에서 유일하게 시원한 장소인, 바다로 향하는 작은 현관이 있는 관저로 밤에 찾아오곤 했다.

브랜디 잔이 계속 오가면 자정이 되기 전에 망명을 자처한 영사의 감정이 격해지곤 했다. 그러면 그는 키오에게 끝나 버린 로맨스에 대해 이야기했다. 매일 밤 키오는 그의 이야기에 기꺼이 공감하며 인내심을 가지고 들어 주었다. 조니는 자신의 슬픈 이야기를 그런 식으로 결말짓곤 했다.

"하지만 자네는 잠시 동안이라도 내가 그녀 때문에 슬퍼하고 있다고 생각하는 거 아냐? 나는 그녀를 잊었어. 이제는 그녀 생각을 하지 않아. 그녀가 바로 지금 그 문을 들어선다 해도 나의 심장 박동이 더 빨라지지는 않을 거야. 벌써 오래전에 끝났어."

"알고 있어." 키오는 이렇게 대답하곤 했다. "물론 자네는 그녀를 잊었지. 잘한 일이야. 하지만 그녀는 딩크 포슨이 자네에 대해 계속 비난하는 걸 별로 좋아하지 않았어."

"핑크 도슨! 가엾은 백인 쓰레기 같으니라고! 그는 그런 자야. 하지만 500에이커의 농장을 소유하고 있지. 그게 중요해. 언젠가는 그에게 보복할 기회가 올지도 몰라. 도슨은 가문이 좋지 않아. 하지만 애트우드는 앨라배마에 있는 모든 사람들이 알고 있어. 이봐 빌리, 나의 어머니가 드 그레펜레이드였다는 것을 알고 있나?"

핑크 도슨에 대해 얘기하는 조니의 음성에는 경멸이 가득했다.

"글쎄, 몰랐는데. 그랬어?"

키오는 이렇게 말하곤 했지만 그 말을 적어도 300번은 들었다.

"사실이야. 한록 카운티의 드 그레펜레이드 가문이지. 하지만 나는 어머니를 더 이상 생각하지 않아. 그렇지, 빌리?"

"맞아. 잠시도 생각을 안 해, 이 친구야."

이것이 큐피드를 정복한 사람이 듣는 마지막 말이 되곤 했다.

이때쯤 조니는 부드러운 잠에 빠져 들었고 키오는 광장 끄트머리에 있는 호리병박나무 아래 자신의 오두막으로 어슬렁거리며 걸어갔다.

하루 이틀이 지나자 코랄리오의 망명자들은 데일스버그 우체국장의 편지와 그 답신에 대해 잊어버렸다. 그러다가 7월 26일에 사건의 나무에 답신의 열매가 열렸다.

코랄리오를 정기적으로 방문하는 과일 운반선 안다도르가 앞바다에 나타나 정박했다. 검역소 이사와 세관 관리들이 의무 수행을 위해 배를 저어 갈 때 해변에는 구경꾼들이 줄을 이었다.

한 시간 후, 빌리 키오는 리넨 옷을 입은 깔끔하고 세련된 모습으로 기분 좋은 상어처럼 이를 드러내고 웃으며 영사관으로 어슬렁거리고 들어왔다.

"무슨 일인지 짐작하겠어?"

그가 해먹에서 게으름을 피우고 있는 조니에게 말했다.

"짐작하기에는 너무 더워."

조니가 게으르게 말했다.

"자네의 신발 가게 주인이 도착했어." 키오가 입 안에 사탕을 굴리며 말했다. "대륙의 테라델푸에고까지 공급할 수 있을 만큼 많은 물량을 실어 왔어. 지금 상자들을 세관으로 나르고 있는 중이야. 짐배 여섯 척에 가득 싣고 해변으로 왔다가 나머지를 가지러 다시 노를 저어 갔어. 오, 영광의 성자들이여! 그가 농담을 시작하고 영사와 면담을 할 때는 분위기가 즐겁지 않겠나? 단지 한 번의 즐거운 시간을 목격하기 위해 열대 지방에서 9년을 기다린 보람이 있어."

키오는 그의 즐거움을 쉽게 받아들였다. 그는 멍석 위에서 깨끗한 자리를 찾아 바닥에 누웠다. 그의 즐거움 때문에 벽들이 흔들렸다. 조니가 반쯤 몸을 돌려 눈을 깜빡거렸다.

"그 편지를 심각하게 받아들일 만한 바보가 있다는 말은 하지 마."

"4,000달러어치의 상품이라!" 키오가 황홀한 듯 숨을 가쁘게 쉬며 말했다. "뉴캐슬의 석탄에 대해 말해 봐! 그가 스피츠베르겐에 있는 동안 종려나무 부채를 한 배 가득 실어 가면 좋지 않았을까? 그 괴팍한 노인을 해변에서 봤어. 그가 안경을 쓰고서 500명 정도 되는 주민들이 맨발로 서 있는 것을 곁눈질로 보고 있을 때 자네가 그곳에 있어야 했는데."

"자네 진실을 말하는 건가, 빌리?"

영사가 힘없이 물었다.

"내가? 자네는 그 야바위꾼 신사가 데려온 딸을 봐야 해. 봐! 그녀는 벽돌 가루를 뒤집어쓴 이곳 아가씨들을 진퇴양난의 수렁처럼 보이게 하잖아."

"그 어리석은 낄낄거림을 멈출 수 있다면 계속 말해 봐. 어른이 하이에나처럼 웃는 것을 보고 싶지 않아."

하지만 키오는 계속해서 말을 했다.

"이름이 헴스테터야. 이봐! 무슨 일이야?"

조니가 해먹에서 꿈틀거리며 내려올 때 뒤축이 없는 인디언 신이 퍽 소리를 내며 바닥에 부딪혔다. 조니가 단호하게 말했다.

"일어나, 이 멍청한 친구야. 아니면 이 잉크 병으로 자네 머리를 때릴 거야. 로진과 그의 아버지가 왔어. 저런! 패터슨 삼촌은 침을 질질 흘리는 멍청이라니까! 어서 일어나, 빌리 키오. 나를 도와줘. 도대체 우리가 무슨 일을 하려고 하는 거지? 온 세계가 미쳤나?"

키오가 일어나서 먼지를 털고 몸가짐을 점잖게 한 다음 심각하게 말했다.

"대책을 세워야 해, 조니. 자네가 이야기하기 전까지는 그녀가 자네의 여자라고 생각하지 않았어. 먼저 그들에게 편안한 숙소를 구해 줘야 해. 자네는 가서 그들을 만나게. 나는 구드윈에게 가서 구드윈 부인이 그들을 묵게 할지 알아보겠네. 이 도시에서 가장 좋은 집을 가지고 있거든."

영사가 말했다.

"빌리, 고마워. 자네가 나를 저버리지 않을 줄 알았어. 세계는 종말에 이르게 되어 있어. 하지만 어쩌면 우리는 그날을 하루 이틀쯤 피할 수 있을지도 몰라."

키오가 양산을 펴고 구드윈의 집으로 향했다. 조니는 코트를 입고 모자를 썼다. 이어 브랜디 병을 들었다가 마시지 않고 다시 내려놓았다. 그러고 나서 해변을 향해 용감하게 걸어갔다.

그는 세관의 그늘 속에서 수많은 시민에 의해 둘러싸여 있는 헴스테터 씨와 로진을 발견했다. 안다도르의 선장이 새로 도착한 배를 지휘하는 동안 세관 관리들이 굽실거리고 있었다. 로진은 건강하고 매우 발랄해 보였다. 그녀는 주변의 광경들을 즐겁고 흥미로운 시선으로 바라보았다. 전에 그녀를 숭배했던 남자를 보자 그녀의 둥근 뺨이 살짝 붉어졌다. 헴스테터가 조니와 매우 반갑게 악수를 했다. 그는 좀 늙은 비실용적인 사람이었다. 언제나 불만에 가득 차 변화를 희구하는 수많은 괴팍한 사람들 중 한 명이다.

"만나서 무척 기쁘군요, 존. 존이라고 불러도 되겠죠?' 그가 말했다. "우리 우체국장이 문의한 서신에 속히 답신을 주셔서 고맙습니다. 그가 나를 대신해서 당신에게 편지를 쓰겠다고 자원했습니다. 나는 이윤이 더 큰 색다른 사업을 찾고 있지요. 이 해변이 투자자들의 많은 관심을 받고 있다는 것을 신문에서 읽었습니다. 조언해 주신 데 대해 매우 고맙게 생각합니다. 저는 재산을 모두 팔아 북부에서 살 수 있는 좋은 신발들은 다 샀습니다. 이 도시는 매우 아름답군요, 존. 당

676

신의 서신을 읽고 기대한 만큼 사업이 잘되었으면 좋겠습니다."

구드윈 부인이 헴스테터 씨와 그의 딸이 다른 데서 숙소를 정하셨으면 한다는 소식을 키오가 가지고 오자 조니는 안타까워했다. 헴스테터 씨와 로진은 즉시 안내를 받아 여행의 피곤을 풀기 위해 그곳을 떠났고 조니는 구두 상자들이 세관 관리들에게 조사를 받기 위해 세관 창고에 안전하게 저장되는지를 보려고 내려갔다. 키오는 상어처럼 이를 드러내고 웃으면서 만약 가능하다면 조니가 상황을 다시 회복할 기회를 얻을 때까지 구두 시장으로서의 코랄리오의 상태를 헴스테터 씨에게 알리지 말아 달라고 부탁하기 위해 구드윈을 찾아 나섰다.

그날 밤 영사와 키오는 산들바람 부는 영사관 현관에서 대화에 열중했다.

"그들을 집으로 돌려보내."

조니의 생각을 읽은 키오가 말했다.

"그렇게 하겠어." 잠시 침묵을 지키던 조니가 말을 이었다. "그러나 나는 자네에게 거짓말을 했어, 빌리."

"그건 괜찮아."

키오가 상냥한 목소리로 말했다.

"내가 자네에게 수백 번 말했잖아. 그녀를 잊었다고 말이야."

"345번 말했어."

인내의 기념비가 시인했다. 영사가 계속 말했다.

"나는 항상 거짓말을 했어. 나는 한 번도 그녀를 잊은 적이 없어. 그녀가 한 번 싫다고 말했다는 이유만으로 도망 온 내가 어리석었어. 그런데 다시 돌아가기에는 너무 자존심이 상해. 오늘 저녁 구드윈의 집에서 로진과 잠시 대화를 나누다가 한 가지 사실을 발견했어. 항상 그녀를 따라다니던 농부 기억나?"

"딩크 포슨?"

키오가 대꾸했다.

"핑크 도슨이야. 글쎄…, 그는 그녀에게 본래 중요하지 않은 존재는 아니었어. 그녀는 그가 나에 대해 이야기하는 것을 믿지 않았다고 해. 하지만 나는 이제 지쳤어, 빌리. 우리가 보낸 그 멍청한 편지가 남겨 놓았던 기회를 망쳐 버렸어. 자신의 아버지가 예의 바른 남학생이라면 하지 않았을 농담의 희생자가 되었다는 걸 알게 되면 그녀는 나를 멸시할 거야. 신발이라니! 만약 그가 코랄리오에서 20년 동안 가게를 운영한다면 20켤레의 신발을 팔지 못하란 법이 어디 있어? 갈색 피부의 카리브 인이나 스페인 남자에게 신발을 신기고 그들이 어떻게 하나 봐. 엎어지고 넘어져 불평을 하다가 벗어 던질 거야. 그들 중 누구도 신발을 신어 본 적이 없고 앞으로도 신지 않을 거야. 만약 내가 그들을 집으로 돌려보내면 그들에게 모든 이야기를 해야 해. 그러면 그녀가 나를 어떻게 생각하겠어? 나는 그 어느 때보다도 그녀를 원해, 빌리. 그런데 지금 그녀가 가까이 있는데도 그녀를 영원히 잃어버렸어. 온도계가 102도일 때 우스운 짓을 하려 했기 때문이지."

낙관적인 키오가 말했다.

"기운 내. 가게를 열라고 해. 나는 오늘 오후에 바빴어. 어떻게 하든 잠시나마 신발 경기를 일으킬 수 있을 거야. 가게를 열면 내가 여섯 켤레를 살 걸세. 돌아다니면서 아는 사람들을 모두 만나 자네의 난처한 상황에 대해 설명을 했어. 그들 모두가 자네처럼 신발을 살 거야. 프랭크 구드윈이 여러 상자를 살 거야. 기디스네도 둘이 열한 켤레를 사고 싶어해. 클랜시는 1주일 동안 번 돈을 투자하려 하고 심지어 늙은 그레그 의사도 사이즈 10짜리가 있으면 악어가죽 슬리퍼를 세 켤레 사고 싶어해. 블랑카드는 헴스테터 양을 봤어. 그는 프랑스 인이니까 적어도 열두 켤레는 살 거야."

조니가 말했다.

"4,000달러어치 신발에 고객이 열두 명이라는 말이지. 소용없을 거야. 풀어야 할 큰 문제가 있어. 자네는 집에 가게, 빌리. 나 혼자 내버려 두고 말이야. 내가 혼자서 해결해야겠어. 그 프랑스산 고급 포도주를 가져가게. 아니, 안 돼. 미국의 영사는 술을 더 마셔서는 안 돼. 나는 오늘 밤 여기 앉아서 생각을 좀 해야겠어. 이제 안에 어디든 유연한 자리가 있다면 거기에 상륙하겠어. 만약 그런 곳이 없다면 멋진 열대 지방의 신용도가 다시 한 번 난파를 하게 될 거야."

키오는 자신이 아무 도움이 되지 않을 거라고 느끼며 자리를 떴다. 조니는 테이블에 시가를 몇 개비 올려놓고 휴대용 의자에 몸을 맡겼다. 항구의 물결을 은빛으로 물들이며 날이 밝았을 때도 그는 여전히 그곳에 앉아 있었다. 그는 가볍게 휘파람을 불며 일어나 목욕을 하러 갔다.

조니는 아홉 시에 낡고 작은 해외 전보실로 내려가 반 시간 가량 백지를 앞에 두고 서성거렸다. 잠시 후 그는 용지에 다음과 같은 메시지를 쓰고 서명을 한 뒤 33달러를 주고 전송했다.

앨라배마 주 데일스버그의 핑크 도슨 씨에게

100달러짜리 수표가 다음 서신으로 보내질 것입니다. 빳빳하게 마른 우엉 500파운드를 즉시 배편으로 보내 주세요. 이곳에서는 예술을 위해 우엉이 새롭게 필요합니다. 시장 가격은 파운드당 20센트입니다. 추가 구매가 있을 것 같습니다. 서둘러 주세요.

악에 깊이 물든 사기꾼
A Double-Dyed Deceiver

문제는 라레도에서 시작되었다. 를레이노 키드의 잘못이었다. 그는 사람 죽이는 습관을 멕시코에서만 자행했어야 했다. 그러나 키드는 스무 살이 넘었고 그 나이에 멕시코 인만 살해한다는 것은 리오그란데 국경에서 남모르게 얼굴을 붉힐 일이었다.

사건은 자스토 발도의 도박소에서 일어났다. 질주하는 어리석음을 잡으려고 사람들이 멀리서부터 달려올 때 종종 그렇듯이, 포커 게임에 앉아 있는 놀이꾼들이 모두 친구는 아니었다. 한 쌍의 퀸 같은 작은 문제에 대해서도 소동이 일어났다. 총성의 연기가 사라지자 키드는 경솔했고 그의 적수는 큰 실수를 저지르는 죄를 지었음이 드러났다. 불운한 결투 상대는 멕시코 인이 아니었다. 그는 소목장에서 온, 키드 나이 또래의 가문 좋은 집안의 젊은이였고 친구들과 총잡이들도 함께 있었다. 그가 총을 뽑았을 때 키드의 오른쪽 귀를 1인치의 10분의 1만큼 빗나가는 실수를 저지른 것이 저격 솜씨가 더 나은 키드의 무모함을 줄여 주지는 못했다.

종자從者가 없고 개인적으로 자신을 숭배하거나 지지하는 사람들도 많지 않은 키드는 심지어 국경에서도 다소 화를 잘 내는 명성 때문에 화물 열차 끌기라고 알려진 재빨리 총을 뽑는 행동을 하는 것이 자신의 불굴의 용기와 어울린다고 생각했다.

원수를 갚으려는 사람들이 급히 모여 그를 찾았다. 세 사람이 역 5미터 반경에서 그를 따라잡았다. 키드가 오만하면서도 폭력적인 행동을 하기 전에 몸을 돌려 멋지면서도 슬픈 미소를 지으며 이빨을 드러내자 추적자들은 그가 총에 손을 댈 필요도 없이 뒷걸음질 쳤다.

그러나 이번 사건에서는 그로 하여금 싸우도록 충동질하는 마주침에 대한 목마름이 평소처럼 혹독하지 않았다. 그것은 카드놀이와, 신사라면 두 사람 사이에 오갔다고 시인할 수 없는 욕설들 때문에 순전히 우연하게 일어난 소동이었다. 키드는 남자로서의 첫 전성기에 자신의 총알에 맞고 쓰러진 마르고 오만한 갈색 피부의 청년을 오히려 좋아했다. 그는 이제 더 이상 피를 원하지 않았다. 어딘가 머스킷 관목이 가득한 햇볕 쪼이는 곳으로 달아나 손수건으로 얼굴을 덮고 누워 오래도록 단잠을 자고 싶었다. 그가 이런 기분일 때는 심지어 멕시코 인도 안심하고 가던 길을 갈 수 있었다.

키드는 5분 후에 떠나는 북쪽행 열차에 공개적으로 탑승했다. 그러나 몇 마일 지나 웹에서 한 여행객을 태우기 위해 열차가 정지했을 때 키드는 그런 식으로 도주하는 것을 포기했다. 앞쪽에 전신소가 있었다. 키드는 전기 장치와 무선 전신기를 곁눈으로 바라보았다. 안장과 박차는 그가 안전하게 의지할 수 있는 것들이었다.

그가 쏜 사내는 낯선 사람이었다. 그러나 키드는 그가 이달고 주에 있는 코랄리토스 목장의 복장을 하고 있었다는 것과, 그 목장에서 온 카우보이들은 자신들 중 한 명에게 부당한 행동이나 피해가 가해지면 켄터키의 대결자보다 더 가혹한 복수심에 불탄다는 것을 알고 있었다. 따라서 키드는 많은 위대한 무사들에게 주어진 지혜를 따라 자기 자신과 코랄리토스 카우보이들의 보복 사이에 가능한 한 많은 떡갈나무 덤불과 배나무를 쌓아 두기로 했다.

역 근처에는 상점이 있었고 상점 근처에는 머스킷 관목과 떡갈나무들이 띄엄띄엄 있는 가운데 열차 승객들의 안장 올린 말들이 늘어서 있었다. 대부분의 말들은 다리에 힘을 빼고 머리를 축 늘어뜨린 채 졸면서 기다리고 있었다. 그런데 그중에서 목이 곡선이고 다리가 긴 밤색 점박이 말 한 마리가 콧김을 내뿜으며 앞발로 잔디를 긁고 있었다. 키드는 그 말에 올라타 무릎으로 꽉 죄고 주인의 채찍으로 부드럽게 때렸다.

무모한 카드놀이꾼을 살해한 일이 선량하고 진실한 시민으로서의 키드의 입지에 구름을 드리웠다면, 그의 이 같은 마지막 행동은 그의 존재를 불명예의 가장 어두운 그늘 속에 숨기고 말았다. 리오그란데 국경에서는 사람을 죽이면 때로 크게 난폭해진다. 그러나 말을 훔치면 말 주인을 가난하게 만들고, 훔친 사람도 잡히면 더 이상 부유해지지 못한다. 키드에게는 이제 돌아갈 길이 없었다.

빠르게 뛰는 갈색 점박이 말을 타고 달리자 아무 걱정도 불편함도 없었다. 5마일 가량을 빠르게 달리다가 평원의 주민처럼 느리게 북동쪽 누에세스 강변의 낮은 땅을 향했다. 그는 그 지역을 잘 알고 있었다. 그곳에는 관목과 배나무로 된 거대한 야생의 숲에 난 구불구불하고 찾기 어려운 샛길과 안전하게 즐길 수 있는 야영지와 외딴 목장들이 있었다. 그는 계속해서 동쪽으로 향했다. 키드는 바다를 본 적이 없었기 때문에 거대한 만(灣)의 목덜미에 난 긴 갈기, 더 큰 바다의 장난스러운 망아지를 만져 보고 싶었다.

사흘 후 그는 코퍼스크리스티 해변에 서서 조용한 바다의 부드러운 물결 너머를 바라보고 있었다.

범선 플라이어웨이의 선장 분은 배의 선원이 파도 속에서 호위하고 있는 소형 보트 곁에 서 있었다. 항해할 준비가 되었을 때 그는 자신의 필수품 중 하나인 막대 모양의 씹는 담배를 잊었다는 사실을 깨달았다. 선원 한 명이 잃어버린 화물을 가지러 보내졌다. 그 동안 선장은 주머니 속에 든 담배를 불경스럽게 씹으며 해변을 천천히 걸었다.

굽이 높은 부츠를 신은 마르고 강한 체격의 청년이 해변 끝으로 다가왔다. 얼굴은 소년 같았지만 조숙한 엄격함이 인생의 경험을 암시했다. 타고난 검은 피부가 바깥 생활에서 받은 태양과 바람 때문에 커피색으로 그을려 있었다. 머리카락은 인디언처럼 검고 빳빳했지만 얼굴에 면도칼 자국은 아직 없었다. 눈은 차갑고 우울해 보였다. 또한 왼쪽 팔은 어느 정도 몸에서 떨어뜨려 놓았다. 진주로 손잡이를 만든 45구경을 읍 보안관이 싫어했고 조끼의 왼쪽 진동 둘레에 넣고 있으면 약간 거북했기 때문이다. 그는 중국 황제와도 같은 냉담하고 무표정한 존귀함을 갖추고서 선장 너머 만을 바라보고 있었다.

"그 만灣을 사려고 생각하오, 젊은이?"

담배를 싣지 않고 항해를 할 뻔한 탓에 냉소적이 된 선장이 물었다. 반면 키드는 부드럽게 대답했다.

"아뇨, 그럴 생각 없어요. 전에 바다를 본 적이 한 번도 없어요. 그래서 그냥 바라보고 있었어요. 팔 생각을 하는 건 아니지요?"

선장이 말했다.

"이번 여행에서는 아니오. 내가 부에노스티에라스에 가면 대금 상환으로 당신에게 보내 주겠소. 저기 발이 캡스턴 같은 풋내기 선원이 씹는 담배를 가져오는군. 한 시간 전에 닻의 무게를 달았어야 하는 건데."

"저기 저 선박이 당신 겁니까?"

키드의 물음에 선장이 대답했다.

"그렇소. 범선을 선박이라고 부르고 싶다면 거짓말을 하는 것도 상관없겠지요. 하지만 밀러와 곤잘레스는 소유주라 부르고, 평범하고 단순한 늙은이 빌리 사무엘 K. 분은 범선이라 부르는 것이 좋을 거요."

"어디로 가세요?"

도망자가 물었다.

"남아메리카 해변에 있는 부에노스티에라스에 가오. 그곳에 마지막으로 갔을 때 그 나라의 이름을 잊었소. 뱃짐은 목재와 골함석, 벌채에 쓰는 칼 등이라오."

"어떤 나라인가요? 더운가요, 추운가요?"

"덥다고 할 수 있지요, 젊은이. 하지만 풍경이 실낙원처럼 우아하고 지리가 아름답지요. 매일 아침 보라색 꼬리가 일곱 개 달린 피리새의 달콤한 노랫소리와 갖가지 꽃과 장미꽃 가운데 부는 바람의 한숨 소리를 들으며 잠이 깨요. 거주민들은 전혀 일을 하지 않아요. 침대에 그대로 누운 채 손만 뻗으면 온실에서 키운 최고의 과일들이 담긴 바구니에 손이 닿기 때문이지요. 주일날도 없고 얼음도 없고 집세도, 곤경도, 아무 것도 없어요. 잠만 자면서 무슨 일이 일어나기를 기다리기에 좋은 나라지요. 청년이 먹는 바나나와 오렌지와 폭풍과 파인애플 같은 것이 거기서 오는 거요."

"멋진데요!" 키드가 마침내 흥미를 보이며 말했다. "내가 선장님과 함께 가려면 뱃삯이 얼마나 드나요?"

"25달러요." 분 선장이 말했다. "식대와 운임이 포함되었고, 이등 객실이오. 일등 객실은 없어요."

"함께 가겠어요."

사슴가죽 가방을 열며 키드가 말했다. 그는 항상 가는 큰 파티를 위해 300달러를 가지고 랄레도에 갔었다. 블라도스에서의 결투 때문에 유쾌한 시절이 짧아졌지만 덕분에 필요해진 도주를 도와줄 200달러 가량의 돈이 남아 있었다.

선장이 말했다.

"좋아요, 젊은이. 철없이 도주한 것에 대해 자네 어머니가 나를 원망하지 않기를 바라오."

그가 선원들 중 하나에게 손짓했다.

"발이 젖지 않도록 산체스가 자네를 소형 보트에 올려 주게 하겠소."

부에노스티에라스의 미국 영사인 태커는 아직 취하지 않았다. 지금은 겨우 열한 시다. 그는 오후 중반이 되어서야 자신이 원하는 지극히 행복한 경지, 감상적인 옛 보드빌 노래들을 부르고 소리 지르는 앵무새에게 바나나 껍질을 던지는 상태가 되었다. 해먹에 누워 있던 그가 가벼운 재채기 소리를 듣고 키드가 영사관 문 앞에 서 있는 것을 보았을 때는 아직은 위대한 나라의 대표가 갖추어야 할 예의를 지니고 있었다.

"그대로 계세요." 키드가 가볍게 말했다. "그냥 들렀어요. 시를 돌아보기 전에 영사님의 야영지를 방문하는 것이 관례라고 들었어요. 텍사스에서 배를 타고 와 방금 전에 도착했어요."

"반갑습니다. 성함이 어떻게 되시나요?"

영사가 말했다.

키드가 소리 내어 웃으며 대답했다.

"스프라그 달튼입니다. 그렇게 말하고 보니 재미있군요. 리오그란데에서는 나를 를레이노 키드라고 불러요."

영사가 말했다.

"나는 태커요. 그 등나무 의자에 앉으세요. 투자하러 오셨다면 조언해 줄 사람이 필요하겠군요. 자신들의 방법을 이해하지 못할 경우 놈들은 당신을 속여서 금니라도 뽑아 가려고 할 겁니다. 담배 피우시겠소?"

"대단히 고맙습니다." 키드가 말했다. "하지만 옥수수 깍지들과 뒷주머니 속의 작은 봉지가 없다면 나는 1분도 살 수 없을 겁니다."

키드는 궐련 가루를 꺼내 담배를 말며 말했다.

"이곳에서는 스페인 어를 사용합니다. 통역관이 필요할 겁니다. 필요하다면 기꺼이 도와드리겠습니다. 과일 농지를 사거나 영업 허가권을 원한다면 도와줄 수 있는 누군가가 필요할 겁니다."

영사의 제의에 키드가 답했다.

"나는 스페인 어를 합니다. 영어보다 아홉 배는 잘하지요. 내가 있던 목장에서는 모두들 스페인 어를 썼어요. 저는 시장엔 관심 없습니다."

"스페인 어를 하신다고요?"

태커가 사려 깊게 말했다. 그는 키드를 뚫어지게 한 번 쳐다보고는 계속 말을 이었다.

"당신은 스페인 사람처럼 보이기도 하는군요. 그런데 텍사스에서 왔다는 말이지요. 나이는 스물이나 스물한 살을 넘어 보이지 않는군요. 용기가 있는지 궁금합니다."

"해치워야 하는 일이라도 있습니까?"

텍사스 인이 뜻밖에도 약삭빠르게 말했다.

"한 가지 제안을 해도 될까요?"

태커의 물음에 키드가 기꺼이 대답했다.

"거절할 필요가 있겠습니까? 라레도에서 작은 총 싸움이 일어나 백인을 쏘아 죽였어요. 주변에 멕시코 인이 없었거든요. 그래서 나팔꽃과 금잔화 향기나 맡으려고 당신의 앵무새와 원숭이 목장으로 왔습니다. 이제 이해하시겠습니까?"

태커가 일어나 문을 닫았다.

"손 좀 한번 봅시다."

그는 이렇게 말하면서 키드의 왼손을 잡고 손등을 자세히 살폈다.

"할 수 있겠어요." 그가 흥분한 목소리로 말했다. "당신의 피부는 나무처럼 딱딱하고 아기처럼 건강하군요. 1주일 안에 치유될 겁니다."

"주먹 싸움을 하게 할 생각이면 아직 돈을 지불하지 마세요. 총 싸움이면 하겠어요. 하지만 차 마시는 파티의 여자들처럼 맨손으로 싸우지는 않을 겁니다."

"그보다 쉽습니다." 태커가 말했다. "여기 한번 서 보시지요."

그는 창을 통해 바다와 부드럽게 연결된 경사진 언덕을 가리켰다. 그곳에는 짙은 녹색의 열대 수풀 가운데 베란다가 넓은 2층짜리 흰색 벽토 집이 있었다.

"그 집에 사는 점잖고 나이 많은 카스티안 신사와 그의 부인이 당신을 영접해 당신 주머니를 돈으로 가득 채워 주기를 간절히 원하고 있

690

소. 산토스 우리크 영감이 그곳에 살고 있어요. 그는 이 지방 금광의
반을 소유하고 있지요."

태커가 말했다.

"로코초(가축을 미치게 하는 풀 : 옮긴이)를 못 먹어 보셨군요, 그렇죠?"
키드가 물었다.

"다시 앉아 보세요." 태커가 말했다. "말해 드리죠. 그들은 12년 전
에 아이를 잃어버렸습니다. 아뇨, 죽은 건 아닙니다. 비록 여기에 사
는 대부분의 아이들이 표층수를 먹고 죽기는 하지만요. 그 아이는 당
시 여덟 살이 안 됐지만 아주 심한 개구쟁이였어요. 모두가 알고 있는
사실이었죠. 금광을 답사하러 이곳에 왔던 미국인들이 소년을 데리
고 있으면서 아주 귀여워했습니다. 그들은 아이의 머리에 미국에 대
한 멋진 이야기들을 채워 넣었고, 한 달 후에 그들이 떠나면서 소년도
사라졌습니다. 아이는 과일 수송선의 바나나 더미 속에 몸을 숨기고
밀항해서 뉴올리언스로 갔다고 추정됐습니다. 그 후 텍사스에서 한
번 목격되었다고 했지만, 아이에 대한 소식은 더 이상 들을 수 없었습
니다. 우리크 영감은 아들을 찾기 위해 수천 달러를 썼습니다. 부인이
가장 큰 고통을 받았어요. 아이는 그녀의 생명과도 같았지요. 그럼에
도 불구하고 그녀는 상복을 입었어요. 하지만 언젠가는 아들이 돌아
온다고 믿고 희망을 버리지 않았다고 합니다. 아이의 왼쪽 손등에는

발톱에 창을 움켜쥐고 날아가는 독수리의 문신이 새겨져 있었어요. 그것은 우리크 영감이 스페인에서 물려받은 문장 같은 것이었다고 합니다."

키드가 자신의 왼손을 들고 신기한 듯 바라보았다.

태커가 공무 책상 너머로 밀수된 브랜디 병을 잡으며 말했다.

"바로 그거요. 그리 둔하지는 않군요. 내가 할 수 있어요. 무엇 때문에 샌다칸에서 영사 일을 하고 있겠소? 태어날 때부터 있었다고 생각될 만한 독수리를 주머니칼로 1주일 내에 새겨 넣어 주겠소. 언젠가는 당신이 올 거라고 확신했기 때문에 바늘 한 벌과 잉크를 사두고 있었소, 달튼 씨."

"저런, 젠장." 키드가 말했다. "내 이름을 말해 주었잖아요!"

"좋아요, 키드. 그리 오래 걸리지 않을 거요. 기분 전환을 위해 우리크 집안사람이 되는 것은 어떻소?"

"내가 기억하는 한 아들 노릇을 해 본 적이 없어요." 키드가 말했다. "부모가 있었다 해도 내가 첫울음 소리를 낼 때쯤 세상을 떴어요. 당신의 계획이 뭔가요?"

태커가 벽에 기대서 술잔을 들어 햇빛에 비추었다.

"이제 문제는 이런 사소한 일에 당신이 얼마만큼이나 개입할 의사가 있나 하는 것이죠."

"내가 왜 여기까지 왔는지 당신에게 말했는데요."

키드가 간단하게 말했다.

"훌륭한 대답이오. 하지만 그렇게까지 할 필요는 없어요. 계획은 이렇소. 당신의 손에 문장 문신을 새겨 넣은 후 우리크 영감에게 알리 겠소. 그 동안 당신이 영감과 대화할 수 있도록 그 집안의 내력에 대 해 알아낸 것을 모두 알려 주겠소. 외모가 비슷하고, 스페인 어도 하 고, 예전에 있었던 사고에 대해서도 알고 있고, 텍사스에 대해서도 이 야기할 수 있고, 문신도 있어요. 적법한 상속자가 돌아와 용서받을 수 있을지 알기 위해 기다린다고 알리면 어떤 일이 일어날까요? 우리크 영감 내외가 그곳으로 달려가 당신의 목을 끌어안고 다과를 먹으며 로비에서 어슬렁거리게 되겠지요."

"기대가 되는군요." 키드가 말했다. "당신의 야영지에 와 말에서 내 린 지 얼마 되지 않았고 전에 당신을 만나 본 적도 없지만 만약 당신 이 내 부모님의 축복만을 원한다면 내가 하고 싶었던 일을 포기하겠 소. 그게 답니다."

"고맙소. 당신처럼 말을 잘 알아듣는 사람을 오랫동안 만나 보지 못 했소. 나머지는 간단해요. 그들이 당신을 잠시 동안만 받아들인다 해 도 시간은 충분해요. 당신의 왼쪽 어깨에 있는 딸기 문신을 찾아낼 시 간을 주지 말아요. 우리크 영감은 구둣주걱으로도 열 수 있는 작은 금고를 집에 두고 5만 달러에서 10만 달러에 달하는 돈을 언제나 보유하고 있지요. 그것을 꺼내요. 나는 문신사로서 그 돈의 반은 가질 만합니다. 우리는 돈을 반씩 나눠 가지고 리오데자네이로로 향하는 부정기 화물선을 타는 겁니다. 미국이 나의 봉사 없이 일을 해낼 수 없다면 엉망진창이 되라고 하지요. 어떻소, 젊은이?'

키드가 고개를 끄덕이며 말했다.

"좋은 생각이군요! 그 돈을 얻으려고 노력하지요."

"그럼 좋아요." 태커가 말했다. "당신에게 새를 새겨 넣을 때까지 가까이 있어야 합니다. 이곳 안쪽 방에서 지내요. 내가 요리를 하고, 인색한 정부가 허락하는 한 편안하게 지낼 수 있도록 하겠소."

태커는 1주일 단위로 계획을 세웠다. 그러나 키드의 손에는 계획보다 2주일 전에 문신을 새겨 주었다. 그러고 나서 태커는 사환을 불러 계획된 희생자에게 다음과 같은 서신을 보냈다.

라 카사 블랑카의 산토스 우리크 씨에게
친애하는 우리크 씨,
며칠 전 미국에서 부에노스티에라스에 온 청년이 저의 집에서 잠시 묵고 있음을 알려 드리고자 합니다. 이루어지지 않을 수도 있는 희망을 충동질하지 않기를 바라며 그가 오랫동안 집을 떠났던 당신의 아들일 가능성이 있다고 사려됩니다. 방문하셔서 그 청년을 만나 보시면 어떨까 합니다. 그가 만약 아들이라면 집으로 돌아갈 의향이 있다는 것을 알려 드립니다. 그러나 이곳에 도착하자 자신이 어떻게 받아들여질 것인지에 대한 의심 때문에 용기를 잃었음을 전해 드립니다.

- 톰슨 태커 올림

반 시간 후 — 부에노스티에라스에서는 긴 시간이다 — 맨발의 마부가 뚱뚱하고 서투른 말들을 때리고 소리 지르며 모는 우리크 부인의 낡은 마차가 영사관을 향해 달려왔다.

흰 수염이 난 키 큰 남자가 내려서 여전히 검은색 옷을 입고 베일을 쓴 여성이 마차에서 내리는 것을 도와주었다.

두 사람은 서둘러 안으로 들어가 최고의 외교적 예의를 갖추어 인사하는 태커를 만났다. 그의 책상 옆에는 윤곽이 뚜렷하고 햇볕에 그을린 얼굴에 검은 머리를 부드럽게 빗어 넘긴 마른 몸집의 젊은이가 서 있었다.

우리크 부인이 무거운 베일을 재빨리 뒤로 넘겼다. 중년이 넘은 그녀는 머리카락은 하얗게 변하고 있었지만 풍만하고 거만한 용모와 올리브색의 깨끗한 피부는 바스크 지방 특유의 아름다움의 흔적을 가지고 있었다. 그러나 일단 그녀의 눈을 보고 그 안에 드리운 깊은 그림자와 절망적인 표정 속에 숨어 있는 크나큰 슬픔을 이해한다면 그녀가 오직 기억 속에서만 살고 있었다는 것을 알게 될 것이다.

그녀가 청년에게 몸을 기울여 의문이 가득한 고통스러운 시선으로 오랫동안 그를 들여다보았다. 그러고 나서 그녀의 커다란 검은 두 눈을 돌려 그의 왼손을 응시했다. 이어 낮은 소리로, 그러나 방을 흔들 만큼 흐느끼며 "내 아들아!" 라고 소리 지르고 를레이노 키드를 마음으로 끌어안았다.

한 달 후에 태커가 보낸 메시지의 응답차 키드가 영사관으로 왔다.

그는 젊은 스페인 신사를 바라보았다. 수입한 옷을 입었고, 그에게 소비된 보석상들의 책략이 헛되지 않았다. 담배를 말 때 그의 손가락에서는 고급 다이아몬드가 빛을 발했다.

"어떻게 지내시오?"

태커의 물음에 키드가 침착하게 말했다.

"별 일 없습니다. 오늘 처음으로 이구아나 스테이크를 먹었어요. 커다란 도마뱀이죠. 알고 있나요? 하지만 강낭콩과 곁들인 베이컨도 먹었어요. 이구아나 좋아하세요, 태커 씨?"

"아뇨. 파충류는 좋아하지 않습니다."

태커가 말했다. 지금은 오후 세 시고 한 시간만 더 지나면 그는 행복한 지경에 이르게 될 것이었다. 붉은 얼굴에 추한 표정을 띠며 태커가 말했다.

"이제 약속을 이행해야 할 때요, 젊은이. 나를 제대로 도와주고 있지 않아. 자네는 지금까지 4주 동안 돌아온 탕자였고 원하기만 한다면 매일 금 접시에 담긴 송아지 고기를 먹을 수도 있었어. 자, 키드 씨, 이렇게 오랫동안 내가 옥수수 껍데기만 먹게 해도 된다고 생각하는 거요? 문제가 뭐요? 당신의 효성스러운 눈이 카사블랑카에서 현금같이 생긴 것을 못 봤다는 말이오? 못 봤다는 말은 하지 마시오. 우리크 영감이 돈을 어디에 보관하는지는 모든 사람이 알고 있어요. 게다가 미국 돈이오. 다른 돈은 받지 않아요. 무슨 일을 하고 있는 거지요? 이번에는 아무 일도 안 한다는 말은 하지 말아요."

키드가 자신의 다이아몬드에 감탄하며 말했다.

"네, 맞아요. 거기에는 돈이 아주 많아요. 거액의 담보물에 대해 판단할 일은 아니지만 나의 양아버지가 금고라고 부르는 상자에서 한 번에 5만 달러를 꺼내는 걸 봤다고 말하고 싶군요. 양아버지는 내가 오래전에 무리로부터 떨어져 나간 어린 프란시스코가 맞는다는 것을 보여 주기 위해 때때로 내가 열쇠를 가지고 다니도록 해요."

태커가 화가 나서 말했다.

"그런데 무엇을 기다리는 거지요? 내가 원하면 언제라도 당신의 사업 계획을 뒤엎을 수 있다는 것을 잊었소? 당신이 사기꾼이었다는 것을 우리크 영감이 안다면 당신에게 무슨 일이 일어날까요? 오, 이 지방에 대해서 모르는군, 텍사스 키드 씨. 이곳 법률 사이사이에는 겨자를 발라 놨어요. 이곳 사람들이 당신을 발로 밟은 개구리처럼 사지를 잡아당기고 광장 구석구석에서 50대의 채찍을 때릴 거요. 채찍이 모두 닳아 버릴 때까지 말이오. 그리고 남은 몸은 악어에게 먹일 거요."

"나도 지금 말씀드리는 것이 좋겠습니다, 영사님."

간이 의자로 낮게 미끄러져 내려오며 키드가 말했다.

"일은 지금 그대로 진행될 겁니다. 지금 그대로요."

"무슨 말이오?"

컵의 바닥으로 책상 위를 쳐서 달그락거리는 소리를 내며 태커의 말이 끝나자 키드가 말했다.

"계획은 끝났어요. 나에게 말을 하는 즐거움을 누릴 때면 나를 프란시스코 우리크 씨라고 불러 주세요. 그러면 대답하지요. 우리크 대령이 그 돈을 그대로 가지고 있게 하겠어요. 당신과 나에 관한 한 그의 작은 양철 금고는 라레도에 있는 국립제일은행의 시한 자물쇠처럼 안전합니다."

"지금 자네가 나를 넘어뜨리려고 하는 건가?"

영사의 물음에 키드가 명랑한 목소리로 답해 주었다.

"물론이죠. 영사님을 넘어뜨린다, 그거예요. 왜 그런지 말해 드리죠. 대령의 집에서 보낸 첫날밤에 두 분이 나를 방으로 인도했어요. 바닥에 담요가 깔려 있지 않았어요. 침대와 모든 것이 구비된 진짜 방이었죠. 잠들기 전에 나의 양어머니가 들어와 이불 끝을 밀어 넣으며 이렇게 말했어요.

'나의 귀여운 아들아, 잃어버렸던 나의 어린 아들아, 하느님께서 너를 나에게 돌려 주셨구나. 그분의 이름을 영원히 송축한다.'

그녀는 이런 말 아니면 그와 비슷한 허튼소리를 했어요. 그리고 물방울이 한두 개 나의 콧등으로 떨어졌어요. 그 모든 것이 기억에서 사라지지 않아요, 태커 씨. 그 후로도 계속 그랬어요. 그리고 계속 그런 식이어야 해요. 내가 이렇게 말하는 것도 그 금고 안에 있는 것이 나를 위한 것이기 때문이라고 생각지 않으시나요? 그런 생각을 하고 있다면 남에게 말하지 마세요. 나는 지금까지 여자들과 허튼소리를 별로 많이 하지 않았어요. 어머니와 이야기해 본 적도 없어요. 하지만 우리는 이 여자를 계속 속여야 해요. 그녀는 한 번은 견뎠지만 두 번은 견딜 수 없을 거예요. 나는 비열한 늑대예요. 그리고 하느님이 아니라 악마가 나를 이 길로 보냈는지도 몰라요. 하지만 나는 이 길을 끝까지 여행할 겁니다. 이제 나의 이름은 프란시스코 우리크라는 사실을 잊지 마세요."

"오늘 자네의 정체를 밝히겠어. 자네는 철저한 배반자야."

태커가 더듬으며 말했다.

그때 키드가 일어나 강철 같은 손으로 태커의 목을 난폭하지 않게 움켜쥐고 천천히 구석으로 떠밀었다. 그리고는 왼팔 아래에서 손잡이가 진주로 된 45구경 권총을 꺼내 차가운 총구를 영사의 입에 들이댔다. 그가 예전의 냉혹한 미소를 띠며 말했다.

"내가 이곳에 온 이유를 당신에게 말했지요. 내가 이곳을 떠난다면 영사님이 그 이유가 될 겁니다. 절대로 잊지 마세요. 자, 내 이름이 뭐라고요?"

"어, 프란시스코 우리크……"

태커가 숨을 헐떡거리며 말했다.

밖에서 바퀴 소리와 누군가 외치는 소리, 살찐 말 등에 나무로 손잡이가 된 채찍을 날카롭게 내리치는 소리가 들렸다. 키드는 총을 거두고 문 쪽으로 걸어갔다. 그러나 그는 다시 몸을 돌려 떨고 있는 태커에게 돌아와 손등을 영사 쪽으로 향해 자신의 왼손을 들어 보였다.

"이대로 계속되어야 하는 이유가 한 가지 더 있어요. 내가 라레도에서 죽인 사람의 왼손에도 똑같은 문신이 새겨져 있었어요."

밖에서는 산토스 우리크의 오래된 사륜마차가 덜거덕거리며 문 앞으로 달려왔다. 마부가 말 모는 소리를 그쳤다. 우리크 부인이 흰색 레이스와 가벼운 리본들이 달린 풍성하고 화려한 드레스를 입고 커다랗고 부드러운 눈에 행복한 표정을 가득 담은 채 다가왔다.

"안에 있니, 아들아?"

그녀가 경쾌한 카스티아 어로 아들을 불렀다.

"어머니, 들어오세요."

젊은 프란시스코 우리크가 대답했다.

살바도르에서의 7월 4일

The Fourth in Salvador

어느 여름날 도시가 애국심의 소음과 공산주의의 소동으로 술렁거리고 있을 때 빌리 캐스퍼리스가 나에게 이야기를 하나 들려주었다.

빌리는 나름대로 율리시즈의 후예이다. 사단처럼 땅을 이리저리 돌아다니다가 오는 길이었다. 내일 아침 사람들이 아침 식사를 하기 위해 계란을 깨뜨릴 때 그는 악어가죽으로 된 작은 여행 가방을 들고 오커초비호에 있는 시 부지에 벼락 경기를 일으키거나 파타고니아 인들과 말 거래를 하기 위해 떠날지도 모른다.

우리는 작고 둥근 탁자 주위에 둘러앉았다. 탁자 위에는 커다란 얼음 덩어리가 가득 든 잔들이 놓여 있었고, 우리 뒤에는 인조 종려나무가 드리워져 있었다. 빌리는 이야기를 하고 싶어졌다. 우리 주위에 놓인 물건들이 어떤 장소를 기억나게 했기 때문이다.

"살바도르에서 4일을 축하한 날을 생각나게 하는군."

그가 말했다.

"콜로라도에 있는 은광을 매각한 후 얼음 공장을 경영하고 있을 때였어. 나는 소위 조건부 영업 허가를 받았어. 그들은 6개월 동안 얼음을 계속 만들 수 있도록 1,000달러의 추징금을 현금으로 걸어 놓으라고 했어. 그렇게 하면 분담금만 치르면 되는 거였지. 만일 그렇게 하지 못하면 정부가 그 목돈을 가져가는 거야. 그래서 사찰관들이 계속 들러 얼음이 없는 현장을 잡으려고 했어.

온도가 40도가 넘던 어느 날 오후 한 시 반쯤이었어. 그날은 7월 3일이었지. 빨간 바지를 입은 몸집 작고 피부가 갈색인 구변 좋은 형사 두 명이 사찰을 하기 위해 들어섰어. 그런데 공장에서는 두 가지 이유 때문에 3주일 동안 얼음을 1파운드도 만들지 못하고 있었어. 살바도르의 이교도들은 얼음을 사지 않았어. 얼음을 넣으면 뭐든 차갑게 만든다고 말하더군. 게다가 돈이 한 푼도 없었기 때문에 더 이상의 얼음을 만들 수 없었지. 내가 바라는 것은 오직 1,000달러를 내고 그 나라를 떠나는 것뿐이었어. 그 6개월이 끝나는 날이 7월 6일이었어.

나는 그들에게 내가 가진 얼음을 모두 보여 주었어. 거무스름한 큰 통의 뚜껑을 열자 아름답고 우아하고 그럴듯하게 생긴 100파운드 무게의 얼음 덩어리가 있었어. 다시 뚜껑을 닫으려고 할 때 갈색 머리 형사 중 하나가 빨간 무릎을 꿇더니 나의 정직을 보증하는 얼음 위에 폭력적인 손을 얹더군. 2분이 지나자 50달러를 주고 샌프란시스코에서 배로 싣고 온 멋진 조각 유리 덩어리를 바닥으로 끌어내렸어. 그리고 나에게 불명예스러운 계략을 쓴 녀석이 말했어.

'차갑지요? 따뜻한 얼음이군요. 그래요. 오늘은 날씨가 덥지요, 선생. 몸을 식히도록 그를 내버려 두는 것이 좋을지도 몰라요, 그렇죠?

나는 그들이 현장을 잡았다는 것을 알았기 때문에 맞는다고 말했어.

'만져 보면 믿게 되지요. 그렇죠, 신사분들? 맞아요. 두 분 바지의 엉덩이 부분이 하늘색이라고 할 사람도 있을지 모르지만 내 생각에는 붉은색입니다. 손발로 구타하는 방법을 적용해 보죠.'

나는 사찰관들을 신발 끝으로 들어 올려 문 밖으로 내보낸 후 추레한 유리 덩어리 위에 앉아서 몸을 식혔어.

나는 즐거움 없이 살고 있었기에, 야망을 이룰 만한 돈이 절실했어. 하지만 한 푼도 없이 그곳에 앉아 있을 때 한 해 동안 전혀 맡아 보지 못한 아름다운 향기가 바람에 실려 왔어. 가까운 곳에서 나는 냄새였어. 절인 레몬 껍질과 시가 담배꽁초, 김빠진 맥주 등, 삼류 배우들과 오후에 모여 카드놀이를 하곤 했던 포틴스 거리에 있는 골드브릭 찰리의 집에서 나는 냄새였어. 그 냄새는 나에게 고통을 안겨 주고, 그 고통을 등 뒤에 잡아매 버렸어. 조국이 그립고 향수가 느껴지기 시작하더군. 그래서 나는 살바도르에 대해, 얼음 공장에서는 적합하지 않을 만한 이야기를 했지.

그곳에 앉아 있을 때 고무와 자단에 관심을 가지고 있는 미국인 맥시밀리언 존즈가 작열하는 태양 아래 하얀 옷을 말끔히 입고서 걸어왔어.

'위대한 카람보스!'

그가 끼어들자 내가 말했어. 기분이 나빠졌기 때문이야.

'지금까지 나를 그렇게 괴롭히고도 아직 모자라나? 자네가 무엇을 원하는지 알아. 조니 아미거와 기차에 탄 미망인에 대해 또 이야기하려는 거지? 자네 그 이야기를 이번 달 들어서만 벌써 아홉 번이나 했어.'

문간에서 발을 멈추고 놀란 존즈가 말했어.

'날씨가 더운 게 문제군. 가엾은 빌리, 병이 들었어. 얼음 위에 앉아서 제일 친한 친구들을 익명으로 부르다니. 이봐, 젊은이!'

존즈가 햇볕 아래서 맨발로 앉아 있는 일꾼을 부르더니 의사를 불러오라고 시켰어. 하지만 그에게 손짓하며 내가 말했어.

'돌아와 앉아, 맥시. 그 말은 듣지 않아도 돼. 자네가 보는 것은 얼음이 아니고 그 위에 앉아 있는 사람도 정신이 나가지 않았어. 유리 덩어리 때문에 1,000달러를 물게 된 망명객이 향수병에 걸려 그 위에 앉아 있을 뿐이야. 자, 조니가 미망인에게 처음에 한 말이 뭐라고? 다시 듣고 싶어, 맥시. 정말이야. 내가 한 말은 신경 쓰지 말고.'

맥시밀리언 존즈와 나는 앉아서 대화를 나누었어. 그는 나만큼이나 이 나라에 대해 신물이 나 있었어. 사기꾼들이 자단과 고무 수익의 반을 착취하고 있었기 때문이야. 물탱크 바닥에는 끈적끈적한 샌프란시스코 맥주 열두 병이 들어 있었어. 내가 그것들을 꺼냈고, 우리는 고향과 국기와 미국의 국가와 집에서 만든 감자튀김에 대해서 이야기하기 시작했어. 그 같은 축복을 누리는 사람이 우리가 나눈 헛소리를 들었다면 넌더리가 났을 거야. 하지만 당시 우리에게는 그런 것들이 없었어. 떠나기 전에는 고향의 소중함을 알지 못하고 다 쓸 때까지는 돈의 소중함을 알지 못하고, 외국 도시의 허름한 영사관에 걸려 있는 것을 보기 전에는 성조기의 귀중함을 알지 못하지.

성가신 더위에 짜증이 나 바닥의 도마뱀들을 발로 차며 앉아 있던 나와 맥시밀리언 존즈는 조국에 대한 애국심과 애정 때문에 고통을 당했어. 유리 덩어리에 너무 집착한 나머지 자본주의자에서 걸인으로 변신한 나 빌리 캐스퍼리스는 잠시 고통을 잊고 지구상에서 가장 위대한 나라의 왕관 없는 군주임을 스스로 선언했지. 맥시밀리언 존즈는 소수 독재정치와 권력가들에 대한 온갖 분노를 빨간 바지와 옥양목 신발에 쏟아 넣었어. 우리는 전통적으로 내려온 온갖 종류의 축포와 폭죽과 항복한 적에게 베푸는 특전과 웅변과 술로 7월 4일을 살바도르에서 축하하는 선언문을 발표했어. 맞아, 나와 존즈의 영혼이 그렇게까지 죽어 있지는 않았어. 우리는 살바도르에서 곧 소동이 일어날 테니 원숭이들은 가장 높은 코코넛 나무 위로 올라가고 소방서는 붉은 띠들과 두 개의 양철 양동이를 꺼내 놓는 것이 좋을 거라고 말했어.

그때쯤 매리 에스페란자 딩고 장군이라는 이름으로 죄를 뒤집어쓴 한 원주민이 공장으로 들어섰어. 그는 정계와 군부의 중요인물이었고 나와 존즈의 친구이기도 했어. 친절하고 지적인 인물이었지. 그는 필라델피아에서 2년간 의학을 공부하며 지성을 습득하는 동안에도 친절한 성품을 계속 간직했어. 비록 포커의 잭과 퀸과 킹과 에이스, 듀스를 하며 놀기는 했지만 살바도르 인으로서 그렇게 비참하고 보잘것없는 사람은 아니었지.

딩고 장군이 우리와 함께 앉아 술을 마셨어. 그는 미국에 있는 동안 영어를 익히며 우리의 제도를 앙망하게 되었어. 잠시 후 장군은 자리에서 일어나 문과 창문과 무대 입구를 향해 발끝으로 걸어가서 그때마다 '쉬잇!' 하고 말했어. 요람에서부터 음모꾼이고 낮 연극의 우상이라고 선언하는 살바도르 인들은 물 한 잔을 청하거나 시간을 물을 때면 항상 그렇게 하지.

'쉿!'

딩고 장군이 또다시 손가락으로 입을 가리며 마치 수전노 가스파르처럼 테이블에 자신의 자금을 올려놓았어.

'선한 동료 여러분, 신사 분들, 내일은 자유와 독립을 기념하는 위대한 날입니다. 미국인들과 살바도르 인들의 심장이 함께 고동쳐야 합니다. 나는 당신 나라의 역사와 위대한 정부를 알고 있습니다. 그렇지 않은가요?'

나와 존즈는 장군이 4일을 기억하는 게 마음에 들었어. 기분이 좋아졌지. 그는 필라델피아에 있을 때 우리가 영국과 겪은 문제점들에 대한 뉴스를 들은 것이 틀림없었어. 나와 맥시가 함께 말했어.

'맞아요. 우리도 알고 있습니다. 장군이 오셨을 때 우리도 그 문제에 대해 이야기하고 있었습니다. 내일 대혼란이 발생할 것 같은 분위기가 감돌 거라고 장담할 수 있습니다. 우리의 수는 적지만 소동이 일어나도록 하늘이 도울 겁니다. 그렇게 될 겁니다.'

그러자 장군이 자신의 쇄골을 치며 말했지.

'나도 돕겠소. 나도 자유의 편에 있소. 고상한 미국인들이여, 우리는 그날을 잊지 못할 날로 만들 것입니다.'

'우리에게는 미국 위스키를 주세요. 내일은 당신네 나라의 스카치 위스키나 아니사다나 최고급 헤네시는 안 됩니다. 영사관의 국기를 빌리겠어요. 빌핑거 영감이 연설을 하고 우리는 광장에서 바비큐를 먹을 겁니다.'

존즈의 말을 내가 받았어.

'불꽃놀이는 거의 안 합니다. 하지만 우리는 우리 총을 위해 상점에 있는 모든 탄약통을 살 것입니다. 나는 덴버에서 산 해군용 6연발 권총도 두 대 가지고 있어요.'

'대포도 한 대 있어요. 커다란 대포를 꽝 하고 쏠 겁니다. 라이플 총을 쏠 군인은 300명이나 있어요.'

장군이 큰소리치자 존즈가 그를 더욱 치켜세웠어.

'오, 그래요? 군 최고사령관님, 정말로 융통성이 있으시군요. 공동으로 국제적인 축하를 하게 되겠군요. 장군님, 흰 말을 타고 파란 장식 띠를 맨 육군 원수가 되십시오.'

그러자 장군이 눈을 굴리며 말했어.

'칼을 차고 자유의 이름으로 모인 용감한 남자들의 선두에서 달릴 것입니다.'

'당신이 사령관을 만나 우리가 사태를 약간 움직이려 한다는 것을 조언해 주면 좋겠군요. 우리 미국인들은 독수리 비명을 돕기 위해 정렬해 있을 때는 국내 법규를 총포 충전물로 사용하는 데 익숙합니다. 그가 하루 동안 법을 정지시킬지도 몰라요. 그들이 우리를 방해해서 우리가 그의 군인들을 때리게 되어 교도소에 가는 것을 원치 않아요. 이해하십니까?'

우리의 제안에 딩고 장군이 대답했어.

'쉿! 사령관의 마음과 혼은 우리와 함께 있어요. 그가 우리를 도울 겁니다. 그는 우리 편이에요.'

우리는 그날 오후에 모든 준비를 끝마쳤어. 살바도르에는 주머니쥐가 없는 멕시코의 한 지역에서 시작됐다가 망한 유색인종 식민지에서 흘러들어온 조지아 출신의 남자가 있었어. 우리가 '바비큐'라고 말하자마자 그는 기쁨의 눈물을 흘리며 땅에 넙죽 엎드렸어.

광장에 도랑을 파고 밤새도록 구울 수 있도록 쇠고기의 반을 석탄 위에 올려놓더군. 나와 맥시는 시내에 있는 다른 미국인들을 보러 갔고, 그들은 모두 옛 시절의 독립기념일을 엄숙하게 기념한다는 생각에 새들리츠 산이 부글거릴 정도로 즐거워했어.

우리는 모두 여섯 명이었어. 커피 재배업자인 마틴 딜라드, 철도원인 헨리 반즈, 교육 받은 사진업자 빌핑거, 나와 존즈 그리고 바비큐 책임을 맡은 제리 등이었어. 곤충 세계의 내부 건축 구조에 관한 책을 쓴 스테레트라는 이름의 영국인도 그 마을에 살았어. 우리는 우리나라에 대해 자랑하는 것을 도와달라고 영국인을 초대하는 것이 약간 부끄러웠지만 개인적인 호감 때문에 감수하기로 했어.

스테레트를 찾아갔더니 파자마를 입고서 브랜디 병을 서진書鎭 삼아 원고를 쓰고 있더군. 존즈가 말했어.

'영국인 친구, 정신병원에 대한 자네의 연구를 잠시 방해하겠네. 내일이 7월 4일이야. 우리는 자네 감정을 상하게 하고 싶지 않지만, 우리가 제법 세련된 유흥과 난센스로 자네를 이겼던 날을 기념하려고 하네. 5마일쯤 떨어진 곳에서 들을 수 있는 것이지. 자네가 지나갔던 자취에서 위스키를 마실 만큼 마음이 넓다면 자네가 합류하기를 기꺼이 바라네.'

'자네들의 뻔뻔스러운 초대의 말을 내가 좋아한다는 걸 아나?'

코에 안경을 쓰며 스테레트가 계속해서 말했어.

'그렇지 않다면 나를 해치워. 묻지 않아도 내가 참석하리라는 것을 알 수 있었을 텐데. 내 나라에 대한 배신자로서가 아니라 요란스러운 소동이 내적인 기쁨을 주기 때문에 참석하는 것이지.'

4일 아침 나는 그 얼음 공장의 낡은 오두막집에서 몸이 욱신거리는 것을 느끼며 깨어났어. 주위를 둘러보며 내가 소유한 모든 것이 파괴되어 버린 것을 보고 마음이 매우 언짢더군. 누워 있는 간이 침대에서 창을 통해 바라보니 낡고 해어진 성조기가 영사관 오두막에 걸려 있었어. 그것을 바라보며 나 스스로에게 말했어.

'너는 둘도 없는 바보야, 빌리 캐스퍼리스. 사업은 망했고 마지막으로 부린 허세 때문에 너의 1,000달러는 이 부패한 나라의 저금통에 들어갔어. 이제 남은 것이라고는 어젯밤 취침 시간 환율로 4센트 했던 칠레 달러 15달러밖에 없어. 너는 서서히 몰락하고 있어. 오늘은 성조기에 만세를 부르며 마지막 1센트까지 날려 버리고 내일은 나무에서 딴 바나나를 먹고 친구들의 술병을 열 거야. 국기가 너에게 해 준 일이 뭐지? 그 아래 있을 때는 네가 얻을 것을 위해 일했어. 풋내기에게 속여 빼앗고 광산에 질 좋은 광물을 넣어 속이고 도시 중축 부지에서 곰과 악어들을 내쫓으면서 손톱이 닳도록 일했지. 저축은행에서 보안용 챙을 쓴 작은 남자가 네 책에 대해 판결을 내릴 때 계좌에 있는 애국심이 얼마나 가치가 있을까? 이 신앙심 없는 나라에서 경미한 죄를 한두 번 지었다고 괴롭힘을 당하게 되어 네 나라에 보호를 요청했다고 생각해 봐. 나라가 너를 위해 무엇을 해 주겠어? 철도원 한 명과 육군 장교와 각 노동조합의 회원과 유색인종으로 된 위원회에 항소를 해 네 조상들 중 누가 마크 한나의 사촌과 관련이 있는지 조사하고 다음 선거가 끝날 때까지 스미소니언 협회에 서류를 제출해 봐. 그것이 바로 성조기가 너를 유인하려고 하는 차선책이야.'

나는 기분이 좋지 않았어. 하지만 차가운 물에 세수를 하고 6연발총과 포탄을 꺼내 들고 우리가 만나기로 되어 있던 '죄 없는 성자들의 술집' 으로 향하자 기분이 조금 나아졌어. 밀회 장소로 으스대며 들어오는 다른 세련되고 편안하고 돋보이고 어떤 운명도 견디고 회색 곰이나 불 또는 본국 송환과도 싸울 준비가 되어 있는 미국 남자들을 보앗을 때 내가 그들 중의 한 명이라는 것을 기쁘게 생각했어. 그래서 스스로에게 다시 말했지.

'빌리, 너는 15달러를 가지고 있고, 조국은 오늘 아침에 떠났어. 돈을 탕진하고 독립기념일에 미국 신사가 하듯 이 도시를 쑥대밭으로 만들어 봐.'

내 기억에 우리는 그날을 대화로 시작했어. 스테레트를 포함한 우리 여섯 명은 미국 상표를 단 술이 다 떨어질 때까지 이 술집 저 술집으로 옮겨 다녔어. 미국의 영광과 탁월성, 지상의 다른 나라들을 진압하고, 보다 월등하며, 다른 나라들을 근절하는 능력 등에 대해 주변에 계속 알려 주었어. 미국 상표를 통해 발견하는 사실이 많아짐에 따라 우리는 애국심에 더욱 오염되었어. 맥시밀리언 존즈는 예전 우리의 적인 스테레트 씨가 우리의 열정 때문에 화나지 않기를 바랐어. 그가 병을 내려놓고 스테레트와 악수를 하고는 '백인 대 백인으로서' 라고 말했어.

'인격의 사소한 결점으로 말미암은 분노를 자제하세요. 벙커 빌과 패트릭 헨리 월도프 애스토, 그리고 두 국가 사이에 놓여 있을 수도 있는 그 같은 고충에 대해 우리를 용서해 주십시오.'

'친애하는 건달 여러분,' 스테레트가 말했어. '여왕을 대신해 조심하라고 일러 주고 싶군요. 미국 국기 아래서 평화를 유린하는 일에 손님이 된 것은 영예로운 일입니다. 술집 주인이 연지벌레와 질산을 한 번 더 돌려 분위기를 만드는 동안 열정적인 「양키 두들」을 불러 보시죠.'

웅변하는 책임을 맡았다고 할 수 있는 빌핑거 영감은 우리가 술집에 들를 때마다 연설을 했어. 우리는 시민들에게 우리 상표로 된 자유의 여명을 축하하고 있다고 설명하고 불가피한 사상자를 낼 수도 있는 그 같은 비인도적인 행위에 가담하라고 촉구했어.

열한 시경에 우리의 게시판에 다음과 같은 글이 발표되었어.

기온이 크게 상승하여 목마름을 비롯한 주의할 만한 증세가 동반되었다.

우리는 적개심 없이 소동을 일으키기 위해 윈체스터 총과 해군용 6연발 권총으로 무장하고 좁은 거리를 가로질러 방어선을 펼쳤어. 길모퉁이에 멈춰 10여 발의 총을 쏘고 그 도시 사람들이 처음 들어봤을 만한 다양한 미국식 대소동을 일으켰지.

우리가 소음을 내자 상황이 활기를 띠기 시작했어. 옆길에서 빨리 달리는 소리가 들리더니 매리 에스페란자 딩고 장군이 백마를 타고 나타났어. 200여 명의 갈색 피부 남자들이 붉은색 내의를 입고 10피트짜리 총을 끌고서 그를 따르고 있었어. 존즈와 나는 딩고 장군과 우

714

리의 축하를 돕겠다는 그의 약속에 대해 완전히 잊어버리고 있었어. 장군이 우리와 악수를 하고 칼을 휘두를 때 우리는 다시 한 번 축포를 쏘고 고함을 질렀어.

'오, 장군님, 대단하십니다. 미 육군에 큰 기쁨이 될 것입니다. 앉아서 술 좀 드시지요.'

존즈가 소리치며 말하자 장군이 대꾸했어.

'술이요? 아니, 술 마실 시간 없어요. 자유여 영원하라!'

'다수의 통일을 잊지 마세요!'

헨리 반즈가 말했어. 그리고 스테레트에게 인사하며 내가 말했지.

'자유여, 선하고 강하라. 여왕을 저버리지 말게.'

그러자 스테레트가 말했어.

'고마워. 다음번엔 내가 내지. 다 함께 육군 술집으로 가세.'

하지만 몇 스퀘어 떨어진 곳에서 들리는 요란한 총성 때문에 스테레트가 술을 살 수 없게 되었어. 딩고 장군은 그 사태를 자신이 처리해야 한다고 생각하는 듯했어. 늙은 백마에 박차를 가해 그쪽으로 달려가자 군인들이 황급히 그를 좇아 달려갔어. 그 모습을 보며 존즈가 말했어.

'매리는 진짜 열대의 새야. 우리 독립기념일 축하를 도와주려고 보병을 동원했어. 그가 말한 대포를 조금 있다가 꺼내 창문들이 깨지도

록 축포를 쏘겠지? 하지만 지금은 바비큐 쇠고기를 좀 먹고 싶어. 광
장으로 가세.'

　광장에 도착하니 고기가 아주 훌륭하게 구워졌고, 제리가 초조하게
우리를 기다리고 있었어. 우리는 풀밭에 둘러앉아 납 접시에 큰 고깃
덩어리들을 받아 왔어. 술만 마시면 마음이 약해지는 맥시밀리언 존
즈가 조지 워싱턴이 그곳에 와 즐기지 못한 것에 대해 울먹였어.

　'나는 정말로 그분을 좋아하네, 빌리.'

　그가 내 어깨에 기대어 눈물을 흘리며 말했어.

　'가엾은 조지! 그가 세상을 떠 폭죽놀이를 못하는 걸 생각해 보라
고. 소금 조금만 더 쳐, 제리.'

　들리는 소리로 판단해 보니 딩고 장군은 우리가 축제를 하는 동안
소음을 좀 더 일으키고 있는 듯했어. 도시 주변에서 총성이 들렸고 조
금 후에는 존즈가 말했던 대로 대포가 '펑!' 하고 터졌어. 그러자 남자
들이 오렌지 나무와 주택들 사이로 살짝 몸을 숨기면서 광장 변두리
쪽으로 빨리 달리기 시작했어. 우리는 살바도르에서 소동을 일으키
는 데 성공했어. 지금의 상황이 자랑스러운 우리는 딩고 장군에게 고
마움을 느꼈어. 스테레트가 즙이 배어 있는 갈빗대를 한 입 물어뜯으
려 할 때 총알이 날아와 그의 입에서 고깃덩어리를 빼앗아 갔어.'

　'누군가 실탄을 가지고 축하하는가 보군.'

다른 갈빗대를 집으며 그가 말했어.

'이곳 주민이 아닌 애국자에 대해 조금 심하게 질투를 하는 듯해. 그렇지?'

내가 그에게 말했어.

'신경 쓰지 마. 우연히 일어난 일이야. 독립기념일에 일어나는 일이야. 뉴욕에서 독립선언서를 한 번 읽자 모든 병원과 경찰서에 '입석뿐임' 표시가 걸렸었어.'

그러나 그 후 제리가 총알이 다시 지나치게 질투해서 맞춘 다리 뒤를 손으로 치면서 튀어 올랐어. 이어 큰 함성이 들려왔고 말의 목을 끌어안은 매리 에스페란자 딩고 장군이 모퉁이를 돌아 광장을 가로질러 달려왔어. 그의 군사들 역시 총으로 도로에 깔아 놓은 자갈을 쏘면서 그의 뒤를 따라 달려왔지. 그 뒤를 따라 파란색 바지를 입고 모자를 쓴 열광적인 작은 천사들이 달려오더군.

말을 멈추려고 애쓰면서 장군이 소리쳤어.

'도와줘요, 친구들! 자유의 이름으로 도와줘!'

'대통령의 보디가드인 콤파냐 아줄이야.' 존즈가 말했어. '부끄러운 일이군! 단지 우리의 축하를 돕는다는 이유로 그들이 가엾은 매리 영감을 몹시 공격했어. 자 여러분, 우리의 독립기념일이야. 저 A.D.T 소대가 우리 기념일을 망치게 그냥 둘 거야?'

'그럴 수는 없지.' 윈체스터 장총을 들며 마틴 딜라드가 말했어. '어느 나라에 있든지 간에 7월 4일에는 마시고 축포를 쏘고 정장을 하고 무시무시하게 노는 것이 미국 시민의 특권이야.'

빌핑거 영감이 말했어.

'친애하는 시민 여러분! 우리의 용감한 조상들이 영원한 자유의 원칙들을 선포했던, 즉 자유가 탄생했던 어두운 때에 저런 파란 어치 떼가 기념일을 망칠 것이라고는 생각하지 못했을 것입니다. 우리의 헌법을 보존하고 보호합시다.'

우리는 모두 찬성했고 총을 들고 파란 군대를 공격했어. 그들의 머리 위로 총을 쏘고 소리를 지르며 돌격하자 흩어져 달아나더군. 바비큐 파티가 방해 받은 것이 화가 나서 그들을 25마일가량 추격했지. 그들 중 일부를 붙들어서 세게 걷어차기도 했어. 장군이 자신의 군대를 모아 우리의 추격에 합류했어. 그들은 무성한 바나나 숲 속으로 흩어져 한 명도 쫓아낼 수 없었어. 그래서 우리는 잠시 앉아서 쉴 수 있었지.

만약 내가 심한 고문을 당해야 한다면 그날 일어난 나머지 일들에 대해서는 말을 많이 할 수 없을 거야. 우리는 도시에 광범위하게 흩어져서 우리가 파괴시킬 군대를 더 많이 데려오라고 촉구했던 것이 기억나는 듯해. 어디선가 군중을 보았고 빌핑거가 아닌 어떤 키 큰 남자가 발코니에서 독립기념일 연설을 하는 걸 본 것도 기억나. 그게 다야.

누군가 낡은 얼음 공장을 내가 알고 있는 곳으로 옮겨 와서 내 주위에 다시 세워 놓은 것이 틀림없어. 그 다음 날 내가 거기서 깨어났거든. 나의 이름과 주소를 다시 기억하자마자 일어나서 살펴봤어. 한 푼도 남아 있지 않았어. 모든 것을 다 쏟아 부었던 거야.

그러고 나서 깔끔한 검은색 사륜마차가 문 쪽으로 달려왔고 딩고 장군과 실크 모자를 쓰고 황갈색 구두를 신은 갈색 피부의 남자가 내렸어.

나는 혼잣말을 했어.

'맞아. 이제 알겠군. 너는 경찰본부장이고 칼라부숨의 최고위 정부 관리야. 남다른 애국심과 고의적인 공격을 위해 빌리 캐스퍼리스를 원한 거야. 좋아. 어찌 됐든 감옥으로 가는 것이 낫겠군.'

그러나 딩고 장군은 웃는 듯했고, 갈색 피부의 남자가 나에게 악수를 청하며 미국 사투리로 말했어.

'캐스퍼리스 씨, 당신이 우리를 위해 얼마나 용감했는지 딩고 장군에게서 들었습니다. 진심으로 감사드리고 싶습니다. 당신을 비롯한 많은 미국인의 용기로 인해 자유를 위한 투쟁이 우리에게 유리하게 되었습니다. 우리 당이 승리했습니다. 끔찍한 전투는 역사 속에 영원토록 살아 있을 것입니다.'

'전투? 무슨 전투요?'

나는 생각해 내려고 노력하면서 역사를 거슬러 올라갔어.

'캐스퍼리스 씨는 겸손해요. 그는 자신의 용감한 동지들을 무서운 전투의 와중에서 이끌었습니다. 그렇습니다. 그들의 도움이 없었더라면 혁명은 실패했을 겁니다.'

딩고 장군의 말을 듣고 내가 깜짝 놀라며 말했다.

'아니, 이런! 어제 혁명이 일어났다고는 말하지 말아요. 어제는 단지 7월⋯⋯.'

하지만 바로 거기서 나는 말을 멈추었어. 그렇게 하는 것이 어쩌면 최선일 수도 있다는 생각이 들었거든.

갈색 피부의 남자가 말했어.

'끔찍한 투쟁 후에 볼라노 대통령은 달아나야만 했지요. 오늘 카발로가 대통령으로 선포되었어요. 아, 그래요. 나는 신행정부의 상업이 권부 장관이에요. 내 서류에서 한 가지 보고서를 발견했어요, 캐스퍼리스 씨. 당신은 얼음을 계약한 대로 만들지 않았더군요.'

그러더니 갈색 피부의 남자가 눈치 빠르게 미소를 지었어. 그를 바라보며 내가 말했어.

'오, 글쎄요. 보고서가 맞을 겁니다. 그들이 나를 체포했어요. 그 문제와 관련해서는 그게 전부예요.'

'그렇게 말하지 말아요.'

갈색 피부의 남자가 말했어. 그리고 장갑을 벗더니 유리 덩어리에 손을 얹었어.

'얼음이군.'

그가 머리를 엄숙하게 끄덕이며 말했어. 딩고 장군도 그를 따라 유리 덩어리를 만져 보며 말했지.

'얼음이군. 맹세코 얼음이야.'

갈색 피부의 남자가 말했어.

'만약 캐스퍼리스 씨가 이달 6일 날 재무부에 출두하면 추징금으로 맡겨 놓았던 1,000달러를 돌려받을 겁니다. 그럼 안녕히 계시오.'

딩고 장군과 갈색 피부의 남자가 인사를 하며 나갔어. 그리고 나도 그들이 나갈 때까지 계속해서 인사했어.

사륜마차가 해변을 따라 달려간 후에도 나는 모자가 바닥에 닿도록 허리를 숙여 인사했어. 하지만 이번에는 그들에게 한 것이 아니었어. 그들 머리 위로 영사관 지붕 위에서 산들바람에 휘날리는 낡은 국기가 보였거든. 내가 그토록 정중하게 인사를 한 것은 바로 그 국기에 대해서였어.

오 헨리에 대하여

.

오 헨리는 윌리엄 시드니 포터(1862~1910)의 필명이다. 그는 미국 노스 캐롤라이나의 그린스버러에서 태어났다. 어머니는 세 살 때 폐렴으로 세상을 떠났고 의사였던 아버지는 알코올 중독자가 되었다. 그 후 오 헨리는 친척집에서 생활하며 학교 생활을 하다가 약국과 텍사스의 목장에서 일하기도 했다. 휴스턴으로 이주한 후 은행 직원을 비롯한 몇 가지 직업을 전전했으며, 1882년 텍사스로 옮겨 목장에서 일했고(이때 그도 역시 폐렴 증세를 보였다) 텍사스 오스틴에서 10년 간 살면서 결혼해 은행원이 되었다. 1880년대에 유머 잡지인 『더 롤링 스톤즈』라는 주간지를 인수했으나 실패하고 『휴스턴 포스트』지에서 기자와 칼럼니스트로 일했다. 이어 은행 자금을 횡령한 죄로 기소되어 온두라스로 도망해 살다가 1897년 귀국해 아내의 임종을 지킨 후 — 그의 유죄 여부에 대해 많은 논란이 있었음에도 불구하고 — 오하이오 교도소에서 수감생활을 하며 딸 마가렛을 부양하기 위해 오 헨리라는 필명으로 작가생활을 시작했다. 1901년 석방되었으며 이듬해인 1902년에 뉴욕 시로 이주해 1903년 12월부터 1906년 1월까지 뉴욕의 『월드』지에 한 주에 한 편씩 기고했고 다른 잡지들에도 단편들을 발표했다. 오 헨리는 말년에 알코올 중독, 건강 악화, 재정 문제 등을 겪었고, 1907년에 한 재혼은 행복하지 않아 일 년 후에 파경을 맞았으며, 58세를 일기로 1910년 뉴욕에서 별세했다. 열 권의 전집과 600여 편의 단편을 발표해 모파상에 견주는 세계적인 단편작가로 알려져 있다.

작품 줄거리 및 해설

'41편의 오 헨리 단편집'은 오 헨리의 작품들을 주제별로 한데 모아 다섯 개의 소제목으로 구성했다. 1부 〈대도시〉에서는 뉴욕 시를 무대로 한 여러 사람들, 특히 가난한 사람들의 이야기가 실려 있으며, 사회적 빈곤과 인간 심성에 대한 통찰력이 드러나 있다. 그들이 자주 찾는 코니아일랜드 유원지가 이들의 애환이 담긴 상징적인 장소로 자주 등장한다. 2부 〈사기꾼과 부랑자들〉에서는 작가 자신이 횡령 혐의로 온두라스에서 도피 생활을 하고 이어 오하이오 교도소에서 수감생활을 했던 경험을 토대로 사기꾼, 부랑자들의 이야기가 유머 있게 서술되어 있다. 3부 〈개척 시대 서부와 미개척 서부〉에서는 서부 개척 시대 미국인들의 실용적인 정신, 근면성을 엿볼 수 있다. 1907년에 발표된 단편집 「서부의 심장Heart of the West」에서 여러 편 선정된 이 단편들은 저자의 텍사스 오스틴 목장 생활의 경험을 토대로 하고 있다. 4부 〈남부의 이웃 미국〉 편에서는 남북전쟁의 유산을 극복하던 시기의 미국을 풍자적으로 서술하고 있다. 5부 〈남부의 이웃 해외〉 편에는 주로 그의 초기 단편들이 담긴 첫 번째 단편집 「캐비지와 왕 Cabbages and kings」에 실린 이야기들을 수록하고 있다. 중미 온두라스에서 도피 생활을 하던 시기의 삶을 토대로 중미의 가상 국가에서 일어난 이야기들을 담고 있다.

본서의 앞부분에 실린 단편들에서는 뉴욕 도시 생활을 통해 정제된 후기의 인생관을 볼 수 있으며 문체도 보다 다듬어져 있는 반면, 뒷부분에 실린 단편들에서는 젊은 날의 치열한 고민들이 보다 직접적으로 드러나 있다.

오 헨리는 여러 개의 별명을 가지고 있는 작가라고 할 수 있다.

'동방 박사의 선물'로 대표되는 뉴욕 맨하탄 주민들의 삶을 그린 도시 작가(1부 대도시), 옥중에서 작가 생활을 시작하고 사기꾼들에 대한 이야기를 쓴 옥중 작가(2부 사기꾼과 부랑자들), 서부인들의 의리, 모험, 로맨스와 복수에 대해 기록한 서부, 특히 텍사스의 작가(3부 개척 시대 서부와 미개척 서부), 남부에서 태어나고 자란 남북전쟁의 작가(4부 남부의 이웃 미국), 또 남미에 거주하는 국외자적 미국인들의 삶을 그린 남미의 작가(5부 남부의 이웃 해외) 등으로 이야기할 수 있다.

그 중에서도 남북전쟁의 작가라는 명칭은 오 헨리를 문학적으로 새롭게 조망해 준다. 본서에 소개된 '두 명의 반역자'와 '남부의 장미'가 그 예이다. 남부를 소재로 한 단편들에서 그는 남부인들의 귀족적 예절, 자부심과 명예를 중시하는 허식에 대해 유머와 풍자를 통해 기술하고 있다. 그는 노예가 거의 없었는데도 불구하고 남북전쟁에 참전해 엄청난 수의 사상자를 낸 노스 캐롤라이나 주에서 태어나 전후 스무 살까지 남부에서 자랐다. 때문에 전쟁의 상흔을 치유해 나가는 남부인들의 삶을 직접적으로 관찰할 수 있었을 것이다.

감옥에 가기까지의 역경과 모험으로 점철된 인생을 통해 그는 사회적 약자들이나 소위 주변인, 또는 조국이 있음에도 국외자적인 삶을 사는 사람들의 관점을 취하기도 한다. '두 명의 반역자', '토끼풀과 종려나무', '살바도르에서의 7월 4일'에서는 이런 사람들에게 조국이 어떤 의미가 있는가 하는 심각한 질문을 제기한다.

이 같은 초기 단편에서 다뤄진 치열한 삶이 제기한 질문에 대한 명확한 답은 단지 짐작할 수 있을 뿐이지만 '동방 박사의 선물'에서 볼 수 있듯, 옥고를 치른 후 뉴욕의 시민으로 정착한 그가 발견한 소중한 가치는 멀리 있지 않은 듯하다.

역자 후기

오 헨리는 뉴욕을 지하철 위의 바그다드(Baghdad-on-the-Subway)라고 불렀다고 한다.

「아라비안 나이트」의 이야기꾼인 세헤라자데는 페르시아 한 대신의 딸로서 인도와 중국까지 이르는 영토를 통치한 사산 왕조의 샤푸르 야르 왕에게 시집을 간다. 그런데 샤푸르 야르 왕은 아내에게서 배신 당한 후 모든 여성을 증오하게 되어, 날마다 새로운 신부를 맞이하고 다음 날 아침이면 여자를 처형대로 보낸다. 이제 거리에서 여자들을 찾아보기 힘들게 되고, 남은 신부는 대신의 딸 세헤라자데뿐이다. 심성이 어질고 착한 세헤라자데는 자진해서 왕을 섬기게 되고 매일 밤 재미있는 이야기를 들려 준다. 이야기에 매료된 왕은 그녀를 죽이지 않고, 이야기가 1천 일 밤 계속되어 마침내 왕은 상한 마음을 치유받고 세헤라자데와 함께 행복한 여생을 보내게 된다.

매일 밤이 오기 전에 한 가지 이야기를 만들어야 했던 세헤라자데처럼 뉴욕의 전철을 오가며 한 주에 한 편씩 마감시간 전에 단편을 쓰던 작가를 상상할 수 있다. 해피엔딩의 세헤라자데의 이야기와는 달리 오 헨리는 초인적이라고 할 수 있는 고된 집필 작업이 이어지던 말년에 알코올 중독과 건강 악화, 재정 문제 등으로 힘겨운 인생을 마감한다.

그러나 파란만장한 인생역정이 담긴 그의 단편들은 100년이 지난 오늘날도 독자들에게 깊은 감동을 준다. 각고의 노력이 담긴 걸작은 한 세기라는 시간을 넘어 아름다운 향기를 발하는 듯하다.

「아라비안 나이트」가 인도, 이란, 이라크, 시리아, 아라비아, 이집트, 그리스, 유대의 영향을 담고 있는 것처럼 「오 헨리 단편집」에도 서부 개척 당시 유럽 각국에서 이민 온 정착자들의 다양한 말투와 문화가 반영되어 있다. 또한 작가가 온두라스에서 도피 생활을 하면서 직접 체험한 당시 중남미의 전혀 다른 현실 세계도 기록되어 있다.

작가 자신처럼 모험과 여행과 색다른 삶을 추구하는 인물들을 주로 주인공으로 삼았지만 오 헨리가 이상적으로 여기는 인물은 단조로운 삶을 통해 세상을 지탱하고 있는 뉴욕의 소시민들이나 지역 유지들이 아닌가 한다.